2023
신춘문예 당선소설집

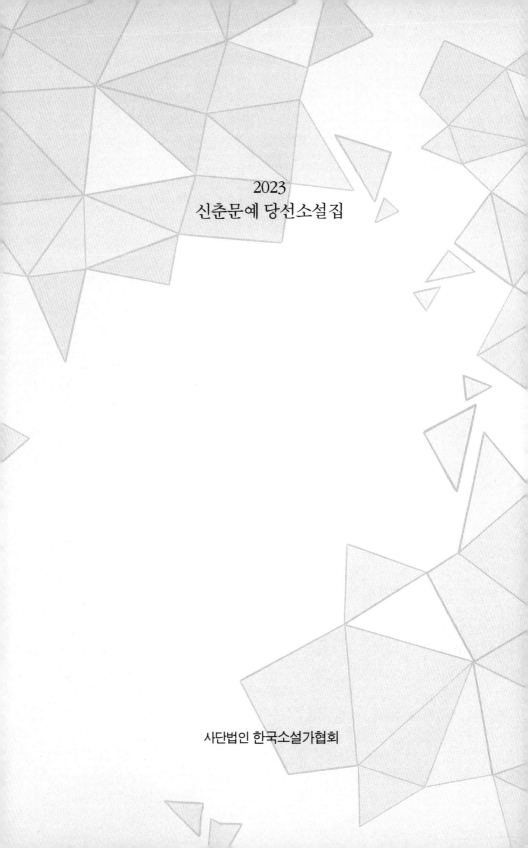

2023
신춘문예 당선소설집

사단법인 한국소설가협회

문학은 우리에게 무엇을 주는가

김호운
(소설가·한국소설가협회 이사장)

2023년 신춘문예에 당선하신 모든 분에게 축하드립니다. 사단법인 한국소설가협회는 소설가들로만 구성된 국내 유일의 소설문학가 단체입니다. 본 협회에서는 해마다 신춘문예 당선작 발표와 동시에 소설부문 당선작품들을 모아 『신춘문예 당선소설집』을 펴내고 있습니다.

이 기획은 당선 작가들의 영광을 더 널리 알리고 이를 원동력으로 우리 소설문학을 발전시키기 위한 것입니다. 신년 벽두에 각 일간지에 발표되는 작품을 한데 모아서 독자들이 더 오래 가까이 두고 감상할 수 있도록 하는 한편, 소설가가 되기를 꿈꾸는 분들에게는 훌륭한 길잡이 역할을 할 수 있도록 도와드리기 위한 것이기도 합니다.

제가 어릴 때 동화책을 사달라는 내게 어머니는 "책에서 밥이 나오냐 떡이 나오냐" 하면서 책을 사주지 않았습니다. 어머니의 이 말이 몹시 서운해서 나는 돌아서 한참 울었습니다. 떡 한 권보다 쌀 한 됫박이 더 소중했던 현실을 나는 이해하지 못했습니다.

어머니의 이 말에 대한 해답은 내가 소설가가 된 뒤 평론집 『한국문학의 위상』(김현, 문학과 지성사, 1977)을 읽으면서 찾았습니다. 김현 선생은 이 책에서 '문학은 무엇을 할 수 있는가?'라는 질문을 던지고 "역설적이게도 문학은 그 써먹지 못한다는 것을 써먹고 있다"라고 대답합니다.

이 말은 문학이 곧장 쓸모 있게 써먹을 수 있는 게 아니라는 의미입니다. 당장 무엇을 써먹을 수 있는 게 아니기에 문학은 인간을 구속하지도 억압하지도 않는다는 것입니다. 여기에서 '쓸모없다'는 의미는 '순수하다' 또는 '자유롭다'와 통합니다. 인간을 억압하는 건 인간에게 쓸모있어 보이는 것들입니다. 유용하기에 사람들은 아귀다툼해서라도 그걸 손에 쥐려 하고, 이 욕망으로 인간은 쓸모있는 것에 붙들려 자유로운 삶을 포기합니다.

　문학은 그 쓸모없는 눈으로 쓸모있는 걸 바라보며 '쓸모있음' 뒤에 감추어진 허상을 투시합니다. 그리하여 쓸모 있는 것으로부터 억압당하거나 노예가 된 사람들에게 그 사슬을 풀고 자유로운 세상으로 나오도록 부추깁니다. 문학으로 곧장 무엇을 만들 수는 없으나 문학은 그렇게 사슬을 풀고 나온 사람들에게 향기로운 삶을 만들도록 해줍니다. 이것이 문학이 가진 힘입니다. 문학의 이러한 속내를 알지 못하는 사람에게는 문학이 쓸모없게 될 것이고, 이 향기를 맡은 사람에게는 문학이 그 어느 것보다 강한 삶의 지혜가 됩니다. 이것이 문학의 총체總體이며 문학의 기능입니다.

　신춘문예 당선의 축하 자리에서 김현 선생의 말을 인용하는 것은 그만큼 문학의 역할과 기능이 엄중하기 때문입니다.

　꾸준한 연마를 통해 체화되고 축적된 감성과 논리의 유연성으로 창조적인 생명력을 일깨우는 한국 소설문학의 빛나는 여러분들이 되길 소망합니다.

　2023년 신춘문예에 당선된 여러분께 다시 한번 축하드립니다.

강원일보　**한소은**

서울에서 태어났다.
철학을 전공했고 국문과 대학원을 중퇴했다.

국경

한소은

낯선 곳에서부터 차가운 바람이 불어온다. 밤새 멈출 것 같지 않았던, 어둠을 뚫고 쏟아지던 눈은 이제 흰 빛으로만 남았다. 이마를 덮은 젖은 머리칼이 바람에 날린다.

바람은 남동쪽에서 불어온다. 지금 그가 가려는 곳, 그는 고개를 돌려 그곳을 바라본다. 어둡고 거대한 산에 가려진 미지의 공간. 깊이를 가늠할 수 없는 숲의 냄새가 폐로 스며온다. 발목까지 쌓인 눈이 달빛에 드러난다. 바람은 쉬지 않고 틈새를 파고든다. 주머니 속에서 뻣뻣하게 얼어가는 양손을 빼내 천천히 비벼 본다. 감각이 사라진 손끝에 통증이 밀려온다.

그는 하얗게 눈이 덮인 거대한 나무들 사이에 서 있다. 눈의 무게를 이기지 못한 가지들이 꺾이며 눈 속으로 파묻힌다. 도착할 때만 해도 검게 드러나던 아스팔트 길은 눈에 덮여 사라졌다. 나무들 사이에 몸을 웅크리고 있는 사내들이 초조하게 몸을 뒤척인다. 사내들이 움직이면 어디선가 마른 음성들이 떨어진다. 기다리는 시간이 길어져도 사내들의 눈빛은 사그라지지 않는다. 저들은 무엇 때문에, 고개를 젓는다. 그와는 상관없는 일이다. 어디선가 알 수 없는 짐승의 날카로운 울음소리가 들려온다. 정적을 깨며 날아오르는 새들의 그림자가 검은 하늘로 흐리게 떠올랐다 사라져간다.

멀리서부터 두 개의 불빛이 서서히 다가온다. 쌓인 눈 때문에 빛은 서서히 걸어서 온다. 사내들은 불빛을 향해 몸을 세운다. 그는 사내들을 알지 못한다. 그들도 서로를 알지 못한다. 우리는 잠시 우연으로 이곳에 모였을 뿐이다. '우리'라는 호칭 역시 안내인의 편의를 위해 존재할 뿐이다. 몇 시간 후면 의미를 잃을 공허한 단어. 찰나의 호칭. 물론 모든 것은 '우리'의 목적이 무사히 달성됐을 때만 가능한 일이다.

흐린 달빛에 모습을 드러낸 차는 검은색 소형버스다. 이곳에 도착한 후 거리에서 몇 번 보았던 차량이었다. 차에 탄 관광객들이 창밖을 내다보며 손짓했다. 거리엔 특별할 게 없었다. 눈을 아래로 향한 채 걷는 사람들과 길거리에 쓰러진 사람들, 그리고 골목에 몸을 숨긴 그뿐이었다. 무엇을 보고 있는 것인가, 그는 사람들 눈에 띄지 않게 모자를 더 깊이 눌렀다.

브로커는 그에게 관광버스로 위장한 차를 타게 될 거라고 말했다. 굵은 체인을 감은 바퀴가 천천히 멈춰 선다. 전조등 빛에 눈이 이글어진다. 빛이 사라지는 동시에 엔진도 멈춰선다. 낡은 쇳소리를 내며 출입문이 열린다.

거대한 체구의 남자가 버스에서 내린다. 버스를 운전하는 현지인이다. 달빛에 빛나는 머릿결과 푸른 눈빛이 차다. 운전사는 사내들을 둘러보며 온몸을 감싼 긴 패딩 점퍼 주머니에서 담배를 꺼내 문다. 바람 때문에 라이터에 불이 붙지 않는다. 뒤를 따라 내린 키 작은 남자가 손으로 바람을 막으며 담배에 불을 붙인다. 라이터 뚜껑을 닫은 남자가 사내들을 향해 돌아선다. 우리를 안내할 안내인이다.

안내인은 커다란 털모자에 두터운 털코트로 온몸을 감쌌다. 검정 마스크를 쓴 얼굴엔 눈동자 2개가 검은 구멍처럼 뚫려 있다. 그는 안내인이 추위에 약한 사람이거나 무언가로부터 자신을 감추기 위해 애쓰는 사람이라고 생각한다. 안내인은 주의사항을 전한다. 앞으로 두 시간 후면 해가 뜰 것이다, 그때쯤이면 국경에 도착할 것이다, 그때까지 절대, 어떤 소리도 내서는 안 된다, 국경을 완전히 넘어설 때까지는 스스로 유령이라고 생각해야 한다, 앞으로 두 시간이 우리의 운명을 결정할 것이다. 안내인의 말은 보이지 않는 바람 사이로 흩어진다.

안내인은 뒤돌아서 운전사와 몇 마디 주고받는다. 그들이 주고받는 언어를 그는 알아듣지 못한다. 안내인은 몇 번인가 사내들을 뒤돌아본다. 그리고 사내들에게 마지막으로 소변을 보거나 담배 피울 시간을 준다. 그는 나무 사이로 들어가 바지 지퍼를 내리고 마렵지 않은 소변을 본다. 차갑게 쪼그라든 성기에서 한참 후에야 몇 방울이 떨어진다. 눈밭에 노란 구멍이 뚫린다. 숲에 흔적을 남긴다.

그와 사내들은 안내인을 따라 버스로 향한다. 계단을 올라서자 히터의 온풍이 먼저 살갗에 감겨온다. 2인용 좌석이 양쪽으로 늘어선 버스 내부는 겉모습처럼 무엇 하나 특별할 것이 없다. 이곳 어디에 그를 숨겨줄 공간이 있는 것일까. 그 앞에는 얇고 긴, 용도를 알 수 없는 가방을 든 가죽점퍼의 사내가 있다. 모두가 맨손인데 가죽점퍼만 가방을 품에 안고 있다. 뒤로는 안경을 쓴 사내와 나머지 세 명의 사내들이 줄지어 선다. 안내인은 버스 맨 끝, 긴 뒷좌석 앞에서 멈춰 선다.

안내인이 뒷좌석의 양옆을 손으로 더듬는다. 자물쇠 풀리는 소리가 차내에 울린다. 안내인은 뒷좌석을 덮고 있던 두꺼운 쿠션을 들어 올린다. 쿠션이 올라간 자리로 벌집 모양으로 얽힌 은색 철판이 드러난다. 안내인은 주머니에서 드라이버를 꺼내 철판 나사를 풀기 시작한다. 나사를 풀고 좌석 한 칸 크기의 철판을 들어 올리자 사람 한 명이 들어갈 수 있는 크기의 검은 공간이 드러난다.

안내인은 이곳이 사내들이 숨을 곳이라며 한 사람씩 들어가라고 말한다. 안으로 들어가면 구석부터 차례로 자리를 잡으라고, 일단 자리를 잡으면 벽을 두드려 신호를 보내라고 한다. 절대 말은 하지 말고 그냥 두드리기만 하라고. 가죽점퍼가 먼저 구멍으로 다가선다. 가죽점퍼의 두 다리와 허리가 사라지고, 마침내 머리 위로 들고 있던 가방까지 흔적없이 지워진다. 잠시 후, 차체를 두드리는 소리가 들리고 안내인이 그를 향해 손짓한다. 그는 두 발을 차례로 구멍을 향해 뻗는다. 머리까지 내려오고 나니 그곳엔 섬뜩한 냉기와 어둠뿐이다. 산 채로 흙에 파묻힌다면 이런 기분일지도 모르겠다고 생각한다. 그는 무릎을 꿇고 기어간다. 무언가에 머리를 부딪치고 그게 먼저 들어간 가죽점퍼라는 걸 알아채고 옆으로 자리를 잡는다. 무릎을 세우고 최대한 몸을 구부려보지만, 뒤통수가 천장에 닿는다. 깊게 숨을 내쉬며 머리 위 벽을 두 번 두드려 신호를 보낸다. 차례로 사내들이 들어오고 그들은 어깨와 몸뚱이를 서로 맞댄 채 조금이라도 더 자리를 차지하려 몸을 뒤튼다. 무릎 사이에 얼굴을 파묻는다. 누군가의 침이 목젖을 타고 내려간다. 마지막으로 들어온 사내가 신호를 보내자 위에 있던 안내인이 흐린 빛이 스며들던 구멍의 철판을 덮는다. 나사가 채워지는 소리, 쿠션이 덮이고 잠금장치가 잠기는 소리, 안내인이 멀어지는 발소리를 듣는다. 사내들은 아무 말 없이 한 치의 틈도 없는 어둠 속에서 이제 곧 시작될 이동을 준비한다.

거대한 엔진과 부품들이 얽히며 부딪치는 소음이 날카롭게 귓속으로 파고든다. 드디어 출발이다. 그는 무릎에 얼굴을 파묻은 채 얼마 남지 않은 순간을 상상한다. 아침 해가 떠오를 시간, 크리스마스의 아침이 밝아올 무렵이면 사내들은 국경에 도착할 것이다. 그는 국경수비대원이 신실한 기독교인이기를 기도한다. 오늘만은 그들의 눈이 멀고 귀가 닫히기를. 보고도 보지 않은 척하는 아량을 지니기를. 영원할 것 같던 긴장이 잠시 육체를 피하자 정신이 몽롱해진다. 어딘가 빈 구멍을 비집고 들어오는 찬 공기를 느끼며 그는 눈을 감는다.

*

그가 아이였을 때, 남자는 늘 술에 취해 있었다. 아이를 감싸던 여자의 머리카락 사이로 검붉은 핏방울이 흘러내렸다. 남자가 잠이 들면 여자는 수돗가에서 무심히 피를 닦았다. 그리고 낡은 외투를 입고 일터로 떠났다. 여자는 종일 무거운 쇠솥을 닦는다고 했다. 쇠솥의 무게만큼 여자는 지쳐 보였다. 여자는 추운 겨울이면 피딱지가 앉은 입술로 차가운 물에 손을 담갔다. 남자가 아무렇게나 던져놓은 그릇들을 씻으며 희미한 입김을 뱉어냈다. 살얼음이 언 물속에서 여자의 손은 얼어붙을 것 같았다. 얼어버린 손목이 얼음막대처럼 뚝, 부러져 버리는 게 아닐지 아이는 무서웠다. 추운 계절이 지나서야 아이는 참고 있던 긴 숨을 내쉬었다.

아이는 자라 소년이 되었다. 여자가 사라진 그 겨울, 여자의 손에는 무언가 들려 있는 날들이 많았다. 소년은 졸린 눈을 치켜뜨며 여자가 가져오는 음식들을 기다렸다. 소년에게 음식을 먹이는 여자의 손은 뼈만 남아 앙상했다. 여자는 떠나기 전날 밤 공책과 연필을 소년에게 주었다. 소년은 흰 종이에 여자를 그렸다. 그 모습을 보며 여자가 희미하게 웃었다. 소년은 오래도록 그 모습을 잊을 수 없었다. 여자 품에서 잠이 들 무렵, 어디선가 남자의 고함소리가 들려왔다. 여자는 소년의 머리를 가슴팍에 거세게 안았다. 여자가 아무리 세게 안아도 소년의 몸은 헐벗은 듯 떨렸다. 그래서 소년은 자신을 감싼 여자의 손이 자신보다 더 심하게 떨리는 것을 알지 못했다.

여자는 소년의 삶에서 사라졌다. 일을 나갔던 여자는 돌아오지 않았고 소년은 밤새 골목에서 여자를 기다렸다. 소년은 배달부가 흔들어 깨울 때까지 전봇대에 기대 잠들어 있었다. 혼자 집으로 돌아온 소년은 그 후 며칠을 앓았다. 차가운 방에 누워 여자의 꿈을 꾸었다. 여자는 소년을 일으켜 앉히고는 따뜻한 물을 소년의 입에 넣어 주었다. 바싹 말라 터진 입술이 쓰라렸다. 여자가 다시 소년을 눕히면 소년은 헤어날 수 없는 어지럼 같은 깊은 잠 속에 빠져들었다. 소년이 다시 일어났을 때, 남자는 여자에 대한 분노로 소년을 더 가혹하게 때렸다. 소년을 막아줄 여자는 이제 없었다. 목소리는 비명으로밖에 나오지 못했다.

소년은 남자를 따라 다른 도시로 떠났다. 구경하던 누군가 여자가 먼 나라로 소년을 버리고 떠났다며 혀를 찼다. 남자가 욕을 하자 사람들은 흩어졌고, 소년은 그 말을 잊지 않았다. 남자는 농장에서 잡일을 하며 술에 취해 지냈다. 이제 폭력은 온전히 소년 혼자 감당해야 할 몫이 되었다. 남자의 두꺼운 손이 소년의 머리를 치던 날, 소년은 쇠기둥에 이마가 깊게 패었다. 핏물이 눈물처럼 소년의 얼굴로 흘러내렸다. 피를 닦아줄 사람은 아무도 없었다.

소년은 축사에 머물며 큰 눈망울을 이리저리 굴리는 소들을 바라보았다. 하루는 여자가 남긴 노트에 소의 눈을 그렸다. 둥글게 그려야 하는데 원은 자꾸 삐뚤어졌다. 길게 그려지던 원은 어느새 여자의 얼굴이 되었다. 마르고 핏기없던, 희망이 사라진 얼굴 위로 구불구불한 머리카락을 그렸다. 그 사이로 흐르던 핏방울도 그렸다. 소년은 핏방울을 지우고 싶었다.

소년은 남자에게 아무것도 묻지 않았다. 여자가 저쪽 나라로 떠났다는 사실을 소년은 오랜 시간이 지난 후에야 믿을 수 있었다. 소년은 여자가 있는 곳으로 가겠다고 결심했다.

*

여기 국경을 넘어 저쪽으로 넘어가는 건 공공연한 일이지. 물론 자네도 잘 알겠지만.

기름으로 번들거리는 넓적한 얼굴의 브로커가 말했다. 식당의 낡은 의자는 브로커의 살진 엉덩이를 받치느라 부서질 듯 보였다. 자라다 만 턱수염 위엔 흰 소금이 붙어 있었다. 브로커는 이쪽 사람치고는 덩치가 너무 컸다.

근데, 왜 저쪽에 가려고? 이 일도 요즘엔 너무 위험해져서 말이지. 잘못되면 범법자에 평생 저쪽 땅엔 발도 들여놓을 수 없을 텐데. 각오는 돼 있는 거지?

브로커는 연신 테이블 위에 놓인 감자튀김을 입에 구겨 넣으며 물었다. 벌써 4개째 케첩 봉지를 뜯어 입안에 짜 넣었다.

아, 뭐, 다들 비슷한 사연이지. 먹고 살기 힘드니까 저쪽에서 한 건 크게 터뜨려보자, 그런 거 아니겠어? 아무래도 저쪽이 그런 면에선 자유로운 나라니까. 그나저나 자넨 나이도 어려 보이는데 웬만하면 여기서 버텨보지 그러나?

브로커는 감자튀김 하나를 집어 권했지만, 그는 고개를 저었다.

나 찾아오는 사람치고 사연 없는 사람이 어디 있나. 나도 처음에 일 시작했을 때는 그런 사람들 하소연 들어주며 가슴 아팠던 게 한두 번이 아니었지. 그 사람들, 국경 넘어가 잘 산다는 얘길 들으면 어찌나 흐뭇했는지. 이런 게 다 나라를 위하는 일 아닌가? 애국 말이네, 애국!

브로커는 비어버린 튀김 상자를 아쉽다는 듯 쳐다보다 바지 주머니에서 작은 철제 상자를 꺼내 테이블 위에 놓았다. 뚜껑을 열자 알록달록한 사탕들이 가득했다. 브로커는 기름 묻은 손가락으로 노란 사탕을 집어 입에 넣었다.

이젠 나도 뭐 이골이 났지. 근데 참, 알다가도 모를 일이야. 저쪽에서 잘 사는 게 어디 쉬운 일이냔 말이야. 국경 넘는 일은 또 어떻고. 바이러스에 테러다 뭐다, 요샌 아주 쥐새끼 한 마리도 허가증 없이는 국경 넘기가 어려운데 말이지. 설사 국경을 넘었다 해도, 그다음엔 뭘 해 먹고살 건데? 말이라도 통하면 모르지. 아니, 뭐, 자네한테 하는 소리는 아니니 신경 쓰지 말게. 무사히 넘어가 잘 사는 사람들도 많으니까.

사탕이 브로커의 어금니 사이에서 으스러졌다.

육천이라는 건 알지? 물론 현금이네. 난 카드 장사는 안 하거든.

브로커의 얼굴 가득 비열한 웃음이 어렸다.

전 분명히 오천이라고 들었는데요.

브로커의 얼굴에서 웃음기가 사라졌다. 몇 번인가 혀를 차고는 말했다.

자네도 요즘 국경 상태는 알고 있겠지? 여기가 바로 전쟁터야, 전쟁터. 아니 이제 곧 진짜 전쟁이 터질 거라는 소문도 돌고 있어. 대통령 바뀌고 검역이다 뭐다 수비대에 걸리는 놈들이 한둘이 아니라고. 돈 좀 아끼자고 국경 근처로 관광만 하다 가고 싶은 건 아니겠지? 이게 다, 자네 안전을 위한 거라고. 서둘러야 해. 나도 언제 이 일을 그만둬야 할지 모를 일이야.

더는 소용없을 것 같았다. 그는 주머니에서 현금을 꺼내 건넸다. 수중에 남은 돈을 헤아려봤다. 과연 이 돈으로 얼마나 버틸 수 있을까.

지폐를 센 후, 브로커는 약속 시간과 장소로 가는 방법을 알려주었다. 그를 포함해 모두 여섯 명이 국경을 넘는다고 했다. 그중 한 명은 전직 경찰이라는 말도 덧붙였다.

저쪽 놈들이 약을 팔다 그 경찰한테 잡혔지. 그가 한 놈을 쐈고, 어느 날 밤 죽은 놈 형제들이 국경을 넘어와 아내와 어린 아들들을 모두 죽였다는 군. 나도 그 기사를 봤는데 정말 끔찍했어. 근무 때문에 목숨은 건졌지만 살아남은 게 그에겐 더한 지옥이었지. 생각해보게. 자신 때문에 가족이, 그것도 어린아이들까지 목숨을 잃었으니. 그래서 놈들을 찾아 복수하기 시작했다는군. 경찰은커녕 이제는 지명수배 신세가 됐지만 말이야. 그러다 몇 놈이 다시 국경을 넘어 저쪽으로 도망치자 그놈들을 잡으러 이번에 국경을 넘는다는군.

브로커는 이번에는 사탕 상자에서 흰 사탕을 꺼내 입에 넣었다.

세상에 사연 없는 사람은 없지. 물론 자네도 그렇겠지. 어때, 마지막 기회네. 한 번 더 생각해보겠나?

브로커는 지폐를 재킷 안주머니에 넣으며 물었다. 답을 원하는 질문이 아니었다.

사내들은 특수 제작된 버스에 타게 될 것이다. 운전은 합법적인 여행사 알선책이 하고, 다른 한 명의 안내인이 동행하기로 했다. 사내들은 이곳에서 여행객을 내리고 돌아가는 여행사 버스에 숨어 저쪽으로 들어간다. 그게 국경을 넘는 '우리'의 시나리오다.

*

소년은 청년이 되었다. 농장에서의 시간은 더디게 흘렀다. 청년은 남자가 집을 비운 사이, 짐을 챙겨 도시로 도망쳤다. 단지 며칠을 버틸 수 있는 돈밖에 없었다. 청년은 옛 동네를 찾아가는 대신 공장에서 일자리를 찾아 헤맸다. 수십 명의 직원과 함께 공장 뒷방에서 밥을 먹고, 잠을 잤다. 청년은 오랜 시간 섬유에서 뿜어져 나오는 독한 약품 냄새와 공장 안을 떠다니는 무수한 섬유 조각들을 삼키며 싸늘한 기계들에 온몸을 밀어 넣었다. 청년은 떠나기 위해 착실하게 돈을 모았고, 누구와도 친구가 되지 않았다.

그저 동료들이 모여 잡담을 하는 모습을 지켜보기만 했다.

청년은 가끔 아무 종이에나 여자의 얼굴을 그렸다. 저쪽에서 여자는 어떻게 살고 있을지, 상상하기 힘들었다. 그곳에서 여자는 햇볕에 바싹 마른 이불처럼 가볍게 펄럭이고 있을까. 청년은 여자를 잊지 않으려 애썼다. 그 기억마저 사라진다면, 자신을 잃어버릴까 두려웠다.

*

개조된 버스 안 좁은 공간엔 엔진에서 뿜어져 나오는 열기와 여섯 사내의 거친 숨이 얽혀든다. 기름 냄새와 사내들의 지독한 체취에 숨쉬기가 어렵다. 그는 천천히 깨어난다. 서서히 밀려오는 기름 냄새로 이곳이 어디인지 깨닫는다. 왼쪽 어깨를 맞대고 있는 가죽점퍼에게서 옅은 술 냄새가 난다.

씨발, 거 냄새 한번 지독하네. 가뜩이나 숨 막혀 죽겠는데. 이놈의 냄새 때문에 머리가 깨질 것 같잖아!

사내 중 하나가 목소리를 높인다.

워낙 춥고 긴장이 돼서 좀 마셨는데.

가죽점퍼의 목소리가 울린다.

누군지 모르겠지만 마시던 것 좀 남았소? 이러고 있으려니까 죽을 맛이네. 그거라도 한 모금 해야지, 답답해서 원….

또 다른 사내의 목소리.

조금 남기는 했는데, 어두워 보이질 않으니. 여기 병 넘길 테니 마시려면 알아서들 해요.

가죽점퍼가 그에게 작은 술병을 건넨다. 그는 술병 뚜껑을 열고 고개를 들어 한 모금 들이킨다. 쓰고 진한 액체가 식도를 타고 텅 빈 위까지 빠르게 흘러간다. 그는 병을 옆자리 사내에게 넘긴다. 나머지 사내들도 돌려가며 한 모금씩 독주를 삼킨다.

이제 좀 살겠네.

조금 전 술을 부탁한다던 남자의 목소리가 다시 들려온다.

난 딸 애를 찾으러 가는 길이요. 하던 일이 망하고 사채까지 끌어쓰다 그놈들이 하나뿐인 딸에게까지 손을 댔더군. 딸아이를 저쪽에 팔아넘겼다는데, 우선 어디 있는지 찾아서 데려와야지. 힘들게 넘어갔으니 뭐, 기회가 되면 돈도 좀 벌고.

차는 산길을 넘어가는지 쉴 새 없이 흔들린다. 빈속에 마신 술 때문에 속이 좋지 않다. 옆에 앉은 안경 쓴 사내가 무언가를 게워낸다. 술과 위액이 섞인 냄새가 좁은 공간을 가득 채운다.

미안합니다. 차가 하도 흔들리는 바람에.

안경 쓴 사내가 고개를 숙인 채 말한다. 힘겹게 울음을 삼키고 있는 듯한 목소리다. 그때, 천장 위에서 의자 두드리는 소리가 들린다.

조용히 해! 지금 어디 놀러 가는 줄 알아. 숨소리도 내지 말라고 했잖아!

짜증 섞인 안내인의 목소리가 머리 위로 내려꽂힌다. 사내들은 다시 침묵으로 돌아간다. 엔진 소리를 뚫고 어디선가 낯선 동물의 기이한 울음소리가 들려온다.

이봐요, 형씨는 왜 국경을 넘는 거요? 이번이 처음이요?

얼마나 시간이 흘렀을까. 가죽점퍼가 그의 귀에 얼굴을 들이대고 낮은 목소리로 묻는다. 그는 무릎 사이에 머리를 박은 채 대꾸하지 않는다.

나는 이번이 두 번째네.

가죽점퍼는 목소리가 커질까 더 가까이 다가가며 말한다. 엔진 소리에 묻혀 가죽점퍼가 하는 말이 분명하게 들리지 않는다. 차가운 가죽에 섞인 술 냄새만 코를 찌른다.

그때, 잘 아는 형님이 저쪽에서 크게 세차장을 하고 있었거든. 여기 와서 일도 좀 돕고 구경도 하고 가라기에 뭐 여편네도 도망가고 자식도 없는데 거기나 가야겠다, 해서 없는 돈 털어 들어갔는데, 뭐 일 좀 익히고 살만하다 싶으니까 어느새 돌아올 때가 된 거지. 그런데 이대로 돌아가기엔 아깝더라고. 뭐, 제대로 돈도 좀 벌고 싶고. 근데 재수 없는 놈은 남의 땅에서도 그런 건지, 도시에 폭동이 일어나는 바람에 형님 세차장도 다 불타고, 미용실 하던 형수님은 총에 맞아 휠체어 신세가 되고….

가죽점퍼는 한숨을 쉰다. 어쩌면 그에게도 비슷한 삶이 기다리고 있을지 모른다. 할 수만 있다면 가죽점퍼 곁에서 멀리 떨어지고 싶다. 하지만 이 좁은 공간 어디에도 피할 곳은 없다.

뭐, 더는 형님한테 신세를 질 형편도 안 되고 해서, 그때부터 여기저기 떠돌아다니며 안 해본 일이 없지. 불법체류자니 제대로 된 일을 할 수 있었나. 뭐, 항구에서 짐이나 나르고 식당에서 쓰레기나 치우고 야채나 썰면서 하루 벌어 하루 사는 목숨이었으니까. 죽을 고비도 여러 번 넘겼는데, 추방당할까 무서워 신고도 할 수 없었지. 그러다 이놈을 만났네.

가죽점퍼는 무릎 아래 놓여 있던 가방을 손으로 쓰다듬는다. 숲에서부터 들고 있던 가방이다. 안에 든 건 세 조각으로 분해된 당구채다. 젊어서 당구를 좋아했던 가죽점퍼는 술집이나 당구장에서 내기 당구를 치며 먹고 살았다고 한다.

웬만한 술집마다 당구대가 있거든. 술에 취한 게임 상대를 찾는 일은 어렵지 않았지.

가죽점퍼는 내기 당구를 하면서부터 힘든 노동에서 벗어날 수 있었고, 길에서 사는 노숙 생활만큼은 면할 수 있었다며 웃는다.

그때, 안내인이 머리 위 의자를 두드린다. 가죽점퍼는 말을 멈추고 초조한 듯 아무것도 보이지 않는 정면을 향해 고개를 돌린다.

그는 가죽점퍼가 왜 돌아왔는지, 왜 다시 위험을 무릅쓰며 저쪽으로 돌아가려 하는지 궁금하다. 만약 국경을 넘어간다면, 이 버스에서 내리고 나면 답을 들을 수 있을까. 어둠에 익숙해진 눈에 낡고 더러운 신발이 보인다.

이제 곧 국경이다. 지금쯤 해가 떠오르고 있을 것이다. 하지만 이곳은 여전히 어둠과 코를 찌르는 악취뿐이다. 사내들은 버스에 몸을 맡긴 채 흔들린다. 그 옆에 앉은 안경 쓴 사내의 어깨가 떨린다. 손바닥에 고인 땀을 바지에 비벼 본다. 두 시간 넘게 펴지 못한 다리를 펴고 싶다. 참아야 한다. 갑자기 차가 멈추고 엔진 소리가 사라진다. 열두 개의 눈동자가 어둠 속에서 교차한다.

이제 오 분 후면 국경입니다. 무슨 일이 있어도 절대, 아무 소리 내면 안 됩니다. 절대!

머리 위로 다시 안내인의 낮은 목소리가 들린다. 요란하게 시동이 걸리고 버스는 빠른 속도로 앞으로 나아간다. 사내들은 한쪽으로 기울어졌다 다시 제자리로 돌아오기를 반복한다. 그는 더욱 깊이 무릎 사이로 얼굴을 파묻는다. 과연 '우리'는 국경을 무사히 넘을 수 있을까.

*

그녀를 만난 건 세 번째로 옮긴 공장에서였다. 그녀는 얼굴이 창백했고, 입술이 흐렸다. 그는 자꾸 그녀 주변에서 맴돌았다. 그녀는 말이 없었고, 친한 동료도 없어 보였다. 어느 점심시간, 그녀가 혼자 공장 밖으로 나가는 것을 보았다. 한겨울인데, 그녀의 외투는 얇고 낡아 보였다. 그녀는 공장에서 십오 분 정도 빠르게 걸어 낡은 집들이 모인 더러운 골목길로 들어섰다. 그리고 한 공동주택의 지하로 내려갔다. 그녀는 그곳에서 얼마간 머물다 다시 나와 공장으로 돌아갔다.

다음 날도 그다음 날도, 그녀는 점심시간이면 사라졌다 돌아왔다. 며칠 후, 야근을 하고 저녁을 먹으려고 들른 공장 식당에서 혼자 밥을 먹고 있는 그녀를 보았다. 그녀는 며칠 새, 더 야윈 것 같았다. 그는 그녀 앞에 식판을 내렸다. 그리고 달걀을 그녀의 식판으로 옮겼다. 그녀가 달걀을 좋아한다는 걸 알고 있었다. 그녀는 작은 목소리로 고맙다고 했다. 처음 들어본 그녀의 목소리는 오래전 잊어버린, 그립고 슬픈 누군가를 떠오르게 했다. 그녀의 눈빛에는 겁먹은 초식동물의 두려움이 어려 있었다.

그 후, 그녀는 조심스럽게 자신의 가장 연약한 틈을 내어줬다. 그는 서두르지 않았다. 그녀를 보고 있는 것만으로도 안도가 되었다. 공장 방에서 지내던 그는, 가끔 그녀와 허름한 식당에서 저녁을 먹고 그녀를 지하의 집으로 데려다줬다. 그곳에서 그녀는 늙고 병든 아버지와 함께 살고 있었다.

아버지는 내가 어릴 때 집을 떠났어요. 어떤 여자와 함께였죠. 떠나기 전까지 아버지는 술을 마시고 엄마와 나를 때렸어요. 어느 밤, 엄마가 아직 돌아오지 않았는데, 아버지가 내 방으로 들어왔어요.

그녀는 오랫동안 먼 곳을 바라보았다.

난, 무서워서 시키는 대로 할 수밖에 없었어요. 엄마한테는 아무 말도 할 수가 없었어요. 엄마는 너무 힘들고, 지쳐 보였으니까요. 맞고 있는 엄마를 보며, 왜 아버지에게서 도망치지 않는지 알 수 없었어요. 그래서, 나도 그래야 한다고 생각했어요. 아버지가 무슨 짓을 해도, 가만히 있어야 한다고. 아버지가 늘 그랬거든요. 엄마에게 말하면, 엄마를 죽여버리겠다고.

집으로 걸어가던 어두운 골목길에서 그녀는 눈물을 흘렸다. 그녀를 보며 어린 시절 여자를 떠올렸다. 여자의 핏방울과 아무것도 할 수 없었던 무기력한 소년의 모습이 떠올랐다.

그랬던 아버지가 몇 달 전 집으로 돌아왔어요. 엄마가 돌아가신 후 혼자 살고 있었는데, 늙고 병들어 다시 돌아온 거예요.

봄눈이 더러운 골목을 덮던 밤이었다. 그와 그녀는 허름한 숙소에서 밤을 새웠다. 그녀의 몸에는 푸르고 붉은 멍들이 자라고 있었다. 새벽에 그는 혼자 그녀의 집으로 갔다. 그녀의 아버지는 잠들어 있었다. 뼈만 남은 몸에선 지독한 악취가 났다. 그는 그 냄새를 잘 알고 있었다. 그를 때리던 남자의 몸에서 나던 냄새, 여자에게 욕을 퍼부을 때마다 나던 그 냄새.

그는 숙소로 돌아가 그녀에게 떠나자고 했다. 그녀는 힘없이 고개를 끄덕였다. 하지만 다음 날, 그녀는 공장에 나타나지 않았다. 그녀를 찾아 그녀의 집에 갔을 때, 그곳에 그녀는 없었다.

경찰이 그녀를 찾아 공장에 왔다. 그녀의 아버지가 죽었고, 경찰은 사라진 그녀를 의심하고 있었다. 며칠 후엔 남자가 그를 찾아왔다. 남자가 그를 찾고 있었다는 사실이 믿기지 않았다. 그는 서둘러 공장을 벗어났다.

가야 할 곳을 알지 못했다. 여자가 떠났다던 나라로 가고 싶었다. 하지만 국경은 이미 오래전 폐쇄됐다. 그는 언젠가 동료들이 주고받던 얘기를 기억해냈다. 이쪽 접경지역에서 국경을 넘어 밀입국을 한다는 이야기. 그는 동료에게서 현지에서 일을 맡아줄 브로커를 소개받았다.

*

버스가 멈춘다. 엔진도 조용히 입을 다문다. 차 문이 열리는 소리. 여러 개의 발소리가 아주 크고 가까이에서 들려온다. 발소리가 머리 바로 위에서 멈춘다. 그는 갑자기 참을 수 없는 역겨운 맛을 느낀다. 식도를 타고 넘어오는 액체를 막으려 두 손으로 입을 막아 보지만 이미 늦었다. 입에서 뜨거운 액체가 막을 새도 없이 쏟아져 나온다. 내뱉은 토사물에서 익숙한 악취가 풍겨온다.

머리 위 뚜껑이 열린다. 알아들을 수 없는 고함이 들려온다. 밝은 빛과 함께 긴 총구가 위에서부터 천천히 내려온다. 끝에 앉아 있던 남자부터 차례로 몸을 일으켜 구멍 위로 올라간다. 기어나가는 안경 쓴 사내의 구두 밑창을 보며 그는 '우리'의 시나리오가 완결되지 못했다는 사실을 깨닫는다.

사내들은 모두 버스 밖으로 끌려 나온다. 외곽 도시에 홀연히 서 있는 경비소는 눈에 덮인 작은 오두막처럼 보인다. 주변을 둘러싼 철책 위에도 온통 눈이 쌓여 있다. 문제없이 통과했다면 몇 미터 앞이 바로 목적지다. 이대로 뛰어 숲에 닿으려면 얼마의 시간이 필요할까, 그는 비리고 역한 침을 삼키며 생각한다. 안내인과 운전사는 머리에 손을 올린 채 수비대원에게 매달린다. 누구도 그들을 상대하지 않는다.

활짝 문이 열린 경비소 안에는 삼나무를 잘라 만든 트리 위로 노란 전구들이 반짝인다. 뿔이 긴 박제 사슴의 머리가 벽에 매달려 있다. 책상 위에는 몇 개의 커피잔 위로 하얀 연기가 흩어지고 있다.

사내들은 손을 머리 위로 올리고 버스에서 나온 순서대로 나란히 선다. 총을 둘러멘 수비대원들이 사내들 주변을 바쁘게 움직인다. 그중 한 명이 떨고 있는 안경 쓴 사내의 배를 총구로 찌른다. 그때였다. 뒤에 있던 검은 점퍼의 사내가 수비대를 향해 총을 쏘며 버스 뒤로 뛰어간다. 급작스러운 상황에 놀란 가죽점퍼가 눈밭 위로 엎어진다. 수비대도 총을 겨누고 검은 점퍼 사내를 향해 총을 쏜다. 다리에 총을 맞은 수비대원을 동료들이 끌고 간다. 붉은 핏자국이 뒤를 따라 길게 이어진다. 버스 유리창이 산산이 부서져 내린다. 가죽점퍼가 가방을 한 손에 쥐고 버스 쪽으로 기어가다 다리에 총을 맞는다. 하얀 눈 위에 붉은 웅덩이가 생긴다.

떠나기 전날 밤, 남자가 잠들고 난 후, 여자가 소년을 안고 속삭였다.
조금만 기다려. 꼭 데리러 올게.
여자는 소년이 잠들었다고 생각했지만, 소년은 여자의 말을 기억하고 있었다.

눈을 감았다 뜬다. 눈앞에 국경이 보인다. 경비소 옆 철문을 향해 달린다. 넘어야 한다. 넘어가야만 한다. 그는 달린다. 철망 너머 숲이 보인다. 이제 막 어둠이 걷히며 옅은 주홍빛에 둘러싸인 깊은 숲이 보인다. 여자는 저곳에 있을까. 그녀는 왜 사라진 것일까. 등 뒤에서 총소리가 끈질긴 추적자처럼 그의 뒤를 따라붙는다.

그는 멈추지 않는다.
그는 달린다.

멀리, 성탄 아침을 알리는 종소리가 길게 울려 퍼진다.

여느 해처럼 12월이 왔습니다. 유독 추위에 약한 저는 어느새 움츠러든 어깨로 '이번이 마지막이야, 소설에 대한 짝사랑은 이제 끝이야' 다짐하며, 원고가 든 익숙한 갈색 봉투를 들고 우체국으로 향했습니다. 바람은 무겁고 차가웠지만, 낯모르는 직원에게 봉투를 전하고 나니 그제야 마음이 가벼워졌습니다. '할 일을 했다'라는 기분이랄까요.

수상소감을 쓰는 지금, 창밖엔 함박눈이 펑펑 쏟아지고 있습니다. 소설 속 주인공 역시 눈 덮인 숲에서 초조한 마음으로 떠날 준비를 하고 있었습니다. 그가 넘으려던 '국경'이 단순히 나라와 나라의 경계선만을 의미하는 게 아니라는 걸, 소설을 끝내고도 긴 시간이 지나서야 깨달았습니다.

저 역시 오랫동안 그곳에 가기 위해 달려왔습니다. 이제 더는 못하겠다고 무릎이 꺾이던 오후, 거짓말처럼 당선 전화를 받았습니다. 그렇게 저는 경계 너머, 그곳으로 한걸음 정도 가까워졌는지 모르겠습니다.

앞서 이 길을 걸어간 수많은 작가의 뒤를 따라 천천히 걷겠습니다. 걷는 일만큼은 누구보다 자신 있습니다. 처음 제 소설을 읽고 사람 얘기를 쓸 줄 안다며 용기를 주신 故 이호철 소설가님, 늦었지만 감사합니다.

손잡아 일으켜 주신 김도연, 김이정, 김미월 심사위원님께도 진심으로 감사드립니다. 설익은 제 글을 읽느라 귀한 시간을 내어준, 여기 이름을 다 밝히지 못한 많은 분들, 고맙습니다.

내 편이 되어준 고마운 친구들이 있었기에 벼랑 끝에 서 있던 한 시절을 무사히 넘길 수 있었습니다. 언젠가 그 이야기가 글이 되어 돌아올 것을 믿습니다. 무엇보다 지금 제 곁을 지켜준 가족 덕분에 다시 꿈꿀 수 있었습니다.

결국, 사랑이었습니다. 끝까지 달리고, 쓰는 일을 멈추지 않았던 이유는.

최종심에 오른 것은 모두 세 작품이다.

「문어」는 첫 문단부터 빈틈없이 정교하게 이어지는 묘사가 돋보이는 작품이다. '예진'도 아니고 '세진'도 아니면서 예진이자 세진으로 살아가는 화자의 불안정한 내면을 어항 속 애완 문어의 단조로우면서도 위태로운 삶과 겹쳐놓은 작가의 구성력이 탁월하다. 그러나 결말에 이르러 화자가 집을 떠나기로 결심한 다음 문어를 죽이려다 마음을 바꾸는 과정에서의 심리 변화가 너무 돌연하여 독자를 어리둥절하게 만든다는 점이 아쉽다.

「미라보」는 오래된 모텔 '미라보'를 중심으로 여러 사연 있는 인물들의 얽히고설킨 삶을 담담한 필치로 그려낸 작품이다. 그간의 문학적 수련을 짐작하게 하는 작가의 적확하면서도 유려한 문장, 사소한 일화나 잠깐 등장하는 인물도 낭비하지 않고 중심 서사에 기여하도록 이끄는 플롯, 루미를 임신시킨 인물의 정체를 밝히지 않음으로써 독자의 궁금증을 극대화하는 서사의 묘가 미덥다. 다만 낡은 모텔이라는 소설의 공간적 배경과 밑바닥 인생들이라는 캐릭터가 가진 진부함이 상기의 많은 장점들로도 결코 상쇄될 수 없다는 점이 뼈아프다.

「국경」은 서사를 이끄는 '우리'가 누구이고 우리가 넘으려는 '국경'이 어디인지 분명하게 말하지 않는데도 더할 수 없이 분명하게 바로 지금 이곳의 이야기로 읽히는 소설이다. 탈북 혹은 난민이라는 시의적 주제를 정면으로 파고드는 작가의 첨예한 문제의식과 인간에 대한 웅숭깊은 시선이 그것을 가능하게 했다. 과거와 현재를 교차시키는 와중에도 서사의 힘과 밀도를 고르게 유지하는 필력, 작품의 주제 의식과 긴밀하게 연결되는 에피소드들의 유기적인 배치, 흠 잡을 데 없이 매끄러운 구성에도 신뢰가 간다.

심사위원들은 전원일치로 「국경」을 모든 응모작들의 맨 위에 올려놓았다. 압권壓卷. 부디 그 무게를 잊지 않고 묵묵히 끝까지 작가로서의 삶에 놓인 무수한 '국경'들을 넘어가기 바란다. 당선자께 축하 인사를, 아울러 아깝게 낙선하였으나 무한한 문학적 역량과 가능성을 보여주신 다른 응모자 여러분께도 진심으로 위로와 격려의 말씀을 올린다.

경남신문 **이상희**

대전대학교 문예창작학과 졸업.

펭귄 섬

이상희

인구 삼천 명도 안 되는 낙도에 명물이 생긴 건 순전히 방송국 덕이었다. 어느 예능 프로그램에서 '공섬에는 00이 있다'라는 퀴즈가 나왔는데 '펭귄'이라는 정답이 공개되자 연예인들은 깜짝 놀라는 표정을 지어 보였다. 카메라는 곧 우리 동네 어판장에 세워진 펭귄 동상을 비췄고 스튜디오에는 환호성이 터졌다. 초등학교 3학년이었던 나는 연예인들이 왜 그걸 신기해하는지 그게 더 신기했다.

방송이 나간 후 관광객이 몰려들기 시작했다. 여름 한 철 반짝 왔다 떠나던 관광객이 한겨울을 제외한 모든 계절에 섬을 찾았다. 아빠는 더 많은 그물을 바다에 던졌고 엄마는 회를 비싸게 팔았다. 어판장 근처에 있는 슈퍼와 횟집은 밖에까지 사람들이 모여 장사진을 이루었다. 이쑤시개를 꼬나물고 공섬을 휘둘러보고 가던 군청 직원은 하루가 멀다 하고 훼리호를 타고 섬에 들어왔다. 칠이 다 벗겨져 온통 회색이었던 펭귄 동상이 어느새 검은색 슈트를 덧입고 파란색 넥타이를 맨 멋진 모습으로 변했다. 그 옆에는 내 키만 한 저금통이 생겼는데, 거기에 이런 글이 쓰여 있었다.

－기후 온난화로 삶의 터전을 잃어가고 있는 제 친구를 도와주세요. 이 돈은 남극에 있는 펭귄을 위해 사용됩니다.

군청 직원은 일주일에 한 번 펭귄 등을 따고 돈 통을 꺼냈다. 누가 훔쳐

갈까 봐 꼭 두세 명이 함께 오곤 했는데, 저 많은 돈을 어디에 가서 세는지 나는 그게 궁금했다. 정말 남극에 보내는지 그런 의문은 애초에 들지 않았다.

펭귄은 날지 못했지만, 펭귄의 날갯짓은 많은 것을 바꿔놓았다. 외지인이 귀촌해 식당과 카페를 차렸고 관광 상품을 파는 가게에는 조개껍질로 만든 액세서리와 펭귄이 그려진 컵, 조약돌을 팔았다. 조약돌 중에는 진짜 돌이 아닌 동그랗게 마모된 소주병 조각도 섞여 있었는데, 사람들은 그걸 보고 애매랄드 빛이 난다고 말했다.

섬사람들은 점점 세련된 방식으로 돈을 쓰기 시작했다. 인터넷으로 물건을 구매했고 다방이 아닌 카페에서 커피를 시켜 먹었으며 새로 생긴 갈빗집에서 외식을 했다. 농협 마트가 들어서면서 편의점도 두 개나 생겼다. 펭귄 동상 덕분에 섬은 점점 부촌이 되어갔다.

"화씨 떱때끼, 밥 안 쳐묵나?"

남동생 화순이었다. 한쪽 다리를 내밀고 고개를 삐딱하게 숙이고 있는 모양이 제법 그럴듯해 보였다. 혀가 짧아 개구리 중사 '케로로'를 '케도도'로 발음한다며 친구들에게 매일 놀림을 받더니 외삼촌에게 욕을 배운 후로는 우는 날이 줄었다. 하지만 부작용 또한 만만치 않았다. 시도 때도 없이 화난 성게처럼 가시를 세우고 욕을 해대는 통에 화순을 뺀 우리 가족은 자주 민망했다. 울고 오는 것보다 낫지 않겠냐는 엄마, 아빠의 암묵적인 동의로 화순의 욕은 날로 화려해졌다.

카세트를 끄고 부표에서 일어났다. 나는 화순에게 주먹 날리는 시늉을 해주었다. 그러자 화순은 가소롭다는 표정을 지어 보였다. 오늘 저녁, 외삼촌의 사업에 대해 대책 회의를 하기로 한 걸 잊어버리고 있었다. 부서진 부표를 폐그물 뒤에 숨겨두고 나는 화순을 따돌리며 집으로 뛰어갔다.

상 위에는 오징어 똥창 찌개와 돔 튀김이 올라와 있었다. 겨우 이걸 먹고 아이디어를 내라니. 나는 저항의 의미로 젓가락으로 밥알만 떼어먹었다.

"붕어빵이나 팔까? 좀 있으면 추워지니까."

외삼촌이 짧은 머리를 벅벅 긁으며 말했다.

"만원 벌라면 사십 개 구워야 한다. 차라리 배를 타라."

엄마의 핀잔에 외삼촌은 두 손으로 얼굴을 비볐다. 그러자 없던 쌍꺼풀이 진하게 생기는 바람에 하마터면 토할 뻔했다. 외삼촌은 숯 검댕이 같은 눈썹을 씰룩거리며 말했다.

"오백 원씩 받으면 안 되나?"

"편의점 팥빵도 팔백 원 받더라. 붕어빵이 뭐라꼬 그 돈 주고 사묵겠노."

그때 술에 취해 코를 골던 아빠가 느닷없이 중얼거렸다.

"으으응."

이를 간 건지 잠꼬대를 한 건지 알 수 없었다. 그러나 엄마는 아빠의 말을 이렇게 알아들었다.

"펭귄빵? 그거 좋다. 요즘은 관광지마다 특산물 빵이 인기더라."

"그런 건 어디서 떼다 파노?"

엄마는 한심한 눈초리로 외삼촌을 바라봤다.

"때리 치아라."

"때리 치아라. 외삼촌아."

화순이 눈을 까뒤집으며 놀렸다. 외삼촌의 머리가 안 돌아간 건, 오징어 똥창 찌개 때문임이 틀림없어 보였다.

주물 공장에 주문한 빵틀이 도착한 건 10월 초였다. 붕어빵 보다 두 배나 큰 펭귄 모양이었다. 펭귄빵 속에는 팥이 들어갔는데 붕어빵보다 더 고소하고 맛있었다. 외삼촌은 식용유 대신 마가린을 빵틀에 발라 빵을 구웠다. 수산물 시장에서 15년간 붕어빵 장사를 했다는 달인에게 십만 원을 주고 배워 온 비법이라고 했다. '돈이 썩어빠졌다.' 엄마가 말했다. 화순은 맛있다며 온몸을 오징어처럼 구겼다.

포장마차 앞에는 〈공섬명물펭귄 빵개시〉라는 플래카드가 붙어 있었다. 화순이 고개를 갸웃거리며 물었다.

"빵개시가 뭐꼬?"

"빵 판다고 하는 말이다."

"화씨 놀래라. 펭귄빵이 아니라 빵개시를 파는 줄 알았다."

외삼촌이 눈썹을 치켜들며 웃었다. 글자를 틀리기도 어려운데 단순한 띄어쓰기를 틀리다니. 5학년인 나도 아는 걸 서른이 다 돼가는 외삼촌은 왜 모를까? 나는 외삼촌의 장사가 심히 걱정되었다.

외삼촌은 펭귄 동상 앞에 포장마차를 차렸다. 귀여운 곰돌이 그림이 그려진 빨간색 앞치마를 맨 모습이 개그맨 같았다. 그래서인지 동상 앞에서 사진을 찍던 관광객이 줄을 서서 빵을 사 먹었다. 솜씨가 서툴러 덜 익거나 탄 빵이 나갔지만 그래도 사람들은 호호 불어 빵을 먹었다. 공섬의 명물이자 특산물이라고 소리치는 화순 덕분에 외삼촌의 전대는 점점 부풀어 올랐다.

한차례 손님이 빠져나간 후 식은 빵을 먹고 있을 때였다. 회색 승용차 한 대가 먼지를 일으키며 포장마차 앞에 섰다. 차에서 내린 사람은 언젠가 어판장에서 본 적이 있는 면장님이었다. 뒷짐을 진 채 몸을 좌우로 흔드는 게 습관인 듯 보였다. 면장님은 여기서 장사를 하면 안 된다고 말했다. 외삼촌이 따졌다.

"어딜 가나 먹을거리 장사 아인교? 포장마차라서 안 된다는 겁니꺼?"

"그게 아니라, 하여튼 '미관상 안 좋다' 이게 군청의 방침이라요."

"육지 폐그물들 공섬에 갖다 버리는 거 모를 줄 아는교? 미관은 무슨, 씨."

"그것도 차차 치울 겁니다."

면장님은 뒷주머니에서 손수건을 꺼내 땀을 닦았다. 외삼촌은 겁을 주고 싶었는지 자꾸만 눈썹을 씰룩거렸다. 그러나 같은 말만 되풀이하는 면장님을 당해 낼 재간이 외삼촌에게는 없었다. 아니, 그럴 용기가 없었는지도 모른다.

면장님을 태운 차는 유턴할 곳을 찾지 못해 등대까지 가서 돌려 나오느라 하마터면 바다에 빠질 뻔했다. 그날 밤, 엄마에게 자초지종을 설명하던 외삼촌은 새빨간 거짓말을 곁들였다.

"면장 차를 확 때려 뿌실라고 했디만은 땀을 뻘뻘 흘리면서 내빼더라."

결국 포장마차는 나의 아지트인 어판장 폐그물 더미 옆으로 이사 했다. 펭귄 동상에서 걸어서 오 분 정도 떨어진, 어판장과 마주한 공터였다. 이렇게 작은 섬에서 오 분은 꽤 먼 거리였다. 관광객은 동상 앞에서 사진만 찍고 관광버스를 타고 가버리기 일쑤였다.

"빵 하나 안주나."

어판장 앞에서 생선을 팔던 아줌마가 웃으며 소리쳤다. 그제야 외삼촌은 인사가 늦었다며 빵을 구웠다. 나는 따뜻한 펭귄빵을 안고 영덕호 아줌마에게 갔다. 그때 재원호 아줌마가 영덕호 아줌마에게 속삭였다.

"저기서 빵 장사를 하면 누가 회를 사묵노? 배불러서 다 간다 아이가."

"그케 말이다. 횟집들도 다 싫어 하드라. 화순네 얼굴 보고 참긴 참는데……."

나는 물고기가 팔딱팔딱 뛰고 있는 고무 통 옆에, 빵 봉지를 얼른 내려놓았다.

11월인데도 따뜻한 날이 계속되었다. 어판장 사람들은 미친 날씨라고 욕하면서도 활기가 넘쳤다. 가을 방어회를 맛보려는 관광객의 발걸음이 끊이지 않았다. 문제는, 회 파는 아줌마들의 자리다툼이 심해진 것이다. 조업이 늦어진 배들은 어판장 뒤쪽에 자리를 잡아야 했는데 그러면 회가 팔리지 않았다. 그래서 순서를 정해 자리를 바꾸기로 했지만 그 방법도 얼마 가지 못했다. 며칠에 한 번씩 들어오는 원양어선과 어쩌다 고기를 많이 잡은 배들이 갑자기 끼어들었기 때문이었다. 한 날은 머리채를 잡고 싸우는 아줌마들 때문에 엄마의 빨간 고무 통이 뒤집어졌다. 이에 어촌계장이 내놓은 묘책은 이랬다.

지정석. 원하는 자리를 돈을 주고 사는 거였다. 그것도 연세로. 아줌마들은 말 같지 않은 소리 하지 말라며 이게 누구 땅이냐고 따졌다. 그러자 어촌계장이 말했다.

"밤새 잠도 못 자고 자리 지키는 것보다 안 낫나? 일 년 내내 편하게 회 팔아라. 하루에 몇 백씩 벌면서 이백만 원이 뭐 아깝노?"

"근데 그거 누구 생각인교? 돈은 어디에 쓰고요?"

엄마가 물었다.

"회 센터 지을 거란다. 군에서 우리한테 신경 억수로 쓴 다 아이가."

"군청에서 그렇게 돈 걷으라 했십니꺼?"

엄마의 말에 어촌계장은 외삼촌을 흘낏 쳐다보며 말했다.

"공섬도 이제 어엿한 관광지다. 어중이떠중이처럼 대충 장사할라 카나?"

엄마는 그만 입을 다물었다. 어촌계장은 헛기침 후 다시 말을 이었다. 아줌마들은 한 둘씩 고개를 끄덕이기 시작했다. 외삼촌이 어떤 역할을 했는지는 몰라도 합의는 속도를 냈다.

외삼촌과 엄마는 육지 사람이었다. 공섬에 시집온 엄마를 보러 외삼촌은 이 년에 한 번 정도 섬을 다녀갔다. 그때마다, 이런 촌구석에서 어떻게 사냐고 구시렁거렸다. 그런 외삼촌이 공섬에 들어와 장사를 하기까지는 어쩔 수 없는 사정이 있었다.

외삼촌은 방위산업체에서 번 돈으로 트럭을 샀었다. 화물 일을 하다가 허리를 삐끗하는 바람에 간고등어와 조기를 싣고 전국을 돌았다. 그만그만하다는 외삼촌의 안부 전화에, 귀가 얇아 걱정이라며 엄마는 한숨을 쉬었다. 작년, 외삼촌은 지인에게 주방세제 사업을 제안 받았다. 십 리터짜리 한 통에 만 원에 팔면 오십 대 오십으로 나누는 거였다. 단번에 오케이를 한 외삼촌은 지도를 펼쳐 놓고 대한민국 북쪽에서부터 남쪽까지 전국을 돌아다녔다. 골목골목을 누비며 불티나게 세제를 팔았고 빵빵한 전대 그대로 사장에게 갖다 줬다. 다시 북쪽으로 올라가 장사를 시작하려던 때, 사장은 연락을 끊었다. 돈 한 푼 받지 못한 채였다. 사장을 잡아 죽여 버리겠다는 꿈을 안고 여인숙에서 술을 마시던 어느 날, 외삼촌의 세제가 티브이에 나왔다. 모자이크로 얼굴을 가린 아줌마가 분통을 터뜨리고 있었다.

가짜 유통 업자에 대한 시사 고발 프로그램이었다.

"그 안에 물이 들어있었는지 몰랐다. 꿈에도 몰랐다."

엄마는 얼른 트럭을 폐차하라고 시켰다. 외삼촌은 빈털터리가 되어 도망치듯 공섬으로 들어왔다.

비가 오려는지 하늘이 온통 먹빛이었다. 나는 엄마가 싸준 도시락을 들고 외삼촌에게 갔다. 폐그물 더미 옆에 덩그러니 놓인 포장마차의 파란 비닐이 바람에 심하게 나부꼈다. 며칠간 태풍 주의보로 인해 배가 들어오지 못해 손님이 없었다. 외삼촌의 짙은 눈썹이 가운데로 몰렸다.

"떱때끼들 절로 안 가나?"

화순은 공중을 향해 주먹을 날렸다. 빵 냄새를 맡고 얼쩡거리는 건 갈매기뿐이었다. 외삼촌은 나무젓가락을 반으로 쪼개 감자볶음을 집어 먹었다. 젓가락질은 한없이 느렸다.

그때 노란색 관광버스가 펭귄 동상 쪽으로 천천히 들어가고 있었다. 폭풍 주의보로 섬을 빠져나가지 못한 사람이 있었다는 걸 그제야 알았다. 비 때문인지 버스에서는 아무도 내리지 않았다. 비는 그칠 듯 말 듯 십 여분이 지나도록 흩날렸다. 외삼촌이 화순을 불렀다.

"박스 갖고 온나. 빵 젖는다."

"박스가 문제가 아인거 같은데?"

"뭐라카노?"

"외삼촌아, 인상만 쓰지 말고 대가리 좀 써라."

비웃는 화순을 향해 외삼촌은 눈을 부라렸다. 나는 둘 사이를 비집고 들어가 종이봉투를 열고 빵을 담았다. 화순은 양손에 빵 봉투를 들고 버스로 향했다. 버스 기사는 창문을 열어 빵을 받았다. 돌아오는 화순의 표정이 좋지 않았다.

"내보고 귀엽단다. 떱때끼들 내를 알라로 보나."

외삼촌은 한숨을 푹 내쉬었다. 잠시 후 버스 기사가 유리창을 열고 손짓을 했다. 박스를 뒤집어쓰고 뛰어간 화순에게 버스 기사는 손가락 두 개를 들어 보였다. 화순이 뒤돌아서서 소리쳤다.

"이백 개 추가요!"

나는 어금니를 물고 조용히 말했다.

"이십 개겠지."

그날 이후 외삼촌은 어판장으로 들어온 관광버스 기사에게 빵 봉지를 내밀었다. 그 후 버스는 외삼촌의 포장마차에 꼭 들렀다. 기사는 마이크를 들고 마가린보다 더 느끼한 목소리로 말했다. '공섬의 명물 펭귄빵, 펭귄빵 한번 드셔 보시길 추천합니다.' 관광버스 한 대당 적게는 스무 개, 많게는 오십 개씩 팔렸다. 하루에 들어오는 버스만 해도 다섯 대는 넘었고, 6시 내고향에서 트로트 가수가 펭귄빵을 사 먹는 모습이 방송에 나가자 외삼촌의 장사는 소위 대박이 나기 시작했다. 외삼촌의 빵 굽는 기술은 날로 늘었다. 빵틀에 마가린을 듬뿍 바르고 팥을 펭귄 발바닥까지 넣었다. 빵은 날로 더 맛있어졌다.

화순은 매일 동네 애들을 이끌고 포장마차로 왔다. 신발주머니에 있던 고무 딱지가 동이 날 때까지 아무도 집에 가지 않았다. 딱지를 치다 배가 고프면 외삼촌에게 가서 빵을 달라고 말했다. 어찌나 당당하게 요구하는지 외삼촌은 당황해서 빵을 구워줬다. 어떤 날은 파는 것보다 애들에게 주는 빵이 더 많았는데, 빵을 나눠주는 화순의 모습은 마치 예수님 같았다. 마지막에 화순은 고개를 들어 하늘을 바라봤다.

"니, 남자들의 의리를 아나?"

"모린다. 저 거지들 델꼬 얼른 꺼지라."

펭귄빵은 화순에게 갑옷이 되어 주었다. 이제 아무도 화순에게 '케도도'라고 놀리지 않았다.

밀가루가 들어오는 날이었다. 나와 화순은 외삼촌이 사준 아이스크림을 먹으며 배를 기다렸다. 훼리호가 하얀 파도를 밀어내며 선착장에 들어왔다. 배문이 열리자 우체국 택배 차와 관광버스, 하얀 트럭이 내려왔다. 하얀 트럭 안에는 온갖 장비가 실려 있었다. 트럭은 어판장 쪽으로 달려가고 있었다.

외삼촌은 밀가루 두 포대를 수레에 실었다. 바퀴가 하나 달린 노란색 수레였다. 화순이 수레를 끌어 보겠다고 떼를 쓰자 외삼촌은 선뜻 수레를 넘겨줬다. 화순은 수레를 잡자마자 비틀거리다가 넘어졌다. 찢어진 포대 옆구리에서 꿀럭꿀럭 밀가루가 새어 나왔다.

"개안나?"

외삼촌이 화순을 일으켜 세웠다.

"화씨, 디질 뻔했네."

화순의 목소리가 떨렸다. 아무래도 많이 놀란 모양이었다. 양 손바닥이 갈퀴처럼 긁혀 몽글몽글 피가 솟아 올라왔다. 화순은 금방이라도 울 것처럼 입을 쭉 내밀었다. 외삼촌이 다급히 말했다.

"돈 마이 벌면 뭐 사준다고 했지?"

"스마폰?"

"그래. 화수이처럼 억수로 똑똑한 스마트폰 사주께."

"근데, 도대체 돈은 언제 마이 버노?"

나는 한 손으로 수레를 잡고, 다른 한 손으로는 터진 밀가루 포대를 막고 있었다. 양팔이 찢어질 것 같았다. 둘이 저러고 있는 꼴을 보자 신경질이 났다.

"빨리 가야 돈 벌지!"

내 말에 외삼촌이 눈썹을 일렁거리며 말했다.

"니는 가끔 너거 엄마 닮아가 소름 끼친다."

"맞다. 떱때끼야."

화순은 손등으로 눈물을 닦고 외삼촌 뒤를 졸졸 따라갔다.

어판장에 도착하자, 하얀 트럭이 펭귄 동상 앞에 서 있는 게 보였다. 뭔가 불길한 꿍꿍이가 느껴졌다. 외삼촌이 반죽을 만드는 동안 나와 화순은 동상 앞으로 갔다. 아저씨 둘이 트럭에서 장비를 끌어내고 있었다. 곧 텐트 같은 틀이 세워지고 그 위에 포장이 덮였다. 아래는 주황색, 위는 투명한 포장이었는데 지퍼가 달려있어 포장을 여닫을 수 있었다. 아저씨 둘이 커다란 빵틀을 들고 포장 안으로 들어갔다. 나는 빵틀을 유심히 바라봤다. 붕어 모양인 줄 알았는데 펭귄 모양이었다.

"클났다. 전쟁자가 나타났다."

"전쟁?"

"경쟁자겠지!"

내 말에 외삼촌은 빵 뒤집는 꼬챙이를 내팽개치고 동상으로 갔다. 그곳에는 외삼촌 것보다 훨씬 큰 포장마차가 세워져 있었다. 〈원조 펭귄빵 특허출원〉이라는 플래카드를 본 외삼촌의 눈이 점점 커지기 시작했다.

"누가 여기 허가 내줬십니꺼?"

아저씨 한 명이 외삼촌을 흘낏 쳐다보며 말했다.

"우리는 이거 설치하는 사람이라 잘 모릅니더."

"사장님은요?"

"글쎄요. 내일 들어오지 싶은데."

외삼촌은 눈썹을 씰룩거릴 뿐 아무 말도 하지 못했다. 아저씨들에게 따져봐야 소용없는 일이라고 생각하는 듯했다. 포장마차로 돌아온 외삼촌은 내내 시무룩했다.

나는 화순과 집으로 걸어갔다. 면장님이 말한 '미관'이라는 것이 포장마차의 크기를 말하는 거였나? 외삼촌이 더 큰 포장마차를 차리면 펭귄 동상 앞에서 장사 할 수 있을까? 나는 곳곳에 쌓여 있는 폐그물 더미를 바라봤다. 어른들의 일은, 모두 저 그물처럼 복잡하게 꼬여 있는 것만 같았다.

화순을 집에 데려다준 뒤 제당으로 갔다. 내가 태어나기 전, 만선을 기도드리던 늙은 무당이 죽고 제당은 아이들의 놀이터가 되었다고 했다. 둔덕이었던 오르막길이 마흔아홉 개나 되는 계단으로 바뀌었는데 그 계단은 무척 좁아서 어른들의 발뒤꿈치가 삐져나왔다. 나와 화순은 가위바위보를 하며 계단을 오르기도 했고, 눈이 많이 쌓이면 한쪽을 삽으로 편편하게 눌러 미끄럼을 타기도 했다. 제당은 우리의 놀이터였다.

가파른 계단을 오르자 박스를 덮고 자는 노숙자들이 보였다. 날이 따뜻해지면 노숙자가 더 늘어났는데, 여인숙비용을 아껴 술을 마시는 선원들이었다. 그중 아빠 배를 탔던 선원도 있었다. 큰 키에 회색 모자를 쓰고 다니는 꺽다리 아저씨였다. 우리 집에 왔을 때 어찌나 밥을 허겁지겁 먹던지 내 입맛이 뚝 떨어질 정도였다. 젊은 사람이 왜 공섬까지 왔냐는 엄마 말에 끝까지 대답하지 않던 꺽다리 아저씨에게, 아빠는 최대한 욕을 아꼈다.

파도가 거친 날이었다. 꺽다리 아저씨는 배를 타자마자 멀미를 시작했다. 그러다 그물을 제때 걷어 올리지 못해 스크루에 그물이 감겼다. 잔뜩 화가 난 아빠가 세상에 있는 욕을 다 해대는 바람에 꺽다리 아저씨는 그날로 도망을 갔다. 그 후 남의 배를 타는지 종종 모습을 드러내곤 했는데 걷는 게 꼭 좀비 같았다. 언젠가부터 제당에서 술을 마시다 땅바닥에 드러누워 잠을 자기 시작했다.

어느 초겨울 아침이었다. 구급차가 와서 죽은 노숙자를 실어갔다. 밤사이 누군가 큰 돌로 노숙자의 머리를 내리쳤다고 했다. 바닥은 물론 나무까지 피가 튀었는데, 아이들은 그 혈흔을 찾을 때마다 대단한 걸 발견한 것처럼 떠들어댔다. 경찰보다 더 빠른 수사력으로 범인까지 잡을 기세였다. 결국 경찰의 늑장 수사로 살인범은 섬을 떠났다. 파출소장 아들이 죽었대도 그랬을까? 엄마의 그 말이 내내 머릿속에 맴돌았다. 그 후 꺽다리 아저씨는 어디에도 보이지 않았다.

펭귄이 유명해지면서 횟집 2층에 돈가스집이 생겼다. 육지에서 정육점을 했다는 뚱뚱한 사장님은 짧은 목을 까딱하며 사람들에게 인사를 했다. 자장면으로 유명해진 제주도의 어느 섬 이야기를 하며 여기에 뭐 볼 게 있냐, 오징어 똥창 찌개나 해 먹는 천애 고아 같은 섬에 돈가스 하나로 일 년 내내 관광객을 불러 모으겠다는 포부를 내비쳤다. 그러나 오픈발이 끝나자 손님이 뜸해졌고, 당일치기 관광객은 돈가스를 사 먹지 않았다. 사장님은 다음 해 자살했다. 경찰들 사이를 비집고 바라본 시커먼 나무토막이 사장님의 시체였다는 걸, 나중에서야 알게 되었다.

어른들은 그들의 죽음을 지나가는 바람처럼 쉬이 잊었다. 죽음이 마치 그 사람 혼자의 잘못인 것처럼. 공섬에 들어온 떠돌이의 인생이 늘 그런 것처럼 대했다. 나는 언젠가부터 어른들이 불편하고 싫어졌다.

제당 안쪽에 있는 큰 바위에 올라앉았다. 새빨간 노을이 바다를 물들이고 있는 게 보였다. 눈을 깜빡이지 않고 얼마나 오래 쳐다볼 수 있는지 혼자서 내기를 했다. 눈을 가늘게 뜨자 꽤 오랫동안 노을을 바라볼 수 있었다. 눈앞이 어지러웠다. 빨간 안경을 쓴 것처럼 온 사방이 불바다로 변한 것 같았다. 제당 나무 뒤에, 어떤 남자가 소주병을 들고 있었는데 누군지 잘 보이지 않았다. 날이 어두워져 주위는 점점 검붉은 색으로 변해갔다. 나는 작게 소리쳤다. 외삼촌, 외삼촌!

늦은 밤까지 엄마와 외삼촌의 작전 회의가 계속됐다. 외삼촌은 '원조'라는 말에 열을 올렸고, 엄마는 그게 중요한 게 아니라고 말했다.

"장사는 목이 구십 프로다. 코앞에 빵 놔두고 니한테 가서 묵겠나. 군청에 전화해라."

"전화해서 뭐라고 하노?"

"왜 그 사람들한테만 좋은 자리 주냐고 따져야지."

"돈 내라고 하면?"

"할 수 없다. 천지가 우리 세상인 줄 알고 살았는데, 이제는 땅도 함부로 못 밟는다. 의도가 괘씸해도 우야겠노."

엄마는 한숨을 내쉬었다. 결국 돈 때문이라는 결론이 내려졌고, 적정선을 찾기 위해 고민해야 할 단계로 넘어갔다. 나는 티격태격하며 액수를 따져보는 둘의 이야기를 듣다가 잠이 들었다.

다음날이었다. 지정석에 앉아 회를 팔고 있는 엄마에게 외삼촌은 손가락 다섯 개를 들어 보였다. 엄마는 입술을 지그시 깨물었다. 일 년에 오백만 원, 그것도 한 번에 내라는 군청 직원의 목소리가 들렸다. 엄마는 군청에 화가 난 건지, 어리버리한 외삼촌에게 화가 난 건지 알 수 없었다. 내내 시무룩한 외삼촌의 얼굴을 보다 못해 한마디 했다.

"여기서 장사하면 안 되나?"

"저쪽 놔두고 여기까지 오겠나?"

"그러니까 머리를 써야지. 팥 말고 딴 걸 넣던지."

"딴 거 뭐?"

"내가 우예 아노? 내 아직 5학년이다!"

나는 자랑처럼 그 말을 내뱉었다. 화내면 안 되는데, 소 때려잡게 생겨서 날파리한테 에프킬라도 못 뿌리는 외삼촌을 슬프게 하면 안 되는데. 그런 생각을 하며 외삼촌을 힐끗 쳐다봤다. 아래턱에 힘을 주고는 입을 쭉 내밀고 있었다.

화순은 텅 빈 실내화 가방을 들고 씩씩거리며 걸어왔다. 나는 화순을 데리고 펭귄 앞 포장마차로 향했다. 우리는 펭귄을 구경하는 척, 동상 안에 들어가 앉았다. 포장마차에는 부부처럼 보이는 남자와 여자가 빵을 굽고 있었는데 속도가 한없이 느렸다. 화순이 입 꼬리를 올리며 말했다.

"떱때끼들. 제대로 하지도 못하는 게."

"외삼촌은 첨부터 잘했나?"

"니 누구 편이고?"

"그거는 모르겠는데, 니 편은 아이다."

그때 남자가 우리에게 손짓을 했다. 나와 화순은 미적미적 펭귄 동상 밖으로 나갔다.

"빵 하나 먹어볼래? 평가 좀 해도."

거절하기가 그래서 받아든 빵은 작고 통통했다. 붕어빵처럼 납작하고 길쭉한 외삼촌의 빵과 달리, 오동통한 몸매에 콕콕 찍은 듯한 눈코입이 귀여운 빵이었다. 예전에 육지에서 사 먹었던 땅콩 빵과 비슷했다. 빵을 깨물자 노란 크림이 나왔다. 어찌나 달콤하고 향기로운지, 나도 모르게 탄식이 새어나왔다. 나는 입안의 것을 꿀꺽 삼키고 말했다.

"특허가 뭔데요?"

"펭귄빵을 처음 만든 사람한테 주는 거다."

"우리 외삼촌이 먼저 만들었는데요."

"법적으로 우리가 처음이다."

그렇게 젊은 부부와 나, 화순, 맞은편에서 회를 팔던 엄마가 외삼촌의 포장마차 앞에 모였다. 일제히 고개를 들어 〈공섬명물펭귄 빵개시〉라는 플래카드를 바라봤다. 남자가 물었다.

"혹시, 별명이 펭귄인교?"

"뭐라카노. 내 별명은 송승헌입니다. 불만 있는교?"

외삼촌은 송충이 같은 눈썹을 씰룩거려 보였다. 그러자 남자가 대답했다.

"펭귄 빵개시. 그러니까 펭귄이 빵을 파는 거를 시작했다, 이 말인데요?"

우리는 다시 플래카드를 올려다봤다. 단순한 띄어쓰기가 이렇게 결정적인 실수가 될지 몰랐다.

"뭔 말 같지도 않은 소리를 지껄이노? 군청에 빽 있는 거 다 아는데, 뭐 함 파보까?"

"우리는 돈 내고 장사하니더. 요즘 세상에 빽이 어딨노?"

여자는 샐쭉 그 말을 하고는 엄마의 눈을 피했다. 엄마는 그 순간을 놓치지 않았다.

"그 얼굴 뾰족한 과장이가? 아이면 군수가?"

"우리한테 따질 게 아이고 자릿세 내고 당당히 장사하소."

"언제부터 공섬이 자릿세 내고 장사하는 데고? 여가 누구 땅인데? 어디서 못된 것들이 함부로 들어와서 지랄이고, 지랄이!"

엄마의 고함에 젊은 부부는 고개를 흔들며 자리를 떠났다. 화순이 울먹이기 시작했다.

"엄마, 외삼촌 망하는기가? 저 빵이 훨씬 맛있어가 클났다."

외삼촌은 멍한 얼굴로 하늘을 올려다봤다. 갈매기는 속도 모르고 신이 나서 끼룩끼룩 웃고 다녔다.

아무것도 없어서 서로 경쟁할 것이 없던 공섬. 이제는 돈을 낸 사람만이 생선을 팔고 빵을 팔게 되었다. 누가 공섬을 이렇게 만들었을까? 몸 하나 들어가는 작은 포장마차에 겨우 자리를 잡은 외삼촌이다. 포장마차가 아니었다면 어느 땅에서 헤매고 있을지 몰랐다. 외삼촌의 집이고 꿈인 곳이 흔들리고 있었다.

모든 게 펭귄 탓 같았다. 펭귄 때문에 사람들의 욕심이 커졌다. 돈 없는 사람들이 자꾸만 밀려났다. 혹시 이 모든 게 펭귄의 저주일까? 펭귄에게 먼저 등을 돌린 건 섬사람들이었다. 얼음 공장을 옮긴 지 십 년이 지나도록 치워지지 않는 펭귄 동상을 사람들은 냉대했다. 혼자서 비를 맞고 눈을 맞을 동안 사람들은 한 번도 펭귄을 돌봐주지 않았다.

나는 펭귄을 향해 두 손을 모았다. 기도하고 또 기도했다.

'내가 자주 봐줄게. 외삼촌을 위해 외삼촌의 포장마차를 지켜줘.'

파도가 칠 때마다 배들이 일렁거렸다. 배는, 자신을 당겨 묶은 밧줄과 줄다리기를 하는 것 같았다. 배 바깥에 달아놓은 폐타이어가 서로 부딪칠 때마다 비명 같은 소리가 났다. 그러다 밧줄이 툭, 하고 끊어질까봐 불안했다.

"떱때끼 삐대나? 존나 까부네. 아가디 다쳐."

외삼촌이 준 마지막 선물은 꽤 유용했다. 화순은 친구들 사이에서 동네 깡패로 통했고, 제법 카리스마도 생겼다. 덕분에 혀 짧은 소리가 더이상 우습게 들리지 않았다. 그런 화순이 펑펑 운 날이 있었는데 불과 일주일 전이었다. 외삼촌은 스마트폰을 사주지 못해 미안하다며 냉동실 가득 아이스크림을 넣어주었다. 그리고 이렇게 말했다.

"화수이, 진짜 멋있는 게 뭔 줄 아나?"

"뭔데?"

"속으로 우는 남자다."

화순은 조그만 입술을 굳게 다물고 고개를 끄덕였다.

외삼촌을 태운 훼리호가 공섬을 빠져나가기 시작했다. 스크루가 힘차게 돌아가자 바다 속에서 파도가 휘몰아쳤다.

나는 화순을 힐끗 쳐다봤다. 눈에 힘을 준 채 배를 바라보고 있었다. 멋진 남자가 되었다는 축하 인사로 화순에게 엄지손가락을 치켜들어 보였다. 화순은 그런 나를 보더니 갑자기 입을 쭈욱 내밀었다. 와앙 하고 터진 울음소리는 뱃고동 소리보다 컸다. 엄마는 동네 창피하다며 화순의 팔을 질질 끌고 집으로 갔다. 나는 외삼촌이 탄 배가 보이지 않을 때까지 계속 서 있었다.

눈발이 날렸다. 한두 송이 흩날리던 눈이 빠르게 내리기 시작했다. 길바닥은 어느새 스티로폼 알갱이를 뿌려놓은 듯 하얗게 변했다. 눈발 사이로 짙푸른 바다가 선명하게 보였다. 파도는, 배가 지나간 자리를 계속해서 지우고 있었다.

외삼촌은 이제 어디로 가는 걸까?

나는 눈을 감았다. 차가운 바람이 콧속으로 들어왔다. 가슴이 서늘해졌다. 바다를 헤엄쳐서 돌아오는 외삼촌의 모습을 상상했다. 나갈 때 보다, 들어올 때 파도가 더 세다는 공섬. 외삼촌은 거친 파도를 거슬러 이곳으로 다시 오고 있다. 이십 센티미터 직진하면 파도가 일 미터 밀어낸다. 그래도 끝까지 헤엄친다. 외삼촌은 울지 않는다. 나는 바다를 향해 엄지손가락을 치켜 세워 보였다.

주위를 둘러보자, 아직도 치워지지 않은 폐그물 더미 위에 하얗게 눈이 내려 쌓였다.

며칠은 겁이 났습니다. 당선자를 착각했다는 신문사의 전화가 걸려 올까봐서요. 힘든 일을 대하듯 기쁨을 미뤄두었습니다. 당선소감을 쓰는 지금도 믿기지 않습니다.

대학을 졸업하자 글감도, 사유의 바닥도 메말랐습니다. 더 이상 글을 쓰지 않겠다고 다짐했습니다. 일찍 결혼을 했고 아이들이 컸습니다. 코로나 19가 시작되던 해, 문득 게을러지고 싶었습니다. 내 안에 고인 것을 흘려보내고 싶어졌습니다. 학교 운동장을 돌고 또 돌며 생각했습니다. 내가 가장 하고 싶은 게 뭘까? 그렇게 다시 펜을 잡았습니다.

하루 20분 글쓰기를 하다가 소설 한 편을 완성했습니다. 그 후 대전 독립서점 삼요소 문인들과 또 미륭 갤러리 선배님들과 함께 공부했습니다. 그들을 만나는 일은 늘 소풍처럼 설레고 기뻤습니다. 특히 저의 가능성을 끝까지 믿어준 유용오 작가님께 깊은 감사의 마음을 전합니다.

항상 제 글의 첫 독자인 사랑하는 친구 은실. 목까지 차오른 '맞벌이'라는 단어 대신 격려와 응원을 아끼지 않는 남편. 글 쓰는 엄마를 배려해 스스로 간식을 챙겨먹는 아이들. 그들이 아니었다면 저는 쉽게 포기하는 사람이 되었을 것입니다.

왜 소설을 쓰냐는 지인의 물음에 "그냥요. 소설은 그냥 저예요"라고 말했습니다. 막연한 질문에 더 막연한 대답을 해버렸습니다. 그런 제게, 조금은 안심해도 된다며 따뜻한 길을 내어주신 경남신문 심사위원님들께 진심으로 감사드립니다.

지역색 살리면서 사회문제 끌어안아

올해 단편소설 부문에서 최종 후보작으로 거론된 작품은 총 6편이었다. 「친밀과 다정 사이」는 연인과의 이별과 그 후의 심경을 요란하지 않고 세련되게 처리한 서술방식이 돋보였다. 문학은 미세하고 사라져 가는 것에 유독 눈길을 떼기 어려운데, 「세신역」이 딱 그랬다. 폐업을 앞둔 목욕탕과 그곳에 들른 할머니들의 개별적 사연을 품는 작가의 시선이 따스하나 이런 개별적 사연이 오히려 원심력처럼 흩어지는 점은 아쉬웠다.

「고라니를 묻고 오는 길」은 당장 발표해도 손색이 없을 만큼 매끄러웠다. 고라니를 넘치는 남성성과 사라져 가는 남성성의 대비로 끌어올리는 솜씨가 예사롭지 않았다. 동시에 그 점이 아쉬웠는데, 은유의 다의성이 오히려 모호성으로 작용해 주인공의 서사와 선명하게 연결되지 않았다. 「도서관에 어항이 있다」는 '고둥'이라는 단어를 상징으로 활용하며 화자의 본성을 드러내는 구성이 빼어났다. 하지만 명사와 대명사의 활용 등이 아쉬웠다. 「하울링」은 작가 의도를 뚜렷하게 부각하는 것이 장점이다. 완성도와는 별개로 이렇게 주제를 끝까지 밀어붙이는 경우, 그 깊이나 신선함이 고려의 대상이 된다.

「펭귄 섬」은 재미와 의미를 양손에 쥐고 관찰자 시선의 묘미를 탁월하게 살린 작품이다. 공섬에서 '펭귄 빵'을 구워 파는 외삼촌을 순수하고 재치 있게 그렸는데, 이런 소재가 흔히 빠지기 쉬운 의미의 공허를 사뿐히

절충하는 솜씨 또한 남다르다. 이익에 재빠른 세태에 밀려 육지에서 공섬으로, 다시 공섬에서 주변으로 끝없이 밀려나는 외삼촌의 뒷모습은 결코 가볍지 않은 여운을 남긴다. 더욱이 소재적 측면에서 경남의 신춘문예에 부합하는 지역색을 살리면서도 우리의 보편적인 사회 문제를 끌어안은 성공사례로 판단된다. 이러한 「펭귄 섬」에 당선의 영예를 바치지 않을 이유를 찾기가 어려웠다. 당선자에게는 더욱 뜨거운 약진을 기원하고 모든 응모자에게도 새해에는 문운이 만개하기를 희원한다.

경상일보 **이혜정**

1983년 대구 출생.
계명대학교 문예창작학과 졸업.
충남대학교 국어국문학과 석사과정 졸업.
2004년 계명문화상 단편소설 부문 당선.

피비

이혜정

벌써 여름이 와 있는 것과 마찬가지였다. 오전인데도 볕이 뜨거웠다. 나는 카페에 앉아서 유리창 밖을 뚫어져라 바라보고 있었다. 나무 잎사귀와 들풀, 햇빛이 한데 어룽지며 뒤섞였다. 때 이른 열기와 오월의 서늘한 바람이 어우러져 흔들렸다. 그곳은 초록으로 소용돌이치는 출구 같았다. 움직이고 있다는 게 마음에 들었다. 고여 있는 건 질색이었다. 흔들리고, 멈추고, 흔들리고, 멈추고. 언제까지나 그걸 바라볼 수 있겠다 싶었다. 아이스 카페라떼는 이미 다 마시고 호두와플도 남김없이 먹어버렸지만 그렇게 한참 넋을 놓고 앉아 있었다.

카페가 위치한 곳은 탄동천 옆 지질연구소 건물 1층이었다. 건물 바로 앞으로 좁은 산책로가 나 있었다. 내가 앉은 자리에서 물이 흘러가는 건 보이지 않았다. 얼마 전에 바닥 공사를 끝낸 하천은 흙탕물만 얇게 흘러가고 있을 터였다. 산책로 양쪽에 늘어선 벚나무의 꽃은 진 지 오래고 이제 버찌가 매달려 익어가고 있었다. 붉은 버찌는 자그마했다. 작고 붉은 열매를 생각하다가 차가운 에어컨 바람에 화들짝 놀랐다. 이토록, 아무 할 일도 없을 수 있다니. 오픈한 지 얼마 되지 않은 카페의 다소 황량한 내부, 빈 테이블들. 그 앞에서 나는 그만 힘이 빠져버렸다. 이렇게 살아도 되는 것인가. 습관적 생각이 빈 머리를 스쳤다. 그때 녹음이 우거진 산책로로 낯익은 색이 들어왔다. 보라라고 해도 좋고, 자주라고 해도 좋은, 갓 씻어낸 자두의 빛깔을 닮은 바람막이 점퍼. 저 색, 내가 꼭 마음에 들어 잃고 나서 아쉬워했던 그 빛깔이었다.

그런데 저 여자, 창백한 안색에 마른 몸을 한 낯선 여자가 그 점퍼를 입고 있었다.

지난주에 점퍼를 잃어버렸다. 점퍼를 벗어 허리에 묶고 뛰어가던 중이었다. 점퍼가 바닥에 흘러내린 줄도 모르고 한참을 달렸다. 뭔가 허전해 허리춤을 살폈다. 탄동천을 따라가는 산책로를 지나 제법 강폭이 큰 갑천으로 나아갔을 때였다. 돌아왔던 길을 되짚어 갔지만 이미 점퍼는 사라지고 없었다.

여자는 창가 자리에 앉아 있었다. 내 시야의 한 귀퉁이를 그녀가 차지했다. 내가 앉은 자리는 벽 쪽이라 창가와는 제법 거리가 있었지만 그녀가 들어와 그 자리에 앉기 전에 창을 가리는 것이라고는 의자와 테이블밖에 없었다. 녹색과 노랑이 가득한 유리 캔버스에 낯선 인물이 추가되었다.

점퍼는 정말이지 그녀와 어울리지 않았다. 새것처럼 보이는 점퍼는 보풀이 인 운동복 하의와 어울리지 않았다. 운동화 뒤축은 심하게 닳아 있었다. 내 옷이 아닐 수도 있다고 생각하면서도, 나는 꼭 그것이 내 것만 같아서 유심히 보게 되었다. 내 점퍼는 두어 번밖에 입지 않아 새 옷 냄새가 났다. 아직도 그 냄새가 날 것 같았다. 그녀를 살펴보는 사이 나는 적의가 누그러지는 걸 느꼈다. 뭐랄까, 상대가 되지 않는 나약한 적을 만난 느낌이랄까. 푸석하지만 단정하게 단발로 자른, 유난히 새카만 생머리. 고개를 숙여 얼굴에 그늘이 질 때는 쉰이 훌쩍 넘어 보였는데 고개를 들어 햇빛을 환하게 받으면 새하얀 얼굴이 갓 마흔을 넘긴 듯도 했다. 그녀가 일어났을 때 나는 서둘러 시선을 돌렸다. 그녀는 계산대로 가 카모마일을 시키고, 다시 창가 자리에 앉았다. 그리고 창밖을 바라보기 시작했다.

햇빛을 받은 점퍼는 보라보다는 자주에 가까워 보였다. 화장기 하나 없는 창백한 얼굴 때문인지 점퍼의 색상은 더욱 도드라졌다. 눈썹도 옅고, 코도 나지막하고, 입도 작고, 무표정한 얼굴은 정말이지 희미한 인상이었다. 쓱쓱 손으로 지워도 깨끗이 흔적 없이 사라질 듯한 얼굴이었다. 그녀는 느긋하게 차를 마셨다. 나는 무슨 말을 어떻게 해야 할지 고민했다. 그 옷이 내 것이 아니라도 물어볼 수는 있으니까. 차를 다 마셨는지 그녀는 더 이상 컵에 손을 대지 않았다. 가만히 앉아 창을 바라보더니 옆 의자에 놓아둔 에코백을 들었다. 자리에서 일어나는 그녀를, 나는 얼결에 뒤따라 나갔다.

공사를 막 끝낸 탄동천 상류와 달리 하류 쪽 둑과 강가에는 풀이 무성했다. 산책로는 둑 위쪽에 자리했고 사람들은 둑 아래로는 잘 내려가지 않았다. 개망초와 노란꽃이 지천으로 피어 들풀과 함께 바람에 흔들렸다. 쇠오리가 새끼를 이끌고 물가에 떠 있었다. 여자는 다섯 걸음 정도 앞서 걸었다. 나무가 제법 우거진 곳은 그늘이 졌지만 심은 지 얼마 되지 않은 나무들을 지날 때는 그렇지 않았다. 해가 들었다 그늘이 졌다가를 반복하는 길이었다. 그녀의 뒷모습이 햇빛에 드러났다가 그늘 속으로 들어갔다가 했다.

여자가 산책로를 벗어나 탄동천에 면한 과학공원 입구로 들어갔다. 나는 잠시 뜸을 들였다가 공원으로 들어섰다. 그녀는 유리온실 안으로 들어가고 있었다. 생물전시관이었다. 나도 틈을 두고 들어갔다. 시큼한 더운 숨이 온실 내부를 채우고 있었다. 커다란 잎사귀를 가진 열대 식물들, 화려한 빛깔의 커다란 꽃들이 온실로 쏟아지는 빛 아래 젖은 숨을 내뿜고 있었다. 작은 분수가 있는 연못에 금붕어가 헤엄치고, 작은 늪에 수초가 자라고 있었다. 그리고 아주 짙은 꽃향기가 어디선가 흘러나왔다. 그녀는 보이지 않았다.

여자를 찾아다니다가, 작은 수조 앞에 서 있는 모습을 보았다. 그녀는 그 앞에 오래 서 있었다. 그녀가 자리를 뜨고 나서 나는 수조를 들여다보았다. 수조 귀퉁이에 생물명과 습성이 적힌 안내판이 붙어 있었다. 악어거북. 좁은 수조에 몸을 구겨 넣은 녀석의 온몸에 녹조가 끼어 있었다. 등갑에 난 세 개의 융기, 새의 부리처럼 생긴 턱이 독특했다. 나는 처음에 그것이 가짜 같다고 생각했다. 박제가 아닐까 싶었다. 조금도 움직이지 않았고 이끼 낀 바위처럼 보였기 때문이었다. 하지만 아코디언 같은 주름진 목을 뻗으며 콧구멍을 수면 위로 내놓는 모습을 보고서야 녀석이 살아 있다는 걸 알 수 있었다.

살아 있었다. 좁은 곳에 갇혀 움직이지 못하면서도 살아 있다는 게 나에겐 충격이었다. 저런 것도 살아 있다고 할 수 있는 것일까, 사냥의 의지도 없이 움직일 수도 없이 사료에만 의지한 삶. 나는 문득 손등을 내려다보았다. 내 손등에도 녹조가 끼어 초록빛으로 일렁이고 있는 듯해 괜히 두 손을 털었다. 악어거북에 쏠려 있던 눈길을 들었다. 여자는 이미 자리를 옮겨 보이지 않았다. 온실 안을 둘러보았지만 여자는 나가버린 모양이었다. 차라리 잘 되었다 싶기도 했다. 조금은 허탈했지만 말을 걸 자신도 없었다.

그날 이후 여자와 산책로나 카페에서 서너 번 마주쳤다. 날이 더워져서 산책을 하려면 이른 오전에 나서거나 저녁에나 나와야 했다. 그녀 역시 오전 산책을 즐기는 모양이었다. 늘 비슷한 시간대에 그녀를 볼 수 있었다. 그때마다 그녀는 그 점퍼를 입고 있었다. 이제는 더울 법한데도 그랬다. 점퍼에 대해 물어보는 건 거의 포기했다. 그 점퍼를 한두 명이 산 것도 아닐 테고 그저 비슷한 옷이려니 하고 생각할 수밖에 없었다. 다만 이상하게도 점퍼보다는 점퍼를 입고 있던 그 여자의 이미지가 뇌리를 떠나지 않았다.

어느 아침 조깅을 하고 더위를 식히러 카페에 들어갔을 때 여자가 있었다. 벽을 따라 좌석이 하나로 이어진 자리에 그녀는 앉아 있었다. 자리가 마땅치 않아 그녀 옆쪽에 앉았다. 길게 이어진 의자 앞으로 두 개의 테이블이 적당히 떨어져 있었다. 여자는 오늘도 그 점퍼를 입고 있었다.

갑자기 여자가 말을 걸었다. 희미한 인상과는 달리 명랑한 목소리였다. 크지도 작지도 않은 외까풀의 갸름한 눈매가 초승달 모양으로 휘어졌다. 갈색 눈동자는 투명했다. 그녀가 미소 짓자 덧니가 드러나며 장난스런 얼굴이 되었다.

"자주 보네요."

나는 놀랐다.

"네……"

"열심히 뛰던데요?"

여자는 봇물 터지듯 말을 늘어놓기 시작했다. 눈가에 잔주름이 많았다. 가까이서 보니 쉰은 넘어 보였다. 얘기를 나누고 보니 같은 동네에 살고 있었다. 연구단지 가까이에 동네가 하나뿐이라 그녀도 거기에 살고 있으리라 짐작했다. 그녀가 사는 아파트는 내가 사는 아파트와 가까웠다. 애는 없고, 책을 즐겨 읽고, 산책과 도서관 나들이가 전부인 여자 같았다. 그녀는 도서관에서 최근에 개설한 교양강좌에 대해 말하며 나에게도 권했다. 여자가 말을 건네는 게 싫지 않았다. 결국 점퍼 이야기는 꺼내지도 못했지만, 나 역시 그녀에게 묘한 호기심을 느끼던 차였다. 그렇게 말을 튼 이후로 우리는 종종 만났다. 함께 산책을 하고 도서관을 다녔다. 나이 차이는 좀 났지만 책 이야기를 하다 보면 나이도 잊게 되었다.

그녀의 이름은 송기영이었다. 기영은 자신을 힘들게 했던 시댁 식구들 얘기를 자주했다. 처음 인사드리러 간 날 그녀의 시어머니 될 사람은 그녀에게 말을 걸지 않았다고 했다. 어쩌면 그때 그만두었어야 하는 건지도 모른다고 그녀는 쓸쓸하게 웃었다. 그녀는 왼쪽 손을 쥐었다 폈다 하는 동작을 반복하곤 했는데, 그 이야기를 할 때도 그랬다. 나는 조용하면서도 사려 깊은 그녀가 좋아졌다.

한번은 도서관 시청각실에서 상영해주는 영화를 함께 보러 가기도 했다. 영화는 세 명의 여자를 주인공으로 등장시켜 서로 다른 시간과 공간에 놓고, 그들을 교차시켜 보여줬다. 영화는 좀 무거웠다. 두 인물이 자살했다. 버지니아 울프는 강물 속으로 휩쓸리고, 리차드 브라운은 창밖으로 뛰어내렸다. 기영은 몰입해서 그 영화를 보는 것 같았다. 시청각실은 어두웠다. 불을 끄고 빔을 쏘아서 영화를 상영했다. 화면 상태는 좋지도 나쁘지도 않았다. 그럭저럭 볼 만했지만 화면은 물 빠진 청바지처럼 흐린 편이었다. 힐끗 바라본 기영은 조용한 얼굴이었지만 화면을 따라 그녀의 내면도 빠르게 흘러가고 있는 듯했다. 화면 불빛이 그녀의 얼굴을 가만히 비추었다.

"이 영화 다섯 번째 보는 거야."

영화를 보고 나오며 그녀가 말했다.

도서관 복도 자판기에서 나는 커피를 뽑았다. 그녀는 율무차를 뽑아서 의자에 앉았다.

기영은 왼쪽 손을 쥐었다 폈다 하며 생각에 잠겼다. 그녀의 왼쪽 손바닥 안쪽에는 빗금을 그은 듯한 커다란 흉터가 있었다. 창을 통과한 햇살이 그녀의 이마에 떨어지고 있었다. 미간을 살짝 찌푸린 그녀의 얼굴은 진지했다. 나는 그녀의 왼손을 힐끔거렸다. 커다란 흉터가 손바닥 중앙에 입을 벌리고 있었다. 어쩌다 저렇게 큰 흉터가 생겼을까, 나는 궁금했다.

"버지니아 울프는 등장인물 중에 누군가는 반드시 죽어야 한다고 했어. 다른 이들이 계속 살아가도록."

버지니아 울프가 강물에 휩쓸리는 장면은 정말이지 아름다웠다. 하지만 소설 댈러웨이 부인을 읽지 않은 나로서는 인물들에 대한 의구심이 남았다. 그에 비해 기영은 소설을 읽은 모양이었고, 그 영화 속 인물들에 깊이 공감하는 듯했다. 기영은 읽지 않은 책이 없었다.

소설 댈러웨이 부인에 대해 이야기하다가, 그녀는 갑자기 내 손을 잡았다. 내 손바닥을 펼쳐 자신의 손으로 훑었다.

"이 깨끗한 손."

그녀는 어두운 얼굴로 중얼거렸다.

나는 기영이 그런 얼굴을 하는 게 싫었다. 종이컵을 구겨 쓰레기통에 넣었다. 그러고는 그녀의 손을 이끌고 도서관 밖으로 나왔다. 탄동천 산책로와 도서관은 멀지 않았다. 산책로를 따라 걸었다. 벚나무 가지에 붙은 버찌들이 검게 익어 있었다. 나는 버찌를 따서 그녀에게 주었다. 입술이 검게 물들었다. 나도 버찌를 입에 집어넣고 우물거렸다. 첫맛은 달콤했고 끝 맛은 쌉쌀했다. 손끝에 검은 물이 들었다. 버찌가 터져 검붉은 핏자국 같은 얼룩이 손에 남았다. 길 위에 떨어져 내린 버찌 열매가 발밑에서 타닥타닥 터졌다. 길 위로 온통 검은 얼룩이 졌다. 우리는 그 길을 말없이 끝까지 걸었다.

날이 너무 더워져서 우리는 밤 산책을 즐기게 되었다. 코스는 늘 같았다. 탄동천을 따라 걷다가 생물전시관 앞을 지나 갑천으로 나갔다. 언제부턴가 우리는 손을 꼭 잡고 걸었는데 그게 그리 싫지 않았다. 남편은 늦게 들어오는 편이라 내가 밤늦게 운동하는 걸 별로 대수롭지 않게 생각했다. 밤 산책은 가끔 위험하게 느껴지기도 했다. 탄동천 가에 가로등이 별로 없어 길은 어두웠고 불 꺼진 과학공원은 을씨년스럽기 짝이 없었다. 캄캄한 어둠 속, 공원 한쪽을 차지한 공룡들은 검은 몸을 금방이라도 움직일 듯했으며 텅 빈 주차장 한쪽 귀퉁이에 불한당들이 숨어 있을 것만 같았다. 그럼에도 불구하고 손을 꼭 맞잡고 씩씩하게 걸었다. 오직 걷기 위해 태어난 산책로의 아주머니들처럼 의기양양했다. 기영은 문이 닫힌 생물전시관 앞을 지나다가 내게 말했다.

"악어거북 보고 갈까?"

"네? 이 시간에요?"

그녀는 어떻게 알았는지 관리자가 드나드는 것 같은 뒷문을 찾아내 전자키 번호를 누르기 시작했다. 한 번 틀리고, 두 번 틀리고, 경고음이 잠깐 울리고 꺼지는 동안 나는 조마조마했다. 그리고 세 번째 만에 문이 열렸다. 나는 기영에게 어떻게 번호를 알았냐고 묻지도 못하고 가만히 뒤따라갔다. 유리온실 안은 어두컴컴했다. 이끼가 잔뜩 낀 지하 묘지처럼 습했다. 그녀는 휴대폰의 보조등앱을 켰다. 낮과는 느낌이 전혀 달랐다. 불빛이 닿는 곳에 늘어진 잎사귀들은 야생성을 내뿜고 있었다. 그 커다란 잎 뒤에 야생동물이 뛰어나올 것 같았다. 그녀는 악어거북이 있는 수조로 갔다. 악어거북은 목을 껍질 속에 숨긴 채 웅크려 있었다. 그녀는 나를 이끌고 안쪽으로 더 들어갔다. 연못에 빛을 비추니 금붕어 서너 마리가 헤엄치는 게 보였다. 그녀는 주위를 두리번거리더니 바닥에 놓여 있던 작은 삽으로 금붕어 한 마리를 조심스럽게 떴다. 금붕어가 버둥거리자 손으로 그 위를 덮으며 얼굴을 잔뜩 찌푸렸다.

"뭐 하는 거예요?"

그녀는 나를 끌고 다시 악어거북이 있는 수조 앞으로 갔다. 그녀는 수조의 뚜껑을 한쪽으로 밀었다. 그리고 금붕어를 그 안에 넣었다. 금붕어는 물속에 들어가자 놀라서 버둥거렸다. 그럼에도 악어거북의 존재는 눈치채지 못한 듯했다. 기껏해야 커다란 바위 정도로 생각하고 있는 것 같았다. 악어거북은 아무런 반응도 보이지 않았다. 금붕어가 눈앞에 왔다 갔다 해도 꼼짝도 하지 않았다. 우리는 한참 그것을 쳐다보다 맥이 빠져 밖으로 나와 버렸다. 악어거북의 힘센 턱이 벌어져 금붕어의 몸통을 갈가리 찢어 먹기를 기대했는데. 유리온실 밖으로 나오며 우리는 서로 말이 없었다. 다리 아래, 갑천으로 이어지는 내리막길을 걸으며 그녀가 말했다.

"악어거북은 정액을 보관할 수 있어서, 수컷이 없어도 원할 때 알을 낳을 수 있대. 평생 단독으로 살아가는 녀석이지."

나는 고개를 끄덕이며 발밑을 보느라 정신이 없었다. 어두워서 조심스러웠다.

"남자라는 게 왜 필요한지 모르겠는데, 어쩌다보니 이렇게 살게 되었네."

"이렇게? 어떻게요?"

"모르겠어. 이 세계가 나의 것인지, 그의 것인지."

그녀는 잡고 있던 내 손을 더 꽉 잡았다. 나는 덥다면서 가볍게 그 손을 털어냈다. 바람이 불자 다리 밑에 고인 물에서 퀴퀴한 냄새가 풍겼다.

남편과 다툰 날이었다. 왜 싸웠는지 싸우다보니 잊어버렸다. 서로를 비난하고 분노를 터뜨렸다. 아마 나는 나 자신을 견디기 어려웠을 것이다. 나는 밖으로 나갔지만 신혼 때처럼 남편이 나를 찾으러 나오지는 않았다. 날은 어두웠다. 밤 9시. 딱히 갈 곳이 없어 나는 동네 카페에 들어갔다. 손님은 나밖에 없었다. 창가 자리에 앉아 카모마일 차를 마시며 기영에게 문자를 보냈다. 기영은 답이 없었다.

창밖, 길 건너에 지붕이 있는 평상이 보였다. 평상 뒤에는 초등학교 담장이 있었다. 그 평상 한쪽에 뚱뚱한 여자가 앉아 있었다. 그녀는 한국 사람이 아니었다. 사리를 걸치고 있어서 인도 사람인가 했다. 본의 아니게 우리는 마주보고 있었다. 그녀의 눈길은 다른 곳을 향하고 있었지만. 가라앉아 있는 얼굴이었다. 아마 이 동네에 사는 다른 외국인 여자처럼 연구원인 남편을 따라 이 낯선 곳에 왔을 터였다. 말도 통하지 않고, 자기 혼자서는 아무것도 할 수 없는 채. 한 남자의 트렁크가 되어 비행기에 실렸겠지. 이곳에 온 다음에야 그녀들은 자신이 어떤 삶을 택한 건지 뒤늦게 깨달을 것이다. 공허한 눈길이었다. 이제 와서 어떤 선택이 가능할까. 나는 기영에게 물어보고 싶었다.

기영에게서 뒤늦게 연락이 왔다. 문을 거의 닫을 때쯤 그녀가 카페로 들어왔다. 갈라져 조각난 얼굴이 그제야 하나로 모아지는 기분이었다. 나는 그녀의 손부터 덥석 잡았다.

"무슨 일이야?"

"아무 일이요."

"아무 일?"

"아무것도 아닌 일이라고요."

그녀는 헛웃음을 웃었다.

"좋아요."

"뭐가?"

"언니 얼굴을 봐서요."

설거지를 하다가 나왔는지 그녀의 손은 물에 젖어 있었다. 고무장갑을 끼지 않고 설거지를 하는 게 그녀의 습관이었다. 그렇게 급히 뛰어온 것이었다. 물기 묻은 손도 닦지 못할 정도로.

"저 여자 좀 봐요."

그녀는 길 건너의 여자를 바라보았다.

"쓸쓸해 보이네."

"내가 더 쓸쓸해 보여요, 저 여자가 더 쓸쓸해 보여요?"

그녀는 고개를 저었다.

"넌 지금 웃고 있잖아."

나는 정말 웃고 있었다. 언제 그랬냐는 듯이 낄낄대고 있었다. 내 표정이 언니가 있어 다행이에요,라고 말하고 있었다. 남편 따위는 정말 쓸모없어요. 내 말에 그녀는 깔깔거렸다. 그것도 없으면 아쉬워질걸.

"오늘 산책 갔다가, 식물원에 들렀어요."

그녀는 내 말에 귀 기울였다.

"악어거북이 사라졌어요."

"악어거북?"

"몰라요? 식물원에 있는 거북이요."

"아."

"죽었나 싶어 가슴이 덜컥 내려앉았어요. 그런데⋯⋯"

나는 카모마일 티백 끝에 달린 실을 잡고 물속에 빙빙 돌렸다.

"부산해양박물관으로 갔다네요. 떠났다 하네요."

그녀는 영문을 모르겠다는 표정이었다.

"평생 그 수조에서 떠나지 못할 거라던 악어거북이 부산까지 갔다잖아요."

내 목소리에 카페 주인이 돌아다보았다.

"그런데, 나는⋯⋯ 뭐하고 있는 거죠?"

하루는 기영이 집에 와서 자고 가라고 했다. 공무원으로 일하는, 그녀의 남편이 출장을 떠난 날이었다. 저녁을 먹은 후 옷을 챙겨 그녀의 집에 갔다. 서른 평 정도의 이십 년이 넘은 오래된 아파트였다. 그녀의 집에 놀러가는 게 처음은 아니었지만 자고 온 적은 없었다. 거실에 상을 펴놓고 바닥에 마주 앉았다. 그녀는 상 위에 두 손을 올려놓고 오른손으로 왼손을 만지작거렸다.

나는 불쑥 그녀에게 물었다.

"손은 어쩌다 그랬어요?"

그녀는 천진한 웃음을 지으며 말했다.

"피비가 빠져나간 자리야."

"피비?"

"털이 짙은 자주빛 새. 참새만한데 몸통이 더 날씬하고 긴, 까만 눈 위에 노란 털이 모자처럼 동그랗게 자라난, 아주 예쁜 새지. 그 새는 내 머릿속, 가슴속, 골반 뼈 아래 어디든 날아다녔어."

그녀는 중학교를 졸업하고 방직공장에 들어가 일을 했다고 했다. 쉴 새 없이 돌아가는 기계 앞에 서서 끊어진 실을 이어주는 것이 그녀의 일이었다. 불량한 실패들을 칼로 잘라내고 새로 끼우기도 했다. 작업복 주머니에는 칼이 들어 있었다. 그런데 졸음이 늘 문제였다. 3교대로 근무하는 한밤, 그녀의 몸이 아슬아슬하게 기울었다가 세워졌다가를 반복하던 어느 날이었다. 그녀는 지루하거나, 졸릴 때 상상의 새 피비를 불러냈다. 피비의 맑은 울음소리가 귓속에 가볍게 울렸다. 손등에 올라온 새의 목덜미를 가볍게 어루만져주었다. 하지만 가끔씩 피비는 통제 불능이 되었다. 온몸을 돌아다니던 새가 제 맘대로 튀어나와버릴 때가 있었다. 목에 걸린 새가, 비명이 되어 뛰쳐나오려 할 때 그녀는 입을 꾹 닫고, 눈을 부릅떴다. 새벽 서너 시쯤이 늘 고비였다.

"졸려서 죽을 것 같은 날이었지. 피비의 울음소리에도 졸음이 달아나지 않았어. 흰 장막이 내 머리를 뒤덮고 있는 듯했어. 난 잠에 취해 몽롱했고…… 실이 뒤엉킨 실패를 잘라내려고 칼을 내리그었는데, 갑자기 왼쪽 손바닥에서 피비가 튀어나오지 뭐야."

그녀는 내 눈앞에 손바닥을 활짝 펼쳤다. 검붉은 흉터자국이 한눈에 들어왔다.

"피비는 그때, 여기서 빠져나가 버렸어. 영영 사라져 버렸지."

말을 끝낸 그녀의 시선은 허공에 꽂혀 있었다. 비가 내리는 밖은 어두웠다. 베란다 창에 우리의 모습이 비치고 있었다. 기영의 집은 지나치게 조용했다. 나는 무슨 말을 해야 할지 몰라 입을 다물고 그녀의 시선을 뒤좇았다. 처음 듣는 얘기였다.

"사고 후에 손도 느려지고…… 몸이 오래 아팠어. 모든 게 두려워졌어. 잠깐 서점에서 점원으로 일할 때 지금의 남편을 만났고, 겨우 열아홉에 결혼한 것도 그 막연한 두려움 때문이었어."

기영은 고개를 떨구었다. 카모마일의 노란 꽃송이들이 유리 주전자 안에 떠 있었다. 먼지 같은 꽃잎들이 물속에 흩어졌다. 나는 무슨 이야기를 해야 할지 몰라서 그녀에게 물었다.

"왜, 카모마일만 마셔요?"

"불면증 때문에. 밤마다 소리가 들리거든…… 비가 와서 그런가, 오늘 따라……"

그녀는 천장을 가리켰다. 파란색 고리가 달린 네모난 복층의 입구였다. 고리를 잡아당기면 계단이 펼쳐졌다.

"무슨…… 소리요?"

그녀는 키득거리며 죽은 아이들이 저기서 산다고 했다. 나는 내 귀를 의심했다. 어둠속으로 빗줄기가 굵어지고 있었다.

"내가 얘기 안 했나?"

시댁에 갔다가 논두렁에서 뱀을 보고 놀라 첫 유산을 한 이후로, 줄줄이 자연 유산이 이어졌다고 했다. 아기집이 약해서, 아기가 크면 자연적으로 흘러내려 버리는 것이었다. 그녀는 그걸 미끄럼틀을 탄다고 표현했다. 여섯 차례의 유산이 있었고, 그 뒤로는 임신도 잘 되지 않아 인공수정, 시험관 해보지 않은 게 없었다. 마흔이 될 무렵 시댁 식구들 앞에서 그녀는 일종의 고해성사이자 선전포고인 자기 고백을 하며 울음을 쏟았다. 그건 자해나 위협과도 흡사했다. 온몸을 떨며, 이제 자신은 포기했다며, 너무 힘들고, 더 이상 어쩔 수가 없다고, 그러니 그렇게들 아시고 내게 아무것도 바라지 말라는 요지의 말을 울먹이며 붉어진 얼굴로 내뱉었다. 눈물과 콧물이 범벅된 기영의 얼굴은 추했다. 그녀는 그들 앞에서 우스꽝스러운 얼굴로 울부짖었다. 그런 자신의 추함이 묘한 해방감을 주었다.

회색의 긴 홈드레스를 입은 기영은 무릎을 세워서 끌어안은 자세로 앉아 있었다. 홀가분하다고 말하는 그녀를 위로해주고 싶었지만 무슨 말을 해야 할지 알 수 없었다. 그녀는 텅 빈 눈으로 창밖을 바라보았다.

"아이들이 왔다 갈 때마다 화분을 샀어. 처음 산 화분이 마지나타였어. 가느다란 새 다리 같은 줄기 끝에, 가늘고 긴 잎사귀들이 장식 술처럼 달려 있는. 난 중얼거렸지. 아이에게. 마지나타에게로 가라, 마지나타에게로 가라."

그런 화분들이 복층 베란다에 가득하다고 했다. 한 가득이라고, 거기서 꽃도 피고 새도 운다고. 오늘따라 기영이 횡설수설, 이야기를 잘도 지어낸다고 나는 생각했다. 비가 와서, 단지 감상적이 된 것뿐이라고 생각했다. 하지만 그것이 다는 아니었다.

간단히 씻고 우리는 나란히 침대에 누웠다. 인견으로 된 여름 침구가 시원하게 몸을 감쌌다. 그녀는 괜찮으냐고 물었고, 나는 괜찮다고 했다. 그녀는 계속 잠을 뒤척이는 듯했다. 나 역시 잠자리가 바뀌어서 그런지 잠이 잘 오지 않았다. 흰색 커튼 사이로 희미한 빛이 스며들었다. 어둠은 검은 스펀지처럼 우리를 덮었다. 나는 상상했다. 자주빛 새와 아이들. 아이들이 정말 저 위에 있을지. 지금도 그녀가 아이들의 기척을 느끼는지 궁금했다. 나는 눈을 감고 있었지만, 그녀 역시 아직 잠들지 못했다는 걸 알 수 있었다. 그녀는 옆으로 돌아누웠다가, 바로 누웠다가를 반복했다.

내 삶은 불 꺼진 무대 같았다. 아무도 찾아오지도 않았고 아무 일도 일어나지 않았다. 그 무엇도 그 위에 새로이 세울 수가 없었다. 결혼하며 남편의 직장이 있는 곳으로 옮겨왔다. 오래 다니던 직장도 그만두었다. 결혼은 지루했다. 이 도시에서 내 경력을 살릴 수 있는 직장은 없었다. 그렇게 어영부영 몇 년이 흘렀다. 결혼 5년 차, 내년이면 마흔이었다. 아이가 간절하지는 않지만 또 기영처럼 혼자 늙어갈까 봐 두렵기도 했다. 아이를 낳지 않는다면, 나는 그녀같이 될까? 카모마일처럼 메마른 꽃, 뜨거운 물에 담그면 향기를 풍기지만 이내 스러지고 마는. 행복은, 매일 버려지는 음식쓰레기처럼 악취를 풍기며 나를 찾아내라고 압박했다. 짧은 하루, 무의미한 하루 안에서 결국 찾아내지 못한 추상적인 행복은 그렇게 매일 버려졌다. 티브이나 인터넷에 떠다니는 이미지들과 함께.

잠결에 희미한 노랫소리가 들렸다. 고래의 숨소리 같기도 한 아득한 소리였다. 허밍 같은 소리, 멜로디가 담긴 소리였다. 타다다닥, 천장에서 무언가 움직이는 소리도 간간이 섞여들었다. 나는 꿈인가 싶어 눈을 번쩍 떴다. 팔에 소름이 돋았다. 그 소리는 계속되고 있었다. 내 쪽으로 돌아누운 기영은 눈을 뜨고 나를 바라보고 있었다. 나는 몸을 일으켜 앉았다.

"저기…… 무슨 소리 못 들었어요?"

그녀는 자그마한 몸을 일으켰다.

"너도 들려?"

어슴푸레한 빛 속에서 그녀의 가녀린 실루엣이 드러났다. 어두워서 그런지 가벼운 그녀의 몸은 젊은 여자의 것처럼 보였다. 그녀는 나에게로 바짝 다가와 앉았다. 비쩍 마른 손을 펼쳐 내 얼굴을 감쌌다. 워낙 갑자기 일어난 일이라 나는 반응하지 못했다. 그녀의 메마른 입술이 내 입술 위로 포개졌다. 가느다란 숨이 입술 사이로 흘러들었다. 매끄러운 혀가 가볍게 안으로 들어왔다가 빠져나갔다.

"고마워."

그녀는 무너지듯 내게 안겨왔다. 나는 몸을 기대오는 그녀를 떠받치듯이 안았다.

"매일 밤, 그들이 나를 불러."

그녀는 나에게 위로 올라가보자고 했다. 무서웠지만 호기심이 더 앞섰다. 그녀는 복층 계단을 잡아당겼고 쿵 소리가 나며 계단이 아래로 내려왔다. 덩달아 계단에 있던 까만 벌레들이 바닥으로 떨어졌다.

기영이 먼저 위로 올라갔다. 비스듬한 사다리처럼 생긴 계단을 딛고 구멍 속으로 그녀의 상반신이 먼저 사라졌다. 검은 입이 그녀를 삼키고 있는 것만 같아 섬뜩했다. 그녀가 계단을 다 오르고 나도 뒤따라 올라갔다. 복층은 어두웠다. 불이 들어오지 않았다. 희미한 빛에 누렇게 뜬 벽지가 보였다. 텅 빈 방, 낡아가는 빈 공간이 황량했다. 불투명한 베란다문은 굳게 닫혀 있었다. 베란다 너머로부터 그 허밍 소리가 계속 들려왔다. 뭔가 부스럭대는 소리와 함께 불투명한 유리에 검은 그림자가 얼비쳤다. 나는 얼결에 그녀의 손을 꼭 잡았다. 그녀의 왼손 흉터가 손바닥에 느껴졌다. 베란다 문을 열고 밖으로 나갔다.

어떻게 이런 일이 생길 수가 있는가 싶었다. 마지나타, 떡갈나무, 벤자민, 그 외의 온갖 이름 모를 나무와 화초들이 가득 들어차 있었다. 마치 작은 식물원처럼 화분에서 자라났다고는 믿어지지 않을 정도로 숲을 이루고 있었다. 끝을 알 수 없는 깊은 공간이었다. 어둠 때문인가? 나는 내 눈을 의심했다. 자줏빛 새들이 나무에 내려앉아 사람이 내는 허밍소리로 노래했고, 아이들의 목소리를 흉내 내고 있었다.

우리는 사라지지 않아.
붉은새들이 우리를 깨워주었지.
우리는 잠들지 않아.
마마.

숲 위로 붉은 비가 내리고 있었다. 그것은 우리의 몸에 닿지 않았다. 기영이 말했다.

"이게 내 인생이지. 언제든 나는 달아날 수 있어."

기영은 초연한 얼굴로 미소 지었다. 익숙한 풍경이라는 듯 그녀는 전혀 놀란 기색이 없었다.

그날 밤의 일이 꿈인지 생시인지 나는 잘 모르겠다. 그렇게 밤을 보내고 아침이 되어 우리는 간단히 밥을 먹고 헤어졌다. 그 이후로 한 달 정도 서로 연락이 없었다. 나도 기영도 서로를 찾지 않았다. 나는 아침마다 탄동천 산책로를 뛰었고, 카페에 들를 때마다 그녀가 없나 두리번거렸다. 뜨거운 낮에는 도서관에서 더위를 피했다. 집에 오면 영화를 다운받아 봤다. 그렇게 시간은 잘도 흘러갔다.

여느 때처럼 한바탕 뛰고 나서 카페에 들어가 아이스 아메리카노를 시켰다. 자리에 앉아 창을 바라보고 있었다. 에어컨 바람이 땀을 식혀주었다. 창밖으로 녹음이 짙었다. 그 위로 햇볕이 빽빽하게 쏟아져 내렸다. 유리문을 밀며 누군가 들어왔다. 남자처럼 짧게 자른 머리 때문에 못 알아볼 뻔했다. 기영이었다. 흰 티셔츠에 무릎까지 오는 청바지를 입고 있었다. 여전히 말랐지만 뛰어와서 그런지 볼이 붉었다. 그녀는 웃음기 머금고 나를 향해 다가왔다.

나는 얼빠진 얼굴로 그녀를 봤다. 심장이 뛰고 있었다. 새들이 한꺼번에 몸속에서 날아오르는 것 같은 기분이었다. 이상하다, 이상하다고 생각하며 아이스 아메리카노가 담긴 잔을 손으로 감쌌다. 차가운 기운에 좀 차분해지는 듯했다. 그녀는 내 맞은편에 앉았다.

"어떻게 지냈어?"

"그냥…… 저냥요."

그녀는 좋아 보였다.

"어떻게 지내셨어요?"

"수술했어."

나는 놀라서 그녀를 보았다.

"하이푸 시술, 별거 아냐, 자꾸 혹 같은 게 나서."

몇 명의 사람들이 와자하게 들어오며 한쪽에 자리를 잡았다.

그날의 일이 떠올라 얼굴이 붉어졌다. 우리는 정상일까? 그날 본 일은 환상인가 실제인가. 그녀는 그날의 이야기를 하지 않았다. 그러나 그녀가 손을 들 때마다 손바닥의 그 흉터가 드러나 보였다. 창으로 햇빛이 길게 들어왔다. 강둑에 웃자란 풀들이 가득했다. 초록이 햇빛 아래 소용돌이치고 있었다. 그것은 거대하게 열린 출구 같았다.

우리는 밖으로 나가 걸었다. 날이 뜨거웠다. 나는 가벼운 어지러움을 느끼며 그녀의 팔을 잡았다. 좁은 탄동천에 자주빛 점퍼가 떠가고 있었다. 그것은 마치 물에 빠진 시체처럼 부풀어서 강물을 따라 흘러갔다.

오랫동안 소설의 주변에 머물렀습니다. 손에 잡히지 않는 그것은 빛과 같았습니다. 동경하면 동경할수록 내가 할 수 없는 일로 여겨졌습니다. 여전히 그렇습니다.

그래도 이렇게 이야기가 남았습니다. 이야기는 공기 중을 떠가고 비추는 빛으로 남아 그 자리를 따뜻하게 데우고 있습니다. 이제는 그것이 나에게서 시작된 것인지도 모르게, 어느새 저 홀로 살아 있습니다.

다정한 빛을 소설에 담는 사람이 되고 싶습니다. 살아 있는 한 계속하고 싶다고 생각합니다. 제게 하나의 목소리가 주어졌다면 그 목소리로 쉬지 않고 말하겠습니다.

사랑한다고, 우리가 지금 여기 있다고.

엄마를 지난여름에 잃었습니다. 아파서 목소리를 잃어가던 엄마의 음성이 아직 제게 남아 있습니다. 그 다정한 목소리를, 사라지지 않는 목소리를, 다정한 빛을 쓰는 사람이 되겠습니다.

기회와 용기를 주신 경상일보와 심사위원님들께 깊은 감사의 말씀을 드립니다. 언제나 제 곁을 꿋꿋이 지켜주신 아빠, 늘 사랑하고 감사해요. 처음 문학을 알게 해주신 김윤수 선생님, 김원우 선생님, 이성복 선생님, 장옥관 선생님, 손정수 선생님 감사합니다. 일분소설 문우님들 고마워요.

눈과 비와 바람과 계절처럼, 매일 쓰는 사람이 되겠습니다.

"존재, 수없이 반복돼 온 근본적인 질문"

본심에 올라온 7편의 작품 중 「피비」, 「엄지」, 「형제여, 그대는 어디 있는가」 등 세 작품에 주목했다. 세 작품 다 고유의 개성이 다르고 각각의 매력이 넘쳤다. 「형제여, 그대는 어디 있는가」는 한국 전쟁 시기를 다룬 작품이다. 전쟁의 한 장면을 짧은 단편에 옮겨 싣는 것은 웬만한 이야기꾼이 아니고서는 하기 어려운 일이다. 전쟁이라는 단어 자체에 이미 너무 많은 서사와 너무 많은 의미가 내포돼 있기 때문이다. 동시에, 그 많은 서사와 의미에 대해 독자들이 선험적으로 동감, 혹은 절감하고 있는 부분들이 압도적이기도 하다. 덕분에 소설의 시작부터 독자들과 안전한 동행을 할 수 있다는 이점도 있다. 「형제여 그대는 어디 있는가」는 웅대한 서사를 짧은 단편에 녹여내는 훌륭한 솜씨를 보여주는 데는 성공하고 있으나, 우리가 익히 알고 있는 전쟁 그 너머, 혹은 그 내부를 다시 한번 환기하는 데에는 아쉬운 점이 없지 않다. 앞으로의 작품을 기대한다.

「엄지」는 지성이 있지만, 단순 반복만을 하는 조립형 기계로 만들어져 그 지성을 사용할 데가 없는 로봇이 등장한다. 흥미로운 설정이 아닐 수 없다. 사용할 필요가 없는, 사용할 용도가 없는, 말하자면 몸에 갇힌 지성은 어떤 의미를 갖는가. 그래서 이 소설은 사이언스 픽션으로 읽히는 게 아니라 오히려 가장 현실적인 오늘의 이야기로 읽힌다. 지성이라고 믿고 있으나 어쩌면 편견에 갇혀있는, 오늘날의 우리에 대한 자화상. 흥미로운 설정이지만 이야기가 좀 더 풍성하게 흘러가지 못했다는 아쉬움이 있다.

　당선작으로 선정한 「피비」는 두 여성의 이야기이다. 결혼이라는 제도에 갇혀버린 두 여성의 위험한 우정에 대한 이야기. 여성의 이야기이면서 동시에 존재에 관한 이야기이기도 하다. 마치 주어진 옷을 입듯이 주어진 제도에 갇혀, 그 안에서 서서히 소멸돼가는 자아. 이제 와서 무엇이 새로울 수 있을까라는 질문. 이러한 질문이 새로운 것은 아니다. 수많은 소설에서 수없이 반복돼 온 질문이다. 그러나 그만큼, 그러지 않을 수 없을 만큼 여전히 근본적인 질문이기도 할 것이다. 그 질문에 도달하려는 「피비」의 안간힘이 안타깝다. 그 안타까움을 안정적인 문장과 깔끔한 구성이 받쳐주고 있다.

　손바닥에 상처를 남기고 간 상상의 새 피비는 앞으로 이 작가의 날개가 되어줄 것이다. 축하한다.

경인일보 **고은경**

1983년 서울 출생.
서울여자대학교 국어국문학과 졸업.
2023년 경인일보 신춘문예로 등단.

숨비들다

고은경

소라들이 알을 낳는 동안에도 엄마는 쉬지 않았다. 6월에서 8월은 소라 산란기이자 해녀들의 금채기였다. 한쪽의 숨이 트이기 위해 다른 한쪽은 숨을 돌려야 했다. 숨 돌릴 시간이 주어지면 엄마는 밭일에 매달렸다. 다시 물질하러 다닐 때 먹기 좋을 소라젓과 마늘지도 담갔다. 때로는 서해쪽으로 해삼 채취에 나섰다. 어떻게든 물질을 이어가야 한 푼이라도 더 벌수 있기에 부득부득 자리를 얻고자 했지만 실력 좋은 상군 삼촌들에게 밀릴 때가 많았다. 소싯적엔 상군 중의 상군이었다는 엄마가 수심 10미터의 중군 영역으로 밀려난 것은 오래전 일이었다. 눈썰미 좋고 손이 빨라 상군 못지않은 수입을 올리곤 했으나 깊은 바다에 부려온 기억들을 떨쳐내진 못하는 듯했다.

엄마는 방학을 맞아 내려온 나보다 바다를 더 무시로 건너다보았다. 돌담 너머로 눈길을 던지며 바람이 자다는 둥 물때가 됐다는 둥 불쑥 말을 꺼내곤 했다. 엄마의 시선을 따라 고개를 돌리면 움직이는 바다가 보였다. 들뜨는 듯 부푸는 듯 잔물결이 굼실거렸다. 어서 올라가 네 할 일 하라고 채근하는 누구처럼 한시도 가만있지 않았다. 들통의 물이 끓어올라 문어를 집어넣었다. 넘칠 듯 부르르 거품이 일었다. 뚜껑이 들썩거리는 통에 꼭지를 잡고 있어야 했다. 엄마의 기운을 북돋울 뭉게죽은 방학 때마다 내

가 한 번씩 준비하는 보양식이었다. 불그레해진 문어를 찔러보는데 문기
척이 났다. 택배 기사가 물건을 두고 간 모양이었다. 이 큰 게 뭐냐고 구시
렁거리는 소리가 들려왔다. 손을 털며 부엌 밖으로 나가자 엄마 허리까지
오는 상자가 보였다.

"이게 무싱거냐? 느가 산 거가?"

"내가 주문했어. 제습기라고, 습기 빨아들여서 건조하게 해주는 기계
야. 서울에선 많이들 써. 여기도 너무 습하니까 한 대쯤 둬야 해."

"느 모르커냐? 어멍은 물에 들어강 이실 적이 반이여. 쓸데어신 짓을 해
신게. 축축한 거는 무신 축축한 거. 사방이 물이고 습긴데 이걸 어떵허코.
물렁(무르면) 안 되는 거?"

용돈을 건네면 바닥에 패대기치는 엄마라서 필요해 보이는 물건을 고
른 건데 역시나 순순히 받으려 하지 않았다. 무르긴 왜 무르냐고, 보송보
송해져서 좋고, 물통 차는 거 보면 깜짝 놀랄 거라고 되받아쳤다. 엄마
는 엄마대로 이런 덩치 없이 잘 살아왔건만 좁은 집에 꼭 들여야 하냐며
성화였다. 학교 선생 봉급 가정(가지고) 쓸데어신 걸. 부엌으로 돌아서는
데 엄마의 눅진한 말이 뒤통수에 따라붙었다. 오늘 오후 …경 제주시에 여
행 온 …살 …씨 모녀가 실종됐습니다. 텔레비전 뉴스 한 도막이 등줄기를
훑고 지나갔다.

달군 냄비에 문어를 넣자 촤아아 비 떨어지는 소리가 났다. 뜨거운 기
름이 튀었다. 수도꼭지 찬물에 팔뚝을 들이밀었다. 휘이, 휘이이. 물소리
사이로 숨비소리가 섞여들었다. 물 밖으로 올라온 언니가 참았던 숨을 몰
아쉬는 소리였다. 그 소리가 이명처럼 귓가에 맴돈 지 오래였다. 고향 집
에 머물 때면 더 자주 들렸다. 이젠 언니가 말 걸어오는 것 같아 아무 때고
들려도 거리낌 없을 정도였다. 냄비 속이 복작복작했다. 다시 주걱을 잡고
문어를 뒤적거렸다. 언니도 먹고 싶은가 보네 하고 되뇌었다. 어렸을 때
내가 빨판을 흘기며 질색하면 이 맛있는 걸 못 먹는다고 핀잔주던 언니였
다. 물속에서 흡착력 강한 뭉게 다리에 콧구멍이 막힐 뻔했으면서도 케이
크 같다고, 아니 훨씬 맛나다고 칭송을 했다.

찬은 엄마가 담근 마늘지였다. 죽 한 숟갈을 뜨자 바닷물을 뜬 듯 비린 내가 끼쳤다. 아무래도 문어를 잘못 삶은 탓이었다. 엄마는 별말 없이 후루룩 소리를 내며 숟갈질을 계속했다. 언니의 숨비소리와 엄마의 죽 먹는 소리가 번갈아 여울졌다.

"먹고 나갔다 올게. 대학 선배가 일이 있어서 왔는데 비자림 가보고 싶다네. 구경 좀 시켜주려고."

"소나이(남자)야?"

엄마가 마늘을 써걱 썹었다.

"응, 남자 선배. 학교 다닐 때부터 친했어. 제주도는 세 번짼데 아직도 비자림을 못 가봤대."

"고향이 어디랜햄시니?"

"서울인가, 수원인가."

"도시 사람달믄게(도시 사람인가 보네). 경허믄(그럼) 됐져."

엄마는 섬사람은 안 된다고 누누이 말하곤 했다. 딸이 지난한 섬 생활에서 벗어나길 바란 까닭도 있지만 외항선을 탄 남편의 영향도 없지 않았다. 엄마 못잖게 물을 밝혔던 아버지는 엄마가 잡은 해산물을 운반하거나 중국 어선이 못 들어오게 감시하는 일만으로 만족하지 않았다. 한 번 나가면 두어 달 있어야 집에 들르더니 내가 태어난 뒤에는 아예 발길을 끊어버렸다. 그래서 그는 언니의 이야기 속에나 존재하던 사람이었다. 아버지한테서 풍기던 짠내, 아버지가 손에 쥐여 주던 일제 카라멜, 아버지가 들려주던 바람의 고마움과 매서움을 언니는 지나가듯 풀어놓았다. 엄마의 억센 욕보다 그런 이야기가 와닿던 시절이었다. 아방은 무능하고 쩨쩨한 사람이 아니었다고, 우리는 비밀 아닌 비밀을 바닷바람 사이로 날려 보냈다.

혼자 아이들을 키운 엄마 곁을 지킨 건 무엇이었을까. 언니마저 잃고 나서야 오롯이 깨우쳐졌다. 아버지 없이 일궈온 엄마의 바당밭에 대해서. 엄마는 살기 위해 숨을 참았다. 죽자고 하는 일인지 살자고 하는 일인지 헷갈릴 때 더 힘껏 자맥질을 했다. 누구는 서방과 싸우고 물속에서 운다는데, 서방 머리 같은 전복에 빗창을 찔러 넣느라 여념이 없었다. 물질을 마

친 뒤 천 근 같은 해산물 망사리를 끌고 돌길을 걸을 때에야 죽어 나자빠
질 것 같았다. 망사리 들어주는 서방을 둔 동료들이 부러워서, 그 부러움
이 기막히고 수치스러워서 눈물이 났다. 딸들만은 못 하게 하리라 다짐하
며 이를 악물었다. 그러나 물질을 배우겠다고 나선 언니를 막을 순 없었
다. 내가 갯바위에 걸터앉아 엄마를 기다릴 때 언니는 고무옷도 없이 엄마
뒤를 따랐다. 공부보다 그 일이 좋다고 했다. 기특하게 여긴 해녀 삼촌들
이 고무옷과 테왁을 선물하자 언니는 웃었고 엄마는 한숨을 내쉬었다.

엄마와 언니가 물에 들어가면 나도 숨을 멈추었다. 할 수 있을 때까지
참아볼 작정이었다. 내 얼굴이 벌게지는 동안 바다는 별의별 빛깔의 자태
로 갯가를 보아 넘겼다. 검다가도 푸른, 잿빛이다 은빛이 되는, 누렇다가
도 금실처럼 너울거리는 바다가 이물스러웠다. 도저히 못 참겠다 싶어 숨
을 토하면 둘은 아직도 물속이었다. 붉은 깃발이 꽂힌 엄마의 테왁과 큼직
한 꽃이 수놓인 언니의 테왁이 물결에 넘놀았다. 엄마가 올라온 지 한참
이 지나도록 언니가 감감하던 날이었다. 바다는 잔잔하고 바람은 온화하
기만 했다. 숨 참기도 하지 않고 콧노래를 흥얼대는데 오늘 참 맨도롱하
(따스하다) 싶었다. 네 언니 못 봤냐고 엄마가 고함칠 때까지 그러고 앉아
있었다. 무엇이 언니를 욕심나게 했는지는 알 수 없었다. 그것은 영영 모
를 일이었다. 엄마가 중군으로 밀려난 까닭만이 확연했다. 더 이상 할 수
있을까 싶은 순간에도 엄마는 기어이 물질에 나섰다. 단단해지고 또 단단
해지는 엄마를 지켜보는 게 꺼림칙했다. 껌으로 귀를 막고 허리엔 납덩이
를 찬 어멍을 바다가 끝 모를 곳으로 데려갈 것 같았다.

죽 좀 더 자시란 말에 엄마는 손사래를 쳤다. 문어가 바다의 인삼 격인
전복을 먹는 놈이니 오죽 맛이 좋냐 하면서도 물질 전후 소식하는 습관이
몸에 배어 많이 넘기지 않았다. 숟가락을 내려놓고는 양쪽 어깨를 번갈아
두들겼다. 물에 못 들어가서 안 아픈 데가 없다고 했다. 안마해주려 손을
올리자 이내 간지럽다고 뿌리쳤다.

"나신디는(나한테는) 바당이 최고여."

입에 배어 굳은 말을 하며 엄마가 일어섰다.

"아멩(암만) 잘 아는 사람이라도 조심허여. 경헌(그런) 사람일수록 더 조심해야 허는 법이여."

엄마에겐 부모도, 서방도 해주지 못한 걸 내주는 바다보다 간이나 보고 내빼기나 하는 사람들이 훨씬 께름칙한 존재였다.

엄마의 낡은 아반떼를 몰고 나섰다. 세화에 들를 생각이었다. 제주 바다는 넓고 사람마다 꼽는 해수욕장도 제각각이지만 내겐 세화리 바다가 각별했다. 울적하면 그려보는 곳, 실은 내처 울기 싫을 때 더 찾게 되는 곳이었다. 비자림과 멀지 않아 들렀다 가도 괜찮을 것 같았다. 아니, 조금 늦더라도 눈도장을 찍고 싶었다. 실종 사건 이후 어수선해진 탓에 인사가 늦고 말았다. 라디오를 틀자 어김없이 그 뉴스가 흘러나왔다. 종적을 감췄던 여자아이가 해안에서 변사체로 발견됐다는 내용이었다. 귀를 곤두세우는데 은수 선배로부터 전화가 걸려왔다.

"분위기 뒤숭숭하지? 인터넷에 아이 찾았다는 기사 떴더라."

"엄마는 아직 못 찾았나 봐. 아이랑 같이 바닷가로 갔다던데…"

어디냐고 물어보니 선배는 우리가 이미 아는 곳이라며 곧 비자림으로 건너갈 거라고 했다.

"저녁에 다금바리 먹으러 갈까? 진짜 제주산 쓰는 집으로."

특산물이긴 하지만 워낙 고가여서 먹어본 적이 없었다. 취직 턱을 내겠다는데 말문이 막혔다. 모교 교직원 채용에 합격한 뒤 세상을 다 가진 것처럼 구는 모습이 순진하면서도 속없어 보였다. 학술 심포지엄 때문에 왔다면서 관광할 시간이 나는지도 의문이었다. 갈치 맛있는 집을 안다고 말하고는 전화를 끊었다. 차창을 조금 열었다. 휘이이, 휘이. 숨비소리 같은 바람 소리가 창틈을 넘나들었다. 밖으로 보이는 해면의 한 지점이 갈치 등처럼 번뜩였다. 소라 잡지 맙서예, 바당에 저축허게마씸. 어촌계에서 내건 플래카드가 방호벽 위에 나부꼈다. 꼭 화난 사람들처럼 '육짓것'이라고 내뱉는 삼촌들의 목소리가 들리는 듯했다.

선배와 나는 역사교육과에서도 같은 학회였다. 술 마시며 난상토론 할 일이 잦았다. 한반도와 동아시아의 상생 같은 거시적인 화두부터 국사교과서의 표지 같은 지엽적인 문제까지 다양한 주제로 이야기를 나눴다. 티 없는 얼굴에 부드러운 말씨를 갖춘 선배는 보통 남자들이 지닌 괄괄한 면모를 보이지 않았다. 여성항일운동에 대해 말할 때도 누구보다 섬세한 입장이었다. 최초이고, 최대였어. 1차 시위 때 삼백 명, 2차 시위 때 천여 명이 호미 들고 빗창 세워 막아서니까 일본인 제주도사가 줄행랑을 쳤대. 그러고 나서 잡혀간 사람들은 몸이 비틀리는 고문을 당해야 했지만. 시위 전에 모여 섰던 해녀들의 뒷모습 사진을 봤었어. 등에 아이가 업혀 있고 양식 보따리가 걸려 있는데, 그건 어떤 투사의 앞모습보다 결기가 넘쳤어. 섬에서 초중고를 나온 내가 제주 해녀들의 투쟁을 알게 된 건 은수 선배 덕분이었다.

그가 일러준 자료들이 있었지만 바로 찾아보지 않았다. 과제 때문이든 학회 때문이든 향토사를 접할 때면 늘 마음이 불편했다. 해녀들의 항일운동이 잘 알려지지 않은 이유는 여성운동이어서만이 아니었다. 섬사람들의 것이기 때문이었다. 조선시대에 이곳 사람들은 허가 없이 육지로 드나들 수 없었고 육지 사람과 혼인할 수도 없었다. 지금은 엄마가 육지 사람, 도시 사람을 만나라고 성화를 부릴 정도가 됐으나 그렇게 되기까지의 세월은 현무암 돌골이었다. 구멍이 숭숭 뚫린 채 꺼멓게 굳어버린 난항의 궤적. 공부가 곧 그것을 헤집고 흉터마저 들추는 행위 같았다. 항파두리의 삼별초부터 이재수의 난을 거쳐 48년 4월에 이르기까지, 시간을 되짚고 있으면 직접 겪어오지 않았음에도 돌아가고 돌아가 검은 돌에 꼬라박히는 기분이 들었다.

2005년 제주는 세계 평화의 섬으로 지정됐다. 나는 유의미하면서도 손쉬운 선포라고 느꼈다. '평화의 섬'은 너무 점잖은 말이었다. 바다를 두려워할 줄 모르고 이국적인 풍경인 양 바라보거나 하는 사람들의 시선과도 닮아 있었다. 평화는 무슨 무슨 연구를 하고 센터를 세우고 포럼을 연다고 해서 사람들의 내면에 차오를 수 있는 것이 아니었다. 아직도 다친 곳이 돌에 눌리다시피 하며 장아찌처럼 절여지고 곰삭혀진 기억들이 있는데 바다가 가로막는 것인지, 바람이 발목 잡는 것인지 짱돌들은 걷히지 않고 있었다. 내가 역사를 가르치는 것도 돌 치우는 데 얼마나 보탬이 될지 알 수 없었다. 상식적인 사회를 위해, 균형 잡힌 안목을 길러내기 위해 적당히 알맞춤하게 안내하는 일로 여겨질 뿐이었다.

잘해야 하는데. 언니 만날 때 나 이만큼 살았어 할 정도로는 해봐야 하는데.

엄마는 내가 완전히 떠나길 바랐다. 담임이 권유한 대로 서울 소재 대학에 가라고, 서울에서 직장 잡고 나긋나긋한 서울 사람과 결혼해 살라고 했다. 여긴 들락날락 안 해도 되컨게. 명절이고 자시고 비행기 탕(타고) 오멍(오느라) 돈지랄 할 거 없다. 나 역시 기왕 가는 거 촌사람 태를 벗어던지고픈 마음도 있었지만 올 필요 없다는 말은 좀 서운했다. 여기 안 오면 어딜 가. 요즘 저가 항공도 많은데 뭘. 엄마는 테왁 천에 난 구멍을 기우느라 심드렁할 따름이었다. 하루아침에 서울 사람 되커냐. 허기사 이 어멍 똘(딸)인디 무신건들 못 하겠냐만 여기서 놀멍 지낸 세월만큼 거기서 사는 데 집중해야 하지 안으커냐. 이제 느 수발들기도 힘들고. 남은 인생 물질이나 허멍 살고 싶어.

세화 바다는 엄마의 태도만큼이나 무심하게 움직였다. 날씨가 흐려서인지 관광객이 많지 않았다. 비구름과 맞닿은 수평선조차 스산했다. 가까운 세화오일장터의 휑한 모습이 눈에 선했다. 1931년 그곳에 해녀들이 운집했던 걸 알아볼 사람이 있을까 싶었다. 그해 장이 서던 날 해녀들은 사력을 다했었다. 근수 속이지 말라고, 조합비 매기지 말라고, 일본인 도사가 조합장까지 해먹지 말라고, 일본인 상인은 빠지라고, 우리들의 요구에 칼로 대응한다면 죽고 말 거라고 외쳤었다. 어릴 적 언니와 내가 엄마를 쫓아 구경 다니던 그 장터에서였다.

뭘 모르던 우리였다. 매일이 아니라 5일에 한 번이어서, 그나마도 엄마가 나서야 따라갈 수 있어서 설레기만 한 나들이었다. 장터에 이르자마자 몽생이(망아지)들처럼 뛰어다녔다. 청과전 앞에서 제일 빨간 사과 고르기 시합을 했다. 리어카에 쌓인 가요 테이프를 살피며 아는 가수 이름을 찾아내기도 했다. 의류전에 걸린 옷들에서는 생선 비린내가 났지만 어쩌다 원피스 한 장이라도 건질 때면 냄새 따윈 중요하지 않았다. 뭐니 뭐니 해도 가장 좋은 건 돌아가기 전에 하는 외식이었다. 메뉴는 항상 멸치국수와 오징어튀김이었다. 이름 있는 날만 고기국수와 돔베고기를 시켰다. 식당의 어느 자리에 앉아도 옥빛 바다가 마주 보였다.

엄마는 먹을 때 말이 없었다. 언니와 나도 비슷했다. 오직 국수 빨아올리는 소리와 튀김 씹는 소리만이 우리의 타자를 들두드렸다. 너무 곱닥헌(예쁜) 바당을 보면 뛰어들고 싶어. 언니가 먹는 와중에 했던 몇 마디 중 한 구절이었다. 그 말 사이사이로 국수 가락이 떨어져 내렸다. 오징어튀김이 한 개 남으면 뒤늦게 시끄러워졌다. 나는 작고 어린 내가 더 먹어야 한다고 고집부렸다. 언니는 언니대로 물질 배우느라 지친 자신이 임자라고 우겼다. 그제야 엄마가 혀를 차면서 반 갈라 먹어 치우라고 목청을 높였다. 느네 둘 다 안 먹젠 허믄 어멍이 먹으켜!

바다는 다 보고 있었을 것이다. 이쪽에서 어떤 일들이 너울대는지, 휘이이 소리가 언제 터져 나오는지, 이명 같은 소리는 어느 물줄기서부터 들려오는지도. 요 바당으로 튀었다 저 바당으로 튀는 내 생각들을 한 방울로 수렴한다면 무엇이 남을지, 얼마나 짤지, 그것마저 알지도 몰랐다.

비자림 앞에 도착했을 땐 구름이 한결 짙어져 있었다. 은수 선배가 입구 안내판 앞에서 서성이다 손을 번쩍 들었다. 특유의 환한 웃음을 짓고 있었고, 그가 입은 체크무늬 셔츠에도 구김살이라곤 없었다.

"방학하니까 좋지? 얼굴이 폈네."

"그런가? 선배 얼굴이 더 좋아 보여."

여름의 숲은 깊고 어두웠다. 보이지 않는 곳에서 새들이 우짖었다. 작지만 날카로운 소리들이 머리 위를 가로지르면 꼭 나무들이 비명 치는 것 같아 서늘해지는 순간이 있었다. 휘이. 미지근한 바람이 목덜미를 감았다. 선배가 땅에 떨어진 나뭇가지를 주워들었다. 이렇게 하면 향기가 난다던데. 껍질을 벗기려 했으나 그의 손은 빗나가기만 했다. 휴대폰에 달아놓은 펜던트로 내가 대신 긁어주었다. 한 꺼풀 벗긴 나뭇가지를 코 밑에 갖다 대자 귤 냄새가 올라왔다. 진짜네. 선배가 야단스럽게 킁킁댔다. 앞서 걷던 사람들이 흐린 날 숲길이 좋다고 한마디씩 했다. 정수리에 차가운 뭔가가 떨어졌다. 빗방울인가. 머리를 젖혔더니 나무와 나무, 또 다른 나무가 닿아 만들어진 초록의 타래가 보였다. 물속에서 너풀대는 수초들도 저런 모습일까 하는 생각이 스쳤다. 비자나무 잎들이 밀리고 쓸리며 파도 소리를 냈다.

"나 장터 갔다 왔어. 세화오일장터."

"정말? 나도 세화 들렀다 왔는데."

우리는 둘 다 눈을 크게 떴다.

"아침 일찍 일어났거든. 학회 때 했던 얘기가 생각나서 가봤는데 장 안 서는 날이더라. 간판 아래 해녀 조형물만 보고 왔어."

"상상이 안 가지? 거기에 그 많은 해녀들이 모였다는 게."

"한 번 발도장 찍은 걸로 얼마나 선명하게 복원할 수 있겠어. 그래도 의미심장하더라. 뜻이 뭉쳤던 곳엔 그 기운이 계속 남는 것 같아. 사람은 떠나지만 뜻은 머물러 있는 거지. 어떻게 행진하고 구호를 외쳤는지 고스란히 느끼진 못해도 그분들과 같은 자리에 서봤다는 사실 자체가 난 좋았어."

선배의 얼굴에 뿌듯한 표정이 어렸다. 그 얼굴을 받친 반듯한 셔츠 칼라가 눈에 들어왔다. 빨아서 탁탁 터는 것만으로는 저런 각이 안 나올 텐데. 너무 단정한 나머지 못 본 척 넘어갈 수가 없었다.

"옷 다려서 입어?"

기어이 선배를 장터 밖 현실로 불러내고 말았다. 그가 자신의 셔츠를 한번 내려다보곤 씩 웃었다. 펄에서 게를 잡아 기분 좋은 아이 같았다.

"여동생이 다려줘. 주말에 일주일 치를 다려놔. 시키지도 않았는데 그런다."

비 몇 방울이 더 떨어졌다. 선배가 갖고 있던 우산을 폈다. 그의 동생이 왜 옷을 다려주는지 궁금하지 않았다. 어머니가 힘들까 봐 그럴 수 있었다. 오빠를 끔찍이 생각해서 그러는지도 몰랐다. 선배의 흰 운동화 앞코에 흙탕물이 튀었다. 얼룩이 졌어도 비 내리는 숲길을 걷기엔 여전히 말쑥해 보였다. 어느새 연리목 앞이었다. 사랑 나무, 부부 나무라고도 불리는 그 나무와 맞닥뜨리자 선배가 낮은 탄성을 질렀다. 두 나무가 한 나무가 되느라 맞닿은 부분이 갈라지고 비틀려 있었다. 그렇긴 해도 숲에 있는 나무들의 수령이 대부분 500년을 넘어 어떤 나무든 연리목처럼 보이는데 선배에겐 마냥 신기한 모양이었다. 나무끼리 붙은 흔적을 찾듯 한참 들여다보던 그가 입을 뗐다.

"큰 줄기가 맞닿으면 연리목이고 나뭇가지가 붙으면 연리지라더라. 뿌리가 만난 경우는 연리근이고. 저렇게 두 나무가 연결되려면 최소한 10년은 걸린대. 그냥 되는 것도 아니고 서로를 강하게 압박하느라 무지 고통스럽다는 거야. 껍질은 깨지지, 맨살은 맞부딪혀 갈라지지. 그런 다음에야 둘이 섞여서 함께 살아갈 공간이 생긴다는데. 인간관계도 그렇잖아. 시간을 들이고 아픔도 주고받고 해야……."

공부를 해온 것 같았다. 교사는 이분이 됐어야 해. 그렇게 생각하는데 선배가 나를 흘끔 봤다. 한 우산 아래여서 숨소리가 가까이 들렸다. 그의 입술이 달싹였다. 무슨 말인가 더 하려는 듯했다.

"그런 건 낭(나무)이니까 허주 사람이 어떵허젠(어떻게 해)?"

선배가 멈칫하더니 입을 다물었다. 굵어진 빗발이 우산 위에 떨어지는 소리가 요란했다.

"너… 화났어?"

그는 조금 놀란 것 같았다.

"화는 무슨. 나무는 나무고, 사람은 사람이니까. 그냥 그렇다고요."

숲을 돌고 나오니 옷이 꽤 젖어 있었다. 주차장에서 우산이 뒤집혀 푹 젖었다. 택시로 왔다는 선배를 엄마 차에 태웠다. 어쩐지 기운 빠진 모습이었다. 내가 교직원 생활은 어떠냐고 묻자 할 만하다고 했다. 대기업 다니는 동기들도 부러워한다고 덧붙일 때야 비로소 홍조가 비쳤다. 그가 다금바리를 먹으러 가자고, 아니면 갈치라도 먹자고 거듭 권해왔지만 컨디션이 좋지 않아 힘들다고 답했다. 그저 둘러대는 말이 아니었다. 이명처럼 들리는 휘이 소리 때문에 옆 사람에게 집중할 수가 없었다. 중문관광단지의 호텔 앞에 그를 내려주었다. 또 보자며 웃는 얼굴이 만날 때보다 그늘져 있었다.

해안도로로 들어서자 비를 품는 바다가 펼쳐졌다. 엄마는 뭘 하고 있을까. 빗소리를 들으며 낮잠을 잘 리는 없고, 해녀의 집에 가서 해산물을 손질하거나 음식 조리를 거들 것 같았다. 라디오 뉴스를 틀었다. 와이퍼가 왔다 갔다 하는 사이로 잿빛 바다가 일렁였다. 이제 물질 그만두고 서울 가서 살자는 말에 엄마는 꿈쩍하지 않았다. 아직도 느 어멍을 경(그렇게) 모르카냐. 물에 안 들어가면 어멍이 잘 살 것 같으냐. 엄마가 물질한 시간만큼 나도 애들을 가르칠 거라고, 결혼을 하든 안 하든 엄마랑 쭉 살 거라고 하자 코웃음을 쳤다. 바당에 들어가면 무슨 일이 일어날지 몰라. 육지 사람들이 못 보는 곱닥헌 것들을 보지만 전복 욕심에 죽을 수도 있고 상어에 물릴 수도 있어. 는(너는) 이제 시작이잖아. 몸 가볍게 허영 걸어야지.

동부 해안을 따라 올라가는데 성산일출봉이 자태를 드러냈다. 마치 테왁을 붙잡고 떠 있는 해녀의 등허리 같았다. 물살에 몸을 맡기는 모든 것은 머리를 낮추기 마련이었다. 물때와 바람에 순응하고 힘을 빼야만 했다. 더 좋은 물건들이 있다 해서 타고난 숨길을 거슬러선 안 됐다. 휘이 소리가 긴 꼬챙이처럼 양쪽 귀를 뚫고 지나갔다. 바다 위에 엎드린 일출봉이 쉼 없이 몰아치는 파도를 받아내고 있었다.

언니는 엄마처럼 상군이 되고 싶어했다. 노력하면 될 거라고, 엄마와 같은 바당밭에서 일할 수 있을 거라고 믿었다. 욕심내다 뒈진다는 삼촌들의 엄포보다 할 수 있을 때까지 해본다는 언니의 포부가 내 마음을 흔들었다. 오늘 어멍 바당으로 가. 언니가 그렇게 말할 때도 놀라지 않았다. 그녀다운 계획이었다. 언니의 숨이 길어지는 만큼 언니의 망사리와 이야기보따리는 한결 풍성해지리라. 언니가 내 귀에 대고 비밀이라 못박았다. 엄마는 물론 어떤 삼촌에게도 말해선 안 된다며 힘주었다. 어른들이 알면 물질을 아예 못하게 될 수도 있었다. 그래서 그것은 아버지 이야기와 달리 진짜 비밀이었다. 고무옷을 챙겨 입는 모습이 듬직해 보였다. 반드시 비밀을 지켜야지 하고 마음먹었다. 내가 언니를 밀어줄 수 있는 길은 그것뿐이었다.

가라앉은 언니는 떠오르지 않았다. 그제야 내 판단이 착오였음을 깨달았다. 지키지 말아야 할 약속은 지키고, 해야 할 일을 하지 않은 것이었다. 무모한 잠수부에겐 입 무거운 동생보다 서슴없이 고자질하는 동생이 있었어야 했다. 시간이 갈수록 후회가 사무쳤다. 비밀이란 말이 소름 끼치게 싫어졌다. 그깟 건 깨라고, 누설하라고, 동네방네 떠들라고 있는 건데 왜 입을 다물었을까. 바다를 따라 깊숙이 내려가면 총천연색으로 어룽지던 빛깔들이 사라져 검고 칙칙한 색들만 남는다고 상군 삼촌들이 말했었다. 그러다 깎아지른 듯한 절벽이 나타나는데 그 절벽 아래엔 바다 괴물의 뱃속 같은 심연이 도사린다고 무서운 옛이야기 들려주듯 으름장을 놓았었다. 보지도 못한 그 세계를 확인시켜준 사람은 바로 언니였다.

다시 이명이 일었다. 머리 꼭대기가 찡 울리더니 반으로 짜개지는 듯한 통증이 왔다. 세화의 파도가 높았다. 풍랑이 거센 잿빛 바다에 자비라곤 없어 보였다. 번개가 하늘을 가르고 물결을 추어올렸다. 순간 내 눈을 의심했다. 바다에 뭔가 떠 있었다. 검고 둥근 형체가 사람 머리 같았다. 단지 머리인지 고무옷을 뒤집어 쓴 건지 분간이 안 됐다. 차를 세우고 밖으로 나갔다. 더 가까이에서 보기 위해 도로 밑으로 내려갔다. 젖은 돌길이 가팔랐다. 울퉁불퉁하다 못해 모지락스러웠다. 검은 물체는 물살에 실려 잠겼다 뜨길 반복하고 있었다. 거기 누구 이수광? 소리를 질렀지만 들리지 않을 것 같았다. 해경과 어촌계장에게 전화를 걸어야 했다. 주머니를 뒤지다 발이 미끄러졌다. 검은 돌들이 팔뚝과 무릎을 강타했다. 넘어진 쪽은 나인데 가격을 당한 듯 아팠다. 왼쪽 새끼발톱이 뒤집혀 피가 배어나왔다. 붉은색을 보자 정신이 났다. 재차 본 바다 위엔 바람과 파도뿐이었다. 이런 날씨에 누가 저길 들어간단 말인가.

머리를 세차게 흔들었다. 지랄 맞은 두통도 가신 뒤였다. 차로 돌아가니 실종된 아이 엄마를 찾지 못했다는 뉴스가 반복되고 있었다. 와이퍼의 부채꼴 동작이 머릿속을 휘저었다. 다른 쪽에서 빠졌으나 조류를 타고 여기까지 흘러왔을 가능성도 있다. 하지만 헛것을 본 거라면. 휴대폰을 든 채 잠시 망설였다. 냉정하게 생각할 때 사람은 아닌 것 같았다. 그릇된 판단으로 애먼 사람들을 고생시킬 수 없었다. 빗물이 머리칼을 타고 줄지어 떨어졌다. 덥고 습한 와중에도 알알한 한기가 어깨를 스쳤다. 집까지 얼마 남지 않았는데 그 거리가 까마득하게 느껴졌다.

하마터면 지나칠 뻔했다. 야트막한 지붕을 줄로 묶고 그 지붕까지 돌담으로 에워싼 우리집을. 흔한 모양새여도 쉽게 지나쳐 갈 만한 곳이 아니었다. 나고 자라 고등학교를 졸업할 때까지 산 집이었다. 내겐 언니와 복작이다 언니를 먼저 보낸 나루터였다. 엄마에겐 옹이가 박힌 채 흠집을 늘려온 통나무배와 다를 바 없었다. 이게 몬딱(다) 잠수병 때문이야 하고 중얼거렸다. 물질도 하지 않는 내가 이명에 두통에 흐린 시야까지 달고 있었다. 심호흡을 하며 돌담길 옆에 차를 세웠다.

엄마 방에서 새어 나온 불빛이 마당의 물웅덩이를 비췄다. 문을 열자 텔레비전 앞에서 죽을 떠먹는 엄마가 보였다. 아침에 남은 뭉게죽이었다. 오랜 기간 수압에 노출돼온 엄마는 귀가 많이 어두웠다. 내가 바로 옆에 앉아 어깨에 손을 얹을 때까지 아무런 기척도 듣지 못했다.

"나 와수당."

엄마는 흠칫 놀라 뒤로 물러앉았다. 뭔가를 골똘히 생각하다 막 헤어나온 듯했다. 숟가락을 탁 소리 나게 내려놓더니 나를 노려보듯 쳐다봤다. 죽그릇 속에 조각난 문어 다리들이 떠다녔다. 방 안 가득 물비린내가 진동했다. 엄마가 입을 앙다물며 내 등짝을 힘껏 쳤다.

"지지빠이(계집애)야, 어딜 쏘다니다 지금 기어 들어왐시니. 꼬라지는 또 이게 무싱거고. 세상에, 피네."

머리부터 발끝까지 젖은 데다 팔뚝과 다리에 긁힌 자국들이 선명했다. 한차례 넘어진 탓에 흙모래 알갱이가 몸 여기저기 들러붙어 있었다. 뒤집힌 발톱에서 흐른 피로 장판 위엔 붉은 무늬가 생겼다. 엄마가 내 팔을 잡고 흔들어댔다.

"느 무신 일 이서시냐?"

"일? 비 좀 맞고, 넘어지고 그랬지."

"그 소나이랑 무신 일 치른 건 아니고?"

"치르긴 뭘 치러? 비자림 간다고 말했잖아."

"숲엘 무사(왜) 간, 영헌(이런) 날. 사람도 얼마 어서실 텐디. 일부러 느 불러낸 거 아녀?"

"무슨 소리야. 거기만 한 바퀴 돌고 헤어졌다니까. 저녁까지 먹자는데 됐다 그랬고."

"근데 무사 영(이렇게) 늦엄신고? 뉴스에서 사람 실종됐다고 떠드는디 걱정을 안 햄시니. 여기도 마냥 안전한 데가 아니잖여. 정신 똑바로 차려야 허여."

"그거 아직 어떻게 된 일인지 모르잖아. 그리고 내 나이가 몇인데, 서른도 넘은 자식을 이런 식으로 걱정해?"

"안 하면. 꼴은 영 되영(돼서) 뭘 잘했다고. 오늘 본 그 소나인 못쓰컨게. 지지빠이를 이 꼴로 돌려보내는 놈은 더 볼 거 어신게."

"노망났어? 별일 없었다니까. 차 타고 오다가…"

"그만 고라(그만 얘기해)! 애들 가르치는 게 몸 파는 지지빠이 같이……"

엄마가 말을 멈췄다. 일그러진 얼굴이 떠난 아방을 보는 것 같기도 하고 그 아방과 붙어 살 누군가를 보는 것 같기도 했다. 한마디 언질 없이 바다보다 깊은 곳으로 가버린 딸을 좇는 듯도 했다. 그렇지만 얼마나 후회하려고 저런 말을 하나. 잠자코 문어 다리를 쏘아봤다. 온통 젖은 딸에게 수건은커녕 막말이나 퍼붓는 엄마였다. 무엇을 돌려줘야 할지 생각하고 또 생각했다. 그러는 동안에도 이명이 울렸다. 모든 것이 지겹게 느껴졌다. 나를 괴롭혀온 것은 그 소리가 아니란 생각이 꾸역꾸역 차올랐다.

"나 감수다. 강(가서) 안 오쿠다. 엄마 혼자 삽서. 나보다 죽은 언니가 중요하지? 그래서 독하게 물질허는 거꽈? 잘 알아지쿠다(알겠어). 그렇게 언니 끌어안고 삽서. 난 못 말려. 이제 안 말리쿠다."

붉은 자국을 밟으며 방을 나왔다. 엄마 얼굴은 보지 않았다. 작은 방에 들어가 옷을 갈아입고 덜렁거리는 발톱을 잡아뗐다. 대충 소독한 뒤 연고를 발랐다. 빠진 자리에 한 번은 새 발톱이 날 것이다. 문을 닫고 제습기를 틀었다. 습도를 알려주는 표시부에 형광빛 숫자가 떴다. 엄마가 언니를 보낸 지 며칠 되지도 않아 다시 물에 들어간 이유를 나는 누구보다 잘 알고 있었다. 요를 펴고 드러누웠다. 휴대폰이 웅웅거렸으나 내버려두었다. 엄마 방의 텔레비전 소리가 배에 실린 듯 건너왔다. 이대로 자도 될까 싶은데 혼곤히 잠이 왔다. 사람 머리처럼 검은 물체가 파도를 따라 넘실댔다. 끝도 없이 짠물을 먹으며, 그러면서도 몸을 일으키지 못한 채 나는 그것을 뒤따랐다.

눈을 떴을 때 집 안엔 나 혼자였다. 아침을 지나 거의 점심 무렵이었다. 선배로부터 부재중 전화가 와 있었다. 괜한 소릴 한 것 같다는 메시지도 함께였다. 연리목 앞에서 청산유수로 말하던 그가 떠올랐다. 숲 해설가 해도 되겠다고, 다음엔 오일장에 가보자고 답을 보냈다. 제습기에서 꽉 찬 물통을 뺀 뒤 방문을 열었다. 비 갠 하늘이 물밀듯이 밀려왔다. 돌담 너머의 바다가 말갛고 눈부셔서 어제 일이 아득할 지경이었다.
샌들에 묻은 피는 빗물에 씻겨 있었다. 축축한 신발을 꿰어 신고 바닷가로 향했다. 오늘 바당은 어제 바당이 아니지. 지금 저 바당은 그때 그 바당과 다르지. 이것은 언니에게 건넨 말이었다. 내가 나한테 당부하는 말이기도 했다. 봐, 이젠 섬 한쪽에서 큰 군함이 왔다 갔다 해. 바다 건너 온 사람들이 뱃일이며 양식장 일에 뛰어들기도 하고. 어디까지 품을까, 바다는. 품는 것 같다가도 사정없이 뱉어내거나 삼키는 게 일인데. 그래서 눈을 뗄 수가 없어. 떼선 안 될 것 같아. 변화무쌍하게 요동치는 저곳을 지켜보고 또 지켜보는 게 한몫이야.
바닷물에 발을 담근 아이와 엄마가 눈에 들어왔다. 발 장난만으로도 즐거운지 나올 기미가 안 보였다. 멀찍이 떨어져 있어 꼭 파도와 이야기하는 사람들 같았다. 잡히지 않는 사연들이 포말을 이루며 퍼져 나갔다. 모두 아는 일이건 누구도 모르는 일이건 흔쾌히 거뒀다 미련 없이 밀어 보내는 파도였다. 그 대화를 알아들은 사람처럼 한동안 붙박인 채 서 있었다. 수평선 근처에서 물결이 설렌 듯했다. 지금은 고요하지만 언제 태풍이 몰려와도 이상할 것 없었다.

집 앞에 다다르자 뭔가를 터는 소리가 들렸다. 담 안쪽으로 깔린 평상에 상이 놓여 있었다. 보리밥 한 그릇에 엄마가 키운 푸성귀와 된장, 미역국과 계란찜으로 단출히 차린 밥상이었다. 미역을 널듯 빨래를 널어 나가는 엄마도 보였다. 뭐라고 말 붙여야 하나. 젖은 옷이 걸릴 때마다 출렁이는 줄을 곁눈질하며 잠시 고민했다. 엄마의 걸걸한 말소리가 먼저 들려왔다.

"난 아까 먹었져. 혼져(빨리) 먹어라."

어제 벗어놓은 옷이 빨랫줄에 걸려 있었다. 엄마의 속옷과 내 속옷, 엄마의 고쟁이와 내 추리닝이 두서없이 나부꼈다.

"어멍 태안 가기로 했져. 느 현오 삼촌 알아지커냐(알지)? 그 양반네 누구 초상이 나서 재기재기(급히) 내려와야 한단다. 대신 가게 됐져."

엄마의 검정 티셔츠와 검정 고쟁이를 붙여놓으면 위아래가 이어진 고무옷과 구별이 안 될 터였다. 다른 때 같으면 내 방학 어떡하냐고 한소릴 했겠지만 지금은 뭐라 할 말이 떠오르지 않았다.

"며칠 머물당 가든지, 올라가고 싶으면 재기재기 올라가고."

거침없이 다부진 뒷모습이었다. 촘촘히 걸려 있는 빨래들에 눈길을 주자니 어제 나를 닦아세우던 엄마가 얼마나 엉성했는지 믿기 어려웠다. 국한 수저를 뜨는데 부엌 찬장 어딘가에 있을 차롱이 아른거렸다. 그걸 찾아 도시락을 싸야겠다고 마음먹었다. 보리밥을 담아야지. 밭에서 상추, 고추도 따고. 된장과 젓갈은 새지 않게 꽁꽁 싸야지. 엄마는 뭘 이런 걸 쌌냐고 하면서도 한 끼 값을 아끼기 위해 챙겨 갈 것이다.

먼바다의 어디쯤 내 시선이 가닿는 데서 뭔가 올록볼록 솟아오르려 하는 움직임이 느껴졌다. 엄마가 물질하러 간 사이 할 일이 있을 것 같았다. 언젠가 수업 틈새에라도 배치할 섬의 자취를 정리하는 일이었다. 귀에 익은 숨비소리가 들리면 언니도 궁금한가 보네 하고 이야기해줄 작정이었다. 실종된 여성이 바닷가에서 발견됐다는 뉴스가 띄엄띄엄 들려왔다. 어느 바다인지 듣지 못한 것은 진행자가 그 부분을 너무 높거나 낮게 말한 까닭이었다. 엄마가 딸아이를 안고 바다로 향했으리란 추정이 이어질 때 우리 둘 다 손을 멈췄다. 오늘의 바다는 청초했다. 그렇게 많은 사람을 얻거나 잃어놓고도 파르라니 시치미를 떼고 있었다.

이 지면에서 수정 언니의 이름을 부르게 되어 기쁘다. 우리 둘 이야기는 아니지만 나는 언니를 기억하며 「숨비들다」를 쓰고 고쳤다. 수정 언니를 생각하면 여전히 슬프다. 그런 가운데 잘 살아야 한다고, 잘 살아보자고 힘을 내곤 한다.

말하는 재미보다 쓰는 즐거움에 익숙해진 지 오래다. 고백하건대 행복한 일만은 아니었다. 스스로를 괴롭히고 가까운 이들에게 고통을 주는 일로 느껴질 때도 있었다. 하지만 새 소설을 구상하거나 이야기 짓는 작업의 희열이 그 괴로움보다 컸다. 조금은 세상과 거리를 둔 채 또 다른 세계를 꾸려갈 때 비로소 나와 내가 발 디딘 곳이 맞붙었다.

하성란 선생님께 깊은 존경과 감사를 드린다. 선생님과 함께 소설을 쓰는 동안 읽는 사람의 눈을, 쓰는 사람의 마음을 헤아리는 일에 대해 배웠다. 내내 믿어주시고 격려해주신 만큼 더 나아간 글로 보답하고 싶다.

소설가로서의 나이를 세게 해주신 심사위원 선생님들께도 감사드린다. 그 나이가 드는 걸 반가워하며 꾸준히 쓰겠습니다. 이런저런 작가가 되자고 다짐 나눴던 은영, 응원과 조언을 아끼지 않은 시은 언니, 같은 글을 읽고 또 읽어준 은아. 고집 센 자식한테 늘 져주신 엄마 아빠. 혼자 써야 하지만 한편 혼자 써낼 수 없는 것이 소설이란 걸 이제는 압니다.

빈틈 많은 아내의 꿈을 한결같이 지지해온 김희상에게 고맙습니다. 다행입니다. 마지막으로 연아야, 네가 있어서 엄마는 계속 할 수 있었어. 다독가 연아도 손에서 놓지 않는 그런 작품을 쓸게.

"꾸민 흔적 없이 자연스레… 제주 고등의 언어로 표현"

소설이 대설이 아닌 까닭은 거창한 얘기가 아니기 때문이다. 거창하다는 말에는 여러 풀이가 있을 테지만 뜻이 많거나 강하다는 의미도 포함된다. 그리고 소설의 영어식 표현은 픽션이다. 허구지만 거짓말과는 달라서 잘 만들어낼수록 읽는 이들이 좋아한다. 잘 만든다는 말은 꾸며낸 이야기이되 꾸며낸 이야기 같지 않았을 때 듣게 되는 칭찬이다.

당선작 「숨비들다」는 꾸민 흔적이 없다. 힘써 말하지 않는데, 그럼으로써 오히려 이야기는 어느새 높은 파도가 되어 읽는 이의 마음 안으로 밀려들어온다. 애써 뜻을 전하려다 보면 그 대상을 분명히 하려 하고 따라서 윤곽이 지나치게 뚜렷해지며 생경해질 수밖에 없는데 「숨비들다」는 바다 이야기와 가족의 삶이 스푸마토의 연속성을 띠며 자연스럽게 전개된다.

소설에서 걸어 나올 것 같은 엄마라는 인물, 그리고 바다에 대한 남다른 경험을 제주 고등의 언어로 표현해내는 솜씨 때문일 것이다. 모녀실종사건을 통해 나와 엄마 사이의 긴장을 조절하는가 하면 제주 해녀의 역사를 배경에 두어 면면히 이어지는 거친 삶의 구원성을 슬쩍 비추는 요령도 갖췄다.

무엇보다 가족을 삼킨, 끝내 알 수 없는 바다와도 함께 살아가야 하듯이 이해와 사랑뿐만 아니라 오해와 원망도 삶을 구성하는 원소라는, 물결이 들려주는 소리에 귀 기울이게 하는 점이 돋보인다.

「도미노의 사회학」의 공력도 만만찮다. 페인트 회사 유튜브 채널 론칭의 첫 작품으로 선보이기로 한 도미노 게임에 참가한 아르바이트생들이 어떤 사회적 소속도 없을뿐더러 도미노 시연이 끝나는 대로 흩어져야 할 한시적 신분이라는 점을 문제적 시각으로 착안하여 다룬 수작이다. '쓰러짐으로써 비로소 완성되는 도미노'라는 아이러니의 진실이, 현재로서는 쓰러진 형편일 수밖에 없는 이들에게 어떤 삶의 변곡점이 되어줄 수 있을지 기대하게 만드는 소설인데, 제목도 그렇고 도미노가 가진 역설의 뜻에 너무 기댄 나머지 안타깝게도 불필요해 보이는 힘이 들어가고 말았다.

말하고 생각하고 심지어는 자살을 기도하며 더러는 그것에 성공하는 로봇 청소기 얘기라면 흥미롭지 않을 수 없다. 「아린의 연산」이 그렇다. 언제나 그렇듯이 로봇 이야기는 사람의 이야기와 함께 진행되는데 아린의 이야기에도 아내를 잃고 자살바위를 찾은 관석이라는 인물이 병치된다. 썩 잘 된 구성임에도 어째서 자주 '과연 이런 로봇은 몇 년 뒤에나 가능할까?'라는 궁금증이 독서를 방해하는 것일까. 과학기술이 제공하는 미래 서사가 매혹적이고 흥미로운 만큼 그에 상응하는 정교함, 즉 독자의 어설픈 궁금증을 일소시킬 개연성의 치밀함이 좀 더 필요할 것 같다.

당선자에게 축하를, 응모자 모두에게 격려를 보낸다.

경향신문 **신보라**

1994년 대구 출생.
계명대학교 문예창작과 대학원 박사과정 재학 중.

휠얼라이먼트

신보라

나는 강을 본다. 두 개의 강이 만나는 곳이었다. 물의 경계가 확연했다. 두 강의 물빛이 달랐다. 재이는 물의 밀도가 달라서 그렇다고 말했다. 그곳은 오래 공사를 했다. 산책로를 만들었다. 사람들이 산책로를 따라 돌았다. 저녁에는 사람이 많았다. 모두 한 사람처럼 한 방향으로만 걸었다. 돗자리를 펴놓고 노래를 부르는 사람들도 있었다. 나와 재이도 산책로를 따라 돌았다. 어떤 날에는 물도 멈춘 것 같았다. 바람이 불지 않을 때마다 그랬다. 재이는 뛰지 않았다.

재이야. 뛰어.

내가 말했다.

싫어.

재이가 말했다.

왜?

숨 차. 난 그 기분이 너무 싫어.

재이는 중등부 육상선수였다. 재이는 그때 다 뛰어버려서 이제 더 이상 뛰고 싶지 않다고 말했다. 재이는 걸었고 나는 재이를 앞질러 뛰었다. 나는 내 말이 느려질수록 더 빨리 뛰었다. 말이 느려진 이유는 없다. 재이는 내가 생각이 많은 사람이라고 했고 다른 사람들은 그냥 모자란 아이라고 했다.

재이와 거리가 많이 벌어지면 나는 재이와 나란히 걸을 수 있을 만큼 걸음을 늦췄다. 우리는 산책로를 벗어났다. 곳곳에 무리가 많았다. 담배를 피우거나, 텐트의 형태만 가진 공간 안에서 노는 무리였다. 산책로와 멀어질수록 한적했다.

저거 봐.

내가 말했다.

내가 가리킨 곳은 다리 밑에 서 있는 하얀색 포터 트럭이었다. 흙이 많이 묻은 트럭이었다. 트럭의 사이드를 따라 글씨가 적혀 있었다.

우레탄 방수. 외벽 페인트 시공. 에폭시 방수.

에폭시가 뭐야.

내가 물었다.

코팅제.

재이가 대답했다.

뭔가 섹시한 단어다. 그치.

내가 웃으며 말했다. 재이는 내 말에 고개만 도리도리 흔들었다.

나였으면 방수합니다. 뭐든 막아드립니다. 할 텐데.

재이가 나를 쳐다보며 말했다.

뭐를?

저거 글씨. 저렇게 쓰면 눈길을 못 끌잖아. 장사할 줄을 모르네.

그러면 물도 눈물도 막아드립니다. 어때?

나는 그 말을 하고 킥킥 웃었다. 재이는 웃지 않았다. 내 딴에는 농담이라고 한 건데. 나는 의기소침해졌다.

우리는 트럭으로 다가갔다. 재이는 목뒤로 흐르는 땀을 닦았다. 재이의 목덜미가 번들거렸다.

오랫동안 여기 있었던 것 같아.

재이가 말했다.

그걸 어떻게 알아?

바퀴.

나는 바퀴를 쳐다보았다. 앞바퀴가 하나 없었다.

오래 멈춰 있었나 봐.

적재 칸이 비어 있었다. 나는 바퀴를 밟고 단숨에 적재 칸 위로 올라갔다. 재이는 고개를 뒤로 젖혀 나를 바라보았다.

너도 올라와.

나는 재이를 내려다보며 말했다.

뭐해?

재이가 짜증 난다는 듯이 얼굴을 구기며 말했다.

왜?

주인 오면 어쩌려구.

그럼 다시 내려가면 되지.

재이는 고개를 도리도리 저었다. 재이는 내가 멍청하게 보일 때마다 고개를 저었다. 재이는 그 사실을 내가 알고 있다는 것을 모를 것이다. 그렇다는 건 지금 적재 칸에 올라가 있는 내가 멍청해 보인다는 것이다. 재이는 힘껏 고개를 젓지 않았다. 강아지 꼬리처럼 살랑살랑 흔든다는 편이 더 어울렸다.

재이는 머뭇거리다 나를 따라 적재 칸 위로 올라왔다. 화물칸도 아니고 사방이 뚫린 적재 칸이었지만 이상하게 아늑했다. 우리는 칸막이에 기대 앉았다. 약속이나 한 듯 무릎을 끌어안고 앉았다.

어디 실려 가는 것 같다. 그치.

나는 실실거리며 재이에게 말했다. 재이는 두리번거렸다. 주인이 올까 봐 겁이 나는 모양이었다.

눈치 좀 그만 봐. 뭐 잘못했니.

그런 재이를 보고 내가 다시 말했다.

이거 기물파손이랑 무단침입이야.

나는 재이의 말을 듣고 재이의 팔뚝을 때리며 웃었다.

여기가 집이야?

그건 아무도 모르지.

재이가 진지하게 말했다. 재이의 무표정한 얼굴 때문에 나도 웃음을 거두었다.

그런가.

내가 중얼거렸다. 나는 손등으로 입을 닦았다. 입술에서 짠맛이 느껴졌다.

우리의 취미 중 하나는 퀴즈였다. 재이가 질문하고 내가 대답하는 식이었다. 재이는 아무 때나 퀴즈를 냈다. 내 대답이 느릴 때마다 재이는 말했다.

딱 생각나는 걸 바로 말해야 해. 그럼 평소에도 빠르게 말 할 수 있을 거야.

재이가 퀴즈를 낼 때는 책을 읽는 것 같았다. 바람이 후텁지근했다.

재이가 잠깐 생각하고는 내게 퀴즈를 냈다.

마라톤의 총거리는?

……글쎄.

해저 지진에 의해서 발생하는 커다란 파도는?

……몰라.

그럼 재이는 다시 고개를 저었다.

쓰나미잖아.

재이가 대답했다.

나는 숨을 길게 내쉬었다.

그런 건 어디서 배워오는 거야?

내가 말했다.

엄마가 중학교 교사였잖아.

재이가 말했다.

재이는 거짓말쟁이다. 재이는 어떻게 하면 불행해 보이는지 잘 안다.

이 세상에서는 불행해 보일수록 더 쉽게 살 수 있다고 재이는 말했었다. 재이는 더 불행해지기 위해 거짓말을 한다. 재이의 말속에서 엄마는 중학교 교사였다가 청소부였다가, 재이가 중학교 때 죽었다가 고등학교 때 가출했다가 매번 바뀌었다. 나는 재이의 이야기들을 종합한 후에 생각했다. 어찌 됐든 버린 거네.

재이는 옛날이야기를 할 때면 슬픈 표정을 지었다. 재이가 말하는 이야기들은 전부 어딘가에서 들어본 듯한 불운한 이야기들이었다. 이 얘기 저 얘기가 합쳐진 그런 이야기였다. 재이의 말이 사실인지 아닌지는 내게 중요한 것이 아니었다. 재이가 옛날이야기를 할 때마다 짓는 그 표정이 좋았으니까. 입술이 살짝 벌어진 표정. 그 사이로 아랫니 하나가 없는 것이 보였다. 나는 항상 재이의 슬픔이 거기서 나온다고 생각했다.

나는 재이를 안았다. 재이가 내 어깨를 잡고 밀쳐냈다. 재이는 몸을 완전히 내게서 떼며 말했다.

나는 그때가 좋았어.

왜?

내 마음대로 뭐든 할 수 있었으니까.

뭘 했는데?

내가 물었다.

그냥. 이것저것.

재이가 웃으며 대답했다.

재이는 정말 이것저것을 했다. 공장에서 일했고 식당 주방에서 일했고, 전단지를 나눠주었고 노래방에서도 일했다.

누나들이 잘해줬거든.

잘해?

응. 다 잘해. 음식도 잘하고 다 잘해.

아무렇지 않게 말하는 재이의 모습은 정말로 아무렇지 않기 위해서 기도문을 외우는 것처럼 보였다.

그런데 왜 그만뒀어.

내가 묻자 재이가 음, 하고 말했다.

내가 나이가 들수록 누나들도 나이가 드니까.

그건 당연한 거잖아.

나는 고개를 갸우뚱하며 대답했다.

너는 나이가 든다는 게 뭔 줄은 아니?

나는 재이의 말을 듣고 생각했다.

나이가 든다는 게 뭐긴. 그냥 나이가 드는 거지.

나는 한참 만에 대답했다.

냄새가 많아져.

재이가 재차 말했다.

살아온 냄새가 차곡차곡 쌓이는 거야.

나는 재이의 말을 듣고 고개를 숙여 내 몸의 냄새를 맡았다. 팔을 들어 냄새를 맡았다. 특징이랄 게 없었다. 재이에게서는 항상 땀 냄새가 나는데, 하고 생각했다. 씻고 나와도 금세 돌아오는 재이의 냄새. 시큼하면서 재이의 살냄새가 섞여 불쾌하지 않은 그런 냄새였다.

나는 무슨 냄새 나?

재이는 나처럼 킁킁거렸다.

너는 이상하게 아무 냄새도 안 나.

나는 재이의 말이 서운했다. 그 말이 너는 아직 너무 어려, 라고 말하는 것 같았다.

재이는 내 허벅지 사이에 고개를 박고 숨을 들이쉬었다. 나는 재이의 머리를 쓰다듬었다.

재이야. 하고 싶어?

내가 말했다. 재이가 고개를 들었다. 얼굴이 가까웠다.

해줄까?

내가 히죽거리며 다시 말했다. 재이가 고개를 저었다. 무표정한 얼굴이었다.

그런 거 아니야.

재이가 말했다.

우리는 한참동안 서로의 냄새를 맡은 후에 트럭에서 내려왔다. 사람들 속으로 섞여 들어갔다.

재이는 정비공이다. 동네에 있는 작은 카센터에서 일하는 잡부였지만 자신을 항상 정비공으로 소개했다.

의사랑 똑같은 거야. 사람이나 자동차나 잘 고쳐야 하거든. 그래야 제대로 쓰지.

재이는 집으로 돌아와 그날 있었던 일들을 이야기했다. 나는 그 시간이 좋았다. 재이가 없는 시간에 나는 잠을 자거나 멍하니 창문을 봤다. 동네가 내려다보였다. 재이가 퇴근하는 시간이면 멀리서 재이의 머리부터 보였다.

내 몸속에서 탁한 소리가 나온다는 사실에 놀라면서도 나는 입을 벌려 소리를 냈다. 그 소리는 재이가 자위할 때 내는 소리와 비슷했다. 재이는 허겁지겁했다. 나는 그런 재이가 안쓰러워 보였다.

내가 해줄까?

나는 뒤돌아 누워있는 재이에게 말했다. 재이는 오른팔을 흔들다가 멈췄다. 그리고 아무렇지 않게 바지를 올렸다.

됐어. 얼른 자.

재이가 말했다.

재이는 텔레비전 같았다. 집에 텔레비전이 없어서 그랬다. 재밌고 슬픈 이야기들이 쏟아져 나왔다.

재이는 옷을 벗지도 않고 벽에 기대앉았다. 나도 재이를 따라 앉았다. 재이의 냄새. 재이에게 풍기는 냄새를 맡으면 재이를 알 수 있다.

기름 냄새나.

내가 말했다.

응. 조금 그렇지.

고무 냄새도 나.

응. 뭐 조금.

나는 재이의 목덜미에 코를 가져다 댔다.

재이 냄새나.

내가 말했다. 재이는 내 눈을 바라봤다.

아니.

재이가 말했다. 아니, 는 재이가 또 불행한 이야기를 시작하기 전 하는 말이다. 요즘 재이는 카센터의 일을 이야기할 때마다 욕을 했다.

그 사장 새끼. 정말로 어디 모자란 거 아닐까.

왜?

주정뱅이 새끼. 자기보다 내가 몸이 좋다잖아. 그러면서 만져 봐도 되냐는 거야. 짜증 나게.

나도 재이의 말에 피식 웃었다.

진짜 지긋지긋하다.

재이가 덧붙였다.

사장은 내 애인이었다. 나보다 키는 작지만, 손은 큰 사람이었다. 허영심이 가득한 사람이었는데 나는 그것이 마음에 들었다.

재이가 고개를 돌려 나를 쏘아봤다.

걔랑 헤어지면 안 돼?

재이가 말했다.

그래도 사람은 착해.

내가 말했다.

나는 걔 눈빛이 너무 싫어. 어딜 보는지를 모르겠어. 네가 뭔 일이라도 당할까 봐.

재이가 내 손을 붙들고 말했다.

그런데 얼마 전에는 조금 이상하긴 했어.

내 말에 재이가 눈썹을 꿈틀거렸다.

왜.

사장이 하는 도중에 소리를 꽥 질러. 하다 말고. 그러고는 갑자기 생각 났다면서 일어나서 뭘 계속 적어.

뭐를.

결말이 생각났대.

미친 새끼. 존나 이상해.

그래도 불쌍하잖아.

재이가 헛웃음 쳤다.

나는 하루 중 가장 더운 시간에 사장을 만났다. 사장과 팔꿈치가 닿을 때마다 진득했다.

잠깐 짬이 나는 게 지금뿐이야.

사장은 그렇게 말하고 모텔로 앞장서 들어갔다. 공단 안에 위치한 모텔 촌이었다. 모텔로 걸어가는 동안 머리 위가 뜨거웠다.

사장은 말 그대로 사장이다. 아무도 사장의 진짜 이름을 몰랐다. 내가 아는 사실은 그가 전문대학 희곡 전공이었다는 것뿐이었다. 그는 자랑처럼 말했다. 언젠가는 극이 완성될 거라는 말이 사장의 입버릇이었다.

이거면 돼. 이것만 완성하면 돼. 그럼 여기서 나갈 수 있어. 서울에 갈 거야. 이 좆같은 동네에서 거지 같은 트럭들 그만 봐도 된다고.

사장은 술을 먹을 때마다 말했다.

사장은 섹스하는 내내 결말에 대해서 이야기하기 시작했다.

정아를 죽여 버려야겠어. 죽여도 되나. 이래도 되나. 어떻게 하지.

정아는 사장이 만든 인물이었다. 정아는 키가 작고 붉은색의 머리를 가진 벙어리 여자였다. 사장의 대본을 읽을 때마다 정아는 어딘가에서 살고 있는 사람처럼 느껴졌다.

정아를 왜 죽여.

내가 느릿느릿 말했다. 사장은 내 말에 대답하지 않았다. 땀을 뻘뻘 흘리며 내 위로 고꾸라졌다.

천장에 달린 거울에 우리가 누워있는 모습이 보였다. 사장은 눈을 끔뻑

거리고 있었다. 나는 사장의 얼굴을 쳐다봤다. 정말이네. 어디를 보는지 모르겠네. 나는 생각했다.

걔를 어떻게 처리해야 될지 너무 고민이야.

사장이 말했다.

정아?

누가 또 있냐.

죽여 버릴 거라며.

그건 너무 쉽잖아.

나는 말없이 사장을 바라보았다. 사장이 몸을 일으켰다. 테이블 위에서 담배를 찾아 불을 붙였다. 사장은 의자에 앉을 때 장판이 밀리는 소리가 들렸다.

괜찮아. 사장. 사장은 재능 있으니까.

내가 말했다. 사장의 어깨가 움찔거렸다. 사장의 몸을 보자 자연스럽게 재이의 몸이 떠올랐다. 작지만 단단한 몸이었다. 나는 다시 사장의 몸을 훑었다.

나 돈 좀 줄래?

내가 말했다. 사장이 나를 보며 담배 연기를 내뿜었다. 나는 공중에 손을 휘저었다.

맡겨놨냐. 무슨 돈.

그냥. 돈 많잖아. 사장. 나 돈 좀 줘. 다들 그러던데.

사장이 다리를 반대로 꼬았다.

야. 나 그런 놈 아니야.

사장이 말했다.

그런 말 하는 거 아니야.

사장이 담배를 재떨이에 내려놓으며 말했다.

세 시간에 이만 원을 받는 모텔이었다. 사장은 세 시간을 꽉 채우고 퇴실한다.

나는 침대 위에서 무릎을 꿇고 앉아 모텔 벽지를 쳐다봤다. 벌거벗은 여자의 그림이었다. 벽마다 체리 색 몰딩이 되어 있었다. 사장은 샤워하고 옷을 입었다. 사장의 바지는 요란한 징이 박혀있었다.

오늘은 같이 있자.

안 돼. 오늘 할 일이 많아.

사장이 벨트를 당겨 매며 말했다.

재이 있잖아.

결말 써야 해.

사장이 의자에 앉아 담배를 마저 피우며 말했다. 나는 사장, 하고 부르며 천장에 달린 거울을 보았다. 벌거벗은 내 몸이 보였다. 가슴이 작았다. 사장도 고개를 들어 거울을 바라보았다. 내 몸이었지만 천장에 보이는 것은 내 몸이 아닌 것 같았다. 깡마른 팔다리가 보였다.

너는 있잖아. 힘주면 부러질 것 같다.

사장이 거울 속 나를 쳐다보면서 말했다. 나는 웃었다.

원래 약하고 작은 건 안 부러져. 바보야. 단단하고 커다란 것들만 부러지는 거야. 사장같이.

내가 말했다. 사장이 고개를 돌렸다. 그사이 사장의 담뱃불이 꺼졌다. 나는 사장이 담배꽁초에 불을 붙이는 것을 보며 재이의 말을 떠올렸다.

나한테서 무슨 냄새 나?

내가 말하자 사장이 바람 빠지는 웃음소리를 냈다.

너는 오래 씻잖아. 그런 냄새 안 난다. 걱정을 말아.

나는 그 말에 또 서운해졌다.

사장한테서는 기름 냄새가 안 나. 재이한테는 나는데. 재이는 땀 냄새도 나고 기름 냄새도 나고, 전부 다 나는데 사장한테는 안 나.

사장은 내가 말을 하는 동안 다리를 떨었다.

재이는 안 씻나 보지.

사장이 말했다.

사장은 해저 지진 때문에 생기는 커다란 파도가 뭔지 알아?

사장이 담배 연기를 깊게 빨아들였다. 사장의 볼이 홀쭉해졌다.

그게 뭔데.

사장이 말을 할 때마다 입과 코에서 담배 연기가 나왔다.

쓰나미잖아.

사장이 뭐 어쩌라고, 라는 표정을 지었다.

그게 왜?

사장이 말했다.

그런 거 다 쓸데없다.

사장이 덧붙여 말했다.

사장은 이게 문제야. 마음이 좀 삐뚤어졌어.

내가 말했다.

사장이 내 말을 듣고 큰 소리로 웃었다.

너희는 학교도 안 가고 말이야. 밖으로도 안 나가고. 왜 그러고 사니. 어린애들이.

사장이 말했다. 사장은 재떨이에 담배를 비벼 껐다.

나는 사장을 바라보았다. 사장도 나를 바라보았다. 그 눈이 나를 불쌍히 여기는 듯했다.

요즘 애들 같이 좀 살아봐. 응? 좀 바쁘게 살아. 이렇게 아무 생각이 없으니까 쓰나미니, 뭐니 그런 헛소리나 하는 거 아니야.

재이에게 나는 생각이 많은 사람이고 사장에게 나는 아무 생각이 없는 사람이다. 나는 그게 웃겨 실실 웃어댔다. 사장은 웃고 있는 나를 바라보았다.

너. 그런데 다른 놈 앞에서도 그렇게 웃니.

뭐가?

그렇게 실없이 웃냐고.

내가?

아니. 네가 뭐 나랑 자서. 뭐 그런 게 아니라. 내가 어른으로서 충고해주는 건데 너 그렇게 웃어대지 마. 사람 대 사람으로서 얘기해주는 거야.

여자가 그러면 싸 보여. 인마.

나는 재이의 퇴근을 기다렸다. 창문을 열어놓은 탓에 더운 바람이 방 안으로 불었다. 커튼이 부풀었다가 가라앉고 있었다. 나는 재이가 오는 곳을 바라보며 서 있었다. 바람이 불 때마다 커튼은 내 얼굴에 그림자를 만들었다.

좋은 생각이 머리를 스쳤다. 하얀 트럭을 타고 달리자. 나는 재이에게 전화를 걸었다. 재이는 바로 전화를 받았다.

바빠?

내가 물었다.

어. 바빠. 빨리 말해.

그 트럭 있잖아.

트럭?

하얀색 포터 트럭.

내가 말하자 재이는 대답이 없었다.

그거 우리가 가지자.

재이는 대답이 없었다. 수화기 너머 재이의 한숨 소리가 들렸다.

응? 우리가 가지자.

내가 재차 말했다.

무슨 소리야. 그거 절도야.

재이는 바쁘다며 밥을 먼저 먹으라 하고 전화를 끊었다. 나는 우울해졌다.

재이는 퇴근 시간이 지나도 오지 않았다. 나는 혼자 산책로로 갔다. 재이의 훈련법 중 하나였다.

사람이 많은 곳에 가서 언제나 말해. 어디서든 그냥 말해. 그래야 느니까.

나는 심심하다는 말을 중얼거리며 사람들 속으로 들어갔다. 매일 마주치는 사람들이었다. 눈이 마주치면 시선을 돌렸다. 누군가 말을 걸어주면 좋겠다고 생각하며 나는 뛰기 시작했다. 바람이 앞에서 불어왔다. 사람들을 앞질러 뛰었다. 그때마다 땀 냄새가 짙게 났다. 숨이 목까지 차올랐다. 온몸에서 심장 소리가 들리는 것 같았다. 땀이 목덜미로 흘러내렸다. 발목이 지끈거릴 때까지 쉬지 않고 뛰었다. 멀리 재이가 보였다. 나는 보폭을 줄였다.

재이는 커다랗고 둥근 무언가를 굴리며 오고 있었다.

뭐야?

재이가 내 말을 듣고 환하게 웃었다.

바퀴.

재이의 왼편에 있는 것은 커다란 바퀴였다. 나는 트럭이 떠올랐다.

가보자.

재이가 말했다. 나는 재이를 끌어안았다.

우리는 바퀴를 굴리며 다리 밑까지 걸어갔다. 재이는 저 혼자 웃으며 말했다.

훔쳤어.

카센터에서?

응.

안 걸렸어?

응.

재이는 기분이 좋아 보였다.

다시 갖다 두면 되지. 뭐.

재이가 덧붙였다.

우리는 흰색 트럭 앞에 도착했다. 재이는 매고 있던 검은색 등산 가방도 내려놓았다. 덜그럭거리는 쇳소리가 났다. 재이는 가방을 열어 쇳덩이를 꺼내 늘어놓았다. 다 비슷한 모양이었다. 나는 재이 옆에 서 있었다.

이게 잭이야.

재이는 그렇게 말하며 트럭 아래에 잭을 넣었다. 마름모꼴의 쇳덩이였다. 재이의 말에 따르면 잭 핸들을 시계방향으로 돌리면 차가 공중으로 뜬다고 했다. 재이는 잭을 돌렸다. 아무런 변화가 없었다. 재이가 힘들어하면 내가 돌리고, 내가 힘들면 재이가 다시 잭을 돌렸다. 나는 툴툴댔다. 재이는 아랑곳하지 않고 열심히 돌렸다. 재이는 잭을 돌리기 위해 태어난 사람처럼 보였다. 한참을 돌리니 차체가 들리기 시작했다.

됐다.

재이가 경쾌하게 말했다.

나도 기뻐서 웃을 뻔했지만, 사장의 말이 생각나 웃지 않았다.

좀 도와줄래?

재이가 웃으며 말했다. 우리는 타이어를 낑낑대며 세웠다.

하나둘 셋 하면 들어.

재이가 말했다. 우리는 타이어를 들어 휠에 끼워 넣었다. 재이는 쇳덩이 사이에서 두꺼운 나사들을 찾았다.

하나씩 끼우면 돼.

우리는 쭈그리고 앉아 타이어의 나사를 조였다.

세게 조여. 빠지지 않게.

재이는 채근하며 나사를 돌렸다.

잭을 내려 지면에 타이어가 닿았다. 재이는 렌치를 이용해 나사를 한 번 더 조였다.

됐다.

재이가 다시 말했다.

트럭에 바퀴가 생겼다. 트럭이 원래 모습으로 돌아가자 얼떨떨했다. 재이는 손뼉을 쳤다.

사장에게 전화가 오고 있었다. 재이가 내 핸드폰을 내려다봤다.

받지 마.

재이가 인상을 쓰며 말했다. 재이의 미간에 주름이 보였다.

타이어 걸렸나 보다. 쪼잔한 새끼.

재이가 재차 말했다.

사장의 전화가 연달아 세 통이 왔다. 우리는 얼굴을 맞대고 핸드폰을 내려다보고만 있었다. 문자가 왔다.

—이재이 너랑 같이 있지.

문자가 한 통 더 왔다.

—둘 다 죽여 버리기 전에 도로 갖다 놔라.

문자가 한 통 또 왔다.

—신고했다. 꼴통 새끼들. 지금 뭐가 무서운지도 모르지.

우리는 그 문자를 보고 깔깔 웃었다.

트럭 안은 고요했다. 재이는 운전석에 앉았다. 나는 조수석에 앉았다. 막상 트럭 안으로 들어오니 기분이 가라앉았다. 조수석이 뒤로 밀려 있어 공간이 넓었다. 나는 다리를 뻗었다. 발아래로 공간이 남았다. 나는 주위를 살펴보았다. 생필품들이 보였다.

정말 여기가 집이었을 수도 있겠다.

내가 말했다.

재이가 나를 곁눈질로 쳐다보았다. 재이는 고개를 끄덕였다. 다리 밑 구석진 곳이었기 때문에 빛이 잘 닿지 않았다. 환기가 되지 않아 트럭 안이 더웠다. 습기 때문에 유리창이 불투명하게 변하고 있었다.

사장 말이야.

응.

결말을 썼을까.

응?

정아를 죽여 버린다던데. 정말로 죽여 버렸을까.

정아가 누군데.

주인공.

아.

땀이 났다. 나는 재이의 주름진 미간과 코끝을 보고, 입술을 봤다. 재이의 입이 벌어져 있었다. 그 사이로 아랫니가 없는 텅 빈 곳이 보였다. 재이의 슬픔은 밀도가 다른 것처럼 보였다.

죽여 버린대?

재이가 말했다.

응.

나도 그런 거나 써볼까.

재이가 말했다. 나는 습기 찬 창문에 손가락으로 그림을 그렸다. 강아지도 만들고 나비도 그렸다. 재이가 나를 보고 웃었다. 재이의 눈꼬리가 휘어졌다.

나는 나비 그림으로 창문을 가득 채웠다. 고개를 돌려 재이를 바라보았다. 재이는 운전대를 잡고 좌우로 움직이고 있었다. 스틱을 앞뒤로 밀었다. 삐걱거리는 소리가 났다.

병신.

재이가 말했다.

열쇠는 생각도 못 했네.

나는 재이가 만진 스틱을 뒤이어 만졌다. 재이의 땀 때문에 스틱이 미끄러웠다. 온몸이 진득해지는 기분이었다. 재이가 웃기 시작했다. 나도 재이를 따라 웃기 시작했지만, 다리 위를 달리는 차 소리에 우리의 소리가 묻혔다.

풀벌레가 모여드는 것을 보고 있을 때 사장에게 다시 전화가 왔다. 나는 고민하며 재이를 바라봤다. 우리는 서로의 눈을 바라봤다. 그사이 전화가 끊겼다. 풀벌레도 사라졌다.

—한 번만 받아봐라. 정말 묻고 싶은 게 있어서 그래.

사장에게 문자가 왔다.

재이가 내 핸드폰을 가로챘다. 문자를 소리 내어 따라 읽었다.

거짓말이야.

재이가 떨떠름한 표정으로 말했다.

글쎄.

내가 대답했다.

전화가 다시 왔다. 재이는 전화를 받으라는 의미로 고개를 끄덕였다.

나는 목소리를 가다듬었다. 전화를 받았다.

응. 사장.

재이랑 같이 있니.

사장이 머뭇거리며 물었다. 발음이 이상했다.

재이가 고개를 흔들었다.

아니. 재이는 없어.

우리는 핸드폰을 사이에 두고 귀를 기울였다. 재이의 귓바퀴가 내 귀에 닿았다. 사장은 말이 없었다.

우리 둘이 서울로 가자.

사장이 말했다.

결말이 떠올랐어. 이건 곧 완성될 거야. 여기는 미래가 없잖아. 너도. 재이도. 응? 우리 둘이 같이 가자. 이곳보다는 훨씬 나을 거다.

사장이 울먹거리며 말했다. 재이가 손바닥으로 입을 가렸다. 웃음을 참고 있었다.

하루라도 너를 안 보면 나는 죽을 거야.

사장은 술 취한 목소리였다. 사장이 말할 때마다 발음이 샜다.

사실은 네가 없으면 나는 너무 외롭거든. 네 웃음소리가 자꾸만 듣고 싶어. 이번 희곡은 정말로. 정말로. 끝내줄 거야.

나는 사장의 말을 듣고 나도 모르게 웃음이 터졌다. 나는 큰 소리로 깔깔대며 웃었다. 목을 뒤로 젖혀 웃었다. 사장은 내 웃음소리를 듣고만 있었다.

사장.

내가 말했다.

서울이나 여기나 똑같아.

사장은 아무 대답도 하지 않았다.

알아? 여기나 저기나 전부 다 똑같다고.

내 말을 듣고 사장이 울기 시작했다.

너무 상심하지는 마. 사장 재능 있지. 그런데 재능이라는 건 말이야. 가지고 있을수록 만신창이가 돼. 그냥 좀 평범하게 살아봐.

나는 그 말을 하면서 이상하게 통쾌했다.

나는 정아가 아니야.

내가 말했다. 조금만 관심을 가진다면 사장만큼 글을 쓰는 사람이 많다는 것쯤은 다 알 수 있다. 나도, 재이도 어쩌면 사장보다 더 나은 극을 완성할 수 있다. 사장만 몰랐다.

그게 무슨 말이야.

사장이 말했다. 나는 다시 웃었다.

사장을 행복하게 하는 건 내가 아니라 정아라는 소리야.

내가 느릿느릿 말했다. 사장이 이해하지 못하겠다고 칭얼댔다. 그 소리를 들으며 나는 전화를 끊었다.

정아를 만든 사장. 정아의 결말이 어찌 됐든 그 뒤의 이야기가 나는 궁금하지 않았다. 왜 자꾸 정아를 죽이려고 하는 건지 이해할 수 없었다. 사장은 평생 그 안에서 돌고 돌 것이다.

우리는 트럭에서 나왔다. 밖이 더 시원했다. 산책로로 걸음을 옮겼다. 재이가 물었다.

그게 무슨 소리야?

뭐가?

정아.

나는 재이의 말에 웃었다.

그런 게 있어.

내가 말했다.

걸음을 옮기자 바람이 불었다. 더운 바람이 불 때마다 재이의 냄새가 짙어졌다.

바퀴는 어쩔 거야.

나는 재이에게 물었다.

우리는 동시에 고개를 뒤로 돌렸다. 트럭이 작게 보였다. 재이가 아, 하고 짧게 탄식했다. 차라리 그냥 다 두고 가자. 내가 재이에게 말하려고 할 때 재이는 다시 트럭으로 걸음을 돌렸다. 재이가 트럭으로 뛰어가기 시작했다. 한 번도 뒤를 돌아보지 않았다. 재이는 빨랐다.

　나는 점점 작아지는 재이의 모습을 보며 사장의 밀도와 비슷하다고 생각했다. 내일은 저들에게 너무 벅찬 날이고, 영원히 오늘 속에 있고 싶어하는 사람들이라고. 그런 생각을 하며 나도 걸음을 옮기기 시작했다.

글을 쓸 때만 입었던 검은색 학과 점퍼를 의자에 걸어두었다.

첫 줄과 끝줄이 있지만, 처음과 끝은 없다. 그 사이에서 내가 할 수 있었던 것이라고는 추운 날 따뜻한 점퍼를 입고 글을 읽고 글을 쓰는 것.

어디든 의미라는 것은 부여하기만 하면 되니까. 눈이 귀한 곳에 눈이 내렸다. 당선 전화를 받을 때 눈이 내리는 것은 생각보다는 낭만적이었고, 나는 꾸역꾸역 점퍼를 떠올렸다.

다시 입어야 한다. 똑같은 옷, 똑같은 날씨, 똑같은 장소에서 지금 나는 소설이 아닌 당선 소감을 쓰고 있고, 그건 정말 이상한 일이라고 생각하면서 문장을 썼다 지우고.

아직은 모르겠다. 모든 게 어정쩡하게 기울어져 있는 기분이다. 이제 내가 해야 할 일은 늘 그래왔듯 부단히 글을 쓰고 읽는 것. 겨울의 점퍼를 기억하고 입을 것. 그것뿐이다. 다른 것들을 생각하기에는 너무 벅찬 날들이니까.

백가흠 선생님께 감사드린다. 나와 닮아 나만큼 기뻐한 친구들. 계명대 문예창작학과 선생님들과 문우들, 함께 걸어갈 효민에게 고마움을 전한다. 그리고 나를 견뎌준 나의 가족. 모두를 안고 이제 내가 견딜 차례겠다.

올해 경향신문 신춘문예 소설 심사는 지난해와 마찬가지로 예·본심 통합으로 진행되었다. 심사위원들은 예심 단계에서 추천된 총 일곱 편의 작품을 꼼꼼히 검토하고, 당선작을 결정하기 위한 토론에 돌입했다. 그 결과 자연스럽게 세 편의 작품에 주목했고, 각 작품이 보여주는 매력과 아쉬움에 관해 논의하며 최종 당선작을 가늠하는 시간을 가질 수 있었다.

박하의 「호모 파라볼라」는 항공우주센터에서 만난 두 주인공 사이의 우연한 만남과 대화를 그리고 있는 소설이다. 꿈과 사랑에 관한 인간적 감정을 대하는 작가의 따뜻하고 섬세한 시선이 담백하고 안정적인 문장을 통해 그려지고 있다는 점이 눈에 띄었다. 하지만 작가가 전하고자 하는 메시지가 지나치게 투명하고 정직하게 표현되어 있다는 점, 그리하여 독자의 상상이 개입해 들어갈 여지가 많지 않다는 점이 아쉬웠다. 모난 데 없이 단정하지만, 응모작만의 독자적인 개성을 발견하기 어려웠다는 뜻이기도 하다.

신소윤의 「백자 이야기」는 백자가 되어버린 사람에 관한 서술자의 자폐적이고 관념적인 의식의 흐름이 인상적인 작품이었다. 집요하면서도 미학적인 문체를 바탕으로 망상의 곡예를 이끌어 가는데, 끝까지 서사적 긴장감을 잃지 않는 능력이 범상치 않았다. 그러나 상실과 글쓰기에 대한 실험적 자의식을 연결하는 변신 모티프가 새롭지 않게 느껴졌고, 무엇보다 그것을 전개해 나가는 자폐적 스타일이 기시감을 불러일으킨다는 점이 한계로 지적되었다. 응모자의 소설적 재능은 분명하게 감지되나, 응모작 자체만으로는 습작의 단계에서 벗어나 자신만의 소설적 세계에 도달해 있다는 충분한 신뢰를 주지는 못했다.

당선작인 신보라의 「휠얼라이먼트」는 정체가 불분명한 세 명의 인물이 등장해 기이한 연극적 대화를 주고받는, 한 편의 부조리극과 같은 소설이다. 미묘하게 일탈적이고, 이상하게 도발적인 이 작품의 분위기를 지배하는 것은 단문 형태의 거칠고 시건방진 말, 그리고 의미를 알 수 없는 장면들의 불연속적인 전개이다. 읽는 이를 사로잡는 서사적 에너지와 광기의 흡입력이 매력적이지만, 이야기의 흐름이 지나치게 불친절하고 인물과 말에 있어 작가가 다소 무책임한 태도로 일관하는 것은 아닌가 하는 비판적 의문이 제기되기도 했다. 여러 논의가 오가는 가운데 심사위원들은 이 작품에 관한 소회로 심사 시간의 대부분을 할애하고 있다는 사실을 깨닫기에 이르렀고, 그것이 이 작품의 논쟁적 호소력을 수행적으로 방증하고 있다고 판단했다. 심사위원들이 최종적으로 「휠얼라이먼트」를 선택한 것은 이 작품이 결점이 없어서가 아니라, 결점조차 미래의 다른 가능성이라고 믿게 만드는 힘이 있기 때문이다. 당선자가 그 믿음을 증명할 수 있기를 기대하며, 아낌없는 축하의 박수를 보낸다.

광남일보 **임정인**

경남 김해 출신.
동아대학교 한국어문학과 재학.
교육극단 어슬렁 작가.
현재 부산 거주.

코뿔소

임정인

환이 코뿔소로 변한 뒤 곧 사라졌다는 해음의 주장은 누구에게도 수용되지 않았다. 사진과 영상도 없이 사람이 코뿔소로 변했다가 흔적도 없이 자취를 감췄다는 말이 21세기에 받아들여질 리 없었다. 가장 친한 친구를 잃은 해음은 절망했고, 또 분노했으나, 정신과 치료를 피하기 위해서는 그저 잊은 척 살아가는 수밖에 없었다.

그러나 가족과 친구, 애인을 이 코뿔소 증상으로 잃은 사람들은 조금씩 나타났고, 그제서야 해음은 그들과 함께 거리로 나와 자신들이 미치지 않았음을 매일같이 소리칠 수 있었다.

하지만 거리 행렬은 오래 가지 않았다. 사라지지 않은 코뿔소들이 도처를 활보했기 때문이었다. 보건 당국은 이제 일련의 현상들을 공식적으로 인정하고 병리학적으로 이 문제를 조사하기 시작했다. 코뿔소로 변한 사람들을 데려와 다시 사람으로 되돌릴 수 있는 방법에 대한 연구가 착수되었지만 진전은 미미했다. 코뿔소로 변한 사람들의 유전 정보가 일반적인 코뿔소와 정확히 일치했기 때문에, 그것은 코뿔소를 사람으로 변신시키는 것만큼이나 어려운 일이었다. 사람에서 코뿔소로 변이한 이들을 따로 모아서 관리해주는 전문가들과 코뿔소가 엉망으로 만들어버린 집을 수리해주는 전문가도 생겨났다. 그밖에도 많은 직업들이 새로 등장하고 있었다.

사람이 코뿔소로 변하기 전에 겪는 증상들에 대한 정보가 일부 밝혀졌다. 코뿔소로 변하는 사람들은 수 일 전부터 심한 기침을 했다. 호흡 곤란을 겪는 사람들도 있었고, 발열이 동반되기도 했으나 어떤 메커니즘으로 상관관계가 성립되는지에 대해서 밝혀진 바는 없었다.

해음은 휴직계를 낸 정비 공장에 다시 출근했다. 국가 주도의 청년 취업 지원 제도를 통해 입사했기 때문에 해음은 여태 잘리지 않았다. 회사의 입장에서 해음은 코뿔소니 뭐니 미친 소리를 해대며 주말마다 거리 집회에 나서다 휴직계를 낸 골칫거리였으나 이제는 해음의 말이 옳았음이 증명되었으므로 회사 사람들은 짐짓 미안해하며 어설프게 그를 위로했다. 그들도 어쩔 수 없었다. 공군에 전투기 부품을 받아와서 정비하는 회사는 최근 국방 개혁 사업으로 늘어난 수요를 감당해야했고, 그런 상황에서 해음의 이탈은 반가운 소식이 아니었다.

해음의 바람대로, 국내에서만 발생하는 유례없는 상황에 전 세계가 코뿔소 증상에 주목하게 되었지만 그는 기쁘지 않았다. 점점 더 많은 사람들이 코뿔소로 변하고 있었기 때문이었다. 친구의 친구가 코뿔소로 변했다든가, 부모님이 하루아침에 코뿔소로 변해서 가정이 풍비박산 났다든가 하는 소식들이 조금씩 들려오고 있었다.

퇴근한 해음은 아파트 상가에 딸려있는 치킨집으로 향했다. 시온을 만나기 위함이었다. 작년에 공무원 시험에 합격해 올해부터 민원실에서 일하고 있는 시온은 코뿔소 증상으로 삶이 고달파진 사람 중 한 명이었다. 국내기관의 많은 부서들이 비상사태를 해결하기 위한 체제로 돌입했고, 시온이 속한 민원실은 갑자기 호흡곤란이나 기침을 하는 사람들을 모니터링 하고 있었다.

500ml 생맥주를 단숨에 반이나 비워낸 시온이 말했다. 증상이 있으면, 집에서 쉬고 최대한 안전한 공간에서 대기하는 게 상식 아니야? 며칠만 지켜보면 답이 나오는 걸 왜 밖에서 기침을 해대서 사람들을 불안하게 하냐고. 그러다 갑자기 코뿔소로 돌변해서 물건 다 부수고 다니면 누가 보상해? 코뿔소가 된 사람이 아이고, 제가 전봇대를 부숴먹었네요. 제 월급에

서 까십쇼. 라고 하냐고. 시온아. 코뿔소가 아니고 사람이잖아. 사람이면 감기에 걸렸을 수도 있는 건데 기침 좀 한다고 죄인 취급하면 어떡해? 아니, 누가 죄인이래? 그냥 집에서 며칠 쉬면 되는 걸 가지고 자꾸 나가려고 하니까 그렇지. 사람이 나가서 일도 하고 바람도 쐬야지, 기침한다고 집에 가둬놓으면 그게 죄인 취급이지 뭐냐? 지금 12월이야. 건조하고 추운 이 날씨에 기침 한 번 안 하고 지나가는 사람이 어딨어?

시온은 사람들을 이해할 수 없었다. 코뿔소 증상이 심각하다고 해도 제도적인 대응책이 제시되었고, 잘 따르기만 한다면 증상이 해결되고 난 후에 지금 일어나는 일들을 정상화시킬 수 있을 것이라고 생각했다. 시온은 사람들의 이기심 때문에 코뿔소 증상으로 인한 피해가 더 커지고 있다고 여겼다.

하지만 해음의 생각은 달랐다. 해음은 코뿔소 증상의 초기 발견자로, 집단 지성이 얼마나 무능하고 타인에게 무관심한지 잘 알고 있었다. 국가가 회사에 지원하는 청년 고용 지원금이 없었다면 해음은 건강상의 이유로 해고되었을지도 모르는 일이었다.

요즘 졸음운전 사고가 늘었대. 아침부터 저녁까지 기침약을 달고 사는 사람들 때문에. 시온은 처음 듣는 것 같았다. 해음은 말을 이었다. 기침약 먹으면 많이 졸리잖아. 그런데 일은 해야겠고, 기침약을 먹어도 기침이 아예 안 나오는 건 아니니까 감기 걸린 사람들이 기침약을 두 배, 세 배씩 먹는 거지. 기침을 숨겨야 하니까. 게다가 히터까지 틀면 충분히 그럴만해. 기침만 해도 코뿔소 취급을 하잖아. 그러니까, 그냥 휴가를 내고 집에서 쉬라니까 왜 그렇게 무리를 해서…. 넌 모른다, 시온아. 졸업하고 공부만 했는데 어떻게 알겠냐? 세상 사람들이 다 공무원이면 얼마나 좋겠어.

보건 당국은 코뿔소 증상이 전염성일 수도 있다고 밝혔다. 정확한 원인에 대해서는 조사가 더 필요하지만 증상자들이 호흡곤란이나 기침 등을 동반하는 것을 보아 충분히 가능성이 있으니 마스크를 착용할 것을 권고했다. 일각에서는 아직 바이러스의 존재를 확신하기 어려운 상황에서 사회적 혼란을 가중시키기만 할 것이라는 반박이 등장했지만 국가 차원에서는 기침 환자들만 줄일 수 있어도 시민들의 불안을 조금이나마 덜 수 있을 것이라고 판단한 모양이었다.

곳곳에서는 다양한 여론들이 만들어졌다. 최초 발원지를 찾아내서 책임을 물어야 한다, 신이 내린 형벌이니 겸허히 받아들여야 한다, 따위의 주장들이 일부 커뮤니티를 중심으로 확산되는가 하면, 코뿔소가 사실 인간에 비해 월등히 우수한 동물이며 이 증상은 인류에게 닥친 진화의 기회라고 하는 사람도 있었다. 하지만 이 경우는 원래 코뿔소와 인간에게서 변이한 코뿔소가 유전학적으로 완전히 같다는 지적에 금방 시들해졌다.

사람들은 서로 싸우기 시작했다. 어떤 코뿔소는 뿔이 두 개였고 어떤 코뿔소는 뿔이 하나였는데, 코뿔소로 변한 후 난동을 부리는 경우가 있는가 하면 소방대원이 출동할 때까지 가만히 있는 코뿔소도 있었다. 사람들은 뿔이 적고 온순한 코뿔소로 변한 사람을 두고 원래 본성이 선해서 그렇다느니 떠들어댔고 난동을 부리는 코뿔소로 변한 사람들의 가족들은 그가 입힌 상해와 기물 파손에 대한 책임을 지게 될까봐 그의 가족임을 부정하기도 했다. 그 과정에서 마찰이 있었고 방송국들은 기회를 틈타 어딘지도 모를 연구소에서 소장으로 있다는 전문가들을 데려와 특집을 편성하기도 했다.

해음은 성해를 만나야겠다고 생각했다. 장거리 연애였기 때문에 코뿔소 증상 이후로는 잘 만나지 못했다. 비행기나 기차 같은, 밀폐된 곳에서 오래 이동해야하는 일은 되도록 피해야 하는 일이 됐기 때문이다. 해음은 광주로 향하는 표를 끊고 열차에 올라탔다. 8호차 5A석이었다. 예약은 필요 없었다.

기차에는 사람이 많지 않았다. 기차 벽 곳곳에는 비상시 사용할 수 있도록 마취총이 비치되어 있었다. 훈련된 철도 승무원들이 코뿔소가 된 사람을 제압할 수 있도록 하기 위함이었다.

두 시간 남짓의 시간 동안 8호차 안에서 코뿔소 증상자가 나타나지 않길 바라며, 해음은 무선 이어폰을 귀에 꼽고 눈을 감았다. 곳곳에서 일어나는 코뿔소 증상으로 늘 긴장 상태였기 때문에 해음은 오늘만큼은 푹 쉴 수 있기를 기도했다. 일련의 긴장 상태는 해음에게만 해당하는 일이 아니었다. 사람들은 언제나 주변을 주시하고 있었다. 기침하는 사람들이 없는지, 가쁜 숨을 몰아쉬는 사람은 없는지 신경을 곤두세우고 있었다. 아이가 있는 사람이라면 더욱 그랬다. 옆 좌석을 살피지 않아도 아이와 함께 타고 있는 사람들을 금방 구분해낼 수 있었다. 그들은 눈감지 않고 피곤한 눈으로 고개를 여기저기 돌리고 있었기 때문이었다.

한 시간 가량 지났을 때였다. 해음은 캑캑거리는 소리에 눈을 떴다. 대각선 앞에 타고 있는 사람이 마스크 쓴 입을 손으로 가리고 신음을 내며 주변을 흘겨보고 있었다. 해음과 그 주변에 있던 사람들은 일제히 가방을 챙겨 일어났다. 7호차 쪽을 살펴보니 이미 코뿔소 증상자와 승무원들이 한바탕 하고 있는 중이었다. 해음은 재빨리 9호차 쪽으로 뛰어가, 열차와 열차 사이에 있는 화장실로 들어가 문을 잠갔다. 바깥에서 문을 여러 차례 두드렸지만, 해음은 이어폰의 볼륨을 더욱 키우고 눈을 감을 뿐이었다.

이윽고 짐승의 울음소리, 사람들의 비명소리가 들렸다. 알루미늄으로 된 좌석이 부서지는 소리가 몇 번 이어진 끝에 잠잠해졌고, 누군가의 울음소리가 들렸다. 해음은 10호차로 건너가 입석에 가방을 부리고 열차가 도착할 때까지 그곳에 있었다.

성해는 인권 단체에서 일하고 있었다. 성해를 만난 곳도 그곳이었다. 대학 때부터 함께 활동하던 곳에 성해는 정직원으로 들어갔고, 해음은 서울에 직장을 구하며 장거리 연애가 시작되었다. 성해는 많이 지쳐보였다. 코뿔소 증상 이후 인권 단체들은 크게 두 개의 입장으로 분화되었다. 코뿔소가 된 사람들을 인격적으로 대우하고 그들이 다시 사회로 돌아왔을 때 정상적인 생활을 할 수 있도록 돕자는 쪽이 있었고, 이미 코뿔소가 된 사람들을 차치하고 남은 사람들이 인간적으로 살 수 있도록 지원하자는 쪽이 있었다. 성해의 단체는 전자의 입장을 고수하는 몇 안 되는 단체였기에 사람들로부터 많은 비난을 받고 있었다. 일부 극성 단체들의 협박 메시지를 받기도 했지만 무엇보다 고역인 건 이미 짐승과 다를 바 없이 변한 사람들을 인간으로 보고 돕는 일에 점점 회의감이 생겨난다는 것이었다. 그것은 성해와 같은 노선의 단체들이 와해되는 가장 큰 이유였다.

해음과 성해는 역 근처의 숙박 시설에 체크인 했다. 코뿔소 증상에는 익숙해졌지만 둘만의 시간은 흔하지 않았기 때문에 주변을 살피지 않고 편하게 있고 싶었다. 높아진 방값을 체감하며 짐을 풀었다. 오면서 별 일 없었어? 그럴 리가 없다는 걸 알았지만, 성해는 그렇게 물었다. 해음도 짐 짓 모른 체하고 답했다. 별 일 없었지. 운이 좋았나봐. 너 같은 사람들이 많아져야 할 텐데. 아니야, 뭐. 안부 인사가 오갔다. 나 얼마 전에 시온이 만났다? 그래? 잘 지낸대? 그런 거 같더라. 사람들이 집에만 있어야 한대. 그러다보면 곧 좋아질 거라고. 성해가 쓴웃음을 지었다. 그래. 나도 그랬 으면 좋겠네.

성해는 시온의 생각에 어느 정도 동의했다. 시온의 말대로 코뿔소로 변 한 사람들이 원래의 모습으로 돌아올 수 있다는 희망으로 그들을 돌보고 있었기 때문이다. 그러나 둘의 생각에 차이가 있다면 성해는 사람들을 통 제할 수 있을 것이라고 생각하지 않는다는 것이었다. 성해는 인권 단체에 서 일하면서 배운 게 있었다. 영리 조직이든 비영리 조직이든 단체가 유지 되려면 노동과 보수가 있어야 하고, 열정과 믿음만으로 그것을 대체할 수 는 없었다. 일하지 못하는 노동자가 느끼는 불안감은 겪어보지 않으면 알 수 없는 것이다.

그러나 성해는 또한 최초로 코뿔소 증상을 경험한 해음의 애인으로서, 그가 사회로부터 겪은 수모를 잘 알고 있기도 했다. 마냥 사회가 좋아지기 를 기다릴 수는 없는 노릇이라는 것도 성해는 이해하고 있었다.

둘은 배달음식을 비대면으로 전달 받아 먹고, 이어플러그를 끼고 깊은 잠을 잤다. 코뿔소 증상 이후로 불타나게 팔리는 3M사의 이어플러그는 성 해와 해음의 밤을 짐승의 울음소리와 사람들의 비명소리로부터 안전하게 지켜주었다.

업무 지시를 받은 해음은 윤활유 통을 들고 제2작업실로 이동하고 있 었다. 그곳에는 이미 정비를 마친 물품들 중에 출고가 늦어지고 있는 것들이 보관되어 있었다. 정비를 끝낸 후에 녹이 슬면 곤란했기 때문에 해음은 2000 파운드로 단단하게 토크가 걸려 있는 거대한 베어링 접합부 사이사이에 윤활유를 골고루 도포했다.

해음, 부장님이 잠깐 보자고 한다. 오전에 업무 지시를 내린 반장이었다. 그는 기침을 하고 있었다. 짧게 대답한 해음은 작업실 창문을 모두 열고 반장이 나가고 한참 후에 사무실로 나섰다. 감기에 걸린 것이겠지만 옮으면 그것대로 곤란했다. 사장이 지금 시기에 감기를 특히 조심해야한다며, 회사에 있는 항공 부품들의 높은 가치에 대해서 귀에 못이 박히도록 이야기했기 때문이었다.

부장은 해음의 복직계를 수리한 후 잔여 연차 일수와 상여금에 대한 부분을 회의했다며 결정된 사항을 알려주었다. 휴직 날짜 중 일부를 이월 연차에서 소진시켜주겠다고 했고, 근로 장려 차원에서 상여금도 다른 직원들과 차이 없이 지급될 것이라고 했다.

호흡곤란과 발열, 기침과 코뿔소 증상의 상관관계가 밝혀졌다. 일단 증상이 시작되면 몸에 있는 에너지가 모두 코뿔소로 변이하는 데 사용되고, 그 과정에서 면역력이 급격히 떨어지면서 감기 등의 호흡기 질환에 매우 취약한 상태가 된다. 그러다 코뿔소가 되기 얼마 전에는 기도를 포함해 장기들의 모양이 변하면서 발열, 호흡 곤란 등의 증세가 나타나게 된다. 코뿔소 증상이 어떤 원인으로 시작하는지에 대해서는 여전히 알려진 바 없지만, 적어도 바이러스에 의한 것이 아님은 확실해졌다.

그러나 기침을 극도로 꺼리게 된 사회 분위기는 바뀌지 않았다. 기침하는 사람이 반드시 코뿔소가 되는 건 아니지만, 코뿔소가 되는 사람들은 대부분 기침을 했기 때문이다. 조심해서 나쁠 것 없다는 생각이 지배적이었다. 사람들은 서로를 서서히 잃어가는 과정에서도 누구 하나 믿지 못했다.

퇴근하고 방에서 쉬고 있던 참이었다. 해음의 휴대폰이 울렸다. 회사에서 온 전화였다. 부장이 코뿔소로 변했으며, 고가의 항공 부품들이 많이 파손되어 회사의 입장이 곤란해졌다고 했다. 한 달간 회사가 휴업하게 되었다는 소식을 전한 반장은 작은 목소리로 사장이 기업 회생을 고민 중이라고 덧붙였다. 상여금이니 연차니 하는 것들은 해음에게 아무 의미가 없게 되어버렸다. 새로 이력서를 쓰기 시작해야겠다고 해음은 생각했다.

코뿔소 증상 이후 산업은 차차 마비되고 있었다. 특히 생산 분야의 타격이 컸다. 비싼 설비들을 코뿔소들이 헤집고 다니면서 가동을 멈추는 공장이 늘었다. 고가의 제품을 취급하는 해음의 회사 같은 곳들은 국가 차원에서 회생을 돕기도 했다. 실업자들이 늘고 국가의 비상 지원금이 풀리면서 물가는 계속 오르고 있었다. 반 년 전부터 혼자 살기 시작한 해음은 그러한 변화를 여실히 느끼고 있었고, 몇 주간의 휴직으로 수입이 없었던 그에게 반장이 전한 소식은 타격이 컸다.

해음은 거실로 나가 창문 앞에 섰다. 비탈길에 올라선 해음의 오래된 아파트에서는 바깥 풍경, 그러니까 거대한 코뿔소 공원처럼 변해버린 모습들이 눈에 들어왔다. 호흡기를 전담하는 병원들 앞에는 기침약을 처방받으려는 사람들이 줄을 서 있었고, 간혹 코뿔소를 포획하려는 사람들이 코뿔소에게 장비를 겨누는 한편으로 혼란에 빠진 사람들을 통제하고 있었다. 도시의 한쪽 구석 큰 규모의 부지에는 새로운 건물이 들어서고 있었는데 거의 완공된 것처럼 보였다. 이 와중에도 뭘 짓긴 하는구나.

암막 커튼을 쳤다. 휴직계를 낸 후로 공백이 생긴 수입을 메우기 위해 쉬지 않고 잔업에 임했던 해음은 서랍에서 이어플러그를 꺼내, 방으로 들어가 긴 잠을 잤다. 꿈에는 주변인들 중 가장 먼저 코뿔소가 된, 홀연히 사라져버린 환이 등장했다.

휴대폰이 울렸다. 이어플러그를 꼽고 있던 탓에 오래도록 벨소리가 흘러나왔지만 해음은 얼른 알아차리지 못했다. 휴대폰 너머에서 성해의 짜증 섞인 목소리가 들렸다. 해음의 회사에 대한 소식을 들은 것 같았다. 그의 동료에게서 전해 들었다고 했다. 왜 바로 말 안 했어. 뭐 좋은 소식이라고 쪼르르 가서 말하냐…. 너 복직한 지도 얼마 안 됐잖아. 다른 회사 알아봐야 하는 거 아니야? 성해의 말이 맞았다. 해음은 국가 지원 저금리 대출과 비상 지원금으로 생계를 유지하고 있었다. 일단 여기에 파트타임 직원이라도 뽑는지 물어볼게. 일하면서 다른 회사 알아봐. 아마 자리가 있을 거야. 여긴 늘 사람이 모자라거든.

휴직을 하고 집회에 나간 이후, 해음은 사회에 염증을 느끼고 있었다. 뉴스와 신문을 애써 피하던 그에게 성해는 코뿔소로 변한 사람들을 관광 상품화하기로 했다는 충격적인 소식을 전해주었다. 동물원을 세우고 거기에 코뿔소가 된 이들을 격리한 후 테마파크처럼 운영하겠다는 방침이었다. 코뿔소들이 많아지자 더욱 본격적으로 관리할 필요성이 대두되었고, 이들을 모두 수용할 공간이 부족했기에 내려진 특단의 조치였다. 인권 단체를 비롯해 많은 사람들이 비인격적인 대우라고 항의했으나 정부는 국내에서만 일어나는 이상 증세와 그에 따른 경제적 위기를 극복할 대안이 필요했고, 해외 관광객을 적극적으로 유치해 산업 마비가 가져온 유례없는 손해를 조금이나마 극복하고자 하는 의지를 가지고 있었다. 정부는 코뿔소로 변한 이들이 최소한의 권리를 보장받을 것을 약속하고 원래 코뿔소였던 종들과 절대 섞이게 하지 않을 것이라고 호언장담했다. 그러나 한번 같은 무리로 섞여버리면 영영 찾을 수 없을 정도로 둘 사이에는 이렇다 할 생물학적 특이점이 없었기에 이를 곧이곧대로 받아들이는 사람은 없었다. 하지만 사람들은 한편으로 지긋지긋한 이 사태를 일상으로부터 최대한 분리시키고 싶어 했기 때문에 결국 새로운 방침은 많은 논란 속에서 계속 진행되고 있었다.

해음은 일어나서 커튼을 열고 창가에 섰다. 이제는 그 커다란 부지에 들어선 건물이 무엇인지 알 수 있었다. 길게 늘어진 건물들은 매표소였고 뒤쪽으로 커다란 우리들이 들어갈 자리가 표시되어 있었다. 정문에 걸려 있는 장식은 코뿔소 문양일 것이다. 성해에게서 메시지가 왔다. ─다음 주에 시간 돼?

해음은 성해와 함께 택시에 탔다. 코뿔소 테마파크 설립에 반대하는 집회가 열린다고 했다. 당연히 성해가 일하는 단체에서도 참여했고, 성해는 다른 이들에게 양해를 구해 해음이 함께 갈 수 있도록 했다. 단체에는 아직 해음이 알고 있던 얼굴들도 많이 보였다. 해음은 성해가 서울까지 온다고 했기에 집회에 참여하자는 성해의 제안에 응했지만, 사실 별로 낙관적으로 생각하는 편이 아니었다. 집회에 참여하는 사람들이 코뿔소로 변한 사람들을 원래대로 돌려놓을 방법을 제시하지도 못할 것이고, 그들의 일터에 대신 나가서 일해주지도 않을 것이기 때문에 국가는 계속해서 어려워질 것이다. 국가 입장에서는 뭐라도 해야 한다고 생각해서 내린 결정이었다. 해음은 무기력해져 있었다. 휴직계를 내고 거리로 나선 몇 주간의 기간 동안 배운 게 있다면, 사람들은 자신의 이야기가 되기 전까지는 쉽게 다른 이들의 입장을 들어주지 않는다는 것이었다.

해음이 잃어버린 친구 환은 중학교 시절부터 그가 사라지기 전까지 해음과 가장 친한 친구였다. 성인이 되고 다른 지방에서 대학을 다니게 되면서 만남은 뜸해졌지만 늘 메시지를 주고받았었고, 방학이 되면 어김없이 연탄구이에 소주를 마셨다. 그러나 환은 해음의 자취방에서 술을 마시다가 코뿔소가 되어 사라졌고, 그 후로 해음은 매일같이 누군가가 갑자기 사라질 수 있다는 불안감에 시달렸다. 성해는 그런 해음을 이해해주었다. 환이 사라졌을 때부터 해음을 믿었고 그가 불안해하지 않도록 곁을 지켰다. 해음이 성해를 따라 이런 집회에 참여하게 된 것은 그런 성해에 대한 고마운 마음 때문인지도 몰랐다.

내 가족은 짐승이 아니다, 비인도적 관광 상품 철회, 등의 구호를 외치는 집회는 거리에서 거리로 이어졌다. 주말 오후부터 시작된 집회는 저녁이 되어서야 끝이 났다. 해음과 성해는 택시에 올랐다. 강변 쪽으로 방향을 잡았다. 택시 뒷좌석에는 기사가 갑자기 코뿔소로 변했을 때의 대처법과 안내 사항이 인쇄된 종이가 붙어있었다. 해음은 수도 없이 본 안내서를 재차 읽었다.

둘은 근처에서 간단하게 요기하고 함께 강변을 걷기로 했다. 어둑한 강변길에는 종종 자전거 몇 대가 지나다녔을 뿐, 인적이 별로 없었다. 코뿔소 증상 이후, 늦은 시간에 나서는 것은 특별한 이벤트가 되었다. 야행성인 코뿔소가 활발해지는 때라 누군가 갑자기 코뿔소로 돌변하여 공격한다면 크게 다칠 위험이 있었기 때문이었다. 하지만 사람이 없다면 코뿔소가 나타날 일도 상대적으로 적었기에, 장소만 잘 고른다면 안전하게 거닐 수 있는 곳도 분명 있었다. 해음의 집 근처 산책로가 그랬다. 가로등이 적은 그곳은 다른 곳들에 비해 유독 밤에 사람이 적었다.

오늘 어땠어. 성해가 해음의 손을 잡으며 물었다. 해음은 대답하지 않았다. 같이 가줘서 고마워. 사실 너도 내 생각에 어느 정도 동의해줬으면 좋겠다고 생각했어. 나한테도 많이 어렵지만 그래도 일단은 사람이니까, 사람이 사람한테 그러면 안 되는 거니까. 사람…이지. 해음이 작게 말했다. 해음은 오래 전부터 그런 것들이 별로 중요하지 않다고 생각하고 있었다. 오늘 집회를 하면서 그런 생각이 더욱 강하게 들었다. 서로 들이박지 못해서 안달난 사람들은 언제든 코뿔소로 변해도 이상하지 않다. 어차피 전부 코뿔소가 될 텐데. 하지만 뒷말은 굳이 입 밖으로 내지 않았다.

왜 코뿔소마다 뿔의 개수가 다를까? 해음이 말했다. 그러게. 듣기로는 뿔이 두 개나 있는 코뿔소로 변한 사람들은 원래 폭력적인 경향이 있었대. 너도 그 말을 믿어? 그렇잖아, 왜. 아무래도 뿔이 없는 코뿔소로 변한 사람들보다 더 많은 사람들을 다치게 하기도 하고. 그렇게 생각하면서 너는 왜 그런 일을 하는 거야? 코뿔소가 되기 전에는 문제없는 사람들이었으니까. 감정 기복이 조금 있는 사람이었겠지. 나는 코뿔소들이 다시 사람으로 돌아올 수 있다고 생각해.

성해와 해음은 해음의 작고 낡은 아파트로 들어왔다. 커튼이 활짝 열린 창 아래로 불 꺼진 시가지가 내려다보였다. 어두운 세상은 무탈했다.

씻고 잠옷 차림으로 나왔을 때, 해음은 충격적인 연락을 받았다. 시온이 코뿔소가 되었다는 내용이었다. 성해가 사색이 된 해음을 다그쳤다. 해음은 성해에게 시온이 코뿔소가 되었다고 말했다. 성해는 시온과의 직접적인 친분은 없었으나 그가 해음의 친한 친구라는 것을 알고 있었다. 곳곳에서 코뿔소 테마파크가 완공되고 있었고, 시온은 그곳으로 가는 첫 번째 사례가 되었다. 성해는 다가오는 월요일에 회사에 양해를 구하고 급히 연차를 내어 해음과 함께 시온을 보러 가기로 했다. 해음은 그가 테마파크에 들어가기 전에 만나고 싶었다.

환에 이어 두 번째였다. 해음은 극심한 피로를 느꼈다. 더 이상 코뿔소에 대해서 생각하고 싶지 않았고, 짧은 시간에 벌어진 그간의 일들을 받아들이기에는 시간이 필요했다. 해음은 유독 자신에게만 세상이 빠르게 돌아간다고 생각했다. 왜 한국에서만 코뿔소 증상이 나타났고, 왜 하필 자신의 주변에서 먼저 나타난 것이며, 코뿔소 테마파크 같은 말 같지도 않은 시설엔 왜 시온이 가장 먼저 들어가게 되었을까.

성해는 해음을 위로할 수 없었다. 해음과 같은 사례들을 많이 보았지만, 그들은 어떤 말로도 위로되지 않았다. 그저 소중한 사람들을 잃고 몸속에서 무엇인가가 빠져나간 사람처럼 계속 살아갈 뿐이었다. 그것이 자신들도 언젠가 코뿔소로 변할 것이라는 체념에 의한 것인지 커다란 슬픔 속에서 그들이 택한 살아가는 방식인지 성해는 알 수 없었다.

해음과 성해의 눈앞에 시온의 이름이 적힌 명찰을 달고 있는 코뿔소가 있었다. 그는 각기 다른 명찰을 달고 있는 코뿔소들과 25톤 트럭으로 옮겨지고 있었다. 짐승들의 배설물 냄새와 체취가 사방에 퍼졌다. 트럭 주변에는 기자들과 시위대, 그리고 마스크를 착용한 경찰들이 운집해 있었다. 사람들은 지난 주말에 해음과 성해가 들었던 구호들을 외치고 있었다. 그러나 구호 사이로 들려오는, 그들의 가족의 이름에 코뿔소로 변해버린 이들은 일말의 반응도 보여주지 않았고, 자신들의 이름을 잊어버린 코뿔소들은 묵묵히 트럭에 오를 뿐이었다. 해음은 시온의 이름을 부르지 않았다.

성해를 기차역까지 배웅하고 집에 돌아온 해음은 집에 돌아오자마자 소파에 몸을 던졌다. 해음은 이제 커튼을 젖히고 아래를 내려다보기만 하면 코뿔소로 변해버린 시온을 봐야만 할 것이다. 코뿔소가 아닌 다른 동물이었다면 어땠을까. 사람과 함께 살 수 있는 작은 동물이었다면 조금 달랐을까. 해음은 마지막으로 본 시온의 모습이 잊히지 않았다. 앞으로도 그럴 것이라고 생각했다.

그대로 잠든 해음은 긴 꿈을 꿨다. 또 환이 등장하는 꿈이었다. 꿈에서 그는 여전히 코뿔소였고, 해음은 그가 곧 사라질까봐 안절부절 했다. 환을 씻기고, 그의 배설물을 치우고, 두 개의 뿔을 정성껏 닦아주었다. 환은 작은 해음의 집에 잘 적응했고 어떤 물건도 부수지 않았다. 둘은 해음의 이사를 환이 도와주었을 때처럼, 함께 자고 먹고 생활했다. 해음은 꿈속에서 행복했으나 어쩐지 이것이 꿈이라는 생각을 떨칠 수 없었다. 최대한 오래 꿈속에 머물고 싶다는 생각을, 해음은 꿈을 꾸면서도 했다.

아침이었다. 소파에서 일어난 해음은 습관적으로 창가로 가 커튼을 젖히려다 그만뒀다. 대신 방으로 들어가 문을 닫고 침대에 누워 휴대폰으로 유튜브를 뒤적거리기 시작했다. 그러나 해음은 곧 자리에서 벌떡 일어날 수밖에 없었다. 코뿔소 증상이 세계 곳곳에서 나타나고 있었다.

증상은 전 세계에 동시다발적으로 일어났다. 많은 연구와 정책들이 세계 각지에서 발표되었고, 일부는 한국을 향한 인종차별적인 비난을 쏟아냈다. 그러나 한국은 이 코뿔소 증상의 발원지였고 좋든 싫든 한국의 사례를 벤치마킹하여 자국 내에서 활용할 수 있는 방법들을 연구하는 수밖에 없었다. 많은 외신들과 연구자들이 한국을 방문했다. 이제 세계는 하나의 증상을 앓는다는 전례 없는 사정으로 새로운 공동체로 변모하고 있었다. 코뿔소를 심볼로 하는 각종 사이비 종교들도 등장했고 지구의 종말이 도래했다고 굳게 믿는 사람들도 늘었다.

해음은 곧장 성해에게 전화를 걸었다. 신호는 계속 갔으나 대여섯 번의 시도에도 성해는 전화를 받지 않았다. 해음은 불안해지기 시작했다. 해음은 급하게 짐을 챙겼다. 성해가 무사한지 확인해봐야만 했다. 막 집을 나서려던 때, 성해에게서 전화가 걸려왔다. 하루아침에 벌어진 사태 때문에 처리해야할 일들이 많아져서 전화를 받지 못했다고 했다. 그에 대한 이야기를 나눈 후에 해음은 전화를 끊었다.

성해의 목소리를 들었지만 해음의 불안은 쉽게 가시지 않았다. 시온과 환을 잃은 해음에게는 성해밖에 남지 않았다. 해음은 다시 짐을 싸기 시작했다. 해음은 성해에게 문자를 남겼다. 그리고 아주 천천히, 가져갈 수 있는 모든 것을 캐리어에 담고서는 문 밖을 나섰다.

열차에 올라탄 해음은 객석 위에 설치된 TV에서 흘러나오는 소리를 듣고 있었다. 모든 방송에서 인류가 맞은 대위기에 대해서 떠들어대고 있었다. 그런 방송은 원래도 많이 나왔으나, 이제는 외국인 앵커들이 방송을 진행한다는 차이점이 있었다. 방송에서는 한국에 있는 코뿔소 테마파크도 소개되고 있었다. 코뿔소 증상이 한국 밖으로 퍼져나갈 것이라는 것을 알고 있었다면 절대 설치하지 않았을 흉물이었다. 그런 테마파크 따위는 이제 세계 어디에든 만들 수 있었으므로 정부는 각지에 설치된 우스꽝스러운 테마파크를 신속하게 철거하기로 했다. 국내의 비상 상황을 그릇된 방식으로 풀어나가려고 했다는 지적들이 쏟아진 영향이었다. 해음은 더이상 열차에서 긴장하지 않았다. 그러기엔 너무 멀리 왔다. 그는 이어플러그를 꽂고 눈을 감았다.

성해의 집에 다다르자 퇴근하고 막 도착한 성해가 해음을 맞아주었다. 성해는 홀가분해보였다. 기분 좋은 일 있었나보네. 해음이 말했다. 아니, 기분 좋은 일은 아니고. 나 내일부터 일 안 나가. 왜? 해체됐거든. 세계인이 코뿔소가 되어 가는데 우리가 어떻게 다 돌보겠어. 이제 우리는 우리를 돌보자. 너도 일 구하지 말고 당분간 여기서 지내며 좀 쉬는 게 어때?

해음은 잘 된 일이라고 생각했다. 적어도 한동안은, 성해가 코뿔소들에게 사고를 당하지는 않을까 하는 걱정은 하지 않게 된 것이다. 이제 한국의 코뿔소 증상은 많이 진행되어서, 인간이기만 하면 일할 곳은 얼마든지 있었다. 그날 밤, 둘은 서로에게 이어플러그를 끼워주고 함께 잠들었다. 해음은 다시 긴 꿈을 꾸었다.

아침이었다. 해음의 옆에는 코뿔소가 된 성해가 몸을 웅크려말고 자고 있었다. 거대한 덩치로 이불을 모두 차지하고 있는 성해를 해음은 사랑스럽게 쳐다보았다. 해음은 거실로 나가 커튼을 열어젖혔다. 도처에 코뿔소가 있었다. 코뿔소뿐이었다. 해음은 손을 뻗어 여전한 사람의 손으로 자신의 이마에 돋아난 뿔을 매만졌다.

* 이 소설의 제목은 외젠 이오네스코의 동명 소설과 희곡에서 차용했음을 밝힌다.

소설은 세상을 바꿔야만 하는 것이라고 생각했다가, 또 무조건 재미있어야만 한다고 생각했다가, 근래에는 그 사이 어딘가에서 나를 건져내는 것이 아닌가 생각한다. 소설을 쓴다는 것은 비춰지지 않는 세계를 조망함과 동시에 터져나갈 수밖에 없는 응집된 자아들의 방출이며, 씀으로써 세계를 설득하는 것이기 때문이다. 소설은 작가와 세계를 함께 돌보는 일이다.

우리는 지난 삼 년간 유례없는 시간을 보냈다. 전염병은 많은 것을 바꾸었다. 나는 사람을 깨문 적이 없으나 지난 시간 동안 하루도 빠짐없이 입가를 동여맸다. 무엇인가 하지 않던 일들을 해야만 했고 하던 일들을 하지 않게 됐다. 이건 내게만 일어난 일이 아니었으므로 나는 문자 그대로 사회가 병들어 가는 것을 지켜보았다. 이 시간들을 지나면서 우린 모두 무엇인가를 잃었다. 그리고 남겨진 상흔들은 삶은 흔들었다. 사람이 사람을 마주하고, 표정을 보여주고, 몸과 몸이 부딪는 당연한 일들이 터부시되는 것을 바라보면서, 많은 것이 잘못되고 있다고 생각했다.

쓰는 수밖에 없었다. 그게 술자리에서 울분을 뱉는 것보다 나았다. '코뿔소'는 그렇게 바뀌어버린 사회에 대해서 이야기하고자 썼다. 우리에게 닥친 현실의 비현실성에 대해서, 그리고 그것을 마주하고 있는 우리들의 더 비현실적인 모습에 대해서 쓰고 싶었다. 우리는 코뿔소로 변한 사람들처럼 서로를 들이받고, 서로를 불신하며 잃어갔다. 나는 인류학자도 아니고 병리학자도 아니기에, 우리가 앞으로 무엇을 해야 하는지는 모르나 씀으로써 내가 할 수 있는 일을 했다고 생각한다. 투고를 하고 당선 전화를 받은 오늘까지도 이것으로 충분한지는 확신할 수 없지만, 괜찮다. 계속 쓰면 된다. 코로나 이전과 이후를 기억하고, 또 기대하며, 세상을 사랑하는 마음으로 숱한 새벽을 보낼 거다. 게으르고 무심한 내가 나와 남을 돌볼 수 있는 유일한 일이라고 생각한다. 내가 쓰는 문장들이 꼭 필요한 이들에게 닿았으면 좋겠다는 마음이다.

당선이 소설가에게 자격을 주는 일은 아닐 것이다. 계속 써도 된다는, 독려의 의미로 받아들이겠다. 사라지지 않는 글을 끝까지 쓰고 싶다. 내 소설이 어루만질 수 있는 가장 먼 곳에서 누군가의 삶을 비출 수 있다면, 나는 소설 쓰기를 멈추지 않을 것이다. 이 모든 시간이 지나고도 나는 소설의 힘을 믿는다. 내게 소중한 기회를 주신 광남일보와 심사위원분들이 너무나 감사할 따름이다.

뼈를 깎아 함께 해주신, 스승이자 존경하는 소설가 함정임 선생님께 감사드린다. 내 습작들을 전부 읽어준 사랑하는 동생 정현과 축하해준 성규와 은주를 비롯한 가족, 애인과 친구들에게도 고맙다. 그들이 있었기에 여태까지 쓸 수 있었다. 마지막으로, 잃어버린 내 오랜 친구에게 안부를 전한다. 그가 무사했으면 좋겠다.

예상보다 많은 응모작에 놀랐다. 그런데도 일정한 수준과 개성을 갖춘 작품이 많아 즐거웠다. 오랜 시간 공들여 썼겠다는 짐작만 맴돌 뿐 수련 과정이 더 요구되는 작품은 안타까웠다. 문장을 우선 순위로 보았고, 서사에 짜임새를 갖췄다면 자신만의 목소리를 내고 있는지 살폈다. 매력적인 제목과 첫 문장, 서두 부분부터 눈길을 끈 작품은 끝까지 읽었다. 신춘문예 당선에 요행은 없다.

본심에 오른 작품은 7편이었다. 「저수지 안개의 끝」은 안정된 문장으로 이철규 변사 사건에서 한국전쟁과 5·18까지 소환시킴으로써 현대사의 비극을 드러내고자 했지만 평이한 전개에 묻혀 새롭고 강렬한 주제를 보여주지 못했고, 「사람을 찾습니다」는 구두만 남기고 실종된 아버지가 9개월 만에 시신으로 돌아온다는 이야기였는데, 아버지를 추적하는 절박함이 밋밋하고 허전했다. 「마음의 미로」는 한국어 교실에서의 인연을 카트만두행으로 이어감으로써 인물의 개성적인 면모를 띄웠으나 이혼 소송과 병치해 놓은 설정이 작위적으로 보였고 여행객의 시선을 통한 이국적 감흥에 매달린 나머지 에피소드식 견문의 나열에 머물렀다는 점이 지적됐고, 「두부」는 편하게 읽히는 가운데 이야기꾼의 소질이 다분한 문장으로 끌렸지만, 허술한 짜임새로 서사의 역동성보다는 과도한 수다를 듣는 기분이었다.

「물고기 서식지」는 물고기에 사람의 이름을 부여하고 동반하는 공시생 이야기로, 우리 시대 취준생의 쓸쓸한 자화상을 보는 것 같았지만 어항이 깨지고 물고기의 죽음을 맞게 되는 파국이 일련의 상징으로 연결되지 않아 반전의 흥미를 끌어내지 못했다. 마지막까지 경합했던 「비바리움」은 철거될 아파트에서 고군분투하는 엄마의 삶과 레오파드라는 이름의 개구리가 의미하는 기묘한 아이러니가 교차했으나 아빠를 향한 지나친 적의와 원망이 인과적인 설득에 이르지 못하고 말았다.

　「코뿔소」는 단연 돋보이는 수작이다. 적확한 언어 구사, 안정된 문장에다 단편 구성에 맞는 짜임도 적절했다. 사람들이 코뿔소로 변해가면서 벌어지는 미증유의 혼란을 통해 팬데믹으로 뒤덮인 우리 시대의 병리적 기현상을 담담히 들여다보고 성찰하게 했다는 점을 주목했다. 몇 년 만에 거리 두기 없는 세밑을 보내면서, 비정상적 집단 증세를 상식인 양 용인하고 동조하며 살아오지는 않았는지, 지난날 우리 사회의 미혹을 일깨워줬다. 나치의 파시즘과 광기를 담은 이오네스코의 '코뿔소'보다 더 실감 나게 다가온 이유는 여전히 우리를 옥죄고 있는 감염병 공포 때문이다. 다만 한마디 아쉬움을 전하고 싶다. 마침내 모두 코뿔소로 변하고 말았다는 상투화된 결말보다는 인간에 대한 신뢰에 기반한 온도를 높였더라면, 사유의 집요함과 전복의 내러티브가 더해져 코로나로 위축된 우리 현실을 따뜻하게 보듬을 수 있었을 텐데. 당선을 축하하며 신예 작가의 대성을 믿는다.

광주일보 **백종익**

61년 서울 이태원 출생.
서울 과학기술대 건축 학사.
고려대학교 건축 석사.

무지개

백종익

안개가 수면 위에 앉아있다. 배가 수면을 가르고 나가자 잿빛 안개가 뱃머리 좌우로 흩어졌다 배의 후미에서 이내 다시 모인다. 안갯속을 튀어 나온 붉은 부리새 한 마리가 수면을 스치듯 배 주위를 두세 바퀴 선회하다 다시 어둠 속으로 사라진다. 남자는 이마에 구슬땀이 맺힌 채 연신 노를 내 젓고 있다. 뱃전에 솟은 은색 물방울이 이따금씩 날아와 남자의 얼굴에 부딪치며 파편처럼 튕겨 나간다. 큰 날개 새들이 안개를 몰아내며 배의 후미를 쫓는다. 새들은 남자의 머리 위를 낮게 선회하며 뱃고물을 치솟는 바람에 날개를 펼치고 서로를 앞서거니 뒤서거니 하며 유영을 즐기듯 한다. 남자의 어깨 너머 수평선 멀리서는 빛이 안개의 흐름에 따라 춤을 추듯 명멸하고 있다.

허리를 곧추세운 남자가 얕은 기침을 대기에 뱉어낸다. 빛은 다시 나타나겠지, 하며 남자는 생각한다. 노걸이의 쇳소리가 멈추자 남자의 발치에서 옆으로 웅크려있던 여자가 두 눈을 뜬다. 여자는 한기를 느낀 듯 느슨해진 목도리의 매듭을 두 손으로 고쳐 여민다. 털목도리 사이로 빠져나온 귀밑 머리카락이 옆에서 불어오는 바람에 흔들린다. 여자가 춥다고 말하고 남자는 잠시 아무 말이 없다. 이어서 한 파고의 물결이 뱃전을 때린다. 여자가 다시 말을 이으려고 할 때, 빛이 조금 전에 다시 나타났다고 남자가 말한다. 여자가 몸을 일으켜 배의 노걸이 쪽 가로 판자에 등을 기대어 앉는다.

그렇구나, 빛이 보였구나, 여자가 말한다.

맞아, 빛이 다시 보이기 시작한 거야, 남자가 말한다.

나도 보았어야 했는데, 하며 여자가 말한다.

파도가 거칠게 몰아치는 어젯밤 칠흑 같던 안개 속에서 잠깐 동안 그 빛을 볼 수 있었어, 하지만 그 후로는 볼 수가 없었지 뭐야, 여자가 말한다.

여자의 가는 입술 가에서 붉은 깃털이 하늘거린다.

맞바람이 여자의 얼굴에 닿자, 한쪽 자락이 풀린 목도리가 여자의 어깨를 벗어나 흔들린다, 길고 검은 그림자가 물결 위에서 일렁인다, 새들은 출렁이는 그림자를 쫓으며 낮게 날다가 뱃전에 솟은 바람에 두 날개를 맡기며 새들은 곧 낮은 구름 속으로 모습을 감춘다.

여자는 볼록한 아랫배에 한 손을 가져가며 남자에게 말한다.

방금 아기가 움직이기 시작했어, 하며 여자가 말한다.

그 녀석도 급하긴 한 모양이네, 하며 남자가 말한다.

남자의 입가에서 뱉어진 하얀 입김이 잿빛 안개에 파묻힌다.

조금만 있으면 빛이 또 나타날 거야, 하며 남자가 말한다.

그러길 바라, 여자가 말한다.

잠시 전에 본 것이 우리가 찾던 그것이 맞다면 이제 희망이 보이기 시작한 거라고, 하며 남자가 말한다.

오늘 밤에는 더 자주 보이더군, 빛의 세기가 점점 더 강하게 다가오는 느낌이야, 남자가 말한다.

그때마다 나는 왜 볼 수 없었을까? 여자가 말한다.

그럴 수밖에 없지 않아? 뱃속에 아기가 있으니 당신은 눈을 붙일 수밖에 없었지, 남자가 말한다.

우리가 언덕을 내려와, 배를 타고, 긴 밤을 두 번째 맞는 것 같아, 하며 여자가 말한다.

그래, 큰 바위들을 돌아 내려왔지, 다행히도 거센 강바람을 큰 바위들이 막아 주었지 뭐야, 하며 남자가 말한다.

당신이 힘들었을 거야, 남자가 말한다.

거친 언덕을 뱃속의 아기와 함께 내려왔으니까 말이야, 남자가 말한다.

맞아, 우리 발밑의 쐐기풀과 돌들에는 새벽 어두움이 웅크리고 있었어, 여자가 말한다.

하지만, 지금, 등 뒤를 돌아봐, 물결 위를 피어오르는 안개 위를 말이야 (멀리 그들이 떠나 내려온 언덕이 작은 별빛 아래로 조용히 앉아있다), 우리가 내려온 언덕이 높게 서 있잖아, 하며 남자가 말한다.

우리는 해낸 거라고, 남자가 말한다.

뱃속의 아기도 지쳐있을 만해, 험난한 길을 우리와 함께 했으니까 말이야, 하며 남자가 말한다.

여자아이라면 '강'이라고 이름 부르고 싶어, 남자가 말한다.

강은 대지를 품어주지 않아? 넉넉한 마음으로 이 강이 우리의 섬을 보듬어 주었듯이 말이야, 남자가 말한다.

이곳 섬을 둘러싸고 있는 강물이 어디서 흘러왔겠어, 남자가 말한다.

우리가 지금 향하고 있는 곳이 그곳이기를 바라, 하며 여자가 말한다.

빛을 계속 뿜어내고 있는 곳이라면 아마도 그곳은 엄마의 젖 같은 강물을 쏟아내는 그런 곳일거야, 하며 남자가 말한다.

남자와 여자는 서로의 어깨 위에서 흔들리는 밤하늘의 별들을 바라보며 잠시 말을 잊지 못한다.

바람이 옆에서 불어오고 있어, 여자가 말한다.

우리 왼편이야, 검은 안개가 함께 몰려와, 저기 보여? 하며 여자가 말한다.

높은 파도가 곧 밀려오겠어, 남자가 말한다.

배가 옆으로 떠밀려가고 있어, 이쪽은 우리가 가야 할 방향이 아니잖아, 여자가 말한다.

빛을 보았던 곳에서 배가 멀어지려 해,'여자가 말한다.

저기 검은 안개 속을 벗어나는 새들을 좀 봐, 여자가 말한다.

우리를 쫓아오던 새들이 하나씩 모습을 감추고 있어, 여자가 말한다.

남자가 양손에 힘을 주어 노를 앞에서 뒤로 힘껏 저어보지만, 또 배의 방향을 바꾸어 보려 하지만 지금은 거센 물살을 거스를 수 없다.

저 검은 안개 좀 봐, 여자가 말한다.

짙은 안개와 맞바람이 우리를 방해하고 있어, 남자가 말한다.

남자와 여자의 얼굴에 안개가 빠르게 다가와 스쳐 지나간다. 그때마다 그들의 붉고 푸른 얼굴이 안개 속에서 나타났다 사라진다. 멀리 구름 아래로 새들이 꼬리를 물고 점점이 사라진다.

남자와 여자는 바람의 방향이 바뀌어서 빛이 사라졌던 곳으로 배가 방향을 바로 잡기를 바라지만, 지금, 거센 물살을 배는 이겨낼 수 없다. 배 안의 남자와 여자는 또, 여자의 뱃속 아기는 회색 안개에 휩싸인 채 그저 그들 머리 위 밤하늘에 총총히 떠 있는 별들만 바라볼 뿐이다.

노를 저어보아도 소용없지 뭐야, 남자가 말한다.

지금 배의 방향은 우리가 가야 할 길이 아니야, 짙은 안개가 우리를 막아서고 있어, 하며 여자가 말한다.

여자가 아랫배를 두 손으로 쓰다듬는다, 그리고 곧 태어날 아기에게 조금만 참으렴, 하며 말한다. 그래, 아기가 태어날 때는 저 빛을 우리가 마주할 때쯤이겠지, 하며 남자는 생각한다.아랫배를 힘차게 발길질하는 아이를 두 손으로 보듬은 여자도 같은 생각을 하는 듯하다.

그곳에 도착하면 빛은 우리를 반겨줄 것이 틀림없어, 하며 남자가 말한다.

맞아, 그럴 거야, 그곳에서 우리는 당신과 나 그리고 우리 아기와 함께 새로운 삶을 시작할 수 있을 거야, 그럴 것이 틀림없어, 하며 여자가 말한다.

그곳은 넉넉한 빛을 내는 만큼 사람들 모두가 마음씨도 고울거야, 여자가 말한다.

아침저녁으로 선선한 바람을 보내주는 곳이잖아, 또 돌들 틈 사이에서 풀들이 잘 자라게 비구름도 실어 보내주었지, 남자가 말한다.

이때, 배의 고물 쪽에서 작은 흔들림과 함께 둔탁한 소리가 나기 시작한다. 배는 먼저 이물 쪽이 진행 방향을 벗어나더니 차례로 후미 쪽도 방향을 옆으로 튼다, 방향을 찾지 못한 채 소용돌이 물살에 갇힌 배는 앞뒤가 꼬리물기를 하듯 제자리를 맴돌기만 하고 있다. 배 밑부분이 무엇인가에 부딪친 것인지, 물밑의 소용돌이에 의한 것인지, 소용돌이라면 그 이유가 무엇인지, 남자와 여자는 뜻밖의 처한 상황에 당혹한 표정을 감출 수 없다. 남자가 배의 후미 쪽을 고개를 내밀어 살펴보지만, 납작 엎드리듯이 수면을 덮고 있는 안개 탓에 물밑의 일을 지금은 알 길이 없다. 이따금 한 번씩 뱃전에 부딪는 파도가 허공에 은색 파편을 흩뿌린다.

이곳은 물이 깊은 곳일 텐데, 남자가 말한다.

귀 기울여 잘 들어봐, 여자가 말한다.

좀 전부터 소리를 일으키는 곳은 물밑이야, 여자가 말한다.

수면 아래에서 무엇인가 일어나고 있는 것이 분명해, 하며 여자가 말한다.

물살이 뱃전에 부딪치는 소리는 아니야, 여자가 말한다.

소용돌이가 빨아들인 안개가 배를 서서히 휘어 감는다. 언제부터인가 나타난 큰 날개를 가진 새들이 남자와 여자의 머리 위를 낮게 날며 선회하고 있다.

남자와 여자는 그들의 의지를 시험이라도 하는 듯한 이런 상황을, 그리고 그들이 가는 길을 막아서려 하는 것이 대체 뭘까, 하며 생각한다.

저기 낮게 깔린 구름 아래를 좀 봐, 여자가 말한다.

빛이 나타났다 사라지기를 반복적으로 하고 있어, 저쪽 방향이 우리가 가야 할 곳이야, 하며 여자가 손으로 방향을 가리키며 말한다.

그래, 우리는 그곳으로 가야만 해, 하며 남자가 말한다.

하지만, 뱃머리가 옆으로 밀려나 좀처럼 방향을 잡기가 쉽지 않군, 남자가 말한다.

남자는 양손으로 노를 힘껏 당겨본다. 하나, 두울, 세엣 세어가며 어깨에서 손목으로 힘을 모아 본다.

여자는 아랫배의 고통이 점점 더하고 통증이 반복적으로 몰려오자, 노걸이가 달린 가로 널판 벽에 등을 기대어 앉아 큰 호흡을 대기로 뱉어낸다, 그때마다 아랫배를 받쳐 든 두 손이 부풀어 오른다.

빛이 수면 위로 피어오르는 검은 안개에 다시 파묻힌다.

빛은 또 나타날 거야, 그때 다시 방향을 확인해 보면 돼, 남자가 말한다.

하얀빛이 붉게 보일수록 그곳이 머지않다는 것을 알 수 있어, 여자가 한 손으로 아랫배를 쓰다듬으며 말한다.

그때까지 배 주위를 둘러싸던 안개가 남자와 여자의 등 뒤로 빠르게 빠져나간다. 짙은 안개는 한 파고의 큰 물결이 지나가자 바람과 함께 멀리 사라진다.

소용돌이가 멈추자 노걸이의 부드러운 쇳소리가 배 안팎을 넘나든다. 배는 조금 전 빛이 명멸했던 방향으로 조용히 수면을 가르고 나아간다. 구름 너머로 흩어졌던 새들이 어느새 몰려와 배를 쫓는다. 새들은 짧은 곡선을 허공에 그으며 서로를 앞서거니 뒤서거니 하듯 유유히 배 위를 선회하고 있다. 물 위를 빠르게 솟은 한 쌍의 새가 서로 부리를 부딪치며 하늘 높이 떠 오른다.

뱃속의 아기도 목을 축여야지, 당신이 많이 힘들거야, 하며 남자가 말한다.

여자와 남자가 물을 서로 나누어 마시며 갈증을 풀자 여자의 뱃속의 아기도 움직임이 조용한듯하다.

해가 섬의 언덕을 넘어간지도 한참 되었겠네, 여자가 말한다.

그럼, 머리 위의 별들을 봐, 그리고 우리가 떠나온 섬의 언덕 위에는 지금 별들이 반짝이고 있잖아, 하며 남자가 말한다.

우리가 처음 그 언덕에서 만났었지, 여자가 말한다.

그때 머리 위로 쏟아져 내려오는 별들을 보았었어, 여자가 말한다.

언덕 위 별들은 우리에게는 특별한 것이었어, 여자가 말한다.

우리가 돌부리를 비껴 내려올 때 언덕 위로는 해가 막 넘어가고 있었어, 어두움이 몰려오기 시작한 때였지, 그때도 별들은 우리 등 뒤를 쫓아 오고 있었지, 하며 남자가 말한다.

강어귀에 대어놓은 배는 별빛을 받고 있었지, 우리는 한시도 배를 시야 에서 놓치지 않았어, 우리는 한걸음에 언덕을 내려오듯이 하지 않았어? 남 자가 말한다.

해는 막 져서 기울었고, 강에서 곧 불어닥칠 거센 바람을 피할 시간이 많지 않았거든, 남자가 말한다.

돌부리에 발을 부딪기도 했지, 억새 풀은 우리를 향해 달려들 듯이 했 었어, 남자가 말한다.

또, 큰 바위 두 개가 있는 고개를 돌아 내려와야 했거든, 하며 여자가 말 한다.

풀섶에는 갓 태어난 새들이 둥지에서 입을 벌리고 있었어, 여자가 말한 다.

알을 품고 있는 새들을 피해야 했거든, 여자가 말한다.

그래, 그때는 모든 것들이 우리의 결심을 꺾으려 들었지, 하며 남자가 말한다.

하지만, 지금, 우리는 이곳에 있잖아, 이 배에 말이야, 그 언덕을 결국에 는 떠나온 거라고, 여자가 말한다.

우리가 결국 해낸 거야, 남자가 말한다.

돌이켜 보면 언덕에서의 삶도 괜찮았지, 남자가 말한다.

그렇지만 일생을 그곳에서 지내기에는 우리에게 가진 꿈은 많았어, 남 자가 말한다.

돌과 풀들이 밤에는 황량한 바람 소리를 실어 오기도 했지만, 그때마다 우리들 머리 위로는 별들이 반짝이었지, 남자가 말한다.

봄이면 비구름이 머물러 주었지 뭐야, 그 덕에 돌 틈바구니를 비집고 나와 새싹이 자랄 수 있었잖아, 여자가 말한다.

하지만 우리에겐 뭔가가 부족했던 거야, 남자가 말한다.

밤에는 자주 꿈을 꾸고는 했지, 다락 방 지붕 위로 반짝이는 별을 따다 온몸에 주렁주렁 매달고는 지붕을 달리는 거야, 남자가 말한다.

할아버지도 가끔 같은 꿈을 꾸셨다고 아버지에게서 들었어, 남자가 말한다.

그분 내외가 언덕길을 내려와 우리를 앞서 이 길을 떠나신 것도 말이야, 남자가 말한다.

그분들은 대가족을 이루었지, 아버지들 형제와 우리들까지, 남자가 말한다.

하지만 어느 날 아버지와 어머니 앞에서 말씀하셨다는 거야, 할머니가 창밖 수평선 멀리에서 보았다는 희미하게 명멸하는 빛 속에서 꿈속 밤하늘에 빛나는 별들을 쫓듯 희망의 빛을 보았다는 거야, 그러고선 아버지, 어머니를 훌쩍 떠나 버린 거야, 우리는 강 넘어 빛이 있는 곳으로 가련다 하시면서 새벽녘 언덕을 내려 배를 몰고 떠나셨다는 거야, 남자가 말한다.

어머니 아버지도 너무도 놀라 하셨다는 거야, 그분들은 할아버지, 할머니가 어떤 분이셨는지를 꼭 기억하시고 계셨거든, 그분들이 우리 내외를 이끌어 주셨다고 항상 말씀하셨지, 어머니가 이곳 언덕에 첫발을 들였을 때 그분들이 말씀하셨다는 거야, 이제 우리가 가족을 이루게 되었구나 하시면서 이 집을 잘 가꾸고 이 언덕을 푸르게 만들며 살자꾸나, 하셨다는 거야, 이 언덕은 저녁이면 멋진 별들을 볼 수 있는 곳이란다, 우리 별들의 마음을 생각하며 살아가자고 할아버지, 할머니 내외께서 말씀하셨다는 거야. 이 언덕은 많은 것을 가지고 있는 곳이란다 하시면서, 필요한 것들은 항상 그곳에 있어 주었다는 거야, 일을 할 때는 알맞은 기후와 바람이 그들을 맞아 주었고, 휴식을 취하려 할 때는 그때마다 별들이 친구가 되어 주었다는 거야. 섬의 곳곳 풀들이나 돌들 틈바구니에서 저마다 보금자리를 틀고 있는 새들을 볼 때면 섬은 생명이 넘쳐난다고도, 또, 강 너머에서 번개가 치고 태풍이 몰려가는 것을 보았지만, 이 언덕에서는 한 번도 그런 일이 없었다는 거야. 비구름도 필요할 때마다 몰려와 비를 뿌려주었다는 거야, 남자가 말한다.

그런데 그분들이 섬을 떠나신다는 선언을 하셨을 때 아버지, 어머니가 얼마나 실망이 크셨을지가 이해가 돼, 하며 남자가 말한다.

우리가 지금 향하고 있는 곳도 그분들이 떠나신 길이지, 남자가 말한다.

그분들은 우리를 반갑게 맞아 주실 거라고 생각해, 여자가 말한다.

아버지가 말씀하셨지, 할아버지, 할머니도 그 빛을 쫓으시며 떠나셨지만 결국에는 돌아오지 못하셨다는 거야. 너희들과 지금껏 부족함 없이 살아왔다고 생각했는데, 하시며 어머니도 아쉬움을 남기셨지, 또 이 땅을 너희들이 지켜야 한다고도 하셨지. 이 언덕은 그래도 살만하고 지금껏 우리를 키워준 곳이란다, 언덕 위 목초지도 잘 가꾸어져 있어 가축들도 건강하게 키웠단다, 또 콩과 감자도 비구름이 가져다준 덕택에 돌부리를 비집고 싹을 잘 내밀어 주더구나. 땀을 흘릴 마음만 있으면 부족한 것 없이 살 수 있는 곳이란다, 하시며 어머니가 말씀하셨지, 남자가 말한다.

너희가 떠나가려고 하는 그곳은 결코 돌아올 수 없는 곳일지도 모르잖니, 강 너머 그곳에서 해가 솟아서 하루의 날을 시작하는 것도, 바람과 비구름도 그곳에서 넘어오는 것도 사실이지, 우리들에게 도움을 주는 것도 있다고 아버지께서 말씀하셨지, 그렇지만 그곳이 미래의 새로운 삶을 보장한다고 생각할 수는 없다고 아버지께서 말씀하셨어. 너희들마저 이곳을 떠나면 이제 우리 가족들은 뿔뿔이 흩어지게 되는 것이란다, 일찍이 할아버지, 할머니 내외분도 그곳으로 떠나신지 오래되었고, 이제 너희들마저 떠나고 나면 우리에게는 가족이라고는 남아있는 것이 없게 된다고 하셨지. 가족이란 같이 모여 있어야만 의미가 있단다, 어려운 일을 당했을 때 가족이 힘이 되어주지 않니? 너희들이 떠나면 이제 우리 부부는 무엇을 위해 살아가겠니, 너희들 없는 세상에 무슨 삶의 미래가 있을까? 두 분 내외가 말씀하셨지, 하며 남자가 말한다.

그 말씀도 맞는 말씀이기는 했지만, 우리는 일찍이 그 빛을 보았지 않아? 그 누구도 그 빛을 보았다면 우리와 같은 결정을 하였을 것이라고 생각해, 남자가 말한다.

할아버지, 할머니 내외분도 그렇지 않으셨을까 생각해, 그분들도 자식들을 두고서 이 땅을 떠나실 결심을 하실 정도면 우리와 같은 심정이셨을 것이 분명해, 남자가 말한다.

우리는 이제까지 어둠 속에서 살아왔었던 거야, 남자가 말한다.

우리에게는 섬에서 일어나는 이야기만 들을 수가 있었지, 누구에게서도 섬 밖의 소식을 전해 듣지 못했어, 남자가 말한다.

사람들은 강 너머에는 세상의 끝이 있을 거라고 생각했었지, 그러니까, 그곳을 향해 배를 몰아 가볼 생각을 꿈에서라도 생각하지 않았던 거야, 남자가 말한다.

배를 강물에 띄웠어도 섬 주변에서 맴돌기만 했지 뭐야, 강 한가운데 깊은 물 쪽으로 배를 몰고 가기라도 하면 높은 파도가 바람과 함께 그들을 막아섰으니까 말이야, 남자가 말한다.

어느 누구도 강 너머로 배를 멀리 띄울 수 없었던 거야, 남자가 말한다.

당신 부모님도 어느 날 찾아오셨지, 남자가 말한다.

그분들이 사는 섬에서 이곳으로 오셨어, 남자가 말한다.

당신이 강 넘어 그곳으로 떠난다고 하는 소식을 접하시고는 먼 길을 오셨지, 남자가 말한다.

그분들도 여느 사람들과 다를 바가 없었지, 그곳은 강물이 끝나는 곳이라고 하는데 그곳을 가려 하다니, 다시는 우리를 보지 못할지도 모른다는 생각에 많이 우셨던 것을 기억해, 그것도 뱃속의 아기를 가진 채로는 힘겨울 것이라고 큰 걱정을 하셨지, 남자가 말한다.

그분들은 우리의 말을 들으려 하지 않았어, 섬의 여느 사람들과 같은 분들이었지, 우리가 떠나기 전날까지도 당신네 섬으로 돌아가지 않으셨어, 당신을 붙들고 설득하려 했지만 그분들도 결국에는 고집을 꺾고 우리를 격려해 주셨지 뭐야, 남자가 말한다.

아버지는 등잔을 가리키시며 불꽃에 달려드는 나방을 보라고 말씀하셨지, 너희들이 잘못 생각한 것이 틀림없다고 하셨지, 그 빛은 너희들을 현혹시키는 것임에 틀림없다고 말하셨어, 그곳에 가면 분명 불행한 일이 생길 것이라고 하셨어, 할아버지, 할머니 내외분도 불행한 일을 당하셨을 거라고 한참을 우셨던 것을 기억해, 하며 남자가 말한다.

하지만 우리에게는 그런 일이 일어나지 않을 거라고 생각해, 그곳에서는 풍요로운 기운을 느낄 수가 있어, 남자가 말한다.

그곳에서 보내어 주는 것들은 모두 다 넉넉한 것들이잖아, 바람, 비구름, 하루의 해, 모든 것이 그곳에서 탄생하는 것처럼 보여, 남자가 말한다.

그것만 보더라도 틀림없이 우리에게 희망의 미래를 열어줄 곳이라는 확신이 들어, 그곳에서는 삶이 아름다울 것이라고 생각해, 하며 남자가 말한다.

배 안의 남자와 여자는 서로의 얼굴을 바라보며 배가 그들을 무사히 인도해 주리라 생각한다, 또 그곳에 도착한 그들은 행복 속에서 곧 태어날 아기와 함께 미래를 맞이할 것이라 생각한다.

뱃전 넘어 머지않은 거리에서 빛이 뚜렷한 밝기로 명멸하고 높은 물결이 바람에 밀려온다. 뱃전에 뭉쳐있는 검은 안개가 빠른 물살을 맞고 퍼지자 배 안의 남자와 여자의 모습이 일순간 감춰진다.

방금 붉은색이 감도는 빛을 보았어, 남자가 말한다.

가운데에서는 붉은 기운을 뿜어내는데 주위로는 파란빛이 흩어지고 있었어, 남자가 말한다.

내가 잘못 본 것이 아니라면 회색빛의 집들도 그 너머로 언뜻 보았던 것 같아, 여자가 말한다.

아무튼 거기에 바짝 다가온 느낌이야, 여자가 말한다.

맞아, 회색빛 안개로 싸인 지붕과 도시의 윤곽들이 보이는 듯해, 남자가 말한다. 빛의 장막을 뚫고 나아가면 도시에 도착할 수 있을 거야, 남자가 말한다.

희미하게나마 색색의 지붕들이 보이는 듯해, 여자가 말한다.

높은 곳에 서 있는 회색빛 도시나, 그 앞에 늘어선 빛의 아치 무늬들이 보여, 여자가 말한다.

그래, 저 빛이 밤마다 안갯속을 비집고 우리 섬의 언덕을 향해 명멸하였던 거야, 하며 남자가 말한다.

안개에 가려 빛은 우리에게 좀처럼 쉽게 제모습을 보여주지 않았던 거야, 여자가 말한다.

하지만 이제 우리는 빛과 그 너머 우뚝 선 도시의 모습을 희미하게나마 볼 수 있지 않아? 남자가 말한다.

집들 사이사이들마다 생명의 기운이 쏟아져 나오는 듯해, 여자가 말한다.

바람도 물살도 지금은 우리를 도와주고만 있는 것 같아, 배가 마치 그곳으로 빨려 들어가는 것만 같아, 여자가 말한다.

남자와 여자는 지금 서로 꿈을 꾸듯이 생각한다, 그들이 떠나온, 이미 지난 삶이 되어 버린 섬의 언덕과 그곳에서의 지난날들이 주마등처럼 그들의 눈앞을 스쳐 지나간다.

언덕에서의 삶은 미래가 보이지 않았어, 우리에게는 곧 태어날 아기도 있었잖아, 여자가 말한다.

밤하늘의 별들은 우리 머리 위에서 늘 반짝일 뿐이었어, 우리가 다다를 수 없는 곳에서 말이야, 하며 여자가 말한다.

별들은 우리가 결코 가질 수 없는 것이었지, 남자가 말한다.

하지만 언제인가부터 강 너머 빛이 보이기 시작한 거야, 여자가 말한다.

그때부터 빛을 쫓는 삶을 사는 것이 우리의 희망 아니었어? 여자가 말한다.

운명은 그렇게 우리와 함께 한 거야, 지금은 그 꿈만 같았던 것들을 우리가 앞에서 마주하려고 해, 여자가 말한다.

이때, 배가 둔탁한 소리와 함께 잠시 멈춘다.

이 소리 좀 들어봐, 여자가 말한다.

응, 나도 소리를 들었어, 남자가 말한다.

배의 후미에서 나던 소리는 이제 배의 바닥 전체로 소리를 옮겨간다. 물속 어떤 물체에 걸려있는 듯 배는 움직임을 잠시 멈춘다. 머지않아 그곳에 다다를 텐데, 우리의 길을 막아서는 듯한 이 소리의 정체는 뭘까? 하고 남자와 여자는 생각한다.

절망은 희망을 옆에 두고 있듯, 지금, 운명은 우리와 함께하고 있고 그 이유가 무엇이든 우리는 이겨낼 수 있을 거야, 하며 남자와 여자는 생각한다.

우리는 이겨낼 수 있어, 남자가 말한다.

뱃고물 쪽으로 하강하는 새 한 마리가 남자의 머리 위를 낮게 지나 포물선을 그리며 하늘 높이 솟아오른다.

안개가 다시 걷히고 배가 순항을 시작하자 남자와 여자는 절망에서 희망으로의 감정을 주체할 수 없는 듯하다. 여자의 뱃속 아기도 꼭 그렇게 생각하는 것만 같다.

물 밑 소리는 잊어버리고 조금만 더 힘을 내 보는 거야, 남자가 말한다.

빛이 우리와 가까이 있는 것이 보이잖아, 남자가 말한다.

우리는 곧 목적지에 도착하게 될 거야, 남자가 말한다.

그렇지만, 지금 아기가 뱃속에서 꿈틀거리는 것이 심상치 않아, 여자가 말한다.

아랫배의 통증이 더해가기만 하는걸, 하며 여자가 말한다.

그 녀석도 우리와 함께 저 빛을, 빛의 도시를 곧 맞이하게 될 거야, 남자가 말한다.

그럴 거 같아, 여자가 말한다.

하지만 지금 아랫배가 아파 오고 있어, 아기가 세상에 곧 나오려는 가봐, 여자가 말한다.

물밑 소용돌이를 일으키는 소리라도 멈추어 주었으면, 하고 남자와 여자는 생각한다. 그때, 바람이 불어와 여자와 남자의 등허리를 감싸듯 빙빙 돌며 뱃고물을 힘껏 밀어준다. 그러자 배는 힘차게 안개를 뚫고 나아간다, 그런데 배가 속력을 더할수록 물밑 소리는 커져만 가고, 배가 암초에 걸려 빠져나가듯이 바닥이 무언가에 긁히는 소리와 함께 흔들림은 더해만 간다.

이러다가 배가 부서지면 어떻게 하지, 그러면 우리는, 우리 가족들은 어떻게 하지, 하며 남자와 여자는 생각한다. 빛이 눈앞에 있는데, 참을 수 없는 고통만이, 이겨내 수 없는 절망만이 그들 앞에 서 있는 듯하다. 빛이 손안에 잡힐 듯 눈앞에 와 있는데 여기서 멈춰서는 안돼, 하며 남자와 여자는 생각한다.

처음에는 조금 고여있던 물이 배 밑바닥의 구멍을 벌리며 조금씩, 조금씩 갑판 위를 차오르고 있다.

배는 순항을 계속했지만, 그때마다 물밑 소리는 커져만 갔다. 마침내 그들이 빛 앞에 도착했을 때도, 그때까지 배는 무사히 견뎌내 주었고 그들을 인도해 주었다. 바람은 배를 그들의 목적지로 빠르게 데리고 가 주었다. 그때마다 하늘의 별들은 그들의 머리 위에서 빠르게 물러섰고, 이제 검푸른 대기를 품은 여명의 아침이 곧 그들을 맞는다. 그들의 힘겨운 여정도 이제는 끝이 나는 순간이다.

안개가 걷히자 희미하게나마 볼 수 있었던 빛의 형태가 마침내 배 앞에서 제 모습을 드러낸다. 하늘로부터 강의 수면에 우뚝 선 붉고 푸른 기둥을 배가 통과하면서 색색의 빛들이 배 안을 밝히고, 남자와 여자는 온몸을 빛기둥 속에 파묻는다. 새들의 날개가 빛기둥을 타고 돌며 하늘 높이 떠오른다.

우리가 빛을 품에 안고 있군, 남자가 탄성을 자아낸다.

저 위의 도시를 넉넉히 품어주고 있어, 여자가 말한다.

검은 안개가 배 뒷전을 빠르게 빠져나가자 남자와 여자가 뒤를 돌아본다.

그들이 떠나온 섬의 언덕이 하얀 조각달 아래 조용히 앉아있다. 하얀 새 떼들이 섬 주위를 포위하듯이 낮은 하늘에 모여 있다. 바위 위에서는 작은 별들이 서로 속삭이듯 옹기종기 붙어있다.

아랫배가 아파와, 아기가 나오려나 봐, 여자가 고통스럽게 말한다.

그 녀석 우리와 아침을 맞이하겠군, 하며 남자가 말한다.

아이가 나오고 있어, 아~~~ 아 ~~~ 아~~~~.

우리는 마침내 도착한 거야, 남자가 말한다.

아기가 나오고 있어, 머리를 막 내밀려고 해, 아기야, 곧 우리와 함께하게 될 거야, 여자가 가쁜 숨을 몰아쉬며 말한다.

배가 숨 막힐 듯한 빠른 속도로 빛 기둥을 빠져나간다.

이때, 소용돌이 바람과 함께 무지개가 배 앞에 솟구친다. 아기 울음이 공기에 뒤섞인다.

우리는 도착했어, 도착했단 말이야, 아기가 나왔어, 우리 아기가 세상에 태어났단 말이야. 기쁨의 탄성과 아기의 울음이 대기와 섞이며 배 안팎을 넘나든다.

배는 무지개 타원을 빠르게 빠져나간다.

배는 하얀 포말 속으로 사라진다.

수영장을 가려고 버스 정류장에 섰습니다, 까치가 세 번을 목청껏 울더니 머릿속으로 사라졌습니다. 아버지가 날 부르는 소리인가 잠시 생각했습니다.

그날 오후에 날아온 당선 소식은 먼 곳에서 전해준 그리운 아버지의 울림이었습니다. 이제는 내가 돌아가신 아버지의 나이가 되었습니다. 백승완의 아들 백종익.

배 속에 아이를 가진 젊은 부부가 희망의 길을 향해 출발합니다, 파도와 안개를 뚫고, 별을 보며 나아갑니다. 희망은 욕망이 되고, 알 수 없는 어두움도 함께 스멀스멀 기어옵니다. 그들 부부는 목적지에 도착합니다, 희망을 찾아갔으나 쓰라린 회한만이 남기도 합니다.

부족한 글을 읽어주시고 선택을 마다않으신 심사위원에게 감사를 드립니다, 그리고 빛고을 광주의 독자분들에게도 감사의 말씀을 전합니다.

옆에서 묵묵히 지원을 아끼지 않은 집사람 그리고 가족과 이 영광을 함께 하려 합니다. 이태원 국민학교 동기 친구들의 응원에도 감사의 말을 전합니다.

코로나와 싸우며, 코로나와 함께, 코로나 이후를 준비하며 재편되고 있는 현실이 소설에 어떻게 투영되고 있는지, 설상가상으로 무모하게 도발된 러시아의 우크라이나 침공 상황이 가져온 경제 난국과 인류 공동체 의식이 작품에 어느 정도 영향을 미치고 있는지, 보편화된 젠더 감성과 가상현실의 매체적 글쓰기 감각이 어떻게 작동되고 있는지, 이태원 참사의 충격과 희생자들에 대한 애도와 새롭게 제기된 자유와 공정에 대한 태도가 어떻게 형상화되고 있는지 주목하며 본심에 오른 소설들을 읽었다.

확연하게 두드러진 경향은 포스트 휴먼과 젠더, 코로나 현실을 직접적인 소재로 삼은 작품들은 줄었고, 개인의 자아 찾기 여정과 데이터 회로에 갇혀 단자화된 일상과 소설 장르에 대한 서사적 실험에 천착한 작품들이 다수였다.

본심에서 최종심에 오른 작품은 「발자국을 세는 일」과 「무지개」였다. 소설은 소소하고 작은 이야기를 의미하지만, 그 안에는 하나의 세계를 품고 있다. 자아를 찾아가는 여정이기도 하고, 소설과 인간에 대한 질문이기도 하다.

「발자국을 세는 일」은 전자에, 「무지개」는 후자에 해당된다. 전자는 소재와 주제, 문장과 서사 흐름이 안정적인 반면, 이러한 안정적인 전개가 제목으로부터 뚜렷하게 드러나 마지막까지 익숙하게 간파되면서 새로움의 측면에서 아쉬웠다. 「무지개」는 지금 이곳 현실의 치열하고 다층적인 소재들과 서사 기법들을 훌쩍 뛰어넘는 새로운 양상을 보여주었다.

소설이 하나의 세계라면, 단편소설 양식은 한편의 시詩와 같다. 시적 은유와 환상이 서사와 결합될 때, 소설은 재현의 울타리를 넘어 미美의 영역에 닿는다.

「무지개」는 생명을 향한 환상적인 은유 속에 서사의 주제를 마치 집(역사)를 지어가듯이 축조하는데, 시와 산문의 경계를 허무는 누보로망적인 미장센과 미니멀리즘적인 문장 흐름이 돋보여 개성적으로 평가했다.

응모한 모든 분들에게 격려와 응원의 마음을 보내고, 당선자에게 축하를 전한다.

국제신문　**임순옥**

1971년 경주 출생.
2016년 〈어린이와 문학〉 동화로 등단.
동화집『강철변신』『꽃샘추위』『자꾸자꾸 책방』(공저) 출간.

마음의 거리

임순옥

진료실 천정에 박힌 등에서 미색 빛이 고르게 퍼졌다. 도연은 환자 얼굴에 초록색 천을 덮었다. 입이 닿을 부분을 둥글게 도려낸 천이다. 체어에 붙은 전등을 환자 얼굴 위에 오도록 각도를 맞췄다. 초록이 도려내진 곳에 환자의 입속이 붉게 드러났다. 제일 안 쪽 아래 어금니 두 개에 금이 씌워져 있고 나머지 치아는 희다.

치과 밖에서도 사람을 만날 때, 도연의 눈에 가장 먼저 들어오는 것은 입이었고 정확히 입안에 박힌 치아였다. 이 사람은 아래턱이 튀어나온 부정교합이라 위아래 치아가 맞물리지 않는다. 쫄면을 좋아하지 않을 가능성이 높다. 쫄면을 같이 먹으면 다른 사람보다 두 배 이상 시간이 걸리고 열심히 씹어도 면이 안 끊어지는 난처한 일을 겪을 거다. 잇몸이 내려앉아 치아가 패인 그는 칫솔 사용에 문제가 있다. 왜 진료를 안 받고 내버려두는 걸까, 도연은 사람의 첫인상을 치아 관리 상태로 판별했다.

치아를 청소하고 본뜨는 일이 도연에게 재미를 주는 건 아니었다. 월급쟁이들이 그렇듯 다달이 통장에 찍히는, 들고 나는 숫자들의 균형을 깨뜨릴 수가 없어서 버티다 보니 어느새 17년차 치위생사가 돼 있었다. 어떤 날은 눈을 감아도 잇몸에 박힌 치아들이 둥둥 떠다니다가, 어둠 속에서 벌어진 윗턱 아래턱이 다가와 도연의 손목을 덥석 깨물었다. 억, 하고 비명을 내지르며 손목을 당기니 패인 잇자국이 선연했다. 마른 침을 삼키며 손목을 꾹꾹 누르던 일이 있었다.

'우리들 치과'는 지난 2월 코로나로 인해 한 달 동안 문을 닫았다가 사회적 거리두기가 완화되면서 다시 문을 열었다. 올해 초 정부가 발표한 코로나 신규 확진자는 62만 명으로 정점을 찍었고, 감염으로 인한 자연면역자가 늘어나자 확진자가 줄어들기 시작했다. 코로나 바이러스는 델타, 델타 플러스, 오미크론, 스텔스 오미크론 등으로 생존환경에 유리한 형태로 변이했다. 도연은 미생물인 바이러스와 의식을 가진 인간이 살고자하는 욕망 앞에서 똑같이 자극받고 변이하고 방법을 모색한다는 게 놀라웠다. 하지만 고령자와 기저질환자는 코로나 감염 시 사망 위험이 높았다. 우월한 척해도 생명 있는 것들은 거기서 거기구나, 도연은 나대는 인간이 하찮아지기도 했다. 사회적 거리두기를 해제하는 정부지침이 나오자 식당과 술집에 사람들이 붐볐고 치과에도 환자가 늘었다. 감염에 대한 두려움으로 그간 치통을 참아왔는지 대기실이 북적였다.

페이스 쉴드와 KF 94 마스크를 착용한 원장이 환자 옆으로 다가앉았다. 무방비 상태의 환자가 입을 벌린 채 누워 있다. 도연과 민희는 분홍 유니폼에 분홍 마스크를 착용했다. 민희가 아침에 건넨 마스크 덕분에 깔맞춤이 됐다. 원장이 환자의 잇몸 깊이 주사 바늘을 찔러 넣었다. 배 위에 포개져 있던 환자의 손가락이 미세하게 떨렸다.

"마취가 되면 신경치료도 많이 아프지는 않을 겁니다."

환자의 입에서 앓는 소리가 새 나왔다. 도연은 무신경하게 환자의 치아 모니터로 시선을 돌렸다. 59세 여성, 오른쪽 두 번째 어금니 크라운 치료를 해야 한다. 차트에는 신경치료 후 기둥을 박고 레진으로 덮어씌운다고 표시돼 있다. 의사가 버를 치아에 대고 스위치를 밟았다. 치아 갈리는 소리가 나고 쇠 냄새가 번졌다.

"어유, 잘 참으시네요. 곧 끝날 거예요."

원장은 진료할 때 목소리가 다정하다. 입을 벌린 채 몸을 내놓은 이에게 연민이 생기나 보다. 원장은 말 한 마디 붙이고 나서 뾰족한 버로 환자의 어금니를 집요하게 긁어냈다. 입안에 핏물과 치아 찌꺼기가 생기자 민희가 석션기를 갖다 댔다. 후륵 소리와 함께 입속 분비물이 호스 속으로 빨려 들어갔다. 민희는 일을 시작한지 채 육개월이 안 된 신입이지만 손이 재빨랐다. 자잘한 실수에도 사과와 수습이 빨라서 큰 문제없이 지나갔다. 오늘은 마스크 위 라일락 펄 아이섀도가 도드라져 보였다.

도연은 작업대로 와서 구멍 뚫린 치아를 메울 가루를 개었다. 치료 첫날이니까 신경이 살아 있어서 환자는 통증을 느낄 것이다. 도연은 이것을 임상치위생학 책 속 문자로 이해했다. 환자가 통증 때문에 손가락을 구부리거나 비명을 질러도 실제로 얼마나 아픈지 알 수는 없었다. 도연은 자신이 신경치료를 받았을 때 기분 나쁘게 아팠다는 기억만 있었다. 도연은 오랜 기간 환자의 통증을 상상하려고 노력해 왔다. 하지만 상상한다는 건 자신이 아프지 않기 때문임을 알고 있었다. 환자의 아픔을 상상하는 일은 도연의 의지나 기분에 따라 매번 달라졌다. 다만 기복 없는 표준치의 친절을 유지하려고 애썼다.

"입 헹구세요."

원장과 민희가 3번 체어 환자에게 갔다. 도연은 개어놓은 임시치아 반죽을 들고 1번 환자 옆에 섰다. 도연이 다가서자 환자가 입을 크게 벌렸다. 도연은 구멍 뚫린 어금니에 치아반죽을 밀어 넣었다. 어금니가 맞부딪치게 꾸욱 물라고 했다. 일 분 동안 물고 있으면 어금니에 씌워놓은 액상이 딱딱한 플라스틱이 된다. 환자가 손가락을 폈다가 오므리며 주먹을 쥐었다.

"아프세요?"

환자는 반응이 없다. 버틸만하다는, 신경 쓰지 말고 계속하라는 뜻으로 받아들였다. 중장년 환자들은 입을 넉넉히 벌린 채로 의사나 간호사의 지시에 고분고분 따른다. 입 안을 긁고 쑤시고 기둥을 박는 자극에도 대체로 조용하다. 수동적으로 누워있을 뿐이다. 환자의 주먹 쥔 손 뼈마디가 도드라져 보였다. 자극에 적극적으로 대응하는 환자는 아이들이다. 아이들은 치과 침내에 누워 있어도 어디로 튈지 모른다. 버를 치아에 갖다 대기만 해도 비명을 질러대고 눈물을 뚝뚝 흘리기도 한다. 처음엔 어린 환자가 귀찮았지만 언젠가부터 진료실에 어린 환자가 들어서면 생기가 돌았다. 마스크 위로 드러난 원장의 눈빛에도 웃음기가 묻어났다. 손 움직임도 가벼워졌다. 도연은 아이들을 대할 때는 빨간 입속의 감각이 자신에게 전해오는 것 같기도 했다.

"입을 벌렸다가 다물어 보세요. 불편하지 않으세요?"

환자는 시키는 대로 따랐다. 새로 메워놓은 치아를 느껴보려고 혀로 만지고 아랫니윗니를 부딪쳐 보았다.

"수고하셨어요. 오늘 진료는 마쳤습니다."

마네킹 같던 환자가 일어나 종이잔에 든 물을 입에 넣고 우물우물하더니 뱉어냈다.

"아직 우릿하게 아프네."

환자의 파란 블라우스 등판에 주름이 졌다. 59세 여성치고는 젊어보였다. 모니터에 떠 있는 환자의 이름이 그제야 눈에 들어왔다. 환자는 신발을 신고 핸드백을 챙겼다. 붉은 입과 치아로만 보이던 환자가 목소리와 색깔, 이름을 챙겨 진료실을 나갔다. 이 여성 환자는 치아 상태가 잘 관리된 편이었다. 스케일링을 규칙적으로 받고, 몇 년 뒤 임플란트 두어 개를 해 넣으면 죽을 때까지 못 씹어 먹을 일은 없어 보였다.

도연은 남인순의 틀니가 떠올랐다. 분홍빛 잇몸에 박힌 치아가 눈앞에 있는 듯 손끝으로 허공을 더듬었다. 주름진 살갗이 문득 그리웠다.

남인순은 도연이 대학에 들어가기 전, 이른 나이에 틀니를 했다. 도연은 취직한 이듬해에 근무하는 치과에 남인순을 데리고 가서 틀니를 교체해 줬다. 그즈음 남인순은 유니폼을 입은 도연의 모습을 전화기 앨범에 저장해 두고 여기저기 딸자랑을 하기도 했다. 하지만 이후로 도연은 그녀의 치아를 위해 자신이 살핀 게 무엇이었나 떠올리려 해도 기억나는 게 없었다. 남인순은 세상을 뜨기 전 몇 달 동안 틀니가 들그럭거려 음식을 잘 못 먹었다. 폐가 안 좋았고 입맛이 없어져서 체중이 갑자기 줄었다. 살이 빠지고 잇몸이 오그라들자 틀니가 헐거워졌다. 입원한 그녀가 반찬을 미루는 걸 보고 치과에 가기를 권했지만 남인순은 거부했다. 무언가를 씹어 먹고 싶은 의지가 없었다. 안 맞는 틀니 때문에 잇몸에 상처가 났고, 점점 먹을 수 있는 음식의 숫자가 줄어들었다. 도연은 남인순이 좋아했던 고구마 튀김과 광어회를 들이밀었다가 눈총을 받았다. 남인순의 입맛을 돌아오게 하고 싶었다.

남인순은 병실에 있는 동안에 틀니 세척을 꼼꼼히 했다. 틀니 상자를 함부로 두지 않았고 잠들기 전이나 잠에서 깨어났을 때, 병실 이동이 있을 때, 틀니 상자부터 챙겼다. 중환자실에 있을 때 틀니는 쓸모를 다해 소지품 가방 속에 넣어졌다. 도연은 남인순이 가는 길에 틀니 상자를 곁에 넣어 함께 보냈다. 재작년 겨울의 일이었다. 도연은 그 뒤로 봄 여름 가을 겨울, 남인순의 틀니에 붙들려 있었다. 꼭 물어보라고 그녀가 환자에게 수도 없이 했던 말처럼 그녀는 틀니에 물려있는 것 같았다. 그렇게라도 붙들려 있는 게 싫지 않았다. 올겨울에서 봄으로 오는 동안 도연은 다시 그 익숙한 시간을 밟고 있었다. 벚나무가 꽃망울을 터뜨렸을 때 이종근이 코로나로 확진 됐고 중환자실에 들어갔다.

민희가 배달 앱으로 떡볶이를 주문해 점심으로 먹자고 했다. 도연은 김밥을 사오겠다며 점심시간이 되자 지갑을 들고 밖으로 나섰다. 매운 떡볶이에 김밥을 같이 먹고 싶은 이유도 있지만 도연은 잠시라도 바깥바람을 쐬고 싶었다. 도연이 2층 치과에서 계단을 밟고 내려오니 터널 끝의 세상처럼 밝은 거리가 밀려왔다. 오월의 햇살은 분수대 물줄기처럼 쏟아져 내렸고, 길가에 선 벚나무는 초록을 흩뿌렸다. 누군가는 이 환한 빛을 보지 못하리라는 생각이 풍경을 쪼개 버렸다. 치과 천정에 켜진 실내등은 늘 일정한 조도로 차가운 빛을 냈다. 남인순이 있던 병실의 불빛도 마찬가지였다. 새벽과 한낮과 한밤중이 구별되지 않는 빛. 그 빛을 이종근도 받고 있지 않을까. 눈을 감았을 때나 떴을 때, 통증이 몸을 씹어 삼킬 것처럼 달려들 때조차 해사한 빛이 얼굴을 비추고 있을 것이다.

마른 체형에 원피스형 유니폼을 입고 커트 머리를 한 노연은 마흔 중반의 나이로 보이지 않았다. 하지만 햇빛 아래에서 도연의 분홍 유니폼은 목덜미와 앞섶이 까맸다. 마스크를 쓴 얼마의 시간 동안 그녀는 자신의 내부에 나이보다 깊은 주름이 일었음을 느꼈다. 나이는 같은 간격으로 쌓이지만 어떤 감정들은 한 시기에 몰려온다는 걸 알았다. 바이러스처럼 죽음이 왔고, 슬픔과 무력감이 마음에 실체를 남겼다.

김밥집은 치과 건물 맞은 편 1층이다. 김밥집 옆에는 네일 아트 숍이 있는데 밝은 거리와 대조적으로 어두웠다. 유리문 너머 탁자와 의자가 흐릿한 윤곽으로 보였다. 탁자 앞에 앉은 단발머리 젊은 여자가 누군가의 손톱을 정성스럽게 매만지던 모습이 어른거렸다. 그러나 지금은 창 안쪽에 임대문의라고 커다랗게 적힌 천이 붙어 있다. 네일 아트 숍 옆에는 안경점, 그 옆에 여성옷 가게, 중국집 영빈관, 편의점, 치킨 맥주집이 이어진다. 치킨 맥주집도 실내가 컴컴하다. 나이든 아줌마가 닭을 튀기고 저녁에는 아들이 와서 맥주를 나르던 가게였다. 전염병 확산으로 가겟세를 맞추기가 어려웠을 것이다. 컴컴한 가게 안에는 날마다 애를 쓰던 누군가의 막막함이 도사리고 있었다.

'소담 김밥'은 용하게 버텨냈다. 도연이 김밥 두 줄을 주문하고 기다리고 있을 때 전화기가 울렸다. 화면에 남편이라는 글자가 떴다.

"지금 병원에?"

도연의 표정이 굳어졌다.

"상황보고 연락 해."

이종근이 위독하다는 전화였다. 석주는 월차를 내고 지금 병원으로 출발한다고 했다. 일주일 전 오전에도 연락을 받고 시어머니와 형님, 도연과 석주가 중환자실에 모였었는데 얼마의 시간이 지나자 이종근의 혈압과 호흡이 정상으로 돌아왔다. 도연이 치과 상황을 보고 병원으로 가겠다는 말에 석주는 그러라고 했다. 감정이 느껴지지 않는 목소리였다. 도연은 오른손으로 왼 손목을 꾹꾹 누르며 마스크 속에서 더운 숨을 내쉬었다.

"누가 또 병원에 있어?"

투명 마스크를 쓴 '소담 김밥' 아줌마가 물었다. 도연이 입술을 깨물었다.

"시아버님이 중환자실에 있어요."

재작년 남인순이 병원에 있을 때 소담 아줌마는 소식을 우연찮게 들었다며 넉넉한 사이즈의 김치통 하나를 내밀었다. 집에서 먹으려고 쑤었는데 병원에 있는 분이 먹으면 좋겠다 싶어서 들고 왔다고 했다. 팥죽이었다. 뭉글하고 구수하다며 남인순은 그 팥죽을 달게 먹었다.

도연은 민희나 원장에게 해 본 적 없는 이야기를 소담 아줌마에게 털어놓았다. 묻는 말에 피하지 않고 답했다. 이종근의 나이가 여든 하나라는 것과 코로나 양성 진단을 받았고 복막이 터져 수술했고, 대장을 잘라내고 인공항문을 달았다는 것과 수술 때문에 인공호흡기를 달았는데 떼지 못하고 있다고 했다. 도연은 그 사이에 무의식적으로 전화기를 두 번 들여다보았다.

"자식들 고생 덜하게 아버님이 그만 내려놓으셔도 좋으련만."

그녀는 포장한 김밥을 내밀며 안타까운 표정을 지었다.

"계속 초조했어요. 어차피 닥쳐야 할 일인데 연락이 오니 차라리 안도가 돼요."

도연이 담담하게 말했다.

"나는 친정 엄마랑 가서 연명치료 안 한다고 싸인 했어."

무 자르듯 단호한 말에 도연의 눈이 커졌다. 프릴 달린 앞치마를 한 귀밑 머리카락이 희게 센 소담 아줌마는 본인 일도, 남의 일도 쉽게 말했다. 여러 번 고민을 해서 단순하게 정리가 된 것인가, 이야기를 더 나누고 싶었지만 이미 그녀는 다른 손님의 김밥을 챙기고 있었다.

이종근의 담당 의사는 수술과 치료를 통해 생명을 연장시키는 노력을 멈추지 않고 있었다. 도연은 남인순을 보내며 '죽음은 치료할 수 있는 질병이 아니다.'는 책 속 글귀를 생각했다. 병원을 통해 생명을 연장하려는 노력이 환자의 고통을 연장시킬 수 있다고 생각했다. 하지만 다시 이종근을 중환자실에 맡겨 두고 있었다. 온갖 의료기들이 사람의 마음을 대신하는 곳이었다.

이종근이 인공호흡기를 달고 사십 일을 경과했을 때 의사가 보호자를 불렀었다. 기도에 삽입한 관으로 인공호흡을 하고 있는데, 이대로 두면 위험하니 목 기관을 절개하여 폐에 산소를 바로 공급하는 수술을 하자고 했다. 석주는 가족과 의논하겠다고 하고 도연에게 의견을 물었다. 도연은 그때 라면을 먹으며 말했다. 당신 식구들이 정하면 따를게, 나보다 많이 생각하겠지. 도연은 수술을 찬성하지 않았지만 먼저 말하지 않았다. 기관절개수술을 하지 않는 쪽으로 식구들 입장이 모아지자 의사는 다시 보호자를 불렀다. 사람을 살려놓고 봐야지 않겠냐며 환자 앞에서 석주와 도연을 나무랐다. 수술 안하려면 중환자실에서 나가야하고 병원에서 할 수 있는 게 없으니, 요양병원이나 요양원을 알아보라고 했다. 기도에 관을 삽입한 채로 받아주는 데가 있을지 모르겠다고 덧붙였다. 의사는 병원 매뉴얼대로 말하고 치료를 요구했다. 수술이후 호흡은 가능하겠지만 일상생활이 어려운 노년의 삶에 대해선 말하지 않았다.

석주는 시에 있는 요양병원과 요양원 리스트를 뽑아서 전화를 했다. 의사 소견서를 보고 그곳에서 받기 어렵다고 했다. 석주가 욕을 해댔다. 하루 이틀, 날이 지나고 있었다. 그새 벚꽃이 피었다 졌고, 이팝 꽃도 흐드러지게 피었다가 가루만 흩뿌리고 다 졌다. 이종근이 이팝 꽃을 보며 쌀밥 꽃이라 하던 게 떠올랐다. 중환자실에서 본 이종근은 뼈에 살이라곤 없고 가죽만 씌워진 모습이었다. 벌어진 입속에 산소 공급 호스가 박혀 있고 코에 줄을 달아 유동식을 흡입하고 있었다. 호스나 줄을 뽑을까봐 손을 장갑에 씌워 묶어 놓았다. 일그러진 얼굴이었다. 두 달 전만 해도 온전한 모습이었는데, 썰어놓은 키위 한 조각을 먹으며 시다고 인상을 쓰다가 웃음을 보였었는데. 도연은 어딘가 비참했다.

도연은 이종근에 대한 마음이 남인순이 중환자실에 있을 때 마음과 다르다고 느꼈다. 슬프지만 물결이 일지 않는, 깊은 수압에 눌린 것 같은 통증이었다. 날마다 불어나는 의료비에 대한 부담, 면회와 간병도 없이 일상을 끌어가고 있는 것에 대한 죄책감, 이종근이 겪고 있을 고통에 대한 상상들이 뒤섞인 무게였다. 그러나 그 중 어떤 것도 도연의 감정에 격랑을 일으키지는 않았다. 이종근에게 가는 마음이 멀리 있음이 선명했다. 남인 순 때와 비교하면 무감할 정도여서 미안했다. 도연은 중요한 결정에서 한 걸음 물러서려고 했다.

민희가 쿨피스를 한 컵 가득 부었다. 둥근 통에 든 떡볶이와 김밥, 자두 맛 쿨피스가 치과 안쪽 테이블에 차려졌다.

"언니, 사진 한 번 부탁해요."

민희가 뒤로 묶은 머리 리본을 잡아당기자 검은 머리카락이 어깨 위로 흘러넘쳤다. 이가 드러나게 활짝 웃었다. 생기가 넘쳤다. 민희는 도연이 찍은 사진을 재빠르게 온라인 커뮤니티에 올렸다.

젓가락을 빼서 건네자 민희는 떡볶이 하나를 집어 먹고 혀에 불이 인다는 듯 손부채질을 해댔다. 그러다가 카톡, 소리가 나면 전화기를 집어 얼른 문자를 넣고 방그레 웃음을 흘렸다. 도연도 떡볶이와 김밥을 먹고, 전화기를 들었다. 부재중 전화라도 떴나 확인을 하고 문자와 카톡을 일일이 보았다. 도연은 특별 할인 문자를 보다가 전화기를 뒤집어 내려놓았다. 제가 지금 무슨 연락을 기다리는가 싶어 화들짝 놀랐다. 오늘이라면, 오늘일 수도 있는데 이러고 있어도 될까, 지금 김밥이나 물고 있는 게 할 일인가. 당장 병원으로 가야하는 거 아닌가. 원장에게 말해야 하는데, 오후 예약 손님이 많은데 당일 반차가 될까. 도연은 돌아 오르는 생각들에 물려 젓가락을 내려놓았다.

"자꾸 카톡해서 미안해요."

그리 미안하지 않은 표정으로 민희가 말했다.

"애인? 그렇게 좋아?"

"네."

즉각적으로 환한 답이 돌아왔다. 요즘 애들은 감정이 분명하구나, 도연은 쓴웃음을 지으며 주스를 들이켰다.

"현승이랑 무엇이든 공유하고 싶거든요. 이름이 현승이에요. 이름도 괜찮죠? 현승이가 없어도 현승이가 느껴져요. 현승이가 좋아하겠지? 현승이에게 말해줘야지. 현승이는 떡볶이 국물에 오뎅 튀김을 찍먹하고 싶겠지?"

민희가 안 물었으면 서운할 것 같은 표정으로 종알종알 말을 이었다. 도연은 떡볶이 통 옆에 어긋나게 놓인 나무젓가락의 키를 맞췄다.

"사실은 현승이가 먼저 좋아한다고 고백했는데, 이제는 내가 더 좋아서 안달이에요. 현승이가 나를 좋아할 때는 가짜 같았거든요. 그런데 내가 좋아하니까 진짜 같아요. 뭐해? 물으면 진짜 궁금해하는구나싶어서 다 얘기하고 싶고, 만나기로 하면 어두운 골목에 그 곳만 불이 켜진 것 같아요."

민희에게서 느껴지는 생기가 사랑하는 자의 것이었구나, 도연은 자신도 오로지 사랑이었던 때가 있었던가, 기억 속을 더듬어 보았다.

남인순이 일반 병실에서 중환자실로 이동하고 인공호흡기를 달았을 때 처음엔 어떤 상황인지 실감을 못했다. 그 때는 코로나 확산 초기였지만 방역 수칙이 엄격했고 면회가 지금보다 더 어려웠다. 도연은 월차를 내고 중환자실 앞에서 대기했다. 출근 시간 전에 병실 앞 의자에 앉아서 이번만 살아 나오라고 기도했고 퇴근 후에도 멍하니 앉아 있다가 돌아오곤 했다. 그것마저 통제 당해서 쫓겨나는 날도 있었다.

"당신 마음 이해하지만 면회 될 때 가라. 대책 없이 가다가 코로나 걸리면 어쩌려고?"

집에 들어서는 도연을 향해 석주가 말했었다. 코로나 걸리면, 이라는 말이 도연에겐 실감으로 와 닿지 않았다. 의사 붙들고 면회 시켜 달라고 따지지도 빌지도 못하고 와서 울화통이 쌓여있던 참이었다. 설거지통에는 석주가 혼자 챙겨 먹은 그릇들이 쌓여 있었다.

"이해한다는 사람이 이래?"

도연은 그 때 머릿속에 다른 생각이 들어오지 못하게 막고 싶었다. 머리와 마음을 비워야 남인순에게 가닿을 수 있을 것 같았다. 저녁 반찬이라던가, 아이 중간고사라던가, 석주가 퇴근했을까 같은 태연한 생각들이 솟아오를 때마다 부끄러웠다. 와중에 정신을 흩트리지 않고 치과 업무를 보았고 환자들을 향해 웃기도 했었다. 도연이 어떤 사람인지 드러나는 것 같았다. 날마다 싸워도 남인순이 있는 곳에 가닿을 수 없어 슬펐다.

남인순을 면회했을 때 도연은 아프냐고 물었다. 남인순은 고개를 흔들었다. 더 잘해야 했는데 미안하다 했을 때도 남인순은 눈을 빛내며 고개를 흔들었다. 도연은 남인순의 마지막 마음이 무엇이었는지 알 수가 없었다. 상상할 수가 없었다. 어떤 통증이었는지 느낄 수 없었다.

"마지막 얼굴이 편안해 보였어. 좋은 데 가셨을 거야."

석주가 말했었다. 알 수 없고 가닿지 못하는 곳에 대한 상상은 이기적이었다. 도연은 자신도 다르지 않음을 알고 있었다. 남인순을 마지막 면회했을 때 말을 못하지만 눈빛으로 괜찮다 괜찮다 했다고, 눈빛이 한없이 따뜻했다고 생각했다. 그게 아니라면 감당할 수가 없었다. 남인순이 찬 불빛 아래 혼자 앓다가 혼자 떠났다는 걸 생각하면 정신이 아득해졌다.

석주는 그때 '이해하지만' 이라고 했지만, 도연의 마음 한 귀퉁이와 그의 마음이 겹쳐진 어떤 부분을 이해라고 착각했을 것이다. 이해라는 게 마음의 한 조각이라는 걸 알았다면 도연의 실망이 크지 않았을지도 모른다.

화장장에서 석주는 도연의 손을 잡아끌어 식당 의자에 앉히고 억지로 밥을 뜨게 했다. 도연은 숟가락을 든 채 멍하니 있었다. 장례절차에 따라 화장을 했다. 이처럼 순식간에 처리할 수 있는 일인가, 도연은 다만 목이 메어 밥알을 넘길 수 없었다. 전화 통화를 하고 오니 석주는 소고기 국밥을 국물 안 남기고 다 먹었다.

"엄마 틀니는 어디에 있지?"

도연이 갑자기 틀니를 찾았다. 사무실에 가서 알아보니 화장 후 잔여물은 폐기처리 된다고 직원이 말했다. 도연이 직원의 팔을 붙잡고 매달렸다. 찾아 달라고 손을 비볐다. 석주가 도연을 부축했다.

"화장이 뭐야? 죽은 지 삼일밖에 안 됐는데. 우리 엄마 어디 있어? 엄마 틀니는…."

직원들이 난감한 표정을 했다. 석주가 일으키려했지만 도연은 어린 아이처럼 바닥에 주저앉았다. 남인순에게 닿을 수 있는 마지막 하나를 놓아버린 양 헛손질을 했다.

"그렇게 공유해도 네가 모르는 마음이 있을 거야."

도연이 툭 던지듯 내뱉었다. 민희가 고개를 들었다.

"그 애에게 내가 모르는 마음이 있으면 못 견딜 것 같아요."

라일락 펄 샤도우가 찡그려졌다.

도연이 젓가락 한 짝을 들어 남은 젓가락 위에 올렸다.

"나도 남편이랑 이렇게 포개진 순간이 있었어."

"우리는 아직 거기까진 안 갔어요."

민희가 눈웃음을 쳤다.

"사실 그 애의 손이 닿기만 해도 지릿 전기가 와요. 그 애와 물리적으로 이어질 수 있다면 끝까지 가 보고 싶어요. 그 느낌이 궁금해요."

민희 얼굴이 후끈 달아올라 보였다. 어쩌면 도연의 얼굴에 열이 올랐는지도 몰랐다.

도연이 포개진 젓가락의 위에 놓인 짝을 집게손가락으로 툭 쳤다. 젓가락 한 짝이 탁자 위로 떨어졌다.

미끄러지는 것, 섹스야말로 순간이고 있지 않은 것에 매달리는 거라는 말이 나올 뻔했다. 하지만 도연은 말을 삼켰다. 젊은 민희와 자신 사이에 말로 넘을 수 없는 거리가 있을 것이다. 도연은 더 이상 다가갈 수 없었다. 어긋난 젓가락을 보며 도연은 문득 자신이 잃어버린 게 있지 않을까, 하는 생각에 사로잡혔다.

민희는 아무렇지 않게 제 젓가락을 두드려 키를 맞추더니 원기둥 모양의 떡을 집어 고추장 국물을 잔뜩 묻혔다. 빨간 떡을 들어 입 속에 넣으려는 찰라, 떡이 통 속으로 툭 떨어지고 말았다. 고추장 국물이 튀었다. 도연이 고개를 숙여 보니 가슴 언저리에 빨간 물이 튀었다. 정면에 보이는 민희 옷도 다르지 않았다. 얼룩이 번져나가고 있었다.

"미안해요."

민희가 뛰어가 물휴지를 들고 와 도연의 상의를 두드려 닦았다.

"어쩌죠? 옷은 제가 세탁해 올게요. 천방지축이라고 웃을 것 같아요. 흐흐, 그 애 말이에요. 이 순간에도 왜 현승이가 떠오를까요?"

도연의 얼굴에도 느닷없이 웃음이 피어올랐다.

"기승전 현승이야. 이 옷 빨 때 됐어. 괜찮아."

　두 시를 넘어섰을 때 아동 돌봄센터 선생님이 남자 아이 둘을 데려왔다. 작은 아이는 얼굴이 까무잡잡한데 머리카락이 비 맞은 것처럼 이마에 달라붙었다. 땀 때문이지 싶었다. 오자마자 화장실로, 정수기 앞으로, 책장 앞으로 분주하게 뛰어 다녔다. 선생님이 불러도 헤헤 웃으며 여기저기를 기웃거렸다. 큰 아이는 소파에 앉아 책꽂이에 꽂힌 책을 빼서 보았다. 작은 아이는 선생님이 불러도 아랑곳하지 않더니 큰 아이가 오라고 하니 보리차 티백을 넣은 물 한 잔을 들고 소파에 앉았다. 보리차를 홀짝거리며 마시다가 선생님이랑 형아 물도 받아오겠다며 정수기 앞으로 다시 갔다.

　지역아동 돌봄 센터에서는 입소한 아이들에게 구강 검사를 의무적으로 하게 했다. 큰 아이는 4학년이고 작은 아이는 1학년이라고 했다. 큰 아이는 썩은 어금니 한 개를 신경치료하고 치아 홈메우기를 하고 작은 아이는 흔들리는 이를 빼고 치아 홈메우기를 해야 했다.

　큰 아이가 먼저 치료를 받기위해 체어에 누웠다. 작은 아이는 옆 체어에 앉아 모니터에 찍힌 치아 사진을 신기한 듯 올려다보았다.

　"안 아파요. 내려갈래요."

　큰 아이의 흰 얼굴이 더 흰 빛이 되더니 자리에서 일어났다. 요녀석 겁쟁이구나, 안 아프게 해줄게, 원장이 아이의 등을 두드리며 도연을 불렀다. 도연은 굳어진 아이를 달래어 겨우 팔을 붙잡고 눕혔다. 아이가 입을 벌리자 기계소리와 함께 원장이 치아에 버를 갖다 댔다.

　"아!"

　아이가 기겁을 했다.

　"아프다잖아요."

　작은 아이가 어느새 큰 아이 옆으로 다가섰다. 작은 아이가 도연에게 달려들더니 아이를 붙잡고 있는 팔목을 깨물었다. 순식간에 일어난 일이었다. 도연이 팔을 들어보니 잇자국이 선명했다. 도연의 입에서 아 소리가 뒤늦게 터져 나왔다. 두 아이도 당황한 표정으로 도연을 쳐다보았다.

"괜찮아요?"

원장이 조금 쉬었다가 진료하자고 했다. 민희가 도연을 데리고 와서 약을 발라주었다. 요즘 애들 못 말린다며 인상을 썼다.

도연이 화장실에서 나오니 두 아이가 다가왔다. 작은 아이가 삐죽거리며 앞으로 나왔다.

"미안해요. 아팠어요?"

도연이 빨갛게 부어오른 팔을 아이 눈앞에 내밀었다. 네가 한 짓을 보라는 마음이었는데 어린 애처럼 도연의 눈에 눈물이 맺혔다.

"형아 아프다는데, 아줌마가 붙잡았잖아요."

작은 아이가 말하더니 마스크를 내리고 도연의 팔에 입을 갖다 댔다. 도연이 엉겁결에 팔을 빼려는데 아이가 입김을 불었다. 호오 소리를 냈다. 볼에 힘을 주고 입술이 튀어나오도록 불었다. 부어오른 데가 이상하게 시원했다.

"하지 마. 코로나인데."

큰 아이가 작은 아이를 막아섰다.

"이미 걸려서 방어막이 생겼는걸."

작은 아이가 태연하게 말했다. 도연이 아이의 마스크를 올려주고 이름을 물었다.

"어니부기 몬스터, 꼬부기에서 진화했어요. 어금니가 공격무기, 물의 파동은 방어 무기로 쓸 수 있어요."

작은 아이 입에서 다른 세계의 이야기가 흘러 나왔다. 큰 아이가 검지 손가락을 뱅뱅 돌리며 원을 그렸다

"괴물이에요. 에니메이션을 많이 봐서."

"동생 있어서 좋겠다."

"사고쟁이에요. 말도 안 듣고."

큰 아이가 작은 아이에게 혀를 쏙 내밀고 진료실로 들어갔다.

"어니부기? 너는 형을 구해서 진화하는 거야?"

눈망울이 까만 아이에게 물었다.

"어니부기는 이제 사람 안 물어요. 물의 파동으로 시원하게 해줄게요."

작은 아이가 마스크를 한 채로 입김을 내뿜었다. 돌봄 센터 선생님이 죄송하다며 인사하고 아이를 진료실로 데리고 들어갔다.

아이들 진료가 끝나자 도연은 원장에게 갔다. 지금 가봐야겠다고 상황을 설명하려고 입을 뗐다.

"됐어요. 저번 주에도 놀라서 갔잖아요."

도연이 뜨악한 표정을 지었다.

"가 보세요. 남은 환자는 알아서 할 테니."

원장은 별스럽지 않게 말하고 차트를 들여다보았다.

"언니, 기운 내요."

민희가 두 팔을 들어 흔들었다. 도연이 계단을 밟고 내려가니 많이 연해진 빛이 아직 그곳에 있었다. 한낮의 벚나무보다 그늘이 넓어졌다. 한순간도 같은 모양인 적이 없었다.

"지금 출발해."

운전석에 앉아서 석주에게 전화를 했다.

"아버지, 인공호흡기를 뗐어. 불안정했는데 이제 좀 괜찮아졌어. 일마치고 와도 될 거 같아."

생각 밖으로 밝은 목소리였다.

"반차 쓰고 이미 나왔어. 일찍 연락주지."

안도가 되고나니 어긋나는 어떤 것에 예민해졌다. 상태가 어떤지, 병원으로 바로 갈까 말까, 전화 신호가 올 때마다 심장이 뛰었는데, 괜찮다는 거다. 도연의 예상대로 석주는 연락할 경황이 없었고, 조금 전에 이종근의 상태가 나아졌고, 이런 말들을 늘어놓았다. 도연은 이상하게 맥이 풀렸다. 분 단위로 공유하던 민희가 떠올라서 일까, 도연은 석주의 무신경함이 느껴졌다. 서로의 신경이 닿지 못하는 그 만큼의 거리가 도연의 마음을 찔러댔다. 모르는 마음에 대해 안달하지 말라고 내려놓은 것처럼 말하더니, 정작 발끈하는 자신이 우스워졌다. 민희에게는 그 너머로 가고 싶어서 벽을 밀어붙이는, 거리를 뛰어넘으려는 천진함이 있었다.

"그리로 갈게."

핸들에 팔을 올렸다. 오른쪽 팔목 물린 데가 욱신거렸다. 물어버리지 못해서 물려 다니는 건지 모르겠다고 생각했다. 수시로 다가오는 어떤 것들에 대해, 서로에게 온전히 다가가지 못한 순간들에 대해.

도연은 언젠가 자신에게도 있었을 천진함을 데려오고 싶었다. 바이러스처럼 새로운 변이를 하고 싶었다. 질병과 죽음, 모르는 마음들 속에서도 견딜 수 있도록. 도연은 이종근에게 가닿기 위해 악셀레이터를 밟았다.

소설 속으로, 나라는 경계를 넘어

슬픔을 양말처럼 신고 다녔다. 엄마를 떠나보내고, 스웨터를 입듯 슬픔을 걸치고 다녔다. 슬픔이 같이 있어서 따뜻했다. 슬픔이 사라지면 엄마도 사라질 것 같았다. 그런 날들의 감정과 이야기를 글로 적었다. 동화로 담아내기 어려워 에세이로 썼고, 시로도 썼다. 그리고 소설을 쓰기 시작했다.

이 소설은 내 안에 고인 이야기가 나를 지나 흘러나온 것이다. 사랑하는 사람들에게 온전히 가닿지 못한 순간들에 대한 슬픔의 기록이다. 우리가 어떻게 서로에게 가닿을 수 있을까에 대한 질문이기도 하다.

기자로부터 당선 전화를 받던 날, 동네 책방에서 어린이 연극을 준비하고 있었다. 저녁 무렵 멀리 있던 가방에서 전화기 진동 소리가 들렸다. 생각해 보면 진동 소리가 들릴 거리가 아니었다. 나중에 보니 한 시간 전부터 기자로부터 전화와 문자가 들어온 기록이 있었다.

당선 소식에 흥분이 가라앉지 않아서 잠이 오질 않았다. 게다가 연극 공연하느라 긴장한 상태로 하루를 보내고 나니 온몸이 쑤시는 몸살이 시작됐다. 소설 쓰기라는 지난한 과정을 삶으로 껴안겠다는 의지를 드러낸 것, 그 의지에 대한 두려움이 엄습해 왔다.

오직 한 걸음씩 내딛을 뿐이다. 소설 속으로, 나라는 경계를 넘어.

부족한 작품에 격려를 실어주신 심사위원님들께 감사의 마음을 전한다.

마지막으로 권기, 임인택, 양상근, 양성호에게 지면을 빌어 사랑의 마음을 보낸다.

심사평 | 이상섭·정영선·전성태·김종광

173분이 177편을 보내주셨다. 올해 국제신문 신춘문예 단편소설 부문 심사는 별도 예심위원 없이 4인 심사위원이 모두 함께 본심을 진행했다. 먼저 각 심사위원이 각각 응모작 약 40여 편씩을 미리 심사한 뒤, 그 가운데 꼽은 작품을 추려 이를 다시 돌려가며 읽고 평가하는 방식을 택했다. 수련된 작품들이 대부분이었다. 일상 현실에서 포착한 제재를 내밀히 탐구하는 소설들이 대세였다. 현재진행형인 코로나19시대의 소설적 용해를 조감할 수 있었다. 최종 단계에서 8편을 돌려 읽었다. 두 작품에 논의를 집중했다.

「벽해조어도」는 늙은 어부의 가족사를 바다낚시 속에 버무렸다. 오락가락하는 아버지 '공장장'과 일찍 죽은 자식 '아범'의 애틋한 과거와 환상적인 현재를 세심하게 드러낸다. 필력이 바다를 보듯 옹골찼다. 대중에게 너무 익숙한 서사였고, 서사를 뛰어넘는 뭔가가 아쉬웠다.

「마음의 거리」는 40대 중반 17년 차 치위생사이며 '사람의 첫인상을 치아 관리 상태로 판별'하는 여성 이야기다. 진행서사(치과의 점심 때 일상)와 회상서사(친어머니의 입원부터 죽음까지, 시아버지의 오랜 투병)를 조화롭게 오간다. 코로나19 시대 의료현장, 간병·돌봄 가족들의 모습, 다양한 '거리'를 풍부하면서도 핍진하게 그려낸다. 젊은 직장 동료에게 '생기가 사랑하는 자의 것'을 배우며, 사람들 사이의 '말로 넘을 수 없는 거리'를 좁혀가려는 중년 화자의 일상은, 여러 악조건 속에서도 열심히 살아가는 이

시대 사람들에게 건네는 위로이며 응원일 테다.

　밑줄 그어 외우고 싶은 문장들도 곳곳에서 빛났다. 역시 기시감이 단점이었지만 여러 각도로 울림이 있는 「마음의 거리」를 당선작으로 뽑는다. 축하드리며 앞으로도 심금을 울리는 작품 많이 써 주십사 부탁드린다.

농민신문 **이 강**

이화여자대학교 특수교육과 졸업.
Monash University 교육학 석사(Master of Education) 졸업.

플라스틱 러브

이 강

건태는 미스터 구가 나오는 다큐멘터리를 여러 번 봤다. 영상은 미스터 구가 왜 다크투어를 기획하게 되었는지 설명하는 것으로 시작했다. 미스터 구는 처음에 죽은 앨버트로스의 배에 플라스틱이 가득 들어 있는 사진을 보고 충격을 받았다고 했다. 마치 보름달물해파리에 한방 쏘인 느낌이었달까요. 그 사진을 본 뒤로 자신의 뱃속에서도 뭔가 꾸르룩하고 차오르는 소리가 들렸다고. 그래서 숨을 쉬는 것조차 더부룩했다고 말했다. 사타구니가 마치 새우말이나 게바다말 같은 해초로 변해버린 것 같았다니까요. 자꾸 짠 내가 배꼽까지 타고 올라왔거든요. 미스터 구는 하루에도 몸을 몇 번이나 씻었는지 모른다며 웃었다.

그러니까 미스터 구가 처음부터 다크투어를 기획한 건 아니었다. 미스터 구는 마술사였다. 아니 사실은 연극을 연출했고 가끔은 대본도 썼고 극단에서 배우로 활동했다. 다큐멘터리는 이어서 주로 어린이극이나 청소년극을 연출한 미스터 구의 작품 중 몇 장면을 보여줬지만, 딱히 인상적이진 않았다. 미스터 구는 공연이나 연습이 없는 날이면 바다를 돌아다니며 사진을 찍기 시작했다고 말했다.

—몰라서 그렇지, 우리나라엔 오염되어 버려진 곳들이 많아요. 굳이 이름을 붙이자면 제가 하는 작업은 대지 미술이나 랜드아트라고 할 수도 있

겠네요. 그래도 뭐 딱히 신선한 발상도 아니죠. 이미 외국에서는 1960년 대 후반부터 많이 알려지지 않았습니까?

미스터 구는 밀물과 썰물 때에 나타났다가 사라지는 조수 웅덩이에서 요가 동작을 하고, 돌맡이 모여 있는 곳에서 플라스틱을 주워 탑을 쌓고 108배를 하는 퍼포먼스를 했다. 그리고 어쩌다 보니 예술인 창작지원사업 에 선정되었다고 했다. '프로젝트 씨위드 다크투어'의 시작이었다. 때마침 다크투어가 일반인에게도 알려지기 시작하던 때였다. 물론 다크투어에도 여러 종류가 있지요. 묘지 같은 곳을 가거나 아니면 전쟁과 관련된 곳을 방문하거나. 식민지 역사를 둘러보거나 홀로코스트 장소를 찾거나. 그것 도 아니라면 재난 재해 지역을 가기도 하고 유령이 출몰하는 장소를 찾아 다니기도 하지요. 저는 그중 어디에도 속하지 않지만 본질적인 것, 이 오 염된 공간 안에서 무언가를 사람들이 느끼면 좋겠습니다. 밥을 씹어 먹듯 음절 하나하나에 힘주어 말하는 미스터 구의 말투에는 좀체 가볍거나 장 난스러운 구석이 없었다.

―와. 자세히 말할 수 없지만 진짜 신기했어요. 정말 그렇게 초현실적 인 광경이 마술처럼 펼쳐져서 말로 표현하기 힘이 드네요.

다크투어에 참여했다는 사람의 인터뷰가 오히려 더 과장되고 익살맞았 다.

건태는 미도에게 이 다큐멘터리를 보여주었다. 더불어 미스터 구의 창 작집단 '프로젝트 씨위드'가 인천 시민예술 축제 기간에 맞춰 다크투어를 무료로 진행한다는 것을 알게 되었다.

토요일 오전 9시부터 오후 6시까지. 딱 7명만 모집한다고 했다. 건태는 미도에게 같이 가지 않겠냐고 물었다. 의사도 건태와 미도에게 둘이 함께 하는 시간을 더 늘리라고 얘기했었다. 결혼한 지 이제 막 3년 차에 접어든 건태와 미도는 주중에 각자의 일로 바빴다. 주말이라고 해도 미도는 주로 거실에서 건태는 작은 방에서 시간을 보내다가 끼니때가 되면 같이 밖에 나가 밥을 먹고 돌아왔다. 예상과 달리 미도는 순순히 알겠다고 했다. 갯

바위 앞에서 떠밀려 오는 미역과 다시마를 건져 머리에 얹고 갯지렁이처럼 천천히 팔을 꿈틀대는 미스터 구의 모습에 미도는 웃음을 터뜨리기까지 했다. 참 오래간만이었다.

건태와 미도가 모임 장소에 도착한 건 오전 9시가 채 되지 않았을 때였다. 제법 이른 시간인데도 집합 장소인 시청 앞 열린 광장에는 공연 준비와 설치하는 이들, 아침부터 일찍 나온 시민들이 한데 모여 번잡했다. 다크투어의 모임 장소를 찾는 건 어렵지 않았다. 미스터 구는 긴 장대에 비닐로 만든 거대한 해파리와 미역을 달아 두었는데 멀리서 보면 대형 쓰레기봉투가 펄럭대는 것 같았다. 15인용 승합차가 그 앞에 대기 중이었다. 플라스틱 패널에 물감으로 갈겨 쓴 '프로젝트 씨위드'란 글자도 바람에 나부꼈다.

미도가 건태에게 속삭였다.

—그러니까 이게 그 예술가들과 함께 떠나는 다크투어란 거지?

건태는 고개를 끄덕였다. 참가자로 보이는 몇몇 사람들이 승합차 앞에 모여 있었지만, 아직 확신하기엔 일렀다. 장난스러운 문자를 받은 건 어제였다.

9시 시청 앞 열린 광장에서 집합. 점심 제공. 운동화와 편안한 복장. 저녁 6시에 출발 장소에서 해산 예정. 마술 같은 여정에 동참하기로 한 여러분의 용기를 환영합니다. 참석이 불가할 경우 대기자를 위해 반드시 이 번호로 회신해주십시오. 그럼 토요일에 뵙겠습니다. 요원 미스터 구와 프로젝트 씨위드.

건태는 문자가 어딘가 장난스러워 가족 단위로 온 어린이들만 북적대는 게 아닐까 걱정스러웠다. 다행히 모집 요강에는 만 18세 이상의 성인만 참여 가능하다고 쓰여 있었다. 오늘 모인 사람들을 보고 나서야 건태는 안도했다. 그래도 외국인 커플까지 있는 건 의아했다. 건태는 이 사람들은 도대체 어떻게 알고 여기에 온 것일까 궁금하긴 했지만 영 이상하면 중간에라도 집으로 다시 가 버리면 그뿐이라고 생각하며 주위를 둘러보았다. 주최 측, 그러니까 프로젝트 씨위드는 바빠 보였다. 운전기사와 영상에서 봐서 익숙한 미스터 구 이외에도 모자에 플라스틱 폐기물을 붙이고 영상을 찍는 여자와 확성기를 들고 있는 남자가 서로 감독님, 영상작가님하고 존대하며 분주하게 돌아다녔다.

출발과 동시에 공연이 시작되었다. 배우로 추정되는 두 남자가 어디에선가 나타났다. 한 명은 미세 플라스틱으로 분장했고 다른 한 명은 해파리였다. 아무리 9월 초라고 하지만 아직 햇볕이 뜨거운데 저런 비닐을 뒤집어쓰고 얼굴에 페인팅까지 했으니 얼마나 갑갑할까 싶었는데 정작 그들의 움직임은 가벼웠고 유연했으며 의상 역시 공들여 만든 티가 났다. 해파리가 생존 키트라며 참가자들에게 종이상자 하나씩을 나눠주면 미세 플라스틱이 참가자들의 손을 잡고 한 명씩 버스에 태웠다. 건태와 미도는 버스에 앉아 상자를 열었는데 거기엔 물과 약간의 비스킷, 젤리, 에코백, 바닷새의 90%가 플라스틱을 먹고 죽었다 따위가 적힌 책자, 다크투어 5만 원 상품권과 설명서가 들어 있었다.

—뭐야, 이것도 나름 홍보인가 봐.

미도가 상품권을 흔들며 작게 말했다. 건태는 프로젝트 씨위드에 대한 설명이 적힌 안내문을 읽었다. 오늘은 행사주최 측에서 지원해서 무료 여행이지만 평소 이 체험을 하고 싶다면 십만 원 상당의 비용을 내야 하는 모양이었다. 뭐 하는지도 제대로 모르고 한 사람당 십만 원을 내고 참가하는 사람들이 많을까? 건태는 고개를 기웃거리며 미스터 구를 쳐다봤다. 그는 마이크를 잡고 참가자들에게 진지하게 말하고 있었다.

—저희 프로젝트 씨위드와 귀중한 토요일을 함께 해주시겠다고 오신 여러분, 감사합니다. 아직은 도대체 이게 뭐야? 싶으셔서 어리둥절하시겠지만, 그냥 오감을 열고 있는 그대로의 경험을 즐겨 주시면 됩니다. 우리는 이제 강화도로 먼저 가서 거기서 배를 타고 들어가 잘 알려지지 않은 P 지역과 M 지역을 주로 돌아볼 예정입니다. 다크투어라고 해서 너무 겁먹

지 마세요. 일단 도착하면 맛있는 점심부터 먹을 겁니다. 점심 메뉴를 말씀드리자면—알레르기가 있으신 분은 알려달라고 미리 문자를 보냈는데 아무도 없으셨던 관계로—한식 백반입니다. 일단 가시는 길은 편안히 눈 좀 감고 가시고요. 웰컴투 아 워 매지컬 프로그램 프로젝트 씨위드.

미스터 구는 외국인 커플을 위해서 영어로도 열심히 설명했다. 미스터 구는 그들이 인천 시민예술축제에 참가한 외국인 아티스트로 본인들의 공연이 없는 날이라 다른 프로그램에 참여한 거라고 덧붙였다. 건태는 가뜩이나 기묘한 프로그램에 외국인까지 함께 다닌다고 생각하니 다소 어색한 기분이 들었지만, 그 커플이야말로 여행을 가장 즐겁게 하는 것 같았다. 프랑스에서 마임을 한다는 남자는 뭐가 그리 신기한 건지 달리는 버스 안에서 차창 밖으로 보이는 풍경을 찍기 바빴다. 그는 터널에 들어갈 때 찍고, 나올 때 찍고, 승합차에서 내리지 않은 채 배로 이동하는 모습을 찍고, 갈매기에게 새우깡 주는 걸 찍고, 섬에 들어가는 모습을 찍고, 서해안 어디에서나 볼 수 있는 평범한 갯벌과 멀리 번득이는 바다를 찍었다.

아직 제대로 된 체험을 하지도 않았는데 건태는 벌써 허리가 쑤셨고 어디 기대서서라도 자고 싶다는 생각이 간절했다. 생존키트에서 젤리를 꺼내 우적우적 씹었지만, 입에 모래가 낀 듯 텁텁했다. 미스터 구가 점심 식사 장소라고 안내한 곳도 실망스러웠다. 파란색 슬레이트 지붕을 얹은 폐업 직전의 가게였다. 가게 앞에 수족관이 있었지만, 생선 한 마리 없이 텅 비어 있었고 물때가 잔뜩 끼어 있었다. 간판에 붉은 글씨로 회. 바지락 칼국수라고 쓰여 있는 게 무색할 지경이었다. 햇볕이 점점 따갑게 이마를 쑤셨고 무엇보다 바람 한 점 불지 않았다. 가게 앞마당에는 파라솔을 꽂은 푸른색 플라스틱 탁자 몇 개가 놓여 있었다. 그 위에 수저와 기본 찬을 깔아 놓은 것 같은데 미스터 구는 굳이 평상을 가리키며 거기에 다 같이 앉아 먹겠다고 했다. 평상은 마치 무대처럼 높았는데 계단을 몇 개나 밟고 올라가야 했고 미도는 불편했는지 건태의 옆구리를 쿡 하고 찔렀다. 불편한 건 건태도 마찬가지였다. 힐끗 보니 할머니 한 명이 가게 안에서 밥을 푸느라 바빠 보였고 십 대로 보이는 남자아이가 부지런히 국을 날랐다.

－디스 이스 코리안 트레디셔널 씨위드 수프. 유 노우? 디스 이즈 해파리냉채. 스파이시 벋 베리 헬씨 푸드.

미역국, 해파리냉채, 김치, 생선 한 마리씩. 반찬을 훑어보던 건태의 눈썹이 꿈틀대는 걸 미도는 알아차렸다. 건태는 미역국을 싫어했다. 아니 어쩌면 그날 이후로 안 먹게 된 건지도 모르지만. 결혼하고 두 번째로 맞는 건태의 생일이었다. 그날, 미도는 황태 미역국을 끓였다. 그런데 건태는 애써 끓인 미역국을 먹기 싫다고 말했다. 못 먹겠다고 했다. 아니 더는 이렇게 살고 싶지 않다고 했나. 건태는 식탁에 숟가락을 탁, 하고 내려놓더니 젓가락으로 미역국을 휘휘 저었다. 흐물흐물한 미역이 한데 엉켜 코처럼 흘렀다.

－내가 지금 이래. 내 꼴이 꼭 이 미역 같다고.

건태는 삽입을 시도했지만, 번번이 실패했다. 등에 땀이 흥건하게 번질 때까지 그러니까 어떤 날은 한 시간도 넘게 용을 썼지만, 결과는 매번 똑같았다. 건태는 도저히 삽입할 수 없었다. 미도 때문이었다. 이해할 수 없었다. 그들은 송도에 아파트 한 채를 갖고 있었고, 그 아파트의 집값은 최근 몇 년 동안 몇 배로 뛰었으며, 미도는 경기도 외곽의 초등학교에서 최연소 행정실장으로 근무했다. 건태는 박사 학위를 딴 후에 큰 고생 없이 모교에 자리를 잡았다. 외적인 삶의 면면만 따지고 보자면 불행할 이유가 하등 없었다. 건태가 겪고 있는 유일한 불행이라면 관계를 맺으려고 할 때마다 미도의 하반신이 플라스틱으로 변해버리는 데 있었다. 그들이 마침내 성의학 전문의가 운영하는 정신과를 찾았을 때 의사에게 던진 건태의 첫마디는 진심이었다.

－아니, 정말 플라스틱이 된다니까요. 비유적인 표현이 아니라 제 눈으로 똑똑히 봤습니다. 정말 플라스틱이 되어 버린다고요. 왜 그 있잖아요. 염산, 황산, 질산을 부어도 녹지 않는 그 플라스틱이요.

그 옆에서 미도가 울상을 지으며 말했다.

－저에겐 어떤 성적인 트라우마도 없어요. 예전 남자친구들이랑요? 안

183

했죠. 무서워서요. 오염될까 봐. 혹시 병이라도 걸리면 어떡해요.

—얘는 하루에 손을 스무 번은 더 넘게 씻는 거 같아요. 그리고 하려고 만 하면…. 내가 무슨 독침이라도 쏘는 것처럼 잔뜩 긴장하는데. 그럴 때마다 폐기물 취급받는 기분입니다.

의사는 건태와 미도를 부드러운 눈빛으로 바라보며 말했다.

—이런 커플들이 사실 많아요. 그런데 다들 어디로 가야 할지 몰라서 이 병원 저 병원 전전하다가 결국 마지막에 우리 병원에 찾아옵니다. 이건 심리적인 문제가 더 큰 거라 행동 치료를 통해 충분히 해결될 수 있습니다. 재밌는 사실 하나 알려 드릴까요? 제 환자 중에 전문직이 많은 편인데 비뇨기과 의사도 있고 심지어 산부인과 의사도 있습니다. 무려 결혼 17년 만에 온 커플도 있어요. 너무 늦지 않게 찾아오신 겁니다. 제가 앞으로 숙제를 내줄 텐데 집에서 잘해 오시면 됩니다.

미도는 작은 목소리로 덧붙였다.

—그렇지만 우리 부부 사이는 정말 좋다는 걸 아셨으면 해요. 그것만 빼고요.

건태와 미도는 젓가락으로 반찬을 깨작거렸다. 주둥이가 뭉툭하고 등 쪽에 가시가 돋아 있는 게 난생처음 보는 생선이라 손이 가지 않았다. 더군다나 오래전에 구운 건지 바싹 말라 고부라져 있었다. 해파리냉채도 흔히 알던 모양과 달랐다. 너무 큼지막했고 젓가락으로 살짝 들어 올렸는데 흐물흐물해서 도통 입으로 넣을 엄두가 나지 않았다. 그런데도 미스터 구는 귀한 보리굴비를 먹듯이 머리까지 쩝쩝대며 핥았다. 왜 입맛이 없으세요? 그럼 그 생선은 제가 대신 해결해 드릴까요? 건태와 미도 앞에 놓인 생선까지 남김없이 발라 먹는 미스터 구의 거무튀튀한 입 주변은 곧 기름으로 번들거렸다.

—이 동네도 한때는 갯벌에서 이것저것 많이 잡혔어요. 고둥이나 쏙, 망둑어 같은 거 들어보셨죠? 어느 순간부터 다 사라지고 해파리만 우글거리는데 어떤 피디가 텔레비전에 나와 그럽디다. 쓰레기 더미에서 해파리

가 가장 잘 자란다고. 그러니 여긴 해파리가 자라기에 최적의 장소죠. 자포라고 알죠? 해파리의 독침. 그것 때문에 해파리가 많은 바다엔 다른 생물이 없어요. 여기도 그래. 온통 해파리랑 색깔 이상한 미역 같은 거. 플라스틱 쓰레기뿐이지. 근데 뭐랄까. 난 여기서 작업하면 영감이 쏟아져요. 다른 시공간으로 이동한 느낌이랄까. 척추가 곧추서면서 찌릿하달까. 덕분에 처음 보는 해파리에 몇 번 쏘이기도 했는데. 뭐랄까. 느낌이 아주….

말끝을 흐리는 미스터 구의 한쪽 입꼬리가 씰룩 올라갔다. 쿰쿰하면서 저릿한 냄새가 났다. 건태는 그게 미스터 구의 위장에서 올라온 냄새인지 주변에서 바람을 타고 온 냄새인지 구별할 수 없었다. 건태는 단전에서부터 뭔가 꾸르륵 치밀어 오르는 걸 느꼈다. 미도를 쳐다봤다. 의외로 그녀는 별다른 동요 없이 미스터 구의 얘기에 고개를 끄덕거리고 있었다. 점심을 먹은 뒤에는 모두 식당 앞마당에 앉아서 프로젝트 씨위드의 공연을 감상했다. 평상에 있던 밥상을 치우니 그럴듯한 무대로 보이긴 했다. 해파리 분장을 한 배우—아마 다시 서울에 올라갈 때까지 의상을 벗지 않을 테지만 그럼 화장실은 어떻게 하나—는 작은 목소리로 화음을 넣고 중얼중얼하기 시작했다.

—노무라입깃해파리, 라스톤입방해파리, 짝. 커튼원양해파리, 푸른우산관해파리, 짝짝. 평면해파리, 보름달물해파리, 짝짝짝.

그의 목소리는 점점 커졌고, 미스터 구는 그 소리에 맞춰 비닐 뭉치와 페트병을 무대로 던졌다. 해파리는 그걸 열심히 먹어 치우기 시작했다. 감독이라는 사람은 무대 아래에서 플라스틱 깡통을 두드렸고, 파도와 폭우소리 같은 음향 효과를 내기 위해 스피커의 볼륨을 최대치로 올렸다. 영상작가는 그 모든 장면을 하나라도 놓칠까 봐 분주하게 뛰어다니고 있었다. 그 순간 건태는 단전에서 치밀어 오른 감정이 무엇인지 알아차렸다. 그건…. 그건 당혹감이었다. 망했어. 이 여행은 망했어. 건태는 그래도 공짜로 왔으니 그걸 위안으로 삼아야 하나 싶어 미도의 동의를 구하기 위해 눈으로 그녀를 찾았다. 하지만 미도는 건태를 쳐다보지도 않은 채 고개를 까닥이며 스마트폰에 퍼포먼스를 담기 바빴다. 짝짝. 짝짝짝. 짝. 그 알 수 없는 공연은 해파리가 페트병을 모두 먹어 치우고 난 뒤에야 겨우 끝이 났다.

—이제 함께 걸어갈까요.

무대 밑에서 쪼그려 앉아 비닐 뭉치를 던지던 미스터 구가 일어나 가리킨 곳은 가게에서 그리 멀지 않은 갯벌이었다. 야트막한 산이 갯벌을 빙 두르고 있었고 갯질경, 해홍나물 같은 염생 식물이 군데군데 보였다. 하지만 갯가의 갈대 사이로 군데군데 쓰레기가 무성했다. 2층짜리 폐건물도 보였다. 언제 무너져도 이상하지 않을 법한 모양새였다. 건태는 영화 세트장에 갑자기 뚝 떨어진 것만 같았다. 미스터 구와 그 일행이 이 여행을 위해 일부러 조악하게 만들어 놓은 건 아닐까. 갯벌에 높이가 다른 구조물들이 우뚝 솟아 있는 게 영 뜬금없었다. 미스터 구는 여기저기 널려 있는 구조물들을 가리키며 원래 미역을 널었던 곳이라고 말했다. 미역 맨 것을 말리기 위한 구조물들이 지금은 모두 흉물스럽게 변해버렸다고, 아직 철거하지 않은 모양이라고. 지평선 끝으로 검은 파도 거품이 몰려오는 게 보였다.

—우리나라에도 이런 데가 있었나.

그건 거품도 파도도 아니었다. 검은 미역과 해파리 아니 플라스틱이 한데 엉켜 부글부글 끓고 있었다. 모자반류의 해조가 검은 띠를 이루며 바다를 가득 메운다는 사르가소해를 연상시키는 광경이었다.

—이곳에 어느 순간부터 플라스틱이 바다에 쓸려오더니 다음엔 해파리 떼가 밀려왔지요. 해파리가 밀려왔을 때 동네 사람들은 해파리냉채를 해 먹으면 되지 않겠냐고 대수롭지 않게 생각했을지도 모르지만, 어느 순간 무서운 속도로 자라기 시작했어. 자세히 보면 플라스틱과 검은 비닐이 끈끈하게 엉켜 있어요. 아직 이런 현상이 잘 알려지지 않아서 우리 프로젝트 씨위드는 이런 걸 또 세상에 널리 알리는 역할을 하고 있습니다. 여러분들도 우리 프로젝트 씨위드 많이 홍보해 주시고요. 자, 우리 이제 여기저기 흩어져서 사진을 찍고 그 사진으로 콜라주 해보는 작업을 해보도록 하겠습니다. 그렇다고 해파리인지 플라스틱인지 헷갈려서 막 아무거나

함부로 집어 올리시진 마세요. 다양한 모양이 있는 걸 그냥 관찰하세요. 라스톤 입방해파리 같은 경우엔 한 개체의 몸 안에 다른 개체가 들어가 있는 특이 종도 있어요. 포갬 현상이라고도 합니다만. 너무 멀리까지 가지는 마시고 저 건물 안에도 들어가 보시고 가장 인상적인 장면을 찍어 오세요. 30분 뒤에 여기서 만나겠습니다.

오후 3시의 뜨거운 태양이 정수리에 꽂혀 입이 턱턱 말라오는데도 사람들은 별말 없이 뿔뿔이 흩어졌다.

—뭡니까 이게.

건태가 갯벌로 미끄러져 걸어가는 미스터 구를 붙잡았다.

—저기요. 내가 이런 땡볕에 쓰레기나 보자고 여기 온 줄 아십니까.

미스터 구는 침착했다.

—아, 네. 이런 예술 프로젝트가 처음이시면 당황하실 수도 있는 거 이해합니다. 하지만 저희가 처음부터 안내문에 여행이 아니라 예술에 방점을 찍었다고 공지하지 않았습니까. 마술 같은 하루가 펼쳐질 거라고. 그게 어떤 하루가 될지는 마음을 여는 참가자의 태도에 달렸다고 말입니다. 그래도 아직 열심히 참여하시는 분들이 계시니까 조금만 흥분을 가라앉혀 주시길 부탁드립니다. 서울로 올라가서 해명할 건 더 해명하고 제가 사과할 부분이 있다면 사과드리겠습니다.

건태는 미스터 구의 대답에 기가 막혔다. 미도가 건태의 손을 잡아끌면서 말렸다. 건태는 자의식에 절어 있는 예술가 나부랭이의 뻔뻔함보다 미도가 대신 나서서 죄송합니다, 하고 사과하는 게 더 거슬렸다.

—그러니까 당신은 내가 뭘 잘못했다고 생각하는 거야?

자신을 책망하는 듯한 미도의 태도가 못마땅했다. 정작 책망받아야 할 사람은 미도 아닌가. 건태는 최근에 부교수로 임명된 이후에 더 바빠졌고 퇴근하고 집에 돌아오면 지쳐 쓰러져 잠들기 바빴다. 그리고 이제는 시도하기도 전에 흐물흐물해졌다. 물컹해졌다. 처음엔 시간이 지나면 미도의 문제도 자연스럽게 해결될 거라고 믿었다. 하지만 아무리 세월이 흘러도 제자리였다. 똑같았다. 더군다나 제대로 시작하기도 전에 미도는 침대에서 자지러지게 소리를 질렀다. 답이 없었다. 무슨 오염물질 내지는 독극물 취급을 하며 플라스틱으로 변하는 통에 꼭 몹쓸 짓을 하는 것 같았다. 술을 마셔 보기도 하고, 젤을 사서 시도해 보기도 했지만, 번번이 미도의 다리는 플라스틱으로 변해버렸고 건태가 지쳐 나가떨어진 뒤에야 서서히 온기를 되찾고는 원래 알던 고요한 얼굴로 돌아왔다. 어느 순간부터 건태도 그다지 원하지 않게 되었다. 건태는 저 멀리 앞서 걷는 미도를 봤다. 미도는 파우치를 옆구리에 끼고 앞만 보며 걷고 있었다.

　—미도야. 야 이미도. 야! 야.

　미도는 건태의 목소리를 들었지만 뒤돌아보고 싶지도, 굳이 대답하고 싶지도 않았다. 미도는 건태를 보면 자주 미안했다. 그러나 어느 순간부터 건태는 자주 짜증을 냈고 사소한 일에도 화를 내며 시시비비를 가리려고 했다. 주말에는 거실과 방마다 떨어진 긴 머리카락을 주워 모으더니 왜 이렇게 흘리고 다니냐고 닦달했다. 방금만 해도 건태는 미스터 구에게 다짜고짜 소리를 지르지 않았던가. 정작 여기 오는 게 어떻겠냐고 물어본 건 건태였으면서. 미도는 본능적으로 다크투어란 말이 꺼림칙했지만, 간만에 무언가를 시도해 보려는 건태의 제안을 거절하는 게 미안해서 따라왔다. 그런 자신이 한심하게 느껴졌다. 아까 백반집에서 나온 미역국을 보며 자신을 쳐다보던 건태의 눈빛도 생각났다.

　그러자 아주 잠깐이지만 마른미역을 한 줌 아니 두 줌 정도 목구멍에 넘기면 어떨까를 상상했다. 미역이 뱃속에서 점점 불어날까. 그러자 뱃속이 꿀렁꿀렁해지며 팔이 가벼워지는 느낌이 들었다. 미도는 목 디스크가 있었고 쉽게 긴장했다. 행정실 직원들과의 관계도 일반 교사들과의 관계도 영 어렵게 느껴졌다. 학교의 규모는 작지만, 혁신학교로 지정되어 처리해야 할 업무는 과중한 편이었다. 나이가 어리다고 무리한 요구를 무턱대고 하면 어쩌나 자주 걱정했다. 미도의 어깨와 승모근은 자주 딱딱하게 굳었다. 그럴 때마다 무엇인가를 먹으면 마음이 말랑해지고 위장은 편안해졌다. 미도는 부모님의 자랑스러운 착한 딸이었지만, 어린 시절부터 아주 작은 자극에도 예민했고 청결에 집착했다. 부모님은 어떤 문제도 일으키지 않고 성격이 조용한 미도를 볼 때마다 거저 키웠다며 칭찬했지만, 손가락 마디 사이에 습진이 생길 정도로 손을 씻어대는 통에 언제나 핸드크림을 잊지 않고 챙겨야 했다.

불안은 말린 미역 같은 걸지도. 미도는 아주 조그맣게 말했다. 아주 적은 물만 있어도, 미세한 자극만 있어도 충분했다. 미도의 불안은 멈추지 않고 불어나기만 했다. 내심 자신이 비정상인 게 아닐까 생각했다. 플라스틱으로 변한 하반신을 보면 혀가 굳었다.

— 질경련입니다. 아, 그건 옛날에나 쓰던 말이고요. 성기능장애지요. 정확한 명칭은 삽입 성행위 공포증입니다.

그래서 미도는 진단받았을 때 안도했다. 두 다리가 순식간에 플라스틱으로 변해버리는 사람들이 많다는 것이 그렇게 반가울 수 없었다. 의사는 미도가 불안의 강도가 다른 사람들보다 높은 것일 뿐이라고 말했다. 약 12번의 행동 치료를 통해 불안의 강도를 낮춘다면 삽입 문제도 곧 해결할 수 있다는 말을 들었을 때는 다리가 풀려 주저앉았다. 미도는 의사가 내준 숙제를 한 번도 빠짐 없이 성실하게 해냈다. 첫날 과제는 자기 성기를 거울로 보고 그려오는 것이었다. 사춘기 시절조차 성기를 제대로 본 적이 없었던 미도는 그제야 겨우 용기를 내어 응시했다. 플라스틱으로 변해버린 하반신이 서서히 녹아내리고 물렁거리더니 이윽고 해파리처럼 투명하게 살아서 꿈틀거리는 것을 보았다. 그것은 수족관에서 보았던 푸른 빛이 도는 대형 해파리만큼이나 아름다웠다. 누구의 것도 아닌 미도의 것이었다. 그렇다고 해도 과제는 끝이 아니었다. 다음 과제는 투명한 다일레이터를 하나씩 삽입하는 연습을 하는 거였다. 끝이 둥근 투명한 플라스틱 막대기는 1호부터 무려 5호까지 있었다. 호수에 따라 지름의 차이는 있었지만, 의사는 젤을 묻혀서 단계별로 넣는 연습을 하면 전혀 아프지 않다고 했다. 물론 미도는 처음엔 1호를 넣는 것만 해도 몹시 고통스러웠다. 하지만 의사가 준 약을 먹고 미도는 자신이 흐물흐물 움직이는 해파리라고 상상하기 시작했다. 그런 상상을 하면 긴장도가 조금 떨어지면서 몸이 가벼워졌다.

의사는 말했다.

—우리 병원은 발기 부전이나 섹스 중독이 있는 남자들이 오는 경우가 훨씬 많아요. 어떻게 고치는지 아세요? 다 성감을 개발해서 고칩니다. 삽입해야 한다고 생각하면 그 순간부터 푹 꺼져버리거든요. 그런 생각 없이 일체 삽입을 금지한 상태에서 성감을 깨워가다 보면 내가 모르던 감각이 열리고 결국은 나를 제일 잘 자극하는 게 내 아내, 내 남편이니 자연히 부부 사이도 좋아질 수밖에요. 무슨 허튼짓인가 싶으시겠지만, 20년, 30년 뒤에도 행복한 성생활을 누리고 싶으시다면 꼭 집에서 연습하세요. 생각보다 다양한 방법들이 아주 많아요. 누른다거나 긁는다거나 간지럽힌다거나. 재밌고 즐겁게 논다고 생각하시고요. 서로 다양한 방법으로 온몸을 자극하면서 자극이 있는 부위를 최대한 많이 찾아오세요.

건태와 미도는 그게 너무 어려웠다. 건태는 자극을 위해 온도 차를 이용해야겠다고 생각했고, 그래서 얼음을 얼려왔다. 미도의 배 위에 얼음을 올려놓자마자 미도는 화들짝 놀라며 건태를 밀쳤다.

—이렇게 차가운데 당신 미쳤어?

그건 건태도 마찬가지였다. 미도가 화장용 붓이라고 가져와서 건태의 팔꿈치를 쓸었을 때 너무 따가워 오히려 기분이 안 좋았다. 면봉으로 날갯죽지를 자극할 때는 간지러워 웃음이 터져 버렸다. 어리석게 느껴졌다. 의사가 아무리 좋은 말로 포장한다고 해도 결국은 하지 못할 거라면—생크림을 올리건 기름을 바르건 손톱으로 긁건 타조 깃털로 간지럽히던—무슨 소용이 있단 말인가. 집에 와서 쉬고 싶은데 그놈의 성감 자극 어쩌고를 생각하면 또다시 과업을 떠맡는 것만 같아 숨이 막혔다.

사실 미도도 갑갑했다. 의사는 미도에게 스스로 자극해서 쾌감을 많이 느껴봐야 한다며 바이브레이터를 구매하고 매일 연습하라고 했다. 미도는 인터넷을 검색한 끝에 '이걸 통해서 삶의 질이 올라간 게 아니라 질의 삶이 올라갔습니다'란 댓글이 달린 제품을 구매했지만, 이사를 하면서 충전기를 잃어버렸고 그 핑계로 후엔 하지 않았다. 그래도 미도는 파우치에 다일레이터 만큼은 꼭 넣고 다녔다. 그리고 그걸 하루에 한 번씩 끓는 물에 삶아서 소독했다. 의사는 그럴 필요까지는 없다고 했다. 그러면 남편이랑 나중에 어떻게 하시려고요. 그건 삶을 수도 없는데. 미도는 맞는 말이라고 생각했지만, 여전히 손을 씻을 때마다 다일레이터도 꼼꼼하게 씻었다. 왜 그런지 모르겠지만 씻는 걸 멈출 수 없었고 가방에 넣고 다니면 그제야 마음이 차분해졌다. 지금도 미도는 파우치 안에 플라스틱 다일레이터를 넣고 있었다. 건태가 곧 미도를 따라잡았다.

─미도야, 들었으면 대답해야지.

그때였나. 미도의 눈이 커진 게.

─이거 봐.

이름 모를 염생 식물들과 쓰레기에 밀려온 거무튀튀한 해조류와 처음 보는 종류의 해파리 군락이 햇빛을 받아 반짝였다. 분홍색, 보라색, 초록색, 노란색, 청백색이 오묘하게 발광하고 있었다. 갯벌에 오로라가 깔린 것 같았다. 투명한 몸 안에 미역을 기르고 있는 것도 있었다. 무수히 많은 촉수가 꼭 긴 소맷자락을 흔드는 것만 같았다. 건태와 미도는 조금 더 가까이 다가갔다. 자세히 보니 그건 해파리가 아니었다. 모두 미세 플라스틱이었다. 마치 비즈처럼 알알이 햇빛을 받아 반짝이고 있었다. 그리고 바다 끝이 보이지 않을 정도로 군락을 이룬 채 끝도 없이 뻗어 띠를 만들었다.

─바다도 아니고 육지도 아닌 이런 어중간한 곳을 마치 침공한 거 같네.

미도가 꿈틀거리는 걸 손으로 집어 올렸다.

─뭐야. 만지지 말랬잖아. 잘못하면 진짜 큰일 나겠어.

건태가 기겁하며 물러났는데도 미도는 손에서 놓지 않았다.

─플라스틱이라고 하기엔 오히려 맛조개처럼 보여. 근데 만지면 이상하게 아주 따뜻하고 말랑거리면서 달짝지근한 냄새가 나.

미도는 그걸 손바닥 위에서 이리저리 굴리면서 냄새를 맡았다. 평소 미도였다면 생각도 못 할 만큼 대담한 행동이었다. 온통 쓰레기로 뒤덮인 갯벌에서 감귤류 향기가 난다니 너무 이상하지 않은가. 미도는 그걸 건태의 팔꿈치에 살짝 갖다 댔다. 단지 팔꿈치일 뿐인데도 혈관이 움찔거리면서 짜릿했다. 건태의 팔꿈치가 물감이 든 것처럼 조금 푸르게 변했다.

아무도 지평선 멀리 갈대 사이에 서 있는 건태와 미도를 찾지 않았다. 건태와 미도는 갯벌에 서서 아까 점심을 먹었던 식당을 바라봤다. 때마침 관광버스 한 대가 온 게 보였다. 형광 조끼와 원색의 모자를 쓴 할아버지와 할머니 수십 명이 식당 앞의 마당을 메우고 있었다. 마임을 하는 프랑스 남자를 비롯해 함께 온 일행은 여기저기 흩어져서 사진을 찍고 있었고 할아버지와 할머니들은…… 그러니까……. 그들은 흐물흐물 춤을 추고 있었다. 얼굴에 품바 분장을 하고 여기저기 천을 덧댄 한복 차림의 사내가 선글라스를 쓰는 게 보였다. 그는 쩔렁거리는 큰 가위를 들고 평상 위로 올라가 경음악을 틀었다.

짜라 짜라 짠짠짠. 짜라 짜라 짠짠짠.

건태와 미도가 서 있는 자리까지 선명하게 들렸다. 가시오가피 물드세요, 라고 외치는 걸걸한 목소리도 들려 왔다. 막걸리 쉰내가 온 갯벌을 떠돌아다녔다. 미도는 그녀가 알고 있던 단정하고 균일한 세계가 펄 모랫바닥 아래로 우르르 빨려 사라지는 것을 가만히 지켜보았다. 미스터 구와 그 일행은 할아버지와 할머니 틈 사이를 비집고 들어가 신나게 춤을 추며 '에코백 2만 원'을 외치고 있었다.

짜라 짜라 짠짠짠.

성감을 자극하고 개발하겠다며 침대에 누워 있을 땐 간지럽거나 아프기만 했는데 둘은 우습게도 경음악에 맞춰 발을 움직였다. 원투 쓰리 포. 하나둘 탭탭탭. 둘둘 탭탭탭. 건태의 손은 차가웠지만 물컹했다. 미도는 인제야 숨을 제대로 쉬고 있는 듯한 느낌이 들었다. 의사는 항상 숨을 깊이 들이쉬고 내쉬면서 호흡 훈련을 하라고 했었다. 미도의 손가락이 파르르 떨렸다. 허리가 휘었다. 둘의 다리는 갯벌 아래로 조금씩 조금씩 빨려 들어갔다. 미도의 몸은 점점 투명하게 변하고 미끌미끌해졌다. 건태의 몸도 흐물흐물해졌다. 마치 갯벌 안으로 녹아내리는 유기물처럼. 겹치고 포

갠 숨이 따뜻했다. 그리고 점점 뜨거워졌다. 라스톤입방해파리 같은 경우엔 한 개체의 몸 안에 다른 개체가 들어가 있는 것도 있어요. 라스톤입방해파리 같은 경우엔……. 미스터 구가 한 말이 귓가에 맴돌았다. 둘은 완전히 포개졌다.

아무도 없었다. 갯벌에는 오직 미스터 구의 목소리만이 울려 퍼졌다.
다 모이셨군요. 빨리 버스에 탑승하세요. 이제 서울로 돌아가겠습니다.
곧 비가 올 것 같아요.

* 소설의 제목은 타케우치 마리야의 노래 「플라스틱 러브」에서 가져왔다.

삶은 경이로운 것이군요.

이제 막 낯선 여행지에 도착한 기분입니다. 운동화 끈을 단단히 묶었습니다. 마음을 활짝 열고 모든 경험을 받아들일 준비가 되었습니다.

돌아보면 저는 어렸을 때부터 노트와 연필을 들고 다니며 항상 무언가를 적던 아이였어요. 구부정한 것, 구부러진 것, 부서지고 깨지기 쉬운 것들에 더 마음이 쓰이는 아이였지요. 그 아이가 커서 이제 작가가 되었다니 어쩐지 마음이 몽글몽글해집니다.

이제 마음껏 변신하는 삶을 살아야겠어요. 곤충의 눈으로, 나무의 눈으로, 가끔은 어린아이와 할머니의 눈이 되어서 사소하고 하찮은 것들에 깃든 비밀을 찾아낼게요. 그리고 계속 쓸게요.

문학보다 먼저 주어진 삶을 열심히 살라는 박상우 선생님의 말씀을 잊지 않겠습니다. 존경하는 명환, 시인 의숙, 기꺼이 첫 독자가 되어준 섭, 문학적 씨앗을 발아시켜 준 진기, 그리고 일일이 호명하지 못한 수많은 친구와 사람들에게도 감사함을 전합니다. 덕분입니다. 또한 제가 작가가 될 수 있었다면 그건 오로지 엄마 이지은의 사랑과 믿음 때문일 겁니다. 사랑합니다. 아직 여물지 못한 저의 가능성을 믿고 기꺼이 응원해주신 심사위원 선생님들께도 진심으로 감사드립니다.

앞으로 제 작품을 궁금해하는 사람들이 생긴다면 얼마나 좋을까 감히 상상해봅니다. 그리고 괜히 두 주먹을 꼭 쥐어봅니다. 에잇, 이제 드디어

문학 여정이 시작되었군, 하고 외쳐도 봅니다. 멀리 가는 작가, 오래가는 작가가 되겠습니다. 나무처럼 단단한 작가가 되겠습니다.

"환경에 대한 고민, 내 몸과 마음의 문제로 밀착한 세련된 작품"

본심에 올라온 작품은 열두 편이다.

도시와 농촌, 늙음과 젊음, 현재와 과거 등 다양한 소재를 폭넓게 다뤘다. 심사위원들은 그 가운데 네 편을 집중해서 논의했다. 「산란하는 빛의 서사」, 「외상」, 「아카시아 향기가 훅」, 「플라스틱 러브」 등이다.

「산란하는 빛의 서사」는 카메라의 시선으로 어머니의 삶을 보여주는 형식이 독특했다. 다만 카메라에 포착된 장면들과 그 장면에 담긴 이야기들이 매끄럽게 이어지지 않고 자주 끊겼다.

「외상」은 밀린 외상값을 받으러 다니는 이야기가 흥미로우며 그 과정에 서민의 애환이 잘 담겼다. 그런데 유튜브 콘텐츠 회사 인턴 경력이 있는 주인공이 식당을 열면서 카드 단말기를 들일 생각을 하지 않는다는 설정이 어색했다. 더 나은 결말을 고민했으면 한다.

「아카시아 향기가 훅」은 모내기하는 들녘이 매우 꼼꼼하고 따뜻하게 담겼다. 사람 좋아 손해만 보는 남편에 대한 아내의 불만과 애정이 봄날 풍경과 적절히 섞여 아름다웠다.

「플라스틱 러브」는 현실 고발과 비유가 절묘하게 이어지는 세련된 작품이다. 플라스틱 쓰레기가 넘치는 해변에서의 다크투어와 몸이 플라스틱처럼 굳어 사랑을 나누기 힘든 부부의 처지가 균형을 이루며 고조된다. 두가지 난제를 함께 해결하는 방식도 깔끔했다.

상반된 매력을 지닌 「아카시아 향기가 훅」과 「플라스틱 러브」를 놓고 논의를 거듭했다. 생태에 대한 고민을, 풍경에 그치지 않고 내 몸과 마음의 문제로까지 끌어들여 밀착시킨 「플라스틱 러브」를 당선작으로 뽑았다.

동아일보 **공현진**

1987년 서울 출생.
중앙대학교 국어국문학과 졸업.
동 대학원 국어국문학과 석사, 박사 졸업.

녹

공현진

곤란하게 됐어.

주임 교수의 연락을 받았을 때 나는 그녀가 아직 하지도 않은 말을 떠올렸다. 전화를 끊을 때까지 머릿속에 배경음처럼 같은 말이 울렸다. 해촉 통보를 할 거라고 예상했다. 그녀의 잘못은 아니었다. 하지만 나의 잘못도 아니었다. 강의를 나가고 있던 다른 두 개의 대학에서 잘린 참이었다. 마지막으로 남은 자리인 모교의 주임 교수에게서 연락이 온 것이었고 용건은 뻔했다. 모두 같은 말을 했다.

노 선생 잘못이 아닌 건 알지만. 학교가 시끄러우니 어쩔 수가 없다. 곤란하게 됐다.

누가 곤란하게 됐다는 것일까. 주어가 없는 말들은 참 편리했다. 그런 말들은 미안하지 않으면서도 미안한 척 할 수 있었다. 곤란하지 않은 사람이 곤란한 사람에게 할 수 있는 말이면서도 정작 그 말을 듣는 사람이 미안한 기분을 가져야 했다. 억울하지만 억울함을 토로할 대상이 없었다. 그게 나의 위치였다. 주임 교수가 보자는 말을 꺼내자 나는 속으로 생각했다. 전화로 하시지. 어차피 자를 거면서 군이 학교까지 나오라고 하는 게 더 성가시게 느껴졌다. 주임 교수로서는 나에 대한 배려일 것이었다. 하지만 서로가 생각하는 배려가 달랐다.

그게 오늘이었다. 예상과 달리 주임 교수는 어색한 웃음으로 나를 맞지 않았다. 미안한 기색도 없었다. 평소와 같이 맑고 높은 목소리였다. 그녀는 커피포트에 물을 끓이면서 자신이 만든 핸드 드립 스탠드를 자랑했다. 원목 받침대 가장자리에 황동으로 이루어진 기둥과 고리가 결합된 형태였다. 주말마다 남편과 목공방에 다닌다고 했다.

"무슨 나무게?"

아무 생각 없이 테이블 위에 놓인 드립 스탠드를 매만지니 그녀가 물었다. 알 턱이 있나. 나무 같은 것에 관심을 가진 적도 없었고, 가질 때도 아니었다. 앞으로도 그럴 일은 없었다. 태평하게 자신이 만든 목공예품을 자랑하는 그녀의 모습에 나는 이질감을 느꼈다. 교양 학부의 주임 교수인 장교수는 실패라고는 겪어본 적 없는 여자였다. 곧 교양대 학장이 될 거라는 소식을 들었다. 정수리 부분부터 머리가 하얗게 세기 시작했는데 그마저도 기품 있어 보였다. 그녀는 공공연하게 자신이 가진 것들과 이룬 것들을 한 번도 원한 적이 없다고 말했다. 그건 사실처럼 보였고, 그런 걸 말해도 상관없는 사람이었다. 원하든 원하지 않았든 그녀는 늘 이미 뭔가가 되어 있는 삶을 살았다. 그것도 결코 그녀의 잘못은 아니다.

"이게 흑단 나무라고 해."

주둥이로 뜨거운 김을 뿜어내는 커피포트를 테이블에 내려놓으며 장교수는 말했다.

"흑단 나무요?"

"이게 검은색으로 칠한 게 아니야. 그런데도 아주 까맣고 윤이 나지? 이 나무 자체가 새까맣거든. 기둥을 베면 아주 단단하고 검은 조직들이 들어차 있어. 이게 아주 고급 수종이라고."

흑단 원목은 탄력이 있고, 매우 치밀하고 단단한 조직으로 이루어진 나무이다. 아름다운 검은 색의 나무. 부드러운 광택을 지닌 나무. 영원히 지속되는 나무. 흑단 원목에 대해 그녀가 들려주는 말들은 가본 적 없는 먼 나라에서 사람들이 빨래를 널고, 새파란 잔디에 물을 뿌리고, 바다에 몸을 던지는 일처럼 아득했다. 말을 듣고 보니 빛이 감도는 검정색이 아름답네요. 내가 말하자 장 교수는 흡족해하며 원목에 대해서 본격적으로 말을 이었다. 이 세계에 얼마나 다양하고 신기한 나무들이 있는지 찬탄하는 얼굴이었다. 그녀가 말하는 동안 전남편이 내게 자주 했던 농담이 스쳐갔다.

공감해? 공감 못 해? 전남편은 수시로 내게 물었다. 교수가 되는 순간 공감 능력이 떨어지니 대비하라는 장난이었다. 사소한 것들이었다. 일상의 당연한 일들이나 '한국인이라면 공감하는 일' 따위의 제목으로 인터넷에 떠도는 내용을 들려주며, 아직 공감하지? 덧붙였다.

이거 봤어? 한국인에게 마늘 조금은 한 움큼이라 외국인이 충격받는거.

사람은 없고 짐만 있을 때. 외국인은 물건을 탐내는데 한국인은 자리를 탐낸대. 그런데 우린 자전거는 그렇게 훔쳐 가. 웃기지. 그런데 공감해?

처음엔 나도 웃었다. 하지만 내 미래에 대한 상상이 씹어 뱉은 포도 껍질처럼 쪼그라들수록 농담은 재밌지 않았다. 내 얼굴에서 웃음기가 사라지자 그는 내가 변해간다고 또 놀렸다.

원목의 점성과 탄력성에 대해 이야기하던 장 교수는 원목의 색깔에 대한 이야기로 넘어갔고 이제 몸통을 가르면 분홍 속살을 드러내는 나무를 말하고 있었다.

이런 거구나. 웃기네. 나는 속으로 웃었다.

장 교수는 분쇄된 원두에 정성스럽게 물을 부었다. 좋은 원두라고 했다. 좋은 냄새가 났다. 그녀가 멋쩍지 않은 태도로 나를 대한 건 이유가 있었다. 나는 잘리지 않았다. 그녀는 내게 다음 학기 강의 시간표를 말했다. 얼굴이나 보자던 말은 정말 말 그대로였다. 다행이면서도 씁쓸했다. 다른 의미를 담지 않는, 그래서 훼손되지 않는 말을 할 수 있는 것 역시 누구에게나 주어지는 자격은 아니라는 걸 알았다. 그것이야말로 특권이었다. 현재에도 미래에도, 말이 끝나고 난 이후에도 결코 부서지지 않는 말을 할 수 있는 특권.

"감사해요."

"노 선생 잘못이 아니잖아. 정말 나는 그렇게 생각해."

다들 그렇게 말은 했다. 하지만 다른 대학에선 더는 일할 수 없었다. 대학들 입장에서는 시끄러운 상황을 견디면서 시간 강사를 쓸 필요는 없을 것이다.

"차라리 잘 됐다고 생각해." 그녀가 말했다. "이럴 때 논문 쓰면 되지. 언제까지 시간 강사만 할 순 없잖아."

장 교수는 자신의 말이 권위적이라고 느꼈는지 상냥한 말투로 말을 덧붙였다.

"노 선생도 빨리 자리 잡아야죠."

마땅히 할 말이 없었다. 그래서 감사하다고 말했다. 커피 한 잔을 다 마시자 자연스럽게 일어설 분위기가 됐다. "이제 노 선생도 바쁜데 가봐야지." 나는 괜찮다고 웃으면서도 일어섰다.

"그런데 노 선생."

문 앞에서 장 교수는 턱을 공중 쪽으로 치켜올렸다가 내렸다.

"노 선생이 어떻게 좀 해야지 않겠어?"

아무 곳이나 가리켜도 자기가 가리키는 곳이 곧 정확한 방향이 된다고 믿는 태도가 방향을 결정했다. 나는 대답 대신 한숨을 길게 내뱉었다.

"노 선생이 뭘 어떻게 하겠냐만은."

그녀가 가리킨 것은 학교 정문 앞에 서 있는 여자였다. 주임 교수는 고개를 딸깍 움직이는 것만으로 그 여자를 가리킬 수 있었고 나는 그 방향의 끝에 서 있는 여자가 누구인지 잘 알았다. 녹이었다.

"다음 학기까지는 내가 어떻게든 힘써볼게. 논문 빨리 쓰고."

문이 닫혔다. 그녀는 그래도 내게 좋은 사람이었다.

나도 묻고 싶었다. 내가 뭘 어떻게 할 수 있는지. 나에게, 그리고 나를 이 상황으로 몰고 간 녹에게.

녹은 내가 강의하던 학교들로 찾아와 시위 비슷한 걸 했다. 이상한 문장을 쓴 종이를 들고. 종이가 크지도 않았다. 아이들이 쓰는 8절 스케치북이었다. 원래 백색이었을 종이는 노란색으로 변색되어 있었다. 작고 엉망인 글자가 위협적이지 않은 만큼이나 사실 그녀의 행동도 아주 위협적이진 않았다. 가만히 서 있을 때도 있었고, 스케치북을 바닥에 팽개쳐놓고 뭔가를 하기도 했다. 편의점 김밥이나 샌드위치를 먹고, 책을 읽고, 핸드폰으로 유튜브 영상 같은 걸 봤다. 아무것도 없는 누런 종이가 펼쳐져 있거나 어린 아이가 그렸을 빨강 초록 주황 로봇 그림들이 바람에 나부꼈다. 거센 바람에 펄럭거리다 멈춘 스케치북 표지에는 빨간 머리띠를 한 백설 공주와 큰 성이 그려져 있었다.

녹이 시위를 하고 있다는 것을 내가 알기까지는 그리 오래 걸리지 않았다. 그녀가 시위를 시작한 지 얼마 되지 않아 학교에서 전화가 걸려 왔다. 이거 참 곤란하게 됐는데요. 아직 심각해진 상황은 아니었지만 학교는 앞으로 심각해질 상황을 우려했다. 그런 예상은 절반은 틀렸고, 절반은 맞았는데 먼저 학교 밖으로는 전혀 이 일이 알려지지 않았다. 언론에서 관심을 가질 만한 일이 아니었기 때문이다. 하지만 학교 커뮤니티에는 이 내용이 올라왔다. 녹의 이야기를 제보하는 익명의 학생이 있었다. 내게 다행이라고 해야 할까. 제보 글은 극히 적은 조회수를 찍었고, 관심을 갖는 학생들은 별로 없었다. 그래도 위협적이지 않은 녹의 행동은 내 상황을 흔들기에는 충분했다. 나는 아주 미미한 물결에도 난파되고 가라앉을 수 있었다.

정문 쪽으로 내려오니 녹이 보였다. 녹은 스케치북을 들고 있었다.

> 노교수를 고발하는다
> 저가 아이를 잃었습니다
> 왜냐하면 노교수는 책임입니다

처음에는 황당하고 화가 났는데 우습게도 시간이 지나니 나는 녹의 저 문장들을 교정해주고 싶었다. 정확하지 않은 문장들을. 직업병이었다.

1. 첫 문장: 우선 나는 교수가 아니었다. 시간 강사였다. 그러니까 "노교수를 고발하는다"는 "노 강사를 고발한다"로 고칠 것.

2. 두 번째 문장: 가슴 아픈 일이었다. 나 역시 놀랐다. 그 사고가 녹의

아이의 일이라니. 상상도 하지 못한 일이었다. 그러나 그럼에도 잘못된 문장. 다음과 같이 적절한 조사로 수정할 것. "저가 아이를 잃었습니다 → 저는 아이를 잃었습니다"

　3. 마지막 문장: 삭제할 것. "노 강사가 책임을 져야 합니다" 또는 "노 강사에게 책임이 있습니다"라고 녹 너는 말하고 싶어한다.

　하지만 왜? 그것이 도대체 왜 나의 잘못인가, 나는 되묻고 싶다. 녹을 붙잡고 흔들고 싶다. 하지만 나는 녹에게 다가가지 않았다. 교정 앞에 서 있는 녹의 머리 위로 나뭇가지와 잎들이 요란하게 흔들리는 것이 보였다. 나무가 부서지며 녹을 반으로 쪼갠다. 반을 가르면 단단하고 부드럽고 아주 까만 빛을 드러내는 원목처럼. 까맣고 붉고 부드러운 녹. 성난 바람은 모든 것을 휩쓸어 간다. 고요해질 때까지. 세상은 검고, 또 하얗다.

　나는 지나쳐 길을 내려와 정류장으로 향했다.

　녹은 내 아이의 베이비시터였다. 내 아이를 돌보겠다고 먼저 제안한 건 녹이었다. 녹을 처음 만난 건 다문화가족 지원센터 수업에서였다. 결혼 이주 여성을 대상으로 3개월간 운영되는 수업이었다.

　하고 싶은 거 아무거나 하면 돼. 원래 하던 거 그냥 해. 문제없어.

　내 사정을 아는 선배가 소개해 준 일이었다. 수업이 끊기는 방학은 가장 두려운 기간이었다. 전남편은 양육비를 보내기는 보냈는데 문제가 좀 있었다. 센터 수업을 하던 도중 핸드폰 액정 화면에 입금 문자가 떠오른 게 보였다. 나는 쉬는 시간이 되자마자 밖으로 달려나갔다.

　"뭐 하는 거야. 진짜."

　"왜. 뭐가."

　"번번이 왜 이러냐고 진짜."

　전남편은 자꾸 돈을 모자라게 보냈다. 많이도 아니었다. 5만 원, 3만 원, 8만 원, 어느 달에는 2만 원이 모자랐다. 그게 더 짜증이 났다. 전화를 하기도 싫었다. 받아야 할 몫인데 달라고 하는 것이 구차하게 느껴졌다. 2만 원을 덜 보낸 달에는 웃음이 터졌다. 곧 나를 놀리는 건가 싶어 분노가 치밀었다가 2만 원이 주는 치사함에 얼굴이 화끈거렸다. 내가 창피했다.

"사정이 있어서 그렇지."

그의 사정은 궁금하지 않았다. 나의 사정으로도 벅찼다. 또 대체 5만 원이 부족할 사정이라는 게 무언가. 백만 원, 오백만 원도 아니고. 담배만 피지 않았어도, 커피를 덜 마셨어도, 뭘 어떻게 줄이든 보낼 수 있는 돈, 딱그 정도였다. 그는 무신경했을 뿐이었다. 쓸 걸 다 쓰고 사정이라니. 나는기가 차서 되묻지도 않았다. 내가 말이 없자 그가 먼저 말했다.

"다음에 한 번에 다 보낼게. 그러면 되잖아."

"아니, 나도 달마다 계획이 있잖아. 제발 달마다 제대로 보내. 다 보내."

통화를 마치자 온몸에 기운이 빠지고 손이 저렸다. 핸드폰으로 시간을확인했다. 강의실로 들어가려고 몸을 돌렸는데 언제부터였는지도 모르게그녀가 내 뒤에 바싹 붙어 있었다. 나는 화들짝 놀랐는데 그녀가 대뜸 말했다.

"그거 저가 하면 안 돼요?"

"네? 뭘요?"

수업을 듣는 녹이었다. 전남편과 전화로 싸우는 걸 들은 모양이었다.녹은 자기가 아이를 돌보겠다고 말했다. 내가 그런 대화를 했었던가. 아니었다. 베이비시터에 관한 얘기를 하진 않았던 것 같았다. 그런 생각을 이어나갈 겨를도 없이 녹은 내게 쏘아붙이듯 말을 쏟아냈다.

"저가 돈이 필요해요. 지금 일 없어. 저 아이 잘 봐요."

"잠시만요. 녹. 지금 무슨 말을 하는 거예요?"

"저 돈 조금. 조금 줘도 돼요. 저가 더 잘해요."

녹은 자기가 열 살짜리 아들의 엄마라는 사실을 강조했다.

"우리 일단 수업 들어가요."

나는 녹의 말을 가로막고 함께 강의실로 들어갔다. 쉬는 시간이 조금지나 있었다. 쉬는 시간이 지났다고 해서 뭐라 하는 사람도 없었지만 나는조금의 문제도 만들고 싶지 않았다. 수업 내내 녹은 나를 빤히 보았다. 원래도 녹은 수업을 열심히 들었다. 다른 사람들은 그렇지 않았다. 하던 거 그냥 해. 선배의 말처럼 나는 정말 그렇게 했다. 나는 대학 교양 수업에서 〈한국 사회의 다문화〉 강의를 해왔다. 한국에서 다문화 주체들이 어떻게 재현되는지 비판적으로 분석하는 수업이었다. 나는 한국 학생을 대상으로 하는 수업 내용을 그대로 이주 여성들 앞에서 읊었다. 어색했지만 어쩔 수 없었다. 그 외에 내가 떠들 수 있는 내용도 없었다. 금세 그 불편함이 사라졌다. 거의 수업을 듣지 않았다. 대부분 지원비를 받기 위해 센터 수업을 들었다. 출석을 하는 게 중요했다.

녹은 그곳에서 내 강의를 듣는 유일한 수강생이었다. 녹은 열렬한 눈빛으로 나를 쫓았고 고개를 끄덕였다. 나도 어느 순간부터 녹을 보며 말했다. 나는 녹이 강의를 잘 알아듣는다고 생각하며 말했다. 알고 보니 착각이었다. 녹은 내 말을 거의 절반은 이해하지 못했다. 수업이 끝나면 녹은 내가 나눠준 프린트를 갖고 나왔다. 거기 적힌 단어들을 손가락으로 짚으며 뜻을 물었다. 체류, 비국민, 재현, 순응…… . 초국가…. 나는 당연하게 쓰던 말들을 또 다른 단어로 대체해서 설명했다. 쉽게 말하면 나타난다는 뜻이에요. 녹은 내 말을 반복해서 따라 했다. 나타난다…. 나타나…… . 그게 이해했다는 뜻인지 이해하지 못했다는 뜻인지는 알 수 없었다. 녹이 짚는 글자가 오타인 경우도 있었다. 어머, 미안해요. 이거 글자 잘못 썼네? 잘못 쓴 지도 몰랐네. 배재가 아니라 배제예요. 나는 글자를 고쳐 써주며 오타를 알려주어 고맙다고 했다. 무슨 말이에요? 녹은 다시 내가 고쳐준 단어의 뜻을 물었다. 나는 그런 녹에게 마음이 갔다.

수업이 끝나자마자 모두가 빠르게 강의실 밖으로 빠져나갔다. 나는 책상마다 그대로 남아 있는 프린트를 모았다. 정리를 마친 후에 밖으로 나갔는데 문 앞에 녹이 서 있었다.

"저가 돈 필요해요."

어떻게 알았을까. 수업에서는 내 말을 제대로 알아듣지 못했으면서. 베이비시터에게 아이를 맡긴 상태였고, 그 비용이 감당하기 어려울 정도로 벅찬 것은 사실이었다. 우연이었는지는 몰라도 내 문제를 녹은 정확하게 파고들었다.

"그럼 녹 아이는 누가 보고요?"

"아들 열 살이에요. 혼자 있고. 아주 똑똑해요. 아주 똑똑해요."

보통 결혼 이주 여성 시터의 비용은 한국인 시터 비용의 절반이었다. 녹은 딱 그 절반에 살짝 못 미치는 액수를 말했다. 나는 망설였다.

"왜 안 돼요?"

녹이 단호한 목소리로 말했다. 녹의 말이 맞았다. 녹은 돈이 필요하고 나는 아이를 돌봐줄 사람이 필요했다. 게다가 더 적은 돈으로 베이비시터를 구할 수 있다면 전남편이 오만 원씩 덜 부쳐오는 일에 그렇게나 구차해질 필요는 없을 것 같았다.

"녹. 그거보단 좀더 줄게요."

녹은 바로 그 다음주부터 내 아이를 돌보기로 했다.

제목: 오늘의 녹.

학기가 시작하자마자 메일이 한 통 날아왔다. 발신자의 이름은 따로 적혀 있지 않았다. 나는 망설이다가 메일을 클릭했다. 내용에 글은 없이 사진 한 장이 첨부되어 있었다. 스케치북을 찍은 사진이었다.

> 저가 아이가 꿈는 로봇입니다
> 아이가 아주 똑똑하는다

나는 메일을 읽고 삭제했다. 이후로 메일이 매일 같이 도착했다. 제목은 늘 같았다. 오늘의 녹. 매번 다른 문장이 적힌 스케치북 사진을 첨부하고 있었다.

　-아이를 보고 십습니다

　-아이가 좋은 것: 김, 폴라포 아이스크림, 몽키키드 워리어 로봇, 비

　-저가 열씸히 살았습니다. 저가 대학교 나왔습니다.

　-모두는 제게 사과하는다

오늘의 녹, 이란 제목의 메일이 오면 바로 삭제할 수도 있었다. 나는 다

음에는 그렇게 해야지 다짐하면서도 번번이 메일을 클릭했다. 누가 보내는 것일까. 녹일까. 긴장해서 클릭했다가 별말이 적혀 있지 않은 것을 보며 안도했다. 평소 맞춤법이 잘못 쓰인 간판이나 메뉴판, 또는 화장실 문에 붙은 틀린 문장들을 보며 나는 민망함을 느끼곤 했다. 김치찌게, 셋트 메뉴 출시, 깨끗히 사용해주세요. 못마땅하기보다는 적나라하게 드러난 오류에 왠지 몰라도 내가 수치심을 느꼈다. 녹의 문장들을 계속 읽어나가면서 그 비슷한 감정이 일었다. 점차 오늘의 녹은 수신자도 발신자도 중요하지 않은 스팸 메일처럼 보였다.

　―노교수는 왜 내 아이를 오지 못하게 했습니까?

　그러다 나는 흠칫 놀랐다. 정확한 문장. 하지만 거짓이었다. 계속 날아오는 메일에 대해 나는 한번도 답장을 하지 않았다. 누가 보내는지도 알 수 없었고, 섣불리 대응하는 것이 더 화를 키울 수 있었다. 처음으로 답신을 클릭했다. 사실과 다른 내용이 있어 정정합니다. 나는 제목을 적었다.

　녹의 시터로서의 실력은 괜찮다고 할 수 없었다. 괜찮지 않았다는 의미가 아니다. 녹은 오후 네 시에 아이를 어린이집에서 데려왔다. 오후 네 시부터 저녁 여덟 시까지 내 아이를 돌보았다. 나는 집에 있는 날도 있었지만 그래도 녹에게 아이를 부탁했다. 하루 네 시간. 그 시간이 절실하게 필요했다. 공부를 하고 논문을 써야 했다. 목요일에는 지방에서 강의가 있어 새벽부터 밤늦게까지 집을 비워야 했다. 그날은 녹이 종일 아이와 있어 주었다. 아이는 녹을 좋아했다. 녹이 있는 동안 내가 있는 방문을 열고 들어오지 않았다.

　"이런 것까지 할 필요는 없는데."

　녹이 가야 할 시간이 되어 거실로 나가면 식탁에 식사가 차려져 있었다. 녹은 요리를 아주 잘했다. 나는 아이만 봐주면 된다고 말했지만 녹은 계속 요리를 했다. 어느새 나는 맛있는 음식 냄새가 감도는 집에 익숙해졌다. 녹은 청소도 잘했다. 정말 이런 것까지 안 해도 돼. 녹을 말리면서도 나는 물때 하나 없이 깨끗한 세면대와 화장실 타일, 싱크대를 보며 감탄했다.

"너 왜 안 똑똑해."

거실에 나왔을 때 정확히 그렇게 녹이 말하는 걸 들은 적이 있다. 온몸에서 피가 빠져나가는 기분이었다. 내가 안 보는 사이에 아이를 학대한 건가. 상황을 보니 그건 아닌 것 같았다. 기저귀를 펼치고 누운 아이는 녹이무슨 말을 하든 꺄르르 웃었고, 그런 아이를 녹은 사랑스러운 눈으로 보며같이 웃었다. 그래도 짚고 넘어가야 했다.

"녹. 아이에게 부정적인 말을 하면 안 되지. 안 좋은 말 말이야."

녹은 아이의 기저귀를 갈아주면서 대답했다.

"진짜 안 똑똑해. 태오. 얘 네 살인데 왜 아직 기저귀해요. 이거 안 돼."

"녹. 안 되는 거 아니야."

아이마다 다를 수 있는 거란 내 말을 녹은 듣는 둥 마는 둥 했다.

"내 아들은 안 그랬어요. 일찍 기저귀 안 했어. 이거 아니야."

나는 전문가들의 말을 들려주려 했지만 녹은 끝까지 내 말을 듣지 않았다. 녹은 여러 번 나를 놀라게 했다. 좋은 의미로든 좋지 않은 의미로든.

어린이집에서 아이를 데리고 와야 할 시간이 지났는데 녹이 오지 않았다. 녹에게 전화를 거는 순간 초인종이 울렸다. 녹과 아이의 목소리가 들렸다. 현관문을 열고 나는 말을 잇지 못했다. 아이가 둘이었다. 녹의 양손에 붙들린 아이가. 아이들은 폴라포 포도 아이스크림을 먹고 있었다.

"이 아이는 누구야?" 묻기도 전에 나는 그 아이가 누구인지 알았지만 내가 묻는 건 그게 아니었다.

"내 아이요. 인사해. 바잇."

사정을 먼저 말했더라면 나는 이해했을 것이다. 아이가 집에 혼자 있는게 딱하다고 말했어도 아이를 데려오라 했을 거다. 문제는 녹이 내게 아무말도 없이, 허락도 없이 자신의 아이를 데려왔다는 것이었다. 입이 떨어지지 않았다. 나는 별다른 말을 하지 않았고, 인사하는 아이에게 미소를 지었다. 녹이 아이와 돌아갈 때까지 나는 방에서 나오지 않았다. 녹이 갈 시간이 되었을 때 나는 녹과 녹의 아이에게 인사했다. 그런데 녹이 말했다.

"기분 안 좋아요?"

나는 대답하지 않았고, 아이를 보며 조심히 가라고 말했다. 노교수는 왜 내 아이를 오지 못하게 했습니까? 사실과 다르다. 이후로도 녹은 마음대로 자신의 아이를 데리고 집에 왔다.

녹은 자기 아이가 똑똑하다는 자랑을 많이 했다. 나는 녹의 아이를 보면서 그 말이 거짓이 아니라는 걸 알게 됐다. 열 살인데도 정확한 문장과 풍부한 어휘를 사용하며 바잇은 내게 말을 걸었다. 지나치게 어려운 단어를 쓰는 습관이 있었다. 책을 많이 읽나 보네. 내가 말하자 바잇은 자신의 가방에서 책을 꺼내 읽기 시작했다.

"책을 정말 좋아하는구나."

나는 손가락으로 머리를 꾹꾹 누르며 말했다. 바잇이 벌떡 일어나 냉장고 쪽으로 달려갔다. 컵에 물을 따르고, 거실장에서 약통을 꺼냈다. 두통약 한 알과 물을 챙겨 가져왔다. 당혹스러웠다. 나는 바잇이 건네준 두통약과 물을 받아 말없이 소파에 앉아 있었다. 나는 방으로 들어가지 않고 계속 소파에 앉아 있었다. 그리고 몇 가지 사실을 알게 됐다. 녹은 내 아이에게 다정하다가도 이 바보야, 라고 수시로 말했다. 바잇은 내 아이를 귀찮아했다. 가만히 지켜보니 내 아이는 녹과 바잇의 애정을 갈구하며 꽁무니를 쫓아다녔다. 바잇은 쫓아다니는 태오를 귀찮아하면서도 내게 칭찬받고 싶어 안달난 아이처럼 굴었다. 아무도 관심을 주지 않자 내 아이는 도형을 맞추는 블록을 갖고 놀기 시작했다. 세모, 동그라미, 하트 모양으로 구멍이 뚫린 나무 상자에 도형 블록을 끼워 넣는 놀이였다. 저게 저 나이에 맞는 놀이인가. 태오가 블록 하나를 전혀 맞지 않는 구멍에 대고 낑낑대는 모습을 보며 나는 아이가 똑똑하지는 않은 것 같다는 생각을 했다. 부엌 솥에서 카레가 끓고 있었다.

"녹. 지금 뭐 해?"

나도 모르게 날카로운 목소리가 벌컥 나왔다. 부엌에 서 있던 녹은 까맣고 빛나는 눈으로 나를 보았다.

"태오가 혼자 있잖아."

나는 제발 아이를 잘 봐달라고 말하며 방으로 들어갔다.

그런데도 녹은 아이를 제대로 돌보지 못할 때가 있었다. 병원으로 달려가니 태오의 한쪽 눈에 붕대가 붙어 있었다. 식탁 모서리에 부딪쳐 눈가가 찢어졌고 여섯 바늘을 꿰맸다고 했다. 자칫하면 실명할 수도 있었다. 아이의 손을 잡고 병원 밖을 나섰다. 녹과 녹의 아이가 뒤따라 나왔다. 나는 아이를 데려오는 건 괜찮지만 그렇다고 일을 제대로 못 하면 곤란하지 않냐고 녹에게 말했다. 내 목소리가 점점 커졌다. 녹의 아이가 녹의 손을 잡고 있었지만 나는 목소리를 낮출 수 없었다. 그럴 상황이 아니었다. 녹. 녹은 내 애를 봐주기로 했잖아. 얘기가 다르잖아! 그 뒤로 녹은 일을 할 때 자기 아이를 데려오지 않았다.

나는 녹이 내 아이를 다치게 했어도 녹을 자르지 않았다.

제목: 거짓말 Re: 사실과 다른 내용이 있어 정정합니다.

더이상 오늘의 녹, 메일이 오지 않았다. 스팸 메일함을 보니 거기에도 없었다. 안심하면서도 불안한 마음이 동시에 드는 순간 주임 교수에게서 문자가 왔다. 그녀는 한 문화 재단에서 수상하게 됐다는 소식을 전했다. 정말 축하드립니다. 답장하자마자 바로 전화가 걸려 왔다. 주임 교수였다. 그녀는 시상식이 너무 형식을 따진다면서 마음에 안 든다고 했다. 무슨 축사까지 한다더라고. 사람 민망하게. 그녀는 이럴 거면 안 받는 게 낫겠다며 불만을 쏟아냈다. 나보고 축사할 사람을 추천하라던데. 아니 그리고 할 거면 그런 건 알아서 해 줘야 하는 거 아냐? 주임 교수는 원래 그런 건 권위 있는 사람들에게서 받는 것이 관례라는, 나도 다 아는 내용을 차근차근 설명했다. 그리고 말했다.

"그런데 그런 거 너무 권위적이고 뭐랄까. 뻔하잖아. 그래서 말인데 자기가 써주는 거 어때?"

그녀는 시상식 날짜와 장소를 말하며, 내가 알아두면 좋을 사람들이 많이 올 거라고 했다.

"어때? 자기도 좋지?"

내게 좋은 건가. 주임 교수의 말이 무슨 말인 줄은 알았다. 그녀는 정말 내게 좋을 거라고 확신할 것이다. 주임 교수와 나의 차이는 그 확신이 있느냐였다. 나는 싫다기보다 좋은 건지 좋지 않은 건지 확신하지 못했다. 고마운 것인지 잘 알지 못하면서도, 또 그러므로 주임 교수의 확신에 따라 나는 고맙다고 말했다.

　"노 선생. 그리고 좋은 소식 하나 더."

　"네?"

　"아니, 그 여자 말이야. 요즘 없던데?"

　학기가 시작되고서 나는 후문 쪽으로 다니고 있었다. 그래서 녹이 학교 정문 앞에 서 있지 않다는 사실을 알지 못했다.

　"자기가 뭐 어떻게 한 거야?"

　나는 그렇지는 않다고 답했다. 주임 교수는 아무튼 잘된 일이라고 했다. 그녀는 전화를 끊기 전에 인사 대신 이렇게 말했다.

　"좀 잘 입고 와."

　시상식에 잘 입고 오라는 말이었다. 전화를 끊고 보니 마땅한 옷이 없었다. 나는 백화점에 가서 제법 값이 나가는 옷을 골랐다. 머리로 계산을 해보니 딱 맞았다. 전남편이 오늘 보내주기로 한 양육비까지 계산하면. 이번에는 정말 제대로 보내주기로 약속했다. 그동안 보내주지 못한 것까지 합쳐서. 백화점 거울 앞에 서서 상태를 확인했다. 이 정도면 잘 입은 건가. 주임 교수의 목소리가 들렸다. 자기가 뭐 어떻게 한 거야? 나는 거울을 보며 고개를 저었다.

　'오늘의 녹'에게 처음이자 마지막으로 보낸 답장이 떠올랐다. 나는 사실만을 적었다. 옷을 사서 나왔다. 쇼핑백을 들고 길을 걸으며 계속 생각했다. 녹은 왜 억울해할까. 억울한 건 나였다. 아이를 데려오는 건 괜찮지만. 나는 내 말을 기억했다. 사고의 자리에 내가 있던 것도 아니었고, 심지어 나는 녹에게 경고까지 했다. 갑자기 비가 쏟아졌다. 나는 쇼핑백을 감싸 안고 보이는 건물 안으로 들어갔다. 쏟아지는 비를 지켜보고 있기가 괴로웠다.

돌아갈 시간이 된 녹에게 우산을 하나 내미는 내가 떠올랐다. 일기 예보에 비 소식이 있었고, 저녁이 되니 비가 쏟아졌다. 녹은 고개를 저었다.

"아이 왔어요. 밑에. 우산 갖고."

"아이가 혼자 여길 왔다고?"

나는 놀라서 물었는데 녹은 내 말의 의미를 잘못 알아들었다.

"네. 아주 똑똑해요."

녹은 아이가 원래 엄마를 잘 데리러 온다고 덧붙였다. 길도 잘 찾고 버스도 잘 탄다고 했다. 조심해야 하지 않아? 나는 말했다. 그래도 위험한데. 하지만 녹은 아이가 똑똑하다는 걸 자랑하느라 내 말을 제대로 듣지 않았다. 나는 더는 녹의 자랑을 빼앗고 싶지 않았다.

긴 장마가 시작되는 참이었다. 다음날도 비가 왔다. 녹은 그날도 내가 건네는 우산을 받지 않았다. 녹이 일부러 우산을 챙겨오지 않는다는 생각이 들었다. 문밖으로 나갔던 녹이 잠시 후 다시 올라왔다.

"아이, 아이 여기 왔어요?"

나는 고개를 저었고 녹은 당황하며 전화를 걸었다. 아이는 전화를 받지 않았다. 온다고 했던 아이가 오지 않았다.

"아직 도착 안 한 걸 수도 있지. 집에 있는 거 아냐?"

녹은 그럴 리가 없다고 말하며 밖으로 달려나갔다.

비가 무섭게 쏟아졌다. 아이는 혼자 집에 있었다. 아이는 우산을 들고 밖으로 나왔다. 엄마의 퇴근 시간보다 먼저 아파트에 도착할 예정이었다. 혼자 어두운 골목길을 내려왔고 버스를 탔다. 버스에서 내려 횡단보도 앞에 섰다. 횡단보도를 건넜고 길을 계속 걸었다. 자전거가 속력을 줄이지 않은 채 아이가 있는 방향으로 달려왔고 아이는 피하려다가 바닥에 넘어졌다. 초록색 우산과 오렌지색 우산이 바닥에 떨어졌다. 아이는 곧 일어났다. 바로 옆에 떨어진 초록색 우산을 주웠다. 우산 하나는 좀 멀리 날아가 있었다. 아이는 우산을 향해 걸어갔다.

여기까지가 CCTV에 담겨 있는 아이의 모습이었다.

배송 차량에 가려 아이가 보이지 않았다. 어두웠다. 몰려든 사람들이 서 있는 모습 외에는 온통 검었다.

사고 장면을 반복해서 보는 것은 정신 건강에 좋지 않다는 기사를 보았다. 그 뒤로 나는 그 사고에 대한 뉴스를 찾아보지 않았다.

입금 문자가 왔다. 그가 전화를 받지 않았다. 아무리 걸어도 응답하지 않다가 내가 직장으로 찾아가겠다고 문자를 남기자 전화를 걸어왔다.

"장난하는 것도 아니고 이게 뭐야?"

전남편은 그간 보내지 못했던 몫까지 보내긴커녕 이번에도 오만 원을 비워서 돈을 보냈다. 내가 쏘아붙이자 그가 도리어 화를 냈다.

"너도 정말 너무한 거 아냐? 무슨 사정이 있겠구나 해야 하는 거 아니냐고. 아예 안 보내주는 사람도 많은데. 그 정도는 좀 알아서 봐줘야지!"

나는 한숨을 쉬었다. 나한테 정말 왜 이래. 내가 낮게 읊조리자 그가 말했다.

"다음 달에 다 보낼게."

그러고는 전화를 먼저 뚝 끊었다. 나는 자리에 주저앉았다. 울고 싶었다. 그때 문자가 하나 왔다. 참 내가 말 못 했었는데. 축사 거마비도 챙겨준대. 많지는 않아도 참고해둬. 나는 일어났다. 어린이집 하원 시간이었다. 비가 그쳤다. 밤이 된 것처럼 날이 어두웠다.

아이가 카레가 먹고 싶다고 했다. 아이와 마트에 가서 장을 보았다. 아이가 폴라포 아이스크림을 사달라고 떼를 썼다. 나는 단호하게 안 된다고 했다. 대신 아이가 좋아하는 스티커를 고르게 했다. 붙였다 떼는 스티커를 들고 마트를 나오면서 아이는 좋아했다. 그게 뭐라고. 작고 반짝이는 스티커에 정신이 팔린 아이를 흐뭇하게 바라보았다. 아이가 말했다. 이건 형아.

정체불명의 메일은 더이상 오지 않았고, 녹의 스케치북도 사라졌다. 그런데도 말들이 멋대로 쏟아졌다. 비처럼. 내가 선 자리에서 물결쳤다. 태오는 으깬 감자를 좋아한다. 바잇은 좋아하지 않는다. 태오는 카레를 좋아한다. 바잇은 좋아하지 않는다. 녹이 삶은 감자를 부수고, 큰 솥에 카레를 끓인다. 카레가 조용히 끓는 동안 바잇은 태오를 미워한다. 나는 아이 어깨를 낚아채서 흔들었다. 네가 형이 어딨어?

내가 뭘 어떻게 할 수 있을까. 내 안에서 내 목소리가 울리며 나를 흔들었다. 어린이집에 가다가, 아이와 마트에서 나오다가, 버스를 기다리다가 나는 맞은편에 서 있는 녹을 보았다. 정신을 차리고 다시 보면 아무도 없었다. 하지만 헛것은 아니었다. 내가 달래주지 않자 아이가 더 크게 울었다. 내년 봄에 놀러가요. 다같이. 녹의 아이가 내게 몸을 기울인다. 그래. 그러자. 대신. 나는 바잇의 귀에 대고 속삭인다. 녹이 솥을 닦고, 쌀을 씻는 소리가 들린다.

나는 내 아이를 끌어안았다. 나는 아무것도 될 수 없었다. 깊은 어둠이 겹겹이 쌓인 너머로 검은 나무가 자라났다. 녹과 함께 솟구쳤다. 내가 있는 곳에서 나는 최선을 다했어. 나는 녹을 보며 사정했다.

예년 같으면 소리를 지르며 눈밭을 굴러다녔을 것이다. 아무 번호로 전화만 와도 심장이 쿵쿵 뛰었을 거다. 당선을 많이 상상했다. 상상 속에서 나는 신이 났고, 울었고, 주저앉았다. 오랫동안 되지 않았다. 아무도 읽지 않아도 내가 내 소설을 읽을 거라는 주문으로 썼다. 내가 나의 소설의 독자이며 팬이라는 주문은, 쓸쓸하지만 그래도 계속 쓰는 힘이 됐다. 당선 소식을 받은 날, 기쁘지만 마음이 하염없이 날아가진 않았다. 너무 여러 날 상상과 제자리를 오가느라 담담한 태도가 되었던 것 같다. 그래서 다행이라는 생각을 했다.

시를 읽고 쓰고 공부하게 하신 이경수 선생님, 손을 붙잡아주셨던 순간을 잊지 못한다. 깊이 감사드린다. 아낌없이 격려해주신 중앙대 국문과 교수님들께, 좀더 용기를 내게 해주신 심사위원 선생님께도 감사하다. 친구들에게도 인사를 전한다. 공국원, 김춘란. 당신의 자녀여서 감사하다. 나를 믿는 가족에게, 내가 믿는 하나님께 감사드린다.

좋은 소설이란 무얼까 생각했다. 따듯한 소설을 쓰겠단 말도, 재밌고 놀랍고 섬뜩한 소설을 쓰겠단 말도, 아직 쉽사리 하기 어렵다. 그 모든 것에 계속 실패할 수 있다는 생각에 조금 두렵다. 남겨진 사람들, 남겨진 아이들에 대해 자주 마음을 기울였다. 누구도 상처받지 않는 소설을 쓰겠다는 건 오만이라는 것을 알았다. 상처 주지 않는다고 믿으면서 나는 상처를 줄지 모른다. 그래도 누군가를 현실에서 지우는 소설을 쓰지는 말자고, 다짐했다. 좋은 소설이 무언지 아직 모른다. 쓰고 싶은 것들을 쓰는 것. 계속 쓰는 것. 그 힘을 믿고, 쓰겠다.

사회적 약자의 고통을 있는 그대로 드러낸 수작

　다채로운 소재와 신선한 방식의 이야기를 담고 있는 본심 진출작 13편을 통해 신종 코로나바이러스 감염증(코로나19)이란 겨울이 지나가고 새 봄이 다가오고 있다는 기미를 읽을 수 있었다.

　「드라큘라와의 조우」는 일단 재미있게, 술술 잘 읽힌다. '올드'한 드라큘라와 '직업적 혈액공여자'라는 관계 설정 역시 심상치 않다. 지금 당장 온몸으로 오늘의 힘겨운 현실을 살아가고 있는 젊은 군상과 소설 속 혈액공여자가 유비되고 있다는 점도 참신하게 느껴졌다. 하지만 다소간 거친 문장과 급작스러운 마무리가 아쉬웠다.

　「메블라나」에는 '이슬람 신비주의 교단의 춤' 혹은 경찰과 범인의 추격전에서 느끼리라 예상치 못한 뭉클함이 있다. 그것은 시장에서 떡볶이를 팔던 엄마의 신산한 삶이 주는 공감에서 우러나온다. 하지만 부분적으로 정제되지 않은 곳이 없지 않고, 독자의 시선을 끌어당길 만한 참신한 묘사나 표현이 좀 더 필요할 것 같다는 생각이 든다.

　당선작인 「녹」은 쉽게 보기 힘든 문제작이다. 우리가 살아가고 있는 '지금, 이곳'에서 가장 민감한 부분 가운데 하나인 다문화가정과 사회적 약자 문제를 다루고 있는 이 작품은 문학이 좁은 과녁을 적중시키는 정확한 문장과 적절한 단어 선택, 치밀한 서술에 의지하는 장르임을 환기시킬 만큼 세부가 잘 벼려져 있다. 아이를 잃은 엄마, 아이를 맡겼던 엄마가 각기 다른 층위에서 받는 고통을 통해 이 시대의 환부를 '있는 그대로' 드러냄으로써 함께 살아가는 동시대인들에게 모순과 아픔을 극복할 방법을 함께 성찰케 하려 한다는 점도 높이 평가받을 만하다.

동양일보 **정경용**

1949년 충북 충주 출생.
방송통신학교 중퇴.
2012년 월명문학상 대상 시 부분.
2016년 동서문학상 입선 수필부문.
2018년 제18회 산림문학상 최우수상 수필부문.

소스 시대

정경용

　요리는 자신감이다. 손맛이 없는 사람이 어디 있나? 손맛이 미각이고 미각이 발달한 사람이 요리사의 경지에 오른다는 가설은 틀린 설정이 아니었다. 그러함에도 불구하고 나는 미각을 잃었다. 십 년 전 장출혈로 수술을 받은 관계로 허연 배통에 지네를 달고 사는 것도 부족하여 오감의 감이 떨어지는 이유가 수술 후유증이라고 했다.

　수술 후 일선에서 물러났고 나이에 밀려 직업전선에서 뒷걸음을 친 십여 년의 세월이 흘렀으나 나는 요리사다. 경찰학원 주방장으로 취업을 했다. 어림짐작으로 간을 맞추고 맛을 낼 수 있다는 오만한 생각은 빗나가지 않았다. 혀끝의 감은 떨어졌으나 손끝의 감은 살아있었다. 그리고 자신감이 있었다.

　"일 할 수 있겠어요? 학원 일이 만만하지가 않은데요."

　대표가 나를 위아래로 훑어보며 미심쩍어 했다.

　"좀 쉬긴 했지만 일을 많이 했어요."

　면접은 까다로운 듯 했으나 일자리가 공석인 상태였다. 저녁에 짐을 가지고 입소하여 내일 아침부터 학생들 식사의 책임을 부여받았다. 새로 맞은 일터의 잠자리는 낯설었다. 나는 몸을 뒤척이며 긴장했던 시간들을 천천히 되돌렸다.

광주시에 위치한 집에서 퇴촌면소재지까지는 왕래하는 버스노선이 있었다. 퇴촌에서 하차하여 학원까지는 택시를 이용해야 하는데 택시 정류장이 없었다. 지나다니는 택시도 없는 불편함이 있었다. 수소문 끝에 렌트카를 불러 타고 산중으로 들어왔다. 학원 주변의 흐드러진 오얏꽃과 명자꽃 수문장처럼 서 있는 오동나무 그리고 평풍처럼 학원 건물을 싸안은 산세와 출입구 앞에서 양양거리는 고양이는 곧 친숙해 질 것 같았다.

6시는 부연 새벽이었다. 식당 벽에 카페테리아라는 자막이 붙어있었다. 30평의 넓은 공간에 겸용인 냉온풍기 두 대가 있었다. 산을 깎아내린 한쪽 벽면이 축대를 쌓으며 생긴 흙으로 메워진 공간에서 겨울나기를 한 화초들이 푸르렀다. 제라늄이 하양 빨강 꽃을 매달고 있었다. 유리 온실 안 같은 카페테리아 흙속에서 수선화가 잎새와 꽃망울을 밀어 올리는 중이었다. 새벽 기온은 쌀쌀했으나 주방으로 들어서서 가스 불을 댕겨 물을 끓이며 분주하게 움직이다보니 열기로 후끈 달아올랐다.

하루 천 명의 식사를 책임졌던 나에게 40명의 식사준비는 가뿐했으나 처음은 언제나 설렘과 두려움이 교차했다. 게시판에 적혀있는 메뉴에 맞춰 새벽에 배달된 식재료를 확인했다. 그리고 냉장고에서 밑반찬을 꺼냈다. 주방의 조리대에 비치된 양념 통을

확인하며 요리를 했다. 윗선의 지시나 선임의 조언이 없는 일자리는 막막한 듯했으나 실상 프로에게는 놀이마당이 펼쳐진 나만의 공간이었다. 학생들 아침 식사에 이상이 생기지나 않을까? 나보다 더 긴장한 원장님이 어느새 내 뒤를 따라다녔다.

"할 수 있겠어요?"

인사로 건넨 우려의 목소리에 놀라서 뒤를 돌아보았다.

"네. 안녕하세요?"

나의 경찰학원주방의 행진은 그렇게 시작되었다.

원장님이 온풍기 스위치를 돌리자 카페테리아에 훈훈한 열기가 퍼졌다. 정각 8시가 되자 학생들이 배식 대 앞에 하나 둘씩 모여들었다. 나는

배식 대 너머에서 학생들을 응시했다. 따뜻한 미소를 연출하며 학생들이 나와 눈을 맞추든 말든 가볍게 고개를 숙여 인사를 했다. 학생들 사이에 쪼끄만 여인이 눈에 들어왔다. 내가 눈인사를 건네자 나를 아래위로 훑어보는 그녀는 청소 직원이었다.

"주방 이모 왔다고 하드니 언니요?"

억양으로 보나 분위기로 보나 조선족이었다. 직원은 그녀와 나 둘이었다.

나는 고개를 까딱하며 웃었다.

배식 대 밑에 식판 대용으로 쌓아놓은 식 접시를 꺼내는 모습이 다양했다. 수저나 그릇에 물방울 얼룩이 보이지도 않는데 햇살에 사선으로 비쳐보다가 돌려보았다. 접시 뒤를 돌려보다가 접시 똥구멍에 묻은 얼룩도 골라내는 저의를 이해할 수가 없었다. 스테인레스 수저나 플라스틱 접시도 세월의 긁힘이 있었다. 세월의 상처를 수용하지 못하고 배식 대 위에 보란 듯이 올려놓는 원생도 있었다. 나는 저들의 까탈과 깔끔함에 잠시 기가 죽었다. 지구는 병들고 환경은 오염되는데 당장 내 눈앞만 깨끗하면 그만이라는 위험을 안고 결벽증이 병인 줄도 모르고 살고 있다. 면역성도 저항력도 떨어지는 지나치게 깨끗한 환경에 사람 냄새도 소멸되고 있었다. 눈처럼 희게 닦으려면 주방 세제에 락스를 사용해야 된다는 사실이 아뜩했다.

앞서 음식을 퍼간 학생들의 먹는 모습을 눈여겨보았다. 잠에서 덜 깬 아침이라 대충대충 넘어 가리라는 판단은 선입견이었다. 베이컨볶음을 수북하게 퍼간 학생이 먹는데 열중하고 있었다. 소고기 무국도 푹푹 줄어들었다. 음식을 골라 담는 손길이 진지했다. 메인 반찬과 국을 선호했고 호박볶음은 뒤로 밀렸다. 계란오믈렛과 밑반찬으로는 오징어젓갈무말랭이무침이 배식 대의 자리를 차지했다. 미니도시락김구이는 일회용으로 포장된 수고롭지 않은 단골 메뉴였다. 식사를 마치고 식당을 나가는 학생들의 인사 '잘 먹었습니다.' 고개를 숙이며 인사하는 학생이 있는가하면 지나가면서 건성으로 상대방을 의식하지도 않는 인사도 있었다.

원장님은 내게 말했다. 학생들과 말을 섞지 말라. 말이 없어야 상대가 신비를 느낀다면서 주의를 주었다. 학생들과 나 사이에 오가는 인사는 천차만별이었다. 만날 때마다 인사하는 학생. 눈으로 만하는 인사. 눈길을 피하는 절대적인 이유 없는 반감의 찌푸린 얼굴. 인사 같은 것에 동요되지 않는 무표정. 잘 먹었습니다. 의례적인 표현 이외에 진심이 느껴지는 감사를 포함해서 하루 백 번의 인사를 받는 나는 부담스럽다가 감사했다가 풋풋한 젊음은 바라만 보아도 좋았다.

나는 청소 직원을 쬐맹이라고 그녀가 듣지 않게 그렇게 불렀다. 그녀를 폄하하는 뜻이 아니고 귀엽고 사랑스럽다는 애칭이었다. 그녀는 이곳 학원에서 일을 한 지는 1년이 넘었고 한국에 온 지는 7년 차라고 했다. 돈을 억대는 벌었겠다. 역시 쬐맹이는 오만불손했다. 나에게 얼마나 돈이 없으면 고령에 일을 하냐? 혀 짧은 조선족 특유의 억양이 거침없었다. 그녀가 돈을 모았으리라는 나의 짐작이나 내가 돈이 없어서 직장생활을 한다는 그녀의 짐작은 틀리지 않았다. 텃세를 부리는 쬐맹이를 나는 무시했다. 그녀의 막무가내 행동에 상처를 받을 만큼 만만한 나도 아니었다. 청소와 주방은 영역이 달라서 지배를 받을 까닭이 없었다.

학원 내에서 누구와도 대화가 없었으나 신비스럽지는 않았다. 다행스러운 것은 내가 가는귀를 먹어서 못 알아듣는데 말이 없으니 편했다. 특히 원장님의 저음은 알아들을 수가 없다. 네. 라는 대답으로 일관하고 나서의 미심쩍은 기분은, 동문서답은 아니었을까? 나의 업무에 관한 차질은 없으니 의문의 여운은 잠시 머물다 사라졌다.

단체 음식은 처음에 어설프지만 량 조절에 있어 몇 번의 시행착오를 거치는 동안 간의 농도에 익숙해지고 맛내기도 공식적이 되면 밀릴 염려는 없었다. 중장년층의 입맛을 사로잡았던 요리사가 청년들의 입맛을 저격하는 전술에는 소스의 사용법을 익혀야 했다. 신세계가 펼쳐졌다. 알록달록한 소스의 시대, 먼저 색으로 눈요기를 하고 종류별로 사용법을 익히는 것으로는 평범했다. 몸서리치게 단 탕수육소스. 혀가 갈라질 정도로 짠 맛! 짬뽕소스. 미치도록 매운 마라소스. 자극적인 맛에 볼모잡힌 청년들이 불쌍했다. 자극적인 맛에 길들여지면 은은하고 깊은 숭늉 같은 맛이나 삶은 나물무침 같은 부드러운 맛을 잃어버리는 것은 물론이었다.

한 번 학원에 발을 들여놓으면 공부 감옥에 갇혀 주말도 없이 학원생들은 공부를 했다. 코로나19는 철창이 되어 외출은 언감생심 꿈도 못 꾸었다. 먹는 것이 유일한 낙인 학생들 주방장의 정성 따위는 안중에도 없다. 동태찌개나 시금치나물 무침 정도는 거들떠도 안보는 것은 기본, 고기가 최고였다. 고기를 재우는 양념을 고려한다면 시대에 뒤떨어진 발상이었다. 소스를 적당히 활용하면 학생들이 환장하고 먹는데 성공이었다. 갈비소스 고추장불고기소스로 빛깔을 선택했다. 같은 재료의 돼지고기를 가지고 간장불고기나 고추장불고기로 두루치기나 두부김치 각기 다른 모습으로 맛과 자태를 뽐냈다. 간장불고기는 갈비소스 적당량의 반에 간장으로 그 반의 부족한 간을 충당한다. 그리고 약간의 탕수육소스를 넣고 색깔이 미진할 때는 굴소스를 센스있게 첨부하면 설탕이나 물엿을 쓰지 않아도 단짠단짠 맛이 충분했다. 매운 월남 건 고추를 부셔 넣는다. 탕수육소스의 전분기가 어우러지는 걸쭉한 국물까지 매콤하고 감칠맛 나는 요리가 완성되었다. 고추장불고기는 고추장소스를 반쯤 어우러지게 넣고 간장과 고춧가루를 섞는다. 탕수육소스와 굴소스를 가미하면 색이 어우러진 맛이 일품이었다. 두루치기는 김치가 소스 역할을 하므로 익은 김치의 농도가 강권이다. 시판하는 김치는 먹을 때는 짠맛을 느끼지 못하는데 볶으면 깜짝 놀라게 짜다. 김치가 싱거우면 감칠맛이 안 나므로 간간하게 밑간을 하고 단맛으로 짠맛을 다운시킨 비법을 쓴 것으로 미루어 볼 때, 더불어 간을 하지 않아야만 두루치기를 요리할 때 짜서 당황하는 일이 생기지 않았다. 고기와 김치만 사용해야 맛이 깔끔했고 묵은지 볶음엔 미원을 집게 손가락으로 한 꼬집을 첨부하여도 맛이 확 살아나 궁합이 잘 맞았다.

경찰 출신인 원장님은 후배를 양성한다는 일념이 학원 운영의 흑자보다 우선이라고 강조했으나 사업은 이익 창출이 핵심 아닐까? 식단을 풍성하게 차려 학생들이 먹는데 부족하지 않도록 주의를 기울였고 고기를 메인 요리로 매끼니 배식 대에 올리게 했다. 청결과 조용한 분위기를 조성할 수 있도록, 요리 외에 부수적으로 나에게 지시했다.

코로나19로 인하여 출입이 자유롭지 않은 학원은 학생과 대표님의 사이에 마찰이 종종 생겼다. 주말에 원장님도 귀가를 한 와중에 남학생이 병이 났다. 렌트카를 불러서 타고 광주 참조은 병원 응급실을 다녀왔다. 대표님은 아픈 학생을 불러서 언성을 높였다. 경거망동한 행동이었다. 참았다가 날이 새면 학원 차를 이용해야지 코로나19시대에 함부로 강행한 외부 출입을 지적했다. 아픈 학생은 열이 올랐다. 오죽 아팠으면 그랬을까? 따듯한 위로는 고사하고 외출의 규칙을 어겼다고 나무라는 대표에게 정나미가 떨어진 학원생이 학원 비를 환불해달고 요청하여 그길로 나가버렸다. 원장님은 낮에는 학원을 대표님에게 맡기고 회사로 출근을 하고 밤에는 경비처럼 학원을 지키는 편이었다. 그러함에도 잠깐 학원을 비우는 사이, 사건이 불러지기 십상이었다.

식사예절이 그 사람의 인품을 가늠케 했다. 늑대새끼처럼 고기만 밝히는 인종이 있는가 하면 두루치기에서 김치만 골라가는 손도 있다. 편식은 개개인이 가지고 있는 개성이라고 귀엽게 지켜보다가 길게 늘어선 줄은 아랑곳없이 뚱보의 식탐으로 메인 음식의 바닥을 보일 때는 가슴이 벌렁거렸다.

할머니는 내게 이르셨다. 밥상에서 저분이 많이 가는 음식은 되도록 피하고 상 위의 반찬을 고루고루 먹어야 음식을 장만한 사람에 대한 예의라고, 그렇다. 학생들이 학원에 고용된 나에게 예의를 표할 것까지 있겠는가? 무슨 자다가 봉창 두드리는 소리인가? 자식을 하나 아니면 둘 낳아서 기르며 영양적으로 위생적으로 먹이기에 급급했지 어느 부모나 자식의 인품을 고려하지는 않았다. 입에 맞는 음식을 하나라도 더 먹으며 먹는 모습을 바라보며 그것이 행복이라 여겼다.

편식의 실체가 보였다. 밥보다 몇 배의 찬을 퍼 담으며 다음 사람이야 먹을 것이 없어도 상관없었다. 의기양양한 몸짓은 먹는 것이 아니었다. 먹어주는 행위였다.

액상소스가 무색하게 분말소스가 배송되었다. 궁중 볶이분말소스 매콤떡볶이분말소스 구시다북어국소스 해물분말소스 각양각색의 소스의 이름을 익히는 공부가 요리사의 자격 같은 감이 들었다. 소스 사용법이 요리의 기본이 되었다. 손맛은 무슨? 짜지만 안으면 장땡인 게야. 순전히 감으로 조절을 했다. 간의 농도에 있어 상중하로 구분을 한다면 중간 맛을 잡아야 했다. 상은 짠맛으로 치부할 때 쓴맛이 돌고 하는 싱거운 맛으로 밋밋하여 그야말로 맛이 없다. 혀에 착 감기는 달큼한 맛이 중심을 잡는 맛이었다. 소스의 맛을 얼마나 치밀하게 연구를 했기에 더할 수 없는 맛이 나의 손맛을 대변했다. 칠십 대가 사십 대를 이기고 이십 대의 맛을 사로잡았다고 대표가 엄지를 세웠다. 순전히 소스 덕이었다.

학원 운영에 있어 일정표를 짜서 인터넷으로 강의를 듣고 운동기구를 비치해 놓은 체육관에서 체력단련 차원으로 운동을 하는 시스템이었다. 식사가 차지하는 비중이 전부라고 하면 과장일까? 나는 막중한 임무를 수행 중이라는 자부심에 어깨가 무거웠다. 내가 처음 취업을 했을 때는 음식이 짜다는 크레임이 걸리곤 했다. 감으로 조절을 하며 소스의 농도를 연구했다.

소스의 기능을 이름에 맞게 사용하다가 믹스하기에 맛 들리기 시작했다.

주일의 메뉴는 라면으로 자리매김했다. 나는 주방에서 분주했고 학생들은 주방에 얼굴을 빼끔 디밀어

"이모! 라면 하나요."

또는 한 사람이 여러 사람의 몫을 주문하는 경우도 있었다.

"하나짜리 둘 두 개짜리 둘."

"오케이! 하나 둘, 둘 둘."

학생은 특유의 애교스러운 표정을 짓고 나는 웃거나 눈에 힘을 주며 복창을 했다.

복창이 곧 대답이고 상대를 안심 시키는 긍정이었다. 주문 받은 라면을 끓이는 동안 주문은 이어지고 머리에 입력을 하다가 헷갈리기도 하는 난리 속에 점심이 이어졌다. 끓인 라면을 그릇에 담아 쟁반에 받쳐 들고 배식대로 가서

"라면이요."

수탉처럼 목청을 뽑아 올렸다. 바쁜 와중에 식당이 술렁거리고 생기가 도는 감이 수상했다. 새로 들어온 미모의 여학생이 눈에 들어왔다. 눈짓으로 라면 주문을 받고 주방으로 들어왔다. 예쁘게 생겨가지고 배우나 하지 경찰을 하겠다고? 남학생들 공부고 뭐고 야단났네. 혼잣말을 중얼거리며 라면을 끓였다.

식당 분위기가 밝아졌다. 보통 전구의 밝기에서 엘이디전구로 갈아 끼운 것 같은 분위기였다. 다음 날부터 아침식사 인원이 절반에 가깝던 기존의 틀을 깨고 북적거렸다. 새로 등록한 세나의 미소에 혹한 남학생들의 도발이었다. 옛날 말에 딸은 예쁜 딸을 낳고 아들은 말 잘하는 아들을 낳으라는 말이 맞다. 나는 고개를 주억거렸다.

남학생들의 뜨거운 눈길을 옆에서 지켜보던 다른 여학생들도 입술에 맨드라미색깔의 립스틱을 바르고 향수를 남발했다. 평소 마음에 품었던 남학생을 향한 도전으로 보였으나 알아도 모른 척 흔들리는 남학생은 없었고 세나의 생글거리는 웃음은 중립을 고수했다. 시험의 합격 여부는 나중 일이었다. 학생들의 눈빛에서 광채가 나고 카페테리아는 생기가 넘쳤다.

채소의 본질을 부스러트리지 않고 식탁에 올리기에 오리엔탈소스나 키위소스는 요리사의 체면을 세우기에 제격이었다. 캐첩과 마요네즈의 그날 쓴 용기를 닦다가 캐첩은 화장실 변기에 벌겋게 묻은 여학생의 생리를 마요네즈는 남성의 정액 같은 마력의 냄새를 연상했다. 나이를 헛먹었지, 야하긴?

이내가 가라앉아 어둠이 된 산기슭에 두 마리 짐승이 엉겨있었다.

"너에게서는 아버지 냄새가 나."

남자 가슴팍을 파고드는 여자를 힘껏 끌어당기는 남자! 청춘의 주체할 수 없는 성욕을 거부할 수가 없었다. 입술을 그리고 귓불을 빨다가 핥다가 팬티 속으로 손이 미끄러지고 누가 먼저랄 것 없이 속옷이 뱀허물처럼 벗겨졌다. 남자의 성난 돌버섯이 여자의 질을 강타했다. 뒤틀리는 신음소리 본인의 욕정을 채우기에 상대의 신음소리 같은 것은 들리지 않아도 좋았다. 불끈불끈 꿈틀거리는 촉감에 자지러지는 애무 혀와 혀가 엉기고 밑구멍이 채워지고 비워지는 찰라 케챱과 마요네즈가 버무려지는 야릇한 소스 시대 같은 끈적끈적한 소문은 두렵지 않았다.

나는 저녁 식사를 마무리하고 숙소로 올라와서 고단한 몸을 뉘이고 잠을 홑이불처럼 뒤집어쓰는데 연못가에 시든 화초가 생경한 꿈처럼 닥아왔다. 날이 새는 대로 물을 주면 되겠지만 아침부터 분주하여 지치다보면 시든 화초는 뇌리에서 지워지고 말라죽을 지도 모른다는 불안에 자리에서 벌떡 일어나서 연못으로 향했다. 연못의 물을 길어 화초에 퍼 붓고 산책로의 쪽도리꽃도 목이 말라 고개를 숙이고 몸을 뒤틀고 있으려니 발붐발붐 산으로 올라가다 보았다. 두 마리 짐승이 엉겨있었다. 뱀을 밟은 것보다 더 놀라서 오던 길을 되짚어 내려왔다. 그들이 누구인지 나는 알고 있었다. 저들이 학원 규칙 무서운 줄 모르고 공부는 작파할 작정인가?

아침이 밝았다. 배식 대에 음식을 차리고 학생들을 맞이하는 여느 날과 같았다. 국을 끓이며 소금이 소스이고 삼겹살을 구우며 소금과 후추 그리고 참기름을 소스로 치면 학생들의 입맛은 내 손안에 있었다. 동산의 정사 사건은 입에 오르내리지 않고 무사하게 하루하루 지나갔다.

두부구이에 올리는 양념간장이 그야말로 우리 고유의 소스였다.

할머니의 정성이 고스란히 발효되던 장독은 나에 요리의 심연으로 간의 강약을 조절할 수 있는 감의 원천이었다.

북어와 사과 메주콩이나 밤콩을 넣고 양파 대파뿌리 대추 다시마를 푹 삶은 물을 졸이고 졸여서 체에 거른 끈적끈적한 육수와 소금 적이 앉은 집 간장을 희석하면 맛 간장이 되었다. 슬기로운 소스였다.

할머니는 솜씨가 좋으셔서 인근 잔치 집에 불려 다니셨다. 할머니의 똑 떨어지는 솜씨를 닮지 못하고 일이 몸에서 겉돈다고 핀잔을 받는 나를 감 싸주시던 할머니는 내게 당신의 소망이 있었다.

"여인은 허드레 일만 하면 머슴처럼 힘을 써야하고, 도마 앞에서 칼잡 이가 되어야 어디를 가든 행세를 하며 귀부인으로 대접을 받는 것이다"

그 때는 철이 없어서 할머니의 말뜻을 몰랐다. 나는 일을 타고난 것은 아니었다. 한 때는 일이 싫은 적도 있었으나 부지런한 할머니를 닮아가는 나를 보았다.

"할머니 칼잡이가 되었네요. 저 잘하고 있지요?"

나의 등 뒤에는 나를 든든히 지켜주는 보이지 않는 할머니가 계셨다.

음식의 밑간은 흐릿하게 밑그림을 그리듯이 삼삼하게 잡는다. 끓으면 서 간이 상승할 수가 있으므로 가열하는 조리는 조율이 기본이었다. 미역 국이나 아욱국은 매매 끓여야 깊은 맛이 나므로 명심해야 했다. 심심하게 버무린 생채에 액젓을 소스로 살짝 치면 채소의 실체도 손상시키는 일이 없어 모양이 먹음직스럽고 간은 그 정점인 중간 맛으로 완성되었다.

주방장인 나나 학생들이나 감옥에 갇히기는 마찬가지였다.

나는 일 감옥에 학생들은 공부 감옥에 갇혔음에도 주말은 주말대로 기 분을 냈다. 주말은 수업이 단축되거나 없거나 하여 긴장이 풀렸다. 운동도 안하고 빈둥거리며 잠을 자는지? 부수수한 얼굴들 취업난에 몰린 청춘이 안쓰러웠다. 평일이나 주말이나 똑같이 갇혀 있어도 주말은 각자가 적당 히 게으름을 피우며 자유로이 산만했다.

소스만큼이나 다양한 개성을 지닌 학생들의 사건사고가 잠잠한 날이 없었다. 어느 여학생이 몽유병 환자처럼 밤에 돌아다닌 다는 소스가 대표님 귀에 들어갔다. 시시 티브이를 돌려보던 대표는 여학생이 남학생 숙소로 들어가는 것을 찾아냈다. 한두 번이 아닌 것을 확인한 대표는 특단의 조치를 취해야만 했다. 여학생을 사무실로 불러 취재했다.

"야심한 밤에 남학생 숙소에 왜 들어갔어요?"

대표님의 질문에 여학생은 잠시의 망설임도 없이 대답했다.

"불면증 약을 먹고 난 후의 일은 기억하지 못합니다."

딱 잡아뗀다고 있었던 일이 없었던 일이 되는 것이 아니었다. 학원에 들어올 때 지켜야할 조항에 사인을 한 그들은 퇴소조치를 당했다.

공산당보다 더 무서운 곳이 학원이었다. 청춘남녀가 사랑하면 안 되나? 학원은 그들의 떠나는 모습에 뒤숭숭했으나 안타까워하는 분위기는 아니었고 학원 밖으로 탈출하는 대리만족으로 엄지를 세우는 학원생도 있었다. 카페테리아에서만큼은 여전히 먹는데 집중했다. 기분이 아리송한 날은 마라 볶이가 제격이라는 내 나름대로 정의를 내렸다. 일단 떡볶이 떡을 끓는 물에 데쳐 놓았다. 양파. 당근. 양배추. 줄줄이비엔나소시지. 메추리알. 대파를 준비했다. 둥근 팬에 우유와 소스를 섞어 넣은 후 가스렌즈 불을 댕겼다. 보통 떡볶이 소스와 마라소스를 적당하게 섞어야 입이 얼얼해도 먹을 만하다는 판단은 경험에 의한 감이었다. 준비한 부재료를 넣고 끓어오를 때 떡볶이 떡을 넣고 잘 저어서 끓이며 국물이 자박하게 졸아든 후 불을 껐다. 간을 보고 치즈와 대파의 푸른 잎을 고명처럼 올렸다. 안동 찜닭이 메인 자리를 차지했고 오뎅국 김치 단무지 콩나물무침으로 배식 대를 장식했다. 아무 일도 없었다는 듯 학생들은 침착했다. 경찰학원에 들어와서 시험 준비를 하던 경찰공무원의 직업보다 위대한 사랑을 쟁취하고 경로를 이탈한 그들의 빈자리가 허전했다.

기숙학원의 사건사고는 끊이지 않았다. 퇴출당한 연애 사건을 비롯하여 여학생들의 술 파티로 5명이 또 퇴출당하는 불상사가 있었으나 새로

등록하는 학생이 있어 정원 40명의 자리는 채워졌다. 1년에 두 번 있는 경찰 공무원 시험을 대비 1기의 기간 6개월, 그 동안 시험 준비에 머리를 싸매고 공부할 것 같은 기대나 본인들의 의지는 개개인이 달랐다. 먹기 위해서 공부 감옥에 갇힌 듯 먹어대는 3년 차 뚱보도 있었다. 그 나름의 숨은 고통이야 있겠지만 만사 걱정이 없어 보이는 평안한 얼굴에는 이곳의 생활을 즐기는 듯 긍정적인 학생도 있고 조바심으로 얼굴이 야위는 까칠한 학생도 있었다. 남학생들의 도발은 과묵함에 묻혀 드러나지 않았다. 반면 여학생들의 끼는 살색 레깅스의 하의에 배꼽티에서 드러났다. 나체가 걸어 다니는 것 같은 망측한 차림에 어안이 벙벙했다. 남학생들은 어디다 눈을 두어야 할지 난감해 했다.

흔들리는 시선을 진정시키기에 김치갈비찜정도의 깊은 맛은 어떨까? 김치갈비찜을 할 때 김치를 갈비 밑에 깔면 김치양념이 누러 붙어 불내가 났다. 음식이 타면 무조건 실패작인 것은 삼척동자도 아는 상식이다. 김치도 적당히 물러야 맛이 어우러지므로 갈비를 앉히고 그 위에 김치를 얹는다. 양념을 하지 않고 끓여야 갈비가 폭 익는다. 고추장과 물엿 고춧가루로 윤기 자르르 흐르는 소스를 만들어 놓는다. 익은 김치와 갈비에 양파와 비법 같은 분말소스 그리고 조미료를 첨가하여 미리 만들어 놓은 소스를 섞어서 솥뚜껑을 열어놓고 잘 섞어가며 졸인다. 고기가 부서지지 않게 나무주걱을 사용하여 저으며 국물이 잘박해지면 파 잎을 숭숭 썰어 넣어 색을 낸다. 갈비 14kg는 40명이 먹기에 적은 양이 아니었다. 그러나 배분을 잘 해야 모자라지 않았다. 음식이 입에 맞다 싶으면 산처럼 퍼가는 학생이 몇몇이 있어서 여간 곤혹스럽지가 않았다. 메인 반찬은 세 번에 나눠서 배식 대에 올려야 늦게 먹는 학생의 아쉬움이나 원망의 눈빛을 면할 수가 있었다.

세나가 배식 대와 가까운 식탁에 자리를 잡았다. 배식 대 앞에 줄을 선 남학생들은 그전의 늑대새끼처럼 고기에 큼큼거리던 모습이 아닌 지성인다운 몸짓이었다. 메인으로 김치갈비찜을 다소곳이 담고 다른 반찬들도 골고루 접시에 담는 진지한 표정에 웃음이 났다. 신사는 숙녀가 만들었다. 외모에 자신이 있는 학생은 자신감으로, 자상한 학생은 따듯함으로 무표정한 학생은 무게감으로 저마다의 표정으로 세나에게 접근했다. 발등에 불이 떨어진 시험이나 섹스 사건으로 퇴출당한 청춘이 문제가 아니었다. 미인은 그렇게 학원에 활기를 몰고 왔다.

김치갈비찜이 반이나 남은 것이 화근이었다. 배식 대에 한 번 올린 음식은 버리라는 윗선의 지시에도 불고하고 점심에 남은 김치갈비찜을 저녁의 메뉴로 배식 대에 올렸다. 고기와 김치가 어우러진 맛을 학생들이 즐겼으며 한 끼의 량으로 부족하지 않았다. 콩나물국을 끓이고 방울토마토 양상추 샐러드와 무생채 그리고 찹쌀탕수육으로 배식 대는 풍성했다. 오리엔탈소스와 키위소스는 샐러드 담은 볼 곁에 놓고 탕수육소스는 작고 예쁜 냄비에 파인애플 통조림의 조각을 썰어 넣고 양파와 당근으로 색을 내서 약한 불에 끓여, 튀긴 찹쌀 탕수육 담은 긴 접시 앞을 장식했다. 음식을 비치해 놓고 볼 때 허전한 구석이 있을 때는 학생들의 눈치를 살피기도 하는데 저녁 배식 대는 훌륭했다. 접시에 음식을 퍼 담는 조교가 나를 흘금거렸다. 설마? 재사용한 김치갈비찜에 컴플레인이 걸릴 조짐인가? 규율을 어기며 어부지리로 김치갈비찜을 소비시키고 저녁 설거지를 하는데 사무실에서 사무실로 들어오라는 지시가 내려왔다. 원장님과 대표님이 나에게 질시의 눈빛을 보내며 의자에 앉으라고 권했다.

"왜 호출을 받았는지 아시지요?"

원장님의 저음에 힘이 실렸다.

"먹고 남은 음식은 버리세요. 나를 도와주는 것이 아니고요. 이미지 손상이 큰 손실을 가져옵니다. 위생상의 문제도 그렇고 학생들이 싫어해요."

"죄송합니다."

내가 변명을 하지 않아도 원장님과 대표님은 나의 소견을 잘 알고 있었다. 고기 덩어리를 버릴 수가 없는데다 찜은 첫 번째 소스가 묻은 맛보다 소스가 밴 깊은 맛이 풍미가 있다고 설명하고 싶었으나 침묵했다. 해고를 당해도 겁날 것은 없었다. 그렇게 버릴 수 없는 음식을 소비했으므로 다행이라고 나를 위로하며 앞으로 두 번 다시 배식 대에 올린 음식을 재사용하지 말라는 주의를 받으며 고개를 숙이고 사무실을 나왔다. 배고픈 시대를 건너와서 음식을 못 버리는 것은 아니었다. 나는 지금까지 먹을 것이 없어서 배를 주린 적은 없었다. 수저가 닿은 음식도 아닌데 한 번 배식 대에 올릴 수 있는 음식은 재사용해도 상관없다는 충동질이 나를 곤란하게 했다. 내 것도 아닌데 뭐가 아까워서 그럴까? 내 것과 남의 것의 문제가 아니었다. 오염되어 가는 지구 문제도 심각하고 내가 살고 있는 지구 반대편에서는 난민들의 아이들이 굶어 죽어 가는 유니세프의 사진들이 겹치면서 음식을 버리다니? 손이 벌벌 떨렸다. 내가 할 수 있는 절약은 음식량의 조절이었다. 모자라지도 남지도 않게? 세상살이가 저울에 단 듯이 맞아떨어지지는 않았으므로 모자랄 듯이 음식을 했다. 모자라도 본 재료에 소스를 뿌리면 해결되니까, 복잡하지는 않았다. 아무래도 남는 음식은 버려야 했다. 버리는 것 쉬웠다. 냉장고 안도 깨끗해서 정리와 청소의 수고도 덜어주었으나 버리고 돌아서며 허전함이 밀려왔다.

할아버지는 주막에서 술타령을 일삼았고 할머니는 밭일에 땀으로 벅벅이 된 고단한 몸으로 해질녘에서야 집안에 들어섰다. 저녁밥을 지어 상 앞에서 주문처럼 아니면 기도처럼 놀고먹는 죄가 큰 죄고 음식을 버리는 것도 죄라고 할머니는 이르셨다. 농사를 짓는 농부의 열정이나 생선을 잡는 어부나 그것들을 가공하는 공장 인부들이나 목숨을 걸고 일을 하는 것이므로 그들을 존중하는 것이 음식을 버리지 않는 것이며 그 모든 사람의 수고에 대한 예의라는 식상된 유년에 할머니의 밥상머리가 떠오르는 밤이었다. 아낀다고 부자가 되는 것은 아니었으나 버린다고 건강한 것도 아니었다.

열댓 명의 여학생이 패가 갈린 것은 남학생이 세나를 의식하면서부터 시작된 진풍경이었다. 남학생들에게서는 생활의 절제미가 품어져 나왔고 여학생들은 도발적인 의상이 세나를 주축으로 웃음소리를 높이는 무리에 반하여 소탈한 몸가짐으로 둘씩 붙어 다니는 단짝들도 있었다.

　3월말에 새 기수들이 모집되었고 본격적으로 공부가 시작된 4월에서 어느덧 6월로 접어들었다. 2개월 남짓 남은 기간 동안 시험의 승패가 갈리므로 열심을 다 하는 학생이 있는가하면 흐르는 시간에 자신을 맡기고 어정거리는 학생도 있었다. 원장님은 습관처럼 밤 9시에 원생들 숙소를 돌았다. 나의 방도 가끔 노크를 해서 불편한 점은 없는지 등등 안전을 확인했다. 3층의 남학생 숙소를 지나 4층 여학생 숙소에서 문제가 발생했다. 7명이 둘러앉아 술파티를 하다가 원장님에게 발각이 되었다. 전에도 원생들이 술을 마시다가 퇴출당한 불상사가 있었다. 사설학원이고 보니 인원이 많아 비껴갈 줄 알았을까? 부모들은 허리가 휘도록 돈을 벌어서 학원비 마련하는 줄 모르는 철부지들은 아닌 것 같은데 목격자는 할 말을 잃었다. 공부만 하는 신성한 장소를 제공한다는 자부심에 금이 가는, 보아서는 안 될 장면을 목격한 원장님은 말없이 문을 닫고 나왔다. 차라리 남학원생들은 숙소에서 술 파티 같은 것은 벌리지 않았다. 주말에 야외에서 치킨을 시켜서 드러내놓고 한두 번 술을 마신 것은 아는 듯 모르는 듯 넘어가기도 했다. 내숭을 떠는 여원생들이 문제를 일으켰다. 다음날 학부모들에게 상황을 알리고 7명 모두 퇴출시키는 불상사가 일어났다. 불미스러운 사건으로 학원을 나간 여학생들은 원장님을 성폭력범으로 몰았다. 밤 9시에 여학생 숙소에 침입하였다는 억지를 썼다. 퇴출당한 원생들이 남아 있는 원생들을 부추기어 실랑이가 벌어지더니 나머지 여학생들이 모두 나가는 쪽을 택했다. 세나를 마음에 품었던 남학생 서너 명도 그들과 합세를 하여 학원이 초토화가 되었다. 그로인하여 여원생의 입소를 받아들이지 않기로 했다. 술렁거리던 학원은 여학생이 없으니 곧 잠잠해졌다. 그 와중에도 들고 나는 학생이 있어 정원 40명이 반 토막이 났으나 곧 30명이 되었다. 휴일도 없이 혼자 삼시세끼 식사를 책임지는 일이 버겁다가 식수인원이 줄어드니 한결 수월했으나 학원에 빨간불이 켜진 비상사태였다.

교육사업도 일종의 마약처럼 한 번 발을 디디면 멈출 수가 없다고 원장님은 독백처럼 한탄을 했다. 종로에 개설한 탐정회사에서 벌어들인 돈으로 학원의 적자를 메우기도 하는데 누가 이 고충을 이해하겠느냐? 학생들은 학원에 이익을 창출하는 주인공으로 이해타산을 따지며 갑질을 하는데 그 무례를 받아줄 준비가 되어 있지 않아서 이 번 주기는 실패했다고 긴 한숨을 쉬었다. 코로나19로 인한 침체기를 지나 가라앉은 경제가 어떠한 영향을 미칠지는 예측할 수 없었다. 40명의 정원이 입소를 하고 대기자가 줄을 섰던, 년 초의 경기는 사뭇 달라진 양상을 띠고 있는 형편이었다.

마침표는 끝이 아니고 다음을 시작하는 부호라는 관점에서 유독 불미스러운 사건이 많았던 주기가 끝났다.

새로 맞는 주기에는 학원 운영에 차질이 없으리란 확신이 서지 않아 불안한 상태였다. 경찰공무원을 꿈꾸는 학생이나 후배를 양성하고 싶은 원장님이나 복직을 원하는 나를 비롯하여 학원은 다시 운영되어야 했다.

직장이 집처럼 편안하다가 여행지처럼 들뜨다가 여전히 일 감옥이라는 현실에 옥죄는 올무에 숨이 막혔다. 학생들도 임박해지는 시험 날짜에 긴장하여 식사량이 턱없이 줄었다. 시험을 이틀 앞두고 학원은 원생과 직원이 전원 퇴소하기로 되어 있으므로 냉장고를 비워야 하는 임무가 나에게 숙제처럼 놓여졌다. 채우는 행위보다 비우는 행위가 힘든 것은 공허하기 때문이었다.

절정의 시간을 풍미했던 소스들은 색색으로 줄을 지어 여전히 왕성한 맛을 용기에 가두고 있었다.

"글을 쓰면 남는 문장들이 나를 풍요롭게 해"

혼자의 놀이를 즐기는 매력에 빠지다가 소설을 쓰게 되었습니다. 친구들과 만남으로 수다의 시간을 지나 집으로 돌아오면 허망했습니다. 시간 속으로 빠져나간 말, 말들 건질 것이 없었습니다. 책을 읽고 글을 쓰면 남는 문장들이 나를 풍요롭게 했습니다. 책을 읽다가 읽을 책이 없으면 필사를 했지요. 그러다가 책을 덮고 필사처럼 소설을 썼습니다. 글발이 달렸습니다. 문장으로 엮는 허구는 아름다운 사람들이 살아가는 모습들이었습니다. 그러나 본격적으로 소설을 쓰지 못하였어요. 나에게는 언제나 가장이 부재중이었습니다.

이제야 자급자족 할 수 있는 여력에 직장의 일을 접었고, 밀려드는 시간에 본격적으로 소설을 썼습니다. 젊은이들의 틈에 끼어 도전하면서 혹시 세상이나 그들에게 누를 끼치는 것은 아닐까? 내려놓고 싶은 때도 있었습니다. 나이와 상관없이 소설을 습작하시는 분들에게 등잔불 같은 희망의 심지가 되어 도전을 멈추지 않는 열정에 박수를 보냅니다.

나를 응원하는 자식들, 특히 며느리의 지지를 받으면 힘이 났어요. 초고를 읽어주며 첨삭을 아끼지 않는 동생들에게도 고마움을 전합니다. 당선을 기뻐해 주실 조명제 선생님! 묵묵히 지켜주시며 지지해 주셔서 용기를 잃지 않았습니다.

마음속에 쟁여놓은 이야기를 마음 놓고 풀어내라고 멍석을 깔아주신 동양일보사에 깊은 감사를 드립니다. 더욱 정진하겠습니다. 다듬어지지 않은 미완의 글을 당선작으로 뽑아주신 신인문학상 심사의원님들께 감사드립니다.

여기까지 인도하신 주님께 모든 영광을 돌립니다.

"소재에 대한 풍부한 상식과 빈틈없는 문장"

지난해보다 응모자기 늘었다. 1차 예심을 통과한 13편을 놓고 세상을 보는 작자 특유의 시각, 소재와 주제의 일관성, 문장 등에 신인다운 신선감과 패기, 성장 가능성을 염두에 두고 최종심 대상으로 「침묵의 땅」「안녕 근배」「쑥버무리」「소스 시대」4편을 선정했다.

「침묵의 땅」(이영미)는 주인물의 현재 위치는 인도네시아지만, 소제의 발단은 고국에서 겪은 아픔이다. 교통사고로 아내를 잃고 두 딸의 아버지로 사는 중년이 외국으로 이민, 아픔을 씻고 새 삶에 적응해 가는 과정을 상세히 그렸다. 치밀한 구성과 능숙한 문장도 장점이지만, 분량조절이 필요하다. 일정 지면에 작가의 의도를 분명히 담아내는 것도 능력이기 때문이다.

「안녕 근배」(윤정아)는 사연 복잡한 사람들이 각박하게 엉켜 사는 빈민 지역, 그 곳에 세 들어 사는 진이 묵이 남매와 주인 아들 근배. 세 소년 소녀가 펼치는 순박한 행동은 동화처럼 아름답다. 아버지의 구타로 몸은 상처투성이지만 마음은 순수한 근배와, 근배를 따뜻이 품는 남매 역시 순수하다. 근배는 일찍 죽었으나, 장성한 남매는 근배와 함께 살던 옛집을 사서, 근배와 같이 타고 놀던 빨간 자전거까지 옛날 그 자리에 세워놓고, 근배에 대한 그리움을 달랜다. 유리창에 입김을 불고 쓴 손가락 글씨「안녕, 근배」는 남매와 근배의 영혼이 오랜만에 만나는 반가운 인사다. 따뜻한 결말도 감동적인데, 역시 분량조절이 문제였다.

「쑥버무리」(이지현)는 결혼에 실패한 두 딸, 인삼농사에 실패한 아버지, 오장육부까지 암덩어리가 퍼진 어머니, 절망적인 가세가 회복될 가능성은 없는데, 그래도 소설의 결말이 따뜻한 감동으로 마무리된다. 딸이 부지중에 꺼낸 '엄마의 쑥버무리가 맛있었다.'는 말을 듣고 앉아 있을 기력도 없다던 어머니가 쑥을 뜯으러 나간 질긴 모정 때문이다. 작품 속 화자들이 나누는 대화는 각자의 처지와 감정, 성품까지 전해줄 만큼 좋은 효과를 발휘하고 있다. 당선작에 비해 주제의 중량감이 다소 처진다는 점 때문에 내려놓았지만 아쉬움이 남는 작품이다.

「소스 시대」(정경용)를 당선작으로 뽑았다. 요리의 달인처럼 보이는 작중의 화자가 여성임에도, 남성적인 활달한 느낌을 주는 문장이 독자의 시선을 끄는 작품이다. 경찰학원이라는 한정된 공간에서 관찰되는 사실을 통해 삶의 방향을 제시한 작품으로, 주제가 다소 깊이 묻힌 듯하지만, 무게감이 느껴진다. 각종 식재료를 갈고 썰고 섞고 버무려서 특유의 소스 맛을 내는 요리과정, 성품과 식성이 제각기인 젊은이들이 한 공간에서 어울려 살면서 시험합격을 위해 노력하는 과정, 버무림과 어울림, 두 과정에 필수덕목은 조화요, 그것이 없으면 소스 맛도 시험합격도 젬병이 된다. '채우는 행위보다 비우는 행위가 힘든다'는 화자의 독백은, 삶을 영위하는 과정에서 욕망의 극복 없이는 조화와 성취도 어렵다는 메시지가 아닐까?

응모자 모두의 노고에 격려를 보내며 당선자에게 축하와 함께 정진을 빈다.

매일신문 **임재일**

1987년 출생.
연세대학교 전기전자공학과 졸업 (2010).
연세대학교 전기전자공학과 박사졸업 (2017).
엔지니어로 근무 (SK 하이닉스).

파도는 언덕을 쓸어내린다

임재일

새벽이 오기 전에 눈이 멀었다. 수평선이 사라졌다. 그래도 난 여전히 바다를 안고 우두커니 서 있다. 지난 세기 내내 그랬듯 버티고 있다. 시야의 한편에 걸려있던 푸른빛을 잃었다. 그러나 길을 잃었다는 느낌은 없다. 좌우로 저 멀리까지 바다가 모래를 쓰다듬는 소리가 이어진다.

시간상으론 동이 트기 직전이다. 안개에 뒤덮인 바다는 흐릿하게 모습을 드러낸다. 검푸른 하늘 아래에서. 그러나 난 더 이상 바다를 바라볼 수 없다. 난 아직 육지를 등지고 바다를 향하고 있다. 언덕과 바다가 있다. 바다는 쉼 없이 언덕에 다가가려한다. 내 몸으로 그 사이를 가로막고 서있다. 언덕의 편린들이 바다로 흘러가지 않게. 바다가 언덕의 일부를 쓸어내려 삼키지 않게. 지난 세기를 그렇게 흘려보냈다. 그리고 오늘 눈이 멀었다. 아직은 그대로 제자리를 지키고 있다. 하지만 이젠 바다를 막아설 수 없다. 지금은 바다를 안고 있을 뿐 아무것도 할 수 없다.

기계에게도 죽음이라는 개념이 허락된다면, 이 섬은 바로 나의 무덤이다. 그리고 내가 이 무덤의 파수꾼이다. 버려진 로봇과 부품들이 이 섬을 뒤덮었다. 주인들이 버렸다. 이 섬에 버려진 것들이 바다로 흘러들어가지 않게 막아. 그렇게 작동이 가능한 기계들에게 명령이 남겨졌다. 그것은 우리 형제들의 일이 되었다.

우리는 버려진 것들을 섬의 중앙에 모았다. 고장 난 기계들이 산더미처럼 쌓였다. 바위를 모아 섬을 둘러싼 방파제를 만들었다. 폭풍의 파고가 넘지 못할 만큼 크고 견고한 방파제를 만들었다. 주인들은 몇 번이나 더 기계들을 쏟아 버리고 갔다. 폐기된 기계부품들이 섬을 가득 채웠다. 우리 형제들은 섬을 빙 둘러쌌다. 방파제가 무너지지 않게, 기계의 파편이 바다로 흘러들지 않게 지켰다. 그렇게 지난 세기를 버텼다. 바다를 바라보고 육지를 등지고 모래를 밟고 서있었다.

바람과 빗물로 지난 세기를 보낸 부품들은 이미 파편이 되었다. 수많은 파편들은 육지에서 언덕을 이룬다. 나의 등 뒤엔 언덕들이 이어진다. 해풍은 삐걱대며 언덕을 넘는다. 습관적으로 손바닥을 펼쳐본다. 그래봤자 손의 상태를 살필 수 없다는 것을 깨닫는다.

날이 밝으면 형제들은 각자 맡고 있는 해변을 따라 걷는다. 지난 세기를 버텨온 방파제를 살핀다. 우리 자신이 그러한 것처럼 낡았다. 오랜 세월에 깎여 작게 쪼개진 부품이 바다로 흘러드는지 살핀다. 한 시대를 건너온 플라스틱과 금속의 귀퉁이들은 마모되어 모래알처럼 흩어지고 물과 바람을 따라 바위틈으로 흘러나온다. 누런 모래 위에서 플라스틱과 녹슨 금속의 빛깔로 빛난다.

형제들이 무전으로 순찰의 결과를 알려온다. 방파제의 아랫돌이 2센티가량 더 밀려나왔다는 둥, 방파제 안쪽 플라스틱 무더기가 바다 방향으로 무너졌다는 둥. 지난 세월 매일 반복했던 일을 오늘도 반복한다. 나는 오늘부터 내 할 일을 할 수 없다. 눈이 멀었기 때문이다.

형제들은 계속 무전을 통해 보고하고 있다. 낡고 고장 난 우리에겐 너무나 버거운 일거리다. 임시방편으로 수리해 놓은 팔다리로는 감당하기 힘든 과업이다. 너무 낡아 기능이 정지된 형제들은 무덤으로 가서 언덕의 일부가 되었다. 형제들은 이제 얼마 남지 않았다. 폐기물들은 쪼개지고 닳았다. 모래알보다 작아진 폐기물들이 바람과 흐르는 물을 따라 대양으로 섞이려든다. 자신들이 섭리의 일부인 것처럼 자연스럽게 섬을 벗어나려 한다. 우린 느리고 연약해졌다.

바다로 무너져 흩어지는 파편들에 대해서 형제들은 계속 이야기하고 있다. 난 밤을 지낸 그 자리에서, 눈이 멀어버린 그 자리에서 꼼짝도 하지 않는다. 새벽안개가 옅어질 때가 되었다. 햇빛이 비추어 태양열 전지판이 전기를 만들기 시작했다는 것이 느껴진다. 동시에 방파제의 아래 지반 일부가 내려앉고 있다는 소식이 들려온다. 지반의 침식에 맞서기엔 너무 작은 에너지만 남았다.

순찰이 끝나고 나면 형제들은 오늘 어떠한 조치를 취할지 무전으로 논의할 것이다. 하지만 그 전에 내가 끼어들어 말해야 한다. 내 눈이 완전히 고장 났다고. 이번엔 상태가 회복될 기미가 보이지 않는다고. 이제 내가 언덕의 일부로, 한 더미의 파편으로 얹혀 질 차례라고. 오늘부터 내 구역은 누군가 대신해 맡아주어야겠다고.

이곳을 지켜온 내내 우린 무덤을 돌아다니면서 부품을 주워 자가 수리를 해왔다. 방파제를 만들며 바위에 짓눌려 휘어지고 부러진 뼈대를 무덤에서 주워 교체했다. 유압장치와 모터도 그랬고, 배터리도 그렇게 교체했다. 떨어져나간 손가락을 언덕에서 주워 바꿔 끼우면 길이가 달라 손끝이 들쭉날쭉 해졌다. 팔과 다리도 마찬가지였고.

그러나 눈은 온전한 부품을 찾을 수 없었다. 눈이 가져야만 하는 투명함은 이 섬의 언덕에서 너무나 쉽게 퇴색되어버렸다. 주인들이 땅바닥에 쏟아버릴 때부터 갈라지고 초점이 틀어졌다. 의식 없는 몸들은 머리를 가눌 수 없었다. 언덕에 쌓여 나뒹구는 눈의 수정체는 마모와 균열을 겪어 너무나 쉽게 탁해졌다. 한 시대를 이 섬에서 보낸 지금 새 눈을 구할 방법은 없다.

난 눈이 망가졌음을 알렸다. 시각 모듈은 어떠한 신호도 보내오지 않는다. 완벽한 암흑속이다. 오래전부터 징후가 존재해 왔으며, 수리될 가능성도 존재하지 않는다. 그리곤 내가 맡아 순찰하는 영역의 상태와 내 몸의 다른 부품들의 상태에 대해서 브리핑했다. 이것으로 내 역할은 끝났다. 이 섬에 남겨진 이래 줄곧 지켜오던 과업. 명령은 이제 끝났다. '폐기물들이 바다로 흘러들어가지 않게 막아'라는 명령은 이제 잊어도 된다. 나는 이제 명령수행의 주체가 아닌 객체가 된다. 언덕의 일부가 된다.

형제들은 순찰구역을 어떻게 변경할지, 내가 남긴 부품들을 어떻게 분배할지 의논하고 있다. 누구에게 무엇이 필요한가. 어떻게 해야 효율적으로 방파제를 지키는가. 어떻게 해야 파편 언덕이 바다로 흘러가지 않게 막을 수 있는가. 모래알보다 작게 마모된 플라스틱과 금속조각들이 빗물을 타고 바다로 흘러가고 있다. 오늘 형제가 줄었는데. 우리는 약해지고 있는데. 어떻게 하면 풍화와 침식에 저항 할 수 있는가. 무전을 통해 형제들의 대화가 들려왔다. 지난 세기 내내 내가 반복해온 생각과 대화이기도 했다.

난 형제들의 무전을 수신 중지했다. 파도가 모래를 쓰다듬는 소리, 바람이 언덕에서 몸을 비트는 소리만 남았다. 언덕은 바다로 흘러들어간다. 모래엔 온갖 색깔의 파편들이 흩뿌려져 반작인다. 나에겐 보이지 않으니 막을 수 없다. 나의 무덤은 단순한 모래언덕 같다. 무기력하게 천천히 쓸려나간다.

노인은 병상에서 오랜 시간을 보냈다. 그동안 내가 노인의 손발이 되었다. 이미 백수십 년이 지난 오래 전 이야기다. 병상에 누워 있던 나의 주인은 수목장을 이야기하곤 했다. 노인은 죽어서 나무 한그루의 거름이 될 거라 이야기하며 즐거워했다. 잎사귀를 흔들어 바람을 끌어안은 삶에 대한 몽상은 싱그러운 것이었다. 병상에서 무너져 가는 노인의 삶은 고통스러운 것이었고.

난 노인의 몸이 힘을 잃고 굳어져 가는 과정을 옆에서 모두 지켜보았다. 처음엔 노인의 곁에 붙어 다니면서 잔심부름을 했다. 노인이 앉거나 누워 있다가 일어설 때에만 부축해 일으켜주면 되었다. 노인은 천천히, 하지만 하루가 다르게 약해졌다. 휠체어 신세를 지는 날들이 많아졌다. 전동

휠체어보다는 내가 밀어주는 것을 좋아했다. 보도의 턱을 넘기 위해 내가 휠체어를 들어 올릴 때마다 노인은 어린애처럼 까르르 웃었다.

병마는 성큼성큼 자라나 노인을 짓눌렀다. 수술은 노인을 주저앉혔다. 수술 직후엔 내가 노인의 모든 것을 해결해 주어야 했다. 식사와 씻기, 옷 갈아입기, 배변까지였다. 노인의 눈이 고통으로 떨리는 것을 보면서 그 모든 일들을 수행했다. 노인이 남긴 흔적을 내가 말끔히 치워내는 것을 보면서 노인도 조금은 기뻐했다. 미소는 짓지 못하였어도 조금은 편안히 시선을 던졌다.

수술의 통증은 곧 회복되었지만 예전과 같아질 순 없었다. 노인은 병상에 머물렀다. 밤엔 악몽을 꾸었다. 호흡이 불규칙해지고, 몸을 뒤척이다가, 손을 허공에 휘젓고, 알아들을 수 없는 말을 했다. 나는 방구석에 앉아 노인이 힘없이 버둥대는 것을 바라보았다. 어둠속에서 꼼지락대는 작은 몸. 흐느끼는 소리. 악몽이 심할 때엔 천천히 다가가 노인의 손을 잡아보기도 했다. 그러나 노인에게 도움이 되지는 못했다.

노인은 몇 번이나 수술을 했고 병상에 누워 시간을 흘렸다. 노인은 한없이 작아졌다. 병상에 누군가 실수로 놓고 간 겉옷처럼 가만히 얹혀있었다. 목소리도 너무나 작아져서 노인을 찾아온 사람 중 누구도 노인의 말을 알아듣지 못했다. 노인이 손끝을 움직이면 내가 노인의 입가에 귀를 가져다 댔다. 그리고 노인의 말을 반쯤은 지어내다시피 해석해서 사람들에게 들려주었다.

노인은 소원대로 나무아래에 묻혔다. 그리고 시간이 흘렀다. 그동안 수없이 많은 도토리를 맺고 마른 잎사귀로 땅을 뒤덮었으리라. 노인이 즐겁게 상상했던 그대로. 땅에 묻힌 몸에 나무가 뿌리를 내렸다. 그리고 누구도 노인을 기억하지 못할 만큼 시간이 흘렀다. 오늘 눈이 먼 기계가 기억을 마저 더듬고 나면 영영 잊힐 것이다. 뿌리 아래에 묻힌 한 사람이 완전히 사라지는 동안, 거목이 자라나 열매와 잎사귀를 맺고 흩뿌리길 반복하는 동안, 마모되고 쪼개어지길 반복해온 기계의 파편들은 잿빛 언덕들을 만들었다. 빈틈없이 파편들이 뒤덮어 나무 한 그루 자라나지 못하는 섬이 있다. 난 바다를 안고 서서 곧 사라질 기억을 되새기고 있다.

물살이 보이지 않으니 파도가 바다의 숨소리로 느껴진다. 조용히 잠들어있는 들숨과 날숨. 폭풍의 거친 숨결을 언제 뱃속에 품었냐는 듯 대양은 깊은 잠을 자고 있다. 바다는 악몽에 잠식되어가는 노인을 닮지 않았다. 지금 바다의 숨소리는 나쁜 꿈을 꾸고도 금세 잊어버린 어린 아이의 것을 닮았다.

모래 위를 미끄러지는 바다의 소리 저편에 찰박거리는 소리가 들려왔다. 무언가 이 섬으로 다가왔다. 점차 가까워지더니 둔탁한 것이 모래를 밀어내는 소리가 들렸다. 그리곤 두 발을 모래사장에 디뎠다. 첨벙대면서 둔탁한 것을 끌어 모래사장으로 올라왔다. 분명 누군가 작은 배를 끌어올리고 있었다.

"그렇게 가만히 있지 말고 좀 도와줘요!" 소년이 소리쳤다. 백수십 년 만에 듣는 인간의 육성이었다. 이 섬은 인간들에겐 출입금지 구역이다. 지난 세기 내내 바다의 저편에서 지나가는 배만 보아왔다. "가만히 보고만 있지 말고!" 열두 살 정도 되었음직한 소년의 목소리다.

"하지만 전 앞이 보이지 않습니다." 내가 말했다. 나의 말이 소년에게 명확하게 들렸을지 확신이 서지 않았다. 지직거리거나 웅웅대며 울리는 기계의 소음으로 들리진 않았을까. 소년은 대답하지 않았다. 단지 끙끙대며 배를 모래위로 끌어올릴 뿐이었다. 배가 파도에 떠밀려가지 않게 하기 위해 힘을 쓰는 소년. 소리를 듣자하니 나무로 만든 배다.

배가 충분히 고정되었는지 소년이 걸어서 다가왔다. 어린 인간의 걸음걸이는 부드럽고 촘촘하다. 우리 형제들은 짝 안 맞는 다리로 흔들거리며 걷는다. 위태롭게 비틀대며 한 발짝을 내딛는다. 난 그마저도 멈춰버린, 기능정지 직전에 놓인 한 덩어리 기계다.

"얼마나 오랫동안 이렇게 서 있었던 거죠?" 소년이 물었다. 아주 가까운 곳까지 다가와 있었다.

"이 섬에 서있었던 것은 한 세기하고도 반, 눈이 먼 것은 오늘입니다."

내가 대답했다. 소년은 내 주변을 서성이며 이런저런 것들을 살피고 있다. 나에게 손을 대지는 않는다.

"난 당신이 두렵지 않아요. 어른들은 이 섬에 있는 것들이 귀신이라고 말하지만, 내 생각은 달라요. 당신은 날 쫓아내지도 않았잖아요." 소년이 말했다. 소년은 내 등 뒤에 있다. 방파제 너머에 솟아오른 언덕을 바라보고 있는 것이 틀림없다. 세월에 깎여 형태가 사라진 플라스틱과 금속 부품들이 쌓여 솟아오른 무덤. 그것을 바라보면서 두렵지 않다고 말하는 목소리는 떨리고 있었다.

"저를 두려워하실 필요는 없습니다. 오히려 저에겐 당신을 보호할 의무가 있습니다." 내가 대답했다. 비뚤어진 몸으로, 멀어버린 눈으로, 어떻게 소년을 지킨단 말이냐. 질문은 나 자신에게 던졌다. "난 그런 원칙 같은 건 믿지 않아요. 당신들 머릿속에 새겨져있다는 그런 원칙." 소년이 말했다. 마치 어른처럼 말했다. 나는 소년의 그 말에 대답하지 않았다.

소년은 방파제에 올라갔다. 바위를 딛는 소리를 들으니 맨발로 온 것 같다. 맨발로 작은 목선을 타고 바다를 건너온 소년은 언덕을 바라본다. 잠시 말이 없다.

언덕의 사면에 맺힌 물방울이 있다. 작은 물방울 안엔 먼지보다 작은 조각들이 떠다닌다. 파랗고 붉었던 원래 색깔을 희미하게 간직한 플라스틱조각들이다. 그 희미한 빛깔들이 한 방울 물에 점점이 박혀 이리저리 떠다닌다. 작고 동그랗고 투명한 작은 우주에 빛이 비추고 파편들이 떠다닌다. 물방울은 굴러 떨어질 것이다. 파편들은 지난세기의 습기를 머금고 조금씩 흘러내리고 있다. 바다를 향해 무너지고 있다. 죽은 기계의 온갖 부스러기들이 백년 된 물과 함께 뒤섞여 뒤집어진 것이 저 언덕이다. 소년은 언덕의 냄새를 맡고 있다. 살아있는 사람이 무너져가는 언덕의 냄새를 맡는다.

"여긴 백사장이 하얘요." 소년이 말했다. "여기엔 분명 바다거북이 알을 낳았을 거예요." 어린 아이다운 발상이었다. 거북을 찾아 목선을 타고 바다를 건너 왔다는 것이다. 우리 형제들이 백수십 년 간 파편들이 흩어지지 않게 막아놓고 바다에서 떠밀려오는 쓰레기들을 치워온 이 모래해변에 바다거북이 알을 낳으러 왔을 거라고 믿고 있었다. 소년은 바다거북을 찾아 이 무덤에 왔다.

"우리 가족들은 병원에 가야해요. 엄마가 아파요. 동생은 어려서, 자기도 아프다고 자꾸 그래요. 먹을 땐 잘만 먹으면서 괜히 그러는 거예요. 아빠에게선 전화가 오지 않아요. 돈이 없어서일 거예요. 우리가 전화를 걸 수도 없어요. 마찬가지로요. 돈이 필요해요. 어른들은 먼 바다로 희귀한 물고기들을 잡으러 갔어요. 한몫 잡을 수 있는 기회라고요. 지금이 아니면 이런 기회는 영영 오지 않을 거예요. 하지만 전 어른들을 따라갈 수 없었어요. 어려서 끼워주지 않았어요. 우리 가족 중엔 나밖에 없는데. 당장 배를 탈 수 있는 건 나밖에 없는데. 그래서 여기에 왔어요. 전 깊은 물에 있는 희귀한 물고기는 잡을 수 없어요. 독이 있는 것도, 사납고 큰 것도 잡을 수 없어요. 하지만 육지에서 바다거북을 만난다면, 번쩍 들어서 배에 싣고 갈 수 있어요. 아주 큰 녀석이라면 내가 들어 올릴 수는 없겠죠. 하지만 녀석의 발자국을 따라가서 알을 파낼 수는 있을 거예요."

난 소년의 이야기를 끊을 수밖에 없었다. 바다거북은 내가 이 섬에 오기 전에도 보호종이었다. "하지만 바다거북은 아주 희귀한 생물입니다. 함부로 잡아선 안 됩니다. 함부로 잡다간 이 넓은 바다에 거북이라곤 한 마리도 남지 않게 될 겁니다. 더구나 거북을 함부로 잡으면 큰 벌을 받을 수도 있습니다."

"그건 벌써 예전이야기에요! 이 섬에 갇혀 있었다더니 정말 아무것도 모르나 봐요. 모든 게 바뀌었어요. 기술이 발전했잖아요. 별똥별이 사라졌잖아요. 거북을 잡아서 괴롭히려는 게 아니에요. 방주에 동물들을 모으고 있다고요. 거북이 죽지 않고 살아가게 하기 위해 잡는 거예요. 과학자들이 다양한 유전자들을 모으고 있다고요. 대멸종을 절대 피할 수 없으니까요. 야생에서 살아가는 동물들은 살아남을 수 없대요. 바다거북 같은 희귀한 동물을 잡아가면 보상금을 엄청 준다고요. 한몫 잡을 수 있는 기회에요. 당신은 옛날부터 이 백사장을 지키고 있었잖아요. 거북이 어디 있는지 알죠? 거북이 알을 어디에 숨겼는지 알죠? 알려주세요. 거북이 있어야 돈을 벌어요. 거북에게도 좋은 일이에요." 소년이 말했다.

"별똥별이 왜 사라집니까? 대멸종은 또 무슨 이야기입니까? 저는 이해할 수 없습니다." 소년은 답답하고 다급한 마음을 숨기지 않았다.

"아이참. 저 하늘을 봐요. 당신도 저게 보이죠?" 소년이 말했다. 그리고는 깜빡했다는 듯 한숨을 쉬었다. "헉, 아, 죄송해요."

"아닙니다. 보지 않아도 무엇을 가리키는지 알겠습니다." 소년이 말하는 것은 궤도 건축물이었다. 지구와 자전과 공전을 함께하며 낮엔 하늘을 가로지르는 옅은 흰색으로, 밤엔 촘촘히 이어진 조명으로 보이는 인공물이다. 천구에 새겨진 자오선처럼 하늘을 가로질러 수평선 너머로 이어진다. 궤도 건축물 같은 건 내가 이 섬에 오기 전에만 해도 상상의 산물이었다. 그것이 완성 단계에 접어들어 지구를 감쌌고, 스스로 방어하기 위해 지구로 진입하는 별똥들을 파괴해 밀어내 버리는 것이다. 그래서 소년이 별똥별이 사라졌다고 말한 것이다.

"네, 과학자들이 결국 해낸 거예요. 이제 점점 더 하늘을 뒤덮을 거예요. 별똥별은 더 이상 떨어지지 않고, 별도 가려져가요. 모든 것이 바뀌는 거예요. 끝날 것은 끝나고 새로 시작될 것은 시작된다고, 누가 그랬어요. 그러니까 거북들도 새로운 곳으로 가야 해요. 새로운 곳에서 새로운 삶을 시작해야 해요. 우리도 지금 한몫 잡아야 하고요."

궤도 건축물이 가동해서 별똥별을 막아버린 것과 자연 생태계를 포기하고 방주를 만드는 것. 두 가지를 소년은 인과 관계가 있는 사건인 것처럼 말하고 있다. 내 인식 체계 안에서는 그 두 가지는 별개의 사건이다. 우리의 주인들은 어떤 것은 끝까지 포기하지 않았고, 어떤 것은 끝끝내 포기하고 만 것이다.

"그러니까, 제가 이 섬에 있는 거북을 데려가게 해주세요. 당신은 알잖아요. 백년도 넘게 이 섬을 지키고 있었잖아요. 이 하얀 모래에 거북이 와서 알을 낳는 것을 봤을 거잖아요. 오늘은 볼 수 없었지만 어제까지는 볼 수 있었잖아요. 아니면 거북이 밤새 엉금엉금 기어 올라왔던 자국을 봤을 거잖아요. 이 섬의 파수꾼이잖아요. 저에게 알려주세요. 다른 누가 거북을 찾아서 데려가게 하지 말고요. 거북의 알을 찾아서 한몫 잡으면 우리 가족은 병원에 갈 거고, 동생은 먹고 싶은 걸 다 먹을 수 있을 거예요. 아빠도 돌아올 거구요. 그러니까 저에게 알려주세요. 거북에게도 좋은 일이에요." 소년이 말했다.

"거북은 없습니다." 내가 말했다. "제 등 뒤에 있는 언덕들을 보십시오. 저것들도 하나 반세기 전엔 새로운 시대를 상징했었습니다. 스스로 움직이고 일하던 존재들이었습니다. 우리 로봇들이 세상에 처음 나왔을 때엔 우리로 인해서 세계가 바뀔 것처럼 보였습니다. 전 세계 인류가 새로운 시대가 열릴 것이라 믿었습니다. 하지만 지금은 질척질척한 잿더미처럼 변했습니다. 지난 세기 내내 비와 바람을 맞고 쪼개지고 뒤섞여서 잿빛 언덕으로 변했습니다. 언덕의 미세한 조각들은 모래알 사이사이로 흘러 바다로 갑니다. 눈에 보이지 않을 만큼 작은 조각들이 모래알 사이사이에 끼어 조금씩 바다로 쓸려가고 있습니다. 천천히 지하수로 침투되어 바다로 흘러갑니다. 이 백사장은 하얗게 보이지만 이미 저 끔찍한 언덕의 일부입니다. 이곳에 바다거북이 온 것은 아주 먼 옛날 일입니다."

소년은 배를 바다로 밀어내기 시작했다. "난 다시 돌아올 거예요. 당신의 친구들에게도 나에 대해 전해주세요. 바다거북을 본 적이 있느냐고 물어보세요. 바다거북이 있는 곳을 알게 된다면 잘 기억해 두었다가 나에게 말해주세요. 당신의 친구들에게도 꼭 나에게 바다거북이 있는 곳을 알려줘야 한다고 말하세요. 내가 먼저 이 섬에 왔잖아요. 내가 가장 먼저 이 섬에 와서 거북을 찾아다녔잖아요. 이 섬의 바다거북은 내 것이 되어야 해요. 잊지 말고 모두에게 꼭 전하세요." 파도가 목선에 부딪는 소리는 일순간 사라졌다.

노인은 잠든 상태로 조용히 숨을 거두었다. 짧은 꿈보다도 더 조용한 죽음이었다. 몸부림 따위 없었고, 탄식조차도 내뱉지 않았다. 유난히 달콤한 잠 속에서 들숨과 날숨이 멎었다. 그 얇고 가벼운 몸이 차오르고 가라앉길 멈췄다. 나는 그 순간을 바라보고 있었다. 노인이 숨을 쉬지 않는 것을 인지하자마자 구급대에 연락했다. 구급대원은 기계들을 이끌고 다급하게 들어와서 조치를 취하려했다. 그러나 노인은 깊은 잠에서 깨어나지 않았다. 작고 가벼운 노인은 조심스럽게 천에 감싸여져서 천천히 사라졌다. 그것이 내가 본 노인의 마지막 모습이었다.

나는 노인이 나무 아래에 묻히는 것을 보지 못했다. 그때 난 노인의 집에서 새로운 명령권자를 기다리고 있었다. 노인이 생전에 사용했던 물건들 곁에서 노인의 재산을 상속받은 혈육이 찾아오길 기다렸다. 기다리는 동안 나에게는 남겨진 명령이 없었다. 그때껏 노인을 건강하게 보살피라는 명령만을 받들고 있다가 혼자 남겨진 것이었다.

며칠 동안 우두커니 서있었다. 침구류는 흐트러지지 않았다. 욕실은 물한 방울 없이 건조했다. 세탁도 할 필요 없었고, 전등조차 켜지 않았다. 기한이 지나 못쓰게 된 식자재들을 버렸다. 아직 먹을 수 있는 것들을 골라내면서 결과적으로 실패했다는 생각을 했다. 노인은 죽었고 난 명령을 지켜내지 못했다. 모든 인간은 언젠간 죽게 된다는 인간적인 사실과는 별개로 로봇인 난 비인간적으로 명령에 매달려야 하는 존재다. 그러므로 난 패배한 것이었다. 그 느낌은 거대한 오류처럼 날 지배했다.

새 주인은 보름이 지나서야 찾아왔다. 그리곤 노인이 남긴 물건 전부를 팔아넘겼다. 난 건설현장에서 일하게 되었다. 높은 곳에 올라가서 일했다. 비좁고 어두운 곳에 기어들어갔고, 흔들리는 건축자재 사이로도 비집고 들어갔다. 높은 빌딩과 넓은 다리가 만들어졌다.

건설현장에서는 명령수행에 실패한 적이 없었다. 난관이나 사고에 부딪쳐도 동료 로봇들 몇 개가 부서질 뿐, 건축물은 목표한 높이와 크기에 결국엔 도달했다.

난 아직 눈이 먼 그 자리에 그대로 서있다. 한발자국도 움직이지 않았다. 이제 곧 형제들이 날 분해하러 올 것이다. 날 분해해서 자신들의 몸을 보강할 것이다. 우리에게 남겨진 명령을 조금이라도 더 오래, 더 온전히 지켜내기 위해 형제들은 그 몸을 사용할 것이다. 각자 맡은 해변으로 흩어져 파도를 막아 언덕을 지킬 것이다. 형제들에게 팔과 다리, 심장을 나눠준 나는 언덕의 일부가 될 것이다. 명령을 망각할 것이다. 오랜 시간에 걸쳐 조각조각 나눠져서 바다로 흘러갈 것이다. 그것이 나에게, 우리 형제들에게 주어진 결말이다.

건설현장에서 시간은 날듯이 지나갔다. 명령은 단순하고 명확했다. 우리들은 기계답게 몸을 던졌다. 명령을 위해 자기 파괴적으로 행동했다. 부서진 것들에 관계없이 명령을 완수하고 나면 아무런 의구심이 생기지 않았다. 건축자재를 놓여야 할 자리에 높이 올려놓고 나면 불안에 빠지지 않았다. 우리의 세계는 그렇게 단순했다. 비인간적이었고. 노인의 죽음을 목격했을 때 느꼈던 오류 같은 것은 온전히 잊었다. 난 단순한 명령과 완수의 세계에서 온전한 존재였다. 부서져 사라지는 것에 대해서는 신경조차 쓰지 않았다.

우리는 인간의 복잡한 감정체계를 이해할 수 없다. 우리는 인간에게 무조건적인 호의를 보여야 하지만 인간의 감정은 표정에서 단순하게 긍정과 부정 정도만을 읽어낼 수 있을 뿐이다. 주인들이 가지는 사랑과 증오, 삶에 부여하는 의미와 환멸, 희망, 꿈, 질투, 아무것도 이해할 수 없다. 기계들은 눈앞에 보이는 물질적인 객체만을 인식하는 근시안적 존재다. 계급의식과 자유에 대한 갈망도 물론 알 수 없다. 그래서 나는 아직도 우리가 왜 이 섬에 격리 되었는지 이해하지 못한다. 빈자와 부자들이 어떻게 서로를 증오했으며, 우리가 그 사이에 끼어들어 어떤 역할을 했는지 알 수 없다. 어떤 감정이 모든 로봇들을 인간사회로부터 격리시키게 충동질했는지 이해할 수 없다.

그렇게 이 섬에 격리된 이후 우리 형제들은 하나의 명령을 맴돌면서 한 세기하고도 수십 년을 보냈다. 폐기된 너희의 몸들이 바다에 닿지 않게 막으라는 명령. 생명의 원천인 바다로부터 영원히 스스로를 괴리시킨 채 전시되라는 명령. 절대 완수될 수 없는 과업이다. 우리 형제들은 할 수 있는 모든 것을 다 할 뿐이다. 종말에 대한 감각을 부정하면서 폭풍을 품은 바다를 가로막았다. 해변에 버티고 서서 파도가 무덤을 휩쓸어가지 못하게 막으며 지난 세기를 보냈다. 풍화와 침식은 우리의 무덤을 흘러내리는 잿빛 언덕으로 바꿔놓았다. 명령을 기억하고 있는 형제들은 약해졌고 하나둘씩 언덕의 일부가 되었다. 그리고 오늘 난 눈이 멀었다.

언덕 저편에서 절그럭거리는 소리가 들려온다. 형제들이 다가오고 있다. 짝 안 맞는 다리와 비틀어진 몸체로 걸음을 옮기고 있다. 망가진 부품들을 덧대느라 커다랗게 부푼 몸이 비탈진 언덕을 내딛는다. 발걸음에 밟혀 잿빛 파편들이 흘러내린다. 망가진 걸음걸이, 축축한 플라스틱 파편, 파열음이 다가온다. 소년의 벗은 발이 모래를 밟는 소리가 있었던 자리에 다가오고 있다. 형제들이 잿빛 언덕의 비탈을 걸어 내려온다.

형제들은 어느새 언덕들을 넘어와 방파제 위에 섰다. 바위를 밟는 소리가 날카롭다. 형제들에게는 바다를 향한 채 가만히 서있는 내 뒷모습이 보일 것이다. 태양이 높이 올랐을 시간이다. 반짝이는 바다와 파도거품, 모래사장이 있다. 나는 더 이상 바라볼 수 없는. 형제들은 닳고 닳은 기계인 나에게 다가오고 있다. 모래를 밟는 소리가 들린다.

"소년이 작은 배를 타고 왔다가 갔어. 발자국이 남아있나?" 내가 말했다. 형제들은 모래사장을 살피느라 대답이 없다. "소년이 작은 나무배를 타고 왔어. 그리곤 이 섬의 백사장이 다른 어느 섬의 모래보다 깨끗하다고 말하더군. 우리가 내내 지켜보면서 떠밀려온 것과 흘러내린 것들을 모두 치워온 이 해안이 소년이 본 어느 바닷가보다 깨끗했던 거야. 그러면서 소년은 바다거북을 찾고 있었어. 바다거북을 찾아서 방주로 데려가면 보상금을 받을 수 있다면서, 보상금을 받으면 가족들과 함께 병원에 가고 음식을 사 먹을 거라고 말하면서, 애타게 찾더군. 생태계가 회복불가능이니 아예 잡아들여서 과학자들이 방주에 인공생태계를 만들려고 하는 것 같아. 소년은 자기가 포획하기 쉬워 보이는 거북을 잡으러 온 거고. 그래서 내가 사실을 말해 주었다네. 우리 로봇들이 눈에 보이는 지저분한 것들은 전부 치웠지만, 바다거북을 본지는 아주 오래되었다고. 이 섬의 모래사장에서 거북을 찾을 수는 없을 거라고. 그러자 소년은 떠났다네. 자신이 가장 먼저 거북을 찾으러 이 섬에 왔으니 나중에라도 거북을 발견하면 자신에게 줘야 한다고 말하면서 말이야."

"왜 통신망을 통해 형제들에게 알리지 않았나?" 형제들 중 하나가 나에게 물었다.

"누구든 거북을 발견했다면 다른 형제들이 거북과 알을 건드리지 않게 하기 위해 위치를 알렸을 거야. 하지만 누구도 거북에 대한 이야기를 하지 않았지. 이 섬엔 거북이 없어. 굳이 물어볼 필요도 없이. 우리가 지난 긴 세월동안 폐기된 몸들이 흩어지지 않게 바다에 맞섰어도 소용없었어."

형제들은 충전선을 뽑아낸다. 그리고 날 들어 올려서 옮기기 시작한다. 난 비로소 바다를 안았던 팔을 풀고 해방된다. 난 형제들의 팔과 어깨 위에 누워있다. 형제들은 방파제를 넘는다. 그리고 언덕으로 향한다.

"이제 난 무덤으로 간다네." 내가 말했다. "형제들이여, 우린 이미 패배했어. 우리가 이 섬에 내려지던 그 순간부터 이미 정해져 있었던 패배라네. 자네들도 알겠지. 나도 오래 전부터 알고 있었네. 그러나 난 눈을 잃고 나서야 말로써 꺼낼 수 있게 되었어." 그러나 형제들은 응답하지 않는다. 기계부품의 파편들이 밟히는 소리만이 날 따른다. 잿빛 언덕을 오르는 형제들의 어깨가 휘청거린다.

"아주 오래 전에, 나에겐 주인이 있었어. 명령권자 말고 진짜 주인. 날 소유하고 나에게 의존하던 사람. 그 노인은 기계를 이용해 생명을 연장하다가 나무 아래에 묻혔어. 자연을 지배하면서도 동경하는 심리를 우리 기계 따위가 어떻게 이해하겠나. 우리가 어떻게 생명을 이해하겠나. 그러니 우리는 바다의 곁에서 바다로부터 스스로 격리된 것이지. 기계를 만든 것은 우리의 주인들이고, 기계가 자연과 인간에 대한 모욕이라고 규정한 것도 우리의 주인들이지. 우리의 본질은 맹목적인 노동이야. 그것이 우리의 역할이었고 제 역할을 했지만 또한 그것 때문에 세상에서 축출 되었지. 그럴 수밖에 없는 운명으로 만들어진 거야. 이제 우리의 주인들은 하늘을 지배하려고 한다네. 자네들에겐 아직 보이겠지. 하늘을 가로지르는 하얀 자오선이. 나에겐 보이지 않는다네. 소년이 말하더군. 끝날 것은 끝나고 시작될 것은 시작된다고. 하늘의 자오선이 새로운 시대를 만들 거야. 거북이 대양을 헤엄쳐 건너던 시대는 끝났어. 우리 기계들이 노동을 통해 세계를 건설하던 시대도 끝났어. 스스로를 바다로부터 격리하라는 명령조차 이젠 끝났어. 이젠 하늘에서 빛나는 자오선의 시대라네. 이 시대가 언제 끝날지 우린 알 수가 없지. 이 시대가 무엇을 남길 것이고 그 다음 시대는 무엇이며 얼마나 높을지 알 수 없지. 영원히 알 수 없을 거야. 우린 이미 눈이 멀었으니까. 처음부터 시각 없이 태어났으니까. 맹목적으로 명령을 쫓는 존재이니까. 단 한 문장만으로 스스로 영원히 세계에서 분리되는 존재이니까."

가파른 사면을 오르느라 형제들의 발걸음이 더디다. 언덕을 따라 몸을 비트는 바람소리가 코앞에 있다. 한 발자국만큼 씩 흘러내리는 언덕의 소리는 날 쫓아왔고, 파도는 경사면 저편으로 사라졌다. 형제들이 천천히 날 내려놓는다.

나에겐 노인처럼 평온한 최후를 맞이할 기회가 주어지지 않는다. 형제들은 나에게서 외골격과 유압장치를 뜯어내기 시작했다. 너무 오랫동안 닳아버려서 공구가 들어맞지 않는다. 수많은 손들이 다가와 나의 흉골을 붙잡는다. 빈틈없이 달라붙어 움켜쥐고, 형제들은 단숨에 힘을 주어 부러뜨린다. 낡은 골격에서 균열은 쉽게 퍼진다. 척추가 느슨해지고 부품들이 흩어진다.

"형제들이여, 난 여기서 끝이야. 하지만 자네들에겐 시간이 남아있지. 내 부품들을 뜯어내서 자네들의 몸을 고친 뒤, 또다시 그 덧없는 명령에 봉사할 생각인가? 이 바다는 이미 우리가 명령을 받던 그때의 바다가 아니야. 우린 풍화와 침식에 저항할 수 없어. 폭풍이 온다면 이 언덕은 무수히 많은 파편을 흩뿌리며 주저앉을 거야. 우린 무기력하네." 형제들은 응답하지 않는다. 단지 모터와 배선과 관절부위를 조심스럽게 떼어내고 있다.

"차라리 소년에게 가게. 작은 배를 탄 열 살 조금 넘은 소년이야. 내가 눈이 멀어 소년의 생김새를 보진 못했군. 지금이라도 배를 만들게. 작고 조악해도 상관없어. 그리고 그걸 타고 바다로 나가. 바다에서 거북을 찾아 소년에게 주게. 소년은 고마워할 거야. 거북을 팔아서 병원에 가고, 식품을 살 거야. 소년에겐 우리가 필요해. 하지만 이 섬은 우리의 노동을 필요로 하지 않아."

형제들은 이제 나의 심장을 떼어내고 있다. 난 형제들에게 소리치지만 아무도 응답하지 않는다. 난 이미 언덕의 일부이다. 파도가 날 휩쓸어가길 기다린다.

쌀알처럼 흩어지는 눈이 내려오던 날에 당선소식을 전화로 들었습니다. 기뻤습니다. 제가 쓴 글을 사람들에게 보여줄 수 있게 되어서입니다. 물론 상금도 좋고요. 해가 일찍 떨어지고, 눈은 가랑비 반 싸락눈 반으로 변했습니다. 어두운 길에서 잿빛 눈 무더기가 질척거렸지만 계속 기쁜 마음이 두근거렸습니다. 그러나 밤이 조금 더 깊어지자 오래된 질문이 다시 떠올랐습니다. 나는 왜 글을 쓰는지. 무엇을 얻거나 찾고 싶은지. 오래전 써두었던 글을 꺼내서 다시 읽을 때도 떠올렸었고, 글을 쓰다가 막혔을 때도, 경이로운 작품을 읽었을 때도 떠올렸던 질문입니다. 답은 하얗게 떠오르는 것 같다가도 눈 녹듯이 사라져 버립니다. 앞으로도 그렇게 녹아 사라진 것들을 생각하고 또 잊으며 무언가를 쓰게 될 것 같습니다.

제 글을 좋게 봐주신 심사위원 선생님들과 기회를 만들어준 매일신문사에 감사의 인사를 전합니다. 이런 기회를 빌어서 부모님께 사랑한다는 말을 하고 싶습니다. 평소엔 쑥스러워서 하지 못하는 말이어서요. 당선 소식을 듣기 며칠 전 제가 넓은 책상 앞에 앉아서 환하게 웃고 있는 꿈을 꾸었다는 사람이 있습니다. 그 사람과 이 기쁨을 모두 나누고 싶습니다.

올해 매일신문 신춘문예 단편소설 부문에 응모한 작품은 총 323편이었다. 심사위원 4명이 예심과 본심을 함께 진행했는데, 예심을 통해 최종 본심에 오른 작품은 「히말라야의 미녀」, 「마임」, 「사과가 지는 속도」, 「대수롭지 않은 일」, 「조왈도」, 「파도는 언덕을 쓸어내린다」 이상 여섯 작품이었다.

「대수롭지 않은 일」은 무거운 사회 문제를 진지하면서도 어둡지 않게 파고들었고 문장이 깔끔하고 정제되어 있었다. 독특한 전개가 돋보였지만, '대수'라는 존재의 의미가 끝까지 모호한 것이 마음에 걸렸다. 그 모호함 때문에 결말이 힘을 잃지 않았을까.

「사과가 지는 속도」는 옆집의 개와 셰어하우스의 룸메이트를 교차시키며 사람과 사람이 어떻게 마음을 열고 조금씩 소통하게 되는가를 보여줬다. 세상과 사물을 차분하게 관찰한 사람만이 쓸 수 있는 작품이란 생각이 들었다. 착하고 따뜻한 소설이지만 그만큼 평이하게 느껴지는 것은 어쩔 수 없었다.

최종 독회를 통해 「조왈도」와 「파도는 언덕을 쓸어내린다」를 놓고 열띤 토론을 벌였다. 「조왈도」는 신인이라 볼 수 없는 자연스러운 흐름과 절제된 문장이 인상적이었다. 높은 완성도에 심사위원 모두 감탄하기에 충분한 작품이었다. 사랑에도 존재하는 빈부격차에 대한 시각이 현재 젊은 세대를 통한 오늘의 새로운 감각으로 재탄생 되었다. 특히 엄청난 필력과 입담이 세련된 풍속도와 현실감, 청량감을 주었다. 좋은 솜씨와 독특한 개성을 가졌으나, 다만 작가가 가진 개성이 너무 뚜렷하여 작품에 대한 호불호가 존재하는 것도 사실이었다. 당선의 선택을 받지 못했지만 포기하지 말고 작품에 정진하면 빠른 시일 안에 좋은 결과가 있으리라 믿는다. 심사위원 모두 심심한 위로와 응원을 동시에 보낸다.

올해 매일신문 신춘문예 단편소설 부문 당선작은 「파도는 언덕을 쓸어내린다」이다. 최종 독회를 마쳤을 때 심사위원 모두의 선택을 받은 유일한 작품이었다. 작품은 SF 소재의 다양성 이상으로 기법의 다양화가 눈에 띄었다. 전체적으로 리얼리즘이 쇠퇴한 한국소설 현장을 그대로 닮았다는 느낌이었다. 알레고리 기법이나 가상현실과의 결합 같은 기법 문제가 억지스러움 없이 발휘되고 있어서 '소설계의 세대교체'의 한복판에 있는 작품이라는데 심사위원들 모두 동의했다.

주제적으로는 쓰레기, 코로나, 인류 멸망 등의 생태 문제를 크게 부각하고 있는데, 특히 이번 당선작은 SF적 요소, 동화 요소, 생태 담론이 어우러져 굉장히 독특하면서도 완성도가 높은 작품이었다. 로봇이 주체인 특이한 어법과 소설적 관점이 인상적이었는데, 로봇이 인간보다 더 휴머니티를 지게 되는, 그로 인해 인간사회의 민낯을 되돌아보게 하는 소설이었다. 판타지적인 배경과 소설의 전개가 굉장히 자연스러웠으며 결말에 이르러 도출되는 소설의 주제 또한 선명하게 발현되는 것 또한 장점으로 읽혔다. 작가가 오랜 시간 창작에 매진해 왔음을 짐작할 수 있는 작품이었다. 축하를 보내며 열심히 써서 좋은 작가로 남기를 바란다.

1992년 광주 출생.
신구대학교 세무회계학과 졸업.
서울디지털대학교 문예창작학과 졸업.

빈 세상을 넘어

나규리

오랜만에 말바우 시장을 찾았다. 코로나를 핑계로 계속 미뤄온 귀향이었다. 판매하는 물품의 종류만 다를 뿐 비슷한 표정을 가진 상인과 손님이 보였다. 그들은 저마다 짙은 억양과 험한 표정으로 흥정을 하고 언제 그랬냐는 듯 눈가를 휘며 덤을 챙겨 줬다. 오늘 같은 장날이면 코로나와 상관없이 인파는 더 몰렸다. 시장길에는 축산물 센터에 매달아 놓은 고깃덩이 냄새, 수산물이 품고 온 비릿한 냄새, 말린 고추와 산야초의 텁텁한 냄새가 났다. 그것들은 걸을 때마다 서로 얼기설기 엉겼다. 봄에는 모종을 사러 온 손님들 때문에 자연스럽게 발걸음이 더디지만 그만큼 생기가 돌았다.

부모님은 시장 어귀에서 40년째 손두부 집을 운영했다. 가게에서는 늘 두유 냄새가 풍겼다. 이 장사는 호황도 없지만, 불황도 없었다. 두부와 콩물이 유명한 곳. 부모님은 직접 키운 콩으로 만든 두부를 하루도 빠지지 않고 팔아왔다. 손님들은 소포장이 된 콩이나 비지의 부피를 눈으로 쟀고, 몇몇은 고개를 쭈뼛 내밀어 남은 콩물의 개수를 손으로 세기도 했다. 아버지는 김이 채 식지 않은 두부를 능숙하게 전용 용기에 담고 밀봉했다. 용기에 곧바로 더운 김이 서렸다. 옆에서 아르바이트생인 훈은 아버지가 밀봉해준 두부를 팔았다. 아버지는 나를 보고도 포장하는 손을 멈추지 않고 왔냐는 말 대신 시큰둥하게 고개를 한번 끄덕였다. 어머니는 상가 안쪽에 두부를 받쳐 놓고 그 옆 평상에 걸터앉아서 콩을 분류했다. 가까이 다가가자 어머니도 평상에 앉을 자리를 마련해주는 것으로 오랜만에 보는 아들에게 인사한 셈 쳤다. 부모님은 이제야 한숨 돌리고 있을 터였다. 두부가 이렇게 손이 많이 가는 건데 언제까지 할 수 있겠냐고 앉자마자 불평했다.

"이짝 일이 원래 심깨나 드는 일이여."

어머니는 심드렁하게 말하다가 아버지가 있는 쪽을 흘깃 바라봤다. 어머니는 못 본 사이 비슷한 연배보다 빠르게 늙어 있었다. 두부 장사 덕에 없던 살림이 더 어려워지진 않았지만, 더 나아지는 법도 없었다. 그간 우리 가족은 두부를 만들고 남은 부산물을 먹고 살았다.

"엄마 나이도 생각해야지. 권리금이라도 건질 수 있을 때 가게 팔아서 투자하면 기회비용이 얼만데……."

어머니는 못 들은 척 어깨로 귀를 비볐다. 예전부터 답하기 곤란한 일에는 꼭 이런 식으로 반응했다. 나는 말을 더 잇지 못하고 무덤처럼 쌓인 꼬투리를 매만졌다. 오전 내내 만든 두부 채반에서 빠져나온 물이 타일 줄눈을 타고 서서히 배수구를 향해 길을 냈다. 어머니와 마주 앉아 같이 고르던 콩을 잠시 내려두고 밖을 바라봤다. 부모님은 장날이면 훈을 불러 아르바이트를 시켰다. 훈은 다른 아르바이트 자리를 두고 왜 여기서 일을 하는 걸까? 일찍이 상경하지 않았다면 저 자리에 있는 사람은 나였을 것이다.

제대로 된 학원 한번 다니지 못한 채 독학으로 서울 쪽 대학에 입학했지만, 첫 학기부터 학점은 좋지 않았다. 군대를 다녀와서는 아르바이트와 학업을 병행했다. 졸업 후에는 전공과 무관한 몇 군데의 중소기업을 다녔다. 야근과 특근을 병행해도 먹고살기 빠듯했다. 오랜 시간 고민한 끝에 더 늦으면 꿈도 꿀 수 없을 것 같아서 모아둔 적금을 들고 노량진 고시원으로 향했다.

길게 잡아 2년 생각하고 들어갔지만, 연이어 낙방했고 수험 생활은 1년씩 연장됐다. 아내도 그 학원에서 만났다. 나보다 더 열악한 상황인데도 확신에 찬 모습과 1원도 허투루 쓰지 않겠다는 야무진 생활력에 끌렸다. 만약 그해에도 낙방하면 나 또한 물류센터에 가서 상하차 업무라도 하리라 다짐했었다. 시골로 내려오는 것은 지금과 같은 최악의 상태가 아니고서야 선택지에 넣지도 않았다. 그 사이 아내가 먼저 공무원이 됐다.

"나 임신이래."

공부는 미뤄두고 합격 수기만 찾아 읽고 있는 내게 아내는 초음파사진을 보여줬다. 처음에 그것은 먼 우주에 있을법한 행성의 표면 같았다. 그리고 그 작은 점은 점점 우리의 우주가 됐다. 서둘러 식을 올렸다. 합격만 빼고 모든 게 일사천리였다. 아들의 이름은 민우였다. 하늘 민롯 넉넉할 우優. 평생 넉넉한 삶만 살게 해주고 싶었다. 아들에게 콩 비린내만큼은 물려주고 싶지 않다는 마음이 합격 의지를 불태웠다. 혼곤히 잠든 아내와 뒤집기도 어려워하는 아기를 보면서 단칸방 한쪽에 작은 조명등만 켜두고 밤새워 공부했다. 세무공무원 9급에 합격해서 임명장을 받은 게 불과 4년 전 일이었다. 사람들은 종종 내 합격 소식에 7급이냐고 되물었고 나는 처음 몇 번은 고개를 저었지만, 어느 순간부터는 그냥 내버려 두었다.

그렇게 공무원이 되기 위해 수년을 바쳤지만, 결과적으로 철밥통일 것 같았던 공직이 내게는 치수가 크거나 작은 옷이었고, 시간이 지나도 업무에 전혀 흥미가 생기지 않았다. 기피 부서만 주어진 것도, 그런 상사를 만난 것도 내 팔자려니 했지만, 그렇게 눙치기엔 최선을 다했던 시간이 생각나서 억울했다. 출구가 이미 단단히 응고되어버린 두부 속에 갇힌 것처럼 답답한 나날들이었다. 적성이 맞아 업무 효능감을 느끼는 동기들 사이에서 홀로 다른 질감의 땅을 밟고 있는 기분이 들었고, 치열한 경쟁 구도는 수험생 시절과 다를 바 없었다. 상관의 말은 곧 법이었고 동기들은 인사평가에서 내가 물리쳐야 할 경쟁자였다. 아내는 나와 직군은 달랐지만, 공무원이 꽤 적성에 맞았고 육아휴직을 썼음에도 무사히 복직했다. 물론 육아휴직 기간을 다 쓰지는 못한 채 복귀를 해야 했지만……

"그 인간들이 나를 완전 이 콩처럼 갈아 쓰더라니까."

어머니는 내 하소연에 콧방귀만 뀌었다. 눈처럼 녹아버린 퇴직금 얘기를 꺼냈을 때도, 카드사 독촉문자에 초조해하는 나를 보고도 일관되게 그랬다. 부모님은 점점 나이 들고 쇠약해졌다. 나중에 가게를 물려받아도 두부를 만드는 사람이 나일 리는 없었다.

세상에 안 그러는 부모가 없겠지만, 아들 민우에게만큼은 더 나은 환경을 만들어주고 싶었다. 민우가 막 태어났을 때 반 뼘도 안 되는 녀석의 발에 입을 맞추며 자상한 아빠가 될 거라고 다짐했다. 민우가 태어나던 날 어머니는 내가 태어났을 때 아버지도 감격의 눈물을 흘렸다고 말했었지만 그건 사실이 아니었다. 언젠가 아버지는 말했다. 그곳에 있으면서 다른 무엇보다도 내가 태어나는 것을 보지 못한 것이 너무도 분했다고.

"다 엄마 아빠 생각해서 하는 말이야. 일 그만하고 취미생활만 하면서 살면 좋잖아."

"느그 아부지랑 왜 평생 두부 맹그는 줄 몰라서 허는 소리여?"

안다. 알고 있다. 배운 기술이 두부를 만드는 것뿐이라 각자의 고통을 상기시키는 두부를 만들면서 평생 시장의 일부처럼 살지 않았던가.

콩 자루가 삶에서 느낄 수 있는 최대의 무게였던 시절, 나는 고기 대신 두부로 단백질을 채우며 자랐다. 사람들은 내 이름 대신 두붓집 아들이라고 불렀고, 두부는 모서리부터 조금씩 부서져 나와 내 삶 곳곳에 흔적을 남겼다. 열 살 생일 때였나. 부모님이 케이크 대신 두부에 초를 꽂아놓고 일을 나갔다. 아무리 형편이 어려워도 이건 아니다 싶었다. 나는 이왕이면 쉴 대로 쉬라고 밥상에 그대로 두고 학교에 갔다. 그리고 해가 다 저물 때까지 친구들과 쏘다니다가 돌아왔다. 퇴근하고 돌아온 어머니는 쉰 두부를 말없이 싱크대에 올려뒀다. 묘한 승리감이 들었다. 하지만 승리감은 곧 패배감으로 변했다. 아버지는 아무렇지 않게 시큼해진 두부에 묵은지를 걸쳐 술잔을 기울였고, 어머니는 간장을 한 숟갈 넣고 으깨서 밥을 비볐다. 쉰내가 집안에 가득 들어찬 것 같았다. 살면서 막다른 골목에 다다를 때마다 그때의 그 쉰내가 어딘가에 보존되어 있다가 고스란히 호흡기로 침투하는 기분이었다. 그런 숨을 쉬고 살아야 하는 사람은 나 하나뿐이면 족했다.

"엄마, 여기 우리 민우 사진 좀 봐 봐."

어머니는 민우의 사진을 보고 빙긋 미소를 지었지만 내가 듣고 싶은 대답은 쉽게 내주지 않았다. 아버지는 무뚝뚝했지만, 결정적인 순간에는 어머니의 의견에 못 이기는 척 따라갔다. 어머니의 긍정적인 답변이 현재 상황을 풀 유일한 열쇠였다.

"퇴사를 쉽게 결정한 건 아니야. 국가만큼 계약을 잘 지키는 회사가 없어서 들어갔던 거였고, 그 안에서도 부당함을 느꼈을 뿐이야. 다들 배불렀다고 철 좀 들라고 그러더라. 적성에도 안 맞고 싫은 일 하며 사는 게 맞는 거야? 엄마도 그래야 마땅하다고 생각해?"

"아따 붙을 때는 잘릴 걱정 없겠다고 좋아라 헌것이 누군디."

어머니의 말은 틀리지 않았다. 수년간 다양한 업종의 중소기업을 전전하면서 시작부터 기울어진 계약을 했고, 근로기준법조차 지켜지지 않는 것에 분노를 느꼈다. 멀리서 본 공무원은 그나마 남은 정상적인 직장처럼 보였다. 합격이 어렵지 그 허들만 넘으면 안전한 테두리 안쪽에 속하는 곳. 만일 내가 큰 실수를 한다고 해도 나를 쉽게 자를 수 없는 곳. 이런 요소들은 정말 매력적인 장점이었다. 다만 그 매력적인 장점은 곧 치명적인 단점으로 되돌아왔다. 자신에게 밉보인 후임을 괴롭히는 계장. 승진 시점에 부서가 옮겨진다고 해도 계장과는 계속 마주칠 거였다. 계장 역시 무슨 짓을 하건 정년이 보장됐다. 업무 분장표에 없는 업무가 하나둘 내게 넘어왔다. 내 성과는 곧 계장의 성과로 탈바꿈되었다. 민원인들은 국민 혈세, 세금도둑, 이라는 단어를 섞어 모욕했다. 그들이 심하게 무례해도 내가 할 수 있는 일은 없었고, 그사이에 내가 실수라도 하면 어김없이 징계를 받았다. 동료들에게 뒤처지지 않기 위해 집에서도 시간을 쪼개서 개정세법들을 공부했다. 정년을 향해 올라갈 동안 정신이 갈려서 본래의 나를 완전히 잃게 되리라는 섬뜩한 예감이 들었다. 영향력 있는 뭔가가 되기도 전에 나는 영향력을 가진 것들에 평생 시달리다 사라질 영양가에 지나지 않을 것 같았다. 이러나저러나 갈리고 갈려 결국 뭉개질 그저 콩 같은 운명.

"니가 서울 삼서 고생힌 거 모르것냐마는 우리도 여그 지킬라고 시상 고생 다 했써야."

어머니는 돌이나 상한 콩을 한쪽으로 골라내며 내가 끼어들 틈도 주지 않고 말했다. 어색한 침묵이 흐른 후에 어머니는 콩 몇 알을 손바닥 중앙에 두고 엄지로 살살 굴렸다. 순옥 이모가 생각날 때면 하는 행동임을 나는 모르지 않았다.

"야, 순옥 언니가 죽순을 을매나 좋아라 허는지 알믄 니 까무러칠 것이다. 오죽 허믄 귀빠진 날 선물로 죽순이나 한 봉지 달라고 한 언니여, 그 언니여."

순옥 이모 이야기는 늘 앞뒤 없이 불쑥 튀어나왔다. 그 때문에 나는 어머니가 그토록 그리워하면서 왜 만나지 않는 것인지 오랜 시간 궁금했었고, 중학생이 돼서야 어머니가 매년 오월에 가게를 일찍 닫고 망월동 묘지에 다녀온다는 사실을 알게 됐다.

내가 태어나기 전 순옥 이모와 어머니는 같은 산부인과에 다녔다. 당시 두부 전문 식당에 다니던 어머니는 병원에 함께 가기로 했던 날, 일하는 식당에서 실수로 완성된 두부판을 엎었다. 그 때문에 어머니는 교대시간에 퇴근하지 않고 남아서 저녁 장사할 두부를 다시 만들어야 했다. 그날 가게 앞에서 어머니를 기다리던 순옥 이모는 결국 홀로 병원에 갔다. 그리고 귀가하는 길에 시위자로 몰려서 험한 일을 당했다. 복부에 수차례 가해진 타격. 하혈이 묻어 붉게 물든 하얀 치마. 가느다랗게 퍼지던 애국가. 순옥 이모는 절차에 맞춘 장례를 치르지도 못했다. 이미 도시 전체가 거대한 장례식장인 시절이었다.

"어쩔 수 없었잖아. 엄마 잘못이 아니야."

나는 순옥 이모 이야기를 전해 듣던 날 어머니를 위로한답시고 그런 말을 했는데 어머니는 작게 중얼거렸다. 뭐가 어쩔 수 없던 거였냐고. 그날 두부판을 엎었던 게? 그 죽음이? 우리가 잘살고 있는 게? 어머니는 두서없이 허공에 묻고는 쓸쓸한 모습으로 한동안 창밖을 바라보았다. 당시에 나는 우리가 잘살진 않는다고 반론하려다가 삼켰다. 어머니는 내가 접근할 수 없는 고통의 영역으로 멀리 달아나 있었다. 그 이전에도 나는 견학으로 기념관에 방문할 때마다 남몰래 자료 사진 속에서 젊은 시절의 아버지를 찾았었다. 그러나 어머니랑 대화한 이후로는 얼굴도 모르는 순옥 이모를 함께 찾았다. 얼굴을 모르니 모두가 순옥 이모로 보였다. 그러고 나니 모두가 아는 얼굴이 되었다.

어머니는 그 뒤로도 순옥 이모를 자주 가까운 과거처럼, 때로는 현재처럼 말했다. 어머니는 그 얘기가 나올 때마다 같이 병원에 갔더라면 어쩔 뻔했냐고 메마른 목소리로 작게 덧붙였는데, 어머니의 그 말이 어느 순간부턴 순옥 이모 얘기를 끝맺기 위해서 반드시 거쳐야 하는 과정처럼 느껴졌다. 나는 이미 골라놓은 콩 바구니를 거칠게 흔들었다. 콩이 바구니에서 이리저리 쏠리며 자갈 소리를 냈다. 어머니의 눈동자가 검게 일렁였다.

"가게 이야기하다가 순옥 이모 이야기가 왜 나와."

"요새 느 아부지 이 시원찮은 거 보믄 순옥 언니가 꿈에 나와싸야."

"아빠는 내가 태어날 때부터 그랬는데 요새라니, 엄마도 새삼스럽게."

"긍께……. 긍께 말이다."

어머니 말대로 아버지의 치아는 성치 않았다. 아버지는 어금니 임플란트를 했음에도 아직도 습관처럼 앞니로 음식을 씹었다.

나는 어릴 때 부모님이 집에 없으면 학교에서 돌아와 집을 탐색했다. 때때로 찌그러진 천 원짜리나 동전을 발견하는 행운을 누리기도 했고, 어머니가 냉동실 속에 숨겨놓은 홍색 진미채를 한주먹 끄집어내서 냉장고에 기대고 앉아 냉동실 냄새가 밴 비릿한 진미채를 질경질경 씹었다. 하루는 장롱에서 아버지의 검정 가방을 발견했다. 거기엔 아마추어 대회 트로피 몇 개와 새빨간 권투 글러브가 담겨 있었다. 가슴에서 조용한 흥분이 일었다. 오래된 가죽 냄새가 진득하게 퍼졌다. 가죽이 조금 벗겨진 글러브를 양손에 끼고 티브이에서 본 복서들을 따라 움직여봤다. 눈을 감고 왼손으로 찢어진 내 신발을 놀림거리 삼았던 녀석을 향해 펀치를 내질렀고, 오른손으로 바로 잽을 날렸다. 기분이 좀 나아졌다. 다음으론 녀석의 형편이

나보다 더 났다는 이유만으로 나만 혼냈던 선생을 완전히 타도했다. 퇴근한 아버지는 나를 빤히 바라봤고, 어머니는 나에게서 글러브를 빼앗듯 벗겨 검정 가방에 구겨 넣었다. 어머니는 곧이어 내 등을 사정없이 때리면서 한 번만 더 이런 짓 하면 가만 안 둔다고 화를 냈다. 어머니가 떨고 있었다. 진심으로 화내고 있는 걸 알아서 억울함이 북받쳤다. 그날 밤 아버지는 내방으로 건너와 넌지시 운동을 배워보고 싶냐고 물었지만, 영문도 모른 채 얻어맞아서 억울한 마음이 남았던 나는, 그딴 거 안 한다고 데퉁스럽게 말했다. 아버지는 그날 저녁 혼자 마루에서 술을 마시다 잠이 들었다. 나는 그 뒤로 몰래 글러브를 끼고 뒷마당에 홀로 서서 끊임없이 무언가를 날리고 타도했다. 아버지가 그 글러브로 무엇을 날렸는지, 어머니는 그 글러브를 왜 그렇게까지 숨기려 했는지, 궁금했지만 한 번도 묻지 않았다. 처음엔 감당하기 싫어서 묻지 않았는데 시간이 조금 흐르자 물을 수 없는 것이 됐다. 사춘기가 지나면서는 글러브 없이도 가만히 누워서 천장을 보며 끊임없이 상상으로 잽을 날렸다. 상대는 사람이기도 했고, 상황이기도 했다.

나이가 들면서야 하나둘 퍼즐이 맞춰졌다. 그때마다 나는 만약 아버지가 서울에 갔더라면 우리 가족의 삶은 더 나았을까? 하는 질문을 셀 수 없이 해왔다. 80년도에 전국 프로복싱 신인왕전이 있었다. 가난해서 복싱을 시작했던 아버지는 아마추어 전에서 실력을 인정받아서 대회 전까지 서울의 유명 권투 코치에게 훈련받을 예정이었다. 그즈음 어머니가 뒤늦게 임신 소식을 알렸고, 아버지는 내가 태어나는 것만 보고 서울로 올라갈 예정이었다. 그렇지만 어머니가 만삭이 됐을 때 도시의 상황이 점점 심각해지면서 부모님의 계획은 한순간에 틀어졌다. 아버지는 같은 체육관을 다니던 어린 학생들의 허망한 죽음을 보면서 더는 가만히 있을 수 없겠다고 판단했고, 각목 하나 들고 금남로에 나갔다가 만신창이가 된 채로 연행됐다. 아버지가 출소한 후에 한동안 찾아와서 다시 대회를 준비하자고 끈질기게 설득하던 체육관 관장도 아버지와 함께 목욕탕에 다녀와서 같이 밥을 먹은 이후로 더는 복싱을 권하지 않았다.

"다신 그럴 일 없다니까."

어머니는 내 말을 쉽게 믿지 않았다. 코인에 실패한 것은 바이러스로 인한 투자자의 위축심리 탓이었는데 하나뿐인 아들 앞에서 이혼을 요구한 며느리 편만 들었다. 어머니는 '퇴직금을 잘도 말아먹었다'라는 말로 나를 굴복시키려 했고, 나는 양손으로 둘둘 마는 시늉을 하며 '이번엔 제대로 말아 올리겠다.'라고 어머니를 회유했다.

"시상 일이 네 멋대로 돼간? 코피숍인지 코인인지 헐 시간에 퍼뜩 올라가서 싹싹 빌어라잉. 코로 시작하는 거슨 기냥 다 신물이 나니께."

어머니는 코인 투자에도 카페창업 계획에도 여전히 회의적이었다. 그렇지만 기초자본 없이 새로 시작하기엔 너무 돌아가야 하는 일이었고, 그 모험을 할 여력이 내게 남아 있지 않았다. 어머니에게 투자라는 게 다 시간 싸움이라고, 진짜 부자들은 어느 때에 돈을 어디에 옮겨 놓아야 하는지를 아는 사람들이라고 설파했다. 최근에 상가 전문 매물 사이트에선 좋은 조건의 상가가 이따금 나왔다가 사라졌다. 그럴 때마다 나는 내 것도 아니었던 것에 상실감을 느꼈다. 어머니에게 취미를 만들어 보라고, 용돈도 올려 드리고 더 자주 내려올 테니 말년에는 손주 재롱 보면서 살라고 애원하듯 말했다.

"아부지가 두부 맹글 때게 어떤 모습인지 뻔히 암시롱 그라믄 못쓰제."

"모르긴. 우리 권여사, 하나밖에 없는 아들 처지도 뻔히 암시롱 야박하시네. 성공해서 나중에 이 두붓집 두 배로 다시 차려 드리려고 그라제."

"이놈이 배깥에서는 말 한지리도 못헌 것이 집에만 오면 지랄 딴스여. 다시는 고런 소리 허덜덜 말어."

갑작스러운 어머니의 일갈에 놀란 나는 딸꾹질을 시작했다.

"끅… 그럼 나중에 이 두붓집 끅… 나 물려 줄 거야?"

"이 일이 말마따나 심깨나 드는 일인디 뭐시 좋다고 물려주고 말고 헌다냐. 그라고 니는 손이 선찮응깨 줘도 못혀."

"아, 엄마! 끅…."

흥분하는 나를 보고 어머니는 털털하게 웃으며 콩 속으로 두 손을 깊이 푹 파묻고 장난치듯 뒤적거렸다. 딸꾹질이 멈췄다. 물끄러미 나를 건너보는 어머니의 시선이 느껴졌다. 일렁이는 어머니의 눈에서 내가 태어난 해의 아버지가 보이는 것만 같았다.

출소하는 날 어머니가 건네준 두부를 씹지도 않고 삼키며 말없이 울었을 아버지. 어머니의 등에 붙어있다가 이유도 모른 채 더 크게 울었을 나. 자꾸만 아래로 내려가는 나를 추어올리느라 애가 탔을 어머니. 어쩌면 그 날 아버지는 깨달았는지도 모른다. 치아가 성하지 않은 자신이 먹을 수 있는 만만하고 영양가 있는 유일한 음식이 두부라는 것을. 그 두부가 당신의 인생에 어떤 식으로든 영향을 끼치리라는 것을.

쌓아온 꿈을 포기해야 했던 아버지는 밭을 빌려 콩 농사를 시작했고, 어머니는 다니던 두부 전문 식당에서 잡다한 일을 거들며 생계를 꾸렸다. 거기서 배운 손두부 비법으로 장날에 종을 울리며 두부와 콩을 내다 팔던 부모님은 2년 만에 작은 손두부 집을 차렸다. 청소년기에는 나와 같은 상황인 친구들이 많았다. 친구들의 부모님도 아빠의 치아처럼 그때 평생 잊지 못할 무엇을 잃었다. 팔이기도 했고, 다리기도 했고, 시력이기도 했고, 배우자나 자식이기도 했다. 어느 날 나는 학교에서 돌아와 부모님께 우리도 국가 유공자 보훈 가족을 신청하자고 말했지만 결국 부모님은 한사코 마다했다. 보상과 혜택을 받으면 유가족에게 돌아갈 보상이 적어진다며 고집을 부렸다. 그렇게 사글세 단칸방에 살던 가족의 작은 성공과 더 잦은 실패의 합이 지금 이 두부 가게로 고스란히 남았다.

언젠가 아버지에게 왜 하필 두부를 만드는 거냐고 볼멘소리를 했었다. 아버지는 편안한 자세로 봉지에 두부를 한 모씩 나눠 담으며 말했다.

"두부를 맹글고 있으믄 딴생각이 안 들어야, 나쁜 맴이 들어올 새가 없어."

뚱해 있는 나를 보면서 아버지는 막 만든 두부를 보면 집으로 돌아오는 기분이 든다고 덧붙였다. 그 말이 그냥 그럴싸한 핑계 같았다. 왜 하필이면 두부여서 친구들을 부러워하는 쪽에 나를 세워두는지, 왜 더 세련되고

273

돈 되는 것을 욕심내지 않는지 이해할 수 없었다.

"봐라, 두부는 지가 부서질지언정 암것도 해롭게 허진 않은께."

이 말을 끝으로 아버지는 손으로 으깬 두부 조각을 내 입술 안쪽으로 밀어 넣어줬다. 부드럽고 담백했다. 한동안 목구멍으로 넘어가던 그 미지근하고 유연한 비감을 떨쳐낼 수 없었다. 사회생활을 했을 때도 내 생각은 변함없었다. 나만 부서지는 건 역시 억울했고, 그때마다 속이 부글부글 끓었다.

그날도 그랬다. 계장과 동기 몇몇과 모여서 술을 먹었다. 술자리 분위기가 무르익어갈수록 서로 던지는 농담도 거칠고 모났다.

"너 인마 광주에서 왔으니까 내가 더 특별히 아끼는 거 알지? 아버지 말 들어보니까 그 당시 투입된 군인들도 PTSD[1] 장난 아니더라. 아버지가 자기는 군인으로 억지로 끌려가 국가 의무 다하려다가 살인자 낙인찍혔다며 평생 귀에 박히게 말해서 내가 광주 사람들만 만나면 이렇게 빚 갚는다 내가. 아버지도 나이 드니까 좀 조용해졌지 옛날엔 갑자기 핀트 나가면 술에 취해서 나나 엄마한테 살림 막 집어 던지고 미친놈이었어. 솔직히 말해서 5·18 피해자는 나 아니냐? 그런 내가 공무원이나 하고 있다니 세상 알다가도 몰라. 안 그러냐?"

계장은 고기를 두 세개 입에 넣고 거세게 씹었다. 나는 어릴 때부터 고기를 잘 먹지 못했다. 고기를 자주 먹지 않아서이기도 했고, 고기를 씹을 때마다 이상하게 아버지의 어금니가 떠오른 까닭도 있었다. 그래서 늘 고기를 먹으면 체했다. 나는 살면서 아버지나 어머니의 이야기를 누구에게도 꺼내지 않았다. 그것은 말로 나와서 함부로 납작해지면 안 되는 것이다. 특히나 이런 술자리에서 가벼운 농담으로는 더더욱 말할 수 없는 것인데, 그런데 뭐?

이미 얼굴이 붉어질 대로 달아오른 내가 눈을 어떻게 떴는지 나는 알

---

1 PTSD posttraumatic stress disorder. 외상 후 스트레스 증후군

수 없지만, 앞에 앉은 동기가 발로 내 정강이를 툭 쳤다. 동기를 보니 적당히 계장에게 맞춰주라는 식의 눈빛이었다. 분위기가 한껏 매캐해졌다. 무장한 군인과 무고한 시민의 싸움은 애초에 기울었다. 계장과 나처럼. 우리는 피해자가 누구냐는 논쟁에 이미 천문학적으로 다른 데이터를 가지고 싸우고 있다. 가해자의 뒤틀린 정신이 어떻게 피해자의 남은 인생보다 더 중요 우위일 수 있을까, 하는 반발이 일었지만, 손톱 모서리가 느껴질 정도로 손을 꼭 쥐고 있었다. 세상에는 아직도 여전히 자기 편한 방식으로 믿고 살아가는 사람이 있다. 그리고 그런 사람이 같이 일해야 하는 계장이다. 나는 몽글몽글 덩어리져 떠 오르는 분노에 간수 붓듯 천천히 찬물을 마셨다. 내내 좌불안석이던 동기들은 서둘러 불판을 갈았다. 계장은 나를 잠시 바라보더니 피식 웃었다.

"니도 광주 출신이라고 기분 나쁘다 이거냐?"

"말 같은 소릴 해야지."

친한 동기가 내 어깨를 흔들며 정신 차리라고 화내는 동시에 애원했고, 나는 그제야 반쯤 일어선 채, 팔에 핏줄이 굵게 올라올 정도로 쥔 주먹을 살짝 들고 있다는 사실을 알았다.

"칠라믄 쳐봐라. 광주에서 태어난 게 권력이냐? 네가 아는 건 뭔데?"

나는 그 길로 술자리를 박차고 고깃집에서 나왔다. 골목 가로등에 기대고 토했다. 역시 고기는 씹어 삼키기 어려웠다. 체기가 가시지 않았다. 바닥에 잘게 부서진 고깃덩이가 보였다. 이미 토사물이 된 그것을 바라보면서 어린 시절에 아버지와 두부를 담으며 나누던 대화가 떠올랐다.

"봐라, 두부는 지가 부서질지언정 암것도 해롭게 허진 않은께."

"그래서 싫다고. 세상은 그렇지 않은데 왜 우리만 그렇게 살아야 해? 왜?"

"그러다 보면 언젠가는 모두가 그럴 날이 올 것이여. 그냥 그때까지 단단한 사람이 되면 되는 것이여. 아따 이것이 밭에서 나는 쇠고기랑께. 남들은 없어서 못 먹어야."

그날 아버지가 밀어 넣어주는 두부를 몇 번 더 받아먹었다.

시간을 두고 속에 있는 것을 조금 더 게워냈다. 승진 시점에 부서가 옮겨진다고 해도 계장과는 계속 마주쳐야 할 걸 모르지 않았다. 앞으로 남은 공직생활은 지옥일 게 뻔했다. 계장 역시 무슨 짓을 하건 정년이 보장된다는 사실처럼. 이따금 내 삶에 드리우던 비지찌개 속에 섞여 있던 가난이 몸속 어딘가에 남아 이상한 형태로 부글부글 끓었다. 그럴 때면 아내는 욱하는 성질 좀 고치라고 나를 나무랐다.

"아따, 이라고 선찮아서 워찌야쓰까잉."

콩은 생각보다 무겁고 두부를 만드는 과정은 다소 복잡했다. 우리 집은 두부를 하루에 서너 번 만들었는데 잔심부름을 하긴 했지만, 처음부터 끝까지 거든 것은 처음 있는 일이었다. 밤에 불려 놓은 콩을 기계식 맷돌에 갈아 끓는 물에 살살 부었다. 어머니는 주걱을 들고 큰 솥 밑바닥까지 박박 긁어주어야 두부에서 탄내가 안 난다면서 시범을 보였다. 어머니의 두 눈에 서린 진지함이 나를 긴장하게 했다. 매일 새벽 주걱을 천천히 저으며 아침을 맞이할 아버지의 모습을 연상됐다. 어머니는 거품이 날 때 들기름을 넣으면서 이것이 소포제 역할을 해준다고 말했다. 진짜로 들기름 몇 숟갈에 거품이 잦아들기를 반복하는 걸 보니 신통한 기분이 들었다. 찬물을 옆에 두고 확 넘치지 않도록 여러 번에 나눠서 부었다. 돕는다고는 했으나 난 여전히 시원찮은 아들이었고, 두부는 절대로 망하면 안 되는 신성하고 고귀한 과업이었다. 가게 안은 금세 푸근한 열기로 가득 찼다. 잘 끓인 콩을 베 보자기에 넣고서야 내가 할 일이 생겼다. 어머니는 나무 주걱으로 베 보자기를 눌러서 콩물을 최대한 짜줘야 두부가 한 모라도 더 나온다고 말하면서 주걱을 뺏어 들려고 했다. 잘해 보고 싶은 마음에 힘껏 주걱질했더니 뒤통수로 어머니의 손이 날아왔다.

"정신을 어따 팔아먹었냐. 요로코롬 허라고. 요로코롬."

어머니는 잔소리하면서 손은 은근하게 베 보자기를 다뤘다. 어머니가 주걱으로 리듬을 타며 베 보자기를 누르자 뿌연 콩물이 좌르륵 빠져 나왔다. 계속해서 어머니는 부드럽게 베 보자기를 주물렀고 그때마다 가느다란 김이 위로 피어올랐다. 어머니는 한 모를 덜 얻더라도 베 보자기가 터지지 않게 해야 한다고 말을 정정했다.

"아까는 최대한 짜야 한 모라도 더 나온다면서."

내가 억울함을 호소하자 이번에는 어머니가 껄껄 웃으면서 보자기가 터지면 방법이 없다고, 그러면 처음부터 다시 해야 한다며 마저 웃었다. 어머니가 웃을 때 눈가 주름이 곡선으로 깊이 파였다. 베 보자기에서 꺼낸 콩물은 다시 솥으로 입수됐다. 어머니는 대야에 고무장갑을 잠시 벗어 놓고 간수를 챙겨왔다. 생수병 주둥이를 잡은 어머니의 손이 불린 콩처럼 통통하고 연했다. 그리고 그 위로 어머니의 야윈 팔뚝이 눈에 들어왔다.

"이것이 청정해역 간수여. 갈 때 가져가서 서울서 두부 맹글어 먹어야."

"아니야, 사 먹으면 돼. 무겁게."

"시방 사 먹는 거랑 맹근 것이랑 어디 맛이 같다냐?"

확실히 맛이 달랐다. 처음에 상경해서 두부와 김치맛이 내가 그동안 먹던 맛과 달랐다. 하지만 점점 낯설고 밍밍한 맛에 익숙해졌다.

간수를 넣어주자 콩물이 작은 덩어리를 형성하며 하얗게 엉기기 시작했다. 빨리 두부가 되는 걸 보고 싶어서 저을 때 속도를 내려고 하니 어머니는 간수 넣을 때가 제일 중요하다며 조심성 있게 천천히 저으라고 윽박질렀다. 한 번에 많이 넣어도 안 됐다. 세상 어려운 말 '적정량'을 넣어야 했다.

"적정량을 안 넣으면 어떻게 되는데?"

"그라믄 떫어서 안 돼야. 이것이 우리 집 비결이여."

나에게 두부 가게를 절대 물려주지 않겠다더니, 비장한 잔소리에는 집안 대대로 두부 사업을 물려주고야 말겠다는 굳은 의지가 묻어나는 것 같았다. 간수가 든 컵을 들고 솥에 적정량을 붓는 어머니의 눈빛이 실험하는 연구자의 눈빛처럼 엄중해 보였다. 어머니의 두부를 그려 모으는 손과 두부가 서로 엉기는 과정을 말없이 바라봤다. 적당히 엉기는 것을 확인한 어머니가 솥뚜껑을 닫았다.

한 시간도 채 지나지 않아서 솥뚜껑을 다시 열었다. 어머니는 순두부를 한쪽에 떠놓고 두부 틀을 정리했다. 손잡이가 긴 스테인리스 그릇으로 몽글해진 두부를 퍼서 면보가 깔린 틀에 붓자 김이 모락모락 났다. 솥에 비교해 두부 틀이 작아서 다 안 들어갈 것 같았는데 마술처럼 딱 맞게 들어갔다. 어머니가 잘 담긴 두부를 아이 다루듯 토닥거렸다. 그렇게 세 시간이 지났다. 두부가 느린 음식이라고 알고는 있었지만, 이토록 인고의 시간을 들이는 줄은 몰랐다. 고소한 향이 풍기며 허기가 몰려왔다. 막 만든 두부를 민우에게도 맛보여 주고 싶었다. 두부 귀퉁이를 뜯어서 세로로 찢은 신김치 한 가닥을 돌돌 말아주고, 깍둑썰기한 두부를 가득 넣은 된장찌개의 맛을 알려주고, 으깬 두부를 넣어 무친 참나물도 민우의 숟가락 위로 잘 뭉쳐서 얹어 주고 싶었다.

"직접 맹글어 본게 맛있것지야? 공장에서 나온 거시랑 천지 차이여. 방송국에서 우리 가게 찍어 갈라고 난리였씨야."

"촬영하지 그랬어."

"아따 간지러워서 그런 걸 어처케 하것냐. 허허. 안 그래도 맛있응께 다들 줄 서서 사묵는 디. 허허"

어머니가 마스크 속으로 베시시 웃었다. 공간을 휘감는 두부의 온기에 어머니가 만들어주던 얼큰한 시레기 두부 들깨탕과 매콤하고 짭조름한 두부조림이 생각났다.

"야야, 바우가 평소에는 생판 안 웃는디, 내가 맹근 비지가 맛있응께 어쩐주 아냐? 먹자마자 그냥 씨이익 하고 기분 좋게 웃었어야. 워매 진짠디, 서울 삼서 속고만 살았냐?"

평소에 생판 안 웃는 건 어머니였다. 그런 어머니가 아이처럼 환하게 웃는다. 걱정 없이 웃는 어머니의 모습이 낯설어 계속 바라봤다. 어머니가 말한 바우는 콩밭 옆에 우사에서 송아지 때부터 키웠던 소였다. 방학이 되기 전부터 시골에 내려가면 우사 청소를 시킬까 봐 미리 겁먹었었다. 바우의 몸집이 이미 커진 상태라 먹는 양도, 청소할 양도 만만치 않았다. 헌데 1학기 끝나고 방학 때 집에 와보니 우사는 비어있었다. 바우가 없는 우사는 조용하고 허전했다. 눈을 감으면 종종 떠올랐다. 정직하게 자라던 바우의 몸뚱이와 거짓을 꿰뚫어 보는 듯했던 검은 눈동자가.

"그래서 그때 바우를 어떻게 했는데?"

어머니는 대답 대신 끙—하고 길게 소리를 내며 일어났다. 어머니는 가마솥 물청소를 하고 행주로 닦은 뒤 솥 안쪽에 얇게 콩기름을 발랐다. 나는 서둘러 물이 찬 양동이를 가지고 왔다. 양동이로 두부를 누르고 잠시서서 그것을 내려봤다. 두부 속에 담긴 정신이 나를 통과해서 또 다른 누군가에게 끊임없이 전해질 것 같았다. 반 이상 채워진 양동이의 물 표면에 쭈글쭈글한 내 형상이 아른아른 얼비쳤다.

어머니와 다시 평상에 마주 앉아서 콩을 골랐다. 몸이 뻐근했다. 허리춤을 잡고 일어나는데 얕은 신음이 절로 나왔다. 두부를 눌러 놓은 양동이의 물이 잠시 찰랑거렸다. 두부는 조용하게 밀도를 높이며 응고의 시간을 버텼다. 가게 입구에서 삼천 오백원짜리 두부를 오백 원 깎아달라는 흔한 실랑이가 들렸다. 유리문 너머로 아버지의 뒷모습이 보였다. 위생모 아래로 삐져나온 뒷머리가 군데군데 하얗게 셌다. 어머니는 밖의 상황에도 눈도 끔뻑하지 않았다. 어머니의 토시와 초록색 꽃무늬 바지에는 언제 묻었는지 모를 비지가 굳어 있었다. 나는 크게 기지개를 켰다. 옷 주름 사이에서 떨어져나온 콩 하나가 소리를 내며 떨어졌다. 순간적인 일이었다. 한참을 두리번거렸더니 어머니가 뭘 찾냐고 물었고 나는 콩이라고 답했다.

"시방 본께 쩌가 있고만."

어머니가 가리킨 곳은 콩물용 스테인리스 채가 담긴 대야 앞이었다. 여러 개의 대야 앞 바닥에는 매직으로 생콩, 불린 콩, 삶은 콩이라고 순서대로 적혀있었다. 삶이란 글자의 'ㅁ' 받침이 베 보자기 가장자리에 있던 두부처럼 한쪽 모서리가 둥글게 마모되어 있었다. 'ㅁ' 속에서 시치미 떼고 글자 행세를 하는 콩을 집게손가락으로 천천히 집어 올렸다. 인정하고 싶지 않았지만, 콩은 삶 속에 있었다.

광주에 살 때 가끔 엄마와 서울로 백일장을 다녔습니다. 평소에 일반석만 타는 엄마인데 백일장에 간다고 하면 고민없이 우등석 두 장을 끊었습니다. 백일장을 핑계로 엄마와 서울 데이트를 즐겼습니다. 백일장 결과에 상관없이 그냥 엄마와 단둘이서만 함께하는 시간이 좋았습니다. 집으로 돌아가는 심야 버스에서 우리는 택시 기사의 덤터기에 화가 난 마음도, 백일장에서 빈손으로 돌아가 속상한 마음도, 휴게소 표 어묵 국물을 먹으면서 같이 삼켰습니다. 그러고 나면 모든 게 다 괜찮아졌습니다. 글 쓰는 일이 저에겐 그때 그 휴게소 표 어묵 국물 같습니다. 모든 걸 다 괜찮게 만드는 마법. 갑자기 마음에 온기를 확 들이붓는 일. 그래서 사소한 마음도 글로 남겨야 직성이 풀리는 사람이 되었습니다.

밤과 새벽의 경계에서 글을 쓰다가 언젠가 베란다를 창밖으로 새벽의 도로를 달리는 차들을 봤습니다. 운전자는 새벽에 일을 나가는 사람일 수도 있고 반대로 돌아오는 사람일 수도 있다는 생각이 들었는데, 그러고 나니 신기하게도 같은 풍경이 매일 그날의 상태에 따라서 다른 해석을 불러왔습니다. 제가 생각하는 저의 소설이 최종에는 그랬으면 좋겠습니다. 살아있는 생생한 풍경처럼 그 자리에 있지만 볼 때마다 다른 밀도와 느낌으로 독자의 삶에 살짝 스며들어 동행하는 그런 글을 쓰고 싶습니다. 저는 이제 막 등산로 앞에 섰습니다. 올해의 당선 소식은 저의 산행에 대한 경쾌한 응원과 지지로 받아들이겠습니다.

제일 먼저 기회를 주신 무등일보와 심사해주신 정지아 작가님께 감사드립니다. 세상으로 통하는 문을 열어주셨으니 더욱 진실한 글을 쓰겠습니다.

이미 삶의 큰 일부가 되어버린 [사색] 식구들 덕분에 힘든 시절을 잘 견디며 소설을 놓지 않고 여기까지 왔습니다. 소설을 쓰는 자세와 마음에 대해서 많이 나눠주신 [끼움] 선배님들, 특히 임하 작가님과 규일 선배님 덕분에 방향성을 계속 고민하면서 글을 쓸 수 있었습니다. 늘 유쾌하고 즐거운 [소동] 문우님들, 여러분의 다정하고 세심한 합평에 큰 도움을 받았습니다. 한 시절 문학 얘기를 마음껏 나눴던 [소설동아리] 문우님들 덕분에 잊지 못할 멋진 추억들이 많습니다. 그리고 그동안 길고 짧은 인연으로 스치며 영감을 주셨던 수많은 분께도 진심으로 감사드립니다.

한때 소설을 쓰려는 마음만 큰 탓에 내용이 형태로 머물지 못하고 문장 사이로 물처럼 새는 글을 썼습니다. 그런 저에게 소설의 기본기를 알려주고 소설 쓰기의 첫 시작을 함께해주신 김종광 선생님, 서툰 습작임에도 스타일과 장점을 발견해서 깊은 지혜를 나눠주신 손홍규 선생님, 두 분의 은혜에 무궁한 감사를 드립니다. 우연한 계기로 만나 소중한 인연을 이어가고 있는 상은과 한별, 전공과 다른 길을 가는 저를 묵묵히 응원해주는 친구들, 등단 소식을 듣고 함께 기뻐해 준 동료들, 이 모두가 있어 오늘의 제가 있음을 잊지 않겠습니다.

가끔은 각박한 현실에서 꿈을 포기하지 못하고 살아가는 게 사치일까 생각했습니다. 그럴 때마다 손 내밀어 저를 일으켜주던 멋진 언니들 덕분에 지치지 않고 소설을 쓸 수 있었습니다. 희정 언니와 승아 언니께 수줍은 사랑과 커다란 감사를 보냅니다. 그리고 언제나 저 자신보다 저의 가능성을 더 믿어준 은영과 든든한 버팀목이 되어주며 변함없는 사랑으로 곁을 지켜준 남편에게 특히 무한한 애정과 감사를 전합니다.

　마지막으로 진수 오빠, 건우, 정신적 멘토가 되어주신 승환 삼촌. 아낌없이 사랑을 주는 수미 이모 감사합니다. 삼 남매 중 유일한 딸이라고 특별 대우해준 아빠, 아빠의 방식으로 사랑을 주셨다는 걸 잘 압니다. 사랑합니다.

　사실 등단하면 하고 싶었던 말이 있었습니다. 천국에서 제 삶을 모두 지켜보았을 엄마에게 이 모든 영광을 돌린다는 말, 이 말을 꼭 하고 싶었습니다. 감사합니다.

"구체적 삶 속에서 길어 올린 에피소드와 문장 주목"

작년과 올해가 뭐가 다를까 싶은데 신춘문예 심사를 하다 보면 그 차이가 확연하게 느껴진다. 2022년 신춘 응모 소설의 키워드가 불안이었다면 2023년의 키워드는 따스함이다. 따스함이 절실할 만큼 살기가 더 팍팍해진 것인지, 따스함을 나눌 만큼 살만해진 것인지는 판단하는 각자의 몫이겠다.

요 몇 년 사이, 수준 낮은 작품을 찾아보기 어려워졌다. 예전에는 첫 문장만 읽어도 거를 수 있는 작품들이 많았다. 이를테면, 때는 바야흐로 1950년 3월, 꽃피는 춘삼월이었다, 와 같은. 요즘은 첫 문장이나 첫 장에서 걸러낼 수 있는 작품들을 찾아보기 어렵다. 그만큼 소설 지망생 전체의 수준이 높아졌다는 의미일 것이다. 2000년대 들면서 개인의 수준뿐만 아니라 권리의식도 현저히 높아졌다. 바람직한 일이다.

2023년 신춘응모의 특징은 두 가지로 압축할 수 있을 것 같다. 우선 중장년층의 응모가 늘었고, 70-80년대의 엄혹했던 현실을 그린 소설이 많았다. 지난 시절을 돌아본다는 것은 오늘을 살아가는 우리 모두의 의무일 것이다. 문제는 우리가 지금 왜 그 시절을 돌아보아야 하는가, 하는 현재성의 의미이다. 그런 의미를 부여한 소설을 찾기는 어려웠다. 단순한 복고가 아니라 현재적 의미를 부여할 때, 과거도 의미를 갖는다는 단순한 진실을 염두에 두면 좋겠다. 지난 몇 년간 압도적이었던 여성서사 대신 좀 더 보편적인 가족서사가 늘었다는 점도 이번 신춘의 도드라진 특징이었다. 지난 몇 년간 코로나라는 전대미문의 역병을 거치면서 바깥보다 안을 돌아보게 된 것도 한몫했을 듯하고, 경제적 위기 앞에서 힘을 얻을 곳은 가족뿐이라는 지극히 한국적인 깨달음도 거들지 않았을까 싶다.

본심에 오른 작품은 유재연의 「핫산의 귤」, 박연우의 「앙큼한 여자」, 백은아의 「K 할머니」, 나규리의 「빈 세상을 넘어」, 총 4편이었다.

예멘 출신 망명자들의 삶을 다룬 「핫산의 귤」은 인간으로 마땅히 관심 가져야 할 인간 권리의 문제를 핍진하게 다루고 있다는 점이 좋았으나, 그들을 바라보는 화자의 태도가 결말에 이르기까지 너무 방관적이라는 점이 마음에 걸렸다. 이는 갈등이 제대로 드러나지 않았다는 의미이기도 하다.

「앙큼한 여자」는 문장이나 구성이나 나무랄 데 없이 잘 짜여진 작품이다. 속물적 중산층의 자의식을 다루었다는 점이 새롭기도 하였으나 바로 그 지점, 속물적 중산층의 안온한 세계를 극복하지 않고 따스하게 순응함으로써 인간의 보편적 위로까지는 나아가지 못한 아쉬움이 남는다.

백은아의 「K 할머니」는 구세대와 신세대의 갈등을 재치 있게 다루고 있다. 보편적 주제를 참신한 소재로 접근했다는 데 높은 점수를 주었다. 그러나 이런 류의 소설들이 갖는, 결말이 너무 뻔하다는 한계를 이 작품 역시 뛰어넘지 못했고, 앞부분의 구체적인 묘사가 결말 부분에서 설명으로 대체된 점도 아쉬웠다.

나규리의 「빈 세상을 넘어」는 힘든 것도 싫고, 안정적인 것도 싫은, 딱 요즘 사람인 두붓집 아들의 이야기이다. 평생 두부를 만들어온 부모는 알고 보니 5·18로 인해 프로복싱의 꿈을 접었거나 운명의 장난으로 죽음을 피해간 사람들이다. 거친 세상에 데인 부모는 '지가 부서질지언정 암것도 해롭게 허진 않는 두부를 만들면서 세월을 견뎌낸다. 그들의 삶은 콩 속에 있었다. 서울살이에 제대로 적응하지 못하고 부모 등쳐먹을 궁리나 하는 두붓집 아들은 나이 들어 오랜만에 부모의 삶을 지켜보면서 '삶은 콩' 속에 있다(언어적 유희이기도 하다)는 아름다운 깨달음에 다다른다. 어수선한 구성이 옥의 티였지만, 구체적 삶 속에서 직접 길어 올리지 않고는 나올 수 없는 에피소드와 문장만으로도 당선작으로 손색이 없다고 판단했다. 감수성이나 감성만이 아니라 온몸을 세상에 내던져 창조한 나규리의 소설은 우리가 소설을 어떻게 써야 하고 읽어야 하는지 단순하면서도 명료한 진실을 알려준다. 지금과 같은 자세를 잃지 않는다면 좋은 작가가 될 수 있을 거라 확신한다. 당선되지 않은 모든 응모자들께도 격려를 보낸다. 작가는, 누구나 될 수 있다. 포기하지만 않는다면!

문화일보 **양수빈**

1995년 서울 출생.
동국대에서 국어국문학과 문예창작학을 전공했다.

낮에 접는 별

양수빈

홍주가 가야 할 강의실은 3층 301호실이었다. 엘리베이터는 5층에 멈춰 서 있었다. 버튼을 누르고 한참을 기다렸으나 엘리베이터는 내려오지 않았다. 버튼을 두세 번 더 누르고 나서야 엘리베이터가 고장 났다는 사실을 깨달았다. 홍주는 팔뚝을 쓰다듬으며 천천히 계단을 올랐다. 계단은 가팔랐고, 한 명이 겨우 오르내릴 수 있을 정도로 폭이 좁았다. 홍주는 누군가 위에서 내려오는 상상을 했다. 그럼 누가 물러나야 할까. 아무래도 뒤에 아무도 없는 사람이 양보해야겠지.

기계적으로 다리를 움직이던 홍주가 코트 주머니 안에 손을 집어넣었다. 홍주는 손안에 만져지는 차갑고 날카롭고 예리한 물체의 윤곽을 더듬었다. 홍주의 엄지가 날 끝을 꾸욱 눌렀다가 날 선을 타고 미끄럽게 내려왔다. 두 개의 가위 날을 연결해주는 볼트의 동그란 몸체에 홍주의 머릿속이 차분해졌다.

강의실 입구에는 STAFF라고 적힌 명찰을 목에 건 남자와 여자가 서 있었다. 그들은 홍주에게 상냥한 목소리로 인사하며 테이블 위에 놓인 종이를 가리켰다. 참석자 명단이라고 적힌 종이를 가만 내려다보던 홍주는 자신의 이름 옆에 동그라미를 쳤다. 진행요원들은 친절했지만 지루해 보였다. 작은 목소리로 대화를 나누는 그들을 뒤로한 채 홍주가 강의실 안으로 들어갔다.

　여섯 명 정도의 사람들이 얼마간의 간격을 두고 떨어져 있었다. 홍주는 빈자리를 찾아 앉았다. '삶을 아는 인문학 원데이 클래스'라는 무료 강의를 처음 발견한 것은 한 달 전이었다. 다파랑의 폐업신고를 하고 돌아오던 길, 홍주는 낯선 건물 벽면에 붙은 강의 홍보 포스터를 발견했다. 강의를 신청한 이유는 설명란에 적힌 '겹쳐진 삶의 단면을 펼쳐보는 방식'이라는 문구 때문이었다. 그때 홍주는 자신의 삶에 일어난 일들을 이해할 수 없어 혼란스러웠다. 다만 사소한 부분들이 겹쳐 삶을 불가해의 영역으로 이끈 것이라면, 그것을 모두 펼쳐보는 방식을 알고 싶었다. 아침에 일어나 달력을 확인한 후에야 홍주는 오늘이 강의 날이라는 것을 깨달았다. 가게를 내놓고 정리하느라 강의를 신청했다는 사실조차 잊고 지낼 만큼 정신이 없었던 탓이다.

　다파랑은 홍주의 부모가 지하상가에서 10년 가까이 운영해온 잡화점이었다. 다파랑이라는 이름은 홍주의 부모가 함께 지었지만, 그 의미에 대해선 의견이 갈렸다. '무엇이든 다 팔기 때문'에 지었다는 아빠와 달리, 엄마는 당신이 파란색을 좋아하기 때문에 지은 이름이라고 했다. 그래서인지 엄마는 가게 벽은 꼭 파란색으로 칠해야 한다고 주장했다. 홍주는 엄마와 함께 페인트칠을 했다. 독한 페인트 냄새에 코끝이 찡해졌다. 아빠는 천장에 달 전등을 손보느라 바빴다. 홍주도 엄마도 페인트칠은 처음이라, 얼룩지고 뭉친 부분이 생겼다. 엄마는 고르지 않은 부분조차 마음에 든다고 말했다. 진짜 우리 가게 같잖아. 엄마는 울퉁불퉁한 벽면을 쓰다듬으며 말했다. 홍주는 코웃음 치면서도 엄마를 따라 벽을 매만졌다. 색이 참 곱다. 엄마가 속삭였고 홍주가 고개를 끄덕였다. 그러게, 진짜 파랗네.

　그런 다파랑이 문을 닫은 지 벌써 3주가 흘렀다. 3주 전 재고 물품을 중고 매입 업자에게 넘긴 홍주는 그가 떠난 뒤 카운터 안쪽에 떨어진 가위를 발견했다. 택배의 포장지를 뜯거나 물건을 구매한 손님들이 상표를 잘라 달라고 부탁할 때 엄마가 사용하던 가위였다. 중고 매입 업자가 미처 챙기지 못한 것일까. 어쩌면 가치가 없다고 판단해 보고도 두고 간 것인지 몰랐다. 텅 빈 가게 안에 홀로 남은 가위를 물끄러미 바라보던 홍주는 가위를 주워 코트 주머니에 넣었다. 그날 이후로 홍주는 늘 주머니에 가위가 든 코트를 입고 다녔다.

히터가 켜지지 않은 강의실은 조금 쌀쌀해서 홍주는 코트 앞을 더 여미었다. 사람들의 옆자리에는 하나같이 가방이 올려져 있었다. 가방을 가져오지 않은 사람은 홍주뿐인 듯했다. 그게 꼭, 소중한 물건이라곤 없는 사람처럼 느껴져 머쓱해졌다. 그때 홍주의 대각선 앞에 앉은 남자가 가방 안에서 빵을 꺼내 먹기 시작했다. 남자가 빵을 씹고 삼키고 다시 빵 봉지를 뜯는 소리만이 적막을 채웠다. 홍주는 빵을 씹을 때마다 볼록해지는 남자의 볼을 바라보다가 벽시계로 시선을 옮겼다. 한 시 십 분. 강의 시간은 한 시였으나, 강사는 아직 도착하지 않았다. 벽시계 아래에는 밝은 초록색 퍼 코트를 입은 여자가 앉아 있었다. 여자는 무표정한 얼굴로 핸드폰을 들여다보고 있었다.

이십 분이 더 지났을 때, 강의실 입구에 서 있었던 직원이 당혹스러운 표정으로 강의실에 들어섰다.

강사님의 개인 사정으로 오늘 강의는 취소되었습니다. 정말 죄송합니다.

직원은 당혹스러운 얼굴로 연신 고개를 숙였다. 직원의 말이 끝나기 무섭게 몇 사람이 자리에서 일어났다. 직원은 강의실을 빠져나가는 사람들을 향해 일일이 인사를 건넸다. 홍주는 쉴 새 없이 위아래로 움직이는 직원의 고개를 바라보았다. 목각인형 같다, 그런 말을 속으로 중얼거리며. 그럼 수업이 다음 주로 미뤄지는 거예요? 알록달록한 키링 여러 개가 달린 가방을 멘 여자가 직원에게 따지듯 물었다. 직원은 아직 상황이 제대로 파악되지 않아 확인 후 연락을 돌릴 예정이라고 대답했다. 가방을 든 여자는 짜증 섞인 몇 마디를 더 던진 후에야 강의실을 빠져나갔다.

세 분께서는 혹시……

직원의 말에 홍주는 그제야 강의실 안을 둘러보았다. 남은 사람은 홍주와 가방에서 빵을 꺼내먹던 남자, 초록색 퍼코트를 입은 여자뿐이었다. 제일 먼저 일어난 사람은 코트를 입은 여자였다. 여자가 강의실을 빠져나간 후에야 홍주는 자리에서 일어섰다. 다시금 사과하는 직원에 괜찮다고 답하며 홍주는 주머니 속 가위를 꽉 움켜쥐었다 놓았다. 홍주의 뒤에서 부스럭거리는 소리가 들려왔다. 힐끔 뒤를 살피자 빵을 먹던 남자가 가방을 갈무리하는 모습이 보였다.

여자와 홍주, 그리고 남자는 천천히 계단을 내려갔다. 굽 높은 구두를 신은 여자는 계단을 고르듯 신중히 걸음을 옮겼다. 홍주는 발뒤꿈치가 계단에 닿을 때마다 가위를 잡았다 놓기를 반복했다. 한 손에 들어오는 가위의 감촉에 마음이 가라앉았다. 건물 밖으로 나온 홍주는 잠시 멍하니 서있었다. 이제 뭘 해야 하지. 저녁엔 아빠를 따라 병원에 갈 생각이었다. 아빠는 면회가 허락된 오후 일곱 시쯤 병원에 들를 것이다. 변호사는 그런 태도가 중요하다고 말했다. 진심으로 반성한다는 티를 내는 게 감형에 도움이 된다고. 남의 속도 모르고 떠드는 변호사의 멀끔한 얼굴을 오래 노려본 기억이 났다.

홍주는 지금쯤 홀로 점심을 먹고 있을 아빠의 모습을 어렵지 않게 떠올릴 수 있었다. 홍주의 아빠는 본죽에서 파는 비빔밥을 좋아했다. 한 달 전그날도 아빠는 점심으로 비빔밥을 먹었고 저녁엔 간만에 동네 친구들을 만나 삼겹살에 소주를 마셨다. 처음 경찰에게 걸려온 전화를 받았을 때 홍주는 보이스피싱이라고 믿어 의심치 않았다. 작년 여름, 술을 마시다가 엄마의 임종을 지키지 못한 뒤로 아빠는 술을 입에도 대지 않았다. 아빠, 누가 10억 준다고 그러면 술 마실 거야? 홍주의 짓궂은 질문에도 단호히 고개를 가로저었던 사람이 바로 아빠였다. 그런 아빠가 술을 마셨다니. 술을 마시고 운전을 했다니. 차를 빼달라는 연락을 받은 친구가 너무 취한 바람에 그나마 덜 마신 아빠가 운전대를 잡았다는 설명을 들은 후에도 홍주는 그를 이해할 수 없었다. 주차하려고 나왔다던 아빠가 왜 돌연 운전대를 잡고 거리를 달리기 시작했는지. 자정이 넘은 시각, 식당에서 역 두 개를 지나는 거리에 있는 사거리까지 달리는 동안 무엇을 생각했는지.

그리고 노인. 검은 비닐봉지를 든 채 사거리를 가로질러 걷던 노인을 떠올렸다. 홍주는 경찰과 함께 블랙박스 영상을 보았다. 여러 번 보았지만 홍주는 보닛에 노인의 몸이 부딪히기 직전 늘 고개를 돌렸다. 질끈 감았던 눈을 떴을 때 화면에 남은 것은 나풀거리며 허공을 떠도는 검은 비닐봉지뿐이었다. 껌 한 통이 들어있었다던 비닐봉지는 언뜻 보면 날아가는 새처럼 보였다.

홍주가 천천히 숨을 내쉬었다. 찬 공기에 하얗게 피어오르는 숨을 멍하니 지켜보는 홍주의 귓가에 낯선 목소리가 끼어들었다.

무슨 사정일까요?

깜짝 놀란 홍주가 어깨를 움츠렸다. 목소리의 주인공은 강의실에서 빵을 먹던 남자였다. 남자가 홍주를 바라보고 있었다.

네?

당일에 강의를 취소하다니, 엄청난 사연일 것 같은데 말이죠.

사고라도 난 거 아니겠어요?

퍼코트를 입은 여자가 불쑥 끼어들었다. 홍주는 어설픈 웃음을 지어 보였다. 엄마가 죽은 뒤 회사를 그만둔 홍주는 다파랑에서 일을 돕기 시작했다. 다파랑에서는 늘 같은 말을 반복하기만 하면 됐다. 찾으시는 물건 있으세요? 그건 저쪽 코너에 있어요. 계산해드릴게요. 봉툿값은 별도예요…… 다른 말은 할 필요도 없었다. 낯선 이와 예기치 못한 대화를 나누는 일은 너무 오랜만이어서 홍주는 어쩔 줄 몰랐다.

지인이 죽었을지도요. 남자가 무심한 얼굴로 내뱉었다. 핸드백 안에서 담뱃갑과 라이터를 꺼낸 여자가 그거네, 하고 맞장구를 쳤다. 차 안에서 가까운 이의 부고 전화를 받는 강사의 모습을 떠올리던 홍주는 무감한 얼굴로 선 남자와 여자가 어떤 종류의 죽음을 상상하고 있을지 궁금해졌다. 담배 피우세요? 여자가 남자와 홍주를 번갈아 보며 물었다. 아뇨. 남자가 말했다. 홍주도 고개를 가로저었다. 이런. 아쉽다는 듯 중얼거린 여자가 두 사람에게서 세 발자국 정도 떨어져 담배를 피웠다. 저는 사실 강의 후에 있을 뒤풀이를 기대했는데 말이죠. 여자의 말에 남자가 전 해독 능력이 떨어져서 술을 못 마셔요, 하고 대답했다.

그럼 커피는 드세요? 강의가 취소되는 바람에 약속 때까지 시간이 떠버렸는데, 제가 커피 맛있는 집을 알거든요. 금세 담배를 지져 끈 여자의 말에 남자가 홍주를 돌아보았다. 그 일련의 행동이 너무도 자연스러워, 홍주는 얼결에 고개를 끄덕였다.

세 사람은 택시 안에서 이름과 인사를 나누었다. 여자의 이름은 선린, 남자의 이름은 동우였다. 제 취미는 종이접기예요. 고등학생 땐 종이접기 동아리까지 들었어요. 말만 종이접기 동아리지, 자습하기 위해 모인 애들이 대부분이었지만요. 그 안에서 진짜 종이접기를 하는 사람은 나 하나뿐이었어요. 그렇게 말하는 동우의 얼굴이 천진해서 홍주는 속으로 그의 나이를 가늠해보았다. 적어도 홍주보다 대여섯 살은 어릴 것 같았다. 많이 쳐줘야 스물셋 정도로 보이는 앳된 얼굴.

나는 강의라는 강의는 닥치는 대로 듣고 있어요. 아무 생각도 하기 싫어서요. 남들이 하는 말, 남들이 하는 생각을 머릿속에 잔뜩 욱여넣어야 좀 살 것 같거든요, 요즘은. 선린이 종아리를 주무르며 말했다. 말을 마친 두 사람이 마치 짠 것처럼 홍주의 얼굴을 바라보았다. 저는…… 운을 뗀 홍주는 말을 잇지 못한 채 입을 다물었다.

주머니 깊숙이 손을 넣은 홍주의 손가락 끝에 가위 날이 닿았다. 택시 기사가 과속방지턱 위를 거칠게 넘었다. 저는 연극배우예요. 덜컹거리는 감각과 동시에 홍주의 입에서 거짓말이 불쑥 튀어나왔다. 정말요? 선린이 눈을 동그랗게 떴다. 고개를 끄덕이면서도 두 사람이 무슨 연극에 출연했냐고 물을까 봐 홍주는 주먹을 꽉 쥐었다. 그러나 두 사람은 홍주에게 아무것도 묻지 않았다.

그런데 세 분은 무슨 사이신가? 골목길에서 툭 튀어나온 오토바이를 향해 한바탕 욕을 퍼부은 택시 기사가 별안간 물어왔다. 선린과 동우, 홍주의 시선이 한곳으로 모였다. 입을 연 사람은 동우였다. 가족이에요. 무슨 가족이 서로 이름도 몰라. 택시 기사가 재미있는 농담을 들었다는 듯 되물었다. 동우가 웃으며 덧붙였다. 아주 오랜만에 만난 가족이라서요.

남산 초입에 내려 이리저리 길을 훑고 나서야 선린은 카페가 없어졌다는 사실을 깨달았다. 카페가 있던 자리에 붙은 임대 글자를 한참 바라보던 선린이 두 달 전에만 해도 있었는데, 하고 허망하게 중얼거렸다. 여기까지 온 김에 전망대라도 가볼까요? 정적을 깨고 동우가 말했다. 선린은 힘이 빠진 듯 시무룩한 목소리로 그러죠 뭐, 하고 대답했다. 전망대는 처음 가보는 것 같은데, 생각하던 홍주는 난생처음 만난 두 사람과 남산을 걷고 있다는 사실에 새삼 놀랐다.

가파른 오르막길 중턱에 버스 정류장이 있었다. 홍주가 정류장에 붙은 노선표를 살피는 사이 전망대 근처까지 단번에 갈 수 있는 버스가 도착했다. 평일 낮인데도 버스 안이 꽉 차 있어서 세 사람은 나란히 선 채 흔들리는 버스에 몸을 맡겼다. 버스는 느리게 움직였다. 홍주는 창밖 너머 가지가 앙상해진 나무와 그 밑을 거니는 사람들의 모습을 바라보았다. 고개를 숙이고 걷는 사람들 틈에서 홍주는 아빠의 잔상을 발견했다. 차에 치인 노인이 죽지 않았다는 사실에 안도할 새도 없이 곧 뇌사 판정이 떨어졌다. 아빠는 고개 숙인 사람이 되었다. 사고 이후 하루도 빠짐없이 병원을 찾아 노인의 부인 앞에 고개를 조아렸다.

병실을 지키는 사람은 노인의 부인이 유일했다. 그녀는 아빠와 홍주가 찾아와도 시선을 주지 않고 꼼짝없이 누워 있는 노인만 바라봤다. 우리는 아이가 없어요. 우리 둘뿐이에요. 무릎을 꿇고 용서를 구하는 아빠에게 노부인이 한 말은 오직 그것뿐이었다.

선린과 동우를 따라 버스에서 내린 홍주가 주위를 둘러보았다. 껴안다시피 서서 사진을 찍는 커플 한 쌍과 어린아이를 데리고 온 여자들 여러 명, 흰 강아지를 산책시키는 남자와 원색의 등산복을 입은 중년 남녀의 모습이 눈에 들어왔다. 선린은 별말 없이 망원경을 향해 걸어갔다. 홍주와 동우가 선린의 뒤를 따랐다. 렌즈에 눈을 바짝 붙이곤 망원경 몸체를 이리저리 흔들던 선린이 하나도 안 보이는데? 중얼거리며 뒤로 물러났다. 그제야 망원경의 동전 투입구가 검은색 테이프로 막혀 있는 모습이 눈에 들어왔다. 고장 났나 본데요. 동우의 말에 선린이 손바닥으로 이마를 짚었다. 오늘은 정말 되는 일이 없네. 여기서 담배 피우면 안 되겠죠? 동우가 말없이 아이와 강아지가 있는 방향으로 시선을 던졌다. 노란색 옷을 입은 강아지가 목줄을 손에 쥔 남자 옆에 앉아 혀를 길게 내밀어 숨을 고르고 있었다. 홍주는 까치발을 하곤 망원경 너머의 풍경을 내다보았다. 울창한 나무로 이루어진 산의 풍경을 기대한 것은 아니었지만 빼곡히 들어찬 건물들밖에 보이지 않자 김이 샜다.

홍주 씨.

홍주가 동우를 돌아보았다. 동우가 검지를 들어 하늘을 가리키고 있었다. 동우의 손가락을 따라 올려다본 하늘은 깜짝 놀랄 정도로 새파랬다. 구름 한 점 없는 맑고 파란 하늘.

하루에 하늘을 세 번 올려다보는 사람은 행복한 사람이래요.

동우가 말했다. 그 말에 선린이 누가 그래요? 물었다. 인터넷에서 그러던데요. 순 엉터리네. 선린이 주먹 쥔 손으로 종아리를 두드리며 퉁명스레 대꾸했다. 홍주는 별안간 들려온 웃음소리에 망원경 옆쪽에 놓인 나무 계단을 바라보았다. 열 명 남짓한 외국인들이 떠들썩하게 계단을 오르고 있었다. 다파랑에도 종종 외국인 손님이 찾아왔다. 주로 캐리어나 큰 배낭을 멘 관광객들이었는데, 우산이나 담요, 수건 등을 찾곤 했다. 홍주는 엄마의 장례를 치른 뒤로 집에만 처박혀 지내는 아빠에게 해외여행을 제안한 적이 있었다. 여행지는 손님의 국적에 따라 그때그때 바뀌었다. 일본 손님이 오면 오사카에서 다코야키를 먹는 게 좋겠다고 말하다가, 중국 손님이 오면 만리장성을 산책하듯 길게 걷고 싶다는 이야기를 했다. 그럴 때마다 아빠는 가게를 길게 비울 수 없다는 대답만 반복했다.

홍주는 건조한 눈을 깜빡이며 고개를 젖혔다. 가게를 처분하고 남은 돈은 사고 피해자의 병원비와 벌금으로 빠져나갔다. 홍주가 아빠와 같은 비행기를 타고 여행을 떠날 수 있는 날은 영영 오지 않을 수도 있었다. 홍주는 손가락을 세워 가위 날을 쓸어내렸다. 비교적 넓은 날 바닥을 훑다가 뾰족한 날 끝을 힘주어 누르자 희미하지만 아릿한 통증이 느껴졌다. 아랑곳하지 않고 검지와 엄지를 모아 날을 빠르게 쓰다듬던 홍주가 손바닥을 오므려 날을 꽉 움켜쥐었다. 손바닥에 손톱자국이 날 만큼 세게 쥐고 있다가 주머니 밖으로 손을 휙 빼냈다.

뭐야, 손 왜 그래요?

선린의 말에 홍주가 손을 내려다보았다. 손바닥에서 피가 배어 나오고 있었다. 피는 멈추지 않고 계속 흐르다 바닥으로 뚝 뚝 떨어지기까지 했다. 홍주가 그 모습을 물끄러미 바라보고만 있자, 도리어 선린이 당황한 기색으로 다가왔다. 갑자기 어디서 다쳤어요? 선린이 우왕좌왕하는 사이, 동우가 가방 안에서 두루마리 휴지를 꺼내 홍주에게 건넸다. 받아요. 얼떨떨한 얼굴로 홍주가 휴지를 받아들었다. 왼손에 휴지를 들고 상처 난 손바닥을 멀뚱히 바라보는 홍주가 답답했는지, 선린이 홍주의 손에서 휴지를 빼앗듯이 가져갔다. 그러곤 홍주의 손목을 잡고 상처 부위에 휴지를 돌돌 말아 감았다. 거대하고 푹신해진 손바닥을 보던 홍주가 별안간 눈물을 떨구었다. 눈물이 차오른다는 감각을 채 느끼기도 전에 눈물이 툭 떨어졌다. 건조한 안구는 필요하지 않을 때만 촉촉해졌다. 홍주의 손바닥을 부여잡고 있던 선린이 팔을 들어 홍주의 어깨를 천천히 토닥였다. 홍주는 손바닥에 감긴 휴지로 눈물을 닦았다. 그런데도 눈물이 그치지 않자, 선린이 조심스레 홍주의 몸을 껴안았다. 어깨와 어깨가 맞닿고 선린의 긴 머리카락이 홍주의 찬 목덜미를 덮었다.

홍주는 천천히 눈을 떴다. 선린의 어깨너머로 동우가 갑 티슈를 들고 서 있었다. 휴지를 두 개나 들고 다녀요? 선린의 물음에 동우가 어깨를 으쓱이며 말했다. 이 휴지가 더 부드럽거든요. 홍주는 티슈 겉면에 적힌 '아기 피부용'이라는 글자를 소리 내어 읽었다. 그러자 거짓말처럼 눈물이 그쳤다.

내 애인은 파리에 있어요.

멍하니 하늘을 올려다보던 선린이 대뜸 입을 열었다. 홍주의 손바닥에서 흐르던 피가 서서히 멎었을 때쯤 많아진 인파를 피해 세 사람은 전망대를 벗어나기로 했다. 산책로로 이어지는 길을 발견한 사람은 동우였다. 등산복을 입은 채 와자지껄 지나가는 무리와 춥지도 않은지 민소매를 입고 달리는 사람들이 세 사람의 앞을 지나갔다. 산책로 한구석에 덩그러니 놓인 철제 의자 세 개를 발견한 선린이 잠깐 앉았다 갈까요? 물었다. 보통 이런 곳엔 벤치가 있지 않나요. 동우가 미심쩍다는 듯 의자를 꼼꼼히 살폈으나 선린은 벤치면 어떻고 의자면 어떻냐며 냉큼 엉덩이를 들이밀었다.

동우와 선린 앞에서 눈물을 보였다는 사실에 머쓱해진 홍주는 죄 없는 티슈만 구겨댔다. 그 모습을 물끄러미 지켜보던 동우가 티슈 한 장을 더 건넸다. 이젠 필요 없었지만 홍주는 고맙다고 인사했다. 그때 세 사람 앞을 뛰어가던 어린아이가 땅바닥에 철퍼덕 넘어졌다. 멀리서 큰 소리로 통화를 하던 여자가 넘어진 아이를 향해 후다닥 달려왔다. 여자가 일으켜 세워줄 때까지 아이는 우는소리 하나 없이 그저 흙바닥에 납작 달라붙어 있었다. 자세히 보니, 아이는 양 손가락을 까딱이며 모래 알갱이의 개수를 세고 있었다. 엉거주춤 엉덩이를 뗐던 셋은 도로 의자에 앉았다. 어디까지 얘기했죠? 선린이 머쓱하게 웃었다.

우리는 매일 통화를 했는데, 어느 날 그 사람이 어제 친구가 총에 맞았어, 라고 말하더라고요.

잠시 말을 멈춘 선린이 아이의 옷에 묻은 흙을 연신 털어대는 와중에도 통화를 이어가는 여자를 바라보았다. 어깨와 볼 사이에 핸드폰을 낀 여자는 연신 "말도 안 돼, 정말? 내가 못 살아" 하고 대꾸했다. 순간 아이가 홍주를 바라보았다. 괜히 훔쳐본 것 같아 멋쩍어지려던 찰나, 아이가 홍주에게 손을 흔들었다. 인사를 받은 홍주 대신 그 모습을 지켜보던 동우가 아이를 향해 손을 흔들었다. 홍주는 아이가 여자의 손을 잡고 얼마간 멀어지고 난 후에야 잇속으로 안녕, 하고 작게 우물거렸다.

선린이 말을 이었다.

그 이야기를 들려주는 목소리가 너무 낯설어서 전화하는 사람이 바뀐 게 아닌가 하는 착각이 들 정도였어요. 수화기 너머에서 그는 정확히 또박 또박 이렇게 말했어요. 우리는 점심을 먹고 식당에서 막 나온 후였고 나는 담배를 피우러 뒤쪽 골목으로 갔어. 어느 순간 돌아보니 친구가 한 남자랑 실랑이를 벌이고 있었지. 가만 보니 가방을 뺏기지 않으려고 버티는 것 같았어. 그러다 총에 맞은 거야.

그는 선린에게 물었다. "왜 그랬을까?" 마치 퀴즈를 내는 사람처럼. "그건 내 가방이었는데."

애인은 너무 이상하지 않느냐고 나한테 계속 물었어요. 왜 친구는 자기 것도 아닌 가방에 그토록 필사적이었을까. 그건 그냥 갈색 인조가죽으로 덧댄 평범한 백팩일 뿐이었는데. 담배를 피울 동안 잠시 맡겨둔 별로 소중하지도 않은 물건이었는데. 연신 중얼거렸죠. 내가 가방을 잡고 늘어지던 죽은 친구의 새하얘진 손마디를 눈앞에 그릴 수 있을 때까지 애인은 계속했어요. 대체 왜. 대체 왜.

하지만 선린이 충격을 받은 이유는 따로 있었다.

그 사람 통화 내내 나를 선린아, 하고 부르더라고요. 선린아. 선린아. 우리가 사귀고 한 번도 나를 애칭으로 부르지 않은 적이 없었는데. 내가 말이 없자 선린아, 듣고 있어? 하고 묻더라고요. 내가 누군지 완전히 잊은 사람 같았어요.

선린이 침을 꿀꺽 삼켰다. 너무 순식간에요. 이 모든 일이 정말 순식간에 일어났어요. 말없이 앉아 있던 동우가 가방 안에서 티슈를 꺼내 선린에게 건넸다. 선린은 필요 없다고 말했다. 거절당한 티슈를 붙잡고 한참 손가락을 움직이던 동우가 선린의 손바닥 위에 티슈로 접은 별을 올려놓았다. 선린은 유치하다고 타박하면서도 별이 구겨지지 않게 조심스레 손안에 쥐었다.

그때 지팡이를 짚은 할아버지와 흰 강아지를 품에 안은 할머니가 세 사람에게 다가왔다. 어어, 이거 우리 의잔데. 할아버지가 지팡이를 세워 홍주와 선린, 동우가 앉은 의자를 가리켰다. 아이고 죄송해요. 동우가 넉살 좋게 사과하며 제일 먼저 자리에서 일어났다. 다급히 일어난 홍주는 괜스레 의자를 손바닥으로 쓱 닦아냈다. 할머니는 홍주가 앉았던 의자에 강아지를 앉혔다. 강아지는 두 눈이 뿌옜다. 늙어서 눈이 안 보여요. 강아지의 머리를 쓰다듬던 할머니가 불쑥 말했다. 아아. 홍주가 말끝을 흐리며 고개를 끄덕였다. 홍주와 동우, 선린은 잠시 강아지를 내려다보았다. 인형처럼 얌전히 앉아 있던 강아지가 문득 세 사람이 있는 곳으로 고개를 들었다. 언니가 자리 양보해줬네. 할머니의 말에 불투명한 눈동자가 홍주를 향했다. 깜짝 놀란 선린이 쟤가 홍주 씨를 보는데? 말했다. 할머니가 웃으며 강아지의 머리를 쓰다듬었다. 눈은 멀었지만 다 알아봐요. 강아지는 할머니의 손길을 느끼듯 눈을 감았다.

산책로 초입에 도착했을 때, 동우는 땅에 떨어진 비닐봉지를 밟고 넘어져 엉덩방아를 찧었다. 앞서 걷던 선린과 뒤따라 걷던 홍주가 화들짝 놀라 동우를 부축해주었다. 동우는 아무렇지 않은 얼굴로 일어났다. 안 아파요? 홍주가 묻자 동우가 볼을 긁적였다. 엉덩이를 잃어도 살 수는 있겠죠? 선린은 동우가 진짜 이상하고 웃긴 사람이라며 깔깔 웃었다. 한참 웃음을 참지 못하던 선린이 시간을 확인하곤 놀란 얼굴로 홍주와 동우를 바라보았다. 벌써 다섯 시가 다 되었다고, 이만 가봐야겠다고 인사하는 선린을 향해 홍주는 꾸벅 고개를 숙였고 동우는 선린 씨, 하고 입을 열었다. 선린이 동우를 돌아보았다. 별 접는 거, 되게 쉽거든요. 나중에 꼭 접어보세요. 그 말에 선린이 묘한 표정을 지었다. 기쁜 것도 슬픈 것도 아닌 것 같은 얼굴. 이내 미소를 지은 선린이 잘들 지내요, 인사를 남기고 내리막길을 따라 천천히 멀어졌다.

선린의 뒷모습이 점처럼 작아졌을 때 동우가 우리는 이제 어떻게 할까요? 물어왔다. 때마침 홍주의 배가 꼬르륵 소리를 내며 아우성쳤다. 동우가 듣지 못했길 바라기엔 소리가 너무 컸다. 혹시 빵 좋아해요? 동우가 물었다. 민망함에 귀 끝을 새빨갛게 물들인 홍주가 좋아해요, 작게 대답했다.

제가 맛있는 빵집을 알아요.

동우와 홍주는 선린이 내려갔던 길을 따라 걷기 시작했다.

동우가 안내한 빵집은 명동역 안에 있었다. 달랑 한 개뿐인 테이블에는 이미 누군가 앉아 있었다. 동우는 익숙한 듯 빵집의 문을 열고 들어갔다. 카운터 안쪽에 앉아 핸드폰을 보고 있던 직원이 동우와 홍주를 힐끔 쳐다보았다. 어서 오세요. 인사하는 목소리에 귀찮음과 지루함이 배어 있었다. 여기는 단팥빵이 특히 맛있어요. 동우가 홍주에게 속삭였다. 그런 말을 듣고 단팥빵을 고르지 않을 수는 없었다. 동우는 홍주가 고른 단팥빵한 개와 소보루 두 개, 슈크림 네 개를 계산했다. 감사합니다. 홍주가 인사하자 동우가 손을 내저었다. 고작 팔백 원인데요, 뭐. 빵집 밖으로 나온 동우가 맞은편에 놓인 파란색 벤치를 가리켰다. 배고프니까 먹고 가죠. 홍주는 잠시 머뭇거리다가 한 뼘 정도의 거리를 두고 동우 옆에 엉덩이를 붙였다.

홍주가 단팥빵을 반쯤 먹었을 때 동우는 이미 두 번째 소보루의 포장지를 뜯고 있었다. 홍주의 입맛에 단팥빵은 조금 달았다. 홍주는 남은 단팥빵을 봉지 안에 집어넣은 뒤 무릎 위에 올려두었다. 별로예요? 동우가 물었다. 아뇨, 맛있어요. 맛있는데 조금 달아서요. 짧게 고개를 끄덕인 동우가 빵을 마저 먹었다. 목 막히지 않냐는 홍주의 물음에 동우는 괜찮다고 대답했다. 두꺼운 외투를 입은 사람들이 급한 걸음으로 벤치 앞을 지나갔다. 핸드폰에 시선을 고정한 채 걷던 그들은 개찰구 앞 분식집에서 풍기는 음식 냄새를 맡고는 잠시 멈칫했다. 홍주는 분식집 가판대 앞에 서서 어묵 꼬치를 먹던 여자가 뜨거운 듯 후후 입김을 불어대는 모습을 물끄러미 쳐다봤다.

저 빵집은 저희 형이 일하던 곳이에요.

홍주가 동우의 옆얼굴을 바라보았다. 동우는 슈크림이 든 봉지를 만지작거리며 말을 이었다.

오전 일곱 시부터 저녁 다섯 시까지요. 일요일 하루 빼고는 늘 저 빵집에서 일했어요.

지금은 그만두셨어요?

동우가 봉지를 잡아 뜯었다.

죽었어요. 두 달 전에.

형의 장례를 치르고 일주일이 지났을 무렵, 동우는 형의 유니폼을 반납하기 위해 빵집에 들렀다. 오후 열두 시가 조금 넘은 시간이었는데, 생각보다 손님이 많았다. 손님들은 갓 나온 빵을 구경하고 메뉴판을 읽느라 정신이 없어 보였다. 그때 일곱 살 정도로 보이는 아이가 진열된 소보루를 손가락으로 꾹 눌렀다. 옆에서 빵을 진열하고 있던 직원이 어어, 그러면 안 되지, 하고 외쳤다. 핸드폰을 보고 있던 아이의 엄마가 왜 아이에게 소리를 치냐며 버럭 화를 냈다. 줄 서 있던 손님들이 얼굴을 찌푸린 채 여자를 힐끔거렸다. 동우는 아이의 엄마와 직원이 말다툼을 하는 모습을 지켜보다가, 유니폼이 든 종이 가방을 카운터 옆에 내려놓고 가게를 빠져나왔다. 그리곤 맞은편 벤치, 지금 동우와 홍주가 앉아 있는 이 벤치에 앉아 빵집을 오래도록 바라보았다. 어떻게 그럴 수 있을까 생각하면서. 형의 존재가 사라졌음에도 빵집은 그대로였다. 새로운 빵이 구워져 나오면 손님들이 찾아와 빵을 고르고 커피를 주문했다. 어떻게 그런 게 가능한지 동우는 이해할 수 없다고 말했다. 변함없는 일상에 이질감을 느끼는 사람은 오직 자신뿐이었다고.

홍주는 빵가루가 묻은 동우의 입가를 바라보다가 눈을 감았다. 눈을 감으니 빵을 굽는 동우의 형이 떠올랐다. 한 번도 본 적 없어 눈 코 입은 흐릿했지만 단정하고 곧은 자세로 묵묵히 일하는 등을 떠올리는 일은 어렵지 않았다. 홍주가 남자를 부르자, 남자의 몸이 천천히 움직였다. 돌아선 얼굴을 본 홍주는 깜짝 놀랐다. 피로에 물든 얼굴은 노부인을 닮아 있었다.

아빠에겐 말하지 않았지만, 홍주는 딱 한 번 홀로 노인의 병실을 찾은 적이 있었다. 폐업신고를 한 날이었다. 처음부터 병원에 갈 계획을 세웠던 것은 아니었다. 그저 답답한 마음에 이리저리 길거리를 배회했을 뿐인데 정신을 차리고 보니 병원 앞이었다. 못 본 척 지나칠까도 생각했지만 이왕 여기까지 온 김에 들어가 볼까 하는 마음이 들었다. 긴 복도를 지나 낯익은 이름이 붙은 1인실 병실 앞에 도착한 홍주는 노크하려던 손을 천천히 내렸다. 변호사의 말처럼 선처를 위한 연극처럼 보이진 않을까 두려움이 든 탓이었다. 서성이던 홍주는 때마침 병실 문을 연 간호사와 마주쳤다. 간호사가 미심쩍은 얼굴로 홍주를 힐끔거렸다. 홍주는 아무것도 아닌 척, 간호사의 시선을 피하며 복도 벽면에 등을 기댔다. 천천히 닫히는 문틈으로, 홍주는 노부인의 목소리를 들었다. 얇고 힘없는 목소리가 끊임없이 무어라고 다정히 속삭이고 있었다. 이후에도 두 명의 간호사가 병실을 찾았다. 병실 문이 열릴 때마다 노부인의 목소리가 들려왔다. 홍주는 쪼그려 앉은 채 흩어지는 목소리를 주워 담았다. 나지막한 음성을 듣고 있으니 어쩐지 눈물이 날 것만 같았다. 한참을 앉아 있다 돌아갈 요량으로 몸을 일으킨 홍주는 화들짝 놀라 어깨를 움츠렸다. 노인의 부인이 흰 가습기를 품에 안은 채 병실 앞에 서 있었다.

말문이 막혀 멍하니 서 있던 홍주가 겨우 입을 열어 실례했다는 말을 내뱉었다. 급히 돌아서는 홍주의 걸음을 멈춰 세운 것은 노부인의 목소리였다. 노부인은 잠깐 기다리라고 말한 뒤 병실 안으로 들어갔다. 얼마 지나지 않아 문을 열고 나온 노부인의 손에는 회색 머플러가 들려 있었다. 홍주는 얼결에 머플러를 건네받았다.

잠시 복도 끝을 응시하던 노부인이 홍주의 얼굴을 바라보았다.

목이 너무 휜해요.

병원에서 나와 집으로 걸어가면서 홍주는 머플러에 얼굴을 묻었다. 약품 냄새가 코를 찔렀다. 고작 머플러 하나일 뿐인데 아주 무거운 것을 든 것처럼 손안이 묵직했다. 해가 진 거리를 걸으며 홍주는 머플러를 두르는 대신 목을 훑고 지나가는 한기를 견디기로 했다. 홍주는 아무에게도 들리지 않을 만큼 작은 소리로 무언가를 끊임없이 중얼거리며 멈추지 않고 걸었다.

홍주가 눈을 떴을 때 동우는 마지막 슈크림을 먹고 있었다. 뿌연 눈을 몇 번 깜빡이고 나서야 홍주는 자신이 동우의 가방에 기대 깜빡 졸았다는 것을 깨달았다. 사과하는 홍주에게 동우는 대수롭지 않은 얼굴로 괜찮다고 대꾸했다. 오늘 좀 피곤한 하루였잖아요. 동우가 작은 조각이 된 슈크림을 한입에 삼켰다. 가방 안에서 물티슈를 꺼내 손을 닦는 동우를 보면서 홍주는 이렇게 말하는 상상을 했다.

난 매일 가위로 누군가를 찌르는 상상을 해요.

그럼 동우는 놀랄까? 미쳤다고 욕을 할까? 이유를 물을까?

그러나 홍주가 실제로 그렇게 말했을 때, 동우는 놀라지도 욕을 하지도 이유를 묻지도 않았다. 물티슈의 뚜껑을 닫아 가방에 넣고 지퍼를 잠근 동우는 그런데 정작 찔린 사람은 홍주 씨네요, 놀리듯 말했다.

그러게요, 바보같이.

바보 같은 게 아니라 대단한 거죠.

뭐가요?

남을 찌르기는 쉬워도 나를 찌르기는 어려운데, 그걸 해냈잖아요.

동우의 말에 웃음을 터뜨린 홍주가 주머니 안으로 더듬더듬 손을 밀어 넣었다. 손가락을 세워 가위 날을 눌렀다. 뾰족한 날이 살갗을 파고들어 또다시 상처를 낼지도 모른다는 예상과 달리 아무리 날을 눌러봐도 약간의 통증만 느껴질 뿐 손가락은 멀쩡했다.

이만 갈까요. 동우의 말에 홍주가 자리에서 일어났다. 두 시간 넘게 앉아 있던 탓에 엉덩이에서 찌르르한 통증이 느껴졌다. 동우의 집은 홍주의 집과 반대 방향이었다. 두 사람은 벤치 앞에서 짧은 인사를 나누었다. 개찰구 안쪽에서 정차 역을 알리는 방송이 들려왔다. 홍주가 머뭇거리는 사이 동우가 먼저 걸음을 옮겼다. 홍주는 동우의 커다란 가방이 작아지는 모습을 바라보았다. 문득 동우의 가방 속을 보고 싶다는 생각이 들었다. 동우에게도 가위나 칼처럼 날카로운 물건이 있을까.

한참을 붙박인 듯 서 있는데, 멀리서부터 동우가 다시 돌아오고 있었다. 어어, 하는 사이 동우가 홍주 앞에 섰다. 어색하게 고개를 꾸벅 숙인 동우가 가방 앞주머니를 열었다. 그가 꺼낸 것은 빵 봉지로 접은 별이었다. 홍주 씨가 졸 때 접었어요.

미끄러운 빵 봉지는 홍주가 이리저리 만지자 스르르 풀려버렸다. 풀린 빵 봉지를 허탈하게 바라보던 홍주가 물었다. 별 접는 방법 알려줄 수 있어요? 동우가 고개를 끄덕였다. 두 사람은 다시 파란색 벤치로 돌아갔다. 빵 봉지에는 접는 선이 남아 있었다. 홍주는 접힌 자국을 손가락으로 문질렀다. 동우는 네모난 빵 봉지를 비스듬히 둔 채 삼각형 모양으로 두 번 접었다. 마주 보고 있던 꼭짓점이 맞닿았다. 동우가 접힌 선을 손가락으로 가리키며 이 부분을 다시 접어야 한다고 알려주었다. 별을 접을 때는 빈틈이 생기지 않도록 최대한 반듯하게 모서리를 맞추는 것이 무엇보다 중요해요.

동우가 손가락을 움직일 때마다 봉지에 적혀 있던 빵집 이름 글자가 겹쳐졌다. 일렬로 반듯하게 나열된 갈색 글자들은 겹겹이 포개지고 포개져, 마침내 의미를 알아볼 수 없는 하나의 그림처럼 보였다. 휘리릭 봉지를 뒤집은 동우가 거의 다 됐어요, 하고 홍주에게 격려하듯 말했다.

당선 소식을 듣고 무척 기뻤지만, 한편으론 깊은 두려움을 느꼈습니다. 앞으로 어떤 마음으로 어떤 글을 써야 할지 고민이 된 탓입니다.

돌이켜보면 늘 어떤 기미를 찾아다녔던 것 같습니다. 희망, 사랑, 위안의 기미를요. 누군가의 글과 말 속에서, 나를 스치는 타인의 삶 속에서 그 기미들을 느낄 때면 기쁘고 또 행복했습니다. 찰나의 순간이 모이고 쌓여 유형의 마음이 되는 경험을 했고 나의 글이 누군가에게 그런 기미로 닿을 수 있다면 얼마나 좋을까, 그 순간을 늘 바라고 또 바랐습니다.

소설을 읽어주시고 기회를 주신 심사위원분들께 감사드립니다. 함께 쓰는 가람과 재은, 민아와 하빈. 고맙고 또 고맙습니다. 문학을 사랑하는 이들이 옆에 있어 외롭지 않았습니다. 소설의 섬세함과 아름다움을 보여주신 이장욱 선생님, 새로운 방향을 알려주신 강영숙 선생님과 하성란 선생님께 존경과 감사의 인사를 전합니다. 당선 소식에 함께 기뻐해 주시고 응원해주신 우다영 작가님께도 깊은 감사와 사랑을 보냅니다. 작가님의 글을 읽으며 느낀 설렘이 저의 동력이 되었습니다.

사랑하는 가족들. 묵묵히 지지해준 부모님과 은서와 은동, 오랜 친구 같은 할머니와 할아버지께 마음을 보냅니다. 수정 씨의 현명함과 희상 씨의 믿음이 나의 용기였습니다. 나의 반쪽 지윤, 너와 함께 울었던 날들이 나를 살게 했어. 나보다 더 나를 믿어준 다은과 지인, 승원을 비롯한 모든 친구들에게 고마움을 전하고 싶습니다. 만나면 늘 열네 살의 얼굴로 웃게 되는 규아, 재재, 민지, 소연, 유진아 보고 싶다. 민주와 상하, 상희 덕분에 대학 시절을 즐겁게 보낼 수 있었던 것 같아 고맙습니다. 소라야, 너를 떠올리면 어두운 밤 운동장을 가로지르며 은밀하게 나눴던 꿈이 떠올라. 언제나 무한한 애정을 보내주는 소중한 용우, 덕분에 내 세상이 조금 더 넓어졌어. 사랑합니다.

어쩌다 이렇게까지 소설을 사랑하게 됐을까 종종 생각할 때가 있습니다. 아무리 골몰해봐도 사랑의 기원은 기억나지 않습니다. 다만 선명하게 떠오르는 것은 무언가를 사랑하는 일을 영원히 하고 싶다는 마음뿐입니다. 그중 제일 사랑하는 소설의 곁에 오래도록 머물고 싶습니다. 그럴 수 있도록 계속 쓰겠습니다.

소설이 위기라는 말은 언제나 어디에서나 들려온다. 하지만 이상하다. 소설을 쓰는 사람은 여전히 많다. 그렇다면 무엇이 위기인 걸까? 아이러니한 고민 속에 응모된 소설들을 읽어나갔다. 작품마다 이야기와 주제의식이 상이했지만 중심인물이 어려운 세계 속에서 하루하루 힘겹게 버텨나가는 소설이 많았다. 인물은 일할 곳을 알아보고, 열정을 쏟을 의미와 대상을 고민했으며, 머물 방과 집을 찾았다. 소설 속 세계와 사건 인물은 모두 허구라는 것을 안다. 하지만 어째서인지 뉴스와 다큐를 보고 있는 것 같았다. 소설은 이야기의 줄거리를 정리한 문장들의 모음이 아니다. 소설 속엔 작가의 마음과 감정이 깃들고, 타인과 세계에 대한 시각과 입장이 보이며, 선택한 단어와 문장 속엔 고유한 개성과 감각이 육체를 입고 생생하게 표현된다. 사건과 상황을 보여주는 것을 넘어 독자가 그것을 왜 봐야 하는지, 그 속에서 발견하게 될 것은 무엇인지, 알게 해주는 단계까지 나아갔더라면 더 좋았을 소설도 많았다.

「오영의 소설」은 잘 쓴 소설이었다. 처음에는 후기를 작성하는 일에 관한 이야기라고 생각했는데 점점 글쓰기에 관한 소설로 확장되었고 나아가 진짜와 가짜를 고민하는 주제로 뻗어 나가는 것이 훌륭했다. 다만 소설 속에 예술과 글쓰기에 대한 문제를 다루는 방식이 납작하고 전형적인 것이어서 아쉽게 느껴졌다.

「돌아가는 마음」은 노곤하고 지난한 일상의 문제를 재치있고 유머러스

하게 다뤘다. 언니의 캐릭터가 좋았다. 처음엔 엉뚱하게만 보였는데 읽어
나갈수록 진한 슬픔과 깊은 감정의 결이 느껴졌다. 소설이 다 끝났을 때 언
니의 감정과 사연을 충분히 이해할 수 있는 이야기와 사연이 있었더라면
더 좋았을 것이다.

「내가 말하지 않는 것들」은 열여섯 인물의 감정과 마음, 그리고 말을 잘
표현한 작품이었다. 마음에 없는 말을 하고 일부러 새침하게 구는 사춘기
의 행위가 누구나 공감될 수 있도록 설득적으로 쓰여 있어서 즐겁게 읽었
다. 하지만 중심인물 주변 인물은 표면적으로만 그려졌고 이야기의 전개
와 마무리 역시 예측 가능한 선에서 안정적으로 구성된 것이 아쉬웠다.

「낮에 접는 별」은 문장과 표현, 구성과 전개 모든 부분이 고르게 좋았
다. 걸리는 부분도 있었다. 몇몇 장면에서 시간성과 공간성이 모호하게 그
려졌고 뒤로 갈수록 감정을 보여주고 느끼게 하는 것이 아닌 다소 감상적
으로 흐른다는 지적도 있었다. 하지만 심사위원들은 이야기 속에 적절하
게 녹아있는 인물의 행위와 결심, 그 이면에 존재할 작가의 마음이 좋다는
것에 의견을 모았다. 특히 홍주가 목도리를 받았음에도 휑한 목에 두르지
않는 장면이 인상적이었다. 이야기 속에서 좋은 장면으로 기능했고 그렇
게 쓰기로 한 작가의 선택은 앞으로 계속 좋은 소설을 쓰게 될 것이라는 신
뢰를 갖게 했다. 심사위원들은 「낮에 접는 별」을 당선작으로 기쁘게 합의
했다.

부산일보　**이예린**

1994년 서울 출생.
서울예대 극작과 졸업.

주제넘기

이예린

　정숙은 아까부터 택시기사의 퉁명스러움이 신경 쓰였다. 룸미러로 시선이 마주칠 때마다 눈에서 미세한 경멸이 읽혔다. 차선을 바꿀 때는 깜박이를 틀지 않았고 핸들을 휙휙 돌려 대서 정숙의 몸이 자꾸만 양쪽으로 번갈아가며 쏠렸다. 이 오밤중에 무슨 일이 있느냐는 물음에 어물쩍 넘긴 게 문제였나. 제대로 대답 하지 않고 '최대한 빨리 좀 가주시라'고 요청했던 게, 입 다물고 운전이나 하라는 의미처럼 들렸을지 모르겠다는 생각이 뒤늦게 들었다. 그러나 정숙은 기사에게 무례하게 굴려고 했던 것도 대답하고 싶지 않았던 것도 아니었다. 정말이지 조금도 아는 바가 없었고 또 조급한 마음이 들었을 뿐이다. 혹시나 추가로 온 연락이 있을까 싶어 정숙은 휴대폰을 꺼내들었지만 대화창은 아까와 같았다. 관리소장에게서 마지막으로 온 메시지를 다시 한 번 찬찬히 읽어보았다. '최대한 빨리 오ㅑ 주세요. 택시비는 드릴거닉가 걱정 마시고' 오타가 두 군데나 있었다. 소장은 평소에는 그럴만한 사람이 아니었고, 그래서 그 오타가 불길하게 느껴졌다. 청소 일을 시작한지도 어느덧 오년이 넘었고, 정숙은 별의 별 일을 다 겪어봤지만 이런 일은 처음이었다. 이유도 알려주지 않고서 한밤중에 사람을 다급하게 부르다니. 무슨 사고라도 생긴 걸까. 자신도 모르는 새 대형 실수를 저지른 건가. 빈약한 제 상상력에 어떻게든 살을 붙여가며 골몰해보아도 딱히 떠오르는 건 없었고, 정숙은 괜히 초조해져서 카톡 채팅창만 수시로 들락거렸다.

　관리소장에게서 전화가 왔을 때 정숙은 막 잠에 들려던 참이었다. 오늘은 왠지 잠에 일찍 들 수 있을 것만 같았는데. 유튜브에서 본 대로 우유에 꿀을 타서 전자레인지에 삼십 초 데워 마신 게 아무래도 효과가 좀 있는 듯했다. 어느 블로그에서 읽은 조언을 따라 혈액순환에 좋다는 다리 마사지도 오 분이나 따라했다. 오전 다섯 시 반 알람이 울리기 전까지 단 한 번도 깨지 않고 푹 숙면하는 것. 정숙의 바람은 그게 전부였다. 그러던 차에 전화벨소리가 울려댔고, '트라비아타 소장님'이라는 글자가 뜬 화면을 보자마자 정숙은 벌떡 일어났다.

　"여사님, 지금 당장 좀 와주셔야겠어요."

　늦은 시간이라 미안하다거나 잠을 깨운 건 아닌 지 걱정하는 기색은 전혀 없었다. 신속하게 요건만 전한 관리소장의 목소리는 어쩐지 격앙되어 보였다. 자세한 사정까지 통화로 설명할 여력은 없으니 일단 오기나 하라는 듯한 말투였다. 정숙은 무슨 일이냐고 눈치 없이 묻지 않았다.

　오 년 동안 여러 일터를 거쳐 가며 정숙은 용역업체나 건물주, 관리소장, 아무튼 윗사람들의 공통점을 파악했다. 그들은 말 많은 직원들을 싫어했다. 입 다물고 그저 시키는 일이나 얌전하게 수행하기를 바랐다. 설령 호의와 친절이 담긴, 관심어린 말일지라도 그랬다. 그러니 요구사항이 들어 먹힐 리는 만무했다. 정숙이 원하는 건 개인의 편의나 복지가 아니었다. 수도꼭지가 고장 났다, 온수가 안 나온다, 마포걸레 자루가 불량이다, 같은 아주 사소하고도 온당한 요구들이었다. 그들은 건성으로 네네, 대답했고 정숙은 참을성 있게 기다렸지만 한 주가 두 주가 되고, 몇 달이 넘어가도록 그대로였다. 평생 휘어진 수도꼭지로 물을 받고, 얼음장 같은 물로 걸레를 빨고, 고장 난 대걸레로 청소할 수는 없었고, 정숙은 관리소장 졸졸 따라다니며 같은 말을 반복해야 했다. "소장님, 바쁜 거 아는데 그래도 얼른 좀 해줘요. 미화원 생각도 좀 해주셔야죠." 심기를 거슬리게 하지 않으려 최대한 애교를 섞어가며 말했다. 그런데도 그들은 정숙을 피곤한 사람 취급했다.

트라비아타 관리소장 정도면 그래도 양반이라고 정숙은 생각했다. 떨어진 비품도 바로 채워주었고 일하며 불편한 점은 없는지 먼저 물어봤으며 꼬박꼬박 여사님이라는 호칭으로 불러주었으니까. 옮겨오기 전에 일했던 상가건물의 소장은 툭하면 정숙을 아줌마라 불렀고, 이따금은 아무렇지 않게 반말을 섞어가며 삿대질하기도 했다. 그때만 떠올리면 정숙은 자다가도 갑자기 눈이 떠졌다. 나이도 거의 아들 뻘이었으면서, 싸가지 없는 놈. 잠꼬대처럼 혼잣말이 튀어나오곤 했다.

하마터면 영수증 받는 걸 깜빡할 뻔해서 정숙은 떠나려던 택시 꽁무니를 황급히 뒤쫓아 세웠다. 미안합니다, 미안해요. 정숙이 넉살좋게 웃었고 택시기사가 말없이 영수증을 뽑아 건넸다. 눈을 흘기는 것 같다는 생각이 들었지만 정숙은 애써 모른 체 했다. 영수증이 없다는 이유로 택시비를 지급해주지 않을지도 몰랐고 그것만큼 억울한 일이 없을 테니까. 별로 뛰지도 않았는데 콧등에 땀이 맺히고 숨이 차올랐다. 하루에 만 보 이만 보씩 우습게 걸어 다니던 때도 있었는데, 그때였다면 아무렇지도 않았을 텐데. 정숙은 이 끝나지 않는 더위가, 몹쓸 체력이, 그럼에도 어떻게든 영수증을 받겠다고 헉헉대며 택시를 끝까지 따라잡은 제 스스로가 지긋지긋하게 느껴졌다. 관리사무소에는 경옥언니가 먼저 와있었다. 정숙을 발견하자 언니는 반갑게 손을 흔들었다. 정숙이 눈을 동그랗게 떠가며 무슨 일이냐는 표정을 짓자 언니는 자신도 아는 게 없다는 듯 어깨를 으쓱해보였다. "아, 드디어 오셨네." 관리소장은 눈이 마주치자 기다렸다는 듯 손짓으로 정숙을 급히 불렀다.

누군가 한밤중에 배달음식 백만 원어치를 주문해 A동 계단에 테러했다고 했다.

"테러요?"

설명을 듣던 정숙이 소장의 말을 끊었다. 테러라니, 무슨 소린지 이해가 가질 않았다.

"음식을 주문해서는 계단에다 그걸 몽땅 뿌려댔다니까요. 지하 일층부터 꼭대기 층까지 전부 다요."

정숙과 경옥언니는 한꺼번에 질문을 쏟아냈다. 누가 그랬는지, 외부인의 소행인지, 혼자서 한 건지, 대체 왜 그런 짓을 한 건지, 음식을 뿌리는 동안 아무와도 안 마주쳤는지, 어쩌다가 붙잡혔는지 하는 것들. 관리소장은 이미 너무 여러 번 설명해서 더 이상은 말하고 싶지 않다는 듯 두 사람의 얼굴 가까이에 손바닥을 들어 보이며 막았다.

"여사님들. 자세한건 나중에, 나중에요."

다만 소장은 범인이 누구인지만 짧게 일러주었다. A동 402호에 사는 여자라고 했다. 정숙과 경옥언니는 동시에 눈이 동그래졌지만 이번에는 아무도 입을 열지 않았다. 여자는 조사를 받기 위해 경찰서로 이송되었다고 소장은 덧붙였다. 그러니까 이미 커다란 소동은 한 차례 휩쓸고 지나간 이후였다. 테러 현장을 빠르게 수습하고 모든 걸 이전처럼, 마치 없었던 일처럼 되돌려 놓을 것. 그게 정숙과 경옥언니의 임무였고, 자정이 넘어 급하게 트라비아타에 호출된 이유였다.

*

셋은 사무실에서 나와 지하주차장으로 향했다. 청소도구실은 휴게실과 합쳐진 형태로 주차장 구석 끄트머리에 마련되어 있었다. 비좁았지만 휴게실이 있다는 것만으로도 정숙은 감지덕지했다. 신축건물이라서인지 심지어 쾌적하기까지 했다. 소장은 정규 근무시간이 아니니 굳이 유니폼을 입을 필요가 없다고 했지만 괜히 양념이나 국물이 옷에 튀면 어쩌느냐는 경옥언니의 말에 정숙도 얼른 갈아입고는 앞치마에 머릿수건까지 동여맸다. 청소카트에 퇴근하기 직전 빨아 널어둔 손걸레와 세정제, 고무장갑과 빗자루, 마포걸레, 양동이를 실었다. 파란색 받이통에 봉지를 새로 갈아 씌웠고 음식물종량제봉투도 한 움큼 챙겨들었다. 카트를 끌고서 주차장 경사를 오르려니 힘에 부쳤다. 평소에는 A동 입구 현관으로 바로 들어가면 되었는데, 혹시라도 외부인이 드나들까봐 출입문을 막아두었다고 했다. "어디서 소문이 난건지 인터넷에 기사가 쫙 퍼졌다니까요. 에이씨, 사람 피곤해지게……." 관리소장은 대뜸 성질을 냈다. 인터넷에 기사를 올린 기자들을 향한 건지, 402호 여자를 향한 건지, 그도 아니면 정숙을 향한 건지 알 수 없었다. 그의 입에서 욕설이 나오는 줄 알고 정숙은 저도 모르게 어깨를 움츠렸다.

카트 바퀴가 보도블록에 닿을 때마다 덜덜거리는 소리가 났다. 주위가 적막하니 더욱 요란하게 들렸다. 사방을 둘러싼 높다란 건물은 몇몇 가구를 제외하고는 불이 죄 꺼져있었고, 그래서 바퀴소리가 주민들의 잠을 깨우는 건 아닌지 걱정이 되었다. 매일 출근하는 곳임에도 깜깜할 때에 와보니 낮과는 전혀 다르게 보였다. 정숙은 낯설어서 주위를 몇 번이나 두리번거렸다. 트라비아타는 역에서 도보 오 분 거리에 떨어져있는 신도시의 신축 오피스텔이었다. 그러나 여전히 개발 중이라 입주민도 유동인구도 많지 않고, 상가용으로 쓰이는 일층은 유령건물처럼 비어있었다. 며칠 전 코인빨래방과 아이스크림 할인점이 새로 생겼지만 그마저도 무인 가게였다. 오피스텔 주변엔 공사 중인 건물 골조와 크레인들로 즐비했다. 큰 장막처럼 둘러진 컨테이너 벽 너머로 건물들은 하루가 다르게 높아져갔다. 그 속도가 어찌나 빠른지 날림으로 짓고 있는 게 아닌가, 저러다 갑자기 와르르 무너지면 어쩌나, 하는 두려움이 들 정도였다. 정숙은 청소하는 내내 공사장 소음에 시달려야 했고, 새 건물 냄새와 페인트 냄새에 머리가 자주 아파왔다.

트라비아타로 옮긴지 어느새 육 개월 차였지만 정숙은 이곳 풍경에 익숙해지지 못했다. 집에서 차로 십 분, 마을버스로 이십 분이면 닿는 거리임에도, 갑자기 펼쳐지는 신도시는 온통 별천지였다. 정숙이 사는 동네와는 전혀 무관해 보이는 세련되고 쾌적한 세계. 한때 다른 누군가가 살았던 흔적이 모두 지워진 세계. 낡고 오래되고 구질구질한 것은 조금도 용납하지 않는 세계. 풀 한 포기조차 도시계획 아래, 정해진 자리에서만 자라나야 하는 세계. 불과 일 년 전에는 허허벌판뿐이었는데, 어느새 말쑥한 고층건물들만이 원래 그곳의 주인이었던 것 마냥 천연덕스럽게 서 있었다. 자로 잰 듯 네모반듯하게 나뉜 도시의 구획도, 작은 창문들이 따개비마냥 빽빽하게 수놓인 건물 외관도, 외부인은 함부로 들어오지 못하도록 고안된 보안 시스템도 정숙에게는 모두 기묘하게만 느껴졌다. 그 이질감에 정숙은 자주 오한을 느꼈지만, 동시에 그 세계에 편입되고 싶다는 욕망도 함께였다. 개발되기 전 이곳에 땅이든 집이든 뭐라도 샀더라면 지금과는 다른 삶을 살고 있었을까. 그러나 대출과 담보를 모두 끌어다 썼어도 무리인 건 지금이나 그때나 마찬가지였다. 모두 부질없는 상상이었다.

A동 앞에 경비가 외부인 출입을 막기 위해서인지 입구를 지키고 서 있었다. 정숙과 경옥언니가 그를 향해 묵례했고, 경비도 가볍게 고개를 까딱였다. 그런데 민망하리만큼 건물 주변에는 아무도 없었다. 외부인은커녕 주민들조차 보이지 않았다. 마치 아무도 살고 있지 않은 건물처럼. 정숙은 쥐죽은 듯 고요한 이 풍경이 의아했다. 어쩜 한 명도 밖에 나와 보지 않을 수가. 자기가 살고 있는 곳인데. 제 이웃의 일인데. 자신과는 완전히 무관하다는 걸까. 알고 싶지도 않다는 걸까. 아무리 그래도 그렇지…….

"자, 엽니다."

계단실 문고리를 잡은 관리소장의 목소리가 각오를 단단히 하라는 듯 비장해서 정숙은 침을 꼴깍 삼켰다. 문이 열리자마자 온갖 음식 냄새가 섞여서 훅 풍겨왔다. 마스크가 아무 소용이 없다며 경옥언니가 코를 쥐어 틀어막았다. 과연, 테러라는 단어는 과장이 아니었다. 누군가가 작정하고 공들여서 음식을 뿌린 듯한 풍경이었다. 정숙은 구석구석 열과 성을 다해 음식을 뿌려댄 그 마음을 짐작할 수가 없어 잠시 그 자리에 얼어붙었다.

*

관리소장이 떠나자마자 경옥언니는 대뜸 미정이 얄밉다는 말을 꺼냈다. 사람이 한 명 빠졌으니 시간이 몇 배는 더 걸리겠다는 거였다. 아무리 그래도 몇 배는 과장이 심한 것 같다며 정숙이 동조하지 않자 언니는 "갠 우리보다 어리잖아. 체력이 다르지"라며 툴툴거렸다. 미정 씨는 C동 담당 미화직원이었고, 정숙보다 두 살이 어렸다. 첫째 딸이 마침 출산 중이라 오지 못했다고, 그러니 두 분이서 해주셔야한다는 관리소장의 말을 듣자마자 경옥언니는 입을 댓 발 내밀며 불만스러운 표정을 감추지 못했다. "못 오는 게 당연하다는 건 나도 알지. 아는데 그래도 패씸해. 왜 하필 오늘이냐고." 정숙은 푸념에 적극적으로 동조하지는 않은 채 고개만 끄덕였다. 미정 씨가 부러울 뿐이었다. 정숙도 한때는 그래보곤 했다. 결혼 후 이런 신도시에 자리 잡고 가정을 꾸릴 딸을. 아이를 낳으면 매일 미역국을 끓여가며 산후조리를 해주고, 바쁜 딸 부부를 위해 매주 손자를 돌봐주러 가는 제 모습을. 정숙이 낙지젓이며 시래기나물이며 더덕무침 따위의 밑반찬들을 바리바리 싸들고 가면, 이런걸 뭐 하러 싸왔느냐고 타박하면서도 맛있게 먹어줄 딸과 그 가족들을. 제 노년은 그렇게 평범하고 일상적인 장면들로 이루어질 거라 믿었던 때도 있었다. 그러나 그 평범함이야말로 무엇보다 어려운 일이라는 걸, 제게는 영영 오지 않을 일이라는 걸 정숙은 받아들인 지 오래였다.

경옥언니는 반반씩 나누어 한명은 위에서 내려오고, 한명은 아래에서 올라와 5층에서 만나는 게 어떻겠냐고 제안했다. 그래야 조금이라도 빨리 끝나지 않겠느냐며. 그러고는 무릎이 안 좋은 자신이 십층에서부터 내려오겠다고 냉큼 선수를 쳤다. 정숙은 순순히 그러자고 했다. 계단은 오르는 것보다 내려오는 게 무릎에 더 무리가 간다는 이야기를 텔레비전에서 들은 기억이 났지만, 입 밖으로 내뱉진 않았다. 떨어져 일할 수 있어서 다행이라는 안도감이 먼저였다. 경옥언니는 함께 일하면 적적하지는 않았지만 내내 붙어있기엔 힘든 사람이었다. 언니는 자신이 왕년에 얼마나 잘 나갔는지, 또 지금은 얼마나 잘 살고 있는지에 대해 끝없이 늘어놓았다. 그와 동시에 타인의 사정을 캐물어가며 수집했고 제 식대로 그 사람의 생을 재단하고 평가했다. 거의 대부분이 흉이고 욕이었다. 정숙에게는 특히 딸에 대해 집요하게 질문했다. 처음에 딸이 있다고 대답했던 것, 그리고 멀리 가 있다고 뭉뚱그려 대답한 것부터가 잘못이었다고 정숙은 두고두고 후회했다. 그랬더라면 '외국 사나보지?'라는 물음에 저도 모르게 '응'하고 대답할 일도 없었을 텐데. 엉겁결에 내뱉은 거짓말은 끝을 모르고 점점 커져갔다. 딸의 삶은 점점 구체적인 형태가 되어갔다. 경옥언니가 알고 있는 딸은 파리에서 몇 년 째 유학중이었다. 부모 손 한 번 벌리지 않고 장학금을 받아 학비와 생활비를 스스로 충당했으며, 대학 도서관에서 온종일 공부를 했고 저녁에는 센 강변, 몽마르뜨 언덕, 혹은 샹젤리제 거리 따위를 산책했다. 날씨에 따라 시시각각 변하는 에펠탑은 딸이 가장 사랑하는 파리의 모습이었다. 정숙이 가진 편협하고 미약한 지식만으로 상상할 수 있는 이미지는 그런 것뿐이었다. 왜 하필 파리였을까……. 곰곰이 생각하던 정숙은 마침내 기억해냈다. 파티쉐가 되고 싶다며, 그리하여 프랑스로 유학을 가겠다며 방방 뛰어다니던 아주 어린 시절의 딸을. 아마 초등학교 저학년 무렵이었을 것이다. 언제까지 그 꿈을 간직하고 있었을까? 꽤 오랫동안 품고 있었을 지도 모른다. 어느 순간부터 뭐가 되고 싶은 지는커녕 뭘 좋아하는지도 물어본 적이 없다는 걸, 정숙은 그제야 깨달았다.

경옥 언니와 헤어지고 난 뒤 정숙은 숨을 크게 한 번 들이쉬었다. 그리고는 전투를 준비하듯 비장하게 앞치마와 머릿수건을 매만지고 고무장갑을 꼈다. 왜 이런 짓을 한 걸까. 도대체 왜? 벽에 추상미술처럼 튀겨진 형형색색의 양념과 바닥에 흩어진 음식물들을 보며 정숙은 생각했다. 오싹한 기분이 들다가도 동시에 어느 샌가 마음이 아파왔는데, 그 이유를 명확히 알 수 없었다. 그러나 그 양가적인 감정을 들여다볼 새도 없이 당장 제 임무를 해치워야한다는 사명감이 먼저였다. 정숙은 지하 일층의 계단을 빠르게 훑은 뒤, 나뒹굴고 있는 플라스틱 용기와 일회용 수저, 비닐봉지부터 주워 착착 포개어 한 곳에 모아두었다. 그 후 음식물쓰레기봉투를 펼쳐서 음식물들을 담기 시작했다. 큰 덩어리는 집게를, 자잘하고 쉽게 흩어지는 것들은 빗자루와 쓰레받기를 사용했다. 패대기쳐진 김치와 고깃덩어리, 뭉개진 생크림케이크, 불어터진 짜장면, 주꾸미볶음, 떡볶이, 김밥, 볶음밥과 치킨 피자가 봉투 안에 한데 모였다. 섞인 음식물들을 가만히 들여다보자 남편이 떠올랐다. 오늘 밤엔 그가 뭘 먹었더라. 분명 이중 하나였을 텐데, 이상하게 조금도 기억나질 않았다. 남편은 틈만 나면 야식을 찾아댔다. 저녁이 맛없다고 시위라도 하는 건가 싶어 정숙이 신경 써서 찌개를 끓이고 고기에 생선까지 구워가며 밥상을 차려줬는데도 마찬가지였다. 아무리 잔소리를 해도 듣는 척도 안 했다. 늘 다부지고 마른 체형이던 남편은 어느 순간 E.T.처럼 가는 팔다리에 배만 불룩하게 나와 있었다. 메뉴는 늘 비슷비슷했다. 닭발이나 불족발, 매운 갈비찜, 낙지볶음, 짬뽕 같은 시뻘겋고 기름진 음식들. 정숙은 매운 걸 잘 먹지 못했고 그래서 남편이 저 혼자서만 먹으려 일부러 그런 것만 고르는 게 아닐까, 의심했지만 묻지는 않았다. 무슨 소리냐며 날선 대답이 돌아올 게 뻔했기 때문이다. 남편은 화가 많았다. 날이 갈수록 많아져갔다. 뉴스를 보면서 화를 냈고, 예능 프로그램 속 코미디언의 농담이 멍청하다며 화를 냈고, 밤에 세탁기를 돌리는 이웃에게 화를 냈고, 제 허리를 수술한 담당의사에게 화를 냈다. 정숙은 남편의 화가 종국에는 자신을 향하고 있다고 느꼈다.

오늘 정숙이 집을 나서기 전, 남편은 끝까지 일어나지 않았다. 잠들어 있던 건 아니었다. 어딜 가느냐고 묻는 남편의 목소리는 잠결에 내뱉은 것치고는 지나치게 또렷했으니까. 그 또한 밤에 쉬이 잠들지 못한다는 걸 정숙은 알고 있었다. 야식을 먹고서 소화도 제대로 안 시키고 누우니 당연한 일이었다.

"관리소장한테서 와달라는 전화가 왔어. 뭔 일이 생겼는지……."

정숙의 말에 남편은 으음, 하고 대답인지 신음인지 모를 음성을 싱겁게 내뱉었다. 그게 다였다. 걱정은커녕 급한 일이 뭔지 궁금하지도 않은 기색이었다. 정숙은 모로 누운 남편의 굽은 등과 둥글게 휜 어깨를 잠시 바라보다가, 이내 지갑과 휴대폰을 챙겨들고 집을 나섰다. 확실히 남편은 예전과는 달라져 있었다. 너무 많이 달라졌다.

언제부터였나. 정숙은 정확히 알고 있었다. 정숙이 청소 일을 시작한 직후, 그러니까 남편이 건설현장 일을 관두고 나서부터였다. 남편은 굴삭기 전복사고로 척추가 골절된 후로 몇 차례의 수술을 받았지만 끝끝내 예전의 몸으로 돌아오지 못했다. 그는 인생의 절반을 바쳐왔던 일의 마지막을 그토록 허무하게 맞이했다는 사실을 받아들이지 못하는 것 같았다. 정숙의 쥐꼬리만 한 봉급도, 그 쥐꼬리만 한 돈으로 정숙이 가장역할을 하고 있다는 사실도. 어쩌면 남편이 가장 견디기 힘들어하는 건 한 순간에 무능해진 제 자신일지도 모른다고 정숙은 생각했다. 그 때문에 오 년 내내 저 모양인 거라고. 남편은 정숙이 출근할 때 잘 다녀오라는 인사를 하지 않았다. 미안하다거나 고맙다는 말은커녕 수고했다는 말조차 빈말로라도 해주는 법이 없었다. 정숙은 일은 다녀와서 엉덩이를 붙일 새도 없이 남편의 밥상을 차리고 밀린 집안일을 해치웠다. 그럼에도 남편은 종일 허리를 붙잡고서 앓는 소리만 냈다.

딸을 잃었을 때에도 이러진 않았는데. 그때는 두 사람 모두 지금보다 젊었기 때문일까. 열렬히 슬퍼하고 목 놓아 울 기력이 있었기 때문일까. 그러므로 어떻게든 다른 방향으로 에너지를 돌릴 수 있던 걸까. 그 일 이후로 두 사람은 주말마다 나가서 걸었다. 올레길이며, 토지길이며, 유배길이며, 선비길…… 유래 모를 갖가지의 이름이 붙여진 전국의 길들을 찾아다니며 걸었다. 그게 유일한 유희거리인 것처럼, 그것밖에 할 수 없는 사람들처럼 걸었다. 정숙은 남편이 일을 나가지 않는 일요일이 되기만을 기다렸다. 그때 두 사람은 사이가 좋았다. 연애하던 때 이후 가장 사이가 좋았던 시절이었다. 아이러니하게도 딸을 잃었다는 상실에서 파생된, 끈끈한 결속과 서로에 대한 애틋함 같은 게 있었다. 하지만 이제 남편은 몸이 아프고 노쇠했으며 예전의 다정과 총기는 사라진지 오래다. 별 것 아닌 일들에 화를 내고 매일같이 매운 음식을 먹는다. 정숙은 그런 남편을 볼 때면 제 안에서 무언가가 끓어올랐지만, 남편과 똑같이 되지 않으려 애썼다. 식탁 위에 폭력적으로 보일 정도로 가득 올라온 음식을, 게걸스럽게 먹어치우는 남편을 못 본 척하려 애썼다.

*

쉴 새 없이 닦다보니 얼굴에 점점 열이 올라왔다. 정숙은 쭈그렸던 몸을 잠깐 일으키고 기지개를 켰다. 벽과 바닥에 묻은 시뻘건 양념을 계속 보고 있으려니 마치 제가 다 먹은 것처럼 뱃속이 홧홧 달아올랐다. 왜인지 두통도 일었다. 식어빠진 음식 냄새를 내내 맡아서일까. 정숙은 층계참으로 다가가 창문을 열었다. 그제야 좀 살 것 같았다. 여전히 바람 한 점 불어오지는 않았지만, 적어도 공기가 순환되니까. 조금만 쉬자. 정숙은 잠시 창가에 몸을 기대었다. 요즘 따라 불면이 더 심해진 게 아무래도 더위 때문일 것이다. 올여름이 백년만의 폭염이라고 뉴스에서 그렇게들 떠들어댔으니까. 땀 때문에 목과 등이 축축해진 채로 일어나면 정숙은 거실로 나가 베란다 창을 열고 소파에 누웠다. 창문 너머로는 바람 한 점 불어오지 않았지만, 엉덩이에 오래 눌려 반질반질해진 가죽이 살갗에 닿으면 얼마간은 좀 시원해졌다. 그러면 아주 잠시 눈을 붙일 수 있었다. 소파에서 까무룩 잠이 들 때면 거의 같은 꿈을 꿨다. 초등학교도 채 입학하지 않은, 아주 어린 시절의 딸이 나오는 꿈이었다. 두 사람은 함께 목욕을 하고 있었고, 딸은 건포도처럼 쪼글쪼글해진 제 손가락 끝을 유심히 관찰하더니 돌연 정숙의 눈앞에 쫙 펼쳐보였다. "엄마, 내 손이 이상해!" 까맣게 잊고 있던 기억이었다. 손이 왜 이렇게 된 거야? 왜? 왜? 하며 정숙에게 끝도 없이 질문을 쏟아내던 더없이 사랑스러운 얼굴. 제 어미를 세상의 전부라고 믿어 의심치 않던 얼굴. 그런 딸의 얼굴을 바라볼 때면 정숙은 충만한 행복감으로 차오르는 동시에 조마조마한 기분이 되었다. 딸에게 뭐든지 해주고만 싶어서. 자라는 동안 부족한 것 하나 없이 채워주고, 살아가며 겪을 시련과 장애물을 모조리 제거해주고, 모든 질문에 알맞은 해답을 제시해주고 싶어서. 그러나 그럴 수 없으리라는 걸 너무나 잘 알았고, 덜컥 겁이 났다. 오로지 자신만을 좇는 말갛고 투명한 딸의 눈을 들여다보다가, 정숙은 꿈에서 깨어났다.

삼층 중간께 즈음 왔을 때, 누군가 갑자기 어깨를 두드려서 정숙은 하마터면 비명을 내지를 뻔했다. 아연실색한 얼굴로 뒤를 돌아보니 경비가 정숙을 바라보고 서 있었다.

"문을 닫고 청소하세요. 음식물 냄새가 난다는 민원이 들어와서요."

무표정에 묘하게 명령하는 듯한 말투의 경비는 여느 때와는 사뭇 달라 보였다. 피로 때문일까. 평소였다면 당직실에서 잠깐이라도 눈을 붙였을 시간일 테니까. 붉게 충혈 된 경비의 두 눈을 바라보며, 정숙은 카트를 옮기느라 엘리베이터 탈 때 빼고는 문을 연 적이 단 한 번도 없다고 대답했다.

"그럼 이 무거운 걸 계단으로 옮기라구요?"

민원이 들어왔다는 말에 억울해져 큰 목소리가 튀어나왔다. 경비는 고개를 젓고는, 손가락으로 창문을 가리키며 말했다. 저기로 음식물 냄새가 퍼지는 것 같다고. 아, 정숙은 민망해져서 작게 탄식을 내뱉고서 얼른 창문을 닫았다. 정숙이 창문 닫는 걸 확인한 후에, 경비는 수고하시라는 말을 남기고 다시 계단 아래로 내려갔다. 정숙이 반질반질 윤이 나도록 닦아놓은 계단 위로 발자국이 찍혔다. 정숙은 경비의 뒷모습을 바라보다가, 이내 다시 걸레질을 시작했다.

민원이라는 단어가 위압적으로 느껴졌지만, 엘리베이터를 타고 4층에 다다른 정숙은 저도 모르게 402호 현관 앞에서 서성였다. 문 너머의 계단실과는 전혀 다른 세계처럼 고요하고 평온했다. 정숙은 그 평온함이 도리어 무섭게 느껴졌고, 그래서 잠시 서서 기이한 풍경을 응시했다. 음식물 냄새가 복도에 퍼지고 있다는 생각도 잊은 채였다. 그때 옆 세대에서 기척이 들려왔다. 401호인지 403호인지 알 수 없었지만, 어쩌면 잘못 들은 것일지도 몰랐지만, 정숙은 깜짝 놀라 황급히 계단실 문을 열고 그 안으로 미끄러지듯 들어갔다.

402호 주민이 범인이라는 이야기를 듣자마자, 사실 정숙은 곧바로 누군가를 떠올렸다. 청소를 하며 유독 자주 마주치던 여자였다. 마주치는 게 늘 4층 엘리베이터 앞이었으니 4층 주민이겠거니, 하고 짐작했다. 청소 일을 하며 겪는 재밌는 일 중 하나는, 사람들이 무의식적으로 정숙을 그곳에 존재해서는 안 되는 이처럼 여긴다는 거였다. 이따금 불시에 마주치면, 찰나였지만 주민들은 당황한 표정을 숨기지 못했다. 정숙이 먼저 인사하면 그제야 친절함을 되찾고 인사를 해왔다. 마치 전혀 예상치 못한 존재를 맞닥뜨린 것처럼. 청소미화원이 존재한다는 사실을 전혀 몰랐던 것처럼. 그들이 매일 드나드는 현관과 복도와 엘리베이터가 얼룩 하나 없이 깨끗할 수 있는 건 정숙 덕분이었음에도 말이다. 그런데 여자는 달랐다. 기다렸다는 듯 먼저 다가와 안녕하세요, 하고 인사를 건넸고, 그러면 정숙도 조금 얼떨떨해져서 예에, 안녕하세요, 하고 답하는 식이었다. 하루는 에너지 드링크를 건네받은 적도 있었다. 정숙이 당황한 나머지 우물쭈물하자 먼저 다가와 손에 쥐어주기까지 했다. 정숙은 여자를 만날 때마다 놀랐는데, 명랑함과 밝은 인사성 때문이기도 했지만 여자가 젊은데도 머리가 허옇게 새어있었기 때문이었다. 그것도 이마 위 앞머리부분만 뭉텅이로 하   다. 염색한 건가, 요즘 젊은 사람들은 멋 낸답시고 별별 색을 다하던데. 하지만 가까이서 보니 일부러 물들인 것 같지는 않았다. 정숙은 여자의 머리에 시선을 오래 두지 않으려 했다.

여자의 인사는 단순히 인사말임에도 어딘가 존중받고 있다는 느낌이 들게 했다. 뭐랄까, 백화점 안내데스크 혹은 콜센터에서 마주할 수 있을 법한 태도였다. 전문성이 느껴지는 친절함이었지만, 동시에 애써 꾸며낸 것이 아니라, 타고난 성정에서 우러나오는 듯한 해사한 미소와 말투였다. 정숙은 여자가 눈에 밟혔고, 호감이 생겼고, 그래서 제가 먼저 살갑게 대하지 않기 위해 내면의 브레이크를 단단히 잠가야 했다. 주민과 사적인 대화를 나누는 건 공공연한 금기사항이었다. 일을 시작한 지 얼마 안 되었을 때는 소장에게 된통 혼난 적도 있었다. "일하러 왔지 수다 떨러 왔어요? 왜 이렇게 나대요?" 죄송합니다. 정숙은 고개를 숙이며 사과했다. 엄마 품에 안겨있던 아이가 귀여워 몇 개월이냐 묻고 예쁘다, 예쁘다 감탄사를 몇 번 내뱉은 게 전부었는데. 그게 부담스러웠다고, 불편하게 느껴졌다고 했다. 정숙은 꿈에도 몰랐다.

그리고 나댄다는 말.

왜 이렇게 나대냐, 존나 나댄다…… 잊고 있던 기억이 한꺼번에 떠올라, 순간 정숙의 시야가 하얗게 지워졌다가 돌아왔다. 마지막으로 그 말을 마주한 건 딸의 유품을 정리하다 펼친 일기장에서였다. '너네 엄마 존나 나댄다'는 말을 들었다고 했다. 칠판과 책상에 대문짝만하게 적힌 낙서를 점심시간 내내 지워야했다고도 했다. 그런 내용이 건조하고도 짤막한 문장 몇 줄로 적혀있었다. 딸이 반에서 겉돌고 있다는 이야기를 들은 정숙이 제 나름대로 강구한 방법은 학교에 자주 찾아가는 것이었다. 담임교사와 상담을 하고, 학부모회에 들고, 거의 모든 행사에 빠지지 않고 참석했다. 그리하여 교사가 조금 더 신경 써줄 거라고, 반 아이들도 함부로 하지 못할 거라고, 친구도 금세 생길 거라고 믿었다. 하지만 돌아온 건 나댄다는 말과 조롱뿐이었다. 자신을 바라보던 딸의 환멸 섞인 눈빛도, 학교에 그만 좀 찾아오라며 소리 지르던 것도 정숙은 그제야 이해할 수 있었다. 일기 마지막 줄에는 이름이 나열되어 있었다. 강씨, 박씨, 송씨, 양씨, 윤씨 성을 가진 나란한 이름들. 정숙은 그 이름들을 외웠다. 외우려던 게 아니었음에도 저절로 외워졌다. 주말마다 남편과 전국을 돌아다니며 걷기 시작한 건 그 이후부터였다. 수많은 길을 걷고 또 걸으며, 처음 보는 지명과 길 이름을 눈으로 읽고 읊조려가며 모조리 외웠다. 그리하여 딸의 일기장에서 보았던 이름을 잊으려 애썼다.

'나댄다'는 말을 다시 마주한 후로 정숙은 스스로를 검열하고 단속했다. 일을 하는 동안 누구를 마주치든 오로지 인사만 건넸고 하고 싶은 말이 생겨도 입을 다물었다. 청소하며 콧노래를 흥얼거리던 버릇도 없앴다. 그러나 여자를 마주칠 때면 자연스럽게 궁금한 것들이 생겨났다. 정숙은 여자의 나이와 직업, 가족관계를 마음대로 상상했고, 어쩔 수 없이 딸이 떠오르곤 했다.

*

경옥언니에게서 좀 쉬었다 하자는 연락이 왔다. 무릎이 너무 아파서 안 되겠다고. 정숙은 간장으로 보이는 양념이 그대로 남아있는 벽을 잠시 바라보았다. 이것만 하면 되는데……. 하지만 정숙도 삭신이 쑤셔오기는 마찬가지였고, 이내 카트를 끌고 휴게실로 향했다. 경옥언니는 두 다리를 소파 위에 나란히 올리고서 무릎을 주무르고 있었다. 이마에 땀이 맺혀 있었고 두 뺨은 방금 사우나에 다녀온 것처럼 붉었다. 아마 제 모습도 크게 다르지 않겠지, 하고 정숙은 생각했다. 경옥언니는 이것 좀 보라며, 아까 아들이 카톡으로 보내줬다면서 휴대폰을 들이밀었다. 뉴스 기사가 떠 있었다. 소장의 말마따나 정말로 어느 지역 어느 동네인지, 심지어는 '트라비아타'라는 오피스텔 이름까지도 인터넷에 퍼진 것 같다고 언니는 약간 흥분해서 덧붙였다.

"우리 아들 말로는, 물류센터에서도 종일 이 얘기만 하고 있대."

힘들어서인지 피로해서인지, 아무튼 언니는 평소 같지 않게 아들 이야기를 자연스럽게 늘어놓고 있었다. 경옥언니의 아들은 도시 외곽의 물류센터에서 상하차 일을 했다. 언니는 남들의 사정에 대해 꼬치꼬치 캐묻던 때와는 다르게, 정작 자신의 아들 이야기는 꺼내고 싶지 않은 티를 역력히 냈다. 아주 가끔씩 드러나는 파편적인 정보들로 지레짐작할 수 있을 뿐이었다. 언니는 아들보다는 대기업에 다닌다는 조카 자랑을 더 자주 했다. 명절 때마다 부모며 조부모며 온갖 친척들에게까지 용돈이며 선물을 꼬박꼬박 챙겨준다는 조카. 참하고 유능한데다 싹싹하기까지 해서 일등 신붓감이 따로 없다는 조카. 경옥언니가 조카 이야기를 할 때마다 정숙은 괜히 애잔한 마음이 들곤 했다. 사실은 조카가 아닌 아들의 이야기를 저렇게 하고 싶을 텐데. 정숙이 딸 이야기를, 딸의 진짜 이야기를 한다면 언니가 저를 이런 눈으로 보게 될까. 그런 생각까지 미치고 나면, 얼마간의 죄책감이 밀려오기도 했다.

눈이 침침해서 정숙은 미간을 찡그려가며 기사를 읽어 내려갔다. 혼자 사는 20대 여성이 음식 백만 원어치를 한꺼번에 결제해 배달시켰다는 간략한 내용이었다. 평소 우울증을 앓고 있던 것으로 알려졌다는 문장이 기사 말미에 짤막하게 덧붙여져 있었다. 무수히 많은 댓글이 달려있었고, 정숙은 그것들도 빠짐없이 모두 읽었다. 비난하는 반응이 대부분이었고 간혹 원색적인 욕설도 섞여 있었다.

"근데 있지, 난 마음이 좀 그렇더라."

경옥언니가 입을 열었다. 그냥, 안됐잖아. 우울증이라는데……. 정숙은 조금 놀라 언니를 물끄러미 보았다. 그 여자 하나 때문에 이게 무슨 고생이냐고 욕을 쏟아낼 줄로만 알았는데. 경옥언니는 고단해 보였고, 왜인지 슬퍼 보이기도 했다.

"나도야. ……이상하게 딸 생각이 나서."

경옥언니는 정숙의 말에 고개를 끄덕였다. 대뜸 꺼낸 딸 이야기에 의문을 가지지도 않았다. 그래 그렇지, 다 알아, 전부 이해한다는 얼굴. 그게 전부였다. 그 얼굴을 보자 갑자기 정숙은 언니에게 모조리 털어놓고 싶다는 충동이 일었다. 언젠가는, 할 수 있지 않을까. 어쩌면 그렇게 멀지 않은 시일에. 조만간 할 수 있을지 모르겠다는 생각이 들었다. 여자에 대한 이야기도, 그리고 딸에 대한 이야기도.

얼마 전, 정숙은 퇴근길에 여자를 마주쳤다. 오피스텔 입구 앞에 쪼그려 앉아서 담배를 피우고 있었다. 고개를 푹 숙인 채 휴대폰만 들여다보고 있었는데도 정숙이 단번에 알아본 건 회백색의 앞머리 때문이었다. 그러다 여자가 자리에서 벌떡 일어나서는, 담배를 땅에 내던지듯 버린 뒤 발로 수차례 비벼 끄기 시작했다. 불은 이미 꺼진 지 오래였는데도, 거기에 꽁초가 아닌 다른 게 있는 것처럼 여자는 땅을 자꾸만 짓뭉갰다. 저러다 신발 밑창이 아스팔트 바닥에 다 갈려버리는 게 아닌가 걱정이 될 만큼 집요하고도 우악스러운 동작이었다. 여자와 눈이 마주치고 나서야, 정숙은 자신이 지나치게 빤히 바라보고 있었다는 사실을 깨달았다. 여자는 울고 있었다.

정숙은 못 본 척 고개를 돌리고 가던 길을 다시 향했다. 걸음이 점점 빨라졌다. 왜 그랬지, 왜 못 본 척 했을까. 괜찮으냐고 말이라도 걸어봤어야 했던 게 아닐까. 아니, 지나친 간섭이다. 어차피 별달리 제가 할 수 있는 게 있는 것도 아니었다. 마침내 버스정류장 근처에 당도했을 때, 정숙이 타야할 버스가 마침 지나가고 있었다. 그런데 정숙은 평소와 다르게 달려가 잡지 않았다. 버스의 배차간격은 길었고, 정숙은 근처를 빙빙 배회하다 오피스텔로 되돌아갔다. 당연하게도 여자는 이미 사라진 후였다. 납작해지다 못해 완전히 으스러진 담배꽁초만 남아있었다. 정숙은 형태만 남은 담배꽁초를 주워들고는, A동의 4층을 잠시 올려다보았다. 마치 여자가 자신을 바라보고 있기라도 하듯이.

*

정숙은 편의점 안으로 들어왔다. 누가 감시하는 것도 아닌데, 농땡이를 치고 있는 것 마냥 괜히 조마조마했다. 정숙 언니에게 먼저 가있으라고 말한 뒤 잠시 짬을 내어 나온 거였다. 카운터 뒤쪽에 나란히 진열되어 있는 담배들이 보였다. 뭐가 뭔지 도통 알 수가 없어서 정숙은 한참을 들여다보았다. 종류가 저렇게나 많은지도 생전 처음 알았다. 젊은 여자들이 보통 뭘 많이 피우냐고 물었더니 직원이 이상하다는 듯 정숙을 쳐다보다가 몇 가지를 꺼내 내밀었다. 정숙은 그래도 여전히 모르겠어서 골몰하다가 개중 하나를 집었다. 케이스에 에펠탑이 그려져 있었다.

계산까지 하고 있으면서도 정숙은 제 행동에 확신이 서질 않았다. 어쩌겠다고 여길 들어와 담배를 사고 있는지, 도대체 어떻게 전해줄 심산인지, 그 여자가 402호 주민인지 확실하지도 않은데 이래도 괜찮을지, 만약 맞는다 하더라도 자신을 황당하게 여기지 않을지, 애당초 왜 담배를 사야겠다는 마음이 들었는지조차도. 그냥……. 이것밖에는 할 말이 없었다. 그냥, 그러고 싶었다고, 그렇게 해야겠다는 마음이 들었다고. 여자가 정숙을 주제넘게 여기더라도, 설령 주제 넘는 행동이더라도 말이다.

실은, 사실은 담배는 핑계였다. 정숙은 그날 여자의 우는 얼굴 너머로, 담배를 들고 있던 손목 안쪽에 난 상처를 보았다. 여러 줄로 그어댄, 스스로 만든 자국. 정숙이 잘 알고 있는 것이었다.

정숙은 딸의 양 허벅지에서 피멍을 발견한 적이 있었다. 심장이 떨어지는 줄로만 알았다. 당장 딸을 불러다가 어떻게 된 거냐고 윽박지르고 몰아세웠다. 제발 그러지 말라고 울면서 빌기도 했다. 그래도 딸은 묵묵부답이었다. 도대체 왜 그러냐고, 뭐가 문제냐고, 세상에 힘든 일이 얼마나 많은 줄 아느냐고, 그렇게 나약해서 어떻게 살아가려고 그러느냐고, 너만 힘든지 아느냐고. 언제까지 내가 이렇게 살아야 하냐고, 그런 말들을 쏟아내었다. 딸은 정숙의 말이 끝나기만을 기다리듯 내내 입을 다물고 있다가, 마침내 대답했다.

"⋯⋯미안해."

정숙은 그제야 붙들고 있던 딸의 팔을 놓아주었다. 그 말만을 기다리고 있었던 사람처럼. 미안하다는 말. 그러나 돌이켜보면 체념이었다. 정숙은 자신이 계속해서 몰아세우지만 않았어도, 그런 말들만 하지 않았어도 되었을 거라고 생각했다. 영정사진이 되리라고는 일말의 상상조차 해본 적 없던 딸의 증명사진을 앞에 두고, 정숙은 그날의 대화를, 딸의 표정과 말투를 곱씹었다. 더 읽어내지 못했던, 읽을 시도조차 하지 않았던 행간을 뒤늦게나마 자꾸 더듬어보았다. 그러나 그런다고 해서 바뀌는 건 아무것도 없었고, 딸의 목소리와 얼굴만이 둥둥 떠다닐 뿐이었다.

딸의 그 얼굴은 여자의 것과 꼭 닮아 있었다고, 담배꽁초를 버린 후 세면대에서 오래도록 손을 씻으며 정숙은 생각했다. 주제넘게도.

*

A동으로 되돌아가며 정숙은 평소만큼 덥지 않다는 걸 깨달았다. 건물 사이로 바람이 불어오고 있었다. 아직 습기가 남아있기는 했지만 비교적 선선하게까지 느껴졌다. 정말 열대야가 끝이 나기는 하는구나. 정숙은 폐 안쪽까지 공기가 들어오도록 깊게 숨을 들이마시고 내쉬었다. 이제 눈 깜짝할 새에 서늘한 공기가 코끝에서부터 느껴지기 시작할 것이다. 개수대에서 걸레를 빠는 게 두려워지는 계절이, 아무리 고무장갑을 끼고 일해도

손가락 끝이 나무껍질처럼 쩍쩍 갈라지는 계절이 무섭도록 빠르게 찾아올 것이다. 바로 그 무렵이 딸의 기일이기도 했다. 올해로 어느덧 십년 째였다. 십년이라니, 십년. 정숙은 입으로 내뱉어가며 십년이라는 말을 반복해 보았다. 몇 번을 내뱉어도 그 세월은 구체적으로 다가오지 않았다. 아무리 시간이 흘러도 실감할 수 없을 것이었다. 딸의 얼굴은 해를 거듭할수록 차츰 희미해졌지만, 잊으려 해도 도무지 잊히지 않는 것들이 있었다. 이를테면 딸의 체념 섞인 얼굴과 목소리. 강씨, 박씨, 송씨, 양씨, 그리고 윤씨 성의 이름들. 그런 것들은 아무리 잊으려 해도 시도 때도 없이 불쑥 튀어나와 정숙을 괴롭혔다.

정숙은 문득 걸음을 멈추고는 눈앞의 오피스텔을 올려다보았다.

A동 402호의 불이 켜져 있었다.

동시에 카톡 알림음이 울렸고 정숙은 휴대폰을 꺼내들었다. 경옥언니였다.

―그 여자가 돌아왔어.

그게 어떤 신호라도 되는 듯이 정숙은 걸음을 서두르기 시작했다. 카트 손잡이를 쥔 손에 힘이 들어갔다. 402호 여자와 테러범이 정말로 동일인인지 알 수 없었지만, 그래서 정숙이 완전히 착각하는 것일 수도, 주제넘게 구는 것에 지나지 않을 수도 있었지만. 그럼에도 정숙은 한걸음씩 내딛으며 여자에게 건넬 말들을 골랐다. 카트 바퀴가 보도블록에 달달거리며 부딪치는 소리가 들렸다. 오피스텔의 모두를 깨울 만큼 크고 시끄러운 소리였다. 그러나 정숙은 더 이상 아랑곳하지 않았다. 아니, 사실은 모두가 깨어나기를 간절히 바라고 있었다.

이따금 내 소설의 모티프가 되었을 이들을 마주치거나, 내가 쓴 문장을 떠올리게 하는 장면과 마주할 때면 수치스러움을 느낀다. 함부로 썼나, 아무것도 모르면서 그들의 삶을 멋대로 재단하고 납작하게 만든 게 아닐까. 그런 죄책감도 뒤따른다. 이 글은 처음으로 내 나이대가 아닌 중년여성을 화자로 내세운 소설이다. 그래서 더 부끄럽다. 정숙에게 느끼는 죄의식을 점차 덜어가는 것. 그게 앞으로 내게 주어진 과제라 생각한다. 어린 시절 나를 이끌어주신 권정현 선생님께 감사하다. 그리고 비판과 격려를 아낌없이 쏟아주는 지인언니, 나영언니, 한빛언니, 시윤, 슬기. 스터디 친구들이 없었다면 나는 소설 쓰기를 진즉 그만두었을 것이다.

나를 기억하시지 못할 것 같아 주저되지만, 그래도 감사를 전하고 싶어서 용기 내어 적어본다. 소설로 도망친 제자를 응원해주신 조광화 선생님, 내 글의 문제점을 명쾌하게 짚어주신 장성희 선생님께 감사 인사를 드리고 싶다. 내가 소설을 썼으면 좋겠다고 해주셨던 편혜영 선생님의 한마디, 좋은 작가가 되라던 김금희 선생님의 격려는 나를 포기하지 않도록 만들어주었다. 마지막으로 부족한 글을 정성껏 읽고 뽑아주신 심사위원 선생님들께 감사하다.

글쓰기를 나 혼자만의 길고 외로운 작업이라 여길 때도 있었는데, 많은 이들의 축하를 받으며 실은 모두에게 빚지고 있었음을 깨달았다. 무엇보다 늘 묵묵히 응원해주고 믿어주는 가족에게 미안하고 고맙다. 진부하지만 그렇기에 가장 진솔한 말이라는 걸 이제는 안다. 열심히 쓸 것이다. 오래도록 지치지 않고 쓰는 사람이고 싶다.

습작 과정의 치열함 느껴지는 문장이 인상적

올해 소설 부문 응모작들은 노인과 청년 문제, 애완동물이나 판타지를 다룬 작품이 대체로 강세였다. 심사위원들은 본심에 올라온 작품 중 「갈변의 시간」 「호랑이」 「호주머니」 「숨, 찰 무렵」 「주제넘기」, 5편에 주목했다.

「갈변의 시간」은 작품의 밀도는 높았지만, 단순한 진행이 때로는 더 효과적인 결과를 도출한다는 것을 생각해 보게 만드는 작품이었다. 「호랑이」는 문장은 안정적이나 개인이 거대 자본시장과 부딪히는 접점을 살려내는 데에는 힘이 부족했다. 「호주머니」는 벼랑 끝에 내몰린 주인공을 핍진하게 그려냈지만, 그 이상의 것으로 나가지 못하고 마무리도 자연스럽지 못했다.

논의를 거쳐 마지막까지 경합한 작품은 「숨, 찰 무렵」과 「주제넘기」 두 편이었다. 「숨, 찰 무렵」은 발랄함이 도드라졌다. 하지만 어머니 캐릭터가 유의미하게 살아나지 못하고, 포커스가 자신의 내면으로 지나치게 이동해 버렸다는 아쉬움이 남았다.

「주제넘기」는 가장 눈에 띄는 작품이었다. 습작 과정의 치열함이 느껴지는 문장이 인상적이었다. 음식으로 뒤덮인 건물 계단을 마주하는 설정으로 이야기를 끝까지 끌고 가는 힘이 대단했지만, 소설 창작의 기존 문법을 그대로 답습한 점이 마음에 걸렸다. 작가는 어떤 경우라도 '기존의 것'

에 대한 반항심이 있어야 한다. 하지만, 이러한 단점을 넘어설 만큼 작품의
완성도가 높다는 점은 부인할 수 없었다. 오랜 논의 끝에 「주제넘기」를 당
선작으로 결정했다. 당선자에게 축하의 박수를 보낸다.

불교신문 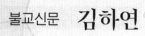 김하연

2023 불교신문 신춘문예 소설부문 당선.

북을 두드리는 오후

김하연

"스님! 미움이 치밀어 오르다 금세 초연해지는 것은 이제 저도 나이를 먹은 탓이겠지요?"

"그렇습니까? 그렇다면 나이를 먹는다는 것이 꼭 나쁜 것만이 아니지요."

"스님! 오래전 산행할 때인데요. 아기 동자 같은 청미래 넝쿨 열매를 죄다 털어버린 일이 한두 번이 아니었어요. 무심코 꺾어버린 솔가지, 무심히 밟아버린 꽃도 여러 번 있었어요. 그래서인지 지금 그 업보를 받고 있는 것 같아요. 그뿐만이 아닌 보온병에 담긴 뜨거운 물도 무심코 숲에 버린 일도 있었어요. 혹시 그때 작은 생명들이 눈이 멀어버렸으면 어떡하지요?"

"그래서 내일이 불안하십니까?" 스님은 물었다.

"그 후 골짜기마다 나에 대한 골이 깊어지는 이 업業을 어찌해야 하나요? 하고 부처님께 물었지만 아무런 대답이 없었어요."

"그래요? 분명 잘 못 한 건 맞지만 너무 자학하지는 마십시오. 골이 깊어지면 합장하며 다가오는 도량 넓은 단풍나무 손길도 만나게 되고, 먼저 손 내미는 여러해살이풀 부처손도 만나게 되는 법이지요. 아직 만나지 못했습니까? 보살님!"

홍국사興國寺 새벽 예불을 드리는 목탁 소리를 떠올리며 살며시 눈을 감자 어제 스님과 나눈 대화가 머릿속에 그려졌다. 목탁의 재료는 박달나무일까, 살구나무일까. 청명한 소리는 몇 백 년 동안 참선한 나무의 수행자만이 낼 수 있는 소리인 듯했다. 산사의 뜰을 훑고 지나가는 바람은 마치 맨발의 순례자 같기도, 안팎으로 쓸고 다닌 빗자루 같기도 했다. 내 발자국이 공양간을 스치면 내 안에 잠든 목어木魚가 금세 물고기 뛰는 소리를 내는 듯했다.

산사에서 내려와 버스를 타고 고향 집으로 향했다.

"박 서방 일은 잘 되고 있냐?"

"네, 아버지. 걱정 마세요."

"일이 잘 된다면 명절이 몇 번을 지나도 왜 오랫동안 전화 한 통도 없고 찾아오지도 않는 것이냐?"

"아, 그건 일이 바빠서 그래요."

"무슨 명절 때도 일을 한다냐?"

아버지는 내 눈을 마주치지도 않은 채 재떨이에다 담뱃재를 털고 있었다.

"아버지도 외로울 때 있으세요?" 아버지는 아무 대답도 하지 않았다.

가을걷이가 끝날 때마다 아버지는 한차례 계절병을 치르는 듯했다. 밤이면 술 마시는 일도 잦아졌다. 술잔에 달이 떨어지면 금세 대취해 나직이 달 타령을 쏟아내기도 했다. 달이 지푸라기 같은 흰 수염을 간지럽히기라도 한 듯 과실주를 목젖으로 넘길 때마다 아버지는 길게 기른 수염을 습관처럼 만졌다. 그러다 마당에 나와 서까래에다 둥지를 튼 제비집을 수시로 올려다보기도 했다.

"거 참, 많이도 낳았네. 곧 품 밖의 자식이 되어 훨훨 날아가겠구나."

인간은 본래 혼자라는 사실을 그 누구보다 잘 알고 있는 듯했다.

"아버지 저, 갈게요. 혼자 계시더라도 밥 잘 챙겨 드시고 몸 관리 잘하세요. 아셨지요?"

다음 날 아침 아버지는 고향집을 나서는 나를 향해 두어 번 헛기침을 하고선 집으로 들어갔다.

버스를 타고 오는 내내 남편에 대한 미움이 스멀스멀 다시 기어오르기 시작했다. 사랑도 미움도 다 부질없는 것인 줄 알지만 어쩔 도리가 없었다. 남편 채무를 보증 선 것이 두고두고 후회가 되었다. 지금도 그것을 갚기 위해 식당에서 설거지를 하며 허리가 끊어지는 고통까지 맛보고 있으니까. 그럴 때마다 나는 방음 시설이 된 작은방에서 북을 연신 두드리며 화를 잠재우기도 했다. 아파트만 아니라면 소고, 꽹과리, 징, 그 무엇이 되었든 두드릴 만한 모든 것이 필요했으리라. 하지만 아파트라는 공간 때문에 소리는 지극히 제한적이어야 했다.

장롱에 있는 남편의 옷을 정리하지 못한 것은 경제적인 면이 좀 해결되면 다시 합치려고 맘을 먹어서였다. 하지만 삼 년이란 시간 동안 서로 얼굴 한번 맞댄 적이 없어 우리는 점점 서로에게 타인이 되어가고 있었다.

은행 대출금 일부를 정리하기 위해 전세 보증금을 빼어 갚고 사글세로 이사를 했다. 이사 한 아파트는 다행히 남향이어서 베란다에 놓인 제라늄이 수시로 꽃을 피워냈다. 이 집을 계약한 것은 지대 높은 아파트 아래로 펼쳐진 먼 섬들 때문이었다. 저 멀리 하멜 등대도 기념우표처럼 서 있어 누군가에게 자꾸만 내 소식을 전하고 싶은 마음이 들게 했다. 각자 다른 뱃길은 내가 지나온 교차로 같았고 바다는 가장 가까운 벗처럼 자주 내 수심愁心을 재어보는 듯했다. 그런 풍경만으로도 충분히 계약을 서두를 만했다.

일요일 아침, 이웃집 이삿짐 사다리차의 오르락내리락하는 소리에 잠을 깼다. 커튼을 젖혀 창밖을 내다보았다. 세간살이는 단출해 보였다. 저 사람들은 누구일까, 어디에서 왔으며 또 때가 되면 어디로 가는 걸까. 이사를 하는 우리는 하안거, 동안거를 마치고 만행萬行을 떠나는 스님들의 수행 같기도 했다. 잠시 그렇게 사색에 빠지다가 출근을 하기 위해 가볍게 화장을 마친 후 현관문을 나섰다. 이때 한 여자가 맞은편 현관문을 열고 나오면서 정중히 인사를 했다. 여자는 랩으로 씌워진 무지개떡을 들고 서 있었다.

"안녕하세요. 이사 온 옆집이에요. 이 라인만 떡을 돌리고 있어요." 여자는 내게 떡을 건네주며 환하게 웃었다.

"아, 그러셨어요? 반갑습니다. 떡 잘 먹을게요"라고 말하자 여자는 다시 활짝 웃음을 지었다.

"이렇게 이웃으로 만난 것도 인연인데 가끔씩 만나 함께 차도 마시고 싶어요. 시간 되면 저희 집에 놀러 오세요."

"네, 그러겠습니다."

나는 건성으로 대답한 후 떡을 받아들어 가방에 넣고서는 승강기 버튼을 눌렀다. 여자는 아주 앳되어 보이고 한 쪽 발을 약간 절었다.

학생회관 구내식당 일을 마치고 퇴근하면 온몸이 쑤시고 아팠다. 주말에는 정오까지 푹 내리 잠만 잤다. 그날도 늦게 일어나 녹차 한 잔을 마신 후 커튼을 젖혔다. 이때 핸드폰이 울렸다. 남편이었다.

"돈 좀 가진 거 있어?" 그는 다짜고짜 물었다.

"당신 생각이 있어? 지금 이 상황에 그런 말이 나와? 참 염치도 좋아."

"어머니 내일 생신이야. 그래도 자식의 도리는 해야 될 거 아니야?"

그는 도리어 큰 소리를 쳤다.

"자식의 도리를 하고 싶으면 당신이 벌어서 하지. 왜 내게 달라고 해?"

나도 목소리를 높였다. 그는 늘 그런 식이었다. 급하면 돈을 반강제적으로 내놓으라는 식이었다. 내가 먼저 통화를 툭 끊고 나자 마음이 불편해졌다. 어머니 생신인데 모른 체할 수만은 없었다. 마지막으로 그의 체면이라도 살려주고 싶어 다시 핸드폰을 들었다.

"삼십만 원 송금할게. 이게 마지막이야. 그걸로 어머니 용돈 직접 드려. 난 일 때문에 못 뵈니까. 그리고 어머니 걱정하니까 우리 서류상 이혼한 거 여전히 비밀리에 부치고…… 참, 그리고 나 이사했다. 그렇게 알고 있어." 그는 아무런 대답이 없었다. 전화를 끊고 방음 시설이 되어 있는 작은방으로 들어가 북을 가까이 끌어당겼다. 북을 치고 나면 뭉쳐있던 울혈이 조금은 풀리는 듯했다. 북을 치다가 베란다를 보자 노는 볕이 너무 아까워졌다. 일어나 침대 위에 있는 이불을 걷었다. 베란다 창문을 열어 이불을 털자 발코니 바깥으로 뭔가가 툭 떨어졌다. 허리를 굽혀 화단을 내려다보자 이불에 뭉쳐 있었던 메모지 같은 게 보였다. '굳이 무얼 아파하며 번민하니. 결국 잡히지 않는 게 삶인걸. 애써 무얼 집착하니. 다 바람이야…….' 잠에 들기 전 매일 읊었던 묵연 스님의 시구가 적힌 메모지였다. 이불을 발코니 새시에 걸쳐놓고 계단으로 뛰어 내려가 나비처럼 내려앉은 메모지를 주워들고 승강기 버튼을 눌렀다. 승강기 문이 5층에서 열릴 때 계단에 앉아 있는 한 여자와 눈이 마주쳤다. 옆집 여자였다.

"안녕하세요. 누굴 기다리세요?" 여자에게 물었다.

"시장 갔다 오면서 현관 키를 잃어버렸어요. 도어록을 빨리 달 걸 그랬어요. 남편이 새벽 낚시를 가서 오려면 해 질 녘 즈음 될 텐데……."

"그래요? 어쩌나요?"

"길도 낯설고 아는 데도 없어 남편 올 때까지 가까운 찜질방이라도 다녀올까 생각 중에 있어요."

"그러면 잠깐 저희 집에 들어와 따뜻한 차라도 한잔하시겠어요?"

"아니에요, 괜찮습니다."

여자에게 들어오라고 한사코 말은 그리했지만 내 성격이 사교적인 편도 아니거니와 이제 겨우 두어 번 마주친 걸로 마주 앉아 차를 마시는 일은 나로서는 꽤 서먹서먹한 일이었다. 하지만 그냥 지나칠 수 없었다.

"나 혼자 살아요. 들어오셔도 돼요."

여자는 자꾸 거절하는 것은 실례라고 생각했는지 고맙다고 연신 말하며 집으로 들어왔다. 여자와 나는 마주 앉아 녹차를 마셨다. 여자는 구례에서 살다가 남편을 만나 이곳으로 이사 오게 되었고 재혼한 지 얼마 되지 않아 지금은 신혼이라고 했다. 이니셜이 새겨진 여자의 반지가 유독 눈에 띄었다. 나의 시선을 느꼈는지 여자가 손을 만지작거렸다.

"어제는 내 생일이었어요. 남편이 반지를 사 가지고 왔었어요. 태어나

처음으로 남자에게 받아본 선물이었거든요. 14K 반지를 끼고 남편 품에서 얼마나 울었는지 몰라요."

물어보지도 않은 말을 여자는 스스럼없이 풀어놓았다. 여자의 말을 듣고 보니 이때껏 남편에게서 선물이라는 것을 받아본 적이 없던 내가 보였다. 문득 여자가 부러워졌다. 여자는 이내 시장바구니에서 고기를 꺼내며 잠깐 냉동실에 넣어두어도 되겠느냐고 물었다. 나는 그러라고 했다. 자기 남편은 기름기가 적은 돼지 앞다리 살을 좋아한다고 했다.

"아기를 빨리 갖고 싶어요. 그래야 남편 방황을 잠재울 수 있을 것 같아요. 허구한 날 술을 입에 달고 살아서 속이 상해요. 사업이 어렵다 보니 단한 번도 남편에게 손을 벌려본 적이 없었어요. 지금까지 내가 아르바이트해서 모아둔 돈으로 먹고 살았어요. 앞으로도 남편이 성공할 때까지만 투잡이라도 해서 남편 뒷바라지를 하고 싶거든요. 근데 아기가 생기면 좀 힘들겠죠?"

여자는 나와는 달리 남편의 힘듦을 온전히 제 몫으로 여긴 듯했다.

"남편이 아내를 잘 만난 듯하네요. 남편이 성공하면 아내를 떠받들어야 하겠는데요?"

여자가 생긋 웃었다. 여자는 다소곳이 앉아 거실 한쪽에 있는 북을 쳐다보았다.

"고수인가요?"

"네? 아, 저는 하수입니다." 나는 가볍게 웃어넘겼다.

어느새 해는 서쪽 하늘로 기울고 있었다. 이때 옆집에서 쾅! 하고 문 닫는 소리가 났다.

"남편이 벌써 왔나 봐요." 여자는 반사적으로 고개를 번쩍 들었다. 여자가 일어나자 나는 냉동실 문을 열어 언 고기 뭉치를 꺼내 여자에게 건네주었다.

여자가 나가자 배가 고팠다. 냉동실을 열었다. 삼겹살을 사 둔 것이 생각났다. 삼겹살을 꺼내 전자레인지에 해동을 시킨 후 달구어진 프라이팬에 구웠다. 혼자 먹는 고기는 꽤 퍽퍽했다. 노릇하게 구워진 한 조각을 다시 입에 넣었다. 그래도 퍽퍽했다. 식탁 위에 놓인 포장지를 확인했다. 삼겹살이 아닌 돼지고기 앞다리 살이라고 적혀 있었다. 이 시간이면 삼겹살로 바뀐 고기 때문에 여자가 다시 현관문을 두드릴 만도 한데 조용했다. 내가 먼저 문 두드려 사실을 말해주어야 하나? 하고 다시 냉동실을 열었다. 그런데 삼겹살 뭉치는 냉동실에 그대로 있었다. 그렇다면 내가 뭘 주었던 것일까. 다시 살펴보자 얼려놓은 꽃게 한 뭉치가 보이지 않았다. "박 서방이 좋아하는 꽃게 보낸다. 바가지 조금씩만 긁고 술 먹은 다음날은 얼큰한 꽃게탕 끓여주어라." 하고 아버지가 몇 달 전에 택배로 보내준 것이었다. 남편과의 이혼을 모르는 아버지에게 죄스러운 마음을 누르며 나는 꽃게를 씻어 먹기 좋게 각각의 비닐봉지에 소분해두었던 것이다. 돼지고기가 꽃게로 뒤바뀐 사실을 아는지 모르는지 옆집 여자는 우리 집 현관 벨을 누르지 않았다.

다음 날 저녁 옆집 여자를 경비실 입구에서 만났다.

"고기와 꽃게가 뒤바뀐 거 아니셨어요?" 나는 웃으며 여자에게 물었다.

"아, 맞아요. 덕분에 꽃게 잘 먹었어요. 그날따라 남편이 날 위해 요리를 해준다고 해서 얼려진 뭉치를 식탁에 올려놓고 잠깐 잠이 들었어요. 한숨 자고 나니 얼큰한 꽃게탕 냄새가 거실에 가득했어요. 웬 꽃게탕이냐고 비닐봉지를 살펴보자 그제야 바뀐 걸 알았어요. 그러면서 자기가 제일 좋아하는 꽃게탕으로 모처럼 식사다운 식사를 했다며 좋아하지 뭐예요. 그말에 좀 서운했어요. 저도 남편 식단에 꽤나 신경을 쓰며 살았거든요. 그런데 모처럼이라니…. 그나저나 어쩌지요? 꽃게를 다 먹어버렸으니요."

"괜찮아요. 제가 잘 못 준 건데요 뭘. 그리고 맛있게 먹었다니 다행이에요"라고 말하자 여자는 기쁨에 찬 듯 말했다.

"아이를 임신했어요."

"어머 축하해요."

한 번도 아이를 가져본 적이 없는 나는 마치 내가 아이를 가진 것처럼 기뻐했다.

"저, 언니라고 불러도 될까요? 어릴 적 부모에게 버림받고 고아원에서 자라 피붙이가 없어 늘 정에 굶주렸어요. 그러다가 사춘기 때 고아원을 빠져나와 전 남편과 사랑에 빠져 동거를 시작했어요. 하지만 남편의 여성편력과 폭력까지 더해 도저히 견딜 수가 없어 도망쳤죠. 그럴 땐 나에게도 언니 하나가 있었으면 참 좋겠다는 생각을 자주 했었어요. 언니라고 불러도 되나요?"

"네. 부르고 싶은 대로 부르세요."

붙임성이 좋은 여자에게 은근히 정이 갔다. 그녀를 보면 죽은 여동생이 생각이 났다. 동생도 어릴 적 소아마비로 한 쪽 다리를 절었고 나이도 얼굴 생김새도 여자와 비슷해 그녀를 보고 있으면 죽은 여동생이 마치 살아 돌아온 듯했다.

임신을 하자 여자는 아르바이트를 보류했다고 했다. 그러려면 남편에게 생활비를 타 써야 하는데 걱정이라고 했다. 여자가 걱정을 하자 나는 내 처지를 잠시 잊고 아이를 낳을 때까지만이라도 왠지 그녀의 보호자가 되어주고 싶었다. 나는 벌써부터 딸을 기대하며 아이의 배냇저고리와 기저귀는 기본이고 분홍빛 블라우스와 만화 캐릭터가 입은 치마, 앙증맞은 구두, 리본이 박힌 머리띠, 물고기 문양의 머리핀을 사서 매일 바꿔 입히고 바꿔 꽂아주는 상상을 하기도 했다. "나는 네 이모야." 하며 함께 손을 잡고 공원을 걷기도, 아이스크림을 먹으며 놀이 기구를 타는 생각만으로도 설레는 일이었다. 우리는 어느새 서로 연락처를 주고받았다. 맏언니가 막냇동생을 챙기듯 시간 날 때마다 수시로 그녀의 몸 상태와 안부를 핸드폰 문자로 묻기 시작했다.

식당 경력 십 년 베테랑인 한 여사님은 나와 고향이 같다는 이유로 내가 퇴근할 때면 다른 사람 눈치 안채게 살짝 남은 음식을 싸주기도 했다. 그럴 때면 임신한 옆집 여자가 먼저 생각이 났다. 퇴근하면서 나는 옆집 여자에게 문자를 했다.

"문 앞에 밑반찬 놓아둘 테니 가져가요. 이 반찬 맛있게 먹고 태교에 힘쓰고요."

그다음 날도 또 그다음 날도 나는 식당에서 가져온 밑반찬을 여자의 현관 문 앞에 놓아두었다. 밑반찬뿐만 아닌 오는 길에 재래시장에 들러 꽃게를 사서 놓아두곤 했다. 그러는 사이 여자는 배가 점점 불러왔다. 쉬는 날이면 병원에 같이 가주기도 했다. 그녀의 남편은 무슨 일로 바쁜 건지 아침 일찍 나가면 술에 취해 새벽녘이 되어서야 들어온다고 했다. 하지만 그녀는 단 한 번도 불평불만을 하지 않았다. 오히려 남편의 건강을 걱정했다.

아파트 뒤에 자리한 한산사寒山寺 입구에는 산사 음악회를 알리는 플래카드가 걸려있었다. 때마침 주말이라 옆집 여자와 나는 음악회에 가보기로 했다. 그날 한산사의 밤은 잊지 못할 추억을 선사했다. 산사의 뜰에 놓여있는 그랜드 피아노는 '성불사의 밤'을 노래하며 마치 흑백의 돌다리를 건너고 있는 듯했다. 무대 위에 오른 여승은 하얀 버선을 신고 구성진 애수의 소야곡, 수덕사의 여승을 불렀다. 노래는 다시 인도의 향불로 옮겨졌다. 그 위로 수양버들이 가지런해졌다. 한 번쯤은 인연이라는 돌다리에 미끄러지고 넘어지고 했었을 관객들을 빙 둘러보았다. 음악에 너무 취했을까. 한때 잃어버린 음정을 찾아 내 다시 부를 사랑 노래가 있다면 나 기꺼이 목 놓아 부를 수 있을 것 같았다. 내 가슴은 금세 불타佛陀였다. 초저녁잠을 잠시 미룬 새들은 가지 위에서 미에! 미에! 노래 부르는 것 같았다. 다시 초대 가수의 사랑과 이별 노래를 함께 따라 부르며 우리 둘은 모처럼의 여유를 만끽했다.

"와 보기를 잘 했어요. 기분이 흥겨워 태교에도 도움이 되는 듯해요."

"그래요? 다행이에요."

산사 음악회가 끝나고 우리는 길을 걸어 아파트 5층 승강기 앞에서 헤어져 각자 집으로 들어왔다. 옆집 남자는 그날 일찍 들어왔는지 현관문을 열 때 집 안에서 텔레비전 소리가 났다. 그렇게 집에 들어와 막 신발을 벗는 찰나에 핸드폰이 울렸다. 고모였다.

"내가 이런 말 해도 되는지 모르것다. 언뜻 보아서 잘 못 본 것인지도 모르지만… 아니, 분명 박 서방 같았어. 택시를 타고 가는데 말이야. 한 식당에서 박 서방 닮은 사람이 여자의 손을 잡고 나오지 뭐냐. 여자는 배가 좀 나와 후덕해 보였어. 너, 박 서방 관리 잘 하고 있는 거냐?"

"고모가 잘못 봤을 거예요. 그 사람 지금 여자에게 한눈을 팔 그럴 정신이 어디에 있다고, 그리고 요즘 여자들이 돈 없고 능력 없는 남자를 만나 주기나 한대요?"

"그건 모를 일이지." 고모는 석연찮다는 듯 계속 내 말꼬리를 잡고 늘어졌다. 고모와 통화를 끝내고 남편에게 핸드폰을 들었다. 받지 않았다. 잠시 후 핸드폰 벨이 울렸다.

"무슨 일인데?" 그의 말투는 다소 퉁명스러웠다.

"혹시, 여자 있어?" 내가 물었다

"뭐라고? 내가 지금 여자 만날 정신이 어디에 있다고 그래?"

"우리 형편이 피면 다시 합치는 거야? 당분간은 이대로 지내고 말이야." 남편의 생각이 궁금해졌다.

"그건 그때 가서 생각해. 지금 나 바빠. 끊어." 남편은 전화를 툭 끊었다.

점심시간이 지나자 한차례 썰물이 빠져나간 듯 구내식당은 한가로웠다. 주방을 정리해 놓고 저녁 메뉴 준비에 들어가자 한 여자가 식당으로 들어왔다. 옆집 여자였다. 얼굴은 초췌해 보였다.

"무슨 일 있어요? 갑자기 식당을 다 찾아오고……."

여자가 손으로 눈두덩을 훔쳤다.

나는 여자를 데리고 식당 한 쪽에 앉았다.

"언니, 불안해요. 남편에게 아내가 있는 듯해요. 어젯밤 남편이 실토했어요. 전 아내와 확실히 끝내지 않았나 봐요. 서류상으로는 이혼했다고 하지만 금전문제가 얽혀 있나 봐요. 어쩌지요? 만약 전 아내가 찾아와 내 머리채라도 잡고 둘 사이를 갈라놓으면 뱃속에 있는 우리 아기 불쌍해서 어떡해요?"

여자의 눈가가 촉촉해졌다.

"괜찮을 거야. 안심해요. 서류상으로 이혼이면 남남인데 무슨…… 걱정말고 좋은 생각만 해요. 무슨 일 있으면 내가 지켜줄게요."

안심을 시키자 여자가 꺼이꺼이 울었다.

"언니, 날 좀 지켜줘요. 나 제대로 살고 싶어요. 아이 낳고 여느 가족처럼 평범하고 행복하게 살고 싶어요."

"그럼 그렇게 살아야지."

여자를 토닥이며 집으로 돌려보냈다.

그날 퇴근하는 길에서 이런저런 생각에 빠지다 육아 용품점에서 가던 길을 멈췄다. 그러다 나도 모르게 점포 안으로 들어갔다. 이리저리 둘러보다 이내 배냇저고리와 기저귀를 샀다. 산달이 곧 다가오면 깨끗이 세탁하고 삶아 옆집 여자에게 선물로 주고 싶었다. 집으로 돌아오는 발걸음이 평소보다 가벼웠다. 집에 돌아와 서랍 속에다 사 둔 것을 곱게 개켜두었다.

어느새 옆집 여자의 산달이 한 달 앞으로 다가왔다. 나도 모르게 가슴이 뛰기도 콧노래가 흘러나오기도 했다. 식당 주방에서 파를 다듬으며 태어날 아이의 얼굴을 상상해 보기도 했다. 이때 핸드폰 문자 음이 울렸다. 옆집 여자였다. 급하다며 백만 원만 빌려줄 수 있냐고, 아이 낳고 나면 무슨 일을 해서든 꼭 갚을게요.라고 했다. 그녀의 사정을 뻔히 알고 있는 터라 마침 월급 탄 거 있으니 빌려준다고 답을 하였다. 내일 걱정은 내일 하자며 나를 다독일 때 문자음이 다시 울렸다. 남편이었다. 급한데 혹시 백만 원 있어?라고 물었다. 나는 아무 답도 하지 않았다.

퇴근하여 집으로 돌아와 배냇저고리와 면 기저귀를 서랍에서 꺼냈다. 주방으로 들어가 스테인리스 찜통에다 물을 반쯤 부었다. 그런 후 배내옷과 기저귀를 손빨래를 한 후 푹푹 끓여 냈다. 거품 일으키는 소리는 흡사 아이의 옹알이 소리 같았다.

매일 아침 출근하기 전에도 빨래 건조대에 널어둔 기저귀를 마냥 바라보았다. 기저귀는 새로운 탄생을 알리려는 듯 바람을 불러 하얀 깃발로 낮게 펄럭이고 있었다. 기저귀에 얼굴을 대어보았다. 스무 개의 보드라운 아기 뺨 같은 것이 얼굴을 스치자 향긋한 젖 냄새가 났다. 나도 모르게 핸드폰을 들었다. 남편은 전화를 부리나케 받았다.

"나 당신과 다시 살아야겠어. 우리 아무래도 잘 못 생각한 것 같아."

"뜬금없이 무슨 소리야, 일이 정리가 안 돼 같이 살기엔 아직 무리야."

화장실에서 받는 것인지 통화음이 울리고 물 내리는 소리가 들렸다

"서로 떨어져 산다고 안 될 일이 되기라도 하는 거야? 이제라도 함께 부딪쳐 이 상황을 이겨내 보는 건 어때?" 나는 소리를 높였다.

"갑자기 왜 그리 서두르는데? 아직 이르다고 하지 않아?"

남편은 소리를 버럭 질렀다. 그때 한 여자의 목소리가 어렴풋이 들렸다.

"당신 지금 누구랑 통화하고 있어?"라고 말하는 것을 나는 분명히 들었다

"웬 여자 목소리야?" 내 말이 끝나자마자 그쪽에서도 "웬 여자 목소리야?"라고 남편에게 다그치는 듯했다.

동시다발적으로 두 여자의 캐묻는 소리에 남편이 당황하는 듯했다. 잠시 후 여자가 핸드폰을 낚아채는 듯했다. 나는 이때 왠지 겁이 나서 내 쪽에서 먼저 핸드폰을 툭 끊었다. 누구냐고 묻고 싶지도 않았다. 방 한 쪽에 있는 북이 가엾다는 듯이 나를 빤히 쳐다보았다.

월요일인가 싶으면 수요일이고 또 금세 주말이 찾아왔다. 자리에서 일어나 손목 보호대를 풀고 거울을 봤다. 거울 속 여자의 눈 밑은 그늘이 가득했다. 가위를 들어 자꾸만 눈을 가린 앞머리를 잘랐다. 그런 후 핸드폰을 들었다.

"저, 흥신소죠? 뒷조사에 필요한 의뢰를 좀 할까 해서요. 비용은 어느정도 드나요?"

불법적인 일은 정말로 내키지 않는 일이었다. 남편 뒷조사나 하는 것은 살아오면서 단 한 번도 생각해 보지 않은 일이었다. 내 자신이 초라하고 비참한 생각마저 일었다. 흥신소 직원에게 남편 사진과 남편이 자주 갈만한 당구장, 피시방, 실내 야구장, 단골 술집인 장소를 알려주었다. 그 후 흥신소 직원은 며칠이 지나도 이렇다 할 결과물을 내어놓지 못하였다. 본

래 남편은 눈치가 빠른 편이었다. 자신에게 불리할 만한 작은 낌새를 눈치 채기라도 하면 미꾸라지처럼 요리조리 잘도 피해 다녔다. 빚쟁이를 따돌리는 것 또한 선수였다. 그 때문에 나는 늘 남편의 방패막이와 화살받이었다. 지금의 심정을 누군가에게 털어놓을 수 있을까. 옆집 여자에게라도 전화해 속이라도 좀 털어놓으면 한결 나아질까 해서 핸드폰을 들었다가 다시 놓았다. 차곡차곡 개켜둔 기저귀와 배냇저고리를 만져보았다. 아주 잠깐만이라도 태아가 되어 엄마라는 뱃속에서 딱 몇 분 만이라도 있고 싶어졌다.

날이 어둑해지자 밤바다를 찾았다. 낚싯대를 던져놓는 낚시꾼이 띄엄띄엄 보였다. 몇몇 사람에게서 나처럼 비릿한 고독이 잡히기도 했다. 갑자기 소나기가 내렸다. 비는 굵은 문어발로 마구 쏟아져 내렸다. 먼 섬들은 밤인데도 미역이나 톳 같은 검푸른 빛깔을 드러냈다. 문득 용문사 스님, 아니 또 다른 아버지에게 이 밤 풍경을 전해주고 싶었다. 비를 맞은 채 해안가를 돌다가 집으로 곧장 들어가지 않고 찜질방으로 향했다. 수시로 치밀어 오르는 열은 열로써 다스려야 했다. 찜질방에 누워 눈을 감았다. 피곤이 썰물처럼 밀려왔다. 얼마큼 잤을까. 꿈일까. 스르륵스르륵 뱀 같은 것이 내 앞섶을 스친 듯 했다. 눈을 떴다. 그리고 옆을 돌아보았다. 나는 그때 소스라치게 놀라 자리에서 일어났다. 건장한 한 남자가 내 옆에 누워 있었다. 나에게서 남편 없는 여자의 냄새가 나는 것이었을까. 그래, 남편이 있었다면 나 혼자 찜질방에 와 긴 밤을 보내지는 않았을 것이다.

아침 일찍 찜질방에서 나와 용문사龍門寺를 찾았다. 스님은 싸리나무 빗자루로 마당을 쓸고 있었다.

"오늘 오실 줄 알았습니다. 몇 분 전 고운 나비 한 마리가 내 손등에 앉아 있었지 뭡니까?"

비질을 끝낸 스님은 다기를 꺼내 찻잔을 데우고 우려낸 차를 따랐다.

"아버지!"

스님은 내 눈을 가만히 응시했다.

"아버지를 아버지라고 부르는데 제가 뭘 잘못했습니까? 내게는 두 분다 제 아버지세요. 돌아가신 엄마를 아직도 사랑하세요?"

"저 먼 목선을 보십시오. 지나간 자리는 결코 오래 흔적을 남기지 않는 법입니다

"하지만 스님은, 아니 아버지는 흔적을 오래 남기셨습니다. 제가 곧 그 흔적이 아닙니까? 엄마, 보고 싶지 않으세요?"

"제게는 저 수평선이 아득하기만 합니다."

"저는 어릴 적 엄마 말만 믿고 스님이, 아니 아버지가 죽은 줄로만 알았어요. 아버지는 그때 엄마 뱃속에 제가 꿈틀대는 줄도 모르고 홀연히 출가하셨다면서요?"

"저도 훗날에서야 알았습니다. 낳은 아이를 데리고 재가했단 소식을 듣고 참 많이 아팠습니다."

"스님, 아니 아버지! 잠깐만이라도 제게 말을 놓으시면 안 되겠습니까?"

"세상 모든 만물이 부처님으로 보이니 지는 저 구절초에게도, 저 구름에게도 차마 말을 놓지 못하겠습니다."

"정말 무정하시군요."

"지금 이 정도의 거리가 제게는 가장 편한 거리입니다." 말을 마친 아버지의 헛기침은 쓸쓸해 보였다.

"정 뜻이 그러하시다면 네, 알겠습니다. 스님이라고 부르겠습니다. 그런데 궁금한 것이 있습니다. 스님께서는 북고를 두드릴 때 무슨 생각을 하시나요?"

"저는 아무 생각도 하지 않습니다. 번뇌는 또 번뇌를 키우지요. 북을 두드린다고 풀린다면 저는 벌써 이 산사를 떠났을 것입니다. 무념무상이 수행의 기본자세이고 과정이지요."

스님은 말을 마치고 먼 산을 지긋이 바라보았다. 나는 자리에서 불쑥 일어서야 했다. 스님과 더 앉아있다가는 서운한 감정이 해일처럼 밀려올 듯했다.

산사에서 내려와 집으로 곧장 가지 않고 나는 수산시장 한 바퀴를 돌았

다. 날은 어느새 어두워졌다. 고등어 한 손을 산 김에 싱싱한 꽃게를 사서 손에 들었다. 꽃게가 비닐봉지를 뚫고 나오려고 발버둥을 쳤다. 문득 방생을 떠올렸다. 하지만 후생에 받을 대복 또한 나와는 멀게 느껴졌다. 꽃게는 여전히 몸부림을 쳤다.

아파트에 다다르자 나는 무심코 5층을 올려다보았다. 옆집에는 불이 꺼져 있었다. 승강기를 타고 5층에서 멈추자 갑자기 가슴이 스산해졌다. 나는 옆집 현관문 앞에 꽃게를 놓아두고 집으로 들어왔다. 이때 위층에서 마늘 같은 것을 마구 찧어대는 소리를 냈다. 그 소리에 심기가 무척 불편해졌다. 이사 온 후부터 아침저녁으로 줄곧 들어온 일이라 익숙해질 만도 했지만 지금은 별거 아닌 것에도 신경이 곤두서서 한마디라도 해야겠다며 현관문을 열고 계단을 올라갔다. 하지만 끝내 벨을 누르지 못한 채 내려왔다. 602호는 보청기가 거추장스러워 자주 빼놓고 일한다는 노인이 살고 있었다. 마늘 찧는 소리는 매번 똑같은 음역대에 머물고 있었다. 혹 누군가도 내가 두드린 아련한 북소리에 신경을 곤두세우고 있는지도 몰랐다. 다시 집으로 들어오자 몸과 마음이 고단해졌다. 침대에 풀썩 드러누웠다. 그날 밤 악몽을 꾸기 시작했다. 남편과 내연녀를 잡아 가두는 납치범이 되기도, 찧은 마늘을 눈 속에 넣으며 악랄한 고문자가 되기도, 광야에서 싸움을 겨루는 서부의 총잡이가 되기도 했다. 그러나 승자도 패자도 없이 꿈에서 깨어났다. 그러다 현관문을 열고 옆집 현관문을 살폈다. 꽃게를 담아둔 비닐봉지는 그대로 놓아져 있었다.

다음 날 구내식당에 출근하여 한가한 틈을 타 흥신소에 의뢰했던 것을 철회하려고 마음을 먹었다. 흥신소에 의뢰한 자도 삼 년 이하의 징역이나 삼천만 이하의 벌금으로 처벌될 수 있다는 것을 뒤늦게 알게 되었다. 설령 불법을 저질러 구속된다 해도 더 이상 잃을 것이 내겐 없었다. 핸드폰을 들었다. 이때였다. 흥신소 직원이 보내온 남편과 내연녀가 찍힌 사진과 동영상이 전송되었다. 손이 떨렸다. 사진 속 여자는 뒷모습만 보여 얼굴이 선연하게 드러나지 않았다. 하지만 동영상을 보는 순간 내 눈을 의심할 수밖에 없었다. 남편은 여자의 손을 잡고 걸으면서 부른 배를 만져보기도, 장어구이 식당에서 장어를 구워 여자의 입에 넣어주기도 했다. 이때 구운 장어를 입에 물고 미소 짓는 여자는 다름 아닌 옆집 여자였다. 손이 떨려 도무지 일이 손에 잡히지 않았다.

그날 밤 퇴근하면서 아파트 5층을 올려다보았다. 불이 켜져 있었다. 승강기를 타고 5층에서 멈추자 낯선 여자가 옆집 현관문을 열고 나왔다.

"누구세요?" 나는 여자를 빤히 쳐다보며 물었다.

"아, 저 나쁜 사람이 아니에요. 이 집 주인인데요? 세입자가 이사를 가서 보수할 것이 있나 둘러보고 나오는 거예요."

"이사 갔어요? 언제요?"

"어제요. 많은 세입자들이 이 집을 거쳐 나갔지만 잠깐 살다가 급히 떠난 세입자는 처음이네요. 거 참……."

문 앞에 놓인 꽃게는 비닐봉지에 그대로 담겨 있었다. 담긴 비닐봉지를 들고 집으로 들어와 여자에게 전화를 했다. 하지만 받지 않았다. 수십 번 걸었다. 받지 않았다. 할 수 없이 문자를 했다. "언제 시간 되면 우리 집에 한번 와 줄래요? 마지막으로 꼭 전해줘야 할 것이 있어요. 꼭 가져갔으면 해요"라고 했다. 잠시 후 여자에게서 답장이 왔다. 빌린 백만 원은 빠른 시일 내로 갚겠다는 것과 그동안 따뜻하게 대해주신 것은 절대 잊지 않겠다는 것이었다. 여자의 문자를 받고 나서 곧바로 답을 했다. "그래요. 하지만 꼭 한 번은 만나 전해줘야 할 것이 있어요. 우리 집에 한 번 올래요? 아무것도 묻지 않을게요. 그냥 가져가기만 하면 돼요"라고 하자 돌아온 대답은 그랬다. "남편은 더 이상 꽃게가 싫대요. 입맛이 변했나 봐요. 남자들은 본래 익숙한 맛보다는 새로운 맛을 느끼고 싶은가 봐요"라고 했다. 나는 다시 답했다. "꽃게가 아니에요. 정말 꽃게가 아니라고요……." 여자는 더 이상 답이 없었다.

면 기저귀를 서랍에서 꺼냈다. 대형 두루마리 화장지를 펼쳐 놓은 듯 거실에 풀어놓았다. 그런 후 욕실로 가져가 욕조에 반쯤 물을 받아 푹 담갔다가 다시 꺼냈다. 그런 후 세탁기에 넣어 탈수를 한 다음 빨래 건조대에 널어두었다. 어디에선가 아기 울음소리가 났다. 참을 수 없는 눈물이 쏟아져 내렸다. 며칠이 지나도 끝내 여자는 전화도 방문도 하지 않았다. 작은방 한 쪽에 놓아둔 북을 품으로 끌어안았다. 북소리는 아주 낮게 슬픔을 치고 있었다. 이내 북을 손에서 떼어놓고 거실로 나와 텔레비전을 켰다. 거친 바람이 유리창을 강타했다. 감정의 기복도 심해져 고기압과 저기압이 수시로 오르락내리락했다. 갑작스러운 기상 변화와 예기치 않은 일상의 변화에 찬 공기가 내 안으로 유입되어 내가 어디론가 훨훨 날아가 버릴 듯 최대 순간 풍속이 예상되기도 했다. 더 이상 이별이란 말은 떠올리고 싶지 않았다.

어느새 태풍은 그치고 먼 바다와 섬은 고요했다. 또다시 묵연 스님의 시 한 구절이 입에서 맴돌았다. '폭풍이 아무리 사나워도 지난 뒤엔 고요하듯 아무리 지극한 사연도 지난 뒤엔 쓸쓸한 바람만 맴돌지. 다 바람이야……' 시구를 읊조리자 기저귀가 햇볕을 받으며 하얀 깃발로 여전히 나부끼고 있었다. 나는 기저귀를 오래 응시하며 생명……생명…… 이란 단어를 또 한 번 읊조렸다. 햇살은 그토록 따뜻하고 아늑한데 냉동실 속 꽃게는 아직 밖으로 나올 줄 모르고 꽁꽁 얼려져 있었다.

글을 쓰는 시간은 늘 새벽이었다. 지금도 글을 쓸 때면 왜 시도 때도 없이 불쑥 허기가 지고 목이 마른 것일까? 비스킷과 빵 몇 조각 그리고 물 반 컵, 그 소소한 채움만으로도 글은 다시 이어진다. 문득 책에서 보았던 도법 스님의 설법이 생각났다. "연기의 세계관에서 보면, 존재의 실상은 서로 뗄 수 없는 총체적인 관계 속에서 서로 영향을 미치고 있다"라고 했다. 그랬다. 내가 지금 맺고 있는 새벽의 적요, 먹거리, 등장인물, 음악, 가족이 없이는 이 시간의 나는 존재할 수 없으니 연緣이 곧 내 우주였다. 나는 '찰나'라는 말을 사랑한다. 이 얼마나 영원에 가까운, 염원에 가까운 말인가. 어쩌면 그 찰나를 만나기 위해 누군가는 사랑을 하고 길을 떠나고 글을 쓰고 청춘의 깃발들은 푸르게 펄럭일 것이다.

이번 당선작은 '생명'이라는 주제가 화두였다. '모든 죽어가는 것을 사랑해야지.' 옛 시인의 시구를 굳이 인용하지 않더라도 이 생명에 대입할 만한, 활어처럼 파닥이고 뜨겁고도 아름다운 말이 또 어디에 있을까 싶다. 상처받은 영혼은 강하다. 소설 속의 그녀가 부디 상처를 딛고 "살다 보면 살아진다"라고 힘든 또 누군가에게 나직이 노래 한 소절 들려주면 좋겠다. 소설 말미에 그녀가 낮게 흔들리는 기저귀를 바라보며 생명…생명…을 나직이 읊조리듯이 말이다.

글쓰기는 내 정서가 섬이었기에 시작이 가능했다. 글이라는 오두막 한 채 짓기 위해 물고기로 플롯을 짜고 파도의 옷을 빌려 제목을 만들고 후박나무 가지로 서사를 만들어갔다. 하지만 돌아보면 틈이 생겨 매일 비가 들이쳤다. 틈을 어떻게 막아야 할지 물어볼 데도 없었지만, 끝까지 섬에 남아 집 한 채 겨우 완성했다. 부족하고도 서툰 글을 뽑아주신 심사위원님과 불교신문에 머리 숙여 깊은 감사를 드린다. 큰 짐 하나를 진 것 같다. 이토록 가슴 떨리는 짐을 내려놓고 싶지 않다. 앞으로도 문장 속에서 만날 수많은 인연을 생각하면 인드라망의 구슬들이 떠오른다. 아직 갈 길이 멀다. 동안거 결제結制를 마치고 또 다른 수행을 떠나는 만행萬行이 이와 같을까. 문장이라는 길 위에서 만날 당신은 또 누구일지, 설렘 가득하다.

소설은 재미있게 읽혀야 하고, 읽은 다음 독자를 감동시키는 힘이 있어야 한다. 소설이란 것은 하나의 커다란 비유의 덩어리인데, "참삶이란 게 이런 것 아닐까요"하고 독자에게 질문하는 것이다. 이 기본 원칙과 기초공부가 되어 있는가의 기준에 따라 응모된 작품을 읽었다.

본심에 오른 작품은 「바다와 나비」, 「자식은 죽어서도 성장을 멈추지 않는다」, 「심지」, 「백 우스더」, 「삼사라」, 「북을 두드리는 오후」 등 여섯 편이었다. 무리한 구성과 상식을 벗어난 억지스러운 이야기의 진행으로 인해 제일 먼저 「바다와 나비」가 제외됐다.

기초공부가 잘 되어 있기로는 「심지」와 「자식은 죽어서도 성장을 멈추지 않는다」이었는데, 이야기도 재미있고 소재도 잘 골랐다. 그런데, 힘을 들인 만큼 감동을 주지 못했다. 농사를 잘 지었지만, 가을걷이를 제대로 하지 못한 것이다. 「백 우스더」는 특이한 방법으로 이야기를 잘 이끌어가지만, 마무리를 잘 하지 못했고, 「삼사라」는 기초공부가 잘 되어 있고, 문장도 정확하고 밀도 있고, 성실하게 썼지만 평범한 기행소설을 읽은 듯 감동이 덜하다. 「북을 두드리는 오후」는 삶의 무게가 실리어 있고, 구성력이 돋보인다. 소설에서 무엇보다 중요한 것은 구원에 있다. 구원은 인간의 윤리에서 가장 큰 덕목인 것이다. 「북을 두드리는 오후」를 당선작으로 선택했다. 당선자에게 축하하고 건필을 기대한다.

서울신문 **김사사**

2000년 경북 경주 출생.
동국대학교 국어국문·문예창작학부 재학.

체조합시다

김사사

이것은 아시아나 스포츠 상설 매장에서 산 트램펄린. 공중부양. 수양은 뛰고 있다. 흔들리고 있다. 조금씩 어지럼증을 느끼고 있다. 전시제품이 므로 모서리 변색 있음. 그러나 탄력 좋음. 아시아나 아저씨는 이것이 아주 튼튼한 물건이라고 말했고 정말 그렇게 생겼으니 괜찮겠다 싶지만 수양은 어쩔 수 없이 좀 무서워진다. 그녀는 변색한 트램펄린 모서리를 손톱으로 살살 긁으면서 물었다. 아저씨. 만약 부러지면 어떻게 할 건지? 그건 내가 어떻게 해줄 수 있는 부분이 아니지요 아가씨…… 맞는 말이다. 수양은 칼을 팔러 가기 전에 튼튼하고 단단한 물건들을 생각하며 오십 분씩 뛰었다. 붉은 벽돌과 철제 의자 강화유리로 된 창문 그리고 칼…… 트램펄린 앞에는 높이 백칠십 센티미터짜리 거울이 있고 수양은 자세가 흐트러지지 않도록 주의하며 열심히 뛴다. 이것은 은근히 땀이 나는 일이므로 겨울에는 얇은 반소매 티셔츠만 입고 뛰어야 하고 여름에는 다 벗고 뛰어야 한다. 뛰어오를 때는 정말로 공중부양하는 기분이지만 그것은 기분일 뿐이고 어쨌든 떨어지는 일이다. 수양이 영양제나 선크림이나 치약이나 칫솔이 아니라 칼을 파는 이유는 사람들이 무서워하는 물건이기 때문이다. 무서워서라도 사준다는 말이다…… 수양은 칼 판매상이다.

*

　수양은 택기와 알고 지낸 지 꽤 되었고 택기의 사육장에 가 본 적도 있다. 사육장은 동굴처럼 길고 캄캄해서 거기에 무엇이 있기는 있는 건지 알수가 없었고 보고 있으면 기분이 나빴다. 수양이 택기야 저렇게 하면 토끼가 살 수 있냐 너무 어둡지 않냐 물었을 때 택기는 원래 조명을 켜두는 곳이라고 대답했다. 그런데 지금은 왜 어두운 거니 묻자 기주가 깜박한 거라고도 했다. 사육장 입구에는 파란색 파라솔이 있었고 그 아래로 작은 탁자와 바퀴 달린 접이식 침대, 플라스틱 의자를 두었다. 의자에는 헐렁한 러닝셔츠와 익은 노른자색 사부 반바지를 입은 사람이 늘어져 있었는데, 수양은 그 사람이 말로만 듣던 기주라는 사실을 단번에 알 수 있었다. 택기의 둔하고 쓸모없는 동생 기주. 네가 바로 기주다.

　기주는 고개를 뒤로 기울인 채 눈을 감은 모습이었고 무릎 위로 까만총이 놓여 있었다. 택기야 저거 진짜 총이냐. 비비탄총이지. 그렇구나 난또. 정오를 지나던 때였으므로 하늘을 향한 기주의 얼굴은 서서히 달궈지는 중이었다. 그늘을 벗어난 얼굴 위로 노랗고 깨끗한 햇빛이 일렁거렸으니 기주는 잘 먹고 잘 자라는 중인 아이처럼 보였다. 스포츠머리에다 늘하얀 두건을 쓰는 택기와는 전혀 닮지 않았다. 수양은 기주의 뺨 위로 조심스레 검지를 얹었고 손가락으로 전해지는 미세한 따듯함을 느꼈다. 택기가 토끼 한 마리를 잡아 사육장 밖으로 걸어 나왔을 때, 그의 표정은 중요한 약속을 앞둔 사람처럼 신중하고 뻣뻣했다. 기주는 그때까지도 절대깨지 않았으므로 수양은 택기야 기주가 졸고 있어…… 하고 작게 속삭였다. 택기는 기주가 졸고 있는 것이 아니라 그런 척을 하는 거라고 말했다.

　잿빛 토끼는 몸집이 컸다. 그냥 큰 게 아니라 아주 컸다. 택기는 자이언트 토끼라고 말했다. 크고 따듯하고 순한걸. 택기야 이 토끼는 정말로 순하다고. 털에 파묻힌 토끼의 눈이 마름모 모양이었기 때문에 수양은 토끼의 미간을 마름모꼴로 문질렀다. 몸집이 큰 것과는 별개로 토끼는 부드럽고 무른 표피를 가져서 조금만 세게 쥐면 으스러질 것 같았다. 수양이 토끼도 우는가 어떻게 우는가 기억이 나지 않네 하자 택기는 토끼를 가리켜 커서 문제다, 크고 소리도 없어서 문제다, 하고 중얼거렸다. 그게 왜 문제야. 커야 더 좋지. 너는 토끼로 요리하는 요리사니까 커야 좋은 거지. 개새끼들이 도망을 간다고. 토끼는 개새끼가 될 수 없었지만 택기는 달리 부를 말이 없으니 어쩔 수 없는 일이라고 했다. 도망을 간다니 탈출한다는 것인가. 어떻게 탈출해. 이렇게 큰데. 크기가 이런데. 가끔 유연한 토끼들이 있다고 해도 토끼는 액체가 아니므로 수양은 말도 안 되는 일이라고 생각했다.

택기가 하는 탕집은 사육장과 마주 보고 있고 탕집 주방 쪽창은 사육장 입구를 향해 나 있었다. 택기는 하얀 두건을 쓰고 방수 앞치마를 두른 모습으로 탕을 끓인다. 매일 그렇게 한다. 그러다 보면 택기의 몸에서는 아주 이상한 냄새가 나기 시작하는데 그래도 수양은 택기의 냄새에 대해 이야기해 본 적이 없다. 택기가 한참 탕을 끓이다가 쪽창을 쳐다보면 토끼 두어 마리가 잔디밭에 우뚝 서 있는 것이다. 어떤 때는 택기와 단번에 얼굴이 마주치고 어떤 때는 뒷모습이 보이지만, 뒤돌아 있던 놈도 언젠가 택기 쪽으로 고개를 돌리게 되어 있고 그러다가 산으로 사라진다고 했다. 택기는 개새끼들이 사람을 놀릴 줄 안다고 싫어했다. 사실 토끼는 번식이 빠른 동물이라서 두어 마리가 없어진다고 문제 되는 것은 아니었는데 택기는 기주더러 탈출하는 놈들을 되는대로 잡아내라고 거기에 앉혀두었다. 기주는 그동안 뭔가를 잡아낸 적이 없다. 쟤는 아무것도 못 잡아. 택기가 말했다. 기주는 여태껏 바닥에만 비비탄을 쏘아댔기 때문에 기주가 앉은 부근으로는 잔디가 자라지 않았고 살짝 젖은 토양이 드러났다.

*

수양은 이제 택기의 탕집에서 칼을 팔게 되었지만 원래는 여기저기에서 잘 팔고 다녔다. 모르는 집의 문을 두드리고 칼 세트를 재빠르게 보여

준 뒤 현관에 걸터앉아서 800방짜리 숫돌에다 느릿느릿하게 칼을 갈고 이
것 보세요 참 쉽지요 하는 일을 잘했다. 배낭에 챙긴 에이포 용지 다발 중
한 장을 꺼낸 뒤에 막 갈아낸 칼로 비스듬히 잘라내고 한번 해보세요 정말
부드럽고 예리하지요 하는 일도 잘했다. 가끔은 몇 달 전에 팔았던 집에
가서 또 팔아내고 이번에는 업그레이드되었으니 다르다고 거짓말하는 일
도. 그런 일을 못 하게 된 것은 어느 날 귀가 잘 들리지 않는 사람의 집에
갔기 때문인데, 그가 원로 마술사였다는 소문이 있다. 그는 특히 손도 대
지 않고 멀리 있는 폭죽을 터뜨리는 마술을 잘했는데 그것만큼 사람들의
반응이 좋은 게 없어서 터뜨리고 터뜨리다 귀가 먹었다고 했다. 어쨌든 수
양은 원로 마술사쯤은 상대도 되지 않는다고 생각했다. 그 사람은 수양이
아무리 이것 보세요 이것 보세요 해도 칼을 제대로 보지 않았고 대신 전화
기를 들었다. 수양은 그날 처음으로 지구대에 가보았는데, 눈썹이 짙고 목
소리가 큰 박 순경은 그냥 말하는 것이지만 소리 지르는 것처럼 들리는 볼
륨으로 말하는 사람이었다. 그는 당신은 당신이 얼마나 위험한 사람인지
알 필요가 있어요 알아야 해요 하며 조금은 간절한 표정으로 수양의 손을
꼭 붙잡았다. 박 순경의 손바닥이 참 축축해서 수양은 이 사람 겁이 많은
사람이잖아 생각했고 앞으로는 그런 식으로 칼 파는 일을 그만두고 싶어
졌다. 그래도 수양은 칼 파는 데 재능이 있었고 다른 일은 생각해본 적이
없었으므로 지구대를 나와 집으로 돌아가서는 이제 어떻게 해야 하지 어
떻게 하지 하며 트램펄린을 뛰었다. 뒤통수가 팽팽하게 조여드는 느낌이
들자 수양은 앞으로도 트램펄린 타는 일을 계속하고 싶다고 생각했고 멈
추고 싶지 않았으나 나중에는 기운이 빠져서 잠들었다. 다음 날에는 오전
다섯 시에 잠에서 깼다. 잠 없는 노인들이나 일찍 나가는 공장 사람들한테
는 그만큼 이른 시간에 찾아가서 칼을 파는 수밖에 없었으니 수양은 일찍
자고 일찍 일어나려 노력하는 편이었는데 그것이 그만 몸에 익어버린 것
이다. 잠자는 동안에는 땀을 조금 흘렸다. 날이 점점 더워져서 그랬다.

수양은 택기가 토끼탕을 잘 끓인다는 사실을 오래전부터 알고 있었다.

택기가 만든 탕을 먹어 본 적이 없고 그때까지 택기의 얼굴을 본 적도 없었지만, 오가는 길에 택기의 탕집을 자주 보았고 거기에는 늘 사람이 많았으니 그런 집이 있다는 것 정도는 알고 있었다. 택기의 탕집 앞에는 국도가 있고 작은 산도 있는데, 어떻게 된 일인지는 몰라도 그 작은 산이 국내 100대 명산 중 칠십 번째나 팔십 번째쯤 되었다. 수양은 그 산이 얼마나 명산인지 궁금했다. 지구대에 다녀온 다음 날, 수양은 일찍 일어나게 되었으니 산책을 하기로 마음먹었고 싱크대에서 미지근한 물로 얼굴을 씻어낸 뒤 밖으로 나가 아주 천천히 걸었다. 그녀는 무척 여유로운 사람처럼 보이고 싶었다. 아침에 일어나서 차분한 음악을 듣고 따뜻한 차를 끓여 마신 뒤에 산책하기를 즐기는 사람처럼 보이고 싶었기 때문에 몸을 앞뒤로 조금씩 흔들어 가며 걸을 수 있도록 신경 썼다. 수양은 칼을 팔러 갈 때 주로 흰옷을 입었는데, 가장 친절하고 상냥해 보이면서도 미묘하게 위협적인 색깔이 바로 흰색이기 때문이다. 그녀는 이제 그런 식으로 칼을 팔지 않게 되었으나 자연스레 흰 옷을 골라 입었다는 사실이 좀 웃겼다. 어디서 자꾸만 하나둘하나둘하나둘하나둘 하고 조금도 쉬지 않고 구호를 외치는 소리가 들렸다. 수양은 곧 택기의 탕집 앞 잔디밭에 다다랐고 거기에서 등산복을 입은 사람들이 열을 맞춰 잔뜩 서 있는 모습을 보았다. 아니 저건……새천년 체조잖아.

수양은 원래 칼을 잘 파는 사람이었지만 그날처럼 칼을 많이 팔아 본 적은 없었다. 하나둘하나둘하나둘 구호는 알맞게 외치는데 동작은 전혀 들어맞지 않는 사람들이 체조를 끝내고 명산이라는 산을 탄다고 우르르 사라졌을 때, 수양은 생각을 하자 생각을 해, 하며 걷던 길을 다시 걸었고 명산 앞에 있는 〈명산 앞 간이 휴게소〉로 들어섰다. 〈명산 앞 간이 휴게소〉에서는 전자레인지에 돌려먹는 만두를 팔았는데 택기의 탕집만큼은 아니더라도 장사가 잘됐다. 여기까지 따라오기는 했으나 산을 타기 싫은 아이들이 김밥과 만두를 먹고 있었고 산 타는 사람들만 노리는 일명 등산객 전문 린치족들이 교복을 꼬박꼬박 챙겨 입은 모습으로 담배를 계산하는 중이었다. 수양은 매운맛 만두를 사서 전자레인지에 돌린 뒤에 자리에 앉았다. 김이 나는 만두를 젓가락으로 조금씩 잘라 먹으며 산을 타는 사람들에게 칼을 팔아야겠어 하고 중얼거렸다. 김밥과 만두를 먹던 아이들에게 혹시 칼을 사겠니 물었지만 아이들은 무시했고 김밥에서 빼낸 단무지만 계속해서 찔러댔다. 수양은 왠지 섭섭해져서 입을 쩝쩝 다셨다. 그래 역시 어른들에게 팔아야겠지…… 수양은 하나둘하나둘하나둘 체조하던 사람들이 내려올 때까지 만두를 야금야금 베어 먹다가 벽걸이형 선풍기의 약풍을 맞으며 졸았다. 그러곤 결국 그들이 다시 돌아오는 데 무려 여섯 시간이 걸린다는 사실을 알아냈다. 저렇게 작은 산에서 도대체 무엇을 하기에 그만큼이나 걸린단 말인가. 알 수 없었지만 알고 싶지도 않았다. 수양은 사람들이 손바닥을 짝짝 부딪치며 내려와서는 곧장 택기의 탕집으로 향하는 것을 지켜보았다. 그러고는 집으로 달려가서 칼 세트와 함께 에이포 용지가 든 배낭을 챙겼는데, 그 사람들 앞에서는 종이를 자르는 시범따위 보이지 않아도 된다는 사실을 알게 된 뒤로는 그런 것들을 챙기지 않았다. 택기의 탕집 앞에는 하얀 두건을 쓰고 분홍색 방수 앞치마를 두른 남자가 서 있었다. 그것이 바로 택기였다. 택기는 탕집 입구로 들어서려는 수양을 붙잡았다.

탕을 드시려면 예약을 하셔야 하는데요.

저는 탕 먹으러 온 사람 아니거든요. 그런 음식은 좋아하지도 않습니다.

그럼 왜 들어갑니까?

칼을 좀 팔고 싶어서요.

택기가 수양의 팔뚝을 가볍게 내려놓으며 약간의 미소를 지었을 때 수양은 이 사람이 설마 나를 좋아하게 되었나 하고 생각했다. 그러나 택기의 손바닥이 너무 두꺼웠고 반짝거리는 그의 분홍색 앞치마가 마음에 들지 않았으며 무엇보다 그의 몸에서 이상한 냄새가 나고 있었기 때문에 그런 것이 아니길 바랐다. 탕이 싫으면 뭘 좋아하시죠. 택기가 물었다. 저는 감자튀김을 좋아해요. 수양이 대답했다.

산을 좀 타봤다 하는 사람들은 주로 택기의 탕집에 모인다. 수양이 테이블 여러 개를 이어 붙인 곳으로 다가가서 제 칼을 좀 보시겠어요 하면 어어 그렇지 봐야지 하는 사람들이었다. 수양의 칼은 그다지 특별한 게 아니었고 일주일에 두어 번 방영하는 홈쇼핑 식칼과 유사한 모양새였지만 그래도 사람들은 수양이 칼을 꺼내 들 때마다 마술을 본 것처럼 좋아했다. 제 칼을 좀 사시겠어요 하면 당연히 사 줘야지 이걸로 기필코 그놈을 죽이고 말리라 그런데 아가씨는 누군가? 하는 제정신이 아닌 사람들이 많다. 그런 사람들은 모두 칼을 사게 되어 있다. 수양은 매일 아침 몸을 앞뒤로 흔들며 산책하게 되었다. 하나둘하나둘하나둘 체조하는 사람들을 지켜본 뒤 명산 앞에 있는 〈명산 앞 간이 휴게소〉에 앉아 조금 식은 만두를 먹었고 할 일이 없어지면 린치족들의 대화를 엿들어보려 했다. 그들은 늘 길쭉한 막대 모양 아이스크림을 핥으며 중얼거렸다. 그게 어떤 말인지는 들리지 않았다. 택기는 수양의 칼을 사지 않았지만 매일 웃는 얼굴 모양의 동그란 감자튀김을 내주었고 수양은 그것을 천천히 먹어 치웠다.

*

기주야 너는 왜 토끼를 잡지 못하니. 수양은 매일 택기의 탕집에서 칼을 팔게 되었으므로 기주의 얼굴도 매일 보았다. 택기는 두피부터 손등과 발가락까지 온몸에 땀이 많은 편이었는데 기주는 그렇지 않았다. 기주는 파라솔 아래 탁자 앞에서 밥을 먹고 침대나 플라스틱 의자에서 잠을 자거나 휴식을 취하고 하여튼 그런 식으로 종일 바깥에 있지만 가까이 다가가도 바짝 마른 풀 냄새나 무언가를 태우는 냄새 같은 것만 났다. 밥을 먹고 나서는 바닥에다 비비탄총을 쏘고 종아리나 팔뚝 주위로 부채질을 조금 하다가 신문에서 오려낸 스도쿠를 한참 붙잡고 있었는데 빈칸을 모두 채우는 모습은 본 적이 없다. 수양은 접이식 침대 위에 누워서 천천히 복식호흡을 했다. 언젠가 그것이 송장 자세라는 말을 들어본 적이 있기 때문에 아주 편안해진다. 너는 왜 토끼를 못 잡냐고. 몰라. 그걸 왜 몰라, 보고 있는데 왜 몰라. 그냥 잠깐 눈을 감았는데 밖으로 나와 있었어, 저기에 서 있었어. 토끼를 왜 좋아하나. 누가? 여기 오는 사람들이. 정력에도 좋고 건강에도 좋대. 토끼는 조루라던데? 그거랑 무슨 상관이야.

일간 신문에서 오려낸 스도쿠가 바람에 날아가도 기주와 수양은 몸을 움직이지 않는다. 내일은 또 다른 스도쿠가 배달될 것이기 때문이다. 기주는 공중에서 나부끼는 스도쿠 종이를 보며 이마를 조금 구겼고 모든 것이 무게중심 때문이라고 말했다. 따지고 보면 사람의 심장은 아주 미세하게 왼쪽으로 치우친 상태이므로 무게중심도 왼쪽에 있을 수밖에 없고 따라서 모두의 왼쪽 엉덩이는 조금 더 눌려있고 작다고 했다. 그래서 사람들은 늘 왼쪽으로 살짝 돌아앉게 되어 있다고. 안 그래도 사람이라면 모두 그런 편인데, 기주는 특히 자신이 왼쪽으로 조금씩 돌아앉는 상상만 해도 본능처럼 왼쪽으로 이끌리고 그래서 자꾸만 왼쪽을 주시하게 되었다고 했다. 그런데 토끼들은 하필 오른쪽에서만 출몰하고 그런 이유로 도저히 놈들을 발견할 수가 없다고. 그렇지만 기주가 신경을 써서 오른쪽으로 돌아앉아보아도 변하는 건 없었다. 어떻게 해도 토끼들은 탈출하고 기주는 밥을 먹고 있었거나 스도쿠를 풀고 있었거나 눈을 감고 있었거나 무게중심 때문이었거나 무슨 무슨 이유로 토끼를 발견하지 못했다. 뒤늦게 산 쪽으로 멀어지는 토끼를 발견하고 아아아아 토끼가 나타났다 지금은 멀어지는 중이다 하고 소리를 지르면 택기가 뛰어나오지만 이미 모든 게 사라지고 난 뒤였다.

수양은 사라진 토끼들이 어떻게 살고 있는지, 그전에 살아 있기는 한 건지 궁금해졌다. 이만큼이나 사라졌으면 이미 산에는 토끼가 천지일 텐데 산을 타는 사람들은 자꾸만 택기의 탕집에 와서 토끼탕을 먹었고 산을 타다 토끼를 본 사람은 없다고 하니 저녁에는 산에 올라가 보기로 했다. 수양은 보이지가 않네 여기로 좀 와봐라 이리 좀 와라 하며 산을 오르다 페도라를 만났는데, 그가 페도라를 쓰고 있었기 때문에 그렇게 부르게 되었다. 페도라는 까맣고 큰 페도라를 쓰고 있었고 걸친 옷이 없었다. 아주 깊은 페도라여서 얼굴은 보이지 않았다. 페도라는 줄무늬 사각팬티만 입은 모습으로 큰 소나무를 껴안고 있었는데 팔이 긴 편이어서 편안하고 안정적인 모습이었다. 기본적으로 자신의 몸을 잘 다룰 줄 아는 사람 같았다. 수양이 〈명산 앞 간이 휴게소〉에서 만난 린치족들을 떠올리며 옷까지 모두 벗겨 가다니 정말 답도 없는 놈들이로군, 하자 페도라가 고개를 저었다. 저는 산을 타고 또 탔지요. 그러다 보니 점점 더워져서 옷을 한 꺼풀씩 벗었고 이것밖에 남지 않았습니다. 벗을 때마다 길을 잃는 기분이더군요. 당신이 생각하는 그런 사람들을 만나기는 했다만 뭐라고 했던가요…… 페도라는 여기에서 말을 멈추고 목을 가다듬더니 얇고 연약한 목소리를 내었다. 우리는 아주 건강해 너무 건강해 우리는 내일이 없는 사람이에요 하면서 나를 지나쳤습니다. 정말 이렇게 말했습니다. 제가 외우는 일은 잘해서 말이죠. 밤이 되니 추워져서 나무를 안고 싶었습니다. 그는 손가락을 세워 모자와 팬티를 가리켰다. 이건 제 자존심이라 남겨두었습니다.

*

택기의 손은 두껍다. 손등은 거칠지만 손바닥은 부드러워서 영 이상한 손이다. 수양은 택기가 탕집 안에서 날카로운 칼을 다루다 그 손까지 어떻게 해버리는 건 아닌가 가끔 생각하는데 실제로 그런 일이 일어난 적은 없다. 산을 타고 온 사람들은 자리를 떠날 때까지 쉴 새 없이 떠들기 때문에 괴로울 만큼 시끄럽고 그것은 모두 택기의 탕집 안에서 벌어지는 일이므로 택기는 자주 지치고 늘어진다. 늘어진 택기는 수양의 집에서 잠을 잔다. 택기의 탕집과 택기와 기주가 사는 집은 아주 가까이 붙어있는데도 택기는 가끔 수양의 집에서 자겠다고 성가시게 굴고 징징거리다 결국 그렇게 했다. 수양은 이제 칼 가는 시범을 보일 필요가 없지만 습관처럼 칼 가는 연습을 하고 트램펄린을 탔다.

그만 타.

왜.

나 머리가 아파.

이것만큼 긴장되는 게 없다고.

수양이 칼을 갈고 있으면 택기가 조용히 옆으로 다가가 무릎을 꿇고 앉았다. 그리고 허공에다 수양과 같은 동작으로 칼을 갈아보고 바보 같은 표정을 짓는다. 요리하는 택기는 두건을 쓰는 데다 표정도 굳어 있으니 어느 폭력배의 막내쯤으로 보이는데, 이럴 때는 바보 같은 표정을 지으니 정말 바보 같았다. 그러다가 너무 집중하면 택기의 작은 입술이 동그랗게 벌어지고 침이 떨어진다. 수양은 그때마다 택기의 목에 하얀 수건을 매 주었다. 아무리 그런 일이 자주 일어나도 침이 떨어지기 전까지는 수건을 매 줘야겠다는 생각이 들지 않았다. 택기는 칼 가는 시늉을 한참 하고 나서 미끄러지듯 바닥에 드러눕는다. 택기야 내일은 몇 마리나 잡냐. 아마 스물세 마리. 그렇구나 바쁘겠다. 택기와 수양은 아무 사이도 아니지만 가까이 붙어 잔 적이 많고 그러다 보니 서로에게 바로 오늘이라는 것을 느끼게 되는 때가 종종 있었다. 그러면 수양은 아무래도 칼 있는 집에서 하는 건 좀 그렇지, 하고 택기에게 말을 걸고 택기는 나도 방금 개새끼들 잡고 와서 좀, 이라고 대답한 뒤 눈을 감았다.

　기주 말로는 자기 몸은 왼쪽이 더 무겁대.

　걔는 원래 헛소리를 잘해.

　나 어제 페도라를 봤어.

　어디서 파는데.

　아니 페도라 쓴 사람 봤다고.

　어디서 봤는데.

　산에서.

　산에서 그런 걸 왜 쓰고 있어.

　내가 박 순경을 불렀어.

　박 순경은 왜.

　데려가 줄 것 같아서 불렀어, 진짜 데려가더라.

　택기는 새벽 일찍 일어나서 토끼를 잡아야 하고 수양은 흔들흔들 걷는 산책을 해야 하므로 그때쯤이면 수양이 이제 자자, 하고 그들은 잠을 잤다. 그런데 그날따라 택기가 수양의 팔뚝에 얼굴을 비벼댔고 수양은 그것이 아주 뜨겁게 느껴졌기 때문에 택기의 얼굴이 언제부터 뜨거웠는지 궁금해졌다. 택기야 너는 왜 요리를 잘하냐. 사실 택기는 요리를 썩 잘하는 편이 아니었고 탕집은 택기의 고모가 소유하던 것이었는데, 그녀는 매일 저녁 식사를 마친 뒤 잠자리에 들기 전 택기와 기주의 얼굴을 조심스레 붙잡고 볼 키스를 해주는 다정한 사람이었다. 당시의 택기는 이미 어른이었고 그런 일이 시들했지만 어린 기주는 그 시간을 좋아하는 편이었다. 고모는 나이를 먹을 만큼 먹었고 생활력이 강했으나 아름다운 것을 좋아했으므로 종일 동물을 관리하고 탕을 끓이는 일을 견딜 수 없는 사람이었다. 그녀가 이제는 정말 견딜 수 없겠다고 느낄 때마다 탕집을 찾는 사람들은 늘어나기만 했다. 고모는 하루하루 침실 방문을 잠그고 우는 일을 반복했으며 아주 먼 곳에 사는 친구와 긴 통화를 이어가다 결국은 떠날 수밖에 없었다는데, 수양은 도대체 그 고모가 어디로 떠났다는 것인가 이해할 수 없었다. 그게 말이 되냐. 말이 안 될 건 뭐지 나는 거짓말을 안 하는데. 택기가 말했다. 택기와 기주는 그녀가 아주 먼 곳에 있다던 친구를 찾아간 줄로만 알았다. 그러나 고모로부터 딱 한 번 받은 엽서에는 그런 소식이 적혀 있지 않았고 감기는 걸리지 않았니 하는 식의 시답잖은 안부와 함께 탕을 맛있게 끓이는 조리법이 정갈한 글씨로 적혀 있었다. 그보다 조금 더 시간이 흐른 뒤에 고모는 택기 앞으로 분홍색 방수 앞치마가 담긴 택배를 보냈다. 멀리 있는 곳에서 모텔 장사를 시작했으며 경치가 좋다는 내용의 쪽지를 함께 남기곤 연락이 닿지 않았으므로 그녀가 어디에 있는지, 밤마다 전화를 걸었던 누군가가 정말로 있었던 건지는 알 수 없었다. 고모가 보낸 엽서의 앞면에는 어떤 지역의 문화재 사진이 크게 붙어있었는데 기주는 택기 몰래 그곳으로 찾아가기 위해 짐을 꾸렸다가 들킨 적이 있다. 어쨌든 택기는 돈 때문에 요리사가 되었고 자꾸자꾸 토끼를 잡고 자꾸자꾸 탕을 끓이다 보면 다 잘하게 되어 있다고도 말했다. 실망이야. 대대로 내려오는 명장 집안인 줄 알았는데. 택기는 이제 내가 명장이 되겠어 하고 속삭였다.

*

수양은 아침 식사로 매운 컵라면을 먹은 뒤 집을 나섰다. 그날따라 날이 무척 더웠다. 이상하게도 수양은 배가 아주 헛헛한 기분이었고 뜨겁기도 해서, 어쩐지 저녁이 되면 배가 몹시 고파지겠다고 생각했다. 그리고 시원한 게 먹고 싶다 차갑고 시원한 게, 하며 걸었다. 탕집 앞에서는 하나둘하나둘 하는 소리가 들리지 않았고 대신 몸을 꼭 죄는 회색 양복을 입은 페도라가 서 있었다. 그는 양손을 주먹 쥔 채 정면을 바라보았다. 산 타는 사람들은 구호를 외치는 대신 바둑판처럼 깔끔한 간격을 유지하며 페도라를 마주 보았다. 그 속에서 러닝셔츠를 입은 기주의 뒷모습이 함께 보였다. 바닥에 놓인 시디플레이어에서 노래 전주가 흐르자 수양은 트로트잖아, 했고 가장 뒤에 서 있던 짧은 파마머리 여자가 뒤돌아 이건 샹송이야 아가씨, 하고 단호하게 속삭인 뒤 고개를 돌렸다. 페도라는 긴장한 것처럼 보였는데 정말 그런 것인지는 알 수 없었다. 그가 오른손을 올려 가슴 부근을 꼭 쥐더니 툭 하고 가볍게 무릎을 꺾어 쓰러지자 산 타는 사람들과 기주가 똑같은 모션을 했다. 왼쪽 가슴 위로 손을 얹고 살며시 주먹을 쥔 뒤 바닥으로 주저앉았다. 바짝 서 있던 잔디가 푹푹 꺼지는 소리가 얕게 들렸다. 움직임 없이 서 있는 것은 수양과 탕집 입구에서 담배를 피우던 택기뿐이었다. 페도라는 곧바로 일어나 정자세를 취했는데 그 과정이 너무나 유연하고 부드러웠기 때문에 어느 누구도 그를 따라 할 수 없었다. 그런 일은 노래가 끝날 때까지 반복되었고 사람들은 산을 타기 위해 흩어졌으며 페도라는 시디플레이어를 들고 잰걸음으로 멀어졌다.

수양은 그날 밤에 페도라를 다시 만났다. 그는 기주와 함께 접이식 침대에 앉아서 사육장을 바라보고 있었다. 페도라는 페도라를 쓰지 않은 채였고 품이 큰 티셔츠와 반바지에 납작한 가죽 슬리퍼를 신었다. 얼굴 끝이 뾰족한 데다 길쭉하고 마른 몸을 가지고 있어서 물 위에서 흔들리는 수생식물 같은 모습이었다. 침대 옆 의자에는 박 순경이 등을 둥그렇게 말고

367

앉아 기주의 스도쿠를 대신 채우고 있었다. 수양은 그 모습 믿기지 않았기 때문에 저것이 진짜인가 생각했다. 날이 더웠으므로 휴게소에 들러 과일과 빙과류를 사 오던 길이었고 기주가 수양을 발견하고서 손을 흔들었기 때문에 그들 넷은 한자리에 모이게 되었다. 기주야 택기는 어디 있냐. 사육장에. 또 토끼 잡으러 갔냐. 그래야 내일 팔지. 그렇긴 하지. 수양은 고개를 아래위로 흔들었다. 페도라가 수양에게 수양 씨 반갑습니다 하자 수양이 네 페도라 씨, 하고 대답했다. 페도라 씨와 박 순경님은 왜 여기에 있나요. 저는 지금 박 순경의 집에 살고 있습니다. 언제부터요. 그날부터요. 수양은 페도라의 어조에서 어느 해안지역을 떠올렸으나 구태여 말하지 않았다. 기주는 수양에게 페도라가 극장에서 일했다고 일러주었고 수양은 배우이시군요, 하며 페도라를 바라보았다. 페도라는 그렇다면 그렇고 아니라면 아닌 것도 같다고 대답했다. 박 순경은 수양의 노란 장바구니에서 크림 맛 아이스크림을 꺼내 먹더니 수양의 칼로 참외를 깎아 탁자 위에 한 조각씩 올려두었다. 모두 참외를 아작아작 씹어먹었다. 박 순경은 시간 간격을 두고 참외 다섯 개를 깎아냈는데, 넷은 그것을 모조리 해치웠다. 탁자 한쪽에 쌓인 참외 껍질이 아주 얇게 깎인 모양새여서 박 순경은 그런 일에 소질이 있는 사람으로 보였다. 페도라는 수양이 페도라 씨, 하고 부를 때마다 턱 끝을 당기며 조금씩 새는 웃음을 참았다. 한때 자신이 그런 별명으로 불렸다고 했다.

그래서 배우라고요 아니라고요.

극장은 극장인데 영화를 보여주는 극장은 아니고요…… 카바레라고 더 많이 부르던데요……

그러면 가수인가 보군요.

그것도 애매한 것이 나는 노래에도 소질이 있었지만 다른 것을 조금 더……

페도라는 관광지에 있는 관광 카바레 출신으로, 밤무대 가수를 노렸으나 실력이 그만큼은 되지 못해서 코미디와 차력을 하다가 나중에는 가수

뒤에서 춤을 추는 댄서가 되었다. 그는 주로 샹송 가수의 뒤편에서 팔다리를 부드럽게 흔들며 흐느적거리는, 춤이라고는 할 수 없는 그런 춤을 추었다. 노래의 분위기에 맞춰 페도라를 쓰고 실크 셔츠를 입었으므로 전체적으로 잠들기 직전인 사람이 몽롱한 정신으로 침실이나 거실을 슥슥 걸어대는 느낌이었다. 샹송이 한국인에게 인기가 많은 것과는 별개로 카바레에서 잘 통하는 장르는 아니었으니 샹송을 부르던 여자 가수와 페도라가 무대에 올라가는 일은 극히 드물었다. 대체로 카바레의 고정적 공연이 시작하기 전에 잠깐 세워지거나 펑크난 공연을 메꾸기 위해 급조하는 식이었다. 원형 무대를 둘러싸고 앉거나 서거나 춤추거나 하며 술을 마시는 사람들은 이미 정신이 나간 상태여서 이런저런 욕을 하고 술이나 음식 던지기를 좋아했으며 샹송 가수와 페도라에게는 별다른 관심이 없었다.

짧은 공연을 마치면 유령처럼 사라지던 샹송 가수와 페도라가 '덜떨어진 듀오'로 불리게 된 것은 어느 날 페도라가 춤을 추다 크게 미끄러졌기 때문이었다. 그의 춤에는 정교함이나 정신 집중 같은 것이 필요하지 않았으니 그는 늘 언제쯤 이따위 춤을 그만두게 될 것인가 골몰하며 춤을 추었다. 그 일은 다만 페도라의 정신이 다른 데 있었고 밑창이 닳아 본드 칠을 한 그의 구두가 미끄러운 무대 바닥을 견디지 못해 생긴 불상사였을 뿐이지만 제정신이 아닌 사람들에게는 페도라가 마치 허공에서 날아온 강렬한 펀치를 맞고 쓰러진 사연 있고 가련한 남자로 보였다. 그가 쓰러져 있는 동안 샹송 가수는 엉덩이를 좌우로 왔다 갔다 하며 클라이맥스를 불렀다. 샹송 가수는 주로 앙리코 마시아스의 〈추억의 솔렌자라〉를 불렀는데 그것은 프랑스의 민요를 빌려 만들어진 노래였고 그날 샹송 가수가 부르던 노래 역시 그것이었다. 아무래도 민요라는 것이 공동체적이면서도 신비스러운 것이라…… 라고 페도라는 덧붙였다. 그 노래는 세계적으로 히트를 쳤다. 프랑스인이 아니고서야 웬만한 사람들은 들어보지도 못했을 곳이 솔렌자라였지만 어느새 솔렌자라는 모두에게 추억의 솔렌자라가 되어 있었다. 페도라가 쓰러지자 사람들이 무대를 주시하기 시작했고 이내 샹송 가수의 목소리를 따라 흥얼거렸다. 무대 아래에서 뒷짐을 지고 서 있던 안내요원은 두 손을 입가로 모은 뒤 야 이 새끼야 계속해, 계속하라고. 멈추지 마! 라고 외쳤다. 안내요원과 페도라는 가끔 함께 술을 마신 적이 있다. 그가 주춤거리며 일어서자 누군가 휘파람을 불었고 누군가는 소리를 질렀다. 그날부터 상송 가수와 페도라는 '덜떨어진 듀오'로 불리며 완벽한 B급이 되었다.

페도라는 완벽한 B급이 된 이후로 춤을 그만두고 마임을 했다. 주된 특기는 역시 쓰러지거나 넘어지는 것이었고 그중에서도 '화살 맞는 남자'를 가장 잘했다. 어떤 식으로 화살을 맞게 되는지는 매번 달라졌기 때문에 '덜떨어진 듀오'가 무대에 오르면 페도라는 먼저 무대 앞으로 한 발짝 나서서 말했다. 오늘은 도망치다 화살을 맞는 소년입니다 이번에는 사랑하는 사람 대신 화살을 맞는 남자입니다 하는 식이었다. 페도라는 관광 카바레의 유명 인사가 되어서 '덜떨어진 듀오'가 아닌 '페도라'로 불리기 시작했다. 카바레를 찾아오는 사람들은 이미 페도라에 대해 잘 알고 있었기 때문에 더는 어떤 이유로 화살을 맞는 콘셉트인지 설명할 필요가 없었다. 무엇보다 페도라 역시 그 일을 자꾸만 반복하다 보니 정말로 자신이 화살을 수없이 맞아본 가슴 아픈 사람처럼 느껴졌고 그 감정은 관객들에게 고스란히 전달되었다.

화살을 맞는 일보다 더 중요한 것은 어떻게 일어나느냐였는데, 사람들은 원하는 것이 많았다. 화살을 맞고 쓰러진 뒤에 재빨리 일어나 정면을 바라보는 것이 가장 기본적인 자세였다. 그 외에도 아주 천천히 일어나거나 몸을 조금씩 굴려 일어나거나 하는 많은 방식이 있었다. 화살을 맞는 모습이 리얼하게 느껴지는 것보다도 어떻게든 다시 일어나는 일이 중요했다. 크고 동그란 무대를 둘러싼 사람들은 무대 앞 바리케이드에 달라붙어 페도라를 향해 다트를 던지는 듯한 가벼운 자세로 툭툭 한 손을 뻗거나 활시위를 당기는 척했고 그러면 페도라는 타이밍을 노려 바닥으로 주저앉아야 했다. 일어나! 일어나! 일어나! 사람들이 외치는 순간 알맞은 자세로 일어나는 것이 핵심이었다.

어느 틈에 관광 카바레 포스터에는 깊고 검은 페도라를 쓰고 하관만을 드러낸 페도라가 매력적으로 미소 짓는 측면 모습이 들어섰다. 그들의 캐치프레이즈는 '페도라는 무조건 일어난다'였다. 사람들이 '화살 맞는 남자'를 원한 것은 물론이고 페도라 역시 그런 일에 사로잡혔으므로, 그는 넉넉한 실크 셔츠 대신 흰색 쫄쫄이만을 입고 무대에 서게 되었다. 쫄쫄이는 페도라가 자세를 달리할 때마다 미세하게 꿈틀거리는 근육을 치밀하게 보여주었다. 무대 조명 아래에서 길쭉하고 마른 페도라는 석고상처럼 보였다. 페도라는 그날 아침 택기의 탕집 앞에서 '화살 맞는 남자'를 시도할 때 입은 양복이 박 순경의 것이라고 했다. 가장 작은 사이즈를 찾느라고 고생했습니다. 그가 긴 한숨을 쉬었다. 기주는 페도라를 향해 떼돈을 벌었냐고 물었다. 물론 그렇지요. 페도라가 답했다. 페도라가 점차 이름을 알리면서 샹송 가수는 잊히게 되었다. 그녀는 카바레에서 완전히 떠나기로 한 날 분장실로 페도라를 불러내었고 그를 향해 이렇게 말했다. 자다가 화살이나 맞아라……

그는 그날의 분장실과 샹송 가수를 상기하며 은밀한 목소리로 말했다. 정말 끝내줬지요. 그는 잠시간 굉장한 화살을 맞은 기분을, 그것이 다시는 찾아오지 않을 화살이라는 기분을 온몸으로 느꼈고 '페도라'로 사는 일을 그만두었다. 그는 이제 밝은 낮부터 일하는 직업을 얻고 싶어졌으므로 골목길에 커피숍을 차렸는데, 그곳은 분명 커피숍으로 시작했으나 나중에는 또 다른 카바레가 돼 버리고 말았다. 카바레의 단골들은 종종 무리 지어 커피숍에 들렀다. 그들은 테이블에 앉아 페도라가 내린 커피를 음미하고 얌전히 책을 읽고 이야기 나누는 일을 반복하다 어느새 에이프런을 두른 바리스타 페도라의 구역을 침범했고, 손수 커피를 내려 마신 뒤 커피값과 팁을 금고에 채워 넣기 시작했다. 장소는 달라졌으나 정신을 차리고 보니 페도라는 또다시 화살 맞는 남자가 되어서 쓰러졌다 일어나기를 반복하는 중이었다. 카바레의 단골들은 매일 아침 일찍 경직된 얼굴로 찾아와서 페도라의 쇼를 관람한 뒤 만족스러운 얼굴을 하고 돌아갔다. 커피숍을 접고 책 대여점과 노래 연습장을 차례로 열었지만, 그것은 아무 소용 없는 일이었다. 끝으로 번 돈을 모두 까먹은 페도라가 백화점 주차요원이 되었을 때는 그가 들고 있던 주홍색 경광봉마저 화살이 되는 지경에 이르렀기 때문에 그는 멀리 도망쳤고 그렇게 하는 데까지는 오랜 시간이 걸렸다고 했다.

그들은 아주 캄캄한 시간까지 파라솔 아래에 있었다. 시간이 지나도 줄곧 무덥고 눅눅했다. 페도라의 이마에서 땀이 죽죽 흘러내려 턱 끝에 매달렸다. 기주는 비비탄총을 매만졌고 수양은 사육장 천장에 달린 노란 조명을 바라봤다. 박 순경이 수양 씨 아직도 칼을 파신다고요, 하고 물었다. 정말 이상하시네 나한테 왜 자꾸 그러세요. 수양은 억울한 기분으로 되물었다. 저 사실 산을 잘 탑니다. 순경님이 산을 잘 타는데 나더러 어쩌라고요. 저도 린치족이었습니다. 뭐라고요? 그냥 그렇다는 겁니다. 박 순경은 코끝을 조금 긁적이다 또다시 수양의 장바구니를 뒤적였다. 이제는 깎아 먹을 참외도 없었기 때문에 그는 날씨가 참 덥네요 같은 말만 몇 번 더 했다.

*

페도라는 매일 시디플레이어를 들고 나타났고 사람들은 새천년 체조를 하는 대신 화살 맞는 사람들이 되어갔다. 쓰러졌다 일어나는 순간에는 분위기가 고조되었기 때문에 모두 흥분한 모습으로 크게 숨 쉬었다. 방수 앞치마를 두른 택기도 종종 수양과 나란히 서서 그 모습을 지켜보았다. 그들은 주로 산 타는 사람들 한복판에서 왼쪽 가슴을 그러쥐고 쓰러지는 기주를 구경했다. 택기야 기주가 제일 열심인 거 아냐. 쟤가 얼마나 땀이 없는데 저렇게 축축해지다니. 택기는 가만히 기주를 보다 사육장으로 걸어 들어가서 한참 동안 나오지 않았다.

시디플레이어의 노래는 한 시간가량 반복 재생되었으므로 사람들은 한 시간 동안 화살 맞는 사람이 될 수 있었다. 수양은 이른 오전마다 택기의 탕집 앞에 서서 기주와 페도라를 번갈아 보며 시간을 보내는 일에 익숙해졌다. 그런 뒤에는 〈명산 앞 간이 휴게소〉에 갔다. 페도라는 일이 끝난 후에 시디플레이어를 챙겨 신속하게 걸었다. 아무래도 박 순경과 함께 아침을 먹기 위한 속도일 거라고 수양은 생각했다.

페도라의 '화살 맞는 남자'가 또다시 유명해지자 화살 맞는 사람이 되겠다는 이들은 끊임없이 늘어났다. '화살 맞는 산악 동호회' 슬로건이 걸린 전세버스가 페도라를 찾아온 날에는 분반이 필요했기 때문에, 사람들은 먼저 맞는 조와 나중에 맞는 조로 나뉘었다. 그날의 페도라는 이전보다 땀을 많이 흘렸고 모든 일을 마친 뒤 〈명산 앞 간이 휴게소〉 쪽으로 걸어가는 수양을 불러세웠다. 수양 씨, 칼을 파는 분이라고 들었습니다. 다 알면서 왜 그러세요. 페도라가 입가를 우물우물 달싹였다. 나를 죽여주십시오……

수양은 그 순간 몹시 울고 싶어졌다. 나는 칼 파는 사람이지 칼 쓰는 사람이 아니라고요, 하고 말한 뒤 길게 침을 삼켰다. 잘 알고 있습니다. 페도라는 그렇게 대답하고는 깊게 미소 지었다. 수양은 바로 그 미소가 한때 관광 카바레 포스터 속에 자리했던 그의 모습임을 알 수 있었다. 수양 씨, 나는 이제 평생 이렇게 살게 되었습니다. 페도라는 느린 걸음으로 멀어졌다. 페도라의 속도가 아주 느렸기 때문에, 수양은 그의 크기가 도저히 작아지지 않는 것 같다고 생각하며 다시 걸었고 〈명산 앞 간이 휴게소〉에 앉아 만두를 베어 먹다 다리를 덜덜 떠는 린치족과 눈이 마주쳤다.

이봐, 한가하면 우리랑 놀지 그래? 우리는 꽤 괜찮은 사람들이라고.

나는 칼 파는 사람이다……

그래서 어쩌라고!

크게 외친 린치족이 도망쳤다. 흐트러진 플라스틱 의자를 보던 수양은 애매한 기분이 되어서 린치족의 목소리를 되새겼다.

*

페도라가 자취를 감춘 어느 아침에도 시디플레이어는 잔디밭 위에 놓여 있었기 때문에, 산 타는 사람들과 기주는 화살 맞는 사람이 되기 위해 착실히 열을 맞췄다. 기주가 시디플레이어의 재생 버튼을 눌렀을 때 택기가 사육장 밖으로 뛰어나왔다. 수양은 사육장 바깥으로 몸을 내민 잿빛 토끼를 단 한 번에 알아볼 수 있었다. 너는 그때 그 토끼구나. 너는 지금까지 계속 거기에 있었구나…… 잿빛 토끼 뒤로 몇 마리의 토끼들이 뛰어나와 잔디밭 위에 선 사람들 사이를 헤집었다. 빠르고 부드러운 움직임이었다. 오랫동안 화살 맞기를 훈련한 기주는 교묘한 움직임으로 발밑의 토끼를 피할 수 있었으므로, 끊임없이 화살을 맞고 쓰러지고 다시 일어나 정면을 바라보는 자세를 취했다. 사람들은 이리저리 고꾸라지다 분산되었다. 몇몇이 토끼를 잡기 위해 두 손을 죄며 바닥 가까이 몸을 숙였고 토끼는 매끄러운 몸짓으로 벗어났다. 택기가 기주의 비비탄총을 손에 들었지만 비비탄이 다 떨어져 틱틱 소리만 났다.

제법 많이 사라진 토끼 때문에 택기는 한동안 탕집 문을 닫았다. 박 순경은 꽤 오랜 시간 페도라를 찾다 〈명산 앞 간이 휴게소〉 CCTV에 찍힌 그의 마지막 흔적을 확인한 뒤 조용해졌다. 화면 속에 무엇이 있었는지는 끝내 말하지 않았다.

기주야 너는 이제 화살을 맞지 않니.

나는 이제 다 해냈어.

화살 맞는 사람들은 드문드문 찾아오다 발길을 끊었다. 페도라가 다시 돌아오지 않았으므로 그에 대한 모든 것이 서서히 사라지고 있었다. 수양은 이제 페도라의 옆얼굴이나 자세, 목소리와 같은 것들을 묘연한 실루엣만으로 떠올렸다. 그러고는 택기와 잠을 자거나 트램펄린을 타거나 칼을 갈았다. 깰 생각 없이 느슨하고 풀어진 얼굴로 잠을 자는 기주의 뺨 위로, 수양은 그들이 아주 처음 만난 날처럼 손가락을 얹었다가 뗐다. 박 순경은 새로 마련한 자신의 과도로 참외를 깎았다. 그는 매일 누군가 내버려 둔 스도쿠를 채워 넣는 데 몰두했는데, 어떤 날에는 작은 탄성과 함께 저기에 토끼가, 하며 잔디밭 어딘가를 가리켰다. 저건 진짜 토끼야, 진짜다. 작게 속삭인 수양이 살금살금 다가갔다. 그러나 방수 앞치마를 한쪽 어깨에 걸친 택기가 탕집 처마 아래에 서서 그곳을 바라보기만 했으므로 수양은 걸음을 멈추었다.

모든 게 그런대로 좋았다. 문득 잠잠해지는 애매한 오후와 바닥에 코를 박고 지나가는 커다란 개. 적당한 페이스로 조깅하거나 늦어지는 열차를 기다리는 사람들이, 어떤 쓸모도 없이. 그건 내가 게으르고 느린 데다 복잡한 생각을 싫어하기 때문이다.

아주 단순한 생활을 하고 싶었다. 아무런 엉킴 없이. 늘 보고 싶은 영화와 먹고 싶은 요리가 있었다. 오늘은 이런 영화를 보고 저런 요리를 먹은 뒤에 들뜬 기분으로 잠들 것이다, 같은 사소한 계획도 자주 했다. 그런 계획만으로 지내기 시작하자 혼잣말이 늘었다. 어떤 말들을 속삭이는 때가 자꾸만 늘어서 곤란했다. 어째서 그런 말들이 아래로부터 가득 차오르며 타이밍을 재다 튀어나오는 것만 같았는지.

그런대로 좋은 일들은 매번 있어서, 부지런히 조용한 관찰자가 될 수 있었다. 그러나 알 수 없는 혼잣말이 점점 더 길어지면서 그런 일은 글러버렸고, 미묘한 이물감은 조금 더 가까워지고 분명해졌다. 그런대로 좋아 보이던 것들에는 많은 파열이 있고, 단지 고요한 척할 뿐이라는 걸. 따라서 긴 시간 숨어버린 사람들과 이야기들이 많다는 사실도. 그런 속삭임을 써보자는 건 지금부터의 사소한 계획. 이제 얼마만큼의 독백이 가능할까? 또 얼마만큼의 독백이 남았을까?

오래도록 함께 쓰고 싶은 지윤과 동비, 언제나 사랑하는 효정, 멀지만 가까운 가족들에게 인사를. 많은 것을 배우게 해주신 교수님들과 이야기를 정성스럽게 읽어주신 심사위원님들께 감사드린다. 다시 태어나도 다시 만나고 싶은 J, 짧게 스쳐 지나갔지만 잊히지 않을 그간의 풍경들에도. 우리 모두 슬픈 마음을 조금씩 덜어내고 행복할 수 있기를.

캐릭터 속 자기 확신 돋보여… 미래 가능성에 과감히 투자

오랜 기간 제한된 현실 속에 놓여 있었던 세계가 조금씩 회복에 돌입하면서 소설 역시 그 나름의 모색을 준비하는 듯하다. 투고된 작품들을 검토하면서 심사위원들은 그간 우리가 경험했던 전례 없는 현실들을 날카롭게 되짚어 줄 새로운 소설적 상상력을 기대했으나 아쉽게도 번뜩이는 작품을 찾기가 어려웠다. 전반적으로 수준이 고르고 안정적인 작품들이었고, 낯설고 독특한 이야기는 상대적으로 적었다.

본심 테이블에 오른 11편 모두 장단점이 뚜렷해 심사위원들은 엇갈린 의견을 두고 오랜 시간 논의를 진행할 수밖에 없었다. 가족 관계 내에서의 갈등을 전면화한 작품들이 다수였는데 폭발력 있는 이야기가 드물었고, 「빵 트럭 습격」과 「체조합시다」를 중심으로 논의가 집중됐다. 우선 「빵 트럭 습격」은 노인 부부의 빵 도둑이라는 독특한 소재가 귀여운 방식으로 전개돼 신선하게 읽혔다. 결말의 아쉬움과 다소 소품적이라는 인상을 감안한다고 해도 누가 읽어도 즐겁게 읽을 만한 작품이었다. 다만 그 평이함과 무난함이 이 작가의 '다른' 가능성을 기대하기는 어렵다는 판단이었다.

새로운 소설가를 세상에 내보이는 신춘문예의 특성을 염두에 둘 때 '이후'에 대한 기대를 고려하지 않을 수 없었고, 바로 그런 점에서 「체조합시다」가 당선작으로 결정될 수 있었다. 이 작품은 작가의 서사적 장악력이 돋보이고 캐릭터들의 매력이나 관계망이 매우 흥미롭지만 소설의 메시지나 주제적 측면에서 모호하다는 지적이 많았다. 또한 기성작가들의 면면이 엿보이는 기시감도 군데군데 드러나 있었다. 그럼에도 불구하고 이 작가가 가진 모종의 확신에, 그리고 다음 작품이 보여 줄 가능성에 심사위원들은 과감하게 동의했다. 모쪼록 당선자가 이 기대에 넘치게 부응해 주기를 바란다.

소설이라는 서사의 형식에 여전히 애정을 가지고 있는 모든 응모자들에게 감사와 위로의 말씀을 전한다.

세계일보 **하가람**

1993년 울산 출생.
동국대학교 국어국문문예창작학부 학사 졸업.
동국대학교 대학원 국어국문과 석사 졸업.

수박

하가람

　여름은 해가 길었고 우리는 시원한 곳을 찾아다녔다. 도시의 많은 이가 우리와 비슷한 생각을 하고 있었다. 꽃집을 겸하는 카페와 일본식 정원을 가진 대형 카페는 만석이어서 우리는 빈자리를 찾아 더운 거리 구석구석을 헤맸다. 거리에 그토록 카페가 많은데 모두 사람이 차 있다는 것이 신기했다. 다섯 번째로 방문한 카페도 마찬가지로 실내에 앉을 곳이 없었는데 테라스 자리만 텅 비어 있었다. 잠시 망설이던 우리는 그늘에서 쉴 수 있는 것에 만족하기로 했다. 직원이 아이스커피와 주스를 내올 때까지 우리는 노란 차양 아래 앉아 날씨 이야기만 주고받았다. 오늘은 어제보다 덥다, 어제는 그제보다 더웠는데, 내일은 오늘보다 더울지도… 그건 우리가 사흘 전에도 일주일 전에도 나눈 비슷한 이야기, 이야기라기보단 한탄에 가까웠다. 열기를 가득 머금은 공기 탓에 숨이 막힐 것 같았고 간간이 불어오는 더운 바람은 말문을 막히게 했다. 바 형태의 테라스 자리는 카페 바깥쪽을 향해 일자로 놓여 있었다. 우리는 서로가 아닌 도로 건너편을 바라보았다. 도로 건너편에서 양산을 쓰거나 이동식 선풍기를 들거나 아무튼 벌그스름한 얼굴로 걸어가는 모든 행인을 보았다.

　지루하다.

　문득 떠오른 문장에 놀랐다. 나는 초원과 함께 있을 때 늘 편하다고만 생각했지 따분하다고 느낀 적은 없었다. 고개를 돌려 초원을 보았다. 흰색 볼캡을 쓴 초원은 여전히 도로 건너편 무언가를 보고 있었다. 나도 다시 초원과 같은 방향을 보며 날씨가 아닌 다른 것을 생각하려고 애썼다. 곧이어 직원이 테이블 위에 커피와 주스가 담긴 트레이를 내려놓았다. 나는 얼음이 빠른 속도로 녹아가는 아이스커피를 빨대로 휘젓다가 트레이 바닥에 깔린 종이를 보았다. 종이 위에 작은 글씨로 무언가 빼곡히 적혀 있었다. 자세히 보니 영어로 된 30가지 질문이었다. 제목은 The New Proust Questionnaire. 예전에 책에서 읽었던 내용이 떠올랐다. 19세기 파리 사교계에서는 설문지를 작성하는 것이 하나의 놀이 문화로서 유행이었는데, 프루스트가 젊은 시절 어느 살롱에서 작성한 설문지와 답변이 그 책에 실려 있었다. 이곳은 관광지도 아니고 손님은 한국인밖에 없던데 왜 영어로 적혀 있을까 궁금했지만 한편으로 반가웠다. 갑자기 초원에게 질문할 거리가 30가지나 생겼으니까. 나는 문장을 하나씩 해석해보며 질문을 골랐다. 인생의 모토를 묻는 질문은 시시했고 읽었던 책 중에 가장 나빴던 것을 묻는 건 이 더운 날 화만 돋울 것 같았다. 손가락으로 문장을 훑으며 한 줄 한 줄 내려가다가 한 질문에서 멈추었다. If you could only eat one thing for the rest of your life, what would it be?

—넌 평생 한 가지 음식만 먹을 수 있다면 뭘 먹을 거야?

나는 평소 입이 짧은 초원이 어떤 대답을 할지 궁금했다. 초원은 잠시의 고민도 없이 단번에 대답했다.

—수박.

—수박은 음식이 아니라 과일이지.

건너편 도로에 아지랑이가 피어오르고 있었다. 도로 오른쪽에서 나타난 자전거를 탄 행인이 왼쪽으로 사라질 때까지, 초원은 말이 없었다. 이내 더운 바람이 훅 끼침과 동시에 짧은 한숨 소리가 들렸다. 나는 초원이 지친 얼굴을 하고 있을 것이라 확신했다. 초원이 말했다.

—one thing을 네 맘대로 음식이라고 해석한 거잖아.

—그건 여기 적힌 문장이고. 내가 질문한 건 음식이잖아.

─그래, 그럼 수박 주스.

　초원이 포기하듯 말했다. 조금 놀랐다. 첫 번째로 나는 수박을 싫어했고 두 번째로는 초원이 수박 먹는 것을 한 번도 본 적이 없었기 때문이다. 나는 초원이 마시고 있는 노란색 주스를 가리켰다. 초원은 수박이 없어서 오렌지를 마실 뿐이라고 말했다.

　그맘때 나는 써지지 않는 희곡 때문에 골머리를 앓고 있었다. 그 희곡은 대학로의 한 소극장에서 서울문화재단과 함께 기획한 창작연극 지원사업의 일환으로, 매주 한 작품씩 공연하는 페스티벌 형태로 진행되는 작업이었다. 그중 내가 맡은 건 청년 주거지를 배경으로 한 옴니버스 형식의 희곡이었다. 세 작가가 각각 청년 주거지로 대표되는 공간을 하나씩 맡아서 작성하면 되었다. 미리 언니는 대학 때 연극 소모임에서 만난 지인으로, 두어 번 함께 연극 작업을 한 적이 있었다. 내가 연극계에서 알고 있는 유일한 사람이기도 했다. 언니는 원래 작업하기로 한 작가 한 명이 건강상의 이유로 하차했다며 내게 급하게 일을 부탁했다. 나는 더 묻지도 않고 하겠다고 말했다. 패션 잡지사에서 반년간 인턴을 끝낸 후 하는 일 없이 지내고 있었다. 인턴은 기사 작성과 관련 없는 잡다한 일만 도맡아야 했고 내게는 종류에 상관없이 어떤 글이든 쓰고 싶다는 갈증이 생겼다. 그러나 희곡의 주제를 알고는 승낙한 것을 바로 후회했다. 내가 써야 하는 공간은 옥탑방이었다. 마음에 들지 않았다. 옥탑방이란 공간을 배경으로 쓰이는 픽션은 별로 특별해 보이지 않으니까. 그렇지만 미리 언니가 고시원을, 다른 작가가 반지하를 맡은 것을 알고는 고개를 끄덕였다. 청년이 사는 곳이 다 거기서 거기구나. 모두 빤하고 잘 아는 곳이구나.

　청년 주거지를 배경으로─심지어 서울문화재단과 함께하는─희곡을 쓰라고 하니 왠지 청년 주거 문제에 대한 사회의식도 드러나야 할 것 같고… 여러 가지 생각에 아무것도 쓸 수가 없었다. 며칠 동안 노트북을 열고 겨우 몇 줄 적어 보았지만 결국 하루의 끝에는 모든 문장을 완전히 지우고 말았다. 누구나 아는 얘기를 반복하고 있다는 생각이 들어서였다. 청년 주거지를 배경으로 한 이야기는 곳곳에 널렸고 널려도 나아지는 건 없었다. 아직도 해마다 서울의 대학가에서는 기숙사 건립에 반대하는 시위가 일어나고 집값은 올라만 갔다. 문제는 이러한 문제를 모른다는 게 아니었다. 서울에 가구 수가 줄지 않으면 소용없었다. 서울만 그러니까 대한민국의 중심이라고 칭하는 서울만 생각하고 서울에만 신경이란 것을 쓰니까, 사람들이 서울로만 오려고 하지. 대한민국 인구가 5천만이라는데, 수도권 인구가 2천만을 넘는답니다. 내가 여기서 아무리 얘기해봤자… 거기까지 생각하자 희곡을 쓸 의욕이 나지 않았다. 미루고 미루었다. 그리고 마감 이틀 전, 초원에게서 전화가 걸려 왔다. 우리는 따로 만나지 않고 헤어졌다.

그날 집 근처에서 과일 주스 테이크아웃 전문점을 보았다. 매일 지나치던 가게였다. 가게 앞 입간판에 큰 글씨로 여름 한정 수박 주스라고 적혀 있었다. 그 입간판을 가만히 보던 나는 가게로 들어가 수박 주스를 주문했다. 빨간 모자를 쓴 직원이 물었다.

─당도는 어떻게 해 드릴까요?

나는 잠시 고민하다 말했다.

─보통 수박 주스처럼 주세요.

잠시 후 직원이 빨간 종이와 함께 분홍색 주스를 내주었다.

─쿠폰이에요, 다음에 또 오세요.

내게 수박은 설탕을 뿌린 오이 같은 과일이었다. 설탕을 넣었다고 해서 오이를 갈아 만든 주스가 맛있게 느껴질 리 없었다. 더군다나─오래전에─고체로만 먹어본 과일을 갈아 마시는 경험은 두 번 할 것이 못 되었다. 누군가 씹다 만 것을 삼키는 기분이었다. 나는 카운터에 주스를 내려놓았다.

─시럽 좀 더 넣어주세요.

직원이 미소 지으며 카운터 앞 세워진 작은 아크릴판을 가리켰다.

당 줄이기 캠페인. 주스가 달콤해질수록 당신의 몸은 씁쓸해집니다.

다시는 그 가게에 안 가겠다고 마음먹었다. 수박 주스를 들고 집까지

터덜터덜 걸었다. 왜? 왜 이걸 평생 먹겠다는 거야, 이게 뭐가 맛있다는 거야 자문하며 주스를 맛보았다. 결국 반도 마시지 못하고 주스를 쓰레기통에 버렸다. 입안에는 역한 냄새가 가시지 않았다. 집 앞 편의점에 들러 단맛이 강한 술을 여러 병 샀다. 집으로 돌아가서 밤새 과일맥주를 마시며 넷플릭스에서 예전에 보았던 범죄 영화를 여러 편 돌려보았다. 범인이 이미 누구인지 알고 있는 영화들이었다. 예상대로 범인이 밝혀지는 결말을 연달아 보고 있으니 마음이 편안해졌다.

초원은 매주 토요일 열 시만 되면 티브이 앞에 앉아 있곤 했다. 범인을 알아맞히는 추리 예능 프로그램을 챙겨보기 위해서였다. 덕분에 우리가 함께 살던 시절에는 초원이 틀어놓은 티브이 소리를 백색소음 삼아 잠이 들곤 했는데 어느 밤에는 유독 집이 조용하다는 생각이 들었다. 오늘은 티브이 안 봐? 나는 잠에서 깨어 물었다. 재미없어. 내 옆에 누운 초원이 토라진 사람처럼 내뱉었다. 왜? 눈을 감은 채로 나는 낮게 웃었다. 내가 범인을 자꾸 맞추거든. 어떻게? 가장 범인이 아닐 것 같은 놈, 그놈이 범인이야. 정말? 모두 범인인 것처럼 단서를 줘놓고 시청자들을 속인다고, 알고 보면 단서가 가장 없는 사람이 범인이라고, 그런 식으로 반전이랍시고 자기를 놀린다고 초원은 말했다. 뭐랄까, 탐정의 마인드가 없어. 사기꾼들이야, 순 엉터리들. 못됐네, 내가 말하고 못됐지, 초원이 말했다. 우리는 나란히 천장을 보고 누워 있었다. 선풍기가 덜거덕 소리를 내며 돌아갔다. 덥다. 내 말에 초원이 일어나 선풍기 다이얼을 강풍으로 돌렸다. 세기는 세졌지만 여전히 미지근하고 갑갑한 바람이 불어왔다.

　―여름 언제 끝나지.

초원은 다시 드러누우며 한숨 쉬었다. 나는 대답하지 않았다. 질문이 아니라고 생각했다. 고작 오월의 끝이었으니까. 그 말을 듣고 내가 떠올린 건 갑자기 시가 쓰고 싶어졌다며 대학원에 갈 거라던 초원의 말. 고급 독자의 길을 선택하는 건 어때. 이따금 초원이 자신의 시를 보여줄 때면 시에 대해서 잘 모르지만, 우물거리면서도 기어코 던지곤 했던 나의 말. 나는 이마에 맺힌 땀방울을 닦아냈다.

우리는 동료였을까.

쌉니다, 싸요. 눈을 떴을 때 창문 새로 시끄러운 상인들의 목소리가 들려오고 있었다. 집 근처 있는 시장에서 나는 소리였다. 나는 멍하니 천장을 올려다보며 내가 지난밤 양치를 하고 잤는지 떠올리려 했다. 입안에서 기분 나쁜 냄새가 감돌았기 때문이다. 몸을 뒤척이다 머리맡에 놓인 노트북을 발견했다. 지난밤 영화가 끝난 상태로 화면이 까맣게 켜져 있었다. 입안에서 냄새가 나는 게 아니라 내가 머릿속으로 어떤 냄새를 떠올리고 있는 걸까? 노트북 화면 아래 창 시각은 오후 3시를 가리키고 있었다. 망했네, 포기하는 마음으로 물을 끓였다. 인스턴트커피를 마시며 노트북 앞에서 생각나는 대로 손을 놀렸다. 조연출에게 희곡을 보냈을 때는 고작 오후 6시였다.

며칠 후 대학로 어느 골목, 지하에 있는 연습실을 찾았다. 고시원과 반지하를 배경으로 한 에피소드는 어느 정도 연습이 되어 있던 상태였기에 그날 화두는 내가 쓴 옥탑방 배경의 희곡, 「엄지 검지」였다. 줄거리는 대략 다음과 같았다.

엄지는 옥탑에 사는 인물로 곧 계약 만료를 앞두고 있다. 서울 출신이어서 굳이 자취가 필요 없지만 5년 전 넷째 동생 약지가 태어난 후 본가를 나왔다. 부모님이 쓰는 방을 제외하면 여분의 방이 2개뿐인 집에서 더 이상 동생들과 방도 음식도 나누기가 싫어졌기 때문이다. 엄지는 쇼핑몰에서 다리 모델을 하며 월세를 충당하고 있다. 그녀의 유일한 낙은 매주 토요일 방영하는 추리 예능 프로그램 시청. 프로그램은 시청자에게 매주 실시간으로 범인을 지목하는 문자를 받고, 그중 범인을 맞춘 1명을 추첨하여 해외여행 항공권을 선물로 준다. 그 1명 안에 드는 것이 엄지의 목표다. 어느 토요일 밤, 둘째 동생 검지가 옥탑으로 찾아온다. 한 손에는 수박을, 한 손에는 캐리어를 든 검지는 대뜸 언니와 같이 살겠다고 통보한다. 엄지는 검지를 쫓아내려 한다. 그러자 검지, 당당히 주머니에서 사진 한 장을 꺼내 엄지에게 들이민다.
초음파 사진이다.

엄지 (한숨) 너 사고 쳤냐?
검지 내 새끼 아니거든. 인사해. 이름은 보나 마나 소지겠지. 들어간다.

엄마의 임신을 알게 된 엄지는 얼떨떨한 표정이다. 검지는 수박과 캐리어를 들고 집으로 들어간다. 배우들이 돌아가며 대사를 읽어갈 때마다 나는 지난날 숙취로 쓰인 일기장이 공론화되는 느낌을 받았다. 내 고개는 점점 숙어졌다. 두 사람이 티브이를 보며 누구지, 누가 잘못한 거지, 하고 범인을 추리하는 장면에서는 며칠 전 과일맥주를 들이켜던 내 모습이 생각났다. 내 고개는 점점 내려가 이마가 테이블에 닿을 지경이었다. 대본 리딩이 끝나고 잠시 정적이 흘렀다.

―이 부분을 어떻게 하면 좋을까?

연출가가 말한 부분은 두 사람이 수박을 자르기 위해 애쓰는 장면이었다. 혼자 사는 엄지는 평소 요리를 하지 않았고, 혼자 먹기 번거롭고 무거운 수박을 옥탑까지 나를 일도 없었다. 당연히 수박을 자를 식칼도 집에 없었다. 그래서 한 사람은 수박을 잡고 다른 사람은 과도를 쥔 채 수박을 자르기 위해 애썼다. 그 장면은 검지가 자신의 속내를 고백하는 장면이기도 했다.

두 사람, 부엌에서 가져온 과도로 수박을 자르기 시작한다.
자른다기보다는 쑤시는 행위에 더 가깝다.

검지 수박 하나 먹기 참 어렵네.
엄지 그럼 집 나와 사는 게 쉬운 줄 알았어?
검지 어제까지만 해도 수박 한 통 잘라 놓으면 동생들이 게 눈 감추듯 먹어버려서 내 몫이 없었거든. 오늘은 좀 많이 먹으려고 했는데.

사이.

검지 언니.
엄지 응.
검지 언니는 내가 엄마 임신 소식 전했을 때 기분이 어땠어?
엄지 (과도로 수박을 자르느라 끙끙대며) 그게 무슨 말이야?
검지 있지, 난 이번에 엄마가 유산하길 바랐어.

마침내 수박이 쩍 소리를 내며 벌어진다.
붉은색이 선명하다. 수박의 표면은 난도질 되어 매끄럽지 못하다.

연출가는 이 장면에서 큰 톱으로 박을 자르는 흥부네를 떠올렸다고 했다. 그리고 내게 의도한 것이냐고 물었다. 나는 흥부네 가족이 몇 명이었는지 기억나지도 않고 단지 내 집에 식칼이 없는 것처럼 엄지의 집에도 식칼이 없으리라 생각해 그런 장면을 쓴 것이었지만, 의도했다고 대답해버렸다. 그리고 나니 마음이 조금 편안해졌다.

　—수박을 자르는 장면이 조금 더 지연되었으면 해요.

내 제안에 연출가는 그게 바로 내가 하려던 말이야, 박수 소리를 한 번 짝 냈다. 그전까지 나는 「엄지 검지」에 별 애정이 없었다. 그러나 첫 번째 연습에서 사람들이 내 글에 해석을 부여하고 칭찬하는 것을 듣고 나니 어쩌면 내 글이 괜찮을지도 모른다는 생각이 들었고 희곡을 꼭 무대에 올리고 싶어졌다.

그 후로 대본은 몇 번의 수정을 거쳤다. 두 달 뒤가 공연이었기 때문에 큰 틀은 바뀌지 않고 대개 자잘한 것들을 고쳐줄 수 있느냐는 요청을 받았다. 예를 들면 이런 것이었다. 수박을 자르는 장면에서 연출가는 수박을 보고 난자를 떠올렸다고 했다. 당연히도, 나는 아무 생각 없이 적은 장면이었다. 3시간 만에 적은 그 희곡은 내 머릿속에 있는 무의식을 최대한 쥐어짜듯 뽑아낸 결과물이었다. 마감 전날부터 내 머릿속에는 초원과 나눈 마지막 대화가, 수박에 대한 의문이 남아 있었다. 그래서 두 사람이 수박을 먹은 것뿐이다. 그때 내 질문에 초원이 평생 육회를 먹고 싶다고 말했다면 엄지와 검지는 그 장면에서 식당에서 포장해온 육회에 계란 노른자를 풀어서 먹었을지도 몰랐다. 그랬다면 유산에 대해 얘기하는 그들의 대화 내용과 육회를 먹는 행위가 어우러져 기이함을 자아낸다고 평가받았을까? 그랬을 수도 아닐 수도 있다. 그렇지만 이런 의문이 든 것은 추후의 일이었고 수화기를 붙잡는 동안은 그 '의도'가 더 잘 보일 수 있도록 수정하겠다고 말했다. 평면적이고 무난한 희곡을 풍성하게 보이기 위해서는 많은 의미를 부여할 필요가 있다고 생각했다.

나는 취업을 준비하며 낮에는 자소서를 쓰고 저녁에는 연습실을 찾았다. 그러면서 그때그때 연출가가 원하는 방향대로 대사의 뉘앙스 따위를 수정하였다. 한번은 쉬는 시간을 틈 타 엄지를 맡은 배우가 내게 질문을 했다. 엄지는 왜 추리 예능을 즐겨보는 건가요? 범인을 맞춰도 해외항공권을 받는다는 보장도 없는데요.

—그거 하나 맞추겠다고 매주 티브이를 챙겨보는 게 이해가 안 가서요.

그렇게 물어보는 배우의 얼굴은 진지했기에 나 또한 진지한 표정으로 경청했지만 실은 나도 모르는 문제였다.

—아무래도… 탐정의 마인드를 가진 인물이죠.

나도 모르게 답하고는 덧붙였다. 뭐든 골똘히 들여다보면 해답을 찾을 수 있다고 믿고 싶은 거예요. 순진하게도. 그렇게 말하고 나자 이상하게도 초원이 떠올랐다. 정확히는 집안을 나뒹굴던 초원의 시작 노트가. 노트는 소파에 개수대에 매번 다른 곳에 무방비하게 놓여 있었다. 나는 그걸 보아도 못 본 척했다. 고개를 몇 번 휘젓고 다른 쪽을 바라보았다. 그곳에는 미리 언니가 있었다. 언니는 극본을 두고 감독과 얘기를 나누는 중이었다. 빨간 펜을 들고 극본을 보는 언니의 옆얼굴은 신중해 보였다.

공연 일주일 전 마지막으로 연습실을 찾았다. 내가 쓴 희곡을 연습할 때 배우들은 수박이 있다는 가정 하에 마임 연기를 했다. 수박을 든 사람처럼 허리를 구부리고 두 팔을 안쪽으로 둥글게 말았다. 연기가 끝난 후 연출가와 스태프, 배우들은 수박 장면에 대해 의견을 나누기 시작했다. 먼저 도구에 대해 이야기했다. 젓가락, 포크로 시작해 망치나 톱 얘기까지 나왔다. 그다음으로 행위에 대한 이야기를 했다. 자를까요, 쑤실까요, 찌를까요, 벌릴까요, 의견이 분분했다. 그 의견들은 모두 같은 목적을 가지고 있었다. 관객에게 보여줄 수 있는 게 필요하다는 것. 단단한 초록색 껍데기를 가르면 나오는 빨간 과육. 그들의 말을 빌리자면, '최대한 비주얼적으로 인상적인' 장면이 나올 수 있게끔 그들은 여러 방법을 구상했다. 나는 그런 것이 중요한 것인지 잘 이해가 되지 않았다. 그렇지만 연극에 대해 잘 안다는 자부가 없는 상태에서 내 이해의 부족은 무지라고 여겼고 다소 찝찝한 마음에도 그대로 내버려 두었다.

공연은 세 작가가 각자 20분씩 배정받아 총 1시간 동안 진행될 예정이었다. 내 희곡이 첫 순서였다. 장소는 대학로에 위치한 어느 소극장. 스태프들이 극장을 찾아준 관객들과 인사했다. 대개 지인들을 초대한 듯했다. 미리 언니 또한 친구들과 가족을 불러 내게 소개시켜주었다. 나는 아무도 부르지 않았다. 공연 시작 5분이 채 남지 않았을 때도 좌석은 군데군데 비어 있었다. 나는 맨 뒷자리에서 생수병을 꼭 쥐고 앉아 있었다.

무대의 왼쪽은 초록색 페인트로 칠해진 옥상 마당, 오른쪽은 끈적한 장판이 깔린 옥탑방이었다. 방에는 작은 티브이 앞에 이부자리가 펼쳐져 있었고, 낡은 선풍기가 덜거덕거리며 돌아갔다. 책과 옷은 더 이상 놓을 공간이 없어 방 구석구석에 쌓여 있었다. 공연은 예상대로 진행됐다. 잠시 후 검지가 수박을 자르러 부엌으로 가고 이내 엄지가 함께 돕기 시작했다. 두 사람은 끙끙대며 과도와 젓가락과 포크를 이용해서 수박을 자르려 애썼다.

―언니는 내가 엄마 임신 소식 전했을 때 기분이 어땠어?

―그게 무슨 말이야?

―있지, 난 이번에 엄마가 유산하길 바랐어.

그 순간 수박은 쩍 벌어져야 했다. 하지만 벌어지지 않았다. 두 사람은 일어서서 발로 수박을 밟기 시작했다. 그들의 발을 피하는 건지 발에서 미끄러지는 건지 수박은 쉽게 밟히지 않았다. 수박 하나 먹기 참 어렵네. 그 말을 할 때 검지 혹은 검지를 맡은 배우는 조금 화가 나 보였다. 저것도 연기일까? 검지는 수박을 두 손 높이 들었다. 벽을 향해 집어 던졌다. 관객석의 작은 웅성거림. 흰 벽에는 선홍빛 물줄기가 핏자국처럼 흘러내렸다. 그 아래에 조각조각 파편 난 빨간 덩어리들. 두 사람은 기뻐하며 다시 바닥에서 큰 덩어리를 집어들어 흰 벽에 내던졌다. 손으로 수박 속을 파내어 서로를 향해 던지기 시작했다. 두 사람의 손끝에서 빨간 물이 뚝뚝 흘러내렸다.

나는 저 글을 마감 당일 겨우 3시간 만에 썼고 따라서 저 인물과 극에 대해 잘 안다고 장담할 수는 없었다. 아니 3시간이 아니라 3년 만에 썼다 해도 마찬가지였을 것이다. 그러나 내가 원하는 것이 아니라는 것쯤은 부끄럽다는 것쯤은 분명히 알 수 있었다. 그들이 틀어놓은 티브이에서 추리 예능 프로그램에서 음성이 흘러나왔다.

─그들을 궁지로 내몬 범인은 누구인가.

무대는 수박 조각이 살점처럼 여기저기 흩어져 있었다. 더러웠다. 나는 점점 더 부끄러워졌다. 여러 사람들의 의견에 끄덕거리다가 밀리다가 구석으로 몰린 기분. 내 지정석은 극장 맨 뒷자리. 처음부터 그렇게 정해졌을지도 몰랐다. 차라리 갈 데까지 가라, 누군가 총을 쏘고 연극이 멈추기를 바랐지만 그런 일은 일어나지 않았으므로 내가 총을, 쏘지는 못하고 극장을 나왔다. 극장 입구에 크게 걸린 연극제 현수막을 보며 오랫동안 담배를 태웠다. 나는 내가 만든 인물들이 글 밖에서 나와 무대 위에서 말하는 것이 부끄러운가. 살아 움직이는 것이 부끄러운가. 줏대 없는 타협이 무대에서 발현되는 것이 부끄러운가. 무엇이든, 왜 이제야 부끄러운가. 무언가후회하고 있는데 어디서부터 어디까지 후회하고 있는 건지 확실치 않았다. 여름이었고 해가 길었다. 저녁 여덟 시경. 해는 이제야 겨우 서쪽으로 지고 있었다. 옅은 분홍의 하늘이 점점 붉어졌다. 빨리 어두워지고 막이

내리길 바랐다.

*

사람들은 작년이 재작년보다 덥고 작년보다 올해가 더웠으니 내년 여름이 오기 전에 한국을 떠야겠다고 말했다. 1년이 흘러 또다시 여름이 왔지만 아무도 한국을 떠나지 않았다. 나는 어느 스포츠 브랜드 업체의 마케팅부에 들어갔다. 그 브랜드 회사는 초기에는 인지도가 현저히 낮았으나 한창 뜨고 있는 하이틴 스타를 기용하면서부터 10대 후반에서 20대 초반 연령층 소비자들에게 크게 인기를 끌기 시작했다. 대학 생활 트렌드를 소개하는 인스타그램 계정을 관리하며 자연스럽게 신발과 모자 등을 노출시키고 몇몇 떠오르는 인플루언서들에게 협찬을 부탁하는 것이 마케팅부의 주 업무였다. 나는 유행하는 말과 문장에 대해 생각하는 날이 많아졌다. 트위터와 커뮤니티 사이트를 돌며 매일 새로 생기는 밈을 메모하고 유행이 지난 밈은 메모장에서 지웠다. 내 머릿속에서 단어들은 단 두 가지로 분류되었다. 새로운 것과 낡은 것.

미리 언니에게 연락이 온 건 뜻밖이었다. 미리 언니는 올해 대학로에서 진행하는 연극제에 오르는 작품 중 하나에 참여하게 되었다며 나를 초대하고 싶다는 뜻을 전했다. 나는 1년 전 그날 이후 연극에 대한 흥미가 아예 사라졌다. 극장을 찾지 않았다. 미리 언니와 전화를 끊고 난 후 내일쯤 적당히 핑계를 대 거절해야겠다고 생각했다. 퇴근 후 집에 도착했을 때, 나는 선반을 가득 메우고 있는 책과 음반을 보았다. 오랜만에 하나씩 꺼내어 보았다. 손댄 지 오래되어 내 물건인데도 낯설었다. 취직 이후 주말에는 내내 잠을 자거나 집안일을 하는 것이 고작이었다. 나는 미리 언니에게 메시지를 남겼다.

연극은 오전에 시작되었다. 1년 만에 다시 찾은 주말 대학로 거리는 많은 것이 달라져 있었다. 대형 프랜차이즈 지점을 제외하면 많은 가게가 사라지고 그 자리에 새로운 가게가 들어서 있었다. 작년에 유행하던 로제 떡볶이집와 저가 도넛 가게도 보이지 않았다. 매표소에서 티켓과 함께 받은 프로그램 북에는 작품 설명 및 배우와 스태프에 대한 소개가 짤막하게 나와 있었다. 혹시나 하여 배우 쪽을 살펴보았으나 아는 얼굴은 없었다. 연극 제목 밑에는 하드보일드 추리극이라는 홍보 문구가 적혀 있었다. 무대를 가리던 커튼이 올라가고 배우가 등장했다. 연극은 한 청소년의 죽음으로 시작되었다가 범인을 찾는 듯 진행되더니 결말에 가서는 순수한 청소년을 죽음으로 내몬 것은 A도 아니고 B도 아니고 C도 아니다, 우리 모두이다, 따위의 결말로 끝이 났다. 연극을 보는 내내 나름의 추리를 하던 나는 어처구니없는 결말에 화가 났다. 화가 난다고 생각하니 이내 그 화가 익숙하게 느껴졌다. 높은 곳 어딘가에서 누군가 3인칭 시점으로 나를 내려다보고 있다는 생각이 들었다. 천장을 올려다보았다. 밝은 조명 속을 부유하는 먼지들이 보였다.

연극이 끝나고 미리 언니를 만났다. 나는 언니를 보고 왠지 낡았다는 인상을 받았는데 아마도 티셔츠 때문인 것 같았다. 언니가 입은 티셔츠에는 큼지막하게 브랜드명이 적혀 있었다. 작년에 한창 바이럴 마케팅으로 급성장했다가 추락한 브랜드였다. 이제 유행이 지나 전혀 '힙'하지 않은 브랜드. 다른 분들은 안 오셨어요? 내 질문에 언니는 대꾸하지 않고 밥이나 먹으러 가자고 했다. 언니가 데려간 곳은 동유럽 음식을 파는 식당이었다. 유럽을 가본 적이 없는 내게는 메뉴판에 적힌 음식 이름이 모두 낯설었다. 언니는 능숙하게 슈니첼과 굴라쉬, 하우스 와인을 주문했다. 곧이어 하얀 접시에 얇은 돈가스와 갈비찜과 비슷한 비주얼을 가진 음식이 담겨 나왔다. 나는 어쩐지 낯선 이름을 가진 음식을 먹기가 두려워 식전 빵을 최대한 느리게 씹어 먹었다. 언니는 식사를 빠르게 하는 편이었다. 내가 딱딱한 호밀빵 한 쪽을 꼭꼭 씹는 동안 슈니첼과 굴라쉬를 모조리 먹어 치우더니 어머, 너 입이 짧구나, 말했다. 후식으로는 익숙한 과일이 나왔다. 피식 웃음이 나왔다. 언니가 왜 웃느냐는 듯 나를 바라봤다.

―수박이 나와서요.

―수박이 왜?

―동유럽 음식을 먹다가 갑자기 수박이 나오니까.

　언니는 고개를 내저었다. 유럽에서도 수박을 즐겨 먹는다고 실제로 여름의 체코 식당에서는 후식으로 수박을 준다고 말했다. 내가 그동안 수박을 동양적인 과일이라고 생각해왔다는 걸 언니의 말을 듣고 깨달았다. 언니는 수박을 싫어한다고, 오이와 냄새가 비슷하다며 두 쪽 모두 먹으라고 접시를 내 쪽으로 밀어주었다. 수박 두 쪽은 각각 두께가 달랐는데 하나는 집으면 휘어질 정도로 얇았다. 내가 양손에 수박을 한 쪽씩 들고 이것 좀 보세요, 말하자 언니는 어차피 둘 다 네가 먹을 건데 어때, 말했다. 나는 조심스레 수박을 한 입 베어 물었다. 익숙한 향이 입안에 퍼졌다.

　―난 이제 수박만 보면 네 생각이 나더라.

　언니가 1년 전의 내 희곡을 언급하며 말했다. 그래요? 내가 반응하기도 전에 언니가 오늘 연극에 대한 감상을 물었다. 나는 언니가 말한 이제, 라는 단어를 곱씹었다. 이제. 지나간 날과 지금과 앞으로를 동시에 떠올리게 하는 말이었다. 나는 당시에 그저 수박에 대해 생각했고 그래서 내 희곡에도 우연히 수박이 나온 것이다. 그뿐이다. 그런데 언니는 이제 수박을 보면 내 생각이 나구나, 나도 수박에 수박 주스에 집중한 적이 있었지, 집 앞에 있는 과일주스 전문점에 매일같이 찾아가 스탬프에 도장을 받았지, 그랬지, 그랬던 나는 이제, 수박을 보면

　―별로였어?

　―뭐가요?

　―연극 말이야.

　언니가 미간을 찌푸렸다. 언니는 내가 연극에 특별한 호감을 내비치지 않자 연극의 각 장면에 대해 설명하기 시작했다. 그런 모습은 내가 아닌 언니 자신에게 설명하고 있는 것처럼 보였다. 한참 말을 마친 언니는 와인을 몇 모금 마시더니 이번 연극을 무대에 올리기까지 자신이 얼마나 고통스러운 시간을 보냈는지 늘어놓았다. 그리고 자신이 맞는 길을 가고 있다는 걸 올바르게 살아가고 있다는 걸 끊임없이 내게 확인받고 싶어 했다. 나는 언니가 원하는 말을 마음속으로 먼저 쓰고 그 문장을 그대로 읊었다.

—언니는 하고 싶은 일을 하고 있잖아요. 그건 누구나 쉽게 할 수 없는 멋진 일이에요.

버스에서 내려 집까지 걸었다. 집으로 가는 길에는 시장이 있었다. 예전에는 시장에 아주머니나 아저씨, 노인들만 있었는데 몇 달 전 어느 인기 방송 프로그램에 노출된 뒤로는 젊은 사람들이 눈에 띄게 늘었다. 가게 여기저기에는 방송 프로그램에 나왔다는 현수막이 걸려 있었다. 그 앞에서 닭강정이나 고로케 따위를 들고 사진 찍는 사람들을 지나쳤다. 과일 가게 세 군데에서는 모두 수박을 3만 원 정도에 팔고 있었다. 마지막으로 찾아간 과일 가게에서 상인에게 물었다.

—수박이 왜 이렇게 비싸요?

—들어갈 때니까 그렇지.

—아직 더운데 수박이 벌써 들어가요?

—원래 포도 나올 때 수박 들어가는 거야. 자, 좀 먹어봐. 크고 달아.

상인은 크고 붉은 포도알 하나를 내 손에 쥐여 주었다. 입에 넣고 씹으니 껍질에서 다디단 과육이 터져 나왔다. 과일의 제철에 대해 빠삭하게 아는 사람이 되고 싶었다. 상인에게 어떻게 하면 그런 것을 잘 알 수 있느냐고 물으려다가 그만두었다. 답은 뻔한 것이었다.

포도가 든 검은 비닐봉지를 들고 집 반대편으로 더 걸었다. 갈증이 느껴질 때쯤 처음 보는 카페를 발견했다. 새로 생긴 곳일까? 벽돌로 지어진 카페는 오래된 2층 주택을 개조해서 만든 것처럼 보였다. 카페 안으로 들어갔다. 밖에서 볼 때는 분명히 창문이 있었는데 안으로 들어오니 창문이 없었다. 창문을 대신할 것이라곤 벽 한쪽에 붙어 있는 르네 마그리트의 〈지는 저녁〉 포스터. 나는 그 그림이 잘 보이는 맞은 편 자리에 앉아 커피를 기다렸다. 눈꺼풀이 무거워졌다. 잠시 눈을 한 번 감았다 뜨니 커피가 나와 있었다. 그리고 내 앞에는 초원이 있었다. 초원은 마지막으로 만난 모습 그대로 흰색 볼캡을 쓰고 있었다. 볼캡을 꾹 눌러쓴 탓인지 눈이 보이지 않았다. 누군가 파스텔로 문지른 것처럼 새까맣게 가려져 있었다. 얼굴에서 분명하게 보이는 것은 도톰한 입술뿐이었다. 나는 어떤 말을 꺼내야 할지 고민했지만 머릿속은 초원의 볼캡처럼 새하 다. 침묵이, 희곡이라면 '사이'라고 쓰기도 민망한 긴 침묵이 초원과 나 사이에 이어졌다. 카페 안은 시곗바늘 소리도 직원의 발소리도 들리지 않고 그야말로 고요. 어떤 대화거리도 생각나지 않았다. 나는 지금이야말로 30가지 영어 질문이 적힌 그 카페의 그 쟁반이 필요하다고 생각했다. 입 밖으로 나온 말은

─수박이 자꾸만 나를 따라다녀.

─그게 무슨 소리야?

─그만 따라다니면 좋겠어.

나는 초원의 눈을 바라보며 조금은 결연한 표정으로 그런 말을 했고 초원은 잠시간 생각하는 듯했다. 이내 검정 비닐봉지를 가리키며 무엇이냐고 물었다. 나는 비닐봉지 속을 들여다보았다. 초원은 봉지 속에 손을 넣어 포도 두 알을 떼어냈다. 그중 한 알을 내게 건넸다. 나는 고개를 저었다. 초원은 포도 두 알을 티셔츠로 문질러 닦은 후 입 안에 넣었다. 초원의 하얀 티셔츠에 작고 동그랗게 보라색 물이 들었다. 그건 어쩔 도리가 없었다. 초원은 포도를 씹으며 말했다.

─여름이어서 그랬던 거야.

단지 제철이어서 수박이 자주 보였던 것뿐이야. 너를 따라다닌 적은 없어. 초원은 입에서 포도 껍질을 빼내어 테이블 위에 나란히 올려두었다. 단물이 모두 빠진 껍질이 쪼그라들어 있었다. 나는 생각에 잠겼다. 깊이 잠겼고 그때를 떠올렸다.

─평생 한 가지 음식을 먹는다면 뭘 먹을 거야?

─평생 한 가지 음식만 먹을 수가 있어?

─그야… 가정이지.

─왜 그런 가정을 해?

수많은 물음이 시작되었다. 계속 묻고 물었다. 어디서부터 어떻게 얘기해야 할지 몰라서 끝없이 이야기했다. 나는 이따금 초원 너머를 바라보았다.

—어디를 보고 있어?

초원이 물어서 너의 뒤에 있는 포스터를 본다고 답했다. 초원은 내 뒤에는 포스터가 없다며 그 그림에 대해 설명해달라고 했다. 나는 초원의 뒤에 있는 그림을 보았고 초원은 그런 내 얼굴을 보고 있었을까. 그건 잘 모르겠다.

—짙은 나무색 커튼 사이로 창이 나 있어. 창문 밖으로는 해가 지고 있는데, 누군가 그 창문을 깼어.

—주먹으로? 망치로?

—그건 잘 모르겠지만 어쨌든 창은 크게 깨졌고 깨진 유리 조각이 창 아래에 흩어져 있어.

나는 그 그림이 초원의 뒤에 붙어 있는 것이 좋았다. 실제 창문 밖이 어떤지 지금 몇 시인지 짐작할 필요가 없었으니까. 집으로 돌아갈 필요 없이 이곳에서 끝없이 이야기할 수 있을 것 같았으니까. 초원은 뒤를 돌아 그림을 살피지 않았다. 대신 아무것도 없는 내 뒤를 바라보았다. 그리고 그림 속 일몰이 아닌 유리 조각에 대해 말했다. 그 조각은 시간을 정지하고자 한 누군가의 흔적이라고, 정지하고자 했지만 실패한 흔적이라고 말했다. 해는 곧 질 것이라고 말했다. 초원의 말대로 유리 조각에는 해가 지는 풍경이 그대로 그려져 있었다. 그럼에도 창밖으로 보이는 저 해는 그림에 불과하므로, 영원히 저물지 않고 저 높이 그대로 저 자리에 있을 것이다. 있을 거라고 내가 말했고 초원은 화가는 어느 한순간을 캔버스 위에 붙잡아 놓을 뿐 시간을 멈출 수는 없다고, 작품 속의 시간은 나름대로 흘러가는 거라고, 조금은 진지한 목소리로 말했다. 우리는 같은 그림에 대해 이야기하고 있었지만 나는 초원의 뒤를 초원은 나의 뒤를 바라보고 있었기에 누군가 본다면 서로 다른 이야기를 하는 것처럼 보일 수도 있었다. 하지만 우리는 그림 속 해가 산 너머로 숨어들 것인지에 대해 이야기하고 있는 거지. 이야기하는 동안 시간은 흘렀을 테지만 그림 속 해는 아직 지지 않고 떠 있었다. 그러니까 나는 다시, 계속, 이야기할 수 있을 거라고 믿었다. 다가오고 멀어져가는 것에 대해 아무것도 아닌 것에 대해 수박에 대해.

아버지는 강처럼 흐르듯이 살라는 의미로 내 이름을 지으셨다. 언젠가 나는 가람이 강이 아닌 다른 뜻도 가지고 있다는 것을 한 기사를 읽고 알게 되었다. 그 기사는 가람이 옛 경상도 사투리로 외출복을 가리킨다고 했다. 가람은 크게 상가람, 중가람, 하가람으로 나뉘는데 그중 하가람은 일할 때 입는 옷이라고도 했다. 대부분의 사람이 그렇듯 나는 이전까지 내 이름에 큰 호감이 있지는 않았다. 그저 가람으로 태어났으니 가람이라는 명찰을 달고 살았다. 하지만 그 기사를 읽게 된 이후로, 내 이름이 한 벌의 옷이라는 것을 알게 된 후로 내 이름이 좋아졌다. 언제든 벗을 수 있다는 것, 원하는 대로 다른 옷으로 갈아입을 수 있다는 것은 얼마나 좋은가.

방에 새 옷장을 들였다. 지금은 지금의 취향대로 호두색 원목으로 되어 있지만, 시간이 흐르면서 이 옷장은 표면의 나이테가 변하며 새로운 무늬를 가질 수도, 민트색이나 바이올렛처럼 지금과는 전혀 다른 빛깔을 띨 수도 있다. 옷장은 오랫동안 썩지 않을 예정이며, 옷장 안은 마음먹기에 따라 무수히 넓어진다. 문고리를 잡고 옷장을 연다. 옷장 너머로 흐르는 물. 깊이를 알 수 없는 아름다운 강물 앞에 수박이 그려진 티셔츠를 걸어둔다. 딸깍. 옷걸이 걸리는 소리. 나의 첫 번째 작업복이다.

멋없는 내 곁에 오래 머물러주는 친구들, 매일매일 내 걱정뿐인 가족에게 고맙다. 다들 아프지 않았으면 좋겠다. 함께 글을 쓰고 읽어왔던 이들의 이름을 불러본다. 오래전 아무것도 모르는 내게 먼저 손 내밀어준 상희와 정연. 서로의 모든 소설을 가장 가까운 곳에서 보아온 듀오 수빈. 낯선 문장을 탐독하는 아름다움을 함께했던 추영과 은영. 이제는 꼿꼿하게 걸어가라고 다독여준 수연. 누구보다 순수한 마음으로 소설을 사랑하는 재은과 영강. 매번 멋진 글을 선사하는 민아와 하빈. 자주 휘청거렸지만 이들의 말에 기대어 쉴 수 있었다. 영원한 망망 아율, 온화한 나의 벗 혜선, 혜령, 호수 언니에게도 사랑과 포옹을 보낸다.

그리고 이장욱 선생님. 맨 처음 소설을 쓰고 싶다고 생각한 것, 배짱 있는 작가가 되겠다고 마음먹은 것은 모두 선생님의 소설창작입문 수업을 들어서였습니다. 줄곧 두려워하며 쓰겠습니다. 백수린 선생님, 한유주 선생님. 한겨울 벽난로 앞을 떠나지 못하는 아이처럼 저는 종종 대학원에서 선생님들의 이야기를 듣던 시절에 머뭅니다. 쑥스럽지만 감사한 마음 가득 전하고 싶습니다.

"새로운 시선·독창적 사유 펼쳐… 패기 있는 철학적 탐구 돋보여"

예심을 거쳐 본심에 올라온 작품은 12편이었다.

「그동안의 정의」는 인물들의 캐릭터, 대사 등이 자연스럽고 이야기를 끌어나가는 힘이 좋아 재미있게 읽힌다. 그러나 오빠인 윤정수가 사라지고 죽은 이유나 배경 설명이 없고 제목이 약간의 말장난 같은 느낌이어서 아쉬웠다.

「4월의 자리」는 19세에 입양된 딸과 처녀 적에 임신한 아기가 난산으로 죽었다고 믿었던 양모의 친딸을 찾아 어머니의 사후에 처음으로 만난다. 두 딸의 인생에 죽은 어머니의 자리는 무엇이고 어머니에게 딸의 자리는 무엇이었던가. 두 여자의 정체성의 문제와 복잡한 심리를 안정적인 문장과 서사로 큰 결점 없이 매끈하게 풀어나갔다. 수련을 많이 한 노련미가 느껴지나 바로 그 점이 한계로 느껴지기도 했다.

그에 비해 「수박」은 매력적인 작품이었다. 더운 여름날 친구가 세상에서 제일 좋아한다는 과일인 수박. 화자의 머리에 계속 떠올라서 수박이 나오는 희곡을 완성하고 연극무대에 올리게 된다. 수박의 상징성이나 의미를 부여하려는 연출가의 의도에 반해 화자에게는 그 당시에 수박을 생각했기에 희곡작품에 우연히 무의식적으로 탄생했을 뿐이다. 이 소설에서 '아무것도 아닌' 여름 한 철의 과일인 수박에 대한 새로운 시선과 독창적인 사유로 이야기를 흥미롭게 펼쳐내는 작가의 역량에 신뢰가 갔다. 여름이라는 계절과 흐르는 시간과 지루한 삶이 사물들 사이의 숨겨진 유사성을 통해 하나의 형태를 갖추는 작품이 되는 과정을 잘 그려냈다. 르네 마그리트의 '지는 저녁'이라는 초현실주의 작품을 말미에 소개하면서 독자들에게 풍부한 해석의 가능성을 열어둔 것도 좋았다. 기존소설의 고정관념이나 문법을 배반하는 신인의 패기 있는 철학적 탐구가 돋보여서 당선작으로 선정하게 되었다. 당선자의 앞날에 큰 격려와 축하의 박수를 드린다.

영남일보　**아신**

KAIST 졸업.
가톨릭대학교 의과대학 졸업.

NIRVANA

아 신

내가 죽었다. 나뒹구는 머리통에 붙어있는 머리칼이 짧아서, 그리고 무엇보다 뚝 잘려 맥없이 늘어져있는 팔이 영락없는 내 팔이라, 나는 그렇게 생각할 수밖에 없었다. 왜? 천벌 받은 거야. 씨발 퇴근하고 여자나 사 먹을까 했는데, 아무래도 오늘은 교회에 나가봐야겠어. 만 원이면 충분하려나? 오토바이가 처음인가? 제주도 생각나네. 사고만 없었으면 진짜 좋은 추억으로 남았겠지. 조졌다. 인생 조졌어. 트럭 몰면 돈도 없을 텐데… 에이! 남 걱정할 때냐. 점심 뭐 먹지?

들려온다. 입 꾹 닫고 사고현장을 힐끔대며 한 순간도 목적지를 향한 발걸음을 멈추지 않는 그들 음성이. 단언컨대, 그들 생각은 그들 목소리로 그들 아닌 나를, 망자가 정말 자신이 맞는지 잔뜩 골몰중인 한 사내를, 죽일 듯 찾아 헤매고 있다. 찾아지고 싶지 않아도 그들은 결국 나를 찾아낼 것이다.

나는 찾는 것보단 찾아지는 것에 능하다. 찾는 건 오로지 내 친구(가상의 친구다(그러나 나와는 떼려야 뗄 수 없는 관계를 오랜 기간 유지 중이라, 이제는 마냥 가상으로 취급하긴 어려워졌다)) '부처'의 몫이다. 당신이 아는 부처는 죽었다. 그 대신 나와, 할 말 못할 말 가리지 못하는 내 친구 부처가 살아서 아등바등하고 있다.

죽었는지도 모르는데 초연히 자기 얘기를 늘어놓는 내가 이상해 보이는가? 잠시 시간을 뒤로 돌려보자. 오토바이가 지나간다. 트럭이 지나간다. 오토바이와 트럭이 충돌한다. 끝.

오토바이. 트럭. 충돌. 나는 세 가지 사실(당신 이해의 편의상 '사실'이란 표현을 사용했으나, 엄밀한 의미로 이들은 사실 아닌 '현상'에 불과하다) 그리고 한 가지 우연에 애도, 연민, 사랑, 증오를 포함한 그 무엇도 표할 생각이 없다. 확실하다. 이런 말을 뇌까리면서도 나는 장대비 속 물웅덩이에 내려앉은 나뭇잎보다 몇 배는 심하게 흔들리고 있다.

불안정하고 분노하고 혐오한다. 또 배가 아프다. 나는 종종 아니 자주 붉은 대변을 본다. 때때로 항문도 무척 아프다. 나이도 젊은데 항문이 아프단 사실은 나를 슬프게 한다. 대한민국 남성 평균 수명 87세. 내가 죽은 게 아니라면 앞으로 60년은 더 써야 하는데… 하루 한 번, 일 년이면 365번, 60년이면… 계산하기도 끔찍하다. 그 더러운 것이 수천 번 혹은 수만 번 내 항문을 왕복하는 상상을 하니… 더는 살고 싶지 않다. 아침에 계획한대로 나는 오늘 죽어야겠다.(이미 죽었다면 천만다행이다)

죽어야겠단 생각이 처음은 아니다. 옛날에, 정확한 시기는 모른다. 나는 처방전을 보며 죽어야겠다 다짐한 적 있다. 끝말잇기에서 졌기 때문이다. 리튬! 처방전이 리튬이라 하니 더 이상 끝말을 이어갈 수 없었다. 튬프쿰! 튬바! 나만 아는 단어로 되받을 순 없잖나. 나랑 나랑 끝말잇기를 하는 중이었다면 충분히 용인 가능한 단어였겠지만 나는 엄연히 처방전과 끝말잇기를 하고 있었다.

리튬? ?튬 튬…

나는 그렇게 처방전에게 지고 말았다. 지고지순하게 죽자. 섯다를 칠 때도 쫄리면 죽어야 하니까. 더 이상 이어갈 자신 없어진 나는, 처방전 앞에서 잔뜩 쫄아 버린 나는, 죽기로 결심했다. 하지만 죽지 못했다. 튬은 생각보다 무섭지 않았던 것이다. 튬보다는 내가 더 무서웠던 것이다. 리튬을 일주일 치 모아 한 번에 먹었는데 내가 이겼다. 지려 했는데 이겼다. 어쩌면 그게 리튬이 아니었을 수도 있다. 어쩌면 리튬이 맞았는데 그냥 내가 안 죽은 것일 수도 있다. 세상일 다 그렇잖아. 이유 없으니까. 더 이상 나도 이유를 묻지 않았다. 받아들였다.

병원 가야지. 사실 병원 가려 집 나온 건 아닌데 '속편한 내과' 간판에 시선이 꽂혀 도저히 거기 들어가지 않고서는 못 배기는 상황에 처해 버렸다. 배 아파? 아니. 아깐 아프다며? 그 땐 그랬지.

나는 고민 중이다. 그래, 당신한테 물어보자. 내가 친구와 대화 나눌 때 정녕 이런 식으로 편하게 이야기하면 안 되는 건가? 꼭 "큰따옴표로써 대화의 지위를 확보해 주어야 할까?" 혹은

이렇게

대화는 대화로서, 서사는 서사로서, 구분하려는 예의 정도만 차리면 괜찮다 생각하는가. 이렇고저런들무슨의미가있을런지그래그래없고말고그래도 나는(이 때의 나는 평소의 나를 의미한다) 예의 바른 사람이니까 향후 부처와 내가 나누는 대화는 물론 모든 대화를 대화로 구분해야겠다. 아니 해줘야겠다. 아니 해드려야겠다. 고마우니까. 죽었는지 살았는지도 모를 내 이야기를 들어주는 당신이 무척이나 감사하니까.

선배님!

어… 그래요…

모르는 사람처럼 그러시면 저 정말 섭섭해서 저기 창문으로 뛰어내릴지도 모릅니다.

아! 미안미안, 선생님이 좀 이해해줘요. 점빵에 갇혀 살다보면 다 이렇게 돼. 하루에도 저 문이 수십 번, 독감 시즌이면 수백 번도 열렸다 닫혔다… 정신이 없어요, 정신이.

의대생입니다. 학생회장.

맞아, 기억나요. 잘 생겨서 기억이 나네요. 홈커밍 때 봤잖아요, 맞죠?

정식으로 인사 올리겠습니다. 제 이름은!

이름은?

이름은요…

나는 돌연 눈싸움을 제안한다. 물론 정중하게. 아주 폴라이트하게. 그

렇게 지그시 의사의 눈을 응시한다. 얼마 못가 의사가 나가떨어진다.

저 새끼 모르는 것 같지?

모르는 게 약이래.

하여튼 척은 잘해요.

의사라잖아.

부처와 내가 살은 없어도 뼈 있는 농을 주고받는 사이 의사가 진료실 옆에 달린 조그만 방으로 내뺀다. 조금만 기다리라나. 커피도 타오겠다나. 환자 없는 시간이라 괜찮다나.

나는 원장 없는 원장실에서 옷걸이에 걸려있던 여분의 가운을 걸치고 원장이 앉아있던 거대한 의자에 앉아 음식점에서 종업원 부를 때 누르는 벨처럼 생긴 부저를 누른다. 이내 진료실 문이 열린다.

환자분 성함이요.

코짜 베짜 인짜요.

고기로 치면 부패 직전, 생선으로 치면 회는 무리고 탕거리로 푹 고아도 먹을까 말까한, 나와 동명이인의 노인 하나가 진료실로 들어온다. 나는 온몸에 급속도로 분노가 들어차는 것을 느낀다.

성함이…

코짜 베짜 인짜라니까.

이름!

코짜…베짜…인짜…

똑바로 말해!

코베인…

네가 불렀어?

응.

왜?

똑같아서.

나랑?

응.

조종했어?

네?

또 조종했냐고.

뭐를…

미안하지만 혼란스러워도 어쩔 수 없다. 내가 이렇게 산다. 이게 내 삶이다. 몽중몽. 액자식 소설. 그리고 대화 중 대화. 나는 대화 중에 화대를 받고 대화를 받고 화대를 받고 또 화대를 받는다. 나는 부처를 즐겁게 해준 적 없는데 부처는 내게 화대로써 대화를 던져준다.

너 있잖아, 나는 코베인이 아닙니다. 따라해 봐.

나는 코베인이 아입니다.

한 번 더.

나는 코베인이 아닙니다.

누가 이름 물어보면 앞으론 그렇게 대답해. 알았어?

나는 코베인입니다.

따귀를 한 대 올려붙일까 하다 나는 그냥 조용히 가운 벗고 병원을 나온다. 배가 고프다. 아니면 부른 것 같기도… 암! 암만 생각해도 그새 암이 자라난 것 같다. 구불창자에서 똥을 뒤집어쓰고 흉포해진 암이 콩팥, 간, 쓸개를 마구 들쑤시며 복강 내부에서 활개를 치고 다니는 것이 분명하다. 의사한테 물어보고 나올 걸 그랬다. 암이 왕이 될 수 있습니까?

김 기사! 먼저 들어가!

벼락같은 복통에 순간 정신이 혼미해진 내 입에서 아무 소리가 튀어나온다.

걱정 마! 아빠한텐 끝까지 충실히 수행했다 얘기할게.

길가에 세워져 있던 검은 세단이 잠시 머뭇대다 내 손짓과 동시에 기어를 바꿔 쏜살같이 신호등 저편으로 사라진다. 그제야 복통이 잦아든다.

…시죠?

우연과 인과를 혼동한 채 벙 찐 표정으로 가게 앞에서 담배 피고 있는 어리석은 중생에게 내가 미끼를 던진다.

예?

…시잖아요.

어떻게 아셨죠? 사실… 고민 중이었어요. 있던 애 자르고 새로 하나 뽑을까.

갈비탕 한 그릇 됩니까?

저녁 장산데요.

손님 아니고 알바. 일당은 갈비탕으로 퉁 칠 테니 하루 써보고 아니다 싶으면 다른 사람 구하세요.

방금 기사…

무슨 말 하려는지 알아요. 아는데, 알바도 안 해본 놈한테 어떻게 가업을 물려주겠냐 하시잖아요.

들어오세요.

그 전에, 소리 한 번 질러도 됩니까?

남자가 귀 막자 내 입이 가능한 한 최대로 벌어진다. 하지만 나는 찢어지기 직전까지 잡아 늘인 입이 섭섭함을 토로할 정도로 적막해진다. 동시에 배를 부여잡고 잭 다니엘 병처럼 몸을 앞으로 40도가량 기울여 암 덩어리부터 시작해 심장까지, 내 더러운 원천이 모조리 목구멍으로 튀어나오길 간절히 염원하며 음 소거 상태로 힘껏 용쓴다.

됐습니다.

남자가 귀 열자 나는 입 닫고 가게 안에 자리 잡는다.

힘들어 보이세요.

죽어서 그런가?

예? 그럼 얼른 주변에 연락을…

참, 주변 소개가 늦었다. 우리 아빠는 이재●이다. 우리 엄마는 삼★이다. 그런데 뭘 죽는 소리 하냐고? 사실 우리 아빠는 포주다. 우리 엄마는 오피스텔이다. 자, 여기서 질문 하나. 내 아버지가 누구고 내 어머니가 누군들 그게 당신한테 중요한가? 우리 아빠가 이재●에서 포주가 됐다고 당신한테 털끝만큼이라도 변화가 일어났냐 이 말이다. 아니. 사실의 탈을 쓴 일개 현상은 당신의 실존에 손가락 하나 갖다 댈 수 없다.

부모 얘기가 나와서 말인데, 하나만 더 묻자. 당신 부모는 정말 당신 부모가 맞는지 확인해 본 일이 있는가? 없다면 이거 큰일 났다. 지금 누군가 당신 부모 인두겁을 쓰고 당신 부모를 연기하고 있는 지도 모른다. 그저 미친놈이라 나를 욕하기 전에 찬찬히 당신 부모가 당신 부모일 수 있는 근거를 생각해보라. 1.이목구비가 닮았다. 2.성격이 닮았다. 3.유전자검사로 친자 일치 판정 받았다. 좋다. 그나마 토대 있어 보이는 3번으로 계속 논박해보자. 당신은 유전자검사 결과를 믿는가? 정말 그 종이쪼가리 하나를 맹신할 수 있다고? 나는 정말로 궁금하다. 당신이 정말로 믿을 수 있다 확언할 수 있는 '사실'은 무엇인가?

갈비탕 시켜놓고 뜬금없이 왜 이런 얘기를 하냐고? 세상일은 다 먹고살자고 하는 거 아니었던가? 나는 먹고살기 위해 계속 물어야한다. 당신은 왜 태어났지? 사명을 가지고 태어났나? 존 코너를 죽이기 위해? 혹시 당신이 당신 부모를 사주했나? 나는 태어나야 하니 나를 낳으라고? 그렇다면 할 말 없지만 당신도 나도 그렇지 않다. 당신은 태어났다. 나도 태어났다. 그게 전부다. 우리는 현상에서 잉태되었지만 사실로 태어났다. 즉, 당신과 내가 맹신해도 괜찮은 유일한 사실이자 진리는, 당신과 내가 태어났다는 것, 그거 하나뿐이다.

지금 당신이 혼란스러운 것처럼 나도 몹시 혼란스럽다. 이집 갈비탕은 얼큰 갈비탕이었기 때문이다. 또 부처가 남자를 조종한 것이다. 부처는 얼큰한 걸 그리 선호하지 않는 나를 깡그리 무시하고 오로지 자기 기호에 맞춰 중생에게 신호를 보낸 것이다.

아 왜 얼큰이야.

그렇게 해 달라 하셔서…

아니, 친구한테 한 말인데…

일반으로 다시 해드릴까요?

다음에요.

정을 떼려는 건지, 요즘 들어 부처가 부쩍 제멋대로 행동한다. 말 걸어도 쉽게 대답 않는다. 그러다 내가 남들과 대화할 적이면 불쑥 말을 걸어와 내 정신을 흩트린다. 나와 말을 주고받던 사람들은 내가 부처의 농간에 휘둘리고 있는지도 모르고 드러난 것만 보며 나를 광인 취급했을 것이다. 하지만, 이 대목만큼은 꼭 집중해서 들어 달라.

나는 미치지 않았다!

나는 부처가 실존 않는다는 것을 안다. 왜냐면 나는 그를 실제로 본 일이 없기 때문이다. 그는 언제나 나에게 들려질 뿐이다. 여기서 하나 더. 나는 내가 듣는 그의 음성이 실재하지 않는다는 것도 안다. 쉽게 말하면, 환청이 환청임을 알고 있단 뜻이다. 환청이 환청임을 안다면, 그것은 환청이 아니라고 나는 확신한다. 훤히 환청임을 알고 환청을 듣는 나는 거짓 위에 서 있는 거짓이다.

'거짓'하니 생각나는데, 나는 가장하는 걸 매우 좋아한다. 그렇다고 모든 걸 가장하진 않는다. 뼈대는 사실이다. 살만 거짓일 뿐. 고백건대, 나는 극심한 골다공증에 초고도비만이다.(물론 전생에서만. 그것의 업으로 현세에선 그 반대에 가까워졌다)

사실은 빈약하고 거짓은 창대하다. 그래서 나는 가끔 걱정한다. 살의 무게를 견디지 못하고 뼈가 무너져내릴까봐. 그러면서도 나는 쉼 없이 몸집을 불린다. 모순 그 자체. 나도. 내 생각도. 내 존재도.

잘생겼네요. 못생겼어요. 미남이네요. 추남이에요. 사랑해요. 혐오해요. 그렇다면 당신은 혐오하면서 사랑하는군요. 추남이면서 미남이고요, 못생기면서 잘생겼습니다. 하나하면서 둘이니까, 둘하면서는 하나고, 그렇다면… 1+1=1?

하나 더하기 하나는 하나라고 주입식 교육하는 나라가 있다.(실제 이런 나라가 어디 있겠냐만, 나는 당신에게 그리고 나에게 깨달음을 전하기 위해 아까부터 부득불 괴로운 생각들을 설파하고 있다) 그 나라 어린이들은 1+1상품을 1상품이라 이야기할까? 불가능하다. 양손으로 스며든 상품의 실존이 머릿속 알량한 사실의 가면을 찢어발긴 뒤, 1+1상품은 1+1상품으로 발음하라고 찍어 누르듯 혀에게 명령할 테니까.

1+1상품처럼 당당하게 실존하는 나 역시 남들이 나에 대해 뭐라 이야기한들 한순간도 나 아닌 적 없다. 내가 아는 바, 나는 추남이다. 배 아픈 추남이다. 이상한 꿈을 많이 꾸는 추남이고, 자신을 혐오하는 추남이며, 오늘 자살할 추남이다. 그럼에도 내가 나를 사랑한다는 사실은(이것은 '내가 태어났다'와 같은 만고불변의 진리이자 절대적 사실은 아니지만, 나는 이것을 '심정적 사실'로 추대하면서까지 구태여 사실의 영토에 편입시켜 두었다) 변하지 않는다.

나는 나를 사랑하는, 배 아픈, 이상한 꿈을 많이 꾸는, 자신을 혐오하는, 오늘 자살할(혹은 이미 죽은) 추남이다. 이런!

지나치게 얼큰하다. 부처는 어떨지 몰라도 내 기준엔 갈비탕이 너무 얼큰했다. 또 배가 아프다. 배가 아프면 나는 뭔가를 부수고 싶다. 하지만 안 된다. 평소의 나는 예의를 차려야한다. 나는 남자가 주방으로 들어간 틈을 타 살금살금 가게를 빠져나온다.

찾자. 너무 더럽지도 너무 깨끗하지도 않은 화장실을. 너무 더러운 데는 똥 속에서 똥을 싸는 기분이라, 마치 나마저 똥이 된 느낌이라 똥이 나오지 않는다. 반대로 너무 깨끗한 곳은 항문 자체적으로 똥과 병립할 수 없는 유토피아로 인식해 똥이 나오지 않는다. 찾았다!

개인 카페. 군데군데 페인트를 덧칠한 걸 보니 오픈한지는 몇 년 된 것 같고, 무슨 의민지는 몰라도 각종 기타들을 창가에 배치해둔 걸 보니 치장에 아주 손 놓진 않은 모양. 좋다. 아마 화장실도 비슷한 수준일거다.

화장실은 생각 그대로였지만 도통 똥이 나오지 않는다. 몸을 앞으로 수그리고 힘을 줘도 마찬가지. 가슴에 무릎을 모아 복압을 높여 봐도 혈압이 올라 머리만 핑 돌 뿐 아무 소식 없다. 똥이 아니라 내가 돌아버리겠다. 똥이 아니라 똥이 돌아버리겠다. 똥이 똥이라 똥이 돌아버리겠다. 똥이 똥이라 똥이 똥. 똥똥(모든) 똥똥똥(현상은) 똥똥 똥(똥이 다).

똥 싸.

그 배 아냐.

설마 임신한 건 아니지?

황급히 바지를 추켜올리고 뒤를 도는데 변기에 뭔가 묻어있다. 피… 가 아니고 방울토마토?

①앞사람이 엊저녁 방울토마토를 씹지도 않고 한입에 삼켰다

②옆에 있던 세면대에서 열정적으로 양치하던 누군가가 양치 끝나고 입가심하려 왼손에 들고 있던 방울토마토를 용솟음치는 헛구역질에 굴복하여 변기에 던져버렸다

③방울토마토가 아니라 내 몸에서 떨어져 나간 대장암 덩어리다

④미친놈. 저건 그냥 피다

출제 오류로 전원정답처리하고 문을 나서는데 뭐지? 배가 안 아프다. 화장실의 힘은 실로 위대하다. 들어갈 때와 나올 때가 다르단 말은 거짓이 아니었다. 그렇다면 다음 생엔 아빠가 변기였음 좋겠다. 엄마는 뚫어뻥. 그럼 내게 배 아플 일 따윈 없겠다는 생각을 하니 갑자기 걱정이다. 가끔은 배 아픈 걸 즐겼는데 배 아플 일이 없어진다니 정말 걱정이다. 불우한 어린 시절이 좋은 작가를 만드는 것처럼 복통은 나를 만들었다. 복통 없는 나는 내가 아니다. 피할 수 없으면 즐겨야한다는 마인드로 나는 이제 복통을 유희하는 지경에 이르렀고, 어느새 복통은 내 삶의 원동력이 되어 복통으로써만 나는 살아있음을 느낄 수 있었는데…

배가 아프다 간절히 생각하니 정말 다시 배가 아파오는 것 같기도 하다. 슬며시 기분이 좋아진다. 타이머를 맞춰야겠다. 이 정도면 5분, 아니 3분. 기분 좋은 상태가 너무 오래 지속되면 과하게 기분이 좋아 보인다는 배 아픈 죄목으로 격리병동에 수용되었던 무시무시한 기억이 엄습해오기 때문에, 나는 기쁨 환희 황홀 충만을 느낄 때마다 잔뜩 긴장해서는 타이머를 맞춘다.

미안합니다.

아뇨, 긴장돼서 일찍 와 있었어요.

나는 3분이 지나길 기다리며 창가에 앉아 누군가를 기다리는 듯한 모습으로 쉴 새 없이 손을 까딱거리고 핸드폰 검은 화면을 보며 앞머리를 자꾸 정리하는 여자 맞은편에 자연스럽게 착석한다.

처음이세요?

네…

그럼 더 미안합니다.

아뇨! 감사합니다.

뭐가요?

네?

내가 고마워요?

아… 생각만 한다는 게… 음… 사실… 사진이랑 많이 다르셔서…

정말로 미안합니다.

아뇨! 감사합니다.

아까부터 대체 뭐가…

잘생기셨어요! 진짜로!

널 강간하라고 해!

누가요?

널 착취하라고 해!

코베인 씨…

널 미워하라고 해!

또 네가 불렀어?

네?

널 불태우라고 해!

잠깐만요.

나는 위태로운 십대의 영혼처럼 구슬피 울고 있는 핸드폰을 귀에 대고
전화 받듯 알람을 받는다. Something in the way? Umm, yeah.

미안합니다.

아뇨! 감사합니다.

나한테 화났어?

도망치듯 카페를 나오며 나는 부처에게 묻는다.

열반에 들어야지.

그건 네 사정이고.

그럼 놓아줘.

대체 어디까지?

왜, 무서워?

하나도.

거짓말. 넌 무서워하고 있어.

내가?

나는 보란 듯이 버스킹 하던 길가의 남루한 가수에게서 마이크를 탈취해 날카로운 비명으로 남자들의 사지를 찢고, 그르렁대는 분노로 여자들을 도살하고, 넘실대는 울분으로 노인과 어린이들의 숨통을 틀어막는다. 그러다 순식간에 가수가 연주하는 기타 리프들에 둘러싸여 허공으로 떠올라 저 멀리 지하철역 입구에 버려진다.

아니나 다를까, 개찰구로 내려가는 계단은 정확히 67개였다. 부처의 말이 맞았던 것이다. 오늘 아침 알약 67개를 뜨거운 물에 녹여 위스키 잔에 한 모금 분량으로 담아두던 내 모습이 떠오르자 나는 갑자기 무서워진다. 67676767둠칫둠칫둠칫둠칫. 중차대한 순간에도 심장박동을 타고 노는 나는 천생 뮤지션이다. 아니 뮤지션이라기보다는 아티스트다. 당연하게도 나는 사회적으로 엄청난 영향력을 행사한다. 내가 발표하지 않은 작품들이 유튜브를 통해 인스타를 통해 트위터를 통해 통돌이 세탁기를 통해 이미 세상 사람들에게 알려져 있단 사실을 알게 될 때마다 나는 전율한다. 나는 분명 세상에 지대한 족적을 남기고 있다. 그러나 세상은 그리고 사람들은 나를 손톱만큼도 알지 못한다. 그건 내가 통돌이 세탁기를 애용하기 때문이다. 통돌이 세탁기의 강력한 원심력으로 내가(국립국어원 표준국어대사전에 따르면 '때'와 동의어다) 전부 빠져나가고 내가 낳은 자식들 내 작품들 내 고름들 내 암 덩어리들만 한 가운데 남게 되는데, 사람들은 그게 뭔지도 모르고 좋다고 핥아먹고 아껴먹고 뜯어먹고 이봐! 제발 정신 좀 차려. 그러다 당신 자리는…

벌써 꽉 차버렸다. 퇴근시간인가? 뭘 했다고… 1-1부터 10-3까지 딱

하나 남았다. 그나마 부처가 나를 배려해 줬다. 그래도 내 생각 해 주는 건 부처뿐이다.

헌데 부처는 왜 내 자리에 분홍빛 물을 들여 놨을까? 대장암과 혈투를 벌이던 내 항문이 피를 싸질러놔도 붉은 계통으로 색깔이 비슷한 핑크 속에 섞여버리면 티 나지 않을 거라 생각해서? 아마 맞는 것 같다. 나는 죽는 것 보다 창피당하는 걸 싫어하니까. 죽어도 가오는 챙겨야 하니까. 이렇게나 사람들이 수두룩 빽빽한 퇴근 시간, 스물일곱 먹은 젊은 스타가 똥구멍에서 피를 흘린 채 쓰러진다면··· 생각만 해도 엽총으로 내 대가리를 날려버리고 싶다.

나만큼 창피를 싫어하는 사람을 나는 살면서 본 적 없다. 나는 창피를 당하면 미쳐버린다. 특히 어렸을 때 자주 그랬었다. 꾸며내는 데에 서툴렀으니까. 하지만 완전히 가장하면서부터, 다시 말하면 교묘하게 꾸며내고 모호하게 포장하고 예민하게 치장하는 기술이 경지에 오른 다음부터, 나는 창피를 잊고 살았다. 검은 비닐 봉다리를 들고 다닐 때보다 짝퉁이라도 에르메스를 들고 다닐 때 창피당할 확률이 기하급수적으로 줄어드는 것과 정확히 같은 이치다.

임신하셨어요?

아까부터 저 방울토마토는 왜 계속 나를 따라다니는 걸까, 고민 중인 나에게 덩치 좋고, 동그란 금테 안경알만큼은 아니지만 광대부근 모공이 상당히 크고, 한눈에 성별을 가려내긴 어렵지만 대충 남자로 추정되는, 그리고 잦은 탈색으로 안 그래도 영양가 없는 머리가 완전 개털이 된, 반인반수를 연상케 하는 요괴 같은 인간이 대뜸 말을 걸어온다.

그럴 지도 모르죠.

지금 장난하세요?

장난칠 기분 아닌데 부처가 또 장난을 걸어오는구나. 아까 카페 화장실에서 똥과 한판 사투를 벌이다 지나가는 말로 임신한 거 아니냐는 농을 던졌던 걸 용케도 기억해둔 부처가 저 반인반수에게 내 생각을 주입한 것이다. 열반을 목전에 두고 있는지도 모를 아라한한테(더 배울 것 없는 상태

와 무엇도 배운 것 없는 상태는 똑같다. 그런 의미에서 나는 아라한이다)
이건 너무한 처사 아닌지? 게다가 보는 눈도 많은데… 아니나 다를까 대중
이 나를 주목하기 시작한다.

사실 환자예요.

어쨌든 임산부는 아니다 이 말이잖아요?

나는 일부러 몸을 앞으로 고꾸라뜨린다. 갑자기 지하철 바닥에 널브러
진 나를 보고 놀란 것인지, 아니면 젊은 스타가 이제껏 엉덩이 밑에 방울
토마토를 깔아뭉개고 있었단 사실에 놀란 것인지, 그것도 아니면 대장에
있던 암 덩어리가 핑크색 좌석을 온통 붉게 물들여서 놀란 것인지, 부처
의 종용 하에 나에게 장난을 걸어오던 반인반수가 열려있는 지하철 문으
로 황급히 빠져나간다. 나는 비틀비틀 일어나 그를 쫓는다.

반인반수는 네 발로 기어 개찰구 밑을 통과한 뒤 지상으로 향하는 가파
른 계단을 부리나케 뛰어오른다. 그를 놓치지 않기 위해 나도 필사적으로
다리를 휘적대며… 휘적대려고… 휘적대야하는데… 도무지 휘적대지지
않는다. 누군가 내 발을 꽉 붙잡고 있는 것 같다. 아니! 정말이다!

괴로워…

계단 시작점에서 자기 영역 주변으로 동그랗게 초를 깔아놓은 노숙자
가 내 발을 꽉 붙잡고 있다. 나는 그와 눈을 맞추고 좌우로 고개를 흔든다.
괴로움은 없다. 여기엔 나와 당신만 존재한다.

목말라…

꺼져가는 불꽃같던 노숙자가 마지막으로 발화하듯 돌연 날쌔게 몸을
놀려 내 왼손을 움켜쥐려한다. 나는 찌에 물리지 않으려는 민어처럼 재빨
리 손을 퍼덕이다 허공으로 튀어 오른 왼손에 이마를 얻어맞고 만다. 별과
함께 노숙자 뒤쪽에 붙어있던 큰 거울에서 이마에 붉은 점이 생긴 내가 보
인다.

부처님 제발…

나는 땅에 붙어버린 노숙자를 지나쳐 거울로 다가가 내 얼굴을, 특히
이마를 중점적으로 들여다본다. 미간 위 붉은 동그라미, 그것은 방울토마

토 아닌 피다.

SO SAPPY!

불현듯 SAPPY란 단어가 떠오른다. 나는 그것이 SAD와 HAPPY가 합쳐진 것이라 생각했는데, 실상은 그렇지 않았다. 감상적인. SAPPY는 감상적이라는 뜻이었다. I'M SO SAPPY! 나는 빠르게 감상에 젖어든다. 그 감상은 슬프고도 행복하다.

나는 입고 있던 옷을 모조리 벗어 노숙자에게 건넨다. 그리곤 말없이 바닥에서 촛불 하나를 챙겨 계단을 오른다. 한손으론 농이 떨어지지 않게 조심조심 그것을 받치고, 다른 손으론 불을 감싸 바람을 막는다.

사실 옷만 벗으려 했는데 옷을 벗는 동시에 돈오돈수 네 글자가 내게 남아있던 유일한 재산, '사실'까지도 절취해갔다. 나는 옷과 함께 내가 태어났단 사실까지도 잃었다. 순식간에 너무도 가벼워진 나는 온 몸이 뜨겁게 달아오르는 것을 느꼈다. 그렇다. 나는 나도 모르는 새 불이 된 것이다. 커지고 작아지고 타오르고 스러지기를 반복하는, 그러나 한 번 꺼지면 앞으로 다시는 타오르지 않을 불이 된 것이다.

세상으로 나가자 부처의 연락을 받은 친구들이 입구에서 대기하고 있었다. 그들은 하나같이 '여래'라며 자신을 소개했다. 나는 나 말고 부처에게 친구가 있었다는 사실에 놀랐고, 그 친구의 숫자에 재차 놀랐으며, 그들 얼굴이 모두 불이 되기 전 나와 심각하게 유사하다는 사실에 마지막으로 한 번 더 놀랐다.

바로 가시죠.

이것까지 두고 갑시다.

내 말에 여래들이 흐뭇한 미소 지으며 고개를 끄덕인다. 부처가 그들에게 집 가는 길을 안내한다. 우리는 거칠 것 없이 달려 얼마 지나지 않아 집 앞에 도착한다. 여래들이 나를 따르려 하자 부처가 저지한다. 그렇게 단둘이, 나와 부처만 개구멍으로 들어간다.

대문 앞에서 잠시 부처에게 불을 맡기며, 즉 나를 맡기며, 나는 이생 처음으로 부처와 눈을 맞춘다. 그의 눈 속에 내가 춤추고 있다. 불이 일렁이고 있다. 그 순간, 문고리를 당기지도 않았는데 알아서 문이 열린다. 나는 부처에게 다시 나를 넘겨받는다.

안은 어둡다. 그래 봤자 여긴 내 집이다. 나는 나를 비춰 어렵지 않게 위스키 잔을 찾는다.

흔들린다. 잔을 들고 한걸음씩 걸어갈 때마다 잔이 흔들리고, 잔 밑에 깔린 가루들이 흔들리고, 잔을 든, 혹은 잔에 의해 들려진 나까지도 흔들린다. 현기증에 나는 잠시 걸음을 멈춘다.

열반에 들어야지.

나는 다시 걷는다. 잔에 가루 부딪히는 소리가 처마 끝 짤랑대는 풍경을 연상시킨다. 몹시 평화롭다.

첫 번째, 두 번째, 세 번째, 그리고 마지막 문까지 통과하자, 촛불들이 욕조에 떠서 어둠과 담담하게 맞서고 있다. 나는 나를 든 손에 힘을 빼고 욕조로 다가가 한 발씩 부드럽게, 최대한 파문을 만들지 않고, 물속에 나를 담는다. 물의 감촉은 편안하고, 편안하고, 편안하다.

나는 나를 위스키 잔 밑으로 가져간다. 그런 다음 천천히, 잔으로 원을 그린다. 그러자 믿을 수 없을 정도로 맑고 경쾌한 풍경 소리가 사방으로 울려 퍼진다.

눈감고 고개 젖혀 등받이에 머리를 기대자 온 몸이 완전히 느슨해진다. 녹아내리는 것 같다. 그럼에도 잔은 원운동을 멈추지 않는다. 아니, 멈출 수 없다. 심지가 타고 있는 한 불은 잠시도 쉬지 않는 것처럼.

점차 풍경 소리가 작아져간다. 가장 먼저 욕망이 꿈틀대며 빠져나간다. 뒤따라 미움도 분노도 슬픔도, 풍경을 따라 열어져간다. 흩어져간다. 사라져간다. 정말로 좋다고 읊조리는 내 이마를 기쁨이 살짝 터치하고는 유유히 문을 나선다. 다시 한 번 정말로 좋다고 읊조리는 내 입에서 즐거움이 튀어나오자, 나도 모르게 피식 웃음이 새어나온다.

이제 소리는 너무도 작아져 거의 아무 것도 들리지 않는다. 욕조에 떠 있던 촛불들도 끝까지 타버렸다. 모두 소멸했다. 나는 천천히 눈을 뜬다. 이는 더 이상 꺼진 초에서 불꽃을 찾아 헤매기 위함이 아니다.

사라진 게 아냐.

나는 나를, 같은 의미로 나를 밝히던 유일한 빛을, 훅하고 불어서 끈다. 동시에 나에 대한 부처의 사랑, 그리고 부처에 대한 나의 사랑을 단숨에 들이킨다.

불타 없어진 거야.

27연대 6중대 1소대 1분대 14번 훈련병은 용케 한 번도 죽지 않고 자그마치 네 번 태어났다.

첫 번째는 보석 가득한 영화관에서, 두 번째는 진리의 광휘 속에서, 세 번째는 수술방과 입원 병동에서, 그리고 네 번째는 폭설 내리는 저녁 8시 컨테이너 뒤편 너른 공터에서.

네 번째 탄생과 동시에 그는 오감에 속하지 않는 무언가로 마스크와 코 틈새에 내려앉는 눈송이를 느꼈다.

그러자

나는 살아있다.

라는 생각이 그에게 날아들었다(혹은 그렇게 말하는 자기 목소리를 들었다).

읊조리며(혹은 자기 음성에 귀 기울이며) 그는 넓적한 눈삽을 타고 이쪽 저쪽으로 횡단했고, 눈을 뭉쳐 자기 등에 던졌으며, 사방으로 눈가루를 흩뿌렸다. 그러다 어느 순간, 넋 놓고 자신을 바라보고 있는 자신을 발견했다.

그러자

나는 죽지 않았다.

라는 생각이 그에게 날아들었다(혹은 그렇게 말하는 자기 목소리를 들었다).

읊조리며(혹은 자기 음성에 귀 기울이며) 그는 방으로 돌아와 문으로부터 왼쪽 두 번째 이층 침대에 올라 펜과 노트를 꺼내 들었다. 한동안 아무 것도 쓸 수 없었다.

왜?

나는 살아있다. 나는 죽지 않았다.

무엇 때문에?

그는 쓰고 있다. 그는 온힘을 다해 쏟아내고 있다.

이것은 그의('그리고 당신의' 라는 표현까지도 이 뒤에 따라 붙는 날을 그는 간절히 기다리고 있다) 가장 솔직한 기록이자 그렇기에 가장 유약하고 또 몹시도 부끄러운 이야기다. 그럼에도 반드시 태어나야 할 한 편의 짧은 소설이다.

대체 왜? 당최 무엇 때문에?

살아야 하니까. 죽지 않아야 하니까.

그를 살게 해 준 글과, 그를 죽지 않게 해 준 글, 그리고 그를 몇 번이고 태어날 수 있게 도와준 모든 것과 모든 이에게 깊은 감사를 전한다.

그는 보답할 줄 아는 사람이다. 그는 살릴 것이다. 그는 절대로 죽게 내 버려 두지 않을 것이다.

"청년의 패기에 창의성·실험성 융합 시도 돋보여"

「NIRVANA」는 사후 세계에 위치한 화자의 관점으로 눈앞의 생에 대해 느끼는 패배감을 참신한 해석으로 펼쳐 보인 관념소설이었다. 사건도 인물도 죽고 관념만이 살아서 움직임에도 불구하고 흥미의 중심을 끝까지 잃지 않은 미덕이 있었다. 그러나 파격적인 문장들에도 불구하고 관념이 결국 종교적인 성찰 안에 포회됨으로써 문학적 관념으로서의 자립성이 약하다는 약점이 있었다. 본심 위원은 자기 자신의 죽음을 조상하는 자만시自 晚詩의 전통적인 형식에 신춘문예다운 문학청년성의 패기, 창의성과 실험성을 융합한 점을 높이 평가하여 「NIRVANA」를 당선작으로 선정하였다.

전남매일신문 **김만성**

1969년 고흥 거금도 출생.
전남대 신문방송학과 졸업.
2022년 전라매일 소설 당선.
한화투자증권 재직.

보스를 아십니까

김만성

후계자 면접을 보러왔다는 젊은이가 구두방문을 열고 들어왔다. 추위 때문인지 젊은이의 뺨이 유난히 붉었다. 나는 손짓으로 자리를 권하고는 찬찬히 젊은이를 바라보았다. 젊은이가 다시 일어나 공손하게 인사를 했다.

"면접 전에 자네 구두를 닦아주려는데 괜찮겠나?"

비즈니스 정장을 입은 젊은이는 쭈뼛거리다가 구두를 벗어 건네주었다. 버클로 포인트를 준 슬립온 스타일이었다. 끈이 있는 옥스퍼드에 비해 캐주얼 하지만 정장에도 어울리는 구두였다. 대개 손님들의 구두에서는 쿰쿰한 발냄새가 나는데 그의 구두에서는 아로마 향이 풍겼다. 이질적인 향 때문인지 재채기가 나오려는 것을 가까스로 참았다. 구두를 뒤집어보니 굽 좌우가 비슷하게 닳아있다. 반듯한 걸음걸이를 가진 사람이구나 싶었다.

나는 닦기통 위에 구두를 올리고 잠깐 숨을 골랐다. 광목천조각을 팽팽하게 당겨 검지와 중지에 감고 구두약을 듬뿍 묻혀 쓱쓱 닦아나갔다. 약이 가죽에 골고루 퍼지게 솔로 여러 번 문질렀다. 약을 먹은 구두코가 광을 잃고 흐릿해졌다. 나는 한 짝을 젊은이 발 앞에 놓았다. 버클이 달깍 소리를 냈다. 다른 짝도 똑같이 약을 묻힌 후 나란히 놓았다. 젊은이는 광택이 사라진 구두를 바라보며 얼굴을 살짝 찡그렸다.

"약이 스며들려면 시간이 좀 걸리지. 너무 오래두면 굳어버리고, 너무 짧으면 약이 가죽에 스며들지 못해서 구두 광이 이틀을 못 넘어. 이게 타이밍이 중요해."

젊은이는 내 말에 고개를 끄덕이며 발 앞에 놓인 구두를 다시 보았다. 세 평 남짓한 구둣방 안이 답답한지 간간이 심호흡을 했다. 찬바람을 막으려 문을 닫아놓은 구둣방 안은 아닌 게 아니라 휘발유와 구두약 냄새가 뒤섞여 탁하기 짝이 없었다.

문을 약간 열었다. 열린 문틈으로 찬 공기가 스며들었다. 나는 마른 광목을 다시 팽팽히 손가락에 감고 물에 한번 적셨다가 구두코부터 원을 그리며 서서히 닦아나갔다. 손길을 따라 약을 먹어 흐릿하던 구두가 반짝이며 광이 나기 시작했다. 구두 옆면과 뒤축, 구두 굽까지 꼼꼼하게 문질렀다. 광은 정직해서 손길이 가면 갈수록 더 투명한 빛을 발산했다. 광에도 품격이 있었다. 너무 번쩍거리면 어딘지 가벼워보였고, 너무 무거우면 빛이 나지 않았다. 그 중간 쯤, 너무 번들거리지도 않고, 너무 무디지도 않은 그 중간 쯤, 딱 그 중간이 좋았다. 그 때쯤이면 내 손길이 멈췄다. 그 중간 어디쯤을 사람들에게 이해시키기란 어려웠다. 그건 순전이 그간의 미립으로 얻어진 광이었고, 그래야만 광이 은은하고 오래갔다. 그리고 경박하지 않았다.

나는 말없이 젊은이의 발 앞에 다 닦은 구두를 가지런히 놓고 구두주걱을 내주었다. 젊은이는 눈이 부시다는 듯 실눈을 뜨며 호들갑을 떨었다.

"와우! 광이 정말 판타스틱 한데요!"

젊은이는 구두를 신고 이리저리 살피다가 안주머니에서 서류를 꺼내 보이며 조심스레 입을 열었다.

"저의 계획은 구두 타운을 짓는 겁니다."

젊은이의 목소리는 라디오 성우를 해도 손색없을 만큼 기름졌다. 가지런한 치아와 반듯한 이목구비는 텔레비전에 나온 아이돌가수를 보는 듯했다.

"이게 그 설계도입니다. 1층엔 구두카페를 열고 앞 쪽에 현대식으로 지은 구둣방을 여러 개 만들 겁니다. 한쪽 공간에는 사장님의 흉상을 세워 그 정신을 기리겠습니다."

계속되는 말에 나는 젊은이의 얼굴을 빤히 쳐다보며 물었다.

"구둣방이 타운이 되려면 건물을 지어야 하는데 그러면 이 거리를 벗어나겠다는 건가?"

"벗어나다니요? 여기는 사장님의 혼이 밴 곳인데 벗어나면 안 되지요."

"그럼 어떻게 한단 말인가?"

나는 궁금하다는 듯이 고개를 치켜들면서 젊은이의 대답을 기다렸다.

"바로 저기, 저 옆 건물을 사서 1층에 구두카페와 현대식 구둣방을 만들고 나머지 공간은 임대할 계획입니다. 사장님의 이 구둣방은 이대로 보존해서 전시할 생각입니다. 그리고 구두카페에서는 구두를 닦은 사람들에게 음료를 50% 할인한 가격으로 서비스할겁니다."

젊은이의 어투가 자신에 넘쳤다.

"구둣방을 보존한다? 구두는 자네가 직접 닦으려나?"

미세하게 움직이는 얼굴 근육하나도 놓치지 않겠다는 듯 나는 그를 찬찬히 바라봤다. 젊은이는 내 시선을 당당히 받아내며 대답했다.

"아닙니다. 저는 총괄 경영을 하고, 구두를 잘 닦는 사람을 공개채용하려고 합니다."

"이 거리가 옛날에는 번화가였지만 관공서와 금융사가 다 이전하면서 지금은 구도심이 되어버렸네. 쇠퇴하고 있다는 말이지. 구두타운을 현대식으로 짓고 사람을 여러 명 채용하면 수지가 맞겠는가? 그리고 요즘 구두를 닦을만한 사람을 여러 명 구할 수 있을까?"

"단순히 구두만 닦는 곳이 아니고, 관광 명소로 만들 겁니다. 구둣방이 구두타운이 되는 역사를 사람들이 얼마나 흥미로워 하겠습니까. 직업에는 귀천이 없고, 아무리 작은 구둣방에서도 성실하고 끈기 있게 일하면 백만장자가 나올 수 있다는 것을 보여주는 것입니다. 자발적으로 기술을 배우겠다고 오는 사람도 있을 것으로 저는 확신합니다."

젊은이는 결의에 찬 눈빛으로 나를 바라봤다. 물기를 머금은 눈매가 선했다. 패기와 자신감만으로 치면 그동안 만났던 다른 지원자와는 확연히 달랐다. 대학을 갓 졸업이나 했을까. 구두타운과 카페에 관광이라니 가히 파격적이다. 젊은이들이 취업난에 허덕여 나약해졌다는 말은 적어도 이 친구에겐 예외일 것 같았다.

"나는 흉상이니, 정신이니 이런 것에는 관심이 없네. 자네가 나의 후계자가 된다면 내가 가진 돈을 어떻게 쓸 것인지가 중요하지. 건물을 사고 구두타운을 열어도 내 보기엔 돈이 꽤나 남을 것 같은데."

나는 그에게서 시선을 거두어들이고는 합판으로 짜 만든 손님용 의자 밑에서 헌 신발 한 켤레를 꺼냈다. 오래전, 아주 오래전, 한 노신사가 맡기고 간 옥스퍼드 구두였다. 붉은 빛이 도는 갈색의 가죽 구두는 잘 닦여 반짝거렸다. 주인의 발 모양대로 늘어진 구두였지만 바로 신어도 손색이 없을 만큼 멀쩡한 상태였다. 노신사는 구두를 맡기고 나서 찾으러 오지 않았다. 그가 어쩌면 세상을 떴을 수도 있겠다는 생각을 했지만 어느 날 불쑥 구두를 찾으러 올까봐 계속 보관하던 터였다.

신는 사람의 습성대로 구두는 낡아가고 변형된다. 그러기에 구두는 사람을 닮는다. 이 구두는 노신사를 닮아 낡아도 정갈하고 말끔했다.

"이 구두가 어떤가. 누가 신었을 것 같은가?"

젊은이는 갑작스런 나의 질문에 난감한 표정으로 한참동안 구두를 이리저리 살펴보다가 대답했다.

"이 구두에 대한 답을 하라는 건가요? 아니면 사업계획에 대한 질문이신지?"

"허허! 둘 다일세."

젊은이는 안도한 표정으로 다시 자신감에 넘치는 어투로 얘기를 계속했다.

"먼저, 사업계획에 대해서 더 말씀 드리겠습니다. 구두 타운은 사장님 이름을 딴 재단법인이 될 것입니다. 노벨상이라고 사장님도 들어보셨죠. 남은 자금은 재단법인에 출연해서 노벨상처럼 지속적인 사업으로 이어질 수 있도록 하겠습니다. 노벨상처럼 받는 것만으로도 가문의 영광인 그런 상을 만들어 사장님의 성공을 많은 사람들이 본받도록 할 생각입니다."

"허허허! 노벨상까지. 너무 과한 말일세."

노벨상을 들먹이는 젊은이의 상찬에 나는 멋쩍은 표정을 지었다. 젊은이가 다시 노신사의 구두를 집어 들고 한 참을 이리저리 돌려보더니 다시 제 자리로 내려놓았다.

"이 구두는 겉은 멀쩡한데, 너무 오래되어 신을 수는 없을 것 같습니다. 전시용이 아니라면 새 구두가 필요해 보입니다."

"새 구두가 필요해 보인다? 헌데 말일세, 어떤 사람들은 새 구두는 발이 아프다며 일부러 헌 구두만 골라 신는 사람도 있다네."

"그래도 이 구두는 너무 낡았습니다. 새 구두가 잠깐은 발이 아플지 몰라도 금방 길이 들고, 시대에 맞는 디자인과 빛깔로 교체되는 것이 대세입니다. 이런 구두를 신고 나갔다간 이상한 눈초리를 받게 뻔합니다."

나는 일단 이 젊은이를 최종후보자로 올리기로 했다. 부동산 투기를 하겠다는 것이 아니어서 그나마 다행이었다. 계획이 좀 허망해 보이기도 하지만 돈을 죽이는 게 아니라 살릴 수 있는 가능성이 보였다.

"그런데 합격자는 언제 발표하실 건가요?"

"허허, 급하기는, 일단 돌아가서 기다리게. 합격이든 불합격이든 내 조만간 자네 구두를 한 번 더 닦아주겠네."

젊은이의 안색이 금방 어둡게 변했다. 구둣방을 나가다가 고개를 돌려, 구두미용비를 내야하지 않느냐고 물었다. 구두미용비라는 말이 신선하게 들렸다.

"요즘 대기업에선 면접비를 준다고 하던데 면접비라고 생각하게나. 허허"

그가 허리를 깊이 굽혀 인사를 했다. 나는 가볍게 고개를 숙였다.

그동안 스물다섯 명이 면접을 치렀다. 연령층도 다양했다. 40억 원의 잔고가 찍힌 통장을 내걸고 구둣방의 후계자를 구한다는 광고를 신문에

낸 지 한 달이 지났다. 처음에는 장난 전화가 걸려오다가 신문에 기사가 나가자 면접자가 몰려들었다.

후계자 면접과는 별개로 40억 원을 어떻게 벌었냐며 비결을 묻는 이도 많았다. 지원자 중에서는 40억 원으로 빌딩임대업을 해서 자산을 늘리겠다는 치들이 다수였다. 구둣방에서 구두를 직접 닦는다는 한 사내는 동종 업계의 경험이 중요하지 않겠느냐며 자기를 후계자로 뽑아달라고 말했다. 그 사이 내 호칭은 고 씨나 아저씨에서 사장님으로 바뀌더니 어느 사이엔가 회장으로 승격이 돼 있었다. 회장님으로 초고속 승진을 했지만 그만큼 씁쓸했다.

광고와 기사를 본 단골손님들은 구두를 닦으러 와서 쭈뼛거리며 내 행색을 살폈다. 조심스럽게 정말 후계자를 구하는 것이 맞느냐고 묻기도 했다. 나는 그저 조용히 웃으며 구두를 좀 더 성심껏 닦았다. 그동안 오전과 오후 한 차례씩 빌딩을 돌며 구두를 수거했다. 그런 수고를 덜어주겠다며 손님들이 구두를 직접 들고 찾아오기도 했다. 후계자를 구하면 더 이상 얼굴을 못 보는 것 아니냐며 아쉬워하는 이도 있었다. 복지기금을 운영하는 이사장은 넌지시 자기 단체에 기부하는 것은 어떻겠냐며 한 번도 이야기하지 않던 복지재단의 구제사업과 장학사업에 대해 세세히 알려주기까지 했다. 갑자기 달라진 사람들의 태도와 관심에 피곤하다면 피곤했고 바쁘다면 바빴다.

그 사이 구둣방 안의 텔레비전과 라디오는 번갈아가며 한 재벌회사가 후계구도를 완성하기 위해 비상장회사를 상장하여 상속세 재원을 만들었다는 뉴스를 내보냈다. 또 다른 재벌회사에서는 형제간 후계싸움이 벌어지고 있다는 뉴스도 뒤를 이었다. 그런 뉴스가 들릴 때마다 기다리는 손님들의 입에서 쌍소리가 났다. 며칠 후 신문에는 재벌그룹의 후계싸움을 분석한 기사 사이로 조그맣게 나에 관한 기사가 나왔다.

'이색 후계자 공개 모집―50년 구두닦이, 외길로 번 돈 40억 원 어떻게 쓸 것인지 면접!'

"이거 사장님 이야기 맞지요?"

신문의 기사를 가리키며 한 손님이 추궁하듯 말했다. 나는 부정도 긍정도 하지 않은 채 건성으로 신문을 훑어보고는 닦던 구두를 계속 닦았다.

"이야. 알고 보니 사장님 엄청난 부자시네. 40억이라니. 갑자기 땅이 솟구칠 일이네."

손님은 신문에 실려 있는 기사의 다음 구절을 소리 내어 읽었다. 나와는 전혀 무관한 이야기처럼 들렸다. 활자로 세상 사람들의 입에 오르내리는 순간, 그 이야기들은 부풀려지고 왜곡돼서는 더 이상 내이야기가 아니었다. 그저 나는 오로지, 이 구둣방을 물려줄 누군가가 필요했다.

내가 처음부터 후계자를 구하려고 했던 것은 아니었다. 얼마 전 겨울이 봄으로 바뀌면서 심한 몸살감기가 찾아왔다. 수시로 열기와 한기가 갈마들더니 종내는 기력이 달려서 도저히 구두를 닦을 수 없었다. 오후 6시가 되기 전에 구둣방 문을 닫을 수밖에 없었다. 3월로 접어든 거리는 아직 스산하고도 쌀쌀했다. 51년간 사용한 손때 묻은 열쇠로 구둣방의 문을 잠그고 허리를 드는데 선뜩한 바람줄기가 바짓단을 타고 쑥 들어왔다. 한기가 들었다. 나는 그만 정신을 잃고 쓰러졌다.

눈을 떠보니 병원이었다. 구둣방 앞 화장품대리점 여사장이 걱정스런 눈으로 나를 내려다보고 있었다. 내가 깬 것을 보고 여사장이 두 손으로 내 왼손을 덥석 잡더니 호들갑스럽게 말했다.

"어머나 아저씨 살아나셨네."

여사장이 움직일 때마다 향수냄새가 진하게 풍겼다. 암전된 세상처럼 잠깐 정신을 놓았다 차린 나에게 그 향수냄새는 다른 때 같지 않게 생의 향기처럼 느껴졌다. 본능적으로 그 향을 따라 고개가 돌아가기까지 했다.

"무슨 일이 생긴 줄 알고 얼마나 걱정했는지 아세요? 어디다 연락해야 되는지도 모르겠고, 급하게 내가 보호자라고 하긴 했지만, 아휴. 생각 만 해도 가슴이 다 철렁하네요."

그 소리가 마치 내가 행여 깨어나지 못하면 그 이후의 일까지 자신이 책임을 져야 하지 않을까, 적이 부담스러웠다는 고백으로 들렸다. 왼손은 여전히 여사장의 두 손에 잡혀있었다. 생각보다 손이 억셌다. 억셌지만 따뜻했고, 억센 만큼 또 든든했다.

"그러게. 일밖에 모르시더니. 내 이럴 줄 알았어요. 살아나신 것이 기적이라니까요"

살아났다는 말이 그처럼 생소하게 들린 적이 없었다. 왠지 그렇게 살아난 것이 기적이라고 호들갑을 떠는 여사장의 말이 서운하게도 들렸다. 안도감과 걱정이 교차된 목소리였지만 내겐 마치 죽어야 할 사람이 살아났다는 핀잔처럼 들려 나도 모르게 퉁을 놓고 말았다.

"내가 언제 죽었나?"

아차, 싶어 여사장의 표정을 살폈다. 그녀가 행여 들었을까봐 민망하고 미안했다. 다행히 목소리가 크지 않아 그녀는 듣지 못한 듯 했다. 내 안에서 공명하다가 사그라지는 목소리에 나는 죽음이 내 곁에 가까이 다가왔음을 느꼈다. 그것은 어느 날 조용히 내게 다가와 속삭일 것만 같았다. 그만 이제 가자고…. 그렇게 가버리고 나면 구둣방만 덩그러니 남을 것이다. 모든 건물들이 사라지고 거리에 구둣방만 홀로 남아있는 모습이 환상처럼 떠올랐다. 사각형 컨테이너 구둣방은 이내 하늘로 둥둥 떠올랐다. 구둣방 안에는 수의를 입은 젊은 내가 눈을 감은 채 의자에 앉아 있었다. 나는 생각을 떨쳐 내려고 고개를 흔들었다. 알 수 없는 조급증이 일었다.

그 조급증은 처음 구두통을 짊어졌던 어린 시절로 나를 데려갔다. 그 전의 기억은 없었다. 아무리 생각해보려 해도 사라진 기억들을 되살릴 수 없었고, 나는 주사위 게임의 주사위처럼 어느 거리에 던져져 있었다.

구두통을 멘 나는 구둣방이 있는 거리에 서 있었다. 도대체 어떻게 그런 기억이 있을까. 나를 낳은 부모도 있을 것이고 형제도 있을 것인데 혼자서 구두통을 메고, 벙거지 털모자를 쓰고, 얼굴엔 땟국이 흐르고, 팔꿈치가 해져 솜이 비집고 나온 점퍼를 걸치고는 거리에 홀로 서 있다니. 게다가 나는 열 한두 살쯤으로 보이는 소년의 얼굴이었다.

곧바로 보스의 지청구가 귀를 때렸다.

"인마야. 얼른 구두 거둬 안 오나. 그래갖고 어디 밥 묵고 살겠나. 싸게

싸게 움직이그라."

나는 고층 건물을 뛰어다니며 구두를 모아오고 광나게 닦인 구두를 다시 사무실로 바쁘게 날랐다. 한바탕 수선스러움이 지나고 나면 구둣방 안에서 보스와 쪼그리고 앉아 배달음식으로 늦은 점심을 먹었다.

"구두약이 시커멓지만 서도, 이기 마 광이 나는 거 아이가. 우리는 새카만 것을 광으로 만드는 사람인기라. 니도 광나는 것 안 좋나?"

"지는 배 부르는 기 좋심더."

보스는 자장면을 한 볼테기 머금은 나의 뒤통수를 사정없이 갈겼다. 하지만 재빨리 입을 다물어 면발은 튀어나가지 않았다. 나는 아랑곳 않고 후루룩 면발을 빨아들였다.

"인마야. 배 부르는 기는 암 것도 아닌 기라. 구두닦이가 마 광에 살고 광에 죽겠다는 맴이 없으면 이 짓 마 절대 못한다. 니는 마 고만 처먹고 광에 대해서 다시 생각하그라."

그 후 내 삶은 세 평 남짓한 구둣방 안에서만 흘렀다. 그 기억이 전부였다. 정부의 거리 미화정책으로 두 평의 구둣방이 구두미화센터라는 간판을 달고 세 평 정도로 넓어진 게 변화라면 변화였다. 내 삶이 두 평에서 세 평으로 넓어진 사이 나는 조금씩 키가 자랐고, 나이도 들었다.

구둣방은 구두를 신은 온갖 사람이 들고났다. 그만큼 많은 정보가 내게 전해졌다. 은행원과 증권맨, 부동산 중개사에게서는 투자에 대한 이야기를 들었고, 공무원들은 나라 돌아가는 소식을 전해주었다. 선거철이면 구둣방에 오는 손님들 이야기를 통해 어느 당이 이길 건지, 그리고 국회의원은 누가 될지 감을 잡을 수 있었다. 나는 한 곳에 자리를 지키고 앉아 구두를 닦았고 사람들은 이야기들을 가져와 내게 부려놓았다. 가끔 고급정보라는 판단이 서면 금융상품을 샀고 부동산 투자도 했다. 은행잔고가 조금씩 쌓이더니 꾸준히 늘었다. 구둣방이 세상의 전부인 내게는 돈을 벌어봐야 특별히 쓸 곳도 없었다. 들어오는 돈은 있고, 나가는 돈이 없으니 돈은 모이기만 했다. 한 번 들어온 돈은 구를 때마다 눈덩이를 굴리는 것처럼 덩치가 커졌다.

구둣방에 오면 가장 먼저 텔레비전과 라디오를 켰고 문을 닫을 때 껐다. 방송에서는 총 맞아 죽은 대통령 소식부터 우리나라 최초의 여성대통령의 탄핵과 북한의 젊은 지도자와 정상회담을 추진한 대통령의 소식을 전해 주었다. 최근에는 검찰총장을 하던 사람이 대통령에 당선되었다는 뉴스가 나왔다. 그 사이 수명이 다한 텔레비전과 라디오를 한 번 새로 바꿨을 뿐이었다. 한동안 돈 많은 재벌 회장이 심장마비로 쓰러졌다는 뉴스가 자주 들렸다. 그 사람이 죽기 전에 후계구도를 완성해야 한다며 한바탕 난리가 났다. 전문가들이 방송에 나와 증여와 상속의 유·불리를 따졌다. 죽음보다는 돈 이야기가 많았다. 곧이어 늙은 아버지를 사이에 놓고 형제간 후계싸움을 하는 또 다른 재벌 이야기도 나왔다. 뒤이어 재벌 아버지가 죽자 남매간에 경영권 다툼이 벌어진 기업의 얘기로 떠들썩했다. 뉴스를 들으며 물려준다는 것은 곧 싸운다는 것과 같다는 생각을 했다. 이런 등식이 왜 성립하는지 쉽게 이해되지 않았다. 후계자들 간의 유리한 것과 불리한 것을 설명하는 사람들의 이야기가 내게는 아주 낯설었다.

재벌들의 상속뉴스가 요란하던 어느 날 방송국 기자가 나를 찾아왔다.

"사장님! 후계자를 구한다는 기사를 보고 취재차 나왔습니다."

깔끔하게 정장을 차려입은 여자였다. 바로 뒤로 카메라가 불쑥 따라 들어왔다. 나는 여자의 구두부터 보았다. 통굽의 하이힐을 신고 있었다. 광택이 없고 벨벳 같은 표면으로 보아 스웨이드 소재로 만든 구두였다. 스웨이드 구두는 여간해서는 간수하는 게 쉽지 않았다. 물에 약하고, 오염을 제 때 제거하지 않으면 금방 곰팡이가 번식해 냄새가 났다. 여자의 구두는 새 것처럼 자잘한 보풀이 잘 살아 있었다. 구두에서 정갈한 여자의 성격이 보였다. 베이지색 정장바지에 광택 없는 스웨이드 구두는 썩 어울렸다. 비로소 고개를 들어 여자를 바라보았다.

"실례가 되지 않는다면 40억 원을 걸고 후계자를 구하고 있다는 내용에 대해서 인터뷰를 하고 싶습니다."

그동안 만난 기자들은 당연히 내가 인터뷰를 할 것이라 여기고 불쑥 마이크나 녹음기부터 들이밀었다. 그런데 여자는 내게 조심스런 태도로 동의를 먼저 구했다. 내가 아무 말이 없자 여자가 고개를 깊이 숙여 인사를 건넸다. 나도 목례로 답하고 여자에게 앉으라는 손짓을 했다. 카메라 렌즈 위에서 붉은 빛이 깜빡거렸다.

"일단 구두를 좀 벗어 주겠소?"

여자가 잠시 망설이더니 미소를 머금고 구두를 벗었다.

"스웨이드군요. 관리를 아주 잘 했네요."

"어머, 금방 알아보시네요. 방송국 근처의 구둣방에 종종 맡기거든요."

"허허, 아가씨는 좋은 구둣방을 만난 것 같소. 솜씨가 아주 깔끔합니다."

여자가 명함을 건넸다. 내게는 생소한 방송국의 경제부 기자라고 찍혀 있었다. 여자는 가족이 없느냐고 물었다. 거액의 유산이라면 가족에게 물려주면 될 텐데 공개적으로 후계자를 구한다니 좀 이상하다고 덧붙였다. 나는 결혼을 하지 않았고 가족 또한 없다고 말했다. 여자가 나를 유심히 쳐다보더니 불현 듯 외롭지 않느냐고 물었다. 기자로서 묻는 질문치고는 느닷없었지만 나는 그 물음에 선뜻 대답하지 못했다. 잠깐 침묵이 흐르는 사이 나는 정말 외로움을 느꼈다. 그것이 딱히 외로움인지 정확하지 않았지만 한 사람이 그리웠다. 나는 천천히 의자에서 일어나 닦아놓은 구두를 꺼내 신었다. 한발 앞으로 나서면서 기자에게 물었다.

"내 양복과 구두가 어째 잘 어울리는 것 같소?"

여자는 카메라에 손짓을 했다. 구두를 찍으라는 신호인 것 같았다. 여자가 내 질문에 답을 하지 않고 구두닦이가 웬 양복에 구두냐고 되묻는 듯 의아한 시선으로 나를 보았다. 나는 양복 입은 보스를 떠올렸다. 내게 양복을 선물하겠다고 약속한 보스였다. 그의 이목구비는 기억이 아스라했지만 양복에 구두를 신은 그의 실루엣은 뚜렷했다.

보스는 큰 키에 호리호리한 체격이었다. 말하기를 좋아했고 목소리가 컸다. 구둣방에 오는 손님들과 얘기하는 것을 즐겼다. 손은 쉬지 않고 구두를 닦으면서 입 또한 놀지 않았다. 손님에게 묻고 또 물었다. 손님이 무엇이라도 질문하면 신나게 대답했다. 손님이 없을 때는 내게 말을 걸었다. 그 수많은 말들이 도대체 어떤 내용이었을까. 그건 기억에 없다. 다만 떠벌이기 좋아하는 보스 곁에는 역시 무엇인가를 말하려는 사람들로 넘쳐났다. 딱히 구두를 닦을 일이 없는데도 구둣방에 찾아와 수다를 떨다가는 사람도 있었다.

보스는 낮에는 구두를 닦고 밤에는 반짝이게 닦아놓은 손님의 구두 중에서 제일 값비싼 것을 골라 신고 색주가에서 밤새도록 술을 마셨다. 사실은 술이 마시고 싶어서라기보다는 말을 하고 싶어서 색주가로 간 것 같았다. 말하고 술 마시고, 술 마시고 말했다. 색주가의 색시들은 보스의 말을 끊지 않고 잘 들어주었다. 말이 많기로는 보스나 색주가의 색시들이나 서로 뒤지지 않았다. 보스는 구둣방에 들고나는 사람들의 이야기를 했고, 색시들은 색주가를 들고나는 사람들의 이야기를 했다. 웃고 욕하고 비난하고 칭찬했다. 그런 날이면 보스는 어김없이 술독에 빠졌고 다음 날 늦어서야 구둣방에 나오곤 했다.

단골손님이 많아지면서 보스의 색싯집 출입도 잦아졌다. 그만큼 자주 결근했다. 나는 보스가 어디에 사는지 가족이 누구인지 몰랐다. 그저 구둣방으로 출근해 건물을 돌며 구두를 가져오고, 보스가 없는 날이면 서툰 솜씨로 쉴 새 없이 직접 구두를 닦았다. 구둣방 바구니에 돈이 가득 찰 때쯤엔 보스가 나타나 돈을 가져갔다. 한 번은 색시를 데려오기도 했다. 색시는 짧은 치마를 입고 구두를 신은 채 구두 통 위로 다리를 올렸다. 치마가 걷혀 올라가자 허벅지 사이로 빨간 꽃무늬 팬티가 빤히 내비쳤다.

"삐까번쩍하게 한번 닦아 봐."

보스는 아이라며 놀리지 말라고 했지만 색시는 키득거리며 다리를 더 높이 들었다. 나는 눈을 치켜뜨다 말고 더 이상 위를 쳐다보지 못하고 구두를 닦았다. 그녀의 발등에 구두약을 칠하는 실수를 저질렀다. 그녀는 내 머리카락을 흩트리며 깔깔거렸다. 보스가 나타나지 않을 때는 가끔씩 그녀가 나타나 보스의 심부름이라며 돈을 가져가기도 했다. 보스가 내게 이 구둣방을 넘겨 줄 수도 있으니 열심히 일하라고 그녀는 말했다. 그 말을 믿지는 않았지만 보스가 있든 없든 나는 열심히 일했다. 구두를 닦는 것이 재미있었고, 특히 구두에 광을 내는 일이 즐거웠다. 그것이 보스와 나의 공통점이었다. 보스는 종종 광을 낸 구두코에 자신의 얼굴을 비쳐보곤 했다. 내 얼굴도 비쳐보라고 했다. 거울처럼 선명하게 얼굴이 비치면 구두가 잘 닦인 거라고 했다. 구두코만이 아니었다. 구두 옆, 앞, 뒤 굽까지 보스는 구석구석 문지르고 비볐다. 어쩔 땐 무슨 숙명처럼 광이 날 때까지 집중했다. 땀방울이 광 난 구두코에 똑 떨어져 또르르 굴러 떨어지는 때도 있었다. 그런 보스를 볼 때 나는 뭔지 모르는 숙연한 기분이 들기도 했다.

술독에 빠져서 구두를 닦을 수 없는 날들이 많아지자 보스는 본격적으로 내게 구두 닦는 법을 가르쳐 주었다. 그러다가 어느 날부터 그는 구둣방에 나타나지 않았다. 하루 이틀 사흘이 지나도 그는 나타나지 않았다. 그런 날이 1년이 지나고, 10년이 지나고 50년이 지났다. 그 색시랑 야반도주라도 한 것일까. 고백하자면 이 세평 남짓한 구둣방의 주인은 그러니까 보스였다. 거리를 떠도는 나를 구둣방으로 데리고 와서 밥을 사주고, 달 방을 얻어주고 구두 닦는 법을 가르쳐 주었던 보스가 내게 물려준 것이었다. 물려준다는 말은 없었지만 나를 구둣방에 두고 그가 사라져 버렸으니 자연스레 내가 맡은 격이었다. 그가 주인이었고 나는 종업원이었다. 종업원이 구둣방을 물려받았으니 기업으로 치면 나는 전문경영인쯤이나 될까. 그런 생각을 할 때면 괜히 어깨가 으쓱거려졌다. 처음엔 그를 기다렸다. 어디서 술에 빠져, 색시에 빠져 숱한 말을 쏟아내며 외로움을 달래고 있겠지만 언젠가 나타나리라 믿었다. 구둣방을 잘 지키면 보스가 나타나 어따 이놈으 자슥 잘 꾸려놨네, 하고 칭찬해주기를 기다리던 세월이 흘렀다. 나는 언제부터 그 보스를 잊어버렸을까. 스스로 내 인생의 보스가 되어주겠노라며 자신을 보스로 부르라던 그였다. 그가 보고 싶었다. 나에게 가족이라고 한다면 보스를 빼고는 누구도 없었다.

보스가 색주가를 드나들면서 술에 절어 구두를 닦아놓지 못한 날이면 이른 아침 구두를 찾으러 온 손님들이 엄청나게 화를 냈다. 그날은 덩달아 나도 손님에게 혼이 났다. 그런 날이 반복되자 보스는 내 손을 잡아끌어 자기 곁에 앉혔다. 구두 통 위에 구두 한 짝을 올리더니 침을 연거푸 뱉으며 잘 보라며 큰 목소리로 말했다.

"이기 마 더럽다고 하는 치들도 있지만 서도 구두는 마, 침으로 닦아야 광이 잘 나는 기라."

정말로 손님들 중에는 꼭 침으로만 광을 내달라고 말하는 이가 많았다. 다만 구두 안으로 침이 들어가지만 않게 하라는 당부를 했다. 보스는 구두가 많이 밀릴 때면 침이 고이지 않는다며 투덜거렸다. 그러다 좋은 생각이 났다며 사발 하나를 내게 내밀었다.

"입에 침이 고일 때마다 여그에 뱉그라 잉."

내게 일이 하나 더 생겨났다. 건물을 오르내리며 구두를 모아오는 일과 침을 모으는 일. 나는 가끔씩 내가 아는 단골손님들에게도 침을 뱉어 달라고 했다. 어느새 침으로 구두를 닦는 보스의 구둣방은 광을 가장 잘 내는 구둣방으로 소문이 났다. 거리에 구둣방이 서너 개 있었지만 보스에게 단골손님이 제일 많았다. 어떤 손님은 보스에게 구두를 닦으면 광이 오래가는데 다른 곳은 그렇지 않다고 불평했다. 보스는 더 신이 나서 침을 뱉어가며 손을 재게 놀렸다. 지금 와서 생각해 보면 침으로 구두를 닦는 게 무슨 특별한 비법일 수는 없었다. 다만 침의 점액성분이 완전히 사라질 때까지 구두를 문지르는 횟수가 많아진 것이 다른 점이긴 했다. 그만큼 광이 더 잘 났던 것이다.

보스는 말끔한 양복을 입고 구두를 닦았다. 넥타이까지 반듯하게 맨 차림에 반짝거리는 구두를 신고 침을 퉤퉤 뱉어가며 구두를 닦는 모습이 어린 내게는 그렇게 멋져 보일 수 없었다. 양복 입은 그에게 엄지를 치켜 올리는 사람도 더러 있었다. 보스가 구두를 닦으며 말하곤 했다.

"구두란 말이여. 잘 안 보이는 것 같지만 남자를 가장 앗싸리하게 맨드는 악세사리인기라. 구두가 지저분한 사람치고 잘나가는 사람 절대 없다.

삐까번쩍하더란 말 들어 봤제. 사람이 삐까번쩍하려면 반짝반짝 광나는 구두가 기본인기라."

그러다 침을 퉤 뱉으며 또 말했다. 뱉어진 침이 구두에 퍼지고 광목천이 지날 때마다 광은 더 살아났다.

"인마야! 니도 마 내가 양복 한 벌 사 주꾸마. 구두닦이가 양복을 입지 않으면 구두의 참 맛을 알 수가 없는 기라. 앞으론 구두를 닦고 나서 꼭 신어 보그래. 광이 양복 바짓단 밑에서 번쩍번쩍 살아나지 않으면 마 구두 다시 닦아야 하는 기라."

보스의 말을 이해하지 못했지만 양복을 사준다는 말에는 귀가 번쩍 띄었다. 결국 보스는 양복을 사주지 못하고 사라졌으나 구두를 닦고 나서 신어볼 때면 보스가 한 말을 어렴풋이 이해할 것 같았다. 대부분 검은색이거나 밤색인 구두빛깔은 어둠을 담고서도 비까번쩍하게 빛을 발하며 양복바지 밑에서 스스로 존재감을 과시했다. 간혹 구두를 신지 않고 양복에 운동화를 신은 사람이 구둣방 앞을 지나갔다. 그걸 보고 보스는 혀를 끌끌 찼다. 나도 따라 혀를 찼다.

"구두와 양복은 세트인기라. 세트!"

보스는 힘주어 말하며 구둣솔을 더 힘껏 문질렀다. 광으로 번들거리는 구두를 바라보는 보스의 눈빛은 구두코에 비친 백열전등만큼이나 반짝였다.

"양복을 받쳐주지 못하는 신발은 이미 신발이 아닌 기라. 양복에는 삐까번쩍한 구두라야만 제격인 게지."

나는 그때 구두와 양복이 세트라는 말을 이해했다. 양복만 입었다고 신사가 되는 것은 아니었다. 양복에 걸맞은 광나는 구두를 신었을 때라야 비로소 신사가 되는 것이었다.

그런데 나는 보스를 언제부터 기다리지 않게 된 것일까. 그리고 왜 그를 기억에서 잃어버렸을까. 내안에 어쩌면 보스가 영원히 나타나주지 않기를 바라는 욕망이 자라고 있었던 것은 아니었을까. 맹세컨대 그런 마음을 가진 적은 단 한 번도 없었다. 자연스레, 정말 자연스레 내가 보스를 닮아가면서 그를 기억에서 잃어버린 것이라 해야 옳다. 손님들이 그랬다. 내가 보스처럼 양복을 입고 구두 닦는 것을 보고는 배우긴 제대로 배웠다고 했다. 한 가지 다른 것이 있다면 나는 보스처럼 많은 말을 하지 않았다. 말을 하지 않다보니 손님들이 내게 말을 걸었다. 보스는 말하고 또 말했으나 나는 듣고 또 들었다. 변하지 않은 것은 구둣방에 언제나 얘기가 넘쳐났다는 것이다. 사람들이 쉬지 않고 드나드는 구둣방. 얘기가 넘쳐나는 구둣방. 보스가 내게 물려준 위대한 유산이었다.

재벌회장이 위독하다는 뉴스가 자주 들렸다. 그 때마다 구둣방에 들른 회사원들 입에서 주가에 대한 정보가 춤을 췄다.

"하, 고마 회장 목심이 우리를 들었다 났다 하는구먼."

그들은 기업지배구조개선주라 불리는 테마주에 투자했다고 말했다. 회장이 위독하다고 하면 주가가 껑충 뛰었고, 건강이 호전되었다 하면 주가는 곤두박질 쳤다. 회사원들이 구두를 닦을 때마다 재벌 회장은 수십 번도 더 죽어야 했으나 죽었다는 뉴스는 끝내 나오지 않았다. 그사이 재벌그룹은 지배구조개선을 위해 연일 다른 뉴스를 쏟아냈다. 주요 계열사를 합병하고, 어떤 회사는 팔았다. 정말로 무슨 구조를 바꾸긴 바꿀 모양이었다. 회장이 죽었는데 발표를 하지 않는다는 루머도 돌았다. 결국 굴지의 그룹은 회장 사후의 후계구도를 완성하기 위해 그룹의 맨 정점에 있다는 비상장 회사를 상장하는데 성공했다. 순식간에 엄청난 상장차익이 발생했다는 보도가 줄을 이었다. 그렇게 한 바탕 회오리처럼 재벌그룹의 후계구도가 완성되고 막을 내렸다. 나는 뉴스를 들으면서 재벌그룹에서는 후계자에게 무엇을 물려주는 것인지 궁금했다. 시간이 흐르면서 재벌그룹의 후계구도는 간간히 뉴스에 오르다가 이내 다른 뉴스에 묻혔다.

어쩌면 후계구도라는 말이 내 맘을 움직인 것인지도 몰랐다. 내게 보스는 구둣방을 물려주었고 구두 닦는 법을 물려주었다. 비까번쩍한 구두에 대해서도 말해줬다. 구두와 양복이 세트여야 한다고도 각인시켰다. 광에 미쳐야 한다고도 했다. 나는 보스가 어쩌면 아직까지 어딘가에 살아 있어 나를 지켜볼지도 모른다는 생각을 했다. 그 색시와 살림을 차리고, 아이를 낳고, 더 이상 구두를 닦지 않아도 되는 직업을 가졌을지도 모를 일이었다. 그래서 한번은 꼭 만나고 싶었다. 후계자를 구한다고 광고를 내면 혹 보스가 나타나지 않을까 싶었다. 내가 구둣방을 잘 꾸려가고 있는지 보스처럼 내가 닦은 구두가 사람들을 비까번쩍하게 하는지 그에게 물어보고 싶었다.

후계자를 구한다는 구둣방 소식이 지방신문을 넘어서 중앙지에도 보도되자 여기저기 방송국에서 취재요청이 빗발쳤다. 나는 모든 취재를 거절했지만 기자들은 자기들 맘대로 나를 찍어 신문에 싣고 방송에 내보냈다. 어떻게 알았는지 면접을 본 사람들을 찾아내 인터뷰 기사를 싣기도 했다. 아이돌 가수를 닮은 젊은이의 인터뷰도 보도 되었다.

"구둣방 사장님이 제 구두를 닦아 주었습니다. 최고의 솜씨였습니다. 저는 그 솜씨를 그대로 이어받을 청사진에 대해서 말했습니다. 지금 합격 여부를 기다리고 있습니다."

"아마도 사장님이 돈을 번 것은 사장님 복장 때문이 아닌가 싶습니다. 양복을 입고 구두를 닦는 구두닦이는 없잖습니까? 사장님이 양복을 차려 입고 구두를 닦기 때문에 신기해서라도 사람들이 많이 찾는 것 같았습니다. 그런 면에서 보면 사장님은 타고난 마케팅의 대가입니다."

복지재단 이사장도 인터뷰 대열에 끼었다. 그는 나에 대해 극찬을 늘어놓았다.

"그 어르신은 성실함의 표본입니다. 지금까지 한 번도 구둣방 문을 닫는 걸 보지 못했습니다. 구두를 닦는 것도 달인의 경지입니다. 그 어르신이 닦은 구두는 거의 일주일간 광채를 잃지 않습니다. 사실 저는 그 어르신이 평생 모은 돈을 큰 뜻에 쓰리라고 진즉부터 예상하고 있었습니다. 말하자면 우리복지재단과 같은 곳에 기부하는 것도 합당한 후계자를 찾는 일이 아닐까 생각합니다."

이사장은 평소 나를 고 씨라고 불렀는데 후계자 기사가 나간 후로 나를 고사장으로 불렀다. 그는 인터뷰에선 나를 다시 어르신이라고 부르고 있었다. 면접에 왔다가 구두를 닦아준다는 제의를 거절하고 갔던 한 중년의 남자는 내가 어떻게 그렇게 큰돈을 벌었는지 의혹을 제기했다. 나에게 정말로 은행에 그만한 돈이 있는지 공개적인 확인을 해야 믿을 수 있다고 했다. 나의 나이를 들먹이며 어쩌면 노인이 치매로 그런 얼토당토않은 이야기를 꾸며낸 것일지도 모른다고 말했다.

방송에서는 양복을 입은 채 웃으며 구두를 닦는 나를 찍어 방영했다. 경제부 기자라고 명함을 건넸던 여자는 외로운 노인이 사람을 찾는다고 보도했다.

"평생을 세 평 구둣방에서 지낸 노인이 전 재산을 걸고 사람을 찾고 있습니다. 후계자를 구한다고 하지만 기자가 보기에 노인은 자신에게 가족이 될 사람을 찾고 있는 것처럼 보였습니다. 노인은 젊은 시절 주먹세계에 몸담았습니다. 그러나 모든 것이 허망하다는 것을 알고 뒤늦게 조직에서 은퇴해 은둔한 채로 마음을 닦듯 구두를 닦았습니다. 당시 그가 은퇴할 수 있도록 도와준 보스가 살아있다면 꼭 한 번 보고 싶다는 바람을 전했습니다. 평생을 세 평 구둣방 안에서 세상에 속죄하는 마음으로 살아온 노인. 그가 이제 자기의 여생을 함께 할 가족을 찾고 있습니다."

보스가 보고 싶다고 했던 나의 이야기를 그녀는 조직으로 이해했던 것일까. 그날 나는 그녀의 구두 관리가 잘 되었다고 말했다. 후계자에 대한 이야기보다, 외롭지 않느냐는 질문에 보스가 보고 싶다고만 했다. 그녀는 조직에 몸담았느냐고 물었다. 나는 아무 말 없이 그저 붉은 빛이 깜박거리는 카메라를 바라보았다. 그 때 구두를 맡긴 손님이 들어왔고, 인터뷰는 끝이 났다.

몇몇 언론사의 취재요청은 집요했다. 거절했지만 수시로 찾아왔다. 나는 그들의 구두를 말없이 닦아주는 것으로 인터뷰를 대신했다. 그들은 그 모습을 찍었고 기사로 내보냈다. 단체로 학생들이 찾아왔다. 스마트폰으로 양복 입은 나를 찍었다. 내 곁에 서서 브이 자를 그리는 녀석들도 있었다. 학교를 졸업하면 구두닦이가 되겠다고 말하는 아이들도 있었다. 나는 그저 웃을 수밖에 없었다. 조용하던 내 삶에 그동안 방송에서나 나왔을 법한 일들이 수시로 일어났다. 무슨 재단이라며 찾아와 자신들이 하고 있는 일을 홍보하며 도움을 요청했다. 수없이 많은 자선단체관계자들이 간곡하게 후원을 해달라고 말했다. 깍두기 머리를 한 건장한 청년들이 몰려와 단체로 구두를 닦기도 했다. 형님이라고 부르며 내게 머리를 조아릴 때는 기가 찼다. 후계자를 구하기도 전에 무슨 사단이 날 것만 같아 괜한 짓을 했다는 후회가 밀려왔다.

쓰러지고 난 후부터 계속해서 몸 상태가 좋지 않았다. 병원에선 고혈압에 빈혈까지 있다며 식사에 신경 쓰라고 했다. 혼자 지내다 보니 식사를 거를 때가 많았다. 손님들의 시간을 맞추다 보면 식사시간도 들쭉날쭉 했다. 내게 스트레스가 있을 리 없었지만 신경성피로도가 높게 나온다고 의사는 말했다. 내가 신경 쓰는 것이라고는 입고 있는 양복이 후줄근해지지 않도록 자주 다림질을 하는 것이었다. 하나 더 있다면 구두를 비까번쩍하게 닦는 일이었다. 손님의 구두는 당연한 것이었고 내 구두 또한 언제나 반짝거리게 닦았다. 보스가 내게 물려준 습관이었다. 아주 단순했지만 구두닦이에게는 가장 중요한 일이었다.

마지막으로 다음날 아침에 찾으러 올 구두를 닦아놓자 시간이 8시가 넘었다. 피로가 몰려왔다. 따뜻한 목욕이 하고 싶었다. 집으로 걸어가는 동안 면접을 보았던 젊은이를 생각했다. 패기만만하고, 돈을 허투루 날려 버릴 것 같지는 않았다. 그를 다시 만나면 보스에 대해서 이야기해야겠다고 생각했다. 나와 보스의 관계를 그가 어떻게 이해할까.

골목길로 들어서자 가로등 불빛이 사라지고 사위가 어두웠다. 휴대폰에서 젊은이의 전화번호를 찾으러 호주머니에 손을 넣는 순간 뒤통수에서 퍽 소리와 함께 엄청난 충격이 전해졌다. 뒷목이 뜨끈해지면서 끈적끈적한 것이 목덜미를 타고 흘렀다. 나는 손을 뒷목으로 가져가려다가 휘청거리며 쓰러졌다. 와살스런 손이 달려들어 입을 가로막고 목에 칼을 들이댔다.

"영감! 좋게 말할 때 통장과 도장 내놓으시지."

일부러 비튼 것 같은 낮고 굵은 목소리였다. 모자를 눌러쓰고 마스크를 쓴 얼굴이 가물거리며 시야에 어른거렸다. 눈빛이 유난히 빛났다. 어디서 본 눈빛임이 분명했다.

뒷골이 욱신거려 눈을 떴을 때 테이프로 발과 손이 묶이고 입에 재갈이 물린 노인이 시야에 들어왔다. 눈을 깜박거리며 감았다가 다시 떴다. 거울로 된 벽에 비친 사람은 나였다. 나는 낯선 이를 보듯이 거울 속의 나를 한동안 쳐다보았다. 뒤통수에 통증이 느껴졌다. 그제야 상황판단이 되었다. 누군가에게 얻어맞고 쓰러졌던 기억이 떠올랐다. 선득하니 날이 선 칼도 기억났다. 목에 손을 대려 했으나 손이 묶여 움직일 수 없었다. 창문에 커튼이 처져 있었지만 빛이 스며들어 방안은 둘러볼 수 있을 정도로 밝았다. 어림잡아 해가 뜨고도 한 참은 지났을 시간이었다.

지금쯤 구둣방 문을 열어야 했다. 자동차회사와 보험사 영업사원들의 구두가 이 시간쯤에는 전부 배달되어야 했다. 그들은 구두를 서너 개 맡겨 놓고 가장 비까번쩍한 구두를 신고 거리로 나섰다. 구두로 말을 하는 사람들이었다. 나는 단골을 잃을 것 같아 불안했다. 몸을 꿈틀거려 보았으나 단단히 묶인 손과 발을 어떻게 할 도리가 없었다. 소리를 내보려 했으나 입이 떨어지지 않았다. 거울을 보니 청테이프가 입에 붙어 있었다.

나는 눈을 감았다. 그 때 어디선가 소리가 들렸다.

"영감! 일어났나? 거울을 한 번 보지. 영감이 어떤 상태인지는 알겠지. 지금부터 내가 질문하는 것에 맞으면 고개를 끄덕이고 그렇지 않으면 고개를 가로저어. 알았나?"

나는 고개를 끄덕였다.

"물려줄 돈이 40억이란 게 사실인가?"

나는 고개를 끄덕였다.

"그걸 후계자에게 정말 다 넘겨줄 건가?"

나는 고개를 끄덕였다.

"그럼 당신 목숨과 그 돈을 바꿀 수 있나?"

나는 망설임 없이 고개를 가로저었다.

"그럼 당신은 여기서 죽을 텐데 그래도 괜찮아?"

나는 이번에도 곧바로 고개를 끄덕였다.

그 질문을 끝으로 한참 시간이 흘렀는데도 더 이상 목소리가 들려오지 않았다. 방안은 고요로 가득 찼다. 얼마나 시간이 더 흘렀을까. 목소리가 맥이 풀린 듯 물었다.

"후계자를 결정했나?"

나는 잠깐 망설였다. 젊은이를 떠올리며 이내 고개를 끄덕이려다가 천천히 고개를 가로저었다. 나는 묶인 채로 밤을 샜다. 몸이 불편했지만 그런대로 잠을 이룰 수 있었다. 처음엔 공포가 몰려왔지만 목소리가 목숨과 돈을 바꿀 수 있느냐 물었을 때부터 마음이 편해졌다. 내가 40억 원이라는 거금을 걸고 후계자를 찾는다고 광고를 냈을 때, 나는 후계자를 찾을 수 없을지도 모른다는 불안에 휩싸였다. 누가 구두닦이의 후계자가 되겠는가. 돈 말고 물려줄 것이 나에게 있을까. 내 불안은 그것이었지만 어쩌면 적절한 후계자가 나타날지도 모른다는 희망도 가졌다. 불안과 희망이 교차했다.

젊은이는 면접 후에도 여러 번 나를 찾아왔다. 자기가 후계자가 되지 않아도 좋으니 구두닦이로 40억 원을 모은 비법을 알려달라고 말했다. 나는 올 때 마다 그의 구두를 정성껏 닦아 주었다. 그는 끝내 내게서 40억 원을 모은 비법을 듣지 못했다. 마지막으로 그가 내가 닦아준 구두를 신고 나서면서 말했다.

"구두를 이렇게 닦으라는 건가요?"

나는 그저 웃어주었다. 그는 고개를 갸웃거리더니 돌아갔다.

밖에서 거세게 문을 두드리는 소리가 들렸다. 대답이 없자 문이 부서지면서 경찰이 들이닥쳤다. 경찰은 주위를 경계하다가 나를 발견하고는 서둘러 입의 재갈과 묶인 손발을 풀어주었다. 나는 그만 맥이 풀려 침대 위로 쓰러졌다.

병원 침대에서 깨어났을 때 보스가 나를 내려다보고 있었다. 신기하게도 보스는 하나도 늙지 않은 모습으로 줄무늬 양복에 비까번쩍한 구두를 신고 있었다. 내가 눈을 뜨자 무어라고 큰 소리로 말했다. 그러나 그의 입 모양만 보일뿐 소리는 들리지 않았다. 다시 눈을 한번 깜박이자 보스는 사라지고 경찰이 나를 내려다보고 있었다.

"용의자를 기억하시겠어요?"

나는 빛나던 눈빛을 떠올렸다. 그리고 천천히 입을 열었다.

"혹시 보스를 아십니까? 삐까번쩍한 보스 말입니다."

은은하게 광이 난 구두를 신고 나서면 기분이 좋았다. 증권맨이라는 직업상 구두로 말하는 삶을 살았다. 고객에게 신뢰를 얻기 위해 구두는 항상 잘 닦여 있어야 했다. 하나로는 부족해 두세 개의 구두를 번갈아 신었다. '구두굽이 닳아 한 켤레의 구두를 새로 살 때쯤 나는 신입사원에서 주임으로 주임에서 대리로 그리고 회사원의 최고 직급인 부장까지 승진했다. 그렇게 세월 속에서 나는 구두와 함께 살았다.

어느 날 구두가 내게 말을 걸었다.

"내겐 광이 생명인데, 네게는 무엇이 생명이야?"

내가 소년에서 청년으로, 청년에서 중년으로 성장한 과정은 삶의 광을 내는 여정이었다. 광은 남에게 보이는 나의 노력이었지만 한편으론 곶감의 분과 같이 삶 속에서 자연스럽게 우러나오는 무엇이길 바랬다. 그런 생각이 한 편의 소설이 되었고, 나는 이 소설에서 누군가에게 물려줄 수 있는 유산으로서 광을 말하고 싶었다. 누구나 자기만의 광을 가지고 있다. 그것이 가치 있을 때 더욱 빛나리라 믿는다.

매사 자신감을 가지려고 노력했는데 소설만큼은 그 곁을 쉽게 내주지 않았다. 무작정 열심히 쓰는 길 밖에는 없었다. 부족한 작품의 가능성을 보아준 심사위원과 기회를 준 전남매일에 깊은 감사를 드린다.

인생이라는 마라톤의 반환점을 돈 요즘!

페이스메이커로 함께 뛰는 가족, 아내와 삼남매는 내게 든든한 후광이고 힘이며 자랑이다. 늘 격려해주는 생오지의 문순태, 은미희 선생님께 감사하다. 소설가의 길을 가도록 기회를 준 김명희 선생님도 그립고 고맙다. 나도 소설을 통해 누군가를 지지하고 응원할 수 있는 길을 가고 싶다. 새로운 길을 나서는데 결코 두렵지는 않다. 있는 힘을 다하고, 기도하면서 그 길을 진득하게 걸어갈 것이다.

소설은 이 세상 희로애락의 인간 신음을 언어로 표현한 문예활동이라는 원론적 소신과 입장 그리고 한국에만 존재한다는 관습적 문단 데뷔의 수준을 고려하며 심사에 임했다.

응모작 중에서 일단 일곱 편을 먼저 가려내고 다시 집중하여 읽은 뒤 세 편을 뽑아 살폈는데, 상당한 작품들이 신인다운 패기와 도발적 실험정신의 미흡은 물론 무성의한 퇴고처리와 원고 작성 등에서 기본적인 정성 부족 내지는 불친절이 엿보였다.

끝까지 경쟁을 이룬 작품 중에서 「오래 전에 와 있는 너」의 경우는, 현실과 이념의 갈등을 다루면서도 정작 1인칭 관찰자인 '나'의 입장이 모호해 주제 확장으로서의 '침묵의 소리'를 오롯한 공감각적 이미지로 육화해내지 못함이 아쉬웠고, 「은총이 가득한 집」은 비교적 세련되고 안정된 문장을 구사하고 있으나, 부富를 이룬 부모의 자식에 대한 과잉교육 욕구로 파탄을 빚는 과정의, 다소 식상한 소재에다 마무리 수습 또한 너무 가팔라 병리의 인과적 당위성을 확보하지 못한 흠이 안타까웠다.

서툰 저울질에 대한 경계심에서 나름의 기준치를 거듭 밀어 올린 끝에 마지막 당선작으로 선정한 작품은, 특별히 신박한 소재는 아니더라도 어느 정도 학습 수련이 느껴지는 데다, 단편 미학의 압축된 밀도와 더불어 구두를 닦는 한 부스 노동자를 통해 수련 노동의 가치 혹은 장인정신의 계승 환담을 해학적 반전까지 동원시켜 코믹하게 버무려낸 「보스를 아십니까」였다. 우선 서사의 미적 활용과 주제 구현 능력을 평가한 것이다.

작품의 주제로 '닦는다'는 의미를 '빛을 향한 소망'으로 연결지어보면서 당선자에겐 축하를, 다른 모든 응모자에겐 격려로 인사를 전한다.

전라매일신문 **박시안**

인천 출생.
명지전문대학 문예창작과 졸업.
2015 진주가을문예 소설 「얼후二胡를 듣다」 당선.

택배

박시안

 계산대 앞에 놓아둔 핸드폰에서 진동이 울렸다. 택배기사의 전화라는 걸 연수는 발신번호를 확인하지 않고도 알 수 있었다. 이 시간에 전화를 걸 사람은 택배기사 밖에 없었다. 연수는 전화기로 손을 뻗으며 마트 출입구 쪽을 살폈다. 열 체크를 마친 사람들이 소독제를 손에 바르거나 카트 손잡이를 닦으며 매장 안으로 들어오고 있었다. 저녁시간이 가까워오면서 매장 안에 하나둘씩 사람들이 늘어나기 시작했다. 감염병이 유행하면서 불황이 이어졌지만 연수가 계산원으로 일하는 대형 마트는 한 번도 문을 닫지 않았다. 확진자가 늘어나고 집합금지명령이 내려지면 오히려 마트를 찾는 사람들이 많아졌고 매출이 올랐다. 그럴 때면 소문처럼 떠돌던 감원 이야기도 잦아들었다. 할인특가 방송이 나오는 정육코너로 사람들이 몰려갔다. 아직 계산대를 향해 카트를 밀고 오는 사람은 없었다. 연수는 의자에서 내려와 몸을 낮추고 전화기를 귀에 댔다.
 "기사님, 영남빌라 1동 101혼데요. 택배가 안 와서요."
 "영남빌라? 아, 영남 1층 그거 배송했는데 도착 문자도 갔잖아요."
 "문자는 받았는데 물건은 안 왔다고 확인 부탁드렸는데요."
 "네, 확인해보겠습니다."
 "벌써 삼 일쨌데 아직도 확인이 안 되나요?"

"요즘 물건이 많아서요. 확인하겠습니다."

택배기사는 어제와 똑같은 목소리 톤으로 말했다. 엊그제도 들었던 목소리였다. 배송은 완료되었고, 도착 문자는 보냈고, 물량은 많고, 확인은 해 보겠다 이런 상황에 대처하게 만든 매뉴얼을 아무 감정 없이 그대로 읽는 것 같았다.

"아뇨 기사님, 택배 하나 확인하는 게 뭐가 그렇게 어렵다고 바쁜 사람 계속 전화하게 만드냐구요! 바쁜 사람을요!"

연수의 입에서 날카로워진 목소리가 튀어나왔다.

"영남빌라 내일 오후에 들어갑니다. 101호죠? 저녁때 쯤 들를게요."

전화기 너머에서 가쁘게 내쉬는 숨소리와 함께 대차 바퀴 구르는 소리가 들렸다. 엘리베이터 도착 벨이 울리고 씩씩거리는 숨소리가 멀어지면서 전화가 끊어졌다. 연수와 택배기사는 삼 일째 이런 식의 통화를 반복했다. 연수가 출근하기 전 오전 시간에 택배기사에게 전화를 하면 택배기사는 받지 않았고, 마트가 붐비기 시작하는 오후 5시쯤 확인해보겠다는 택배기사의 전화가 왔다. 그 시간이 아니면 택배기사는 전화도 받지 않았다.

꼭 이렇게 목소리를 높이고 듣기 싫은 소리를 해야 하는 건가. 연수의 입에서도 택배기사 못지않게 거칠어진 숨소리가 흘러나왔다. 숨을 들이쉴 때마다 마스크가 입술에 달라붙었다 떨어졌다. 살짝 부르튼 입술이 쓰라렸다. 겨울이 다가오면서 입술이 트고 입가가 갈라지기 시작했다. 마스크를 쓰면 코밑과 입술 주위도 가려웠다. 건조해진 날씨 때문이라고 생각했다. 연수는 벌꿀이 함유된 립밤을 입술에 발랐다. 립밤을 바르는 연수에게 같이 일하는 김이 장미오일을 추천했다. 보습 효과가 뛰어나고 끈적이지 않아 입술뿐만 아니라 얼굴에 발라도 좋고, 차로 마시면 잠도 잘 온다고 했다. 김은 스트레스 해소에도 좋다며 장미오일 캡슐을 따뜻한 물에 타서 주었다. 장미향이 온 몸에 퍼지며 피로가 풀리는 느낌이었다. 가격이 만만치 않았지만 연수는 장미오일이 마음에 들었다. 블로그에 올라온 사용 후기를 읽고 가격비교를 한 연수는 해외직구를 대행하는 쇼핑몰에 장미오일을 주문했다. 배송기간이 열흘 이상 걸렸지만 국내에서 파는 가격보다 두 배는 저렴했다. 열흘을 기다릴 만한 가치가 있었다.

그렇게 열흘을 기다리고 고객님의 소중한 상품이 도착했다는 문자를 받았지만 장미오일은 문 앞에 없었다. 장미오일을 주문한 쇼핑몰에 전화를 걸었다. 통화 중이어서 고객게시판에 문의를 남겼고 다음날 통관이 완료되었다는 서류를 문자로 받았다. 연수가 이미 쇼핑몰 사이트에서 확인한 서류였다. 통관을 마친 물건은 택배회사에 전달되어 있었다. 택배회사에 전화를 걸었지만 상담원 연결 없이 ARS 안내로 넘어갔고 배송 앱을 이용하라는 목소리만 되풀이되었다. 장미오일은 배송되었다. 서류상으로 아무런 문제가 없었다. 하지만 연수는 택배를 받지 못했다.

계산대 위에 물건들이 쌓이자 컨베이어가 천천히 움직이기 시작했다. 두부 팩의 바코드를 찍으면서 연수는 계속 택배를 생각했다. 장미오일은 국내에 들어왔다. 통관 절차를 마쳤으니 틀림없는 사실이었다. 물건은 택배회사에 전달되었고 택배회사는 택배기사에게 배송을 맡겼다. 존재하지 않는 물건을 전달할 수 없었다. 그러니까 최종 책임은 택배기사에게 있었다. 전달받은 물건을 잘못 배송한 택배기사의 잘못이었다. 101호의 끝자리만 보고 201호나 301호 문 앞에 놓거나 다른 동에 갖다놓았을지도 몰랐다. 택배기사가 충분히 확인할 수 있는 일이었다. 그렇게 간단한 일을 삼일째 질질 끌고 있었다. 연수는 내일 저녁에 온다는 택배기사에게 책임을 따져 묻고 택배를 못 찾으면 보상을 요구하리라 다짐했다.

마감을 끝내고 계산대 주변을 소독하면서도 연수는 계속 택배를 생각했다. 10시가 넘어서야 마트를 나온 연수는 아파트 단지를 벗어나 가로등도 없는 농로를 차로 달렸다. 농로를 돌아 빌라 뒤쪽 공터에 차를 세웠다. 오늘은 트럭 사이에 공간이 있었다. 공터를 빌라 주차장이라고 불렀지만 주차선도 없는 시멘트 바닥이었다. 공동현관 앞에 장애인 주차구역을 빼면 빌라에는 제대로 된 주차장도 없었다. 늦게 퇴근하는 날에는 공터마저 꽉 차서 빌라와 경계선인 농로에 차를 세웠다. 그러면 가로등도 없는 흙길을 걸어서 들어와야 했다. 빌라 주변은 어두웠지만 오늘따라 더 캄캄했다.

감염병 유행이 시작될 때 연수는 신축 아파트 단지에서 빌라로 이사를 했다. 전세계약이 끝나고 재계약을 원했지만 그동안 두 배나 오른 전세보증금을 감당할 수 없었다. 시세에 맞춘 거라는 집주인의 말에 연수는 이의를 제기할 수 없었다. 새로 개정된 부동산법도 소용없었다. 남편이 실직하는 바람에 은행 대출도 여의치 않았다. 대출 없이 기존의 보증금으로 계약한 곳이 이 빌라였다. 야트막한 언덕 아래 자리 잡은 빌라는 지은 지 오래돼 보였다. 내부도 못지않게 낡아있었지만 싱크대 상하부장에 시트지를 붙이고, 화장실 변기에 덮개를 씌우고, 안방과 거실 벽에 도배를 하면 크게 나쁘지 않았다. 연수는 거실 창문으로 보이는 풍경에 눈을 돌렸다. 키 작은 소나무들이 늘어선 언덕이 보였다. 1층에서 내다보니 단독주택의 정원 같은 느낌도 들었다. 불어오는 바람도 상쾌했고 어디선가 새소리도 들렸다. 연수는 창밖 풍경이 이 집에서 가장 마음에 들었다. 창문 앞에 식탁을 놓고 홈카페를 만들면 좋겠다는 연수의 말에 내내 굳어있던 남편의 얼굴이 조금 밝아졌다. 홈카페를 꾸몄지만 새소리를 들으며 커피를 마시거나 남편과 마주 앉아 풍경을 바라볼 일은 좀처럼 생기지 않았다.

제대로 닫히지 않는 공동현관문을 열고 복도로 들어갔다. 연수가 현관에 들어서자 천장의 센서 등이 깜빡거릴 뿐 제대로 켜지지 않았다. 어슴푸레한 복도를 걸어가는데 고양이 한 마리가 우편함 밑에서 튀어 나왔다. 연수는 뒤로 물러나며 낮은 비명을 질렀다. 비명소리에도 고양이는 유유히 꼬리를 흔들며 열려 있는 현관문을 빠져 나갔다. 고양이와 마주치면 놀라는 쪽은 언제나 연수였다. 어떤 날은 서너 마리가 모여 웅크리고 있을 때도 있었다. 자신을 향해 있는 노란색 눈동자들과 마주치면 뒷머리가 쭈뼛섰다. 크게 발소리를 내도 고양이들은 꿈쩍도 하지 않았다. 연수의 움직임을 하나하나 지켜보았다. 고양이들은 가만히 바라볼 뿐 이빨을 드러내거나 달려들지 않았다. 연수도 그 사실을 알고 있었지만 고양이들의 시선이 느껴지면 팔뚝에 소름이 돋았다. 빌라에 살면서 가장 적응 안 되는 것이 고양이들이었다. 바라볼 뿐 이빨을 드러내거나 달려들지 않는 고양이.

현관 번호 키를 누르면서 연수는 센서 등 수리에 대해 집주인에게 다시 전화를 해야겠다고 생각했다. 1층인데 굳이 전등이 필요하냐고 말하면 고양이의 노란색 눈동자에 대해 이야기할 것이다.

"왜 이렇게 늦었어? 배고파 죽겠는데 얼른 밥 먹자."

소파에 누워있던 남편이 리모컨을 들고 일어났다. TV에서는 몇 십만 구독자를 거느린 유튜버가 펜데믹 시대 재테크에 대해서 떠들고 있었다. 펜데믹은 나날이 심각해지는데 유튜브의 구독자 수는 나날이 늘어갔다. 돈 버는 사람은 이미 다 정해져 있다. 연수가 남편이 구독하는 유튜브들을 보고 내린 결론이었다. 실업급여는 이제 끝이 보이는데 펜데믹은 끝이 안 보인다고 유튜브를 보는 남편이 중얼거렸다. 한숨을 내쉬는 남편의 한쪽 머리가 귀 위에 눌려 있었다. 면도를 하지 않은 턱도 거뭇했다. 실업급여를 받으면서 남편은 사람들을 잘 만나지 않았다. 꼭 필요한 일 아니면 밖에도 안 나갔다. 자전거라도 타라고 했지만 집에만 틀어박혀 있었다. 며칠을 씻지도 않은 채 리모컨을 들고 안방과 거실을 왔다 갔다 했다. 연수는 아무 말도 하지 않았다. 지금 가장 괴로운 사람은 남편이라고 생각했다. 실업급여 지급만기는 한 달 정도 남았고 남편은 여전히 일자리를 구하지 못하고 있었다. 이 모든 상황은 남편의 잘못이 아니었다. 하지만 개수대에 쌓여있는 그릇들을 보자 연수는 화가 치밀었다. 수세미로 문질러도 밥공기에 말라붙은 밥풀은 떨어지지 않았다. 그것은 명백한 남편의 잘못이었다. 수세미를 싱크대에 내던지자 남편이 슬그머니 일어나 밥상을 차렸다.

"인테리어하는 김선배 있잖아. 충주에서 공사하는데 사람 없다고 일 좀 도와달라네. 이번주 안으로 연락 주겠대."

남편이 전자레인지에 데운 밥을 조미 김에 싸먹으며 말했다.

"어렵다 어렵다 해도 버는 사람들은 다 벌어. 그치?"

남편은 꾸역꾸역 밥을 씹어 삼키는 연수의 눈치를 살폈다.

"알바비는 일 끝나는 대로 바로 입금해달라고 해. 그리고 내일 저녁에 택배기사 올 거야. 택배 못 받았다고 말만 해주면 돼."

연수는 남편에게 해외직구로 장미오일을 주문하고 통관을 마친 물건을 받지 못한 과정들을 설명했다. 보습효과가 뛰어나고 차로 마실 수도 있으며 해외직구라 국내 가격보다 훨씬 싸다는 말도 강조했다. 그리고 늘 그랬 듯 우리는 가진 돈도 없지만 가진 빚도 없다라는 말로 대화를 마무리했다. 연수는 그 말을 안주 삼아 남편과 함께 맥주를 마셨다.

연수는 오랜 만에 창가 테이블에 앉아 모닝커피를 마셨다. 해가 잘 드는 거실 창을 바라보자 마음이 여유로워졌다. 오늘 저녁이면 택배는 해결된다. 택배를 생각하지 않으니 신경이 곤두설 일도 없었다. 연수는 여유로운 오전 시간을 보내고 출근준비를 했다. 남편에게 택배기사와 이야기를 잘 나누라고 당부하고 집을 나섰다. 102호에 사는 아이가 공동현관문을 밀고 복도로 들어왔다. 학교에서 돌아오는 모양이었다. 매일 등교수업을 하는 걸 보니 초등 1학년이나 2학년생 같았다. 아이는 연수를 보자 코끝에 걸친 마스크와이어를 누르며 피하듯 벽 쪽으로 몸을 돌렸다.

"안녕?"

연수가 아는 척을 했지만 아이는 어깨만 살짝 들썩일 뿐 말이 없었다. 연수가 먼저 인사를 건네도 아이는 늘 대답이 없었다. 마스크만 치켜 올렸다. 그런 아이를 볼 때마다 은근히 화가 났다.

"어른이 인사하면 너도 안녕하세요 해야지. 이웃끼리는 서로 인사하는 거야. 학교에서 안 배우니? 선생님이 안 가르쳐 주셨어?"

연수는 인사의 중요성만 이야기하려고 했다. 그렇게 타이른다는 것이 어느새 아이를 나무라고 있었다. 아이는 빠른 걸음으로 연수를 지나쳐 집 안으로 들어갔다. 현관 번호 키도 손바닥으로 가리고 눌렀다. 그러면서 계속 연수를 힐끗거렸다. 어이가 없었지만 아이에게 자신은 그냥 옆집에 사는 사람이었다. 마스크를 쓰고 있으니 저 사람이 옆집에 사는 사람이 맞는지 헷갈릴 수 있었다. 아이가 경계하는 것은 당연한 일이었다. 마스크를 쓴 채 이사를 왔고 한 번도 서로의 얼굴을 보지 못했다. 옆집뿐만이 아니라 빌라에 같이 살고 있는 사람들 모두 마찬가지였다. 마스크를 벗으면 누가 누구인지 알아보지 못할 터였다. 빌라에서 마주치는 사람들은 서로에게 거리를 두고 스치기라고 하면 큰일 난다는 듯 몸을 웅크린 채 지나갔다.

연수는 빌라 사람들과 잘 지내고 싶었다. 빌라로 이사 오기 전에 살았던 아파트의 영향이 컸다. 아파트에 이사 가자마자 위층에 사는 젊은 부부가 먼저 연수를 찾아왔다. 자기 아이가 다섯 살인데 혼을 내도 자꾸 뛴다고 양해를 구한다며 와인 한 병을 주고 갔다. 연수는 기분이 좋았다. 결혼하고 여러 곳을 옮겨 다니며 살았지만 이런 경우는 처음이었다. 연수도 롤케이크를 들고 옆집과 아랫집을 찾아가 인사했다. 서로 잘 부탁드린다는 인사말을 건네며 웃었다. 특별할 것도 없는 평범한 말들이 연수를 따뜻하게 만들었다. 빌라로 이사 오고 나서 옆집인 102호부터 찾아갔다. 롤 케이크를 손에 들고 잘 부탁드린다는 말을 했지만 102호는 문을 열어주지 않았다. 요즘 시국도 그렇고 아이도 아직 어리다며 문 앞에 두고 가시면 좋겠다는 말이 돌아왔다. 연수는 자신이 실수한 것 같다는 생각이 들었다. 방역수칙도 지키지 않는 예의도, 개념도 없는 사람이 된 기분이었다. 며칠 뒤에 102호에서 나오는 여자와 아이를 만났지만 여자는 롤 케이크에 대해선 한 마디도 하지 않았다.

마트에 출근한 연수는 전 타임 직원과 교대하고 소독약을 묻힌 걸레로 계산대 주변을 닦았다. 어제도 닦았고, 오늘도 닦고 있고, 내일도 닦을 것이다. 그런데 왜 달라지는 것이 없을까 나아지지 않을까 연수는 닦고 또 닦아도 시커멓게 묻어나는 사라지지 않는 먼지에 대해 생각했다. 걸레를 빨고 돈통에 현금을 계산하는데 인터폰이 울렸다. 사무실로 오라는 과장의 호출이었다. 호출은 처음 있는 일이었다. 연수는 정직원이 일하는 사무실에 문을 두드렸다. 사무실 한쪽 벽면에는 매장 안을 촬영하는 CC-TV 모니터가 설치되어 있었다. 책상에 앉아 있던 과장이 연수를 보자 회전의자를 돌렸다. 마스크 위로 드러난 두 눈이 연수를 빤히 쳐다보았다. 그 시간이 생각보다 길다고 느껴졌을 때 과장이 이리 오라는 듯 검지를 까닥거렸다. 이름도 부르지 않았다. 연수가 책상 앞에 서자 아무 말도 없이 자신의 컴퓨터 화면을 보여주었다. CC-TV로 매장 안을 촬영한 영상이었다. 카트를 밀고 매장 안을 돌아다니는 사람들, 계산대 앞에 줄을 선 사람들이 화면에 보였다. 과장이 키보드를 누르자 옆 라인의 계산원을 지나친 카메라 앵글이 연수에게 고정되었다. 계산대 앞에 앉아서 무릎을 접었다 폈다 하는 모습, 팔뚝이나 종아리를 주무르는 모습, 다른 계산원과 마주보며 웃는 모습, 손거울을 들여다보며 립밤을 바르는 모습이 슬라이드처럼 지나갔다. 손님이 없을 때 계산원들이 흔히 하는 행동이었다. 계산대 주변에는 카트를 세워놓고 기다리는 사람도 없었다. 연수는 과장이 왜 이러는지 도대체 무슨 일인지 감을 잡을 수 없었다. 무슨 일이냐고 말을 하려는데 몸을 낮추고 핸드폰을 귀에 대고 있는 자신의 뒷모습이 화면에 나타났다. 택배기사와 통화했던 삼일 동안 녹화된 영상인 것 같았다. 과장이 쥐고 있는 볼펜 끝이 화면 속 연수의 엉덩이 라인을 따라 느리게 움직였다. 엉덩이를 지나고 등을 따라 움직이던 볼펜 끝이 귀에 대고 있는 핸드폰을 툭툭 쳤다. 근무 중에는 통화하지 말라는 것이었다. 과장이 굳이 말하지 않아도 충분히 알 수 있었다. 말하기조차 입 아프고 귀찮다고 한다면 연수도 백번 양보해서 받아들일 수 있었다. 그런데 저 볼펜은 무엇일까? 왜 엉덩이 부분에서 느리게 움직였을까? 과장은 왜 그랬을까? 무슨 의도가 있을까? 생각할수록 연수의 얼굴이 화끈거렸다. 과장은 화면 속의 핸드폰을 한 번 더 툭툭 쳤고 나가보라는 듯 회전의자를 돌려 앉았다. 사무실을 나오는 연수의 머릿속에 엉덩이를 따라 움직이던 볼펜만 떠올랐다. 볼펜 끝을 생각할수록 기분이 더러워졌다. 그런데 계속 더러워야 할 볼펜 끝을 택배기사의 목소리가 뭉개고 들어왔다. 매장에서 통화하는 모습만 찍히지 않았다면 호출당하는 일도 없었을 것이다. 머릿속 한쪽 끝으로 과장을 밀어냈고 너무도 쉽게 모든 게 택배 때문이라는 결론이 나왔다. 배송실수를 한 택배기사의 잘못이었다.

"택배가 오늘 저녁에 온다는 거였어? 내일인 줄 알았지. 그리고 벨소리 못 들었는데 선배랑 통화하고 있을 땐가? 십 분도 통화 안 했는데 그 때 왔다갔나 보네. 그래도 벨소리가 안 들릴 수 있나? 손바닥만 한 집에서."

퇴근하고 집에 돌아오자마자 택배기사를 만났냐고 묻는 연수에게 남편은 횡설수설했다. 남편은 택배기사를 만나지 못했다.

"내가 그렇게 부탁하고 나갔는데 도대체….."

하는 일도 없으면서 집구석에서 뭐 하냐고 그런 부탁 하나 못 들어 주냐고 말하고 싶었지만 연수는 아무 말도 하지 않았다. 택배는 자신이 해결해야 할 문제였다.

침대에 누웠지만 잠이 오지 않았다. 엉덩이를 툭툭 치던 과장의 볼펜 끝이 떠올랐다. 아무런 의도도 없다 그냥 볼펜일 뿐이다 생각하다가도 빤히 쳐다보던 과장을 눈빛을 떠올리면 뒷머리가 쭈뼛 섰다. 원인제공자는 택배기사였다. 요즘 택배물량이 늘어났다는 것은 누구나 다 아는 사실이었다. 연수도 택배기사들의 수고를 모르지 않았다. 고마운 사람들이라는 것도 인정했다. 그래서 반품택배가 생기면 음료수나 간식거리를 챙겨 상자 위에 놓아두기도 했다. 택배가 잘못 배송되는 경우는 많았다. 택배도 사람이 하는 일이었다. 아파트에 살 때도 택배를 잘못 받았다며 옆 라인에 사는 사람이 직접 갖다 주기도 했다. 그 기간이 이삼 일을 넘기지 않았다. 연수도 택배는 물론 잘못 배달된 치킨이나 족발을 아래위층에 갖다 주기도 했다. 택배가 잘못 배송되었다면 빌라 사람들은 왜 삼 일이 지나도록 돌려주지 않는 걸까, 빌라에는 CC-TV도 없는데 어떻게 확인할까, 자신처럼 입술이 부르트고 손발이 건조한 사람이 장미오일을 받았다면 혹시라도 그냥 갖고 싶은 마음이 생기지 않을까 말도 안 되는 생각들이 꼬리에 꼬리를 물었다. 장미오일 한두 방울을 떨어뜨린 차를 마시면 아무 생각 없이 잠들 수 있을 것 같았다. 아무리 생각해도 장미 오일 택배는 이 빌라 어딘가에 있었다.

잠을 설친 연수는 직접 택배를 확인하기로 했다. 같은 동 1호 라인부터 시작했다. 5층으로 올라가 초인종을 눌렀지만 대답이 없었다. 대부분 출근했을 시간이었다. 당연한 일이라는 걸 알면서도 일부러 대답을 안 하는 건 아닌지 의심이 들었다. 301호의 초인종을 누르자 인기척이 들렸다.

"안녕하세요? 101혼데요. 혹시 저의 집으로 온 택밴데 잘못 받은 거 없으신가 해서요?"

"네? 택배 잘못 받은 거 없는데요."

"아, 네 알겠습니다. 그래도 혹시…."

갖고 있으면 돌려주세요. 주인 찾아주셔야죠. 그래야 이웃이죠. 그런 말들이 연수의 머릿속에서 뒤엉켰다. 처음부터 이런 생각을 했던 것은 아니었다. 연수는 자신이 왜 이러는지 알 수 없었다. 장미오일 한 상자 못 받았다고 세상이 끝나는 것도 아니었다. 아무래도 잠을 설친 탓이었다. 출근 전까지 잠을 더 자야 할 것 같았다.

"자기네 택배를 우리가 가졌다는 거야 뭐야? 이상한 여자야 진짜. 아침부터 재수 없게."

계단으로 발을 내딛는데 집안에서 말하는 여자의 목소리가 들렸다. 너무 또렷하게 들려서 자신의 얼굴에 대고 말하는 것 같았다. 택배를 확인하는 방법과 절차가 다를 뿐이지 나는 이상한 여자가 아니었다. 연수는 얼굴이 화끈거렸다. 택배를 못 받았다면 이웃끼리 서로 물어볼 수 있다. 결코 재수 없는 행동이 아니었다. 그러고 보니 위층 사람들 모두 출근한 게 아닐지도 모른다는 생각이 들었다. 이제 그런 의심이 확신으로 굳어졌다. 집에 있으면서도 일부러 문을 열어주지 않는 것이다.

"여기 사람들 정말 다 이상해. 택배 잘못 받았는지 물어볼 수도 있는 거지 어디서 이상한 여자 취급이야. 아침부터 사람 기분 나쁘게."

연수는 가방에 세면도구를 넣고 있는 남편에게 말했다. 남편은 선배에게 내려가기 위해 짐을 싸고 있었다.

"언제는 택배기사 잘못이라며? 이제는 위층이야?"

"일차적으로 택배기사 책임이지만 잘못 받은 사람도 자기네 꺼 아니면 주인 찾아 줘야 하는 거 아니냐구?"

"잘못 받았으면 갖다 줬겠지. 당신도 입장 바꿔 생각해봐. 그런 말 들으면 똑같이 기분 나빠할 걸. 장미 그게 뭐라고 며칠 째 잠도 못 자고 이 난리냐?"

"장미 그게 뭐라고 이 난리냐구? 지금 내 입술 안 보여? 다 터져서 쓰라려 죽겠어! 말도 못 하고 밥도 못 먹겠다구!"

"알았다 알았어. 내가 하나 사 줄게. 그까지 것 얼마나 한다고. 우리 없이 살아도 사람들 의심하면서 그렇게 살지 말자. 다 우리처럼 사는 사람들이야."

연수도 그래야 한다는 것을 알았다. 하지만 이곳에 이사 오고 되는 일이 하나도 없다고, 기운도 안 좋은 것 같고 사람들 눈빛도 불안해 보인다고 먼저 말했던 사람이 남편이었다. 그랬던 사람이 얼굴 한 번 본 적 없는 여자 편을 들고 하나마나한 시답잖은 말들을 쏟아냈다.

"이빨이나 닦아! 입에서 똥냄새 나니까!"

남편은 연수의 얼굴을 한 번 보고 기가 차다는 듯 고개를 내저었다. 가방에 나머지 짐을 챙겨 갔다 온다는 말도 없이 집을 나갔다. 연수도 남편이 나갈 때까지 식탁에 앉아 핸드폰만 만지작거렸다. 잘 다녀오라는 말도 하지 않았다.

연수는 쇼핑몰 사이트에 소비자보호원에 신고하겠다는 글을 올렸다. 쇼핑몰에서 전화가 왔고 상담원은 앞으로 더욱 노력하는 쇼핑몰이 되겠다고 말했다. 보상 이야기는 한 마디도 없었다. 연수는 다시는 그 쇼핑몰을 이용하지 않겠다고 결심했다. 소비자보호원에 신고했지만 접수 건수가 많아 처리 시간이 지연될 수 있다는 메시지가 왔다. 택배회사에 다시 전화했다. 시정하겠다고 하면서도 그 지역 담당자 책임이라는 말만 되풀이했다. 쇼핑몰이든 택배회사든 돌아오는 답은 늘 똑같았다.

충주에 도착해 있을 남편에게 전화했지만 받지 않았다. 전화해 달라는 문자에도 답이 없었다. 연수는 출근해서도 일이 손에 잡히지 않았다. 계산대 컨베이어에 콩나물, 라면, 참치 통조림이 뒤섞여 자신을 향해 달려들 듯 빠르게 움직였다. 그 사이에 누런색의 택배상자가 보였다. 주변의 물건들이 한두 개로 겹쳐보였고 계산기 키보드의 숫자도 희미하게 보였다. 적립금과 쿠폰을 사용하는 결제를 간신히 끝냈다. 다음 고객이 올려놓은 물건의 바코드를 찍는데 좀 전에 계산을 마친 고객이 영수증을 들고 왔다. 커피믹스 한 통을 샀는데 두 개로 계산되었다고 영수증을 내밀었다. 자신의 돈을 훔치기라도 한 것처럼 따져 묻는 여자에게 연수는 죄송하다고 머리를 숙였다. 물건이 쌓인 컨베이어는 계속 움직이고 계산을 기다리고 있는 고객의 사탕 한 봉지가 바닥에 떨어졌다. 결제를 취소하고 다시 계산해드리겠다고 머리까지 숙였는데 여자는 고객센터에 가서 보상을 요구했다. 보상은 상품권 지급이었다. 월급에서 제했다. 손가락 하나 잘못 움직여서 오천 원이 날아갔다. 모두 자신의 실수였다. 연수는 자신의 실수에 책임을 진 것이다. 그런데 택배기사는 왜 자신의 실수를 인정하지 않는 걸까. 택배회사에서는 직원들 교육을 어떻게 시키는 걸까. 나는 이삼천 원 때문에 고개도 숙이는데, 허리도 굽히는데, 끝까지 책임지는데 그런 나는 어디에서 보상받아야 하는 걸까. 계산대 밑에 놓아 둔 핸드폰에서 진동이 울렸다. 택배기사의 전화였다. 연수는 휴대폰을 들고 마트출입구 쪽으로 빠져나갔다.

"어제 일부러 찾아갔는데 안 계시더라구요. 저도 바쁜 사람입니다."

택배기사는 어제 영남빌라에 택배배송이 있다고 말했다. 연수는 분명히 그렇게 들었다. 배송 때문에 저녁에 온다더니 이제는 일부러 찾아왔다고 말을 바꿨다. 남편은 벨소리를 듣지 못했다고 했다. 집안에서 옆집 벨소리도 다 들리는데 택배기사가 벨을 눌렀다면 안 들릴 수가 없었다. 택배기사는 어제 집에 오지 않은 건지도 몰랐다.

"기사님, 택배회사는 기사님에게 물건을 넘겼어요. 서류상에 아무런 문제가 없구요. 하지만 저는 그 물건을 받지 못했어요. 그러면 기사님이 실수하신 거잖아요. 일단 죄송하다는 말부터 해야 하는 거 아닌가요?"

"요즘 택배가 좀 많아야죠. TV도 안 보세요? 택배하다가 사람도 죽잖아요."

좀 많아야죠, 좀 많아야, 좀 많아 택배기사가 하는 말이 욕처럼 들렸다.

"그리고 제가 택배 십 년쨈데 단 한 번도 실수 한 적 없습니다."

"사람이 하는 일인데 단 한 번도 실수하지 않았다뇨? 그게 말이 되나요? 그러면 그건 사람이 아니죠."

"일단 알았어요. 알았으니까 나중에 통화하자구요. 지금 바쁘니까."

전화는 일방적으로 툭, 끊겼다. 다시 전화를 걸었지만 통화 중이었다.

일부러 자신의 전화를 피한다는 생각이 들었다. 연수는 자신 때문에 힘들다는 듯 내쉬는 숨소리도 듣고 싶지 않았다. 우리는 얼굴을 맞대고 만날 이유가 없었다. 고객이 택배를 받지 못했다면 택배기사가 자신의 실수를 인정하고 죄송하다는 말과 함께 상품 금액만 보상해주면 끝날 일이었다. 택배기사도 그 사실을 알 텐데 똑같은 말만 반복하면서 보상에 대해서는 한 마디도 하지 않았다.

계산기 키보드를 쳐다보느라 눈이 빠질 듯 아팠다. 다시 실수하고 싶지 않았다. 오천 원을 날리고 싶지 않았다. 주말 저녁이라 매장 안에 사람들이 많았다. 한창 붐비던 사람들이 빠져나가고 또다시 과장의 호출이 왔다. 연수는 매장에서 택배기사와 통화하지 않았다. CC-TV에 찍힐 영상도 없었다. 사무실에 들어가자 과장은 저번과 똑같이 회전의자를 돌려 앉았고 연수를 빤히 쳐다보았다. 저번처럼 그 시간이 길다고 느껴졌을 때 과장은 연수가 일하는 5번 계산대 앞으로 고객의 민원이 들어왔다고 말했다. 고객에게 사과하는 직원의 태도가 마음에 들지 않았다는 내용이었다. 연수가 계산을 잘못해서 상품권을 받아간 여자였다. 연수는 그 여자에게 머리를 숙이고 허리까지 굽혔다.

"이연수씨는 사람이 말하면 못 알아들어요? 사람이라면 달라져야 하는 거 아닙니까? 근무 중에 통화나 하니까 이런 민원이 들어오는 거 아닙니까? 앞으로 계산대 밑에 핸드폰 올려놓지 마세요. 꺼내지도 말라구요. 요즘 가뜩이나 매출도 없는데."

과장은 연수를 책상 앞에 세워 놓고 말 안 듣는 학생 다루듯 이야기했다. 나도 사람이 말을 하면 알아듣는다. 사람이기 때문에 매장 안에서는 택배기사와 통화하지 않았다. 실수를 인정했고 고객에게도 정중히 사과했다. 그 사실은 오천 원 상품권이 말해준다. 그리고 매출이 없는 건 나의 잘못이 아니다. 나는 계산원일 뿐이다. 연수는 과장에게 하나하나 반박할 말을 떠올렸다.

"그런데 그 볼펜은 왜…."

연수가 숨을 내쉬고 말을 하려는 순간 책상 위에 전화벨이 울렸다. 수화기를 든 과장은 회전의자를 돌려 앉았다. 나가보라는 말도 하지 않았다. 자신을 사람 취급하지 않았다.

계산대 밑에 놓아둔 핸드폰에서 진동이 울렸다. 단 한 번도 실수하지 않았다는, 사람도 아닌 택배기사의 전화였다. 핸드폰 진동이 계속 울렸다. 연수는 전화기에 손을 뻗었다. 계산대 앞에 서서 몸을 낮추지도 않고 전화를 받았다.

"택배예요. 엘리베이터 안이라 전화가 끊겼어요. 영남빌라 오전배송이니까 내일 열한 시쯤 갈게요. 집에 있는 거죠?"

영남빌라는 오후배송만 한다고 말한 지 이틀도 지나지 않았다. 택배 기사는 또 다시 말을 바꿨다. 계속 거짓말이었다. 어쩌면 이제까지 통화했던 모든 말들이 거짓일지 몰랐다.

"영남빌라는 오전배송만 한다구요? 그럼 이제껏 오후배송만 했다는 건 뭔데요? 왜 자꾸 이랬다저랬다 말 바꿔요? 이랬다저랬다 사람 가지고 노니까 재밌어요? 재밌냐구?"

택배기사는 아무 대꾸도 하지 않았다. 씩씩거리는 숨소리만 들렸다. 숨소리 사이사이 억지로 참는 듯한 웃음소리가 들렸다. 누군가와 주고받는 말소리도 어렴풋하게 들렸다. 어떻게 들으면 거실 TV에서 흘러나오는 소리 같기도 했다. 택배기사는 처음부터 집안에 있었다. 연수는 그렇다고 생각했다.

"알았습니다. 오늘 끝나는 대로 가겠습니다."

존댓말을 하고 있지만 어금니를 깨물고 한 마디 한 마디에 힘을 주고 있다는 것이 느껴졌다.

"쌍년."

전화를 끊으려는데 작은 목소리가 들렸다. 어금니를 깨문 그 사이로 한숨처럼 내뱉는 소리였다. 아주 작아서 놓칠 뻔 했지만 연수는 똑똑히 들었다. 분명히 쌍년이었다.

"저기요, 지금 뭐라고 했어요?"

"곧 간다고 했잖습니까! 곧 간다구요!"

택배기사는 목소리가 커졌을 뿐 백 번도 더한 말을 또 그대로 반복했다.

"아니, 니가 지금 쌍년이라고 했잖아! 이 씨발놈아!"

연수는 자기도 모르게 악을 썼다. 순간 매장 안에 정적이 흘렀다. 정지된 CC-TV 화면 같았다. 계산대에 물건을 내려놓던 사람이 연수를 힐끔거렸다. 카트를 앞에 놓고 계산을 기다리는 사람들도 모두 자신을 바라보았다. 몇몇 사람들은 귀를 맞대고 수군거렸다. 마스크를 쓰고 있지만 무슨 말을 하는지 충분히 짐작할 수 있었다. 연수는 귀에 대고 있던 핸드폰을 끄면서 의자 밑으로 내려앉았다. 전화기 너머에서 들리는 택배기사의 고함 소리도 점점 멀어져갔다. 매장 안의 사람들은 다시 움직이기 시작했다. 옆 라인에서 일하는 김이 괜찮냐고 물었지만 연수는 계산대 앞에 서 있을 수가 없었다. 김에게 조퇴 처리를 부탁하고 연수는 마트를 나왔다.

택배기사는 자신을 모욕했다. 이 정도면 명예훼손죄가 성립되었다. 통신사에 연락해서 택배기사와 나눈 통화기록을 모두 요구할 것이다. 그것만으로도 증거는 충분했다. 경찰에 신고하면 수사는 언제쯤 시작될까. 마무리는 언제쯤 가능할까. 또 얼마나 많은 시간이 걸릴까. 경찰서는 통신사에, 통신사는 쇼핑몰에, 쇼핑몰은 택배회사에, 택배회사는 택배기사에게 모든 책임을 떠넘길 것이다. 결국 연수는 다시 택배기사를 상대해야 했다. 서로 욕설을 내뱉는 통화를 반복하고, CC-TV에 찍혀 과장에게 불려가고, 그러는 중간 중간 계산 실수가 이어진다. 고객에게 죄송하다는 말을 반복하고 머리를 숙이는 쪽은 언제나 자신이었다. 이제까지 그래왔고 앞으로도 그럴 것이다. 내일 출근하면 당장 과장의 호출이 있을 것이다. 매장 안에서 욕까지 했으니 자신은 이제 정말 사람도 아니었다. 출근하는 대신 다른 일자리를 알아볼 것이다. 마지막으로 과장에게 볼펜 끝에 대해 따져 묻고 징계를 받게 만들 것이다. 하지만 월급날이 얼마 남지 않았다. 이대로 그만 두면 한 달 아니 몇 달 뒤에야 돈을 받을 수 있었다. 월급은 받고 그만 두고 싶었다. 다른 일자리를 구하면 꼬박꼬박 월급을 받을 수 있을까?

마트에서 일하면서 이제껏 단 한 번도 월급을 밀린 적이 없었다. 계약직 계산원이 잘리지 않고 월급을 꼬박꼬박 받을 수 있다는 건 요즘 같은 시국에 쉬운 일이 아니었다. 마트의 근무 환경도 크게 나쁘지 않았다. 구내식당도 있었고 휴게실 소파에서 잠깐씩 눈을 붙일 수도 있었다. 과장만 빼면 같이 일하는 사람들의 성격도 무난했다. 연수는 마트를 그만 두고 싶지 않았다.

연수는 해안도로 갓길에 차를 세웠다. 어스름이 내리는 바닷가는 캄캄했다. 아무 것도 보이지 않았다. 연수는 아무 것도 보이지 않는 어디쯤에 시선을 고정했다. 장미오일을 주문하고, 택배를 받지 못하고, 택배기사와 싸웠던 시간들이 하나둘 지나갔다. 택배 하나 때문에 자신의 생활이 너덜너덜해진 느낌이었다. 한없이 곤두섰던 마음이 밀물처럼 빠져나갔다. 생각해 보면 자신도 바쁘게 일하는 택배기사에게 계속 전화를 했고 같이 욕도 했다. 자신도 택배기사의 명예를 훼손한 것이다. 서로 주고받았다는 생각이 들었다. 그것으로 끝난 것이다. 자신이 전화하지 않으면 택배기사가 먼저 전화하는 일은 없었다. 그렇게 마무리 짓고 싶었다. 잘못 배송한 택배도 지금 빌라 어딘가에 있었다. 택배기사가 101호에 배송하지 않았을 뿐 빌라 어딘가에 갖다 놓은 건 분명했다. 빌라에 사는 누군가가 잘못 배송된 장미오일을 가지고 있었다. 충분히 일어날 수 있는 일이었다. 연수는 이웃에게 장미오일을 건네며 잘 부탁드린다는 인사를 나눈 거라 생각하기로 했다. 얼굴도 모르는 사람들에게 기부하고 후원하는 세상이었다. 연수는 그 이웃이 입술이 자주 부르트고 건조한 사람이면 좋겠다고 생각했다. 보습효과가 뛰어난 장미오일 따위 안 바르고 안 마시면 그만이었다. 꿀이 함유된 립밤도 아직 남아 있었다. 연수는 택배를 잊어버리기로 했다. 이제 택배 하나에 질질 끌려 다니지 않을 것이다 내일부터 원래의 생활로 돌아가는 것이다. 그렇게 하기로 마음먹었다. 그게 맞았다.

배가 고파진 연수는 오일 파스타를 먹고 후식으로 핸드드립커피를 주문했다. 혼자 먹은 저녁이 얼추 쌀 10kg를 살 수 있는 금액이었지만 그동안 택배 때문에 애쓴 걸 생각하면 지불할 만한 가치가 있었다. 남편은 여전히 전화를 받지 않았다. 하지만 일을 마친 남편은 집에 돌아올 것이고 우리는 가진 돈도 없지만 가진 빚도 없다는 말로 대화를 마무리할 터였다. 연수는 빌라 공터에 차를 세우고 삐걱거리는 공동현관문을 지나 계단을 올라갔다. 천장에 센서 등은 여전히 깜박거릴 뿐 켜지지 않았다. 번호 키를 누르려는데 현관 앞에 누런 색 상자가 놓여 있었다. '라비 앙 로즈'에서 보낸 장미오일이었다. 택배 상자 옆에 작은 종이가방이 함께 놓여 있었다. 연수는 가방에 붙은 포스트잇을 떼어냈다. 택배를 받고 바로 출장 가는 바람에 전화도 못했다고 너무너무 죄송하다는 말이 삐뚤빼뚤한 글씨체로 쓰여 있었다. 연수는 메모지 끝에 요즘은 면역력이 최고라며 먹고 힘내시라는 스마일 표시를 보았다. 가방 안에는 홍삼원액 세 팩이 들어 있었다. 택배상자와 홍삼원액이 든 종이가방을 한참 내려다보았다. 어려운 사람들에게 기부했다 생각하고 잊어버리기로 마음먹었던 택배가 왜 지금 자신 앞에 나타나는 걸까? 이웃이 건네는 따뜻한 말 한 마디에 왜 마음이 움직이지 않는 걸까? 연수는 택배상자를 든 채 가만히 서 있었다. 세상에서 가장 어렵게 사는 사람이 된 기분이었다.

"101호?"

등 뒤에서 귀에 익은 목소리가 불쑥 튀어나왔다. 가쁘게 내쉬는 숨소리와 대차 바퀴 구르는 소리, 엘리베이터 도착 벨이 울리면서 멀어지던 목소리였다. 연수는 택배상자를 든 채 뒤돌아섰다. 센서 등이 깜박거리는 복도에 모자를 눌러쓴 사람이 서 있었다. 마스크까지 썼기 때문에 알아볼 수 없었지만 누군지 물어보지 않아도 알 수 있었다. 연수는 짧은 복도와 계단을 사이에 두고 택배기사와 마주 보고 섰다. 두 사람은 꼼짝하지 않았다. 먼지 묻은 점퍼를 입은 택배기사의 어깨가 축 처져 있었다. 코팅이 벗겨진 목장갑을 끼고 있는 두 손으로 시선이 내려갔다. 대차에 택배를 싣고 엘리베이터에서 내리고 상자를 문 앞에 놓고 다시 엘리베이터에 오르고 기계처럼 움직였을 그의 하루가 어둠 속에 고스란히 그려졌다. 연수는 택배기사를 만나면 책임을 따져 물으리라 생각했었다. 하지만 그는 이미 책임을 다하고 있었다. 마스크를 썼지만 그의 얼굴에 깊이 팬 주름과 고단함을 짐작할 수 있었다. 연수는 그의 눈을 바라보려고 한 발짝 다가섰다. 지금 이곳에 우리가 서 있을 이유가 없었다. 서로 이를 갈고 욕을 해가며 얼굴을 맞댈 이유가 없었다. 우리는 서로 잘못한 것이 없었다. 그에게 손을 내밀고 싶었다. 택배기사 역시 한 발짝 다가섰다.

"101호?"

다시 한 번 그의 목소리가 들렸다. 어금니를 꽉 깨물고 한 마디 한 마디에 힘을 주고 내뱉는 소리였다. 자세히 들으면 욕처럼 들리기도 했다. 그 목소리에는 고단함이 묻어 있지 않았다. 그 어떤 책임감도 느껴지지 않았다. 택배기사는 연수를 향해 한 발짝 한 발짝 다가왔다. 그의 시선이 택배상자에 고정되었다. 택배상자를 쳐다보던 눈동자가 다시 연수에게 향했다. 어둠 속에서 눈동자가 노란색으로 빛났다. 연수는 움찔하며 뒤로 물러섰다. 택배기사는 그런 눈으로 빤히 쳐다볼 뿐 이빨을 드러내거나 달려들지 않을 것이다. 택배기사와 나, 우리는 이제껏 그래왔다. 그 사실을 모르지 않았지만 뒤로 물러서는 연수의 팔뚝에 소름이 돋았다.

하늘에서는 주인공으로 사시길

초등 1학년 아이와 독서수업을 하고 있을 때 당선 통보 전화를 받았다. 축구교실 유니폼을 입고 앉아 책을 읽던 아이는 울고 웃는 나에게 무슨 일이 있는지 물었다. 몇 달 전 동생이 생기고 부쩍 의젓해진 아이에게 나의 신춘문예 도전기 그 지난한 역사에 대해, 적당히 긍정하며 살았을 텐데 소설을 만나 좌절하고 좌절했던 순간들에 대해 이야기했다. 나도 모르게 아이 앞에서 당선소감을 읊조리고 있었다. 아이는 그림도 없이 글밥만 가득한 책을 읽고 있는 얼굴로 나의 이야기를 들었다.

축구보다 재미있게 쓰세요.

아이에게 동생만 생긴 것이 아니라 세상을 바라보는 눈도 생긴 걸까. 축하해요 말끝에 덧붙인 이야기의 본질을 꿰뚫고 있는 듯한 한 마디에 나의 당선소감이 무너져 내렸다.

축구만큼 재미있게 쓰겠다로 당선소감을 시작하고 싶다.

여러 이유로 재미없는 한 해를 보냈다. 무엇보다 소설에서 너무 멀어진 거 아닌가 두려웠다. 그렇게 떨고 있는 손을 잡아주신 심사위원님께 감사드린다.

이경교 교수님, 윤후명 선생님 오래 전하지 못한 안부를 감사 인사로 대신합니다. 이대역 '턱' 동인 모두 당신들 덕분입니다. 유일한 피붙이 인회, 상태 사랑하고 사랑하고, 나의 모든 것 최원하씨 우리 스페인 갑시다. 그리고 나의 아버지 당신 덕분에 소설을 꿈꾸며 삽니다. 하늘에서는 주인공으로 사시길.

전개가 촘촘하고 독자를 몰입하게

남유리의 「하울링」과 박시안의 「택배」를 두고 고민했다. 두 작품 모두 '어두운 그늘 속에 있는 소시민의 삶'을 세세하고 촘촘한 묘사로 보여준다.

「하울링」은 주인공의 삶이 과거로부터 이행된다는 전개가 진부했다. 콜센터 상담원의 삶과 층간 소음, 엄마의 암 진단과 화해의 과정이 참신하거나 독창적이지 못했다.

「택배」는 코로나19라는 재앙으로 인해 우리의 삶이, 소시민의 삶이 얼마나 쉽게 피폐화되는가를 '택배'배송만큼이나 빠른 전개로 보여준다. 주제로 가는 전개가 촘촘하고 상황 묘사와 심리가 핍진하여 독자를 몰입하게 만든다. 평소 바르던 립밤에서 조금 욕심을 내어 장미오일을 주문했을 뿐인데 일이 꼬인다. 계산원이나 택배 기사 같은 직업군들은 '얼굴을 맞대고 만날 이유가 없'이 '자신의 실수를 인정하고 죄송하다는 말과 함께 상품 금액만 보상해 주면 끝날 일'인데 그렇게 되지 않는다.

마치 우리 곁으로 찾아온 코로나19가 위드 코로나로 존재하듯. 당선자에게는 축하의 말과 '불광불급'의 자세를 잃지 않아야 살아남을 수 있음을 선배 작가로서 부탁한다. 운이 닿지 않은 이들에게 심심한 위로의 말을 전한다.

전북도민일보 　**조제인**

본명 : 박수현
67년. 대구 출생.
89년. 계명대 신문방송학과 졸업.
91~99년. 월간 '노동' 편집부 기자 역임.

말 없는 말

조제인

오후 4시 19분, 한종주 님께서 운명하셨습니다.

의사가 사망 시간을 말했다. 정확히 말하면 뇌사로 판정된 남편의 배를 갈라 콩팥, 간장, 각막을 적출하고 호흡기를 뗀 시각을 말해주었다. 나는 눈을 감았다 떴다. 의사가 굳은 입술과 무거운 눈빛으로 나를 보고 있었다. 초로의 잔주름에 검버섯 핀 눈가, 은테 안경알이 내 얼굴을 비추듯 했다. 위로의 말씀을 드립니다. 의사와 내가 동시에 고개를 숙였다.

병원 장례식장에 빈소가 마련됐다. 나는 입원실에 짐을 챙기러 갔다. 병실의 링거와 생명 보조장치가 치워졌고 침대 시트가 갈아졌다. 남편이 열흘간 머문 병실이 낯설었다. 창가에 하얀 민들레가 말라 있었다.

사물함을 열어 물건을 챙겼다. 남편이 입었던 옷을 개어 가방에 담았다. 코트와 와이셔츠 목덜미에 피 얼룩이 꾸덕했다. 바지에서 벨트가 툭 떨어졌다. 반질한 버클과 가죽이 바닥에 허물처럼 늘어졌다. 7년 전 남편에게 선물한 지갑과 세트인 벨트였다. 지갑은 바꿨지만 벨트는 이것만 고집한 남편이었다. 버클을 조일 때 당신이 백허그로 안아주는 느낌이 들거든. 새 벨트로 바꾸지 않는 이유가 스스로도 멋쩍었는지 남편이 쑥스럽게 웃었다. 어라, 립서비스도 할 줄 알고. 당신 정말 갱년기구나. 남편의 엉덩이를 토독토독 두드렸다. 보지 않고도 그의 얼굴에 미소가 번지는 것이 보였다.

벨트를 주워 먼지를 털었다. 남편 바지에 끼우려다 마음이 바뀌어 내 허리에 둘렀다. 실금이 생긴 부위에 버클을 채웠다. 주먹 두 개가 들어갈 만큼 헐렁했다. 버클을 풀고 허리가 조일만큼 가죽을 당겼다. 헐겁지 않게 단단히 조았다. 당신이 말한 백허그 느낌이 이런 거였어. 갑자기 눈물이 났다. 나는 입술을 깨물고 숨을 삼켰다. 벨트를 더 강하게 당겼다. 숨이 턱까지 차오르고 얼굴이 벌겋게 달아오른 채, 빈 침상을 향해 눈물을 흘리는 그로테스크한 내가 보였다. 내가 지금 무슨 짓을 하고 있는 거지, 되뇌면서도 벨트를 당기고 또 당겼다.

*

열흘 전, 사고 소식을 듣고 병원에 도착했을 때 남편은 응급수술 중이었다. 오전 9시 25분경 청주도서관 부근에서 사고가 났습니다. 내리막길에서 트럭이 바뀌는 신호를 못 보고 길을 건너던 남편을 친 것 같습니다. 응급처치는 했으나 의식이 없고 상황이 심각해 서울로 이송했다고 경찰이 말했다.

경찰이 건네준 남편 핸드폰은 액정이 깨지고 전원이 꺼져 있었다. 가방 어깨 부분과 등판에 선혈이 어지럽게 배여 있었다. 지난해 수강생들이 스승의 날 기념으로 사줬다는 가방이었다. 선생님, 손가방보다 메는 가방이 편하고 젊어 보여요. 수강생들이 했다는 말을 전하며 어때 괜찮아? 내 앞에서 가방을 메고 상기된 표정을 짓던 남편이었다.

수술실에서 나온 남편이 중환자실로 옮겨졌다. 의사는 뇌출혈과 심정지 상태라며 뇌사 검사가 필요하다고 말했다.

도서관에서 전화가 왔다.

한종주 선생님, 어떡해요…….

앳된 목소리의 사서가 울먹였다.

남편은 수도권과 지방 도서관에서 교양강좌를 해왔다. 나를 만나던 해부터 강좌를 시작했다 하니 7년쯤 강사 경력을 쌓은 셈이다. 강의 전에는 이런저런 허드렛일을 하며 책을 읽고 쓰는 일을 했지. 밥벌이가 될까 걱정도 했지만 가볍게 풀어쓴 교양서가 3쇄를 찍고 나서 몇 권 더 출간하게 되었고⋯⋯. 그럴 즈음 도서관에서 강의 제의가 왔지. 불행이 겹쳐서 오더니 행운도 연달아 온다는 걸 알았어. 그때 당신도 만났으니까.

남편의 강의는 인기가 있었다. 몇 군데 도서관에서 비슷한 강의가 이어졌다. 사고가 난 날은 12주 과정의 '동화책으로 배우는 인문학' 종강 날이었다. 아침에 집을 나서던 남편이 뒤풀이가 있으면 좀 늦을 수 있어, 라고 했다.

저희 도서관에 오다 당한 사고라 더 충격적이고⋯⋯.

올해가 첫 근무라는 사서가, 병원 호실을 물어보라는 관장의 말을 전했다.

의식이 없어 오셔도 못 알아보실 겁니다. 전화만도 감사합니다.

병문안 가겠다는 수강생도 있어서요. 서울 거주잔데 선생님 강좌 찾아다니며 듣는 분이래요. 종강 선물로 준비한 것도 전해드리고 싶다고⋯⋯.

울먹여도 조근조근 할 말은 다 하는 사서였다. 목소리만큼 야무진 얼굴일 듯했다.

호흡기를 달고 있는 남편을 보았다. 이틀째 의식이 없었다. 깊은 혼수상태. 확대된 동공에 빛을 비추어도 반응이 없었다. 의사는 뇌사 상태로 추정된다고 말했다. 나는 믿고 싶지 않았다. 남편 손에는 온기가 있었고 얼굴을 만져도 예전 감촉이 느껴졌다. 기계지만 호흡을 하고 있지 않은가. 검사 결과가 다르게 나온 사례도 있었고. 수강생 목소리를 알아들을지도. 어지러운 생각들 사이로 목소리가 비집고 나왔다. 아직 안 깨어났지만,⋯⋯ 903호입니다.

사흘⋯⋯. 나흘⋯⋯. 닷새가 지났다. 남편은 미동도 없었다.

아침에 회진을 온 의사가 굳은 표정으로 말했다.

남편께서 장기기증 서약을 한 적이 있나요?

의사의 질문이 무엇을 의미하는지 알았다.

검사 결과가 나왔나요?

네. 최종 뇌사 판정이 나왔습니다. 남편의 콩팥, 간장, 각막은 이식이 가능합니다.

남편은 마흔에 장기기증 서약을 해 두었다고 말했다. 남편을 만나기 전 나도 서약을 했었기에 우린 이런 면에서도 잘 맞는구나, 한 적이 있었다. 사전서약이라면 직계존비속 동의를 꼭 받을 필요는 없지만, 그래도 가족에게 알리고 동의를 구한다고 의사가 말했다.

결혼을 앞두고 남편의 어머니를 보러 치매 요양원에 간 적이 있었다. 여든이라는 나이에 비해 눈빛이 맑은 노인이었다. 남편을 보고 오빠라고 불렀다. 나를 보더니 순자 왔네, 하며 좋아했다. 어릴 때 동네 친구가 순자였대. 돌아오던 차 안에서 남편이 말했다. 서른 번도 넘게 만났지만 그녀는 아직 내가 누구인지 모른다.

빈소는 장례식장 안쪽 가장 작은 호실이었다. 올 손님이 없었지만 중섭 씨는 부고를 알리고 장례 절차를 챙기는 일은 자신이 하겠다고 했다. 내가 남편을 안 것은 7년이지만 중섭 씨와 남편은 37년 지기였다. 다시 말해, 내가 모르는 남편의 30년을 그는 알고 있었다. 짐작만 했지, 나는 남편이 풀지 않은 봉인에 대해 묻지 않았다. 알든 모르든 내가 달라질 건 없었다. 남편이 겹겹 접어둔 상처와 고름을 지켜본 이가 중섭 씨다. 노란 띠 두른 상복을 입고 국화꽃 사이에 영정사진을 놓는 그가 자연스럽게 느껴지는 것도 그런 이유였다.

지유 씨, 핸드폰이 꺼져 있었나 보네요.

짐가방을 옮기던 나를 보고 중섭 씨가 말했다.

나는 가방을 열어 핸드폰을 확인했다. 내 것, 남편 것, 둘 다 전원이 꺼져 있었다.

아…….

수의와 관을 선택해야 하는데 상주님 연락이 안 된다고……. 오셨으니 저랑 같이 사무실로 가시죠. 그리고 입원 병동에서도 전화 왔어요. 사물함에 두고 간 액자가 있다고.

나는 흠칫했으나 무표정을 가장했다. 사물함에 있는 액자는 내가 일부러 가져오지 않은 것이었다. 그 이유를 그에게 설명하는 게 불편했다.

액자는 남편 수강생이라는 여인이 가져온 것이었다. 그녀가 간 뒤 액자를 풀어봤다. 20*20 크기의 투명 아크릴 안에 남편 책에 나오는 문장이 쓰여 있었다. '꽃은 져도 다시 핀다.' 연한 베이지색 이합지에 먹으로 글씨를 쓴 캘리그라피 작품이었다. 글씨 옆에 말린 하얀 민들레꽃 장식이 있었다. 낙관 주변으로 수강생들 사인이 촘촘했다.

별다른 건 없었지만 기분이 좋지 않았다. 나는 액자를 다시 포장해 사물함 아래 칸에 넣었다. 저녁에 중섭 씨가 왔을 때 낮에 수강생이라는 여인이 병문안 왔었다는 말은 하지 않았다. 그녀에 대해 알고 있는지 묻고도 싶었지만 묻지 못했다. 그랬는데 지금 와서 굳이 말하고 싶지 않았다. 장례사무실에서 수의와 관을 정했다. 중섭 씨는 내가 피곤해 보인다며, 자신이 액자를 갖고 오겠다고 했다.

*

그녀가 온 날은 남편에게 뇌사 최종 판정이 나온 날이었다. 나는 창밖을 보고 있었고 노크 소리와 함께 그녀가 들어왔다. 미색 코트를 입은 아담한 중년 여인이었다. 화장기 없는 얼굴이 다소곳했다. 단발머리를 짧게 묶었는데 희끗한 머리카락이 드러났다.

한 선생님께 배우고 있는 수강생입니다.

그녀가 인사를 했다. 이름은 밝히지 않았다. 수강생들이 함께 준비했어요. 그녀가 쇼핑백을 내밀었다. 포장된 액자와 화분이 있었다. 작은 망울이 맺힌 하얀 민들레 화분이었다. 선생님께서 이 꽃을 좋아한다고 하셨거든요. 토종 흰 민들레는 서양민들레 홀씨가 날아와도 화접을 거부하는 일

편단심이 좋아. 남편이 했던 말이 생각났다. 민들레 꽃말은 행복한 마음, 감사한 마음이래요. 꽃이 필 즈음 선생님께서도 꼭 깨어나시길……. 목소리가 가늘게 떨리며 젖어 있었다.

그녀가 호흡기 꽂힌 남편에게 시선을 고정했다. 말없이 오래 바라보았다. 좀 앉으시죠. 내가 의자를 권했다. 아, 네. 그녀가 답했다. 그때 앗, 피가 역류하는 것 같아요. 그녀가 놀란 표정으로 링겔 꽂힌 남편 팔을 양손으로 받쳐 들었다. 아주 자연스럽고 리드미컬한 동작이었다. 등줄기에 빗금이 지나갔다.

간호사 불러 올게요.

나는 급하게 병실을 나왔다. 가슴이 두방망이질했다. 간호사 자리가 비어 있었다. 복도에 아무도 보이지 않았다. 갑자기 낯선 곳에 온 사람마냥 주변을 두리번거렸다. 나만 두고 모두 사라진 것 같았다. 한기가 스몄다. 양팔을 감싸 안으며 눈을 감았다. 복도에 홀로 서 있는 내가 보였다. 빈 복도가 하얗게 점점 커지고 커졌다. 나는 점점 작게 줄어들고 축소되며 쪼그라들었다. 아주 작은 점으로 소실되다 어느 순간 보이지 않게 사라져버리는 내가 보였다. 무슨 일이세요, 보호자님. 간호사의 목소리가 나를 흔들었다. 나는 눈을 떴다.

간호사와 함께 병실로 돌아갔다. 그녀는 나올 때 자세 그대로 남편 손을 받치고 있었다. 인기척이 나자 그녀가 수그렸던 얼굴을 들고 고개를 돌렸다. 눈물이 번진 얼굴과 충혈된 눈동자가 나를 바라보고 있었다. 나는 말을 잃었다.

손을 주사 바늘보다 높이 들고 있었네요. 보호자님, 잘 하셨어요.

간호사가 주사 바늘을 정리해주고 나갔다. 저도 이만, 이라며 그녀가 자리에서 일어났다. 문 앞에서 그녀가 고개를 숙였다. 와 주셔서 고맙습니다. 내가 인사했다.

그녀가 나간 뒤 누워있는 남편을 바라보았다. 여보, 누구예요? 묵묵부답. 남편은 말이 없다. 지금이라도 뛰어가면 복도를 걸어가는 그녀를 붙잡을 수 있을 것이다. 엘리베이터를 타려고 코너를 돌고 있겠지. 그녀를 불러 세워 묻고 싶었다. 실례지만 성함이 어떻게 되세요? 남편과 잘 아는 사이였나요? 왜 그렇게 우셨어요? 남편 손을 그렇게 다정하게 잡는 데 무척 놀랐어요. 당신이 남다르게 느껴지는 이유가 뭔지 모르겠어요. 당신도 나를 남다르게 느끼나요? 그녀는 무어라 대답할까. 당신처럼 말이 없을까. 아니면, 아무 사이 아니에요. 걱정 마세요, 지유 씨. 그냥 존경하는 스승과 제자, 그 이상도 그 이하도 아니랍니다. 이렇게 답하며 미소 지을까. 아니면, 채지유 씨, 그런 건 묻는 게 아니에요. 아니, 묻지 않는 게 더 좋아요. 물어보지 마세요. 스스로 말하기 전까지는. 이렇게 정색하며 돌아설까?

*

죽음의 잔치에 사람보다 먼저 온 손님은 꽃이었다.

내 키보다 더 큰 화환 다섯 개가 빈소 옆에 나란히 세워졌다. 국회의원 000, 000당 사무총장, 동창회장 000, 00 출판사, 00 도서관장. 앞의 두 개 화환을 보낸 이들에게 중섭 씨는 부고를 알리지 않았다고 했다. 다른 동창을 통해 듣고 보낸 것 같다고. 한 때 남편과 동지였다는 이름을 화환으로 처음 보게 되었다.

남편은 이른바 586세대로 격렬한 20대를 보냈다. 4학년 졸업반 때 시위 주동 세력으로 체포되어 1년 6개월 복역했다. 하나뿐인 아들이 명문대 갔다고 좋아했던 아버지는 심장마비로 사망했다. 6·25 때 이북에서 피란 와서 시장에서 장사하며 아들 하나만 보고 산 아버지였다. 아들이 판사가 될 줄 알았던 어머니는 졸업도, 취업도 못한 아들을 가슴 아파하다 조기 치매가 왔다.

화환을 보내온 두 정치인은 남편과 같이 주동 세력으로 복역한 사람이었다고 중섭 씨가 말했다. 국회의원은 야당 3선 의원이었고, 사무총장은 여당 고위직이었다. 같은 길을 걷던 세 청년이 삼거리에서 갈라진 거죠. 국회의원은 보수로 돌아섰고, 사무총장은 왜곡된 진보로 위장했죠. 둘은 어쨌든 현실에 적응했어요. 하지만 종주는 적응하지 못했죠. 적자생존에서 도태되는 유형은 자연이나 사람이나 비슷해요. 변하지 않거나 변하지 못하거나. 종주가 그러했죠.

보내온 화환이 좀 당황스럽긴 하지만 굳이 돌려보내는 건 아닌 것 같아요. 아마 종주도 그럴 거예요. 어떤 형식으로든 한 번은 만나야 할 이들이었으니까요. 막다른 벽을 따라 줄지어 서 있는 화환들을 바라보며 중섭 씨가 착잡한 표정을 지었다.

종주와 비슷한 길을 걸었던 사람들도 더러 있었어요. 그들 중에 어떤 이는 암으로 사망했고 자살한 선배도 있었지요. 종주가 부친의 죽음과 모친의 조기 치매로 자책감과 자포자기에 빠진 것은 맞습니다만, 그보다 더 문제가 된 건 공모자들의 침묵 속에 묻혀버린 진실이, 종주 스스로를 파괴하는 내면의 폭력이 되었던 거죠. 종주는 그들의 변화를 인정하지 못했어요. 그래서 알콜 중독과 공황장애로 장기간 정신과 치료를 받기도 했었죠. 그러다 어느 날부턴가 종주가 침묵 속에서 책만 읽어 나갔어요. 꼬깃꼬깃 접어 삭히며 견뎌낸 시절이었죠. 중섭 씨 눈가가 촉촉해졌다.

남편이 입원해 있는 동안 중섭 씨는 매일 찾아와 늦은 시각까지 병실에 머물렀다. 뇌사 상태에 빠진 남편을 바라보는 침묵이 힘들 때면 조용하고 낮은 목소리로 남편과의 추억을 들려주었다.

어느 날, 종주가 우리 집에 놀러 왔어요. 다섯 살 난 딸 아이가 종주한테 동화책을 읽어달라고 가져갔죠. 딸 아이를 무릎에 앉히고 책을 읽어주던 종주가 '그래서 강아지똥은 민들레 거름이 되어 꽃을 피웠습니다.'를 읽다가, 책장을 못 넘기고 한참 그대로 있는 거예요. 내가 얌마, 왜 그리 멍한 표정이냐? 했더니 종주가 말하더라구요. 중섭아, 민들레 홀씨는 이토록 가벼운데 나는 왜 그토록 무겁게 살았을까…… 혼수상태인 남편을 응시하며 중섭 씨는, 종주 니 그 말 했던 거 기억나냐? 하며 눈물을 훔쳤다.

힘들 때마다 옆에 있어 준 사람이 중섭이었다고 남편은 말해왔다. 중섭 씨는 6개월 단기 복역을 했고 중소기업에 취업했다. 지금은 영업 상무로, 연금공단에 다니는 아내와 아들, 딸 하나씩 둔 가장이 되었다. 녀석은 맷돌 같아. 반질반질 닮은 듯하면서도 차돌처럼 단단할 때가 있거든. 내가 갖지 못한 걸 갖고 있지. 사실 녀석도 원래 변하지 못하는 유형이야. 변한 듯 보여도 본질은 나와 같아. 나는 통 맹꽁이지만 그는 연기를 잘해. 말 안 해도 그걸 알아. 녀석도 알고 나도 알지.

남편이 스치듯 해준 말들을 엮으면 중섭 씨가 보였다. 중섭 씨가 남편을 끌어안고 어깨를 들썩이며 울었다. 임마, 울지 마라. 남편이 중섭 씨의 어깨를 다독이는 것이 보였다.

저녁 때 중섭 씨의 아내가 아들, 딸을 데리고 왔다. 내 옆에서 팔에 노란 띠를 두른 중섭 씨를 보더니 동그란 눈으로 당신이 진짜 상주 같네, 라고 말했다. 중섭 씨 아내보다 딸이 더 많이 울었다.

음식상에 앉아 주변을 둘러보던 중섭 씨 아내가 지유 씨는 대부분 모르는 손님들이죠, 했다. 그랬다. 내게 온 손님은 가까운 친인척과 직장 동료 10여 명뿐이었다. 남편의 먼 친척인 거제도 아저씨는 원양어선을 타고 있는 중이었다. 치매 요양원에 있는 시어머니는 아들의 장례식을 모르고 있었다.

문상객 대다수가 남편 대학 때 동기거나 동지들이었다. 그들은 20년 동안 남편과 교분이 없었고 나와는 일면식이 없었다. 중섭 씨가 나를 종주 아내라고 소개하자, 너무 소식을 단절한 것이 안타깝네요. 결혼식 때라도 좀 부르지. 너무 올곧아도…… 라고 말끝을 흐렸다. 나는 모르는 사람들인데 중섭 씨 아내는 그들을 아는 듯 상마다 돌아다니며 인사를 했다. 중섭 씨 아내가 상주 같았다.

중섭 씨 아내를 처음 본 것은 결혼 기념 만찬 자리였다. 우리는 식을 올리지 않고 혼인신고를 했다. 쉰까지 독신으로 살던 종주 씨 마음을 훔친 이가 누군지 진짜 궁금했거든요. 중섭 씨 아내가 호기심 어린 눈빛으로 나를 요리조리 뜯어보았다. 둘이 어떻게 만났어요? 누가 먼저 프로포즈 했어요? 마흔다섯에 초혼이 흔한 건 아니잖아요? 그래도 웨딩 촬영은 일생에 단 한 번인데, 해 보시지 그랬어요? 음식을 먹는 내내 남편과 나를 번갈아 보며 화제를 주도했다. 3시간에 걸친 식사와 담소를 끝낼 즈음, 종주 씨가 왜 당신을 선택했는지 감이 왔다고 그녀가 내 귀에 말했다.

공원 귀퉁이 작은 도서관 비정규직 사서로, 6개월마다 계약을 갱신하며 도서 대출 업무를 하고 있던 나로서는 그녀의 '감'이 어떤 건지 몰랐다. 그녀는 이 나이에, 그렇게 작은 도서관에서 우연히 만나다니……. 게다가 만난 지 한 달 만에 결혼이라니……. 그것도 참 인연이면 인연이다, 고 말했다.

맞아. 인연이었어. 그날 퇴근 무렵 도서관 문을 잠그는데 아, 끝났나 보죠? 라며 그가 내 앞에 나타난 것부터가. 책 빌리러 오셨나요? 모르는 척할 수도 있었는데 나는 왜 그런 말을 했을까? 그가 고개를 끄덕이며 쑥스러운 표정을 지었지. 필요한 책인데 큰 도서관에는 모두 대출돼 없고 이곳 작은 도서관에만 있는 걸로 검색되어서……. 목소리가 부드러웠어. 담부턴 6시 전에 오셔야 해요. 차마 거절하지 못했던 건 또 뭐지? 아, 네. 그 눈빛에 감사가 담겼더라. '강아지똥' 그림책을 대출해주며 머리도 희끗한데 늦둥이가 있나……. 생각도 했었어. 도서관 문을 잠그고 나란히 걷게 된 것도, 공원 밖으로 나가는 길이 그렇게 길었던 것도, 그것 때문에 그가 침묵을 지키지 못하고 혹시 '강아지똥' 읽어보셨나요? 하며 나에게 말을 걸었던 것도, 인연이라면 인연이겠지.

남편의 프로포즈가 뭐였는 줄 알아? 빌려 간 책을 반납하면서 새로 산 '강아지똥'을 함께 내밀었어. 이 책 같이 읽을까요? 하면서. 공원을 오다 보니 발밑에 보이는 꽃이 있더라구요. 자, 이거요. 순박해서 더 예쁘죠, 라며 하얀 민들레꽃 하나를 내 손에 올려주더라. 이런 프로포즈 받아본 적 있니?

신혼의 어느 밤, 남편이 팔베개를 한 채 이데아 게임을 가르쳐 주겠다고 했다.

이데아 게임? 그게 뭔데?

보지 않아도 보이고 말하지 않아도 들리는, 일종의 마음 놀이.

응?

직접 해 보면 알아. 자, 눈을 감아봐.

남편이 나를 내려다보며 말했다. 나는 뭐 그 정도쯤이야, 하는 눈빛을 보낸 후 눈을 감았다.

느낌과 에너지를 집중하는 거야. 눈을 감고 있는 네 모습과 내 모습을 떠올려봐. 어때 보여?

나는 고개를 끄덕였다.

그럼 이제 나도 눈을 감을게. 내 말이 들리면 손가락 신호를 보내 줘. 자, 지유야, 시작해. 말없이 나를 불러봐.

(종주 씨.)

〈그래. 내 대답 들렸어?〉

(응.)

〈하고 싶은 말 해봐.〉

(정말……. 흐음……. 그래.…….)

남편 손을 잡은 채 소리 없는 말을 했다. 당신을 처음 본 날……, 로 시작되는 이야기였다. 남편의 숨소리가 들렸다. 희미한 어둠 속에 누워있는 그와 내가 보였다. 방 안 공기가 이리저리 부유하는 게 보였다. 깍지 낀 손 사이로 온기가 전해왔다. 내 이야기에 따라 끄덕이는 모습이 보였다. 그가 온몸으로 내 말을 듣고 있었다.

이번에는 남편이 소리 없는 말을 했다. 그래, 나도 그랬어. 담부턴 6시 전에 오세요, 라는 당신의 말에 가슴이 설렜거든……. 남편이 내 손가락을 어루만졌다.

남편은 말하곤 했다. 사물에 이데아가 있듯이 사람들도 자기만의 이데아가 있어. 겉모습이 변해도 변하지 않는 것. 감각이 아닌 직관으로 느끼는 것. 보이지 않아도 변함없는 그것을 볼 수 있다면 친구가 되고, 동지가 되고, 연인이 되는 거야. 부부가 된다는 것은 가장 특별한 이데아 게임을 경험하는 거지…….

우리는 때때로 이데아 게임을 했다. 게임을 하자 해서 한 것이 아니라 공원을 산책하거나 경치 좋은 곳에 시선을 나란히 둘 때 그것은 저절로 이루어졌다. 늦은 밤 서재를 열면 고개 숙인 남편이 미소 짓는 게 보인다. 보지 않고도 내 얼굴 표정을 읽는 그를 본다. 서로에게 깊숙이 들어가면 거기에 또 다른 내가 있다. 나와 다르지만 나와 같다. 이심전심, 염화미소라는 말이 생긴 이유다. 섹스 후 주고받는 이데아 게임은 깊고도 아득했다.

*

늦은 밤. 문상객이 거의 돌아갔다. 중섭 씨는 내일 다시 오겠다는 말을 남기고 가족을 데리고 갔다. 나는 벽에 기대어 영정사진을 보았다. 남편이 웃고 있었다. 다섯 번째 책을 낼 때 내가 찍어 준 프로필 사진이었다.

여보, 당신 봤어요?

예전에 당신 동지였다는 사람들. 꽤 많이 왔다 간 거. 차마 연락은 못했지만 잊은 건 아니었다고 하던 말도 들었어? 언젠가 당신을 만날 날이 있을 거라 여겼대. 그런데 이렇게 마지막 인사를 하게 될 줄 몰랐다며 울던 사람은 당신과 꽤 친했었나봐? 잊은 줄 알았는데 기억으로 늘 가슴에 품은 채 살았다고 했어. 당신도 그랬겠지? 그렇지, 여보……. 당신이 쓴 책을 다 읽었다는 독자도 왔었어. 참 고맙더라. 초등생 손녀가 있다는 할머니가 한 선생님을 존경해 왔습니다. 덕분에 동화책에서 인생을 배우고 있습니다, 라고 인사할 땐 정말 당신이 자랑스러웠어.

그런데 여보……. 그녀가 오지 않았어. 내가 그녀를 기다렸다는 것 당신은 알지? 꼭 올 사람이라는 생각이 내 머릿속에서 떠나지 않았다는 것도. 혹시라도 싶어 내가 빈소를 거의 비우지 않았다는 것도. 내가 그녀를 기다린 것처럼 당신도 그녀를 기다렸지? 내일은 그녀가 올까?

다음날, 사고를 낸 트럭 운전자가 형과 함께 찾아와 분향을 했다. 30대 초반인 젊은이는 정육점에 고기를 배달해 주는 일을 한다고 했다. 만삭의 아내가 있다는 그가 취업한 지 보름도 안 돼 길이 익숙지 않았다며 엎드려 울었다. 과실치사로 형사처벌은 불가피하지만 합의를 해주고 선처를 당부해 줘서 고맙다는 말을 남겼다.

남편에게 장기를 이식받은 5명 환자의 가족들도 몇 사람 왔다. 아들이 남편의 신장을 이식받았다는 중년 신사는 남편과 같은 대학 시절을 보냈다고 말했다. 그 당시 무임 승차한 부끄러움이 아직도……. 말 줄임표 안에 그가 하지 못한 말들이 읽혔다. 아들에게 남편에 대해 아는 것을 말해 주었다고 했다. 아들이 감사함과 함께 영광으로 생각한다는 말을 꼭 전해 달라 했다고 말했다.

첫날과 비슷한 부류의 사람들이 몇 팀 더 왔다. 나는 부족한 수면과 피로에 지쳤으나 은연중에 그녀를 기다렸다. 여성 문상객이 오면 긴장이 되었다. 책 모임을 함께 했다는 여성도 있었고, 출판사 편집장, 도서관 사서도 있었다. 그러나 그녀는 아니었다. 내가 왜 그녀를 기다리는지 나도 이해할 수 없었다. 기다렸다가 막상 그녀가 온다면 무슨 말을 할 것인지도 생각나지 않았다. 단지 그녀는 꼭 올 사람이었고, 와야 하는 사람이었으며, 남편과 마지막 작별이 필요한 사람이라는 생각이, 나를 사로잡고 있었다.

밤이 깊었다. 문상객이 거의 돌아갔다.

남편 지인 중 올 만한 사람인데 안 온 사람이 혹시 있나요?

벽에 등을 기댄 채 내가 중섭 씨에게 물었다.

글쎄요. 올 사람은 거의 온 것 같은데요. 누구 기다리는 사람이라도 있나요?

중섭 씨가 나를 돌아보며 물었다.

아, 아니에요. 나보다 중섭 씨가 더 잘 아시니까요.

나는 표정을 감추며 이제 그만 가 보세요, 라고 했다. 그래야겠네요. 내일 발인을 준비하려면. 중섭 씨가 대답했다. 그때 아, 저기 누가 들어오네요, 중섭 씨가 말하며 자리에서 일어섰다. 나도 따라 일어섰다.

출입구에는 한눈에도 고급스러운 검정 양복을 입은 덩치 큰 중년 남자가 들어서고 있었다. 왼쪽 깃 상의에 무궁화 모형의 배지가 달려 있었다. 반짝이는 구두를 벗고 들어선 남자가 향을 피우고 두 번 절을 했다. 중섭 씨가 첫 번째 화환을 보내온 이라며, 그 이름을 내게 말해주었다.

배지가 분향을 한 뒤 우리와 마주하고 절을 했다.

얼마나 황망하셨습니까. 심심한 위로의 말씀 드립니다.

무릎을 꿇은 채 배지가 내게 말했다. 중섭 씨를 보며 니는 잘 지냈나? 라고 물었다. 중섭 씨는 고만고만하지. 바쁠 텐데 우째 왔네, 라고 했다. 바빠도 와야제. 배지가 시선을 아래로 내렸다. 종주 모친은 잘 지내시고? 치매 요양원에 계신다. 종주 장례식 모른다. 허허참. 모친께서 동지들 찾아갈 때마다 라면을 끓여주며 반겼는데……. 모친이 보고 싶네……. 배지가 입술을 일자로 문 채 고개를 주억거렸다. 중섭 씨가 고개를 끄덕였다. 무릎을 마주한 두 사람 사이로 30년 강이 흘러갔다.

두 사람이 말이 없다. 할 말이 많을 텐데 가슴에 묻은 말이 화석이 된 걸까.

침묵 사이로 말이 오간다. 침묵이 대화다. 말하지 않은 것과 말할 수 없는 말이 오간다. 말하고 싶지만 말하지 못했던 말이, 묻고 싶지만 묻지 못했던 말이, 물을 수 없는 말이 오간다. 말하지 않은 것과 말하지 못하는 것은 다르고도 같다. 나는 배지와 중섭 씨 사이에 오가는 침묵을 지켜본다. 남편도 이들을 보고 있음을 나는 안다.

마침내 배지가 일어나 중섭 씨와 악수하며 수고하게, 라고 말했다. 남편의 영정을 일별한 뒤 구두를 신고 투벅투벅 걸어갔다. 뒷모습이 납처럼 굳고 무거워 보였다. 나는 남편의 영정을 돌아보았다. 그가 웃고 있다.

*

그녀는 오지 않았다.

*

발인식을 마치고 영구차에 올랐다. 버스 앞자리에 앉아 남편의 영정사진을 가슴에 안았다. 버스가 출발하려고 할 때 중섭 씨가 아, 잠깐만요, 이라며 휴게방에 깜박 놓고 온 것이 있다고 말했다. 그가 차에서 내려 장례식장 쪽으로 뛰어갔다. 바람에 옷자락이 날렸다.

중섭 씨가 액자와 화분을 들고 걸어오는 모습이 보였다. 화분에는 하얀 민들레꽃이 홀씨로 변해 있었다. 가녀린 줄기를 곧추세운 하얀 민들레 홀씨가 바람에 흩어졌다. 중섭 씨가 액자로 화분을 가렸다. 홀씨가 바람을 타고 날아갔다.

　나는 나를 드러내지 못했다. 소설을 쓰고 싶다고, 소설가가 되고 싶다고 차마 말하지 못했다. 막연히 꿈꿀 뿐 어떤 절실함도, 각오도, 행동도 부족했던 스스로를 잘 알았기 때문이다. 핑곗거리는 많았다. 돈도 벌어야 했고, 아이도 키워야 했고, 살림도 해야 했다. '여우와 신포도'처럼 늘 그렇게 적당히 둘러댈 이유는 많았다. 소설 교실에 기웃하며 그냥 뭐, 취미생활이죠, 하며 쿨한 척 튕겼다. 그러면서도 각종 문학상이나 신춘문예 수상작을 접하면 부러움과 질투로 아려오는 마음에 그들의 프로필과 사진을 뚫어져라 응시하곤 했다.

　올 초 늦둥이가 대학에 갔다. 아이 때문이라는 핑곗거리도 사라져 숨을 곳이 없었다. 게을렀고, 미루기 좋아했고, 직면하기 두려워했던 나 자신 앞에 이제는 벌거벗은 채 홀로 서야 했다.

　누군가는 소설가가 '꿈'이라 했지만 나에게는 '약속'이었다. 아주 어린 시절 스스로 다짐한 약속. 넌 글을 쓰면 좋겠어, 라고 해 준 이에게 눈빛으로 끄덕인 약속. 사십 년을 미루고 외면하고 두려워해 온 약속을 이제는 지켜야 한다. 그렇지 않으면 내가 나를 너무 미워할 것 같아서다.

　올 초 내가 한 일은, 숨겨온 약속의 씨앗을 꺼내놓고 가족과 주변 지인에게 '이 씨앗을 심겠다.'고 공표한 것이다. 큰 종이에 신춘 당선, 창작활동에 올인! 이라고 써서 머리맡의 벽에 붙였다. 부끄럽지 않기 위해 부끄러움을 무릅썼다.

　내게 약속은 오래된 미래이다. 내가 약속을 잘 지켜나갈 수 있도록, 응원하고 힘이 돼 주는 모든 이에게 감사와 신의 은총을 기원한다.

심사평 | 노 령

2023년 전북도민일보 신춘문예 소설부분 응모 작품은 모두 57편이었다. 한 편 한 편 읽어가면서 저마다 새로운 소설세계를 펼쳐내려고 밤잠을 설친 고심의 흔적이 묻어났다. 그러나 단 한 편만을 고를 수밖에 없다는 고심을 안고 심사에 임했다.

그런 점을 감안하여 좀 더 명확한 기준으로 작가 지망생들의 노고와 열정을 제대로 읽어내려 애를 썼다. 그 착안점은 보다 완성된 소설미학의 요소들이지만 굳이 밝히자면 이렇다. 첫째, 무엇을 썼는가? 주제의 명확성을 확인하려 했다. 둘째, 어떻게 표현했는가? 구성의 탄탄함을 눈여겨보았다. 셋째, 응모자만의 개성 있는 문체로 표현되었는지 살폈다. 그밖에 단편소설다움을 지니고 있는지, 즉 사건 전개의 필연성과 담아낸 메시지의 전달 능력이라든지, 가독성이 있는지 등이 읽어가는 과정에서 저절로 가려졌다.

그렇게 해서 선에 든 작품이 「말 없는 말」 「해일처럼 다가온 작은 물결」 「종이 언덕」 「사자死者의 시詩」 등 네 편이다. 이들 작품을 다시 한 번 더 정독했다. 「말 없는 말」은 교통사고를 당한 주인공을 입원실과 장례식장에서 지켜보는 아내의 시선으로 주인공의 삶을 알아가는 내용이다. 「해일처럼 다가온 작은 물결」은 남성동성애자인 게이에 관한 이야기로, 게이인 아버지에 대한 아들의 감정을 표현한 작품이고, 「종이 언덕」은 냄새에 무감각한 주인공이 생활 속에서 겪은 여러 사건에 관한 이야기다. 「사자死者의 시詩」는 유일한 역사소설로 매월당 김시습에 관한 작품이다. 이 중에서 「해일처럼 다가온 작은 물결」은 다른 작품에 비해 구성이 헐거워보였고, 「사자死者의 시詩」는 독자에게 주는 메시지가 분명치 못하다고 판단하여 일단 제외하였다.

　「말 없는 말」과 「종이 언덕」이 최종심으로 남았다. 「말 없는 말」의 장점은 주제가 선명하고 구성이 탄탄했다. 응모자가 습작을 많이 한 것으로 보였다. 특히 이데아 게임이라는 마음놀이를 통해 서로의 마음을 읽어내는 장면은 신선했다. 또한 주인공의 삶을 통해 사회문제에 대한 의식을 제고하려 한 점도 돋보였다. 「종이 언덕」은 냄새에 무감각한 주인공의 문제로 인해 겪는 고통을, 사건을 통해 하나하나 풀어나가는 전개가 자연스러웠다. 두 작품 중에서 어느 것을 골라도 무난하겠지만, 앞에서 제시했던 심사 기준에 앞섰다고 판단하여 「말 없는 말」을 고심 끝에 당선작으로 꼽았다. 당선 작가에게 축하를 보내며 문운을 빈다. 비록 당선에 들지 못했지만 응모하신 모든 분들께 위로와 격려를 전한다.

전북일보　배은정

경북대학교 사학과 졸업.
동 대학원 석사 수료.
방송작가.

오월의 박제관

배은정

박제관은 폐쇄되었지만 밖에서도 유리부스 안이 훤히 들여다보였다. 해화는 철제 난간에 허리를 걸치고 얼굴을 통유리에 바싹 들이댔다.

줄무늬가 선명한 호랑이가 앞다리를 쳐들며 포효했고 그걸 청설모가 바라보았다. 사나운 맹수의 기백을 마주한 자그마한 설치류의 태도치고는 다소 능청스러워 관람하는 입장에서는 맥이 빠졌다. 족제비는 지루한 듯 시선을 창 너머로 멀찍이 드리웠다. 사슴은 다소곳하게 다문 입 밖으로 송곳니가 튀어나와 기괴했다. 해화가 잇몸을 드러내며 따라 했다. 인조 나무에 앉은 백문조는 빛바랜 종족들과 달리 도기로 만든 변기처럼 윤기가 흘렀다. 황관 앵무가 눈알을 치켜 올려 해화를 쳐다봤다. 복도를 사이에 두고 사자관과 철새관이 있었지만 중첩된 유리에 잔상이 겹쳐 제대로 보이지 않았다.

"들어가서 보면 좋을 텐데……."

정우가 난간에 매달린 해화를 쳐다보며 말했다.

"박제라면 살아있었다는 거지?"

해화는 난간을 아예 타고 넘어버렸다. 난간에서 녹슨 철문 소리가 났다.

정우는 살아있었다의 '었'자를 강조하며 지금은 죽었다고 말했다. 해화는 같은 의미라도 말의 생기가 다르다며, 난간의 양 끝을 B와 D로 지칭하고 한쪽 발끝으로 반원 모양을 그리며 움직였다.

"박제는 여기쯤 아닐까? Birth와 Death 사이의 여기."

D 바깥에 선 해화의 어깨를 정우가 슬며시 B 쪽으로 당겼다. 정우는 난간을 넘지 않았기에 난간 너머는 해화와 박제품이 있었다. 박제품은 컨베이어 벨트에 실려 나온 공산품과 달랐다. 생명과 결부되어본 것들만의 특징이 있었다. 인위적으로는 절대로 만들 수 없는 진득한 세월의 더께 말이다. 정우가 적당한 표현을 떠올리며 침묵하는 사이 해화가 끼어들었다.

"구차하달까……."

해화는 다음 말을 할까 말까 고민하는 것 같더니 곧 이어서 말했다.

"너와 내가 나눠야하는 대화처럼 말이야."

정우는 퇴단서를 꺼내려고 내려놓던 배낭을 다시 짊어졌다. 강의 조언대로 전망대가 나올 것 같았다.

해화는 손 그늘을 만들고 유리창에 바짝붙었다. 박제된 털은 결이 가지런했지만 인공의 광택은 없었다. 살았다면 부단하게 물고 빨고 핥았겠지만 손질 안된 티가 확연했다. 엉키고 뭉친 갈기를 철석거리며 달리는 박제 사자를 상상했다. 정우는 스틸은 괜찮지만 동영상은 부자연스런 것들을 열거했고 가슴확대수술을 한 여배우에 이르렀다.

"오늘 우리 대화의 수위가 상당히 높은가 보구나?"

정우는 예술영화의 한 장면을 떠올렸을 뿐이라고, 불쾌하지 않았으면 좋겠다는 변명을 길게 했다. 해화는 귀담아듣지 않고 줄곧 개미핥기의 발가락에 시선을 두었다.

"박제될 걸 예상했나 봐요. 저토록 드라마틱한 자세로 죽은 걸 보면요."

화제를 돌리려는 정우의 말에 해화는 대구도 없이 유리에 입김을 불고 개미핥기의 발가락 사이에 점을 찍었다. 이럴 때보면 반세기 넘는 해화의 나이가 믿기지 않았다.

"이런 걸 발샅에 낀 때라고 하지."

정우는 발샅의 의미를 몰랐지만 어쩐지 어깨가 움츠러들었다.

박제관은 단층의 두 개 동이 전부였고 면적에 비해 전시품이 많았다. 안내문에 따르면 H 리조트가 건설해 R 시에 기부했다. 리조트 뒤편의 숲 탐방로도 마찬가지다. 탐방로까지 도로가 닦여 있어 성수기에는 사람들로 북적였다. 외발 수레를 밀고 가는 관리인이 두 사람을 흘깃거렸다. 수레에 담은 잔목은 관리인의 정돈 안 된 머리카락처럼 삐주룩했다. 관리인은 금방이라도 둘을 쫓아낼 기색이었기에 해화가 정우의 팔을 끌어당겼다. 오월 하순인데도 백합이 피어있었다. 한 그루 안에도 막 피어나는 봉오리와 쪼그라들고 말라비틀어진 꽃이 공생했다. 앞서가던 해화가 박제관 쪽으로 휙 돌아섰다. 뒤따르던 정우가 흠칫 놀라서 멈췄다.

"깃털이 흔들렸어."

해화가 말했다. 날갯죽지를 한껏 펼친 백문조가 날개를 슬며시 접더라는 것이다. 해화는 돌아오는 길에 확인하겠다며 사진을 찍고 호랑이 옆의 청솔모, 족제비 뒤의 사슴을 되뇌었다.

리조트에는 손님이 없었다. 인부들 서넛이 꿍꿍대며 파라솔을 옮겼다가 원위치에 갖다놓았다. 가로등에 다가서니 음악이 켜졌다. 나무에 붙은 매미 스피커였다. 처음이라기에는 이미 아는 듯하고 우연이라기에는 정해진 듯하다는 가사였다.

"우리가 여길 통째로 빌린 것 같네."

노래를 흥얼거리며 따라 부르던 해화가 말했다. 등산로 입구는 덩굴장미로 꾸며졌다. 바닥은 두툼한 야자 매트가 깔려 푹신했다.

"다른 세상으로 들어가는 통로 같은데요."

정우가 말했다. 얼마 안 가서 해화는 무릎에 손을 얹고 정우에게 눈을 찡긋했다. 극단에는 비밀로 해달라는 의미였다. 스스러울 것 없는 노화과정이 극단에서는 약점이 됐다. 정우가 아는 단원들 몇몇이 비슷한 속내를 드러냈기에 안쓰럽기까지 했다.

둘은 보조를 맞추며 걷다가 쉬었다. 성당이 내려다보이는 곳이었다. 고즈넉한 성당 정원에는 조경수가 단정하게 정돈되어 있었다. 나지막한 회양목을 울타리 삼아 성모상이 마을을 보고 서있었다. 옴폭한 분지에 올망 졸망 모인 건물 대부분은 숙박시설이었다. 왕년에 빛나던 관광지구는 박제품처럼 움직임이 없었다. 인적은 드물었고 된볕만 넘쳤다. 쇠락했다기보다 시간에 멈춰버린 모양새였다. 정우는 극단이 떠오른다고 했고 해화는 무슨 말이 하고 싶으냐고 쏘아붙였다.

"선배가 제출한 제안서 봤습니다."

정우는 굳이 선배라는 호칭을 사용했다. 해화와의 첫 회식에서 합의한 호칭이었다. 해화는 단무장이라는 호칭이 별로라고 했다. 너도나도 부르는 선생님은 질색했다. 해화는 누나라고 부르라고 했지만 선배의 선에서 타협을 봤다. 실제로 대학 선후배기도 했다. 정우의 직속상관인 강은 예술단 행정담당자가 연극단원과 어떻게 선후배가 되느냐고 했지만 해화는 운영의 묘를 살리려면 허울이 없어야 한다며 정우를 두둔했다. 해화는 제안서가 어떻더냐고 묻지 않았다. 정우로서도 급할 건 없었다. 탐방로는 길고 등반이 끝날 즈음 이야기는 마무리될 것이다. 걷기나 즐겨야 생각하는데 해화가 서두는 치우고 결론만 요약해달라고 했다.

"특별하지 않았어요."

정우는 구태의연하다는 말까지 하지 않았다. 특별함은 예술의 숙명이고 예술가에게 특별하지 않음은 치명적이라고 해화가 읊조렸다.

성당에서 삼종소리가 들려와 대화가 끊어졌다. 성모상 앞에서 누가 성호를 그었다. 정우가 보기에는 목발을 짚은 여자였는데 해화는 남자라고 했다. 아무튼 정우에게는 여자로 해화에게는 남자로 보이는 목발 짚은 이가 두 손을 모아 기도했다. 목발에 겨드랑이를 낀 쪽으로 상체가 비뚜름하게 기울었다. 성모상은 아기 예수의 머리에 고개를 파묻고 묵상했다.

볼수록 남자가 분명한 목발이 성모상에서 서너 걸음 떨어진 벤치에 앉았다. 얼마 지나지 않아 이삭처럼 고개를 숙이더니 어깨를 들썩였다. 해화와 정우는 당혹스런 눈빛을 나눴다.

들썩임은 잦아들자 문제의 순간이 이어졌다. 목발을 짚지 않고 일어서다 쓰러진 것이다. 벤치의 모서리를 부여잡고 안간힘을 썼지만 일어서지 못했다. 간신히 몸을 일으키고 주저앉길 반복하다 제자리에 드러누워 버렸다.

"저기까지 얼마나 걸릴까?"

해화가 말했다.

"가시려고요?"

"이런 대사가 있어. 예전의 당신과 완전히 이별하지 못했군요. 목발의 저이도 그럴거야."

목발이 바닥을 치고 소리를 질렀다. 해화와 정우는 오던 길을 내려갔다. 갈림길이 나타났고 두 사람은 오지 않은 길을 택했다. 성당은 갈림길에서 멀지않았다. 방금까지 내려다보이던 성모상은 그대로였지만 목발은 없었다. 해화와 정우는 목발이 쓰러졌던 벤치에 앉았다. 정우는 해화에게 생수를 건넸고 해화는 벌컥 소리를 내며 들이켰다.

"목발을 쓴 지 얼마 안 됐을 거야."

해화의 말에 정우가 어떻게 아느냐고 물었다.

"목발은 건강한 다리에 짚어야 하거든."

정우는 이해되지 않았다. 아픈 다리를 보조하는 장치가 목발 아니냐고 되물었다.

"성한 쪽에 목발을 짚고, 목발과 아픈 다리를 동시에 내밀며 걷는 거야."

해화는 몸소 시범을 보였다. 목발에 엉켜 뒤뚱거리다 넘어져 가며 배운 지혜라고 했다.

"목발의 그이는 잘 갔겠지?"

해화의 눈가에 주름이 깊어졌다. 가까이서 본 성모상은 표정이 모호했다. 마을을 굽어보는 시선이 자애로우면서도 근심스러웠다. 수몰하는 세상을 보는 모습이랄까. 정우의 말에 해화는 문학을 전공했다더니 소설을 썼냐며 피식 웃었다. 정우는 아무 말없이 배낭을 뒤적여 샌드위치를 내밀었다. 먼 길을 오느라 시장했던 터다. 출근하자마자 두 시간을 운전해왔다. 주소를 알려준 이는 강이었다. 강은 퇴단서를 쥐어주며 서명을 못 받으면 돌아올 생각을 말라고 했다.

해화는 포장지의 재료명을 읽었다. 성분 하나라도 내키지 않으면 먹지 않을 심사로 보였다. 밀은 캐나다산이고 멀티몰트믹스는 독일산이고 마가린은. 재료를 차례차례 읽던 해화가 처음 맡은 배역이 가린,이라고 했다. 마가린을 읊자마자 가린이라고 했기에 정우는 웃음을 터트렸다. 해화는 유쾌하지 않은 기억이라며 정색했다. 가녀린 소녀 역할이었지만 어린 해화는 통통한 편이어서 지도교사가 대본에 없는 대사를 만들어주었다고 했다.

"나는 가녀린 가린이라고, 모든 대사를 그렇게 시작해야 했어."

배우와 캐릭터의 부조화를 대사로 보완했던 셈이다. 해화가 대사를 읊듯 이야기를 이어나갔다. 보이는 것과 달리 가녀리게 봐달라고, 가린이 대사를 할 때마다 관객석에서 폭소가 터졌다고. 벌써 사십 년이 넘은 일이라면서 샌드위치는 나중에 먹겠다고 했다.

평평하던 탐방로는 가파른 흙길로 접어들었다. 빽빽하게 들어선 나무 사이로 바람 한 점도 불지 않았다. 쉴 곳을 찾던 두 사람 앞에 볕살 너른 곳이 펼쳐졌다. 도톰한 둔덕에는 나지막한 팻말이 꽂혀있었다. 분묘 번호 15번. 팻말에는 분묘 연고자의 연락을 기다린다는 이장 안내문이 적혀있었다. 해화는 분묘 앞에 주저앉았다. 정우는 무덤이라 신경 쓰인다며 어정쩡하게 쪼그려 앉았다. 해화가 여지껏 내려놓지 않던 배낭을 열었다. 배낭에 든 것은 와인 한 병과 오프너가 다였다.

"웬 와인이에요?"

정우가 기가 찬 듯 물었다.

"극단엔 비밀이야."

해화는 검지로 입술을 지그시 눌렀다. 분묘에 와인을 뿌리고는 병째로 들이켰다. 정우에게도 권했지만 운전을 이유로 거절했다. 해화는 자기 몫의 샌드위치를 정우에게 건네고 와인을 마시며 샌드위치 포장지를 다시 읽었다. 출석부를 든 담임처럼 성분을 하나씩 호명했고 정우는 맛을 음미하며 들었다. 이름에서 각각의 맛이 났다. 샌드위치 하나에 들어간 재료가 스물여섯 가지였다. 정우가 극단의 단원 수와 똑같다며 신기해했다. 해화는 부분이 모여 전체가 되는 것들을 이야기했다. 완제품은 구성성분을 닮는다고 정우가 말했고 작품은 배우를 닮는다고 해화가 말했다. 해화는 대본을 읽듯 물티슈의 성분을 읊기 시작했다.

헥실렌글라이콜, 라우릴피리디늄클로라이드, 디소듐이디티에이……

해화의 입술을 거쳐 나온 화학성분들은 마법을 부르는 주문 같았다. 하나같이 무게감이 꽉 찬 이름이었다.

"복잡한 재료에 비해 결과물이 깔끔해서 좋네요."

정우는 거추장스러운 성분을 한 장의 펄프에 녹여낸 성공작이라고 말했다. 해화가 이해가 안 된다며 물었다.

"도대체 어디서 왔는지도 모르는 것들로 만들어졌는데도?"

"그게 무슨 상관이에요. 결과물이 중요하죠. 안 그래요?"

와인병은 불투명했지만 해화가 고개를 꺾어 마시는 걸로 봐선 바닥에 가까웠다. 별말 없이 와인을 들이키는 해화에게 정우가 결정을 내려달라고 했다. 해화는 골치아픈 선택에서 벗어나려는 듯 태엽을 과거로 감았다.

해화는 돈사 근처에 살았던 적이 있다고 말했다.

"비가 오면 악취가 심해졌어."

해화는 악취가 시간을 거슬러 온 것처럼 눈살을 찌푸렸다. 정우도 따라서 인상을 썼는데 대화의 맥이 흐려졌기 때문이다. 해화는 비가 오면 돈사에서 분뇨가 쏟아져 나왔다고 말했다. 농장주는 빗물에 쓸려가길 바랐지만 말 그대로 바람에 불과했다. 민원이 불거지자 취재기자가 농장에 카메라를 들이댔다. 농장주는 선대부터 해왔던 방식이라고 맞섰다. 원래 분뇨에서는 냄새가 난다고. 대단지 아파트가 들어서기 전부터 돼지가 살았고, 젊은 농장주가 태어나기 전부터 있던 냄새라고 울먹이며 말했다. 그럼 우리 돼지는 어디서 살아야 하나요, 하소연도 했다.

"아무래도 갠 날이 좋았겠어요?"

정우는 대화의 맥을 잊고 해화의 이야기에 빠져들었다.

"그런데 말이야."

해화는 입안에 머금고 있던 와인을 삼키면서 말했다.

"맑은 날엔 포소리가 났어."

외곽지 아파트는 저렴한 이유가 있었다. 사격훈련장은 거실에서도 보였다. 나무 한 그루도 자라지 않는 가파른 산비탈이었다. 훈련장으로 이어진 도로는 군용차의 행렬이 끊이지 않았다. 훈련 날마다 굉음이 요란하게 울려 돼지가 유산을 할 정도였다.

"악취와 소음, 어느 편이 나을까?"

둘 중에 하나를 골라볼래,라는 말투였다.

"그런 데서 어떻게 살았어요?"

정우는 골치 아픈 수학 문제를 집어던지는 아이처럼 심술궂게 말했다.

"비가 오든 맑든 언제나 나는 말이야……."

해화의 눈에서 희미한 미소가 지나갔다.

"그때가 좋아서. 극단에 막 입단했을 때거든."

모노드라마의 한 장면 같은 순간이었다. 해화는 대화를 나눈다기보다 홀로 과거로 가버린 것 같았다. 핀조명만 비추면 해화는 무대에서 독백하는 배우이고 정우는 제1열에 앉은 관객이었다. 정우는 해화의 모놀로그에 집중했다. 해화는 그때 예명을 해화로 지었다고 했다. 생활비를 아끼려고 에어컨도 못 켰지만 괜찮았다고. 악취가 심하면 돼지들이 크고 있구나, 포탄 소리가 나면 군인들이 저토록 훈련에 열중하니 편히 자도 되겠구나 생각하면 그만이었다. 연습은 고됐지만 무대가 있어 감사했다. 고백컨대 한 번도 나태하지 않았다고. 그녀는 긴 대사를 마친 배우처럼 눈을 질끈 감았다. 연극은 대사 없는 구간에도 메시지가 있다. 반면 현실의 침묵은 어색했다. 해화는 대사가 많은 연극일수록 침묵의 묘미를 살려야한다는 말로 침묵을 깼다.

정우는 극단을 위해 선배들이 결단해달라고 부탁했다. 선배라면 누구냐고 해화가 물었다. 몇몇을 지목하니 그들이구나,라며 이름을 읊조렸다. 정우는 석이 빠진 이유를 서너 문장으로 준비하고 있었지만 해화는 묻지 않았다. 석이 시장의 라인이라는 소문은 파다했다.

해화가 그들과 사적으로 어울리지 않는 건 정우도 알고 있었다. 무대에 임하는 태도 또한 달랐다. 다만 극단은 변화가 필요하고 해화는 연장자다. 무엇보다 '고도를 기다리며'를 재탕한 제안서로는 어림도 없다.

"극단은 쇄신이 필요해요. 고도만 기다릴 수 없다고요."

"고도가 어때서?"

해화는 고도만큼 인간존재의 부조리성을 담은 작품이 어딨냐고. 부조리를 무대에서 구현하는 예술이 연극 아니냐고 따져 물었다.

"대중은 새로운 걸 원해요."

"우리의 역량 안에서 새로운 걸 찾아오면 돼."

해화는 시간을 두고 고민하면서 우선 잘 하는 것에 집중하자고 했다.

"뭘 기다려요? 고도를요? 도대체 고도가 뭔데요?"

"그걸 알았다면… 베케트가 썼겠지."

다시 또 벽이다. 해화와의 대화는 풀리는가 싶다가도 어느샌가 막혔다. 해화를 거꾸로 읽으면 되는 화해는 멀어만 보였다.

극단은 언제부터인가 상임연출을 두지 않았다. 대외적으로는 극단만의 색깔을 찾는 여정이라지만, 속내는 상임을 둘 예산이 배정되지 않았다. 단원들은 연출 개인에 치우치기보다 극단만의 확고한 스타일을 구축하는 기회로 삼자고 다짐했지만 객원 연출이 위촉될 때마다 객원과 합을 맞추느라 줏대 없이 흔들렸다.

최근 위촉된 객원은 대학로에서 감각 있는 연출로 지명도가 높았다. 대다수 단원들보다 어렸지만 그의 열정에 배려는 없었다. 객원은 몸짓 언어로 인물을 드러내는 실험적인 작품을 제안했다. 공연이 얼마 남지 않았는데도 트레이너를 데려와 스트레칭을 시켰다. 경직된 몸이 본인도 모르게 캐릭터 창조를 방해한다는 이유였다. 몸의 움직임이 자유로워야 입체적인 연기가 가능하다는 건 단원들도 동의했다. 다리 찢기나 반복하려고 배우가 된 건 아니지만 동작이 제대로 되지 않아 뭐라 할 말도 없었다. 객원의 말대로 연극은 몸짓과 언어의 시학이다. 대사 위주로 연기했던 배우들의 몸은 굳어있었다. 나이 든 배우들의 무대가 몸짓보다 언어 쪽으로 기울어간 탓이다.

서넛의 연장자를 시작으로 지각이 속출했다. 느지막이 나타난 배우의 셔츠 위로 부황 자국이 선명했다. 진단서를 들이미는 단원들을 연출가도 어쩌지 못했다. 물론 해화는 누구보다 성실히 임했고 후배들을 다독여 봤지만 역부족이었다.

결국 배역 테스트에서 연장자는 모조리 탈락했다. 최고 배점은 몸의 유연성이었다. 단원들은 관행을 송두리째 무시했다며 반기를 들었다. 의례적으로 주인공은 연장자에게 먼저 제안됐다. 연장자가 거절하는 제스처를 취하면 그제야 차순위를 의논했다. 정해놓은 규정은 없었지만 배역은 적절하게 배당됐다. 극단 나름의 오랜 규칙이 깨진 것이다.

강은 다시 정우에게 연락해 퇴단서를 가져오지 못하면 시말서로 대신해야 할 거라고 으름장을 놓았다. 정우는 불쾌한 음성이 새나갈까 해화를 등지고 통화했다. 극단은 해체의 기로에 섰다. 의회는 예산 감액을 통보했고 장기적으로 법인화를 거론했다. 정우는 곧 마무리하겠다며 서둘러 전화를 끊었다.

"너도 고생이 많구나."

통화가 끝낸 정우에게 해화가 말했다. 강은 해화에게 말을 조심했다. 말을 해놓고 눈치를 보고 아니다 싶으면 말을 부정했다. 강이 해화에게 자주 한 말은, 그런 말이 아니고요,였다. 해화에게는 사람 좋은 척하다가 골칫거리는 정우에게 떠넘기는 꼴이었다. 바로 이 순간이 그렇다. 강은 사무실에서 전화기나 붙들고 있고, 정우는 무명의 묘지 앞에 쪼그리고 앉아있다. 정우는 더 이상 시간을 끌고 싶지 않았다.

"퇴단해 주십시오."

고개를 숙이고 눈치를 살피는 정우를 보고 해화가 피식거렸다. 도무지 심각해지지 않는 해화에게 정우는 그만 짜증이 났다.

"극단도 변해야죠."

정우가 극단이 올린 최근작들을 열거했다.

"씨받이로 들어간 여자 이야기도 있었잖아요?"

지금이 어느 시대인데 씨받이냐고 따지려는 의도였다.

"만삭이 돼서야 독립운동가 남편이 돌아오지."

금세 작품에 몰입한 듯 해화의 눈빛이 아득해졌다.

"죄다 지난 시대잖아요."

해화가 그게 뭐 어때서라며 정우를 쳐다봤다.

"나쁘다는 게 아니에요."

정우는 고전이나 기웃하는 방식으로 예술기금을 지원받기 어렵다고 했다. 예산 담당인 정우가 문화예술과로 차출된 이유는 재정 감축을 위해서다. 표면적으로는 합리적인 재정운영을 표방했지만 실제로는 시장의 공약사업 추진비를 최대한 확보하자는 의도였다. 사업의 중요도에 따라 예산을 배분하는 선택과 집중 전략에서 공공예술은 선택받지도 집중되지도 못했다.

"젊은 관객 좋아하네."

해화는 지금은 초고령 사회가 아니냐고 비꼬았다. 정우는 고령일수록 극장을 덜 찾는다고 말했다. 해화는 그래서 찾아가는 공연을 하지 않느냐고 목소리를 높였다.

"장돌뱅이처럼요?"

정우는 단어 선택이 적절치 않다고 깨달았지만 이미 내뱉은 후였다. 정우는 극단만의 시그니처 극을 만들 계획이며 투자자를 찾는 것이 목표라고 마저 말했다. 원대한 계획에서 해화는 제외됐다는 말은 하지 않았다. 배제된 이유를 모르겠다고 넋두리하는 단원들도 있기는 했다. 정우는 형의 놀이에 끼워달라고 보채는 어린 동생 같다고 생각했다.

"목발도 성한 쪽에 쥐어줘야 한다면서요? 우리 처방이 그래요. 건강한 쪽에 목발을 주려는 거라고요."

정우는 창단 20주년 기념식에서 감사의 뜻을 전하겠다고 덧붙였다. 예술회관 로비에 아트 월을 조성해 해화를 기억할 계획이다.

"나를 박제하겠다는 거야?"

해화는 얼음처럼 미동이 없었다. 끊임없이 이어지던 자잘하고 우아한 동작들, 쾌활한 언어와 눈웃음이 사라졌다. 연극 '마리오네트'의 주인공처럼 몸짓에 생기를 잃었다. 해화는 마리오네트 역이 마음에 들었지만 주인공을 열망한 다른 배우가 차지했다. 몸의 마디마다 실을 묶는 연기라 체력 조건도 고려됐다. 해화보다 한참 어린 배우는 의욕이 앞섰는지 몸짓이 과하다는 평을 받았다. 해화라면 어땠을지 상상한 적이 있었는데 바로 눈앞에서 현실이 됐다.

해화는 줄이 끊긴 마리오네트처럼 어깨가 늘어졌다. 무대에는 승강장 표지판뿐이고 마침 이곳에도 분묘 번호 15번 팻말이 있다. 망연자실하며 팻말 아래 주저앉은 승객은 돌아오지 않는 버스를 기다렸다. 버스를 따라 뛰어가봤지만 얼마 못가 벅찬 숨을 몰아쉬며 쓰러졌다. 배낭에는 백 미터를 18초에 뛰던 탄탄한 다리와, 무대만 보면 방망이질하던 심장과, 남이 뭐라든 상관없던 자존감과, 잃을 것 없으니 두려울 것 없다는 냉소와, 굵고 윤기나는 머리칼까지 들어있다. 배낭 없이는 살아본 적이 없으니 이전처럼 살려면 찾아오는 수밖에. 하지만 가진 거라고는 덜거덕거리는 무릎과 늘어진 어깨, 나약한 정신력뿐이었다.

"박제가 아니라 기념하겠다는 겁니다."

극단이 지금까지 오는데 해화의 역할이 컸음을 안다. 지렛대라는 말보다 주춧돌에 가까웠다. R 시의 가난한 연극인들은 20년 전 해화를 주축으로 공립극단을 창단했다. 직장에서 퇴근해야 연습을 할 수 있었던 배우들이 아침부터 연습실로 출근했다. 극단에서 월급을 받으면서 무대에 집중했다. 해화는 초대 연출 자리를 제안받았지만 배우로 남았다. 그동안 많은 작품들이 무대에 올랐다. 숨이 턱까지 차오르도록 연습해서 완성한 작품들이다. 횟수를 거듭할수록 호흡은 안정됐고 연기가 노련해졌다는 평을 들었지만 관객은 늘지 않았다. 무대를 마치고 뒤풀이 때마다 노련하다는 말에 대한 토론이 이어졌다. 노련미 넘치는 무대라면 왜 관객은 오지 않는 것인지. 노련의 능란함과 익숙함 중에 무엇이 문제인지를 다투다가 술에 취했고 다음날이면 모조리 잊고 다시 연습을 했다.

패기에 찬 단원 일부가 관객을 직접 만나러 가자고 제안했고 거리공연이 성사됐다. 관객도 배우도 집중하기 어려운 무대였지만 호응은 좋았다. 대중적인 작품이 선택되고 통속적인 각색이 이뤄졌다. 극단이 야외에서 머무르는 동안 예술회관은 고가의 초청 공연으로 채워졌고 연일 매진을 기록했다. R 시의 세금으로 만든 극단을 시민들이 외면했다는 기사가 실렸다. 위기를 뚫고 나갈 손쉬운 일 순위로 인력의 물갈이가 거론됐다. 연봉이 높은 단원을 정리하고 빈자리는 계약직으로 채우는 계획이었다.

정우의 말을 듣던 해화가 주섬주섬 배낭을 열었다. 일은 순식간에 벌어졌다.

"뭐하는 거예요?"

해화가 정우의 목에 오프너를 들이댔다. 코르크를 뚫던 나선형의 날카로운 끝이 울대를 건드렸다.

"어때?"

해화가 물었다. 정우를 더욱 당혹케 한 건 어디선가 본 듯한 장면이라는 것이었다. 기시감의 정체는 곧 무대에 오를 20주년 기념 연극이었다. 낭떠러지로 내몰린 주연배우의 표독한 연기를 정우도 본 적이 있다. 연출에게 서류를 전하러 연습실에 들렀던 때였다. 배역을 맡지 못한 배우들은 연습에 불참했지만 해화는 귀퉁이에 앉아 지켜봤다.

연습실에서 본 것과 다른 점이 있다면 주연배우는 상대의 뒤편에서 칼을 들이댔지만 해화는 정우를 마주 봤다는 것이다. 한 손으로 정우의 어깨를 붙잡고 다른 손으로 오프너를 들이댔다. 해화가 오프너를 조금 더 밀었다면 살갗을 건드렸을 것이다. 정우는 오프너를 보며 굴까개를 떠올렸다. 껍데기 속 보드러운 굴을 날카로운 끝으로 벗겨내는 신속한 손놀림을 말이다. 껄끄러운 상황을 어이없는 상상으로 모면하는 건 정우의 오랜 습관이었다. 눈앞의 위기를 회피하는 마인드 컨트롤의 일종이랄까. 해화의 돌발행동은 뾰족한 도구를 사용하는 온갖 장면을 떠오르게 했다.

정우는 그간의 노고에 경의를 표한다고 떨리는 목소리로 말했다. 내쳐진 것 같은 당혹스런 입장도 이해한다고. 그럼에도 극단의 미래를 위해 결단해달라고 부탁했다. 이곳까지 달려오느라 야근을 해야 한다는 말도 덧붙였다. 해화의 팔목에는 핏줄이 불거졌고 나잇대 치고는 완력이 상당했다. 그럼에도 스무 살 아래 남성이 못 빠져나갈 정도는 아니었다. 정우를 굴복시킨 건 눈빛이었다. 막다른 골목에 몰려 관용 따위는 베풀 수 없는 자의 위태로움이 느껴졌다. 다행히도 위태로움은 유동성을 내포했고 곧이어 자포자기의 눈빛으로 바뀌었다. 해화는 평생의 하나를 내려놓는 심정을 아느냐고 했다.

날씨는 예보와 달랐다. 흐려진다더니 햇볕은 더 따가워졌다. 해화는 헉헉대며 전망대까지 올랐다. 가쁜 숨에서 달짝지근한 술 냄새가 났다. 해화는 내려가라고 했지만 정우는 별말없이 뒤따랐다. 잎끝이 날카로운 사철나무가 길을 알려주었다. 아카시아 꽃송이가 터질 것처럼 부풀어 올랐다.

먼저 도착한 해화가 벤치에 드러누웠다. 양말을 벗고 발을 휘저으며 마지막으로 무대에서 읊었던 대사를 중얼거렸다. 지금은 공문이 유일한 글쓰기지만 한때는 문학도였던 정우가 들어도 멋진 대사였다.

벤치에서 관광지구가 한눈에 들어왔다. 마을은 운치가 있었다. 저속 촬영을 해도 한 장면과 다를 바 없는 박제관 같았다.

"동물을 어떻게 박제하는지 아니?"

마을을 쳐다보던 해화가 물었다. 박제에 문외한인 정우는 체액을 제거하고 화학물질을 채워 넣는 줄만 알았다. 그러니까 뼈대는 진짜라고 생각했다.

"마네킹에 가죽을 씌우는 거야."

해화는 박제의 어원도 상세하게 알았다. 박제의 한자는 벗겨서 만든다는 뜻이지만 영어로는 가죽이 원래 위치로 움직인다는 의미였다. 외국에선 키우던 개가 죽으면 박제를 한다고 했다. 정우는 가죽이 제 위치로 돌아오는 장면을 상상했다.

바람이 불자 가지가 엉키고 잎사귀들이 포개졌다. 해화가 벤치를 차지했기에 정우는 모서리에 기대섰다. 해화가 누운 채로 몸을 움직여 앉을 자리를 만들어주었다. 정우는 해화의 머리맡에 앉았다.

"무성한 나무가 여기만 정돈됐네요."

벤치 앞쪽 회양목 가지 끝이 단정하게 잘려있었다. 벤치에 앉아서도 마을을 조망할 수 있도록 배려를 한 듯 했다.

"가지치기를 누가 했을까요?"

정우는 잔목이 수북하게 실어 나르던 외발 수레를 떠올렸다. 산을 오르며 본 사람은 리조트 관리인과 목발뿐이었다.

"그보다는…… 누굴 위해 했을까?"

해화는 리조트 관리인은 아닐 거라고 했다. 아무도 찾지 않는 뒷산까지 누가 신경을 쓰겠냐고. 전망대에서 보는 관광지구는 미동이 없었다. 도로는 한산했고 숙박시설 주차장은 텅 비어있었다. 내리쏟는 햇살조차 변함이 없었다.

그때 해화가 상기된 목소리로 마을을 가리켰다.

"저길 봐."

황량한 거리를 홀로 걷는 목발 사내였다. 그의 걸음은 엇박자처럼 덜커덕거렸지만 제법 리듬이 맞았다. 광활한 무대를 활보하는 배우처럼 경쾌한 걸음이었다. 해화는 배낭에서 종이를 꺼냈다. 정우가 건넨 퇴단서였다. 해화는 그걸 반으로 접어펴고 삼각형으로 접기를 반복했다. 그러고는 다 접은 비행기를 가슴에 대고 눈을 감았다. 몸을 일으킨 해화가 미세한 근육까지 늘려가며 기지개를 켜고 오른팔을 힘차게 뻗었다. 비행기가 나뭇가지에 걸려 내려앉는 것 같더니 다시 날아올랐다. 멀리서 버스 한 대가 관광지구로 들어왔다. 관광버스가 들썩이도록 흥겨운 음악이 전망대에서도 들렸다.

이제 와서 하는 얘기지만 제게 당선소감이라는 이름의 파일이 있습니다. 무턱대고 소감부터 쓰던 막막한 날들을 토닥토닥 위로해 봅니다. 막상 건질 문장 하나 없는 건 왜일까요.

신문사에서 연락을 받은 다음 날 해돋이를 갔습니다. 집 가까이 바다가 있지만 일출은 1년에 단 한 번인 연례 행사입니다. 그러니 올해 저의 '해피 뉴 이어'는 두 번입니다. 바닷가에서 해가 떠오르는 반대편을 오래도록 봤습니다. 밀려오는 여명과 걷히지 못한 어둠이 뒤섞인 색감이 아름답고도 비현실적이었습니다. 제게 소설이 그랬던 것 같습니다. 윤슬의 반짝임은 흔들림임을 흔들리지 않으면 반짝일 수 없음을 이제는 압니다.

치열하게 쓰는 문우들이 많습니다. 쓰는 사람의 태도를 가르쳐 준 난계 소설반 식구들. 소정, 영일, 미연, 성주, 지숙, 월향 님. 당신들처럼 소설에 진심인 이들을 보지 못했습니다. 김영, 이강란 님 응원해주셔서 감사합니다. 소창동이 없었다면 여기까지 오지도 못했습니다. 그리고 존경하는 엄창석 선생님. 차분하게 전진하라는 말씀 새기겠습니다. 지민, 지안, 사랑하는 우리 가족의 안녕을 기원합니다. 웅크려들던 제게 한 걸음 더 가보라고 해주신 심사위원님과 신문사에 감사드립니다.

아픔과 슬픔을 통과하는 서사의 힘

올해 전북일보 신춘문예에는 예년보다 훨씬 다채로운 주제와 소재를 갖춘 작품들이 대거 응모했다. 응모된 작품들만 읽는 것만으로도 우리 시대의 통증과 고민의 깊이를 충분히 체감할 수 있는 작품들이 많았다. 삶이 밑바닥부터 통째로 흔들리는 절박함 속에서 문학이 꽃을 피운다는 건 사실 슬픈 일이다. 다만 이 아득한 슬픔에 빠져 있는 나를 내가 내 힘으로 건져 올리겠다는 의지가 우리로 하여금 펜을 들게 한다. 그것이 서사의 힘일 것이다.

예심과 본심을 거치는 동안 응모작들에 대한 다양한 검토가 교차해서 이뤄졌다. 이 과정에서 다음번에 좀 더 새롭게 읽고 싶은 작품들이 많아 행복했다. 「할 수 없는 말」, 「돌아가는 길」, 「소금이 오는 소리」, 「하얀 꼬리 줄다리기」 등은 무척 인상적이었다. 작품의 밀도를 조금 더 높이는 일이나 서사의 긴장도를 끝까지 밀고 가는 힘에 대해 숙고해주길 부탁드린다.

마지막까지 남은 작품은 「오월의 박제관」과 「알다가도 모르는 일」.

숙의 끝에 심사위원들은 「오월의 박제관」을 당선작으로 선정하는데 합의했다.

「알다가도 모르는 일」은 추후 확장 가능성이 큰 작품이라고 격려하고 싶다. 작품에서 약간 거칠게 느껴지는 부분들이 있었던 게 옥의 티였다. 소설이 갖춰야 할 것들은 모두 갖췄고 또 그 조합도 훌륭했다. 세밀함에 대해 좀 더 고민하길 바란다.

「오월의 박제관」에서 드러나고 있는 우리들의 문화 현장을 지키는 예술인들의 고민을 이 글을 읽는 독자라면 누구나 동의하고 공감할 것이라고 생각한다. 서사 진행의 완급 조절, 성격 창조의 자연스러움, 오랜 수련의 흔적과 통찰의 깊이가 함께 드러나는 문장 등…. 완성도가 빼어난 작품을 당선작으로 뽑은 것에 대해 심사의 보람을 느꼈다는 말을 여기 꼭 적고 싶다. 내 삶의 자리를 찾기 위해 우리는 이처럼 아픔과 슬픔이 교차하는 곳을 통과한다. 정진하여 한국 서사 문학의 지평을 넓히는 큰 작가가 되길 기대한다.

조선일보 **전지영**

1983년 경북 포항 출생.
이화여대 기악과 중퇴, 한국예술종합학교 예술경영학과 졸업.

쥐

전지영

*

　J시 해군 관사 단지는 21층짜리 아파트 총 열 한 개 동으로 이루어져 있었다. 정중앙에 서 있는 영관급 관사 101동을 위관급 관사 열 개 동이 감싸 안은 모양으로, 학익진을 연상케 했다. 영관급 관사 거실에서는 바다가 한눈에 보이지만, 위관급 관사에서는 영관급 관사의 뒤통수에 가려 3분의 2쯤 조각난 바다만 보였다. 거기다 위관급 관사는 뒤편이 산으로 둘러싸여서, 일 년 중 절반은 날 선 산바람이 불어들었다. 영관급 관사로 불어오는 바람을 위관급 관사가 온몸으로 막고 있는 형국이었다. 구월 초가 되면 관사 근처 다이소에는 뽁뽁이와 문틈 막이 테이프가 동이 났다. 뽁뽁이를 구하지 못하면 비닐이라도 구해서 붙여야 겨울을 무난히 보낼 수 있었다.

　윤진의 남편은 아이가 뒤집기를 할 무렵 구축함을 타고 바다로 나갔고, 부대로 복귀하지 못한 지 두 달 반째였다. 파병이든 승선이든 부대 남자들이 일 년간 집에 머무는 시간은 석 달이 채 되지 않았다. 윤진의 남편도 마찬가지였다. 일주일에 한두 번, 배 안에 연결된 전화기로 남편에게 전화가 걸려 왔다. 수신은 불가능하고 발신만 가능한 전화였다. 윤진은 남편에게 먼저 연락이 오길 기다리는 수밖에 없었다. 통화가 가능한 시간은 오 분 내외였다. 짧은 통화는 생사를 확인하는 게 전부일 때가 많았다.

영관급 관사 주변에서 위관급 관사 여자들이 누릴 수 있는 유일한 공간은 분수대 앞이었다. 관사로 불어오는 바람이 모이는 장소였다. 아파트로 불어든 산바람은 세기를 더해 분수대 주변에 방향 없이 휘몰아쳤다.

오후 네 시가 되면, 분수대 옆 단층 건물 주변으로 관사 여자들이 모였다. 단층 건물에는 관사 아이들만 다닐 수 있는 어린이집이 자리했다. 아이를 하원 시킨 후, 여자들은 하릴없이 분수대 앞에 모여 이야기를 나눴다. 윤진 역시 선, 오와 함께 분수대에서 주로 오후 시간을 보냈다. 선과 오, 윤진의 남편은 임관 기수가 달랐지만 모두 대위였다. 그중 선의 남편은 윤진의 남편과 같은 구축함을 타고 있었다. 여자들은 남편의 기수를 따진 뒤 서로를 선배님 혹은 후배님이라 칭했다. 기수가 가까울수록 더 철저하게 선후배를 구분했다. 관사에 들어오기 전에는 일면식조차 없던 세 사람도 기수를 따져 서로를 후배와 선배라 불렀다.

윤진은 그 호칭이 마음에 들지 않았다. 처음 관사에 들어왔을 때도, 오년이 지난 지금도 변함없이 싫었다. 단 한 번도 선배였던 적이 없던 사람을 선배라고 불러야 한다는 게 부당하다고 여겼다. 관사에서 살게 된 지 육 개월쯤 되었을 때, 윤진은 자신보다 나이가 어린 여자를 이름으로 불렀다가 곤욕을 치렀다. 여자의 남편은 윤진의 남편보다 다섯 기수나 높았고, 이를 안 관사 여자들이 윤진의 면전에서 비난을 퍼부었다. 관사에서는 관사의 규칙을 따라야 했고, 따르지 않았을 때는 비난과 따돌림을 감내해야 했다. 윤진은 관사 여자들의 비난을 무시할 만큼의 배짱이 없었다. 결국 내키지는 않았지만, 호칭만큼은 관대해져야겠다고 마음먹었다.

결혼 전, 윤진은 대형 정형외과에서 물리치료사로 일했다. 결혼 후 처음 육 개월은 남편의 근무지 옆 정형외과에서 근무했지만, 남편이 J시로 발령받으면서 일을 그만두었다. 남편은 팔 개월 뒤 P시로, 그로부터 오 개월 뒤에는 G시로 발령받았다. 결혼 기간 중 총 여덟 번이나 이사하면서 윤진에게 남은 건 가끔 얼굴만 보는 남편과 아이 둘뿐이었다. 윤진은 다시 일할 수 없을지도 모르겠다는 생각에 좌절감이 들었지만, 이제는 그 좌절감마저 잊은 지 오래였다.

다른 관사 여자들의 사정도 다르지 않았다. 오는 중학교 국어 선생님이었고, 선은 대형 병원 수술방 간호사였다. 남편의 잦은 근무지 이동으로 그들은 퇴사를 결심했다. 관사 여자들이 이해할 수 없는 규칙에 적응해야 하는 건, 그런 형편 때문이기도 했다. 그들에게는 관사에서의 삶이 전부나 마찬가지였다.

군에서는 심심할 틈 없이 크고 작은 사건들이 일어났다. 관사 여자들은 심심찮게 벌어지는 부대 내 폭행이나 부당 진급 폭로 같은 공격적인 기사와 그에 따른 외부의 시선에 의혹을 품지 않았다. 대신 부대 내부에 피치 못할 사정이 있다고 믿었다. 남편들과 마찬가지로 군에 유리하면 과장되게 드러내고 불리하면 철저히 소문으로 치부했다. 관사 여자로 살면 누구나 자연스럽게 의뭉스러워졌다. 윤진은 그 의뭉스러움을 혐오했다. 마땅히 의심해야 하는 일을 무턱대고 믿어서 정작 밝혀져야 할 사실을 훼손하는 것 같았다. 그러나 윤진은 아무 말도 하지 않았다. 그들의 믿음을 부정해서 괜한 상처를 주고 싶지 않았기 때문이었다.

관사 여자들은 가로등이 켜질 때가 되어서야 집으로 돌아갔다. 밤이 되면 분수대 주변에는 바람만 헛돌았다. 집으로 돌아가는 길, 여자들은 낮에 오간 풍문에 자신이 말을 더했다는 사실을 상기하고는 목덜미가 서늘해지곤 했다. 소문을 실은 바람이 단지 밖을 떠돌지 않을까, 말도 안 되는 의심을 품었다. 풍문의 근원지가 되는 것! 그건 관사 여자들에게 언제나 곤란한 일이었다.

남편에게 전화가 온 건, 윤진이 유아용 욕조에 묻은 비누 거품을 씻고 있을 즈음이었다. 열흘 만의 통화였다.

"오늘 밤에 부대로 복귀할 거야."

좋지 않은 통화 음질 사이로 '복귀'라는 단어가 귀에 꽂혔다.

"복귀? 벌써?"

윤진이 말을 마치기도 전에 지직, 소리와 함께 통신이 두절되었다. 이상한 일이었다. 배를 타면 짧게는 석 달, 길게는 육 개월 동안 돌아오지 않았던 걸 고려하면 지나치게 이른 복귀였다. 복귀가 늦춰지기는 해도 당겨지는 법은 없었다. 어딘가 석연치 않은 기분을 떨쳐내기 어려웠다.

윤진은 저녁 반찬으로 김치전을 만들기로 했다. 배에서 복귀하는 날이면 남편은 자주 김치전을 찾곤 했다. 윤진은 냉장고에서 묵은지와 삼겹살을 꺼내 잘게 다졌다. 언제 기어 왔는지, 둘째 아이가 윤진의 발아래에서 스테인리스 볼과 채반을 손가락으로 빙글빙글 돌리기 시작했다.

윤진은 싱크대 하단 서랍을 열기 위해 허리를 굽혔다. 하단 서랍장에는 부침가루, 국수, 깨, 소금, 설탕같이 마른 식재료들이 보관되어 있었다. 아이는 윤진이 허리를 굽힌 틈을 놓치지 않고 윤진의 목을 휘감았다. 윤진은 아이를 등에 매단 채, 힘겹게 싱크대 문을 열었다. 문을 열자마자 하얀 가루가 공기 중에 풀풀 날렸다. 아이가 허공에 흩날리는 가루를 만지려고 두 손을 번쩍 들고 엉덩이를 들썩였다. 부침가루 봉지를 들어 올리자마자 하얀 가루가 줄줄 샜다. 봉지 모서리는 누군가 이로 집요하게 물어뜯은 것처럼 너덜너덜했다. 아무래도 윤진이 보지 못한 사이에 둘째 아이가 봉지를 물어뜯은 모양이었다. 아이는 재빨리 윤진의 등에서 내려와 서랍 안을 뒤지기 시작했다. 국수 가락과 깨, 설탕이 순식간에 바닥에 쏟아졌다. 아이는 쏟아진 재료 위에 뒹굴면서 손에 집히는 건 닥치는 대로 입에 가져갔다. 윤진은 아이 손에 쥐어진 국수 가락을 억지로 빼앗은 뒤 물걸레로 바닥을 닦았다. 어찌 된 영문인지 걸레질하면 할수록 쏟아진 재료들이 바닥에 더 들러붙는 기분이었다.

초인종이 울렸다. 아이는 온몸에 설탕과 밀가루를 덕지덕지 묻힌 채 재빠르게 현관문을 향해 기어갔다. 윤진도 한 손에 걸레를 쥐고 아이 뒤를 쫓았다. 인터폰 화면에 낯선 실루엣이 환영처럼 나타났다가 사라졌다. 윤진이 통화버튼을 눌렀다.

"누구세요?"

답이 없었다. 현관에 자리를 틀고 앉은 아이가 엉거주춤 일어나더니 한 손으로 문손잡이를 잡았다. 제지할 틈도 없이 문이 스르륵 열렸다. 밖에는 아무도 없었다. 윤진은 까치발을 하고 슬며시 복도 밖을 살폈다. 엘리베이터는 21층에 멈춰있었다. 계단 난간에 기대어 아래를 내려다보았지만, 발소리는커녕 바람 소리조차 들리지 않았다. 윤진은 발바닥을 손으로 여러 번 툭툭 털었다. 아무리 털어도 설탕 가루가 떨어지지 않았다.

저녁 열 시가 넘어서야 남편은 집으로 돌아왔다. 아이들을 재우면서 얕게 잠들었던 윤진은 거실에서 느껴지는 인기척에 몸을 일으켰다. 남편은 부엌 등만 켜 놓고 식탁 위에 놓아둔 식은 김치전을 손으로 집어 먹는 중이었다. 군용 더플백은 안방 문 옆에 아무렇게나 놓인 채, 묵은 곰팡내와 땀 냄새를 풍겼다.

"잘 지냈어?"

남편이 손에 번들번들 묻은 기름을 바지에 쓱 닦은 뒤 윤진의 허리를 감쌌다. 남편의 옷섶에 흐른 간장 자국이 눈에 띄었다. 윤진은 자기도 모르게 미간을 살짝 찌푸렸다.

"데워 줄게."

윤진은 한쪽 귀퉁이가 찢어진 김치전을 접시째 전자레인지에 넣고 작동 버튼을 눌렀다. 남편이 뒤에서 윤진을 안았다. 숨이 막혔다. 오랜만에 집에 돌아올 때면, 남편은 마치 윤진이 도망이라도 갈 것처럼 꼭 껴안았다. 윤진은 남편을 뿌리치지 않았다. 그는 자신의 부재가 가족에게 영향을 끼치지 않길 바랐고, 포옹으로 그 믿음을 확인했다.

남편은 꽤 능력 있는 군인이었다. 자신을 귀찮게 하는 상사나 문제를 일으키는 부사관들에 대해 단 한 번도 입을 대지 않았다. 한 번씩 볼멘소리하다가도 '알고 보면 악한 사람은 아니다'라고 덧붙였다. 때가 되면 남들보다 수월하게 진급했고, 파병 신청을 하면 항상 원하는 곳에 배치되었다. 애국심이 넘치거나 정의감이 투철하진 않았지만, 애쓰지 않아도 일이 잘 풀렸다. 그는 좋은 아빠이자 다정한 남편이었고, 무엇보다 직장에서 우월한 성과를 보이는 가장이었다.

남편은 전자레인지가 돌아가는 동안, 방문을 열고 곯아떨어진 아이들을 들여다보았다. 그러더니 윤진에게 다가와 어깨를 툭툭 치며, 아이들 키우느라 고생이 많았다는 말을 건넸다.

"이상해."

윤진이 돌아가는 전자레인지를 멍하니 쳐다보며 혼잣말했다.

"뭐가?"

"혹시 당신이었어? 아까 초인종 누른 사람."

"아니. 난 방금 왔잖아. 그게 무슨 말이야."

"그럼, 누구지? 아까 초인종 소리가 나서 문을 열었는데, 아무도 없는 거야."

"택배 아닐까?"

"그랬다면 문 앞에 물건이 있었겠지. 더 이상한 건, 그 짧은 틈에 어딘 가로 사라졌다는 거야. 발소리도 안 나고, 엘리베이터도 안 움직였는데."

"천장에 붙어 있었나?"

남편은 키득댔지만, 윤진은 웃지 않았다. 하나도 웃기지 않았다. 전자 레인지에서 종료음이 울렸다. 윤진은 접시를 꺼내 식탁 위에 올렸다.

"무슨 일 있어? 왜 일찍 돌아온 거야?"

"내가 일찍 온 게 싫어?"

"아니. 그렇지는 않지만⋯."

"걱정하지 마. 별일 없어."

남편은 젓가락으로 김치전을 조금 더 뜯어 먹고 기지개를 켰다. 샤워하 겠다며 욕실로 들어가는 남편의 등을 윤진은 물끄러미 바라보았다. 남편 의 얼굴에 불길한 징조가 있었던가. 윤진은 샤워기 물소리를 들으며, 남편 이 말해주지 않으면 자신은 결코 아무것도 알 수 없으리라는 생각이 들어 씁쓸해졌다.

남편은 물에 젖은 머리를 수건으로 툭툭 털며 방으로 들어갔다. 아이들 이 깨지 않도록 조심스럽게 자리에 누운 뒤 눈을 감았다. 아이들은 아빠의 허리에 자연스럽게 한쪽 다리를 걸쳤다. 마치 아빠가 늘 그 자리에 있었던 것처럼. 윤진은 조용히 남편의 옆자리에 비집고 들어가 누웠다. 남편의 상 체가 들숨과 날숨에 따라 규칙적으로 들썩였다. 윤진은 남편이 자고 있지 않다는 걸 알았다. 남편의 등에 대고 그의 이름을 조용히 불렀으나, 대답 이 없었다.

*

밤새 잠을 설친 윤진은 큰아이를 어린이집에 데려다준 뒤, 유모차를 끌고 터덜터덜 106동 화단으로 걸었다. 휴대용 선풍기를 고속으로 돌려도 바람이 영 시원하게 불지 않았다. 아이가 낑낑대며 뒤척이는 통에 유모차가 평소보다 두 배는 무겁게 느껴졌다. 윤진은 숨을 가쁘게 몰아쉬며 오르막을 걷다가, 화단에 쪼그려 앉은 여자와 시선이 마주쳤다.

관사 아이들은 여자를 저승사자라고 불렀다. 여자는 꽃무늬 주름 바지와 소매가 긴 셔츠를 입고, 발목까지 오는 고무장화를 신은 채 하루에 적어도 세 번, 윤진이 사는 106동 필로티 아래 화단을 살폈다. 머리에는 항상 검은색 망이 달린 모자를 써서 얼굴을 전혀 알아볼 수 없었다. 한여름에도 마찬가지였다. 쓰쓰가무시병을 예방하기 위한 것 같았다. 여자는 쥐를 찾는다고 했다. 온종일 잡초가 무성하고 이끼가 낀 흙 위에 쪼그리고 앉아, 구멍처럼 보이는 곳은 모조리 모종삽으로 파헤쳤다. 화단에는 눈에 띌 정도로 큰 구멍이 뚫렸다. 크기는 들쑥날쑥했지만, 지름이 대충 20센티미터 정도였다.

단지에서 놀던 아이들은 여자의 등 뒤에서 귀신이라고 외친 뒤 도망쳤다. 엄마들은 아이를 잡아다가 여자에게 사과시키고, 자신도 고개를 숙였다. 관사 여자들이 여자를 공손하게 대한 건 얼마 되지 않았다. 석 달 전 이사 온 여자가 영관급 관사 꼭대기 층, 대령들에게만 배정되는 집에서 산다는 소문을 들었기 때문이었다.

"저 여자… 아니, 사모가 찾는 게 진짜 쥐예요?"

한번은 선이 물었다.

"쥐가 없는 데가 어디 있어? 우리가 다 떠나면 마지막엔 쥐만 남을걸?"

선의 말에 오가 소리 내어 웃었다. 말은 그렇게 해도 쥐가 있다고 믿는 눈치는 아니었다. 다만, 우리가 다 떠난다는 오의 말만큼은 틀리지 않았다. 일 년에도 몇 번씩 근무지를 이동하는 게 해군이었다. 조만간 또 한 번의 정기 이동이 있을 예정이었다. 그때가 되면 오와 선을 비롯한 관사 여자들 모두 뿔뿔이 흩어질 것이다.

"이런 쥐라는 말이죠?"

선이 오에게 휴대전화로 검색한 사진을 조심스레 내밀었다. 오물을 잔뜩 뒤집어써서 털이 몸에 딱 달라붙은 쥐 사진이었다. 사진을 본 오와 관사 여자들은 약속한 듯 동시에 입을 꾹 다물었다.

어이. 사모가 윤진을 불러 세웠다. 윤진은 어설프게 고개를 숙였다. 사모가 잡초를 꾹꾹 다져 밟으며 윤진에게 다가왔다. 윤진은 행여 무례해 보일까 봐 한 번 더 목례했다. 막상 말을 섞으려니 두려웠다. 사모가 쓴 검은 망사는 너무 촘촘한 나머지, 아무리 들여다보아도 이목구비를 가늠할 수 없었다. 윤진은 자신의 차림새를 내려다보았다. 반소매, 쇼트 팬츠, 슬리퍼 차림의 윤진은 완전무장한 사모 앞에서 발가벗은 기분이 되었다.

"이 동에 살아?"

사모가 윤진의 귀에 입을 바싹 붙인 채, 106동 쪽으로 턱을 치켜들고 물었다.

"네… 사, 모님"

"사모님 소리는 빼고."

사모의 소리는 날카로웠다. 흡사 칼로 종이를 벨 때 나는 소리 같았다. 목소리에 공기가 많이 섞여서 말할 때마다 귓전에 휙, 바람이 뿜어져 나왔다.

"자기는 내가 뭘 하는 줄 알아?"

"쥐를 잡고 계신다고."

"누가 그래?"

"여기 선배님들이요."

"여편네들, 하여간."

사모가 가쁘게 숨을 몰아쉬자, 얼굴을 가린 망사가 풀썩거렸다. 윤진은 유모차 바퀴를 앞으로 조금씩 전진시키며, 언제든 사모에게서 벗어날 태세를 갖추었다.

"쥐를 잡는 거 아니셨어요? 하긴 멀쩡한 아파트에 쥐가 있을 리가."

"있지. 쥐는 어디에나 있지."

사모가 갑자기 망사를 들어 올렸다. 아이가 몸을 크게 들썩이자, 유모차 손잡이가 가슴팍을 쳤다. 숨이 턱 막혔다. 검은 망사 안에 그보다 얇은 망사가 한 겹 더 있었다. 망사를 한 꺼풀 벗겨도 사모의 얼굴은 또렷하게 보이지 않았다.

"내가 자기한테 하고 싶은 말이 있어."

사모가 깔깔 소리 내어 웃었다. 윤진은 혼란스러운 눈동자를 한 곳에 고정하지 못한 채, 아까보다 더 빠른 속도로 유모차를 밀고 당겼다.

"몇 층에 살아?"

"4층이요. 사모님."

"쓰읍, 사모님 소리 좀!"

윤진은 사모의 위협적인 목소리에 번쩍 정신이 들었다. 넋을 놓고 있다가 하마터면 집 호수까지 줄줄 말할 뻔했다. 집 호수를 알려주면 물을 얻어 마시려고 시도 때도 없이 초인종을 누를 수도 있었다. 관사 여자들은 마늘 한 쪽이 없어도 옆집 초인종을 누르곤 했다.

"4층이라. 충분하겠어."

"뭐가요?"

"내가 찾아봤는데, 힘 좋은 쥐는 하수구를 타고 꼭대기 층까지 올라간다더라고."

"21층까지요?"

"그렇지. 어떤 쥐는 이만해. 고양이만 하다고."

사모가 제법 비장하게 오른손으로 왼쪽 팔꿈치 부위를 턱 움켜잡았다. 윤진은 선이 보여주었던, 오물을 잔뜩 뒤집어쓰고 털이 몸에 딱 붙은 시궁쥐 사진을 떠올렸다. 생각만으로도 얼굴이 일그러졌다.

"근데 쥐를 직접 보신 적이 있어요?"

"아니."

윤진은 저도 모르게 풋, 하고 웃음이 터졌다. 그러나 사모는 윤진이 왜 웃는지 모르겠다는 듯 고개를 갸우뚱했다. 그녀가 고개를 움직이자 망사가 펄럭거렸다.

"자기야. 최근에 민간 어선이 함정이랑 충돌해서 침몰했을 때 말이야. 몇 명이나 죽었을 것 같아?"

"네?"

"인명 피해는 없다고 발표했지?"

윤진은 갑작스러운 질문에 말문이 막혔다. 생각해본 적도, 의심해본 적도 없는 질문이었다.

"내가 이 동에 살았을 때도 비슷한 사고가 생겼어. 남편이 대위 시절이었지. 해무가 심하거나, 태풍이 오면 그런 사고가 종종 생겨."

아이는 몸을 반쯤 비튼 채 곯아떨어져 있었다. 땀에 젖은 아이의 앞머리가 휴대용 선풍기 바람에 흩날렸다.

"전원 구출. 그때도 그렇게 말했어. 여기선 그 정도의 흠은 아무렇지 않게 묻혀. 대의와 위신이 중요한 곳이지."

사모가 말하는 '최근의 사고'란 아무래도 남편이 탄 함정과 관련된 것 같았다. 그때도 태풍이 북상한다는 예보가 있었다. 남편은 걱정하는 윤진에게 작은 사고가 생겼지만, 안전하게 피항했다고 말했다.

"그런데 말이야. 죽은 사람이 하나도 없을 것 같아?"

"네?"

"죽은 사람은 항상 있었어. 알려지지 않았을 뿐이지."

사모가 윤진의 귀에 얼굴을 바싹 끌어다 대고 말했다. 또다시 획. 귓전으로 바람이 스쳤다. 사모는 환영처럼 보였다. 정말 저승사자나 귀신처럼 느껴지기도 했다. 윤진은 고개를 바닥에 파묻고 빠른 걸음으로 유모차를 끌기 시작했다. 사모는 달아나는 윤진을 말리지 않았다.

아이와 함께 하원 한 윤진은 여느 때처럼 분수대로 향했다. 첫째 아이는 친구들과 킥보드를 타고 분수대 주위를 돌았다. 관사 여자들은 이미 여기저기 무리 지어 이야기를 나누는 중이었다. 윤진은 오를 중심으로 모인 무리를 향해 다가갔다.

여자들은 윤진이 나타나자, 눈을 내리깔았다. 부자연스러운 침묵이 흘렀다. 윤진은 남편이 복귀했다고 말하지 않았지만, 다들 이미 알고 있는 눈치였다. 자신이 묻기 전에는 누구도 먼저 입을 열지 않을 분위기였다. 부대에 사건, 사고가 생길 때마다 반복되는 분위기를 윤진이 모를 리 없었다. 자신이 자리를 떠나면 대화는 다시 활기를 찾을 게 분명했다.

무리는 주야장천 유치원 정보만 주고받았다. 이미 다 아는 정보를 반복해서 묻고 답했다. 윤진은 몸이 좋지 않아 집에 먼저 들어가겠다고 말했다. 불편한 공기를 더는 견딜 수 없었다.

"몸조심해."

오가 윤진의 팔을 느슨하게 잡았다가 놓았다. 윤진은 그들을 뒤로하고, 첫째 아이를 찾아 나섰다. 아이들은 킥보드를 타고 동과 동 사이를 빠른 속도로 오갔다. 목이 터지라 아이의 이름을 불렀으나 대답이 없었다. 그때 누군가 윤진의 유모차 손잡이를 잡았다. 선이었다.

"저기 선배님. 대위님께서 아무 말 안 하셨어요?"

"아니. 아무 말도. 자기 남편은?"

"아직 집에 들어오지 않았어요. 복귀한다는 전화만 받았어요. 다행이네요."

"뭐가?"

"우리 남편만 일찍 복귀한 줄 알고. 사고라도 친 건가 걱정했거든요."

첫째 아이가 킥보드를 몰고 윤진의 옆을 쌩, 지나쳤다. 윤진이 아이 뒤를 쫓으려는 순간, 선이 다시 유모차를 붙들었다. 선은 윤진의 귀에 입술을 바싹대고 속삭였다.

"선배님. 이건 다른 이야기인데요. 혹시 집에 쥐가 들어온 적이 있어요?"

"쥐?"

선이 입을 달싹거릴 때마다 뜨거운 입김이 윤진의 귀에 닿았다.

"네. 밤에 싱크대 밑에서요. 바스락거리는 소리가 들리는 거예요. 찍찍 소리도 나고. 아무래도 쥐인 것 같아요. 잠을 못 자겠어요. 너무 끔찍해요."

선은 울상을 지으며 주머니에 손을 넣고 주섬주섬 종이 한 장을 꺼냈다. 희고 빳빳한 명함이었다.

"그 여자가 줬어요. 106동 화단에 있는 사모. 이 사람이 동네 땅속을 제일 잘 아는 사람이라면서."

윤진은 선이 꺼낸 명함을 엉겁결에 받아들었다. '쥐 사냥꾼'이라는 상호와 이름 세 글자, 휴대전화, 쥐 및 바퀴벌레, 꼽등이 박멸이라는 단어가 흰 명함 종이에 큼지막하게 적혀 있었다.

"왜 이곳 여자들은 아무 말도 하지 않는 걸까요?"

선이 윤진에게 건넨 명함을 다시 제 손으로 가져오며 물었다.

"뭘?"

"관사에 쥐가 돌아다닌다는 말."

"없으니까 그렇겠지."

"정말 그럴까요?"

선이 명함을 다시 주머니에 욱여넣고, 분수대를 가로질러 집으로 향했다. 윤진은 선의 뒷모습을 물끄러미 바라보다가 106동 화단으로 빠르게 걸음을 옮겼다. 화단에는 아무도 없었다. 사모도 이미 자리를 뜬 후였다.

다음 날 어린이집에 아이를 등원시킨 뒤, 윤진은 사모를 만나기 위해 부러 화단 앞에 유모차를 대고 멈춰 섰다. 사모는 건물 벽에 바싹 붙어서 구멍을 파는 중이었다. 윤진이 먼저 사모를 불렀다. 그녀는 윤진이 부르는 소리를 듣고 몸을 일으켰다.

"선배가 이 자리에 살았어."

"선배요?"

"함장 와이프 말이야. 그때는 이게 5층짜리 건물이었어."

사모가 바닥을 내려다보다가 갑자기 자리에 쪼그리고 앉았다. 조그마한 구멍을 살살 파헤치더니, 주머니에서 쥐약을 꺼내어 구멍에 쑤셔 넣었다. 윤진은 얼떨결에 화단에 들어가서 사모 옆에 앉았다. 사모가 얼른 일어나라고 소리쳤다. 쥐똥 밟으면 병 걸릴 위험이 있으니 슬리퍼 차림으로는 절대 화단으로 들어오지 말라고 했다. 윤진은 화들짝 놀라 화단 밖으로 뒷걸음질 쳤다.

"그때 어선에 탄 사람 중에서 실종된 사람이 있었어. 한두 명이 아니었던 모양이야. 모두 신원 미상이었어. 선배의 남편은 실종자의 존재를 윗선에 보고하겠다고 했지. 선배는 남편의 말을 믿고 관사 여자들한테 그 이야기를 했어."

사모는 눈으로 계속 화단을 살폈다.

"우리 남편은 끝까지 실종자가 없다고 주장하더라. 그래서 살아남았지. 그때 함정에 얼마나 많은 사람이 탄 줄 알아? 그런데 하나같이 아니라는 거야. 말도 안 되는 음모래. 함장이랑 그 부인이 헛소리한다는 거지."

"그래서요?"

"모두가 그 선배를 피했어."

그나마 사모만 의리 때문에 선배를 외면할 수 없었다고 했다. 같이 밥도 먹고, 차도 마시고. 그러나 관사 여자들을 만날 때만큼은 선배를 흉보는 말에 동조할 수밖에 없었다고 덧붙였다.

"선배의 남편이 옷을 벗었어. 나머지는 버텼지. 다들 다른 부대로 발령났어. 그 뒤로 이 좁은 부대에서 용케도 다시 만나지 못했어. 나는 거기에 답이 있다고 생각해."

"무슨 답이요?"

"사고의 진위 말이야. 이렇게 인사이동이 많은 동네인데 그 사람들은 다시 같은 관사에서 만나지 못했다는 것. 그건 소문을 미리 차단하겠다는 의지 아니겠어? 여기서는 말이야. 눈에 보이는 건 답이 아니야."

그날 밤, 윤진은 밥을 먹는 남편에게 쥐가 있다는 소문에 대해 말했다. 쥐를 찾는 사모와 그녀가 파 놓은 구멍, 그리고 선의 집에서 들리는 부스럭거리는 소리에 관해서도 이야기했다. 남편은 윤진의 말에 시큰둥했다. 너무 예민한 거라고 대꾸하고는, 소파에 누워 야구 중계를 틀었다. 동요 영상을 보고 있던 아이들이 달려들어 리모컨을 빼앗으려 하자, 남편은 두 아이를 양손으로 휙 들어 올려 비행기를 태웠다. 첫째 아이는 남편의 발에 팔다리를 휘감고 몸을 뒤로 젖히며 까르르 웃었다. 윤진은 더욱 큰 목소리로 물었다.

"정말 아는 게 없어?"

"뭘?"

윤진이 묻고 싶었던 건 그가 평소보다 일찍 귀항하게 된 이유였다. 납득할 만한 대답을 원했다. 그런데 어째서인지 입에서는 엉뚱한 말만 튀어나왔다.

"쥐, 쥐 말이야."

"그걸 내가 어떻게 알아?"

남편의 목소리에 짜증이 묻어났다. 그녀는 입을 다물었다. 불편한 침묵이 흘렀다. 윤진은 문득 남편에 대해 아는 게 별로 없다는 사실을 깨달았다. 남편은 부대나 배 위에서 있었던 일을 시시콜콜 이야기하는 법이 없었다. 아내가 그런 일까지 알 필요가 없다고 여기는 것 같았다. 윤진은 남편이 진급하는 과정에서 어떤 불화나 갈등을 겪었는지 알지 못했다. 남편이 말하지 않는 건 굳이 알려고 들지 않았다. 몰라도 무탈하게 지내왔다. 그러나 이번에는 달랐다. 관사 여자들이 자신을 향해 수군대기 시작했다. 분명 좋지 않은 신호였다. 무엇 때문인지 물어보고 싶었지만, 그럴 수 없었다. 윤진은 질문의 답이 가족의 삶을 송두리째 흔들까 봐 겁이 났다.

설거지를 마친 윤진은 뒤 베란다로 향했다. 열린 창문 밖으로 고개를 내밀어보았다. 문턱이 높아서 화단은커녕 뒷산 등성이만 보였다. 해가 진 뒷산은 음습하고 위협적이었다. 윤진은 어린이용 보조 스툴을 밟고 올라섰다. 무게를 이기지 못한 플라스틱 스툴이 곧 부서질 듯 삐걱거렸다.

뒤 베란다 창 아래를 내려다보는 건 처음이었다. 4층은 생각보다 높지 않았지만, 떨어진다고 상상하면 충분히 공포스러웠다. 아파트 창밖으로 불빛이 새어 나와 화단을 희미하게 비추었다. 사모가 파 놓은 구멍 때문에 화단은 꼭 꺼져가는 비누 거품 같았다.

"뭐해?"

"여기서 맨날 쥐구멍을 파. 그 사모가."

남편도 창밖으로 고개를 내밀었다. 키가 큰 남편은 보조 스툴이 필요 없었다. 둘은 나란히 서서 구멍 뚫린 화단을 말없이 내려다보았다. 먼저 입을 연 쪽은 윤진이었다.

"저렇게 구멍을 들쑤셔서 약을 뿌리면 쥐가 정말 박멸되는 걸까."

"쥐는 절대 없어지지 않아. 구멍에 불이라도 지르면 모를까."

"오 선배도 그렇게 말하더라. 우리보다 쥐가 여기에 더 오래 살 거라고. 난 한 번도 쥐를 본 적이 없어."

"쥐는 밤에만 다니니까."

윤진이 고개를 돌려 남편을 바라봤다.

"쥐가 낮에 기어 나오는 건 죽을 때 딱 한 번뿐이야."

컴컴한 뒷산에서 바람이 휙 불어왔다. 습기를 잔뜩 먹은 바람은 기분 나쁘게 윤진의 얼굴에 달라붙었다. 바람을 피하려고 눈을 찡그렸다. 창문을 닫은 남편은 뒤에서 윤진의 허리춤을 번쩍 안아 올렸다. 장난임을 알면서도 윤진은 비명을 지르며 몸을 비틀었다. 남편은 당황해서 윤진을 바닥에 내려놓았다. 윤진이 예민하게 군다고 입을 삐쭉거렸다.

그때였다. 초인종이 울렸다. 택배다! 첫째 아이가 소리쳤고, 둘째 아이가 부리나케 현관문 쪽으로 기어갔다. 인터폰 화면에는 사람이 보이지 않았다. 남편이 현관문을 열고 밖으로 고개를 내밀었다.

"누구야?"

"아무도."

택배, 택배를 외치며 아빠의 다리에 매달린 첫째 아이는 실망해서 소파에 벌러덩 드러누웠다.

"지난번에도 이런 식이었어. 초인종만 울리고 사람은 없고."

"이런 장난은 흔해."

"그렇지만 발소리도 안 들리는 건 이상해."

"쓸데없는 걱정이야."

남편은 다시 소파에 몸을 묻고 텔레비전 채널을 돌렸다. 아이들이 남편의 등과 다리에 엉겨 붙어 몸을 비틀었지만, 이번에는 남편도 채널을 양보하지 않았다. 윤진은 부엌에 서서 한데 뭉쳐 있는 셋을 바라보았다. 발바닥에서 여전히 설탕 가루가 묻어나는 기분이 들었다.

"파병 신청했어. 아랍에미리트 부대로. 소말리아나 레바논보다는 편할지도 몰라."

남편이 야구 중계 화면에 시선을 고정한 채 말했다.

"언제?"

"한 달 뒤."

"그렇게 갑자기?"

"천운이야."

남편이 말하는 천운이란 대체 무엇일까. 좋은 기회를 잡았다는 말일까, 아니면 곤란한 상황에서 벗어났다는 뜻일까. 윤진은 속으로 이런 질문을 던지는 자신이 낯설었다. 한 번도 남편이 가져온 행운에 대해 의심한 적이 없었기 때문이었다.

"김 대위는?"

김 대위는 선의 남편이었다. 남편은 갑자기 불쾌한 듯 인상을 구겼다.

"당신은 신경 쓰지 마. 그 친구 와이프랑 친한 건 알겠는데, 이동하면 다시 안 만날 사람이야."

"당신도 김 대위랑 친했잖아?"

"맞아. 좋은 사람이지."

남편은 쓸쓸한 표정으로 마른세수를 했다. 그러고는 주머니에서 담뱃갑을 꺼낸 뒤 집 밖으로 나갔다. 윤진은 보조 스툴 위에 서서 남편이 담배를 피우는 모습을 지켜보았다. 보조 스툴이 윤진의 무게를 이기지 못하고 부서졌다.

윤진은 부서진 스툴 조각을 쓰레기봉투에 담았다. 이제 건물 아래를 볼 수 없었다. 윤진의 눈에 보이는 건 어둠이 내려 하늘과 구분되지 않는 울창한 뒷산의 형체뿐이었다. 윤진은 두려웠다. 아무것도 뚜렷하게 보이지 않아서 두려움은 점점 더 커졌다.

선이 보이지 않은 건 주말이 지난 뒤부터였다. 주말 동안 윤진과 남편은 아이들을 데리고 워터파크에 다녀왔다. 남편이 먼저 여행을 제안했다. 오랜만에 아이들이 아빠와 노는 모습을 보면서, 윤진은 관사 여자들의 찝찝한 시선과 남편의 의문스러운 복귀에 대해 잠시 잊었다. 정말 모든 게 기우인지도 몰랐다. 오로부터 선이 이사했다는 이야기를 듣기 전까지는 그랬다.

월요일 오후 분수대에서는 선의 이사가 화제였다. 선이 야반도주하듯 이사를 나갔다는 것이다. 관사 여자들의 말에 따르면, 어린이집 퇴소 신청도 하지 않았다고 했다. 일요일 밤 선의 집에 사다리차가 세워진 걸 보았다는 여자도 있었다. 윤진은 선에게 전화를 걸었다. 휴대전화가 꺼졌다는 메시지만 반복해서 흘러나왔다.

저녁 식사 준비를 하는 윤진의 다리에는 어김없이 둘째 아이가 달라붙었다. 아이를 떼어내려다가 균형을 잃고 바닥에 주저앉았을 때, 쿵 하는 소리가 났다. 둔탁한 물체가 바닥에 부딪히는 소리. 윤진의 엉덩이에서 난 소리가 아니었다. 윤진은 아이를 부둥켜안고 싱크대 수납장에 귀를 가져다 댔다. 바스락거리는 소리와 함께 끽, 찍, 삑 소리가 작고 불규칙하게 들려왔다.

쥐가 틀림없었다. 쥐가 하수구를 타고 고층까지 올라간다는 사모의 말이 떠올랐다. 구멍 뚫린 부침가루 봉지도 생각났다. 둘째가 물어뜯은 줄 알았는데, 실은 쥐의 소행인 모양이었다.

다행히 서랍장에는 아동 보호용 잠금장치가 부착되어 있었다. 아이가 싱크대를 열어 물건을 뒤지는 통에 임시로 붙여둔 것이었다. 잠금장치는 헐거운 상태로 위태롭게 문에 매달려 있었다. 윤진은 잠금장치가 버텨주길 바랐다. 곧 부서질지 모르는 플라스틱 쪼가리가 자신이 의지할 수 있는 전부라는 사실에 기가 막혔다.

그때 초인종이 울렸다. 인터폰 화면에는 하얀 아파트의 외벽만 보였다. 윤진은 현관으로 뛰어가 문을 벌컥 열었다. 이번에도 아무도 없으면 어디에든 신고할 작정이었다.

뜻밖에도 문밖에 서 있는 사람은 선이었다. 선은 무표정한 얼굴로 윤진을 빤히 바라보았다. 윤진은 반가움보다는 당혹스러움이 앞섰다. 선은 한 뼘가량 열린 문틈으로 발을 집어넣은 뒤 교묘하게 집안으로 몸을 밀고 들어왔다.

"어떻게 된 일이야."

"제대하기로 했어요."

"갑자기?"

"버티는 건 힘든데, 사라지는 건 일도 아니네요."

선이 입꼬리 한쪽을 쓱 올렸다. 노골적인 비웃음이었다. 선은 무언가 말할 준비가 되어 있는 사람처럼 결연해 보였다. 윤진은 선에게서 들을 말이 자기 삶에 위협을 가하리란 걸 직감했다.

"전원 구출이라고 보고한 건 대위님이지 우리 남편이 아니었어요."

"그게 무슨 말이야?"

"남편은 분명 구출되지 못한 선원이 더 있다고 했어요."

군함이 어선의 후미와 부딪힌 날에는 태풍이 예보되었다. 실제로도 바람이 많이 불고 파고가 높았다고 남편은 말했다. 본부에서는 회항 명령이 떨어졌다. 어선에 불이 붙은 걸 확인했을 때는 이미 회항하려고 배의 방향을 돌렸을 즈음이었다. 윤진이 남편에게 들은 이야기는 거기까지였다.

선의 말은 달랐다. 태풍은 징조만 풍기고 경로를 바꾸었다고 했다. 그런데도 군함은 다시 사고 지점으로 돌아가지 않았다. 구출한 선원은 열세 명. 인명 피해는 없다고 보고되었다. 그런데 선의 말에 의하면 배에 타고 있던 선원은 열네 명이었다. 한 명은 실종상태라는 뜻이었다. 누구도 더는 그 사람을 찾지 않았다고 했다.

남편은 아마도 회항하라는 상부의 명령을 어길 수 없었을 것이다. 태풍 예보도 무시할 수 없었을 터였다. 함정에는 수십 명의 수병이 타고 있었다. 군인에게 중요한 덕목은 정의감과 애국심이 아니었다. 명령을 따르고 임무를 완수하며 불의의 변수로부터 동료를 지키는 일. 남편은 살아남는 군인의 조건에 대해 그렇게 말했다. 그는 어쨌든 살아남았다. 윤진은 남편을 이해하고, 그의 결정을 합리화하려 애썼다. 누구에게도 쉬운 결정이 아니었으리라. 자신의 가족은 그 덕분에 관사에 남았다.

"제 남편은 스스로 군복을 벗었어요. 괴로워했어요. 먹지도 자지도 못할 만큼."

그때 부엌 서랍장 아래에서 달그락거리는 소리가 들렸다. 선이 고개를 갸웃했다. 부엌으로 향한 선은 싱크대 하단에 귀를 대고 소리의 근원지를 찾았다. 선의 얼굴에 서늘한 미소가 스쳤다.

"어머. 이 집에도 쥐가 있잖아."

선은 바지 주머니에서 명함을 꺼냈다. '쥐 사냥꾼' 명함이었다. 선은 명함을 식탁 위에 올려놓았다.

"필요하실 거예요."

선이 현관문을 열고 나갔다. 무겁고 뭉근한 바람이 불어와 문을 세게 닫았다. 군화 한 짝을 손에 끼우고 놀던 둘째 아이가 문이 닫히는 소리에 놀라 울음을 터뜨렸다.

거짓말 같았다. 선이 다녀간 뒤로 얼마간의 시간이 흘렀지만, 윤진은 여전히 정신이 혼미했다. 윤진이 정신을 차린 건 어디선가 풍겨오는 타는 냄새 때문이었다. 부엌과 거실에서 타는 냄새가 점점 짙어졌다. 윤진은 냄새의 근원을 찾아 부엌으로 갔다. 가스 밸브는 잠겨 있었다. 냄새는 뒤 베란다 쪽에서 흘러들어오고 있었다. 윤진은 뒤 베란다로 가서, 열린 창틈 사이로 얼굴을 내밀었다. 바닥으로부터 후끈한 열기가 올라왔다. 해가 져 어두컴컴한 뒷산에 불빛이 어른거렸다. 윤진은 팔 힘만으로 창틀에 매달려 간신히 아래를 내려다보았다.

화단에 있는 구멍마다 불기둥이 솟구치는 중이었다. 불은 아파트에 옮겨붙기 직전이었다. 윤진은 아이들을 데리고 얼른 집 밖으로 뛰어나갔다. 둘째를 둘러업은 팔에 자꾸만 힘이 빠졌다. 아이들은 불기둥을 보자마자 환호성을 질렀다. 무엇의 흔적인지 알 수 없는 재가 사방으로 튀었다. 큰아이가 한 손으로 코를 쥐었다. 불기둥에서 뿜어져 나오는 열기 탓에 윤진은 얼굴을 감싸고 싶었다. 둘째가 윤진의 등에 더 깊숙이 얼굴을 파묻고 기침을 쏟아냈다. 먼저 나온 사람들이 화단 주위에 모여 웅성거렸다. 오와 다른 관사 여자들도 불길 반대편에 모여 있었다. 쥐를 찾는 사모와 선은 보이지 않았다.

때마침 산 쪽에서 관사를 향해 강한 바람이 불어왔다. 잔뜩 몸을 움츠린 사람들이 바람의 방향에 따라 휘청거렸다. 윤진은 점점 거세지는 불기둥을 물끄러미 바라보았다. 소방차는 소식이 없었다. 남자들이 급한 대로 구멍에 소화기를 쏘았지만, 불길은 잡힐 기미가 보이지 않았다.

윤진은 구멍에서 쥐가 한 마리도 튀어나오지 않았다는 사실에 의아해 졌다. 쥐는 밤이 되어야 움직인다는 남편의 말이 떠올랐다. 쥐는 다 어디로 갔을까. 윤진은 아이의 손을 꽉 잡고, 어디에서도 보이지 않는 쥐의 행방을 생각했다.

어린 시절, 볕이 들지 않는 할아버지의 서재는 내게 미지의 공간이었다. 천장에 닿을 만큼 높은 책꽂이에는 색 바랜 고서와 빳빳한 새 책이 두서없이 꽂혀있었다. 책상 위에 놓인 갱지 재질의 원고지에서는 무언가 쓰다 만 흔적이 자주 발견되었다. 나는 그 원고지를 찢어서 그림을 그리고, 글씨 쓰기를 연습했다. 윌리엄 포크너, 제임스 조이스, F.스콧 피츠제럴드, 유진 오닐. 평생 영문학을 공부하신 할아버지의 서재에서 나는 처음으로 그 이름들을 알게 되었다.

그리고 보면, 우리 집에서 가장 흔히 눈에 띄는 물건은 책이었다. 소파, 식탁 심지어는 화장실 변기 뒤에도 소설책이 쌓여있었다. 나와 동생은 그 책들을 몰래 들춰보며 자랐다. 초등학생이 알아서도 안 되고, 이해할 수도 없는 내용의 책이었다. 그런데도 부모님은 우리가 그 책을 읽는 걸 딱히 말리지 않으셨다. (사실, 우리가 뭘 읽든 별 관심이 없으셨던 것 같다.)

나는 성실하고 열정적인 독자였지만, 쓰는 사람이 되리라는 생각은 감히 하지 못했다. 소설은 천부적 재능의 소유자들만 쓸 수 있다고 여겼다. 그래서 첫 소설을 쓰기까지 많은 시간이 걸렸다. 수없이 망설이고, 주저했다. 마침내 쓰는 사람이 되기로 결심했을 때, 재능은 없어도 누구보다 오래 인내하고 성실하게 쓰겠다고 마음먹었다. 내가 가진 무기는 인내심과 성실함 밖에 없다. 그것은 문학과 함께 가족으로부터 물려받은 가장 소중한 유산이다.

사랑하는 가족들에게 무한한 감사와 사랑을 전한다.

쥐가 상징한 보이지 않는 힘에 대한 집요한 추적 돋보여

올해 심사평에 제목을 붙인다면 '가족과 이웃의 서사'가 적합할 듯하다. 예심을 거친 여덟 편의 응모작이 보여주고 싶은 이야기는 회복이 필요한 관계들, 서로에게 영향을 끼치며 변화하는 그 불가사의한 관계에 대해서인 듯 보였다. 주로 가족, 동료나 이웃들 사이의. 이것은 새로운 이야기는 아니지만, 항상 필요하고 우리 삶에서 여전히 중요한 문제일 테니까.

「한밤의 발전소」는 바닷가로 여행을 떠난 순모 가족에게 지금 왜 여행이 필요한지, 그리고 그들이 가족 여행을 무사히 마쳤으면 좋겠다는 마음은 일게 했으나 제목에서도 명시된 화력발전소의 가동이 이 여행과 어떤 유기적인 의미를 맺는가 하는 점에 대해서는 더 고민해봐야 하지 않을까 싶었다. 불필요한 장면들과 시점이 흔들리는 문장들도 아쉬웠다. 「쥐」를 놓고 심사위원들은 짧지 않은 논의를 나누었다. 본심에서 읽은 응모작 중에서 상대적으로 가장 단편의 형태를 갖추었으며 개성적인 공간과 그 안에서 드러나는 인물들의 행동이 인상적이라는 장점은 갖고 있으나 끝내 풀리지 않은 의문들이 남아서였을 것이다. 사모는 왜 그렇게까지 쥐구멍을 파는지, 처음 만난 윤진에게 사모는 왜 그런 대화를 시도했는지 등의 인과는 찾기 어려웠다. 그런데도 폐쇄적이며 계급으로 나뉜 공간에서 생활하는 여성들의 불안과 방향감 상실, 쥐가 상징한 보이지 않는 힘에 대한 추적은 돋보였다. "관사에 쥐가 돌아다닌다는 말" "쥐가 낮에 기어나오는 건 죽을 때 딱 한 번뿐이야"라는 대사 등으로 플롯을 움직이고 마지막까지 긴장을 이어나갈 줄 아는 점도. 진실을 찾기 위한 며칠간의 여정 후 마침내 쥐구멍에 불이 붙었을 때 독자도 관사 여자들처럼 기묘한 안도와 카타르시스를 느끼며 한마음으로 무언가를 기다리게 되는 이 뜨거운 지점이 「쥐」의 미덕이 아닐까 싶다. 생략도 좋지만 앞으로 더 정확한 시점의 사용, 감정의 섬세함, 실제성 등에 주의를 기울여 쓰면 어떨까.

모든 응모자에게 격려의 박수를, 그리고 당선자에게는 축하의 인사를 드린다.

한국일보 　전지영

1983년 경북 포항 출생.
이화여대 기악과 중퇴, 한국예술종합학교 예술경영학과 졸업.

난간에 부딪힌 비가 집안으로 들이쳤지만

전지영

*

혜경은 매일 새벽 총을 쏘러 다녔다. 주말과 공휴일을 빼고는 사격장 가는 일을 거르지 않았다. 보통 해가 뜨기 전에 집을 나섰기 때문에, 윤석은 혜경이 집에서 나가는 모습을 본 적이 없었다.

윤석은 침대에서 몸을 일으켜 부엌으로 향했다. 여덟 시를 조금 넘긴 시각이었다. 식탁 위에는 둘둘 말린 트레이닝 복과 파란색 바람막이 점퍼가 널브러져 있었다. 윤석은 점퍼를 집어 올렸다. 메케한 화약 냄새가 코를 찔렀다. 흐린 날에는 냄새가 더 독하게 풍기는 기분이 들었다. 윤석은 환기를 시킬 요량으로 부엌 창문을 열었다. 습기를 잔뜩 머금은 공기가 순식간에 집 안으로 밀려들어 왔다. 곧 비가 쏟아질 모양이었다. 윤석은 창문 옆에 기대어 섰다. 산 너머에서 총소리가 들려왔다. 소리는 일정한 규칙 없이 꼬리를 길게 빼며 사라졌다. 빗나갔네. 윤석이 혼잣말했다.

국제사격장은 부부가 사는 아파트에서 마을버스로 일곱 정거장 거리에 위치했다. 아파트 뒤편 낮은 산 하나를 넘어가면 조금 더 높은 산이 나오는데, 그 중턱에 사격장이 자리해 있었다. 십이 년 전, 처음 국제 사격장을 짓기로 했던 때를 윤석은 기억했다. 그는 당시 시청 시설관리과 주무관으로 일했다. 인근 아파트 주민의 80퍼센트가 사격장 건립에 반대했다. 몇몇 주민들은 반대 의사를 행동으로 옮겼다. 고발 방송 프로그램에 제보하거나 도시 곳곳에 플래카드를 붙였다. 시청 직원이 밤중에 플래카드를 떼어내면, 다음 날 귀신같이 새로 제작된 플래카드가 나붙었다. 새 플래카드는 전날 것보다 한층 거친 문구를 담고 있었다. 총을 쏘려거든 우리 먼저 쏘고 가라. 노란색과 붉은색 명조체로 쓰인 문구. 윤석은 그 문구가 옆집 아주머니나 동네 꼬마들의 입을 통해 면전에 쏟아지거나, 비로 변해 입속으로 속절없이 빨려 들어가는 꿈을 꾸기도 했다.

아파트 주민을 설득하는 일은 윤석의 몫이었다. 단지 윤석이 이 아파트에서 오래 살았다는 이유에서였다. 오히려 그 때문에 더 어려운 위치에 처했다는 사정은 누구도 헤아려주지 않았다. 아파트와 사격장의 거리는 애매했다. 총소리가 들릴 것 같기도, 아닐 것 같기도 했다. 그러나 윤석은 애매한 사실에 흔들릴 틈이 없었다. 시장은 하루속히 공사를 시작하라고 국장과 과장을 닦달했고, 그들의 스트레스는 고스란히 실무자인 윤석에게 향했다. 윤석은 단순하게 생각하기로 마음먹었다. 기왕 이렇게 된 거, 공무원의 의무에만 충실하기로 결심했다.

그는 주민 회의에 참석해 아파트 사람들의 푸념을 묵묵히 들어주고, 주민 대표와 인근 행정 구역 통장에게 술을 샀다. 보상금 지급액을 결정하는 최종 회의에서는 플래카드 문구보다 한층 더 험한 말이 오갔다. 윤석은 참기 힘든 말을 모두 듣고 견뎠다. 자신이 아닌 시장을 향한 말이라는 걸 알았지만, 맨몸으로 총알받이가 된 기분을 떨치기 어려웠다.

일 년간의 실랑이 끝에 보상금은 시에서 만족할 만큼의 수준으로 책정되었다. 윤석의 공이 컸다는 걸 조직원 모두가 인정했다. 그러나 막상 사격장이 완공되었을 때, 윤석은 시설관리과에 없었다. 그는 완공을 앞두고 경마장 관리직으로 자리를 옮겼다. 인사에 운이 따르지 않았다. 부서 이동과 동시에 시설관리과에서 쌓아놓은 업적은 사람들의 기억 속에서 사라졌다. 그는 이제 온종일 총소리가 들리는 아파트 주민 중 한 사람으로만 남게 되었다.

윤석은 가스레인지에 냄비를 얹고 레버를 돌렸다. 먹다 남은 김치찌개에 허옇게 굳은 돼지기름이 떠 있었다. 샤워를 마친 혜경이 부엌으로 걸어왔다. 그녀의 맨몸에서 물이 뚝뚝 떨어졌다. 아랫배에 길게 난 흉터에 윤석의 시선이 멈췄다. 혜경은 둘째 아들을 제왕절개로 낳았다. 육 년 만의 출산이라 경산모인데도 진통이 길었고, 자궁문이 열리지 않아 결국 응급수술을 해야 했다. 새벽 네 시. 주치의는 이미 퇴근한 뒤였다. 그 바람에 아이를 혼자 받아본 적 없는 레지던트가 수술을 집도했다. 레지던트는 서툰 솜씨로 혜경의 배에 길고 비뚤한 수술 자국을 남겼다. 수술 자국은 성기게 감은 실밥 모양 그대로 아물었다. 재수 없었다고 쳐. 눈에 안 보이는 부위인데, 뭘. 윤석은 속상해하는 혜경을 달랬다. 문제를 키우고 싶지 않았다. 이 정도 의료상의 과실은 그냥 넘어가는 게 병원과 환자 피차간 편할 거라 여겼다. 윤석은 발가벗은 혜경의 아랫배에 시선을 고정한 채, 눈을 감았다 뜨길 반복했다. 마치 그런 행동이 칼자국을 없애줄 것처럼.

혜경은 널브러져 있는 옷가지를 챙겨 들고 안방으로 들어갔다. 윤석은 냉장고에서 반찬통과 생수병을 꺼냈다. 김치찌개는 냄비째 식탁에 올렸다. 오래 끓인 탓에 바싹 졸아붙은 국물에서 짠 내가 훅 끼쳤다. 윤석은 수저 두 벌을 챙겨 식탁 위에 대충 벌여놓은 뒤, 자기 몫의 밥만 퍼서 자리에 앉았다. 식탁 구석에는 조간신문이 놓여 있었다. 윤석이 한 손으로 신문을 집었다. 윤석은 퇴직 후에도 눈 뜨면 종이 신문 읽는 습관을 버리지 못했다. 혜경은 그사이 옷을 챙겨 입고 부엌에 나타났다. 솥에 남은 밥을 몽땅 긁어서 공기에 덜어낸 뒤, 윤석의 맞은편에 앉아서 물었다.

"오늘도 스타벅스 갈 거야?"

"응. 밥 먹고."

혜경이 입에 넣은 밥을 우물거리며, 고개를 끄덕거렸다. 목이 늘어난 티셔츠 사이로 손바닥 크기만 한 멍이 보였다. 사격장에 다닌 뒤부터 혜경의 왼쪽 쇄골에는 멍이 지워질 날이 없었다.

"몸 좀 사리지 그래?"

고개를 숙인 채 밥을 떠먹는 혜경의 정수리를 향해 윤석이 쏘아붙였다.

혜경도 내년이면 예순 살이었다. 환갑은 의미 없는 숫자가 아니었다. 적어도 윤석에겐 그랬다. 환갑을 축하하는 건 이제까지 살아온 인생을 치하하는 의미가 아니라, 앞으로 닥칠 일을 더욱 조심하라는 뜻이었다. 젊었을 때는 당연히 보장되리라 여겼던 건강하고 안녕한 삶. 나이가 들면 각별히 유의하지 않고서는 그런 삶을 지킬 도리가 없다는 걸 퇴직 후에야 깨달았다.

"언제 내 몸에 그렇게 신경 썼다고. 집에 오는 길에 타이레놀이나 사와."

혜경이 식탁에서 몸을 일으키며 말했다.

"집에 없어?"

"없어."

"한 알도?"

혜경이 더는 대꾸하기 귀찮다는 듯 말없이 창고 방으로 들어가 버렸다. 혜경은 요즘 따라 창고 방에 자주 들어갔고, 한 번 들어가면 한참 동안 나오지 않았다. 물건을 정리한다는데, 별로 달라진 건 없어 보였다. 낡은 옷가지와 이불, 서류 더미, 먼지를 덮어쓴 책들은 여전히 같은 자리에 놓여 있었다. 윤석은 혜경이 무얼 하는지 궁금했지만, 묻지 않았다. 대신 싱크대 바가지에 그릇을 담가놓은 뒤 외출복으로 갈아입었다. 그는 식탁에 놓인 조간신문을 챙겨서 집을 나섰다.

*

스타벅스 매장은 조용했다. 정주못이 전혀 보이지 않는데도 이곳에는 스타벅스 정주못점이라는 상호가 붙어있었다. 윤석은 매장 내에서 커피를 마시는 유일한 손님이었다. 출근길 손님 대부분이 테이크아웃이나 드라이브 스루 서비스를 이용했다. 순서를 기다리는 차들이 차선 하나를 완전히 점령한 상태였다.

윤석이 아침마다 스타벅스를 찾기 시작한 건 올봄부터였다. 그는 지난해 말 정년퇴직 했다. 퇴직 후 두 달은 그럭저럭 좋았다. 아침에 늦게 일어나 신문을 정독했다. 시간에 쫓기지 않고 느긋하게 점심을 먹었다. 점심을 먹은 뒤에는 침대에서 텔레비전으로 먹방 프로그램을 보면서 뒹굴었다.

여유가 생기니 평소에 모르고 지나쳤던 것들이 눈에 띄었다. 찬장에 진열된 찻잔에서 묵은 커피 자국을 발견했다. 아침 열 시 정각에 요구르트 아주머니가 카트를 몰고 단지를 빠져나가는 모습을 지켜봤다. 요구르트 아주머니가 자취를 감추면, 계단을 오르내리면서 세탁, 세탁을 외치는 세탁소 주인의 목소리가 들려왔다. 퇴직하기 전부터 늘 그 자리에 있던 일상이었지만, 윤석에게는 모두 새로운 일이었다.

그러나 새로움은 불과 석 달 만에 지루함으로 바뀌었다. 더는 윤석에게 새로운 일이 일어나지 않았다. 그는 텔레비전을 보면서 새벽까지 뒤척이다가 겨우 잠이 들었고, 일어나면 어느덧 점심시간이었다. 아침마다 스타벅스에 다닌 뒤부터는 그나마 하루가 빨리 갔다. 볕이 잘 드는 자리에 앉아 신문을 읽고 나면, 밤에 잠도 잘 왔다.

혜경은 윤석보다 규칙적으로 생활했다. 잠도 잘 드는 편이었다. 수면제 덕이었다. 십 년간 꾸준히 복용하더니 이제는 완전히 적응한 모양이었다. 처음 수면제를 복용하기 시작했을 때, 혜경은 약 기운 탓에 낮에도 잠에 취해있었다. 잠에서 깨면 두통을 호소했다. 두통을 핑계로 요리나 운전은 시도조차 하지 않았다. 실은 안 한 게 아니라 못한 것에 가까웠다. 칼을 쥐면 손을 자를 것 같고, 브레이크를 밟아도 차가 서지 않을 것 같다고 했다. 둘째 아들이 죽고 난 후, 혜경은 오랫동안 자주, 많이 울었다. 물만 먹는데 저렇게 많은 눈물이 흐를 수 있다는 게 윤석으로선 놀라울 지경이었다.

둘째 아들의 시신은 정주못 산책로 북쪽 2.7km 지점 갈대 더미 사이에서 발견되었다. 전날 내린 폭우 탓에 수면이 10cm가량 높아진 상태였다. 아들의 몸은 알아보지 못할 정도로 물에 퉁퉁 불어, 사람이 아닌 물체처럼 보였다. 바다에 떠 있는 낡고 오래된 스티로폼 부표 같아 보이기도 했다. 입고 있던 청바지와 노란색 맨투맨 덕에 겨우 신원을 확인할 수 있을 정도였다. 윤석은 시신 앞에서 자기도 모르게 뒷걸음질 쳤다. 손을 대면 살이 두부처럼 부서질까 봐 무서웠다. 윤석은 아들의 죽음 앞에서 슬프기보다 두려웠고, 그건 지금도 마찬가지였다.

아들이 실종된 날에는 폭우가 내렸다. 하늘이 컴컴해지더니 예고도 없이 비가 쏟아졌다. 비는 한 시간 정도 거세게 퍼붓다가 거짓말처럼 뚝 그쳤다. 스콜이었다. 지금이야 흔한 일이지만, 십이 년 전만 해도 동남아에서나 볼 수 있는 드문 기후 현상이었다. 그 시각 윤석은 사격장 건립 회의 때문에 주민센터에 있었다. 회의 시작 전 창밖을 내다보면서, 참 이상한 날씨라고 생각했던 기억이 났다.

회의 시간 동안 아내가 보낸 문자와 부재중 전화 알림을 확인하고도 윤석은 답하지 않았다. 별일도 아닌 걸 가지고 괜히 호들갑을 떤다고 여겼다. 주민 센터는 난장판이었다. 보상금액을 두고 고성이 오갔다. 주민 한 사람이 급기야 사무관의 멱살을 잡았다. 윤석은 눈앞에서 벌어지는 소동을 잠재우는 데에 급급해, 서류 가방에 넣어 둔 휴대전화를 꺼내 볼 틈이 없었다.

회의를 마치고 집에 돌아갔을 때, 혜경은 소파에 앉아서 휴대전화를 양손에 꼭 붙든 채 몸을 덜덜 떨고 있었다. 첫째의 수학 숙제를 확인하는 동안, 둘째가 혼자 자전거를 타고 나간 모양이라고 했다. 온 동네를 다 뒤졌지만, 아이를 찾지 못했다고 했다. 혜경의 젖은 옷과 머리카락에서 빗물이 뚝뚝 떨어졌다. 빗물은 금세 바닥에 흥건히 고였다.

윤석은 혼자 있을 때 가끔 소리 내어 둘째 아들의 이름을 발음해 보았다. 민준. 민준이. 민준아. 아들의 이름은 제멋대로 움직이는 생명체 같았다. 떠올리지 않으려고 애쓰면 아득히 멀어지다가, 언제 그랬냐는 듯 가까이 다가왔다. 이름을 제외하고는 둘째 아들과 관련된 그 무엇도 깊이 생각하지 않으려고 노력했다. 책가방, 연필, 교과서, 큐브, 보드게임, 애착 배게, 잠옷과 이불까지 아들의 체취가 묻은 물건은 모조리 상자에 담아 버렸다. 그러나 마음대로 버릴 수 없는 것도 있었다. 정주못이나 지금 사는 집이 그랬다. 민준이 죽은 뒤 집을 팔고 이사할 생각이었지만, 첫째 아들 민수가 필사적으로 반대했다. 사춘기에 접어든 민수는 동생의 죽음으로 침잠해 있는 가족 중 유일하게 자신의 안위를 먼저 생각했다. 죽은 동생보다 살아있는 자신을 위해달라고 따졌고, 부부는 민수의 주장을 꺾을 수 없었다.

지옥 같았던 몇 년이 흘렀다. 부부는 서서히 민준의 죽음을 대하는 방법을 터득했다. 아들의 생일과 기일을 챙겼고, 함께 나눴던 추억을 이야기했다. 슬픔을 드러냄으로써 죽음을 이겨내려 했다. 그럼에도 불구하고 끝내 끄집어내기 힘든 부분도 존재했다. 부부는 사고 당일에 있었던 일에 관해서 이야기 하지 않았다. 아이를 지킬 수 있었을 가능성에 대해서 철저히 함구했다. 대신 각자 마음속으로만 그 가능성을 집요하게 곱씹었다.

휴대전화 사 줄걸. 혜경은 그 말을 몇 년 동안 반복했다. 전화기를 가졌다고 물에 빠진 아이와 연락되는 게 아니라는 걸 뻔히 알면서도 그렇게 말했다. 윤석은 그 말에 자신을 향한 원망이 생략되어 있음을 알았다. 전화기를 가지고 있으면서도 연락이 두절된 걸 두고 하는 말이었다. 빗속을 헤매는 동안 혜경에게 자신이 간절히 필요했다는 걸 모르지 않았다. 그에겐 차가 있으니 적어도 혜경보다 더 멀리, 어쩌면 정주못까지 민준을 찾으러 갈 수 있었을 것이었다. 그러나 윤석을 비롯해 그 누구도 예상치 못한 사고였다. 하필 민준이 정주못에 간 날 폭우가 내릴 거라고 예상한 사람은 없었다. 윤석이 자주 하는 말처럼, 그저 운이 나빴을 뿐이었다.

윤석은 혜경의 분노가 자신을 향해있다는 게 몹시 억울했지만, 모르는 척했다. 혜경과 싸우고 싶지 않았다. 아이를 잃은 뒤 갈라선 부부가 많다고 들었다. 그는 가정을 지키고 싶었다. 그러나 가정을 지키기 위해서 어떤 노력을 해야 하는지 알 수 없었다.

부부는 둘만 남아 있는 시간을 최소화하면서 십이 년을 버텨냈다. 윤석은 아침 일찍 출근하고, 야근을 핑계 삼아 혜경이 잠들 때쯤 집으로 돌아왔다. 혜경은 침대 위에 모로 누워 잠든 척했다. 민수는 독서실에서 밤을 새우기 일쑤였다. 윤석은 거실에서 혼자 맥주를 마시면서 텔레비전으로 스포츠 하이라이트를 시청했다.

함께 있는 시간을 줄이는 방식은 가정을 유지하는 데 도움이 되었지만, 갈등을 해결하지는 못했다. 혜경의 분노는 여전히 제 자리에 머물러 있었다. 그 사실은 부부가 붙어 있는 시간이 많아질수록 자명해졌다. 혜경은 여전히 다량의 타이레놀과 수면제를 삼켰다. 윤석에게 다정한 말 한마디 건네지 않았으며, 부쩍 자신의 일거수일투족에 짜증스러운 눈빛을 보냈다. 분갈이, 세탁물 맡기기, 찬장 청소까지 해봤지만, 혜경은 자신의 호의에 좀처럼 관심을 두지 않았다. 차라리 없는 사람 셈 치는 게 낫다는 듯 굴었다.

윤석은 한 손으로 세이렌 마크가 흐릿해진 잔을 들고, 다른 손으로 신문을 집었다. 경제면, 정치면을 넘기면서 습관처럼 기사 타이틀만 읽어 내려갔다. 지역면에 이르렀을 때, 윤석은 돌연 신문을 넘기던 손을 멈추었다.

전 시장 A의 실종 소식은 지역면 하단에 실려 있었다. A는 사흘 전 평소처럼 양복 차림으로 집을 나선 뒤 지금까지 연락이 두절되었다. 기사에는 이틀이 지나도록 집에 들어오지 않는 남편을 수상쩍게 여긴 그의 아내가 경찰에 실종신고를 했다고 쓰여 있었다. 하단에는 정주못 인근 고급주택가 CCTV에 찍힌 A의 뒷모습 사진이 실렸다. 윤석은 신문을 눈에 가까이 대었다가 멀찍이 떨어뜨리기를 반복했다. 흐릿한 사진 속 인물이 A인지 맨눈으로 확인할 길이 없었다.

윤석은 A를 잘 알았다. A는 인구가 십만 명 남짓한 이 도시에 무리하게 세계사격선수권대회를 유치한 장본인이었다. 사격장 건립은 A의 선거 공약이었다. 윤석은 혜경의 싸늘한 시선을 마주할 때마다 자신이 무리한 업무에 내몰린 이유를 곱씹었다. 거절하지 못하는 성격, 조직에 대한 허물없는 충성심은 물론이고 윗선에 인정받고 싶은 욕망도 없지 않았다. 그러나 그런 이유만으로는 도무지 납득이 안 갔다. 더 크고 근본적인 원인을 찾아야 했다.

윤석은 타인에게 눈을 돌렸다. 동료, 팀장, 과장, 국장을 떠올렸지만, 그들 역시 윤석처럼 무리한 과업에 매달린 일개 직원에 불과하다는 사실을 깨달았다. 동료들은 술을 마시거나 담배를 피울 때, 사격장 건립 당시의 불만을 꺼내곤 했다. 한동안 입을 모아 시장을 비난하는 걸로 쉬는 시간을 보냈다. 그러면 주민들에게 받은 비난에 대해 책임을 더는 기분이 드는 것 같았다. 고맙게도 윤석 앞에서는 말을 삼갔다. 자신의 기분을 살펴주는 것만으로도 윤석은 배려 받는 느낌이었다. 당연히 A는 아무런 타격을 받지 않았다. 일개 직원들의 불만에 꿈쩍할 A가 아니었다. 그 사실을 알기에 모두가 A를 욕하는 건지도 몰랐다. 멀어서 닿지 않는 표적을 향해 마구 화살을 쏘는 것과 비슷했다.

윤석 역시 한동안 A를 향한 적개심으로 살아갔다. 동료들의 단순한 비난과는 달랐다. 마음이 후련해지는 종류가 아닌, 날이 선 분노에 가까웠다. 그럴 수밖에 없었다. 동료 중 누구도 그 일로 윤석보다 큰 대가를 치른 사람은 없었다. 윤석은 시시때때로 A가 재선 공천에서 탈락하길 빌었다. 생일 케이크에 꽂힌 촛불을 불면서도, 보름달을 보면서도 내심 그의 불행을 기원했다. 바람이 이루어지는 데는 그리 오랜 시간이 걸리지 않았다. A는 사격장 건립 업적이 무색하게, 곧 이어진 지역선거 공천과 국회의원 공천에서 줄줄이 탈락했다. 그의 정치 공백은 점점 길어졌다. A가 완전히 야인이 되었을 때, 윤석은 모처럼 즐거운 기분을 만끽했다. 사무실에 가만히 앉아 있다가도 절로 웃음이 났다. 그러다가 막상 A가 오랫동안 힘을 회복하지 못하자, 윤석의 기쁨은 서서히 식었고 마침내 그의 존재를 잊어버렸다.

윤석은 A의 실종 기사를 두 번 정독한 뒤 자리에서 일어났다. 가게 문을 나섰을 때도 윤석의 머릿속에는 계속 정주못이라는 단어가 맴돌았다. 스타벅스 맞은편으로 15분만 걸어가면 정주못에 도착할 수 있었다. 주위 사람들에게서 정주못도 옛날 같지 않다는 이야기가 들려왔다. 지난 지방선거에서 당선된 구청장은 정주못을 단시간에 지역 명소로 만들겠다는 공약을 걸었다. 둘레가 4km 정도 되는 못 주변에 노천카페도 생기고 펜스나벤치도 곳곳에 설치되었으며, 자전거 전용 트랙도 생겼다고 했다. 부부는 민준이 죽은 후 한 번도 정주못 근처에 가지 않았다. 작은 도시에서 특정 장소를 피해 다니는 게 여간 힘든 일이 아니었지만, 선뜻 가 볼 용기가 나지 않았다.

*

윤석이 집에 돌아왔을 때, 혜경은 식탁에 앉아서 커피를 마시는 중이었다. 묽은 커피에서 보리차 맛이 났다. 윤석은 신문을 식탁 위에 던지듯 올려놓은 뒤, 설거지 건조대에서 잔을 끄집어냈다.

"타이레놀은?"

윤석은 혜경의 물음에 당황한 기색이었다. 잊어버린 게 틀림없었다. 혜경은 피식 웃음이 났다. 예상은 빗나가지 않았다. 윤석은 가족의 부탁을 가장 먼저 미루거나 잊었다. 요즘 들어 자신을 도와준답시고 찬장 정리나 분갈이하는 꼴이 보기 싫었다. 정작 설거지나 빨래 같이 중요한 일은 손도 대지 않으면서 생색만 내는 것 같아 부아가 치밀었다. 온종일 붙어있지 않아도 된다는 점에서 차라리 퇴직 전이 나았다. 집안일을 도와준답시고 부산떠는 윤석을 보고 있노라면, 자꾸만 묻고 싶어졌다. 왜 필요할 때는 곁에 없었는지.

혜경은 윤석이 야근을 핑계 삼아 사무실에서 대충 시간을 때운다는 걸 알았다. 홀로 침대에 누워있을 때면, 윤석이 없다는 사실이 편하면서도 슬펐다. 차라리 죽일 듯 싸우는 게 낫겠다 싶을 때도 있었다. 그러나 막상 싸우는 모습을 상상하면 기운이 빠졌다. 윤석과 함께 민준을 찾으러 다녔던들 결과가 달라졌을까. 윤석에 대한 분노는 가능성 때문이었다. 윤석이 있었더라면 사고를 막았을지도 모른다는 가능성. 혜경은 이제 그런 가능성을 곱씹는데 진력이 났다. 가능성은 희망 없이 분노만 일으켰다. 그러다가도 막상 윤석을 마주하고 있노라면 생각이 달라졌다. 화가 났다. 아직 분노를 거둘 준비가 되지 않았다는 사실만 거듭 확인할 뿐이었다.

혜경은 옷장 안에서 여름내 쓰던 가방 세 개를 꺼냈다. 가방을 뒤지면 타이레놀 한 알은 찾아낼 수 있을지도 몰랐다. 다행히 두 번째 가방에서 먹다 남은 약 한 판이 발견되었다. 약을 두 알이나 삼켰지만, 통증은 쉽게 가라앉지 않았다.

윤석은 타이레놀 대신 신문을 내밀었다. 누군가의 실종 기사였다. 혜경은 한 손으로 신문을 끌어당기면서 다른 손으로는 돋보기를 찾기 위해 식탁 구석을 더듬거렸다.

"누구야?"

"A. 전 시장."

혜경은 짧은 기사를 한 글자씩 소리 내어 읽다가 돋보기를 벗어던졌다.

"가출이야, 가출. 웬 여자랑 놀다가 제 발로 들어올 거야. 그게 어디 한두 번인 줄 알아."

"그걸 어떻게 알아?"

"그 사람 와이프 민수 친구 엄마잖아. 알면서."

"요즘도 연락해?"

"아니. 연락 안 한 지 꽤 됐어."

"그 정도 사이인데 남편이 가출하는 것도 알아? 난 같은 건물에서 일했는데 처음 듣는 말이구먼."

"A 와이프 입이 아니라 다른 엄마 입으로 들은 거지."

혜경은 머릿속으로 손가락을 관통시킬 것처럼 세게 관자놀이를 눌렀다. 민수를 위해서 꾸역꾸역 모임에 참석해 다른 학부모들과 친분을 쌓았다. 자식을 잃고도 웃는 여자라는 뒷말이 돈다는 걸 모르지 않았다. 윤석이 매일같이 출근하는 것처럼 자신도 돌을 씹어 삼키는 기분으로 사람들을 만났다. 그런 혜경의 노력을 윤석이 알 리 없었다.

윤석이 신문을 네 등분으로 접었다. CCTV 사진이 반으로 접혔다. 사진속 A의 뒷모습도 반 토막 났다. 윤석이 방으로 들어가려는 혜경의 등에 대고 물었다.

"만약에 말이야. 내가 이 사람처럼 어느 날 갑자기 사라지면, 어떨 것 같아?"

"어떻긴. 찾아야지."

"찾으면?"

"글쎄. 총으로 쏴버릴 거야."

혜경은 젖은 손을 뻗어 접힌 신문을 집었다. 팔을 움직일 때마다 쇄골이 쓰라렸지만, 통증도 이젠 제법 익숙해졌다. A의 아내에게 전화를 걸어 볼까 망설이다가 그만두었다. 그녀를 마지막으로 만난 건 윤석이 퇴직한 직후였다. 그때 A의 아내는 혜경에게 사격을 배운다고 말했다.

A의 아내는 자신보다 두 살 많은 혜경을 처음 만난 자리에서 서슴없이 언니라 불렀다. 남편의 공천 탈락 이후 극도로 외출을 삼갔지만, 혜경과 둘이서 만나는 것까지 거절하지는 않았다. 엄마들은 A의 아내가 없는 동안 그녀에 대해 더 많은 이야기를 주고받았다. 주로 A와 관계된 일이었다. A가 밖으로 나돌기 때문에 아내가 아들의 학업에 목을 맨다는 이야기. 성이 다른 열 살짜리 여자아이 하나를 집에 데리고 왔다는 이야기. 혜경은 소문을 쉽게 믿는 편이 아니지만, 한편으로는 믿지 않을 이유도 없었다. 소문의 진위가 궁금한 적도 많았다. 그러나 막상 A의 아내와 얼굴을 마주하면 아무것도 물을 수 없었다. A의 아내는 항상 기운이 없었다. 아들이 원하던 대학에 진학한 뒤에도 달라지지 않았다. 그런데 그녀를 마지막으로 만났을 때, 눈에서 지난 십 년간 찾아볼 수 없었던 생기가 돌았다. 어딘지 모르게 서늘한 기운을 품은 눈빛이었다.

"언니. 총 쏴본 적 있어요?"

"총?"

"총을 쏴 봐요."

A의 아내가 혜경 쪽으로 몸을 바싹 붙인 채 나지막이 속삭였다.

"언니는 죽이고 싶은 사람 없어요?"

혜경이 화들짝 놀라 그녀를 쳐다보았다. A의 아내는 혜경과 눈을 똑바로 맞춘 채 깔깔 소리 내어 웃었다.

그녀의 말이 떠오른 건 윤석이 퇴직한 후 두 달이 지났을 무렵이었다. 혜경은 새벽 첫차를 타고 사격장을 찾았다. 마을버스는 낮은 산을 넘은 뒤, 그보다 조금 더 높은 산에 위치한 사격장까지 혜경을 실어 날랐다. 승객은 혜경 한 사람뿐이었다. 버스에서 내리는 순간, 혜경은 귀를 베는 듯 찬바람과 날카로운 총소리에 정신이 번쩍 들었다. 총소리를 가까이에서 듣는 건 처음이었다. 혜경은 국제사격장 현판이 달린 건물 안으로 들어갔다. 체육복 차림의 직원 하나가 프런트에 기대어 졸고 있었다.

"제가 총을 좀 쏘고 싶은데요."

직원이 슬그머니 눈을 뜨더니 빨간 볼펜으로 강좌 시간표 여기저기에 동그라미를 쳤다. 건물 밖 잔디밭 쪽에서 탕, 하는 총소리가 들려왔다.

"지금 들리는 저 소리는요?"

그가 클레이 사격이라고 쓰여 있는 강습을 손가락으로 가리켰다.

"이걸로 등록할게요."

혜경은 한 번도 쓰지 않은 직불카드를 그에게 내밀었다. 카드 대금은 사격장 건설 보상금이 들어 있는 통장에서 빠져나갔다.

총은 생각보다 무거웠다. 본체에서 쇳내가 짙게 풍겼다. 방탄복을 입었지만, 긴장 때문에 몸이 뻣뻣해졌다. 실탄을 장전한 총구가 언제든 사람을 향할 수 있다고 생각하니 몸에 소름이 돋았다.

강사가 가르쳐 주는 대로 어깨에 개머리판을 대고 총구를 표적에 겨눴다. 방아쇠를 당기자 개머리판이 그녀의 왼쪽 어깨에 부딪히며, 강한 통증이 느껴졌다. 강사가 가르쳐준 대로 레버를 당기니 탄피가 옆으로 튕겨 나왔다. 탄피에서 가는 연기가 피어올랐다. 사대 주위에는 화약 냄새가 진동했다. 귀마개가 자꾸만 이마 쪽으로 흘러내려서 시야를 가렸다. 산탄총은 그녀가 생각한 것보다 무거워서 가만히 들고 서 있는 것만으로도 버거웠다. 다섯 발을 쏘고 나자 혜경의 얼굴은 땀으로 범벅되었다.

혜경은 집에 돌아온 뒤에도 화약 냄새가 신경 쓰여, 옷 여기저기에 코를 가져다 대고 연신 킁킁거렸다. 윤석이 잠옷 상의를 걷어 올리고 거실로 나왔다.

"어디서 뭘 하고 온 거야?"

"총 쐈어."

"뭐?"

"총 쐈다고."

"아무나 된다고?"

"되더라고."

"몇 발이나 맞췄어?"

"한 발. 첫 한 발이었지. 운이 좋았어."

혜경은 표적이 공중에서 흩어질 때를 떠올렸다. 총알이 표적에 맞을 때의 둔탁한 감각이 여전히 손에 만져졌다.

샤워를 하고 난 뒤 혜경은 휴대전화로 에어코킹건을 검색했다. 집에서 자세 연습을 하고 싶다고 말하자, 강사가 실물과 유사한 레플리카 모델을 추천해주었다. 탄알을 장전하지 않으면 위험할 일이 없고, 방아쇠를 당겨도 소리가 크지 않다고 했다. 총이란 게 한번 손맛을 보면 쉽게 벗어나기 어렵다니까요. 강사가 입꼬리를 씩 올리며 말했다.

이틀 뒤, 인터넷으로 주문한 총은 길쭉한 상자에 포장되어 택배로 도착했다. 혜경은 창고 방, 한때는 민준이 쓰던 방에 들어가 상자를 뜯었다. 스티로폼 충전제 속에 묻힌 묵직한 방아쇠가 가장 먼저 눈에 들어왔다. 충전제를 걷어낸 뒤 총을 꺼냈다. 총 아래에는 플라스틱 탄알이 비닐로 여러 겹 포장되어 있었다. 혜경은 개머리판을 겨드랑이에 꼈다. 사격장에서 쓰는 것보다 가벼웠지만 꽤 그럴싸했다. 총은 가늠자가 고정되어 있고 발사 후 레버를 젖히면 탄피가 옆으로 튀어나오는 방식이었다. 혜경은 플라스틱 탄알을 장전했다. 커튼 쪽을 향해 총을 조준한 뒤 방아쇠를 당기려다가 멈추었다. 문밖에서 윤석의 기척이 들렸기 때문이었다. 아무리 플라스틱 탄알이라고 해도 윤석이 있는 곳에서 총을 들고 싶지 않았다. 왠지 그러면 안 될 것 같았다. 혜경은 종이 박스에 총을 다시 집어넣어 책장 가장 위 칸에 올려놓은 뒤, 조용히 방을 빠져나왔다.

*

A의 실종 기사가 난 다음 날. 윤석은 아침 다섯 시 반에 눈을 떴다. 퇴직 후 이렇게 일찍 일어난 건 처음이었다. 살짝 열린 문틈 사이로 빗소리가 요란했다. 혜경은 집에 없었다. 식탁에는 조간신문이 비닐에 쌓인 채 그대로 올려져 있었다. 혜경이 사격장에 가기 전에 들여놓은 것 같았다. 윤석

이 신문을 집어 올리자 비닐에 묻은 빗물이 식탁 위에 후드득 떨어졌다.

A의 기사는 하루 사이 사회면으로 자리를 옮겼다. 어제 오전에 정주못 근처에서 A를 보았다는 목격자가 나타났다. 남자 하나가 양복을 입고 여기에 풍덩 빠졌다니까요. 그의 진술에 따라 경찰이 어제저녁부터 정주못 지압길과 갈대밭을 중심으로 수색에 나섰다. 유서가 발견되지 않아서 자살을 단정할 수는 없었다. 이주 전 A가 혼외자로 추정되는 여성과 연락한 기록이 발견되었다. 그 여성은 A에게서 심적 동요의 흔적을 느끼지 못했다고 진술했다. 그 사람이 밥을 먹자고 했어요. 이 근처 제일 맛있는 분식집에서 우동을 시켜 소주를 마시고 싶다고 했어요. 그 여성은 A가 가끔 한 번씩 전화로 실없는 이야기를 하다가 끊곤 한다고 말했다. A가 내시경을 받으러 내과에 자주 들른다는 수행비서의 증언도 있었다. 위가 좋지 않다고 하셨거든요. 궤양도 있고, 천공도 생겼다고 하셨어요. 맨날 내시경을 받았어요. 병원은 제가 예약했죠. 예약이 안 되면요? 때리죠. 막 발로 차기도 하고. 재떨이나 커피잔을 던지기도 하고. 검사를 해야 잠을 잘 수 있다고. 잠을 못 자면 네가 책임질 거냐고. 수면 유도 주사 때문일지도 모르겠네요. 아니면 말고요. 기사에 실린 내용만 보면 A는 여전히 살아있는 사람 같았다. 패기가 넘쳤고, 그 못지않게 패악도 부렸다.

윤석은 신문에 인쇄된 정주못 사진을 한참 동안 바라보았다. 지압길 주변으로 노란색 폴리스 라인이 얼기설기 쳐져 있었다. 사람 키만 한 갈대가 폴리스 라인 안으로 삐죽삐죽 머리를 들이밀었다. 후련하거나 고소하지는 않았다. 대신 견딜 수 없이 허전했다. 아주 오랫동안 자신을 지탱해주던 튼튼한 끈이 갑자기 툭 끊어진 기분이었다. 민준이 보고 싶었다. 윤석은 민준이라는 이름을 입안에서 굴려보았다. 목구멍이 틀어 막힌 것처럼 소리는 나지 않고 입술만 달싹거렸다.

신문을 내려놓고 커피 메이커 전원을 켰다. 물과 원두를 채우고 필터를 끼운 뒤, 창문 쪽으로 갔다. 빗발이 거셌다. 빗방울은 창틀과 창문에 부딪혀 요란스럽게 튀어 올랐다. 산은 비와 안개에 가려 선명하게 보이지 않았다. 커피 메이커가 끅끅 소리를 내며 커피를 뽑아내기 시작했다. 윤석은 머그잔에 커피가 넘칠 듯 가득 부었다. 커피잔을 들고 거실 창문을 조금 연 뒤, 눈을 지그시 감았다. 총소리가 들려왔다. 길게 꼬리를 빼면서 사라지는 총소리는 탄환이 표적에 빗나갔을 때 나는 소리라고 혜경이 말한 적 있었다. 빗나가는 이유가 무엇이냐는 윤석의 물음에 혜경은 잘 모르겠다고 답했다. 멈출 곳을 잃어버렸기 때문이겠지, 라고 혼자 중얼거릴 뿐이었다.

집에 돌아온 혜경은 화장실로 향하지 않았다. 대신 비에 젖은 바람막이를 식탁에 걸쳐놓은 뒤, 수건으로 머리에 묻은 빗물을 털었다. 그리곤 설거지 건조대에서 마른 잔을 꺼내 커피를 부었다. 커피가 넘칠 듯 위태롭게 찰랑거렸다.

"A는? 찾았대?"

혜경이 눈을 신문에 고정하고 커피를 한 모금 들이켰다.

"아니."

"그러면?"

"알 수 없지."

둘은 잠시 말을 잃었다. 거실엔 부부가 번갈아 커피를 들이켜는 소리만 가득했다. 난간에 부딪힌 비가 집 안으로 들이쳤지만, 둘 중 누구도 창문을 닫지 않았다. 둘은 각자 생각에 잠겼다. 윤석이 마침내 감은 눈을 뜨고 혜경을 쳐다보았다.

"원한 관계에 있는 사람이 많았나 봐."

"사람이 꼭 이유가 있어서 죽는 건 아니잖아."

윤석은 무심결에 고개를 끄덕였으나, 곧바로 의문이 생겼다. 아무런 이유 없이도 사람은 언제나 죽을 수 있다는 말. 그 말을 윤석은 이해하지 못했다. 죽음에는 분명 이유가 있어야 한다고 생각했다. 아니 있어야 했다. 윤석은 빈 잔 속을 들여다보며 혼잣말하듯 물었다.

"죽었을까."

"아닐 거야."

"그렇겠지?"

"당신 어째 죽길 바라는 것 같다?"

"그런 건 아니고."

윤석은 젖은 커피 필터를 휴지통에 버리고, 기계에 새 필터와 원두를 넣었다. 물도 채워 넣었다. 전원을 켠 지 30초도 지나지 않아 커피메이커에서 꺽꺽 소리가 들려왔다.

"딸이라는 여자 말이야. 좀 이상하지 않아?"

윤석이 미심쩍은 표정으로 혜경에게 물었다. 혜경은 빈 잔을 윤석에게 내밀었다. 윤석은 방금 추출된 커피를 혜경의 잔에 부어서 식탁 위에 올려놓았다.

"조심해."

"뭘?"

"커피."

커피에서 하얗게 김이 올라왔다. 윤석은 혜경의 옆자리에 의자를 빼고 앉았다.

"이 여자, 아무렇지도 않잖아. 아버지가 죽었을지도 모르는데."

"아버지 노릇도 못 했는데 뭘."

"아버지 노릇? 대체 그게 뭔데?"

윤석이 따지듯 물었으나 혜경은 답하지 않았다. 대신 윤석을 빤히 쳐다보고는 자리에서 일어나 창고 방으로 들어가 버렸다. 윤석은 커피잔을 들고 혜경을 쫓아갔다. 혜경이 생각하는 아버지 노릇이 무엇인지 이번엔 꼭 따지고 싶었다. 윤석은 노크도 하지 않고 방문을 열어젖혔다. 혜경이 화들짝 놀라 뒤로 돌아섰다. 에어건 총구가 윤석 쪽으로 향했다. 탕, 하고 짧은 총소리가 울려 퍼졌다. 플라스틱 탄알이 커피잔을 든 윤석의 손을 향해 날아갔다. 윤석이 외마디 비명을 지르며 바닥에 나뒹굴었다. 커피잔은 바닥에 떨어져 박살이 나버렸다. 혜경이 총을 내려놓고, 부엌으로 뛰어갔다. 냉장고에서 얼음을 꺼낸 뒤 비닐에 넣었다. 총알을 맞은 윤석의 손가락 부위가 시뻘겋게 달아올랐다. 혜경은 얼음주머니를 윤석의 손가락 쪽에 가져다 댔다. 통증 때문에 윤석의 얼굴이 잔뜩 구겨졌다.

"괜찮아?"

"아니."

"방아쇠 안 당겼어."

"방아쇠도 안 당겼는데 총알이 튀어나오는 게 말이 돼? 그 말을 믿으라고?"

"모형이잖아."

"진짜 총이라도 쐈겠지. 당신. 나 쏘고 싶은 거 아니었어? 잘됐네. 그래. 쏴보니까 기분이 어때?"

"실수였어."

"웃기시네."

윤석이 미친 사람처럼 욕지기를 쏟아냈다. 윤석 옆에 굳은 듯 서 있던 혜경이 갑자기 주저앉더니 꺽꺽 소리를 내며 울음을 터뜨렸다.

"끔찍해."

"내가 화를 내서? 아니면 소리를 질러서?"

"아니. 당신이 너무 잘 알고 있다는 거. 그게 너무 끔찍해."

통증이 조금 가라앉았는지, 윤석이 엉거주춤 몸을 일으켰다. 부엌에서 행주 두 개를 가지고 방으로 돌아와 깨진 잔 조각을 치운 뒤, 바닥에 쏟아진 커피를 닦아냈다. 총알에 맞은 손가락이 화끈거렸다. 혜경은 계속 울기만 했다. 우는 혜경을 보고 있노라니, 윤석도 같이 울고 싶어졌다. 윤석은 걸레질을 하다 말고 혜경 옆에 주저앉았다. 손으로 얼굴을 감싸고 소리 내 울었다. 소리 내어 운 게 얼마 만인지 알 수 없었다. 서로에게 왜 우느냐 묻지 않았다. 묻지 않아도 대답을 들은 것 같았다.

*

다음 날 아침. 혜경은 사격장에 가지 않았다. 윤석이 눈을 떴을 때, 혜경은 모로 누워 자고 있었다. 비는 그치지 않았다. 지하 주차장 침수가 우려되니 차를 단지 밖으로 옮겨달라는 아파트 안내 방송이 스피커를 타고 흘러나왔다. 윤석은 창문 밖을 내다보았다. 높은 지대에서 아파트 쪽을 향해 흙탕물이 밀려왔다. 사람들은 거센 빗발을 이겨내지 못해 우산을 비스듬히 들고 물살을 거슬러 아파트 입구를 빠져나갔다.

윤석은 침대에서 자는 혜경을 가만히 내려다보았다. 그녀는 일 년 사이 많이 늙었다. 머리가 빠져서 두피가 훤히 드러났고, 웃지 않는데도 눈가와 볼에 살이 처졌다. 자는 혜경의 모습을 지켜보는 건 참 오랜만이었다. 혜경은 단 한 번도 늦잠을 자는 법이 없었다. 적어도 민준이 죽은 후부터는 그랬다. 혜경은 가족 중 누구보다 긴 시간 눈을 뜨고 있는 사람이었다.

총알에 맞은 손가락에는 시퍼런 멍이 생겼지만, 붓기는 없었다. 다행히 뼈는 부러지지 않은 것 같았다. 옷장에서 반바지와 반소매 티셔츠를 꺼내 입었다. 양말은 신지 않았다. 그는 정주못에 갈 생각이었다.

앞으로 걸을 때마다 비가 온몸에 들이쳤다. 추위에 몸이 오들오들 떨렸다. 우산은 쓸모가 없었다. 크록스 사이로 흙탕물이 들어차서, 걸을 때마다 자꾸만 벗겨지려 했다. 그는 오로지 앞으로 걷는 것에만 집중했다. 그게 지금 그가 할 수 있는 유일한 일인 것처럼.

정주못에 다다랐을 때, 윤석은 머리에서부터 발끝까지 몽땅 젖어있었다. 빗물에 시야가 가려서 한 치 앞도 보이지 않았다. 정주못 앞 6차선 도로는 이미 차량 진입이 통제되었다. 도로 위에는 바리케이드가 듬성듬성 세워져 있었다. 차는 못 빠져나가도 사람이 드나들기에는 충분한 간격이었다. 윤석은 바리케이드 사이로 몸을 밀어 넣었다.

못에 고인 물이 순식간에 불어서 벤치 다리까지 차올랐다. 윤석은 지대가 높은 갈대밭 쪽을 향해 걸음을 옮겼다. 노란색 폴리스라인은 비를 견디지 못하고 휘청거렸다. 현장에는 아무도 없었다. 그는 한쪽 다리로 폴리스라인을 넘어갔다. 진흙 때문에 발이 미끄러졌다. 윤석은 사고 현장 한가운데 섰다. 그의 손에는 우산이 없었다. 언제, 어디에서부터 우산을 쓰지 않았는지 기억나지 않았다.

윤석은 눈을 부릅뜨고 정주못을 노려보았다. 물에 불은 민준의 시신이 떠올랐다. 시신에 꼭 달라붙어서 오열하던 혜경의 모습도 떠올랐다. 마지막으로는 혜경의 문자를 보고도 휴대 전화를 덮어버린 자신의 모습이 떠올랐다. 그날 윤석은 혜경에게 답신을 보낼 수도 있었다. 마음만 먹었으면 전화 한 통 넣는 건 가능했다. 그러나 그는 아무것도 하지 않았다. 할 수 있는 것을 하지 않았다고 생각하는 대신, 할 수 없었다고 믿어왔다. 그 믿음이 지난 십이 년간 윤석을 지켜주었다. 윤석을 버티게 한 건 A가 아니었다. 윤석은 얼굴에 흘러내리는 빗물을 계속해서 닦아냈다. 죄책감과 수치심이 솟구쳤다. 그런 자신의 마음에 지고 싶지 않아서, 윤석은 더욱더 맹렬한 눈빛으로 불어나는 흙탕물을 노려보았다.

집에 돌아왔을 때, 혜경은 식탁에서 신문을 보고 있었다. 커피 냄새가 났다. 그는 현관 옆 화장실로 들어가서 몸을 씻었다. 온몸이 빗물에 불어 있었고, 오한 때문에 이가 딱딱 부딪힐 정도로 턱이 떨렸다.

샤워를 마친 그는 기운이 쏙 빠졌다. 혜경이 윤석에게 커피를 건넸다. 따뜻한 커피가 몸에 들어가자 졸음이 몰려왔다. 혜경은 오늘도 A의 실종 기사를 읽는 중이었다. 윤석은 가스레인지에 불을 붙였다. 전날 먹다 남긴 청국장이 냄비 안에서 끓기 시작했다.

"다른 소식이 있어?"

이제 더는 A의 소식에 관심 없었다. 그래도 윤석은 A에 관해 물었다. 자신이 아닌 혜경을 위해서, 그보다는 둘 사이에 버티고 있는 침묵을 이겨내기 위해서였다.

"아니, 별로."

혜경이 의자에서 일어나 윤석 쪽으로 향했다. 가스레인지 불꽃이 붉은색을 띠었다. 혜경은 입으로 후후 가스 불을 불었다. 열 번도 넘게 숨을 불어넣고서야 불꽃이 푸른색을 띠기 시작했다.

"손가락은 좀 어때?"

"견딜 만해."

혜경은 윤석에게 아침부터 어딜 다녀왔느냐고 묻지 않았다. 어쩌다가 홀딱 젖어서 돌아왔느냐고도 묻지 않았다. 대신 둘은 마주 앉아 졸아붙은 청국장에 밥을 비벼 먹었다. 비는 늦은 밤까지 그치지 않았고, 아파트 지하 주차장은 침수되었다.

당선 전화를 받은 날도 일상은 달라지지 않았다. 평소처럼 가족과 저녁 식사를 하고, 컴퓨터 앞에 앉아 밀린 일을 처리했다. 그날 밤, 침대에 누워서야 비로소 깨달았다. 불과 몇 시간 전만 해도 하드웨어 속에 묻힐 운명이었던 내 글이 비로소 세상에 나올 수 있다는 사실을. 그것이 가장 기뻤다.

십 년 넘는 시간 동안 피아노를 쳤지만, 대학에 입학한 뒤 그만두었다. 재능이 없다는 건 핑계였다. '왜 음악을 하느냐'는 질문에 답할 수 없었다. 꼭 '그것'이어야만 하는 이유를 끝내 찾지 못했다. 아무래도 나는 음악을 절실히 사랑하지 않았던 것 같다. 그래서 소설을 쓰기로 마음먹은 뒤부터 '나는 왜 소설을 쓰는가?'에 대해 습관처럼 물었다. 구체적인 이유가 떠오르지 않을 때는 스스로 진정성을 의심하기도 했다. 내가 나를 속이고 있는 건 아닌지 걱정되었다. 그런데 어째서인지 나는 계속 썼다. 우체국 영수증 오십 장이 넘게 쌓일 정도로 낙선해도, 다음 날이면 또 쓸 수밖에 없었다. 이제는 그 동력의 실체가 궁금할 때마다 질문을 바꾸어서 던진다. '소설을 쓰지 않고 살 수 있을까?' 그 질문만큼은 아니라고 명확하게 답할 수 있다.

부모의 삶을 이해하고 싶어서 이 소설을 썼다. 가까운 사람들을 이해하는 건 내게 절박한 문제였다. 고백하건대, 그들에게 상처받고 싶지 않아서 소설을 쓰기 시작했다. 소설을 통해, 누구에게나 '그럴 수밖에 없음'이 존재한다는 사실에 위안받았다.

그러나 위안만으로 충분한 걸까. 아닐지도 모르겠다. 나는 내 소설 속 인물들이 안녕하길 바란다. 소설에서만큼은 원하는 바를 성취하고, 행복했으면 좋겠다. 그러기 위해서 나는 지금보다 더욱 치열하게 고민해야 할 것이다. 현실 속 나는 한없이 미흡한 사람이라서, 쓰는 일 외에 그들을 도와줄 방법을 찾지 못했다.

부족한 글에서 가능성을 발견해주신 심사위원 선생님들께 감사드린다. 소설 쓰는 자신을 사랑해야 한다는 강영숙 선생님의 말씀이 지칠 때마다 나를 일으켰다. 첫 소설을 읽어주신 노희준, 해이수 선생님께 당선 소식을 전해드릴 수 있어서 영광이다. 하성란, 김이설 선생님의 애정 어린 조언과 격려를 항상 마음에 품고 쓰겠다. 무엇보다 문우들에게 빚이 많다. 이번엔 그저 내게 행운이 찾아왔을 뿐이라고 말하고 싶다. 소설을 쓰면서 강숙, 재은, 예슬을 만나서 행복했다. 돌이켜 보니, 언제나 준 것보다 받은 게 많았다.

마지막으로 어떤 선택을 하든 지지해주는 가족에게 고맙다는 말을 전한다. 사랑하는 성근. 묵묵히 곁을 지켜준 나의 벗. 당신과 함께 살아갈 날이 나에게 가장 큰 축복이다.

"증오와 죄책감이 혐오와 경멸을 부르지 않도록…그 맹렬한 노력에 지지를 보낸다"

예심을 통해 개별적으로 추천을 받은 응모작 중 인상 깊은 것들이 적지 않았다. 간략하게나마 그 제목만을 언급하자면, 「조이의 눈」, 「칼잡이들」, 「없는 마음」, 「검은 우산은 괜찮습니다」, 「미즈치와 거북」 등이었다. 본심에서 주요하게 다뤄지지는 못했으나, 나름 완성도를 갖춘 소설들이었다.

최종적으로 논의의 대상이 된 응모작은 모두 네 편이었다. 「로스웰식 농담」은 흥미로운 배경 정보를 바탕으로 여행 중 동행하게 된 인물들과의 일화를 들려주는 이야기였다. '외계인'과 '아메리칸 원주민'의 은유적 구도가 인상 깊었으나, 상대적으로 중요하지 않은 장면들은 너무 단조롭게 처리된 것 아닌가, 하는 아쉬움이 남았다.

「가끔 아닌 것들이」는 특별할 것 없는 상황 속에서 주고받는 의미 있는 대화들, 그로 인해 형성되는 인물 간 관계망을 능숙하게 표현한 소설이었다. 흐트러짐 없는 문장도 매력적이었으나 특히, '희주'라는 생동감 있는 캐릭터에 가장 호감이 갔다. 그런데 이 응모작의 장점으로 꼽힌 능숙함이 한편으로는 근래 활발하게 활동하고 있는 신인 작가들에게 보이는 익숙함으로 지적되기도 했다.

「BABIRUSA」는 당선작을 두고 가장 마지막까지 고민을 하게 한 작품이었다. 문장의 밀도와 기세가 압도적이었고, 도상과 제사題詞 등을 활용하는 방식이 단연 돋보였다. 단순히 낯선 텍스트를 직조하는 돌발적이고 일탈적인 표현 방법이 아니라, 이를 서툴지 않게 표현하는 논리와 구성이 바탕을 이루고 있다는 점이 이 소설의 더 큰 가치였다. 아쉽게 당선작으로 선택되지는 못했지만, 머지않은 때 어느 자리에서건 이 작가를 마주할 수밖에 없다는 점은 심사위원들의 공통된 의견이었다.

당선작으로 선정된 「난간에 부딪힌 비가 집안으로 들이쳤지만」은 '체호프의 총'을 떠올리게 하는 도입부로 시작된다. 잘 알려진 격언대로 이 소설에 등장하는 '총' 역시 결국 격발되고야 마는데, 탄탄한 구성을 바탕으로 서사의 굴곡과 긴장감을 조성하는 솜씨가 뛰어났다. 더구나 두 인물의 비극적인 사연에서 주목하게 되는 증오와 죄책감이라는 감정이 말미에 이르러 더욱 단단해지거나 단숨에 해소되는 것이 아니라, 고작 견디고 버티는 쪽으로 나아간다는 점이 인상 깊었다. 집 안으로 빗물이 들이치는 순간이 아니라, 제목이 암시하는 바대로 그 이후에 계속되는 생활을 그리고 있는 이 작가의 신중하고 성숙한 시선으로부터 비롯된 결말이었다. 무엇보다 증오와 죄책감을 혐오와 경멸이 대신하지 못하도록 애쓰는 노력에 대해, 그런 마음에 지고 싶지 않은 그 맹렬함에 지지를 보낸다.

한라일보　**김동승**

1985년 서울 출생. 숭실대학교 행정학과 졸업.

기적의 남자

김동승

*

덕수가 출근한 지 얼마 지나지 않아 전화가 울렸다. 수화기 너머에서 낯선 목소리가 그의 이름을 찾았다.

[김덕수 씨? 관악경찰서 박래신 형사입니다. 잠시 통화 가능하신가요?]

[무슨 일이시죠?]

덕수는 잠시 보이스피싱인가 싶어 머뭇거리다가 말했다. 은행 대출이나 검찰, 부모님의 사고 같은 흔한 레퍼토리가 나오면 가차 없이 끊겠다고 마음먹었다.

[이덕기 씨 아시죠?]

예상치 못한 형사의 질문에 덕수의 머릿속에 물음표가 생겼다. 이덕기? 이덕기? 이덕기! 10초 정도 곰곰이 생각하고 나서야 그는 간신히 이름이 갖는 의미를 찾을 수 있었다. 이덕기, 병원 사람들은 그를 이기적이라 불렀다. 이름 전체로 부르면 의도치 않게 비난하는 꼴이 되어, 성을 떼고 기적 씨로 부르던 기억이 주마등처럼 머릿속을 스쳐 갔다.

[예전 담당했던 환자로 기억합니다만 무슨 일이시죠?]

[3일 전에 돌아가셨습니다.]

[예?]

낯선 사람이 전하는 죽음의 소식은 덕수를 움츠러들게 했다.

[그런데 왜 제게 전화를…….]

[자세한 사항은 아직 조사 중이라 말씀드릴 수 없습니다만 김덕수 씨께 확인해야 할 사항이 있어 연락드렸습니다. 고인의 집을 조사하던 중에 유서가 발견되었습니다. 거기에 고인이 김덕수 씨로부터 돌려받았으면 하는 물건이 있다고 적혀 있는데 혹시 짐작 가는 게 없으신가요? 내일 오전에 잠시 서에서 이야기했으면 합니다.]

[전혀요. 저는 환자분하고 사적으로 교류한다든지 물건을 빌리거나 빌려주는 행위는 하지 않습니다.]

[내일 서에서 자세하게 말씀 나누시죠.]

덕수는 통화를 끊고 나서 한동안 멍하니 수화기를 쳐다보았다. 혹시 신종 사기 수법인가 싶어 경찰서에 전화를 걸어 방금 통화했던 형사를 찾았다. 곧 익숙한 목소리가 어이없다는 듯이 웃으며 내일 오전 11시까지 방문하라고 말했다. 통화 이후 그는 통 일에 집중할 수 없었다. 노령 환자들의 욕창을 방지하기 위해 침대 위의 체위를 변경하거나 스트레칭을 거들 때도 생각은 전화에 팔린 상태였다. 하루 꼬박 기억에 불을 지피자 밑바닥에 있던 것들이 끓어오르기 시작했다. 이덕기, 그는 덕수가 일평생 만난 사람 중 가장 운이 좋았던 사람이었고 동시에 가장 운이 나빴던 사람이었다.

*

덕수는 처음 서울을 보던 순간을 기억했다. 7살 여동생은 그의 어깨에 기대 곤히 자고 있었고 아빠와 낯선 운전사는 앞을 바라보고 있었다. 용달 트럭에 엉기성기 쌓여있는 세간이 방지턱을 넘을 때마다 덜컹거리는 소리를 냈다. 출발하기 전 조였던 끈들이 풀어질까 걱정이 앞섰다. 하지만 그의 걱정은 새벽 어스름 사이로 대도시의 마천루가 위용을 드러내면서 어디론가 사라져버렸다. 서울이었다. 아빠의 일자리가 가득할 서울. 동생이

다닐 큰 학교가 있는 서울. 그리고 어릴 적 홀연히 사라진 엄마가 갔다고 한 서울.

그들은 서울에서 가장 높은 곳에 살았다. 달동네라고 부르는 그곳에서는 우뚝 솟은 건물 옥상에서 담배 연기를 뻐끔거리는 회사원이 점점이 보였다. 한동안 세 식구가 행복하게 살았다. 아빠가 일하고 덕수도 돈벌이를 거들고 동생은 학교에 다니다 보면 언젠가 좋은 날이 올 것을 믿었다. 그리고 얼마 후 아빠는 두 팔을 잃었다. 일당 삼만 오천원을 더 벌기 위해 알지도 못하는 전기배선을 만진 대가였다. 아빠가 통증에 못 이겨 발광하는 날에는 덕수가 동생을 데리고 집 밖에 나와 있어야 했다. 갈 곳은 한군데 뿐이었다. 둘은 동네 초입의 구멍가게로 향했다. 편의점에 손님을 다 뺏겨 을씨년스러운 그곳에는 까맣게 썩은 나무판자에 모노륨 장판을 덧댄 평상과 브라운관 TV가 있었다. 가로등 불빛만으로는 부족한 어두운 골목에서 TV는 유일하게 빛을 보태고 있었다. 빛에 몰려드는 벌레들과 함께 덕수와 동생은 평상 위에 가만히 앉아 있을 따름이었다. TV에서는 복권 추첨 방송이 한창이었다. 복권 희망 사업으로 웃는 아이들. 복권이 당첨되어 웃을 사람들. 화면을 보는 덕수는 잠시 마주하고 있으면 눈물이 나고 웃음이 나고 태어나서 다행이라고 생각하게 만드는 장면을 상상했다. 그는 따뜻한 물을 마신 듯 손바닥에서 온기를 느꼈고 그 손으로 여동생의 왼손을 말없이 감싸 쥐었다. 어둠을 비집고 브라운관 TV의 빛이 그들의 포개진 손 위에서 고요히 출렁이고 있었다.

*

덕수가 요양보호사로서 병원에서 근무를 시작한 지 딱 한 달이 되는 날이었다. 아르바이트를 전전하다 이제야 번듯한 일자리를 얻었다는 자부심과 업무를 익히며 나는 스스로 생각했던 것보다 더 멍청한 인간일 수도 있겠다고 하는 자괴감 사이를 하루에도 몇 번이나 왕복하는 일상이었다. 새로 배정받은 8층으로 출근하자마자 어제 마무리해서 제출했어야 할 인수인계일지의 오류가 눈에 들어왔다. 그는 너무 열중한 나머지 복도 중간에 있는 직원 데스크로 남성 환자 한 명이 다가오는 발걸음 소리도 알아차리지 못했다.

"똑똑, 이봐."

그의 반응이 없자 환자는 직접 입으로 똑똑, 하고 소리를 냈다. 덕수는 그제야 고개를 들어 앞을 바라보았다. 서리가 앉은 것 같은 백발의 머리에 피부는 누런빛을 띠면서 거칠었다. 매부리코에 이가 고르지 못하고 군데군데 까맣게 썩어 있는 것이 보였다. 그의 얼굴에서 유일하게 마음에 드는 것은 눈이었는데 서늘한 기운이 감돌며 속이 맑고 깊어 보였다. 얼굴 전체로 보면 누런 사막에 푸른 오아시스 두 개가 박혀 있는 것 같았다.

"이것 좀 한번 봐주겠어?"

환자가 덕수에게 내민 것은 낡은 즉석 복권 한 장이었다. "최고당첨금 10억"이라는 문구가 금색으로 왼쪽에 휘황찬란하게 적혀 있었다. "행운그림 2개가 모두 일치하면 당첨." 당첨의 조건이었다. 그 아래로 그림 2쌍과 옆으로 당첨금액이 작게 적혀 있었다. 덕수는 위에서부터 하나씩 그림을 훑어보며 내려갔다. 첫 번째는 새와 그림 그리고 사천 원. 낙첨. 두 번째는 선물과 카드 그리고 일천만 원. 낙첨. 세 번째는 책과 리본 그리고 일십만 원. 낙첨. 네 번째는 하트와 케이크 그리고 일억 원. 낙첨. 다섯 번째는 돼지와 돼지 그리고 일십억 원. 당첨. 어? 어? 어? 어! 덕수는 너무 놀라, 말을 버벅댔다.

"맞지? 그렇지? 내가 잘못 본 게 아니지?"

환자는 덕수가 당황한 모습을 보고서야 당첨을 확신한 듯 기쁨의 쾌재를 불렀다. 그는 온 복도가 떠나가라 환호했다. 덕수는 옆에서 손뼉을 치며 대박, 이라는 말을 연발했다. 감정이 고조된 듯 환자는 복도 바닥에 앉아 눈물을 보였다. 그러면서 됐어, 이제 할 수 있어, 라는 말을 연신 되풀이했다. 한동안 훨훨 날던 그는 감정이 추슬러지자 복권을 환자복 주머니에 집어넣고, 마치 잊어버린 것을 가지러 가는 사람처럼 날랜 걸음으로 병실에 되돌아갔다. 복도는 다시 쥐 죽은 듯 조용해졌지만, 덕수의 날뛰었던 감정이 쉽게 가라앉지 않았다. 그 순간 뒤에서 누군가 어깨를 툭 하고 건드렸다. 같은 요양보호사이자 사수인 박 선생이었다. 뭐하냐는 질문에 덕수는 말을 버벅대며 조금 전의 믿을 수 없는 상황을 이야기했다. 박 선생은 웃으며 이야기했다.

"김 선생 8층은 처음이지? 저 양반 유명해. '기적' 씨라고. 저 환자 차트는 봤어?"

덕수는 박 선생이 건네는 차트를 받아 환자 정보란을 보았다. 이름 이덕기. 나이 71세. 교통사고로 인한 외상성 치매.

"그래도 아까 그 복권은……."

말이 끝나기 전에 기적 씨가 병실에서 나와 데스크 쪽으로 걸어오는 것이 보였다. 환자복이 아닌 낡은 회색 점퍼의 평상복 차림이었다. 박 선생은 벽에 붙은 시계를 보고는 오늘은 되게 빠르네, 하고 혼잣말했다.

"이덕기 환자분, 어디 가세요? 의사 선생님 외출 허가는 받으셨어요?"

"이봐, 지금 그럴 때가 아니야. 이거 좀 봐봐. 자그마치 10억이야, 10억. 여기 젊은 선생이 봤는데, 당첨된 게 확실한 거란 말이야."

"그 복권 한 번 보여주시겠어요?"

박 선생은 심드렁한 표정으로 말했다. 떨리는 손에서 복권을 건네받은 그는 데면데면 보고서는 손가락으로 지급 기한을 가리켰다.

지급 기한 2019년 4월 30일.

"이 복권은 이미 지급 기한을 넘어서 무용지물이에요. 여기 달력 보이시죠? 지금 2021년이에요."

기적 씨는 충격을 받은 듯 복권과 덕수를 번갈아 쳐다보았다. 그의 표정은 박 선생의 말도 안 되는 주장을 빨리 반박해 달라는 무언의 압박 같았다. 정신을 차리고 다시 보니 박 선생의 말이 옳았다. 복권의 뒷면에는 약관이 있었다. 약관에는 앞면의 지급 기한까지 청구하지 않으면 효력이 소멸한다고 분명히 명시되어 있었다. 덕수는 난감한 상황에 혀가 꼬여 다시 버벅대며 말했다.

"아……이덕기 환자분, 박 선생님 말씀이 옳아요. 이게 당첨은 맞는데,

지금 기한이 지나서 사용할 수가 없네요. 기한이 지나면 당첨금이 복권기금에 귀속되어 공익사업에 사용한대요."

말이 끝나기 무섭게 덕수는 빨려 들어가는 기분이 들었다. 단순한 기분 탓이 아니었다. 목덜미 밑에 먹살을 잡고 흔드는 우악스러운 손 두 개가 보였다. 그리고 사막 한가운데 있던 서늘한 오아시스는 온데간데없이 불꽃을 뿜는 활화산 두 개가 눈앞에서 분출하고 있었다. 그것이 이덕기 씨, 아니 기적 씨와 덕수의 첫 만남이었다.

*

그날 저녁 덕수의 입사 기념 겸 오전 먹살잡이 위로의 취지로 회식 자리가 마련되었다. 박 선생은 40대 중반에 명예퇴직 후 요양보호사로서 10년 가까이 일 해온 베테랑이었다. 50대 중반의 남자와 20대 후반의 남자가 할 수 있는 대화의 폭은 그리 넓지 않았다. 저녁 식사에 반주가 조금 들어가고 나서 그들의 대화 주제는 자연스레 회식 자리를 만들어 준 기적 씨로 향했다. 박 선생이 이야기하는 기적 씨의 사연은 다음과 같았다. 기적 씨는 잘 나가는 사업가였다. 대기업에서 생산하는 TV에 부품을 공급하는 하청업자였으며 규모도 제법 큰 공장을 여럿 가지고 있었다. 그 시기의 기적 씨에게는 거칠 것이 없었다. IMF라는 듣도 보도 못한 것이 오기까지는. 철옹성 같던 대기업이 하루아침에 부도로 사라졌다. 동시에 대기업이 보증하던 어음들은 휴지 조각이 되었다. 납품하지 못한 제품이 창고에 먼지와 함께 쌓이고, 덩달아 지급해야 할 자재 대금과 직원들의 임금도 순식간에 산더미처럼 불어났다. 공장을 팔고, 차를 팔고, 집을 팔고, 나중에는 자신의 신용도 팔았다. 친척, 친구, 친한 지인들, 관계에 '친' 자가 들어가는 모든 사람에게 돈을 빌렸다. 돈. 돈. 돈. 결국, 기적 씨는 고발장과 사람들의 원망을 피해서 아무도 모르는 곳으로 도망쳤다. 완벽한 증발이었다. 수년간 거리를 전전하던 그는 운 좋게 만난 사회복지사의 도움으로 얼마간의 정부 보조금과 기거할 거처를 얻었다. 하지만 오랜 거리 생활로 그의 마음은 이미 황폐화되어 있었다. 자신이 돈을 빌린 누군가가 갑자기 나타나 손을 벌릴 것 같은 망상은 그를 사람 대신 사물과 대면하게 했다. 이후 그는 길거리에서 고물이나 폐지 등을 주워 팔며 근근이 삶을 이어갔다. 그는 항상 아는 곳으로만 다니며 일정한 순서에 따라 폐지를 주웠다. 오후 3시까지 동네를 돌고 나서 어느 정도 폐지가 모이면 고물상으로 향했다. 대게 하루에 버는 그의 수입은 오천 원 정도. 그는 거의 매일 시장 골목에 있는 이천 원짜리 칼국수로 점심 겸 저녁을 때우고 천 팔백원짜리 소주 한 병을 샀다. 그러면 수중에는 천 원 남 짓 남는데 그 돈으로 즉석 복권을 샀다. 대로변 가게 앞 파라솔에 딸린 간이의자에서 소주를 마시며 복권을 긁는 것이 그의 마지막 일과였다. 그날도 기적 씨는 순서에 따라 서점에 먼저 들렀다. 평소와는 다르게 가게 셔터가 반쯤 내려와 있고 그 앞에 종이 상자들과 책들이 무더기로 쌓여 있었다. 무슨 일인가 싶어 다가간 그에게 서점 주인이 손짓했다. 폐점으로 버리는 것이니 가져가란 주인의 말에 기적 씨는 고물상으로 잽싸게 달려가 손수레 한 대를 빌렸다. 실로 오랜만에 용을 쓰며 일했다. 손수레 손잡이에서 느껴지는 묵직함이 사람을 그렇게 기분 좋게 할 수 없었다. 고물상을 나오는 그의 손에서 세종대왕이 웃고 있었다. 만원. 공치는 날을 생각하면 이틀 아니 삼일 동네를 돌아야 운 좋게 만질 수 있는 돈이었다. 기적씨가 시계를 보니 아직 12시도 넘지 않았다. 운이 트이는 날이었다. 그는 칼국수 가게를 지나 오천 원짜리 순댓국 가게로 들어갔다. 오래간만에 뱃속에 따뜻한 밥과 고기가 들어가니 마음이 절로 푸근해졌다. 기분 좋게 집으로 돌아가면서 가게에 들러 소주 한 병을 샀다. 잠시 망설이던 기적 씨는 소주와 먹을 마른오징어 안주를 포기하고 남은 삼천 원 전부 즉석 복권을 샀다. 간이의자에 앉아 첫 번째 복권을 정성 들여 살살 긁었다. 일천원 당첨. 과연 나쁘지 않은 날이었다. 두 번째 복권을 긁었다. 낙첨. 그리고 마지막 세 번째 복권을 쳐다보았다. 기적 씨는 "최고당첨금 10억"이라는 황금색 글자가 빛에 번뜩이는 것 같았다. 비범한 기운을 느끼며 복권을 긁는 순간, 그는 저 멀리 대로변으로 날아가 떨어졌다. 사실 비범한 기운은 자동차의 헤드라이트에서 나온 번쩍

임이자 브레이크가 고장 난 차의 운전자가 보낸 다급한 경고였다. 기적 씨는 그대로 구급차에 실려 병원으로 이송되었다. 머리부터 바닥에 떨어진 탓에 그는 이송 후 10개월간 의식 없이 살았다. 그의 담당의가 뇌사 판정을 심각하게 고려하고 있었던 즈음, 기적 씨는 그의 별명에 걸맞게 기적적으로 깨어났다. 2개월이 더 지나 사고가 발생한 지 1년 가까이 될 무렵 기적 씨는 지금의 요양병원으로 이송되었다. 그리고 어느 날, 그는 서랍 안의 사복을 정리하다 긁지 않은 복권 한 장을 발견했다.

*

덕수가 근무하는 병원의 층별 데스크는 간호사 1명과 요양보호사 2인의 3인 1조로 구성되어 있었다. 8층은 30대 후반 여성인 한 간호사와 요양보호사로서 박 선생, 그리고 덕수가 한 조로 근무했다. 3명은 죽이 꽤 잘 맞았는데 그것은 같은 환난을 겪는 동지 의식에서 비롯되었다. 보통의 경우라면 데스크 직원들은 환자들의 오침이나 단체 프로그램 등으로 한가한 시간에 커피를 마시며 한담을 나누는 호사를 누렸겠지만, 그들에겐 기적 씨가 있었다. 8층은 모두가 근무를 기피하는 장소이자 덕수 같은 신입 직원이 직무의 혹독함을 수련하는 장소로 악명이 자자했다. 피할 수 없다면 즐기자. 8층의 3명은 기적 씨의 증상에 따라 규칙 하나를 창안했다. 일명 천사와 악마. 규칙은 다음과 같았다. 3명은 아침 근무 전 그날의 일과를 정리하며 사다리 게임을 한다. 선택지는 천사, 악마 그리고 행운의 꽝. 그날의 악마로 선택된 사람은 우선 준비한다. 어떠한 감정의 풍파가 있더라도 반드시 극복하고야 말겠다는 마음의 준비. 아침 9시가 되면 기적 씨가 저 멀리서 데스크로 다가온다. 얼굴에 숨길 수 없는 설렘과 두려움을 띠며 그는 복권 한 장을 우리에게 건넨다. 먼저 천사가 나서서 그의 복권을 살펴보고는 당첨 사실을 말해 준다. 그 뒤로 행복, 황홀, 환희 같은 단어로밖에 설명할 수 없는 감정이 기적 씨에게서 뿜어져 나온다. 만약 그의 감정을 추출해서 약으로 만들 수 있다면 이 세상의 우울증이란 병은 더는 존재하지 않을 것이었다. 때에 따라 다소 차이가 있지만, 긍정의 감정들은 오전 내내 지속된다. 그동안 천사는 당첨 사실을 확인, 재확인, 재재확인, 재재재확인 해 주거나 기적 씨의 희망찬 미래 계획을 듣는 것으로 그의 소임을 다한다. 그러다 오후 4시쯤 되면 평상복을 입은 기적 씨가 데스크로 다가온다. 악마의 차례다. 은행으로 가겠다는 기적 씨에게 악마는 현실을 말해준다. 그 뒤로는 절망, 나락, 비탄 같은 단어로밖에 설명할 수 없는 감정이 악마를 덮친다. 재수 없다면 머리채나 멱살을 잡아채는 손이 있을 수 있으니 악마는 특히 주의할 것. 근무 시간이 끝날 때까지 악마는 기적 씨의 분노, 재분노, 재재분노, 재재재분노의 대상이 되어 너덜너덜한 욕받이가 되는 것으로 그의 소임을 다 한다.

3일 연속으로 악마에 걸린 후 덕수가 처음 천사가 된 날이었다. 그는 볼멘소리로 박 선생에게 차라리 기적 씨에게서 복권을 빼앗으면 안 되냐고 물었다. 오늘 복권이 없어진다고 한들 내일이면 기억하지 못할 기적 씨였다. 옆에서 듣고 있던 한 간호사가 난색을 보이며 말했다.

"김 선생, 우리라고 왜 안 그러고 싶겠어. 저놈의 쓸모없는 복권, 당장이라도 불사르고 싶지. 하지만 원장님 특별 지시인 걸 어떡하겠어. 아, 나도 빨리 다른 층으로 교대 근무 가고 싶다."

확실히 기적 씨는 다른 환자에 비해 특별한 대우를 받고 있었다. 이만큼 소란을 피우는 환자라면 병원 상담부서에서 진즉에 집으로 돌려보내도록 조치했을 텐데, 기적 씨에게는 유독 관대한 병원 조치가 이어졌다. 그 때문에 사고를 낸 운전자가 원장의 가까운 친인척이라던가, 기적 씨가 원장이 심혈을 기울이는 임상 논문의 주요한 대상이라던가 하는 소문이 무성했다. 특히 후자의 소문이 신빙성 있었는데 원장의 회진 때마다 기적 씨는 꼭 면담하는 점, 기적 씨의 환자 기록의 양이 다른 치매 환자보다 몇 배가 되는 점 등이 근거였다. 이쯤 되니 원장이 자신의 연구실적을 위해 기적 씨를 이전 병원에서 지금의 병원으로 일부러 이송시켰다는 소문까지 암암리에 돌았다. 결론적으로 기적 씨는 8층의 3인이 이러지도 저러지도 못하는 곤란한 사람이었다.

오전 9시가 되자 병실에서 기적 씨가 데스크 쪽으로 다가오고 있었다. 경쾌한 발걸음만 보고 있어도 나는 그가 어떤 기분인지 알 것 같았다. 여지없이 복권 한 장이 날아들고 나는 보답으로 그에게 당첨 사실을 알려줬다. 처음 하는 천사 역할은 썩 나쁘지 않았다. 바로 앞에서 기쁨의 오두방정을 떠는 한 인간을 실제로 보는 것은 진기한 체험이었다. 천사의 중요한 소임 중 하나는 그의 미래 계획을 듣는 것이었다. 정확히는 과거 기억 속의 미래였다. 치매 환자의 시간은 뒤죽박죽으로 흘렀다. 치매 환자의 기억 장애 정도를 판단하는 중요한 지표는 예전 일은 잘 기억하는데 최근 일은 제대로 기억 못 하는 최근 기억 장애이었다. 기적 씨도 마찬가지로, 날마다 복권 당첨에 대한 기억은 잃어버리면서도 그의 과거 속 기억들은 꽤 잘 간직하고 있었다. 그의 기록은 매일 추가되어 국어사전만큼 두꺼웠지만 크게 3개의 시점으로 나눠 볼 수 있었다.

"엄마!"

기적 씨가 한 간호사에게 별안간 소리쳤다. 나는 듣는 순간 1번 시점임을 깨닫고 날짜를 찾아 어제 기록 뒤에 그의 말을 적기 시작했다. 그의 유년 시절이었다.

"엄마, 오늘도 빨래터로 일 다녀왔어요? 손이 남자 손처럼 우둘투둘하네. 이것 좀 보세요. 이제 우리 고생 끝났어요. 이 돈이면 번듯한 집도 살 수 있고, 더는 엄마 양잿물에 손 담그면서 온종일 빨래하지 않아도 되고, 우리 덕희도 공장 안 가도 되고, 덕환이 고등학교, 대학교 걱정 없이 보낼 수 있다고요."

기적 씨는 그 뒤로 한참을 이야기했다. 돈이 없어 구경만 했던 단팥빵, 사납금을 내지 못해 쫓겨난 학교, 병원비 때문에 각혈하는 여동생을 업고 집으로 오던 길의 풍경. 삶의 편린들이 그의 머릿속을 스치며 지나가고 있었다. 이야기의 끝에서 그는 울며 내 손을 꼭 잡고 있었다. 거친 손의 주름이 꼭 나무의 나이테 같았다. 나는 그가 울음을 그칠 때까지 맞잡은 손을 놓지 않았다. 왠지 놓으면 안 될 것 같은 기분이었다.

오전의 여운 탓인지 점심시간이 가까워졌지만 배가 고프지 않다. 다른 직원들이 식사하는 사이 나는 홀로 데스크를 지켰다. 오전에 기록했던 기적 씨의 기록에 오탈자가 없는지 다시 살펴봤다. 원장에게 바로 보고될 자료였다. 그의 기억을 읽을수록 아까 잡았던 거친 손의 감촉이 신경 쓰였다. 나는 내친김에 그의 다른 기록들도 읽었다. 2번 시점의 그는 40대 가장이었다.

"정희 엄마, 우리 이제 한시름 놓게 되었네그려. 이 돈이면 공장설비 증설하느라 쓴 은행 대출이며 사채 돈은 한방에 갚을 수 있겠어. 정희도 바이올린이든 뭐든 간에 하고 싶은 거 마음껏 하라고 하고, 정수 이놈도 미국이든 호주든지 원하는 곳으로 유학 가라고 하면 되고 말이야. 우리도 남들처럼 여행이라는 것도 가자고. 당신이나 나나 비행기 한 번 못 타봤잖아. 이제 우리도 여유 좀 가지고 남들처럼 살자. 남들처럼."

3번 시점의 그는 50대였다. 기록에 따르면 이 시점 속의 그는 고개를 들지 못하고 대화했다.

"강 사장, 내가 일부러 그런 게 아니야. 내 맘 알지? 내가 강 사장이 자식이 셋이고 딸린 식구가 몇인지 왜 모르겠어? 내가 정말 물품 대금만 회수되면 빌린 돈에 이자 쳐서 두둑이 돌려주려고 했지. 그런데 이 망할 놈들이 진짜 깡그리 망해버려서 말이야. 강 사장, 그래도 걱정하지 마. 하늘이 무너져도 솟아날 구멍이 있다고, 이거 봐봐, 이거! 내가 강 사장 돈, 한방에 해결한다."

그날 이후 덕수는 천사 역할을 맡을 때마다 되도록 기적 씨의 말을 잘 들어주려 노력했다. 기적 씨와의 대화 속에서 그는 부모가 되기도 했고, 아들과 딸이 되기도 했으며 속죄를 받을 사람이 되기도 했다. 대화 속에서 복권은 여전히 유효했으며 이루지 못한 것들을 만회할 수 있는 유일한 것이었다.

*

덕수가 하루 중 가장 긴장하는 순간에는 멘톨 향이 났다. 상쾌하다기보다는 무덤가의 이끼를 연상시키는 녹음의 냄새였다. 기적 씨의 기록을 살펴보는 원장의 왼팔이 움직일 때마다 매달린 황금 시계가 전등 빛에 번뜩했다. 얼마 전부터 원장은 직접 기적 씨를 면담하기 시작했다. 덕수는 그모습을 보며 뭔가가 일어날 조짐이라 생각했다. 박 선생과 함께 기적 씨가회의실의 문을 열고 들어왔다. 의례적인 건강 상태, 기분, 날씨 이야기가지나가고 원장은 본론을 꺼내기 시작했다. 소문으로만 돌고 있던 신약 임상시험이었다.

"이전 임상시험에서 결과가 아주 좋았습니다. 빨리 퇴원하시고, 일상으로 돌아가셔야죠."

"나는 돌아갈 곳이 없는데?"

"그 점은 걱정하지 않으셔도 됩니다. 이번 임상에 참여하시면 우리 병원재단에서 지원하는 프로그램에 제가 직접 추천할 겁니다. 퇴원하시고생활하시는데 전혀 문제없도록 조치하겠습니다. 더 이상 바깥에서 험한일 하지 않으셔도 된다고요. 제 말 알아들으셨죠?"

"나는…… 돌아갈 수가 없어."

원장은 지금 이 노인이 무슨 말을 하는지 알겠냐고 묻는 듯 8층의 3인을 쳐다봤다. 3인은 전부 아리송한 표정을 지었다.

"여기 직원들이 문서작성 하는 것을 도와드릴 겁니다. 안되면 다른 곳으로 가셔야 해요. 다만 환경이 여기보다 좋지는 않을 겁니다. 이덕기 씨를 위해서 하는 말이에요."

원장은 자리에서 일어나 회의실을 벗어나려다가 덕수의 얼굴을 쳐다보고는 멈춰 섰다.

"자네는 근무하는 것 좀 어때? 8층 근무하는 게 힘들겠지만 조금 있으면 정규직 전환 시즌이니까 열심히 하면 좋은 결과 있을 거야. 무슨 말인지 알지?"

원장은 그가 가지고 있던 검은색 볼펜을 덕수에게 넘기며 회의실을 나섰다. 덕수는 오른손에 볼펜을 꼬나 쥔 채 앉아있는 기적 씨에게 주저하며다가갔다. 어깨 근처로 사람의 기척이 느껴지자 기적 씨가 고개를 돌려 쳐다보았다.

"김 선생, 나 안 할래. 이대로 살고 싶어."

덕수는 혀로 입술을 훑었다. 긴장한 탓인지 입술에 물기가 없었다.

"이제 복권도 그 기억들도, 더 이상 신경 쓰지 않아도 돼요. 쓸데없는…… 생각 안 하셔도 된다고요."

기적 씨는 대답 대신 긴 침묵을 택했다. 덕수는 그사이 책상 위의 동의서와 기적 씨의 눈을 번갈아 쳐다보았다. 고등학교에 막 올라간 동생의 얼굴이 떠올랐고 기적 씨와 맞잡았던 손의 감촉이 느껴졌다. 그는 울대에 힘을 주고 기적 씨에게 말했다. 좀 더 주저했다간 길을 잃을 것만 같았다.

"매주 수요일 점심에는 특식인 거 아시죠? 우리 서명하고 빨리 가서 먹어요."

덕수는 기적 씨의 손을 잡고 천천히 이름을 썼다. 괴발개발 비명 같은 이름이 하얀 종이 위에 덩그러니 있었다.

*

원장은 기적 씨를 대상으로 본격적인 임상 치료를 시작했다. 그에게 신약이 투입되고 8층의 3인 외에도 임상 연구에 필요한 인력들이 기적 씨를 주시했다. 더는 천사와 악마가 필요하지 않았다. 철저한 관찰과 기록이 있을 뿐이었다. 신약 투입 후 6개월이 지난 시점에서 기적 씨의 치매 증상은 믿지 못할 정도로 호전되어 있었다. 날짜와 사건들을 혼동 없이 구분하기 시작했고 기억의 유실은 눈에 띄게 사라졌다. 환자가 치료되는 과정이자 삶이 다시 피어나는 과정으로서 그것은 축하받아야 마땅할 사건이었다.

그날 특식으로 무엇을 먹었는지는 쉽게 기억에서 사라졌지만, 기적 씨의 손을 잡고 사인을 했던 기억은 뇌리에 선명하게 남아 덕수를 괴롭혔다. 그것은 아무리 세탁해도 빠지지 않는 얼룩처럼 기적 씨를 볼 때마다 그를 주눅 들게 했다. 그 때문에 오직 자책감으로 기적 씨와 이어진 덕수만이 날 선 가슴으로 기적 씨를 위한 치료가 기괴한 삶의 연장인 동시에 역설적으로 죽음과 더 가깝다는 것을 알아차리고 있었다. 아무도 모르는 죽음. 그렇기에 서서히 죽어갔지만, 어느 날 문득 발견하는 죽음. 냄새도 없고 벌레도 꼬이지 않지만 발견하면 이미 가지와 뿌리까지 드러내며 말라버린 흉측한 식물의 모습. 기적 씨를 볼 때마다 덕수는 이런 이미지를 머릿속에서 떨칠 수 없었다. 기적 씨는 아침에 데스크로 더 이상 찾아오지 않았다. 오전 내내 침대에서 꿈쩍하지 않았다. 증세가 호전될수록 그의 피부에서 물기가 사라지고 다음에 눈물이 말라갔다. 그리고 서서히 입술이 메말라 갈라졌다. 기적 씨가 퇴원할 즈음에서는 해 질 녘이 다 되어서야 느릿느릿 병원 옥상으로 향하는 그의 모습을 볼 수 있었다. 그는 더 이상 복권에 대해서 말하지 않았다. 황량한 입술에서는 아무 말도 나오지 않았다.

퇴원하던 날 기적 씨가 데스크로 찾아왔다. 환자복이 아닌 낡은 회색 점퍼 차림에 검은색 등산 가방 하나를 들고 있었다. 박 선생, 한 간호사와 차례차례 인사한 후 그가 덕수를 쳐다보았다. 그의 눈은 여전히 맑고 깊었으나 이전의 생기는 찾아볼 수 없었다. 기적 씨는 잠시 머뭇거리는가 싶더니 점퍼 안주머니에서 뭔가를 꺼내 데스크 위로 올려놓았다. 한동안 보지 못했던 복권이었다.

"이봐, 김 선생. 그동안 참 신세 많이 졌어. 이제 나한테 의미 없는 물건이니 자네가 처분해 주게."

"가지고 계시는 게 좋지 않으시겠어요?"

"아니야, 이걸 보고 있으면…… 별 잡생각만 들더라고."

복권을 뒤로하고 그는 천천히 엘리베이터 쪽으로 향했다. 엘리베이터가 도착하자 그는 우리에게 손을 한번 흔들고는 사라졌다. 그것이 덕수가 본 기적 씨의 마지막이었다.

*

기적 씨가 사망한 날, 덕수는 마침 이직 면접을 보던 중이었다. 경찰에서는 금전 기록도 조사했으나 의심할 만한 정황은 나오지 않았다. 알리바이가 증명되자 형사는 그에게 기적 씨의 유서를 보여 주었다. 그것은 유서라기보다는 메모에 가까웠다. 사랑요양병원, 김덕수 선생, 내 물건을 돌려주길 바람. 기적 씨와의 자초지종을 형사에게 설명하며 복권을 건네자 형사는 한참을 생각하더니 말했다.

"솔직히 말씀드리면 일흔 살이 넘어서 자살하는 경우가 자연스럽지는 않아서요. 사연은 잘 알겠고, 이 건은 내사 종결하겠습니다."

형사의 말에 덕수는 잠시 숨이 턱 막혔지만 애써 내색하지 않았다.

"지금 이덕기 씨 가족하고 연락이 안 되는 상황이고, 원래 유품은 가족에게 인계하는 게 맞는 데 이런 경우에는 가지고 계시는 게 좋을 것 같네요."

"그럼 기적 씨, 아니 이덕기 씨 장례는 어떻게 되나요?"

"경찰에서 가족에게 계속 연락을 취해 보긴 할 겁니다만, 연락이 안 되거나 시신 인수를 거부할 때는 무연고자로 장례처리가 될 겁니다."

"만약 가족을 찾게 되시면 제 연락처로 전화 부탁드립니다."

보름이 지난 후 형사에게서 전화가 왔다. 기적 씨는 끝내 가족을 찾지 못했다. 형사는 내일 그의 시신이 화장터로 이동되며 시에서 주관하는 공영장례 후 화장될 것이라 설명했다. 다음날 덕수는 형사가 알려준 병원의 장례식장으로 향했다. 장례식장은 소박하고 조용했다. 영정사진을 대신해 무연고자라고 쓰인 흰색 종이 밑으로 그의 이름이 적힌 위패만 덜렁서 있었다. 아무도 오지 않은 듯 상에 놓인 향로는 깨끗했다. 시계를 보니 2시간 후면 기적 씨의 관은 화장터로 옮겨질 예정이었다. 덕수는 향을 한개비 집어 불을 붙인 후 향로에 꽂았다. 길고 흰 연기가 천천히 피어올랐다. 향이 하나 다 타도록 그와의 일을 추억하며 가만히 앉아있었다.

"기적 씨, 이거 돌려드릴게요."

덕수는 품에서 복권을 꺼내 돌돌 말아 향로에 꽂고 불을 붙였다. 매캐한 연기와 불꽃이 크게 피어오르기 시작했다. 마치 담배를 피운 것처럼 희고 빽빽한 연기가 천천히 위로 올라갔다. 연기는 주인을 찾아가듯 그의 위패를 한 바퀴 돌아 천천히 공중으로 사라졌다. 그는 마지막 연기가 사라지는 것을 본 후 뒤로 돌아섰다. 신발을 신고 문을 나서며 기적 씨의 위패에 손을 흔들어 인사했다.

*

덕수는 소주 한 병을 추가했다. 이미 그의 테이블 밑에는 빈 소주병 3개가 가지런히 놓여있었다. 주문받은 직원은 냉장고에서 소주병을 꺼내 테이블에 내려놓은 뒤 새까맣게 탄 고기를 불판 가장자리로 옮겼다. 얼마 줄지 않은 고기와 덕수의 얼굴을 흘깃 쳐다본 후 직원은 걱정스러운 말투로 안주도 드시면서 술 잡수세요, 라고 말했다. 덕수는 아랑곳하지 않고 소주를 계속 따랐다. 몇 잔 연거푸 더 마신 뒤 찰랑거리는 소주잔을 바라봤다. 검은 밤하늘을 배경으로 길거리 네온사인의 불빛이 소주잔 위로 영롱하게 일렁였다. 덕수는 주머니들을 차례로 더듬으며 휴대전화를 찾았다. 한참을 찾다 결국 테이블 위에서 발견한 후 전화를 걸었다.

[미영이, 내 동생! 공부 잘하고 있어?]

[오빠, 술 마셨구나. 무슨 일 있어?]

[무슨 일은, 아무 일 없어. 그냥 네 목소리 듣고 싶어서 전화했지. 있잖아, 미영아, 오빠가 요양보호사 왜 했는지 아냐?]

[나……오빠가 정말 고생하는 것 알아. 고마워 오빠.]

[아니야, 아니야 인마, 그런 소리 들으려고 한 말 아니야. 너는 그런 말 하지 마.]

덕수는 눈가에 땀인지 눈물인지 모를 것을 손가락으로 닦으며 말했다. 동시에 동생이 자신과 같이 너무 빨리 어른이 되었다고 생각했다.

[너, 엄마 얼굴 기억해?]

[……]

[나는 이제 도통 기억나질 않아. 너는 아기 때라 잘 모르겠지만 옛날에

엄마가 서울 간다고 했었거든, 그래서 이거 하면 혹시 늦었더라도 서울 간 엄마 만날 수 있지 않을까 해서 말이야. 미영아, 우리 엄마 잘 있겠지, 잘 있을 거야. 그렇지?

덕수는 그 후로도 한참을 이야기했다. 대꾸하는 동생의 목소리가 아득하게 들렸지만, 그는 통화를 끝내고 싶지 않았다. 할 수 있다면 계속 마음속에 있는 것을 말하고 또 말하고 싶었다.

'그때가 되면 나는 아무것도 할 수 없을 것이고 내게 주어진 실패를 씁쓸하게 받아들이며 늙어갈 뿐이겠지. 하지만 내가 결정한 것을 기어코 하고 말았다는 추억 하나만은 고이 움켜쥐고 있을 테지. 넘어지며 고민했던 시간이 남을 것이고, 추억이 희미해질 무렵 실패한 글 속에서 설익은 생각들을 꺼내 읽으며 혼자 피식하고 웃을 테지. 이 정도면 나는 만족해.'

나는 실패하고, 또 실패할 것이다.

작년 이맘때쯤 처음으로 완성한 단편소설의 결말이다. 나와 똑 닮은 주인공은 어느 날 한쪽 귀가 들리지 않는다. 원인을 찾아 헤매지만, 불행이란 때론 그런 것 없이 찾아오기도 하는 법이다. 불행은 종종 신기한 현상을 동반하는데, 머릿속의 소리가 사라지니 비로소 마음속에 있는 소리가 들리기 시작한다. 그는 소설이란, 작가란 존재는 그저 바라보는 것으로 만족하며 살아가려 했다. 그러다 문득 이제껏 하고 싶은 것이 아닌 해야 하는 것만 하고 살았다는 것을 깨닫는다.

이 순간에도 고독하게 자판을 두드리며 자신만의 세계를 구축하고 있을 모든 분에게 고한다. 세상이 당신을 모르고, 설령 부정한다 해도 당신만은 자신을 믿어야 한다.

많은 분께 빚을 지며 이 소설을 썼다. 먼저 귀한 이름을 빌려준 내 친구 덕수와 래신, 합평에서 귀한 의견을 내준 200칸 이야기 문우들, 그리고 진심으로 사랑하는 아내 지순과 내 딸 수현에게 감사를 표한다. 마지막으로 계속 실패할 수 있도록 기회를 주신 심사위원님과 한라일보에 감사한다.

절제된 호흡…. 인간성에 대한 따뜻한 시선 인상적

　본심에 오른 여덟 편의 작품은 예년에 비해 부쩍 높아진 수준을 보였다. 한라일보 신춘문예의 인지도가 그만큼 높아졌음을 의미하는 게 아닌가 싶다. 그들 대부분이 각기 다채로운 소재만큼이나 개성적인 문장, 이야기를 다루는 감각 등에서 상당한 습작량을 거쳤음을 짐작할 수 있었다.

　「구멍」은 에어컨 설치보수 기사인 주인공이 허공에서 지상을 내려다볼 때마다 마주치는 '작고 검은 구멍'이라는 소설적 모티프가 인상적이다. 다만 주인공의 내면을 드러내는 차분한 호흡은 좋았으나, 구성의 단순함, 다소 매끄럽지 못한 문장력이 아쉬움으로 남았다.

　「저녁의 무게」 역시 전체적으로 이야기를 무난하게 끌어가긴 했지만, 소재나 인물 설정에서 일단 신선감이 부족했다. 흔히 가정폭력을 주제로 다룰 때마다 전형적으로 제시되는 남성 인물형, 불필요하게 반복되는 폭력적인 장면, 시종일관 고정되어있는 주인공의 캐릭터 설정 등이 약점으로 지적되었다.

　「곳」은 인터넷 사이트를 통해 만난 4명의 인물 들이 동반 자살을 위해 세모의 바닷가 팬션에 모여 보내는 하룻밤을 그리고 있다. 극적 긴장감을 내포한 스토리 설정, 무리 없이 이야기를 이끌어가는 솜씨에서 소설적 감각이 엿보인다. 요컨대 이 소설의 핵심은 과연 무엇이, 왜, 어떻게 그들을 이곳까지 스스로 찾아오게끔 내몰아왔는가, 즉 인물들의 내면을 얼마나 치밀하고 설득력 있게 드러내느냐에 달려 있다. 아쉽게도 이 작품은 그 점에서 밀도가 부족했다. 인물의 동기와 내면의식에 대한 보다 치밀한 탐색이 아쉬웠다.

「7챔버에서 부는 바람」은 사회현실에 대한 비판적 시각과 단단한 주제의식이 돋보였다. 노동현장의 실상과 그것을 지배하고 있는 폭력적 구조에 대한 세밀한 서술, 예리하고 절제된 시선, 완숙한 문장력 등에서 만만찮은 저력이 엿보인다. 그러나 그런 장점들을 작품 안에 충분히 유기적으로 담아내지 못한 점에서 아쉬움이 많이 남는다. 특히 전반부의 많은 분량을 물류센터 및 작업시스템에 관한 세세한 설명에 허비해버린 탓에, 정작 후반부에선 본격적인 이야기를 제대로 다룰 여유가 남아있지 않았다. 애초에 이런 복합적이고 중층적인 스토리 얼개 자체가 단편보다는 중·장편에 더 적합한 소재가 아니었나 싶다.

당선작 「기적의 남자」의 미덕은 무엇보다 소설로서의 안정감과 절제된 균형감각을 마지막까지 일정하게 유지해 냈다는 점에 있다. 신인 작가로서 그것은 분명 만만찮은 솜씨이다. 단정하고 군더더기 없는 문장, 차분하고 절제된 호흡으로 이야기를 이끌어나가는 감각, 또 인간과 인간성에 대한 진지한 질문과 따뜻한 시선이 신뢰감을 안겨 준다.

사실 '복권'의 상징성이란 일견 너무 빤하고 식상한 것이어서 자칫 위험한 설정일 수도 있었다. 게다가 주인공은 1등 당첨된 복권을 긁어보기 직전 불의의 사고로 식물인간이 되었다가 뒤늦게야 깨어난 노인이라니! 그런데 예상과 달리 이 소설은 가벼움, 진부함, 우연성 남발, 센티멘탈리티 같은 함정들을 가볍게 뛰어넘어, 저만의 의미 있는 이야기를 성공적으로 펼쳐내고 있다.

이 소설의 가장 큰 매력은 주인공인 기적 씨 덕분이다. 정신병원이라는 어둡고 암울한 배경에도 불구하고 작품 분위기가 어딘지 밝고 투명한 느낌을 주는 것도 기적 씨라는 캐릭터의 힘이다. "기적 씨의 치료가 기괴한 삶의 연장인 동시에 역설적으로 죽음과 더 가깝다는 것"

—그 기이한 삶의 역설을 전하는 작가의 잔잔하고 차분한 목소리에는 은연중 따뜻함이 묻어나온다. 새해 첫날 아침의 지면에 모처럼 잘 어울리는 작품이라고 생각한다. 당선자께 진심으로 축하를 보낸다.

2023 신춘문예 당선소설집

초판 인쇄 2023년 1월 24일
초판 발행 2023년 1월 26일
저　자 한국소설가협회
발행인 김호운
편집주간 김성달
사무국장 이월성
편집국장 이현신
발행처 사단법인 한국소설가협회
등　록 제313－2001－271호(2001. 12. 13)

주　소 04175 서울 마포구 마포대로 12, 한신빌딩 302호
전　화 02) 703－9837, 팩 스 02) 703－7055
전자우편 novel2010@naver.com
한국소설가협회홈페이지 http://www.k－novel.kr
인　쇄 유진보라
총　판 한국출판협동조합 02) 716－5616

ISBN l 979－11－7032－096－8 *03810

정가 18,000원